HEYNE <

Das Buch

In einem finsteren Schloss am Meer wächst Aura Institoris inmitten eines Labyrinths endloser Korridore heran. Als ihr Vater, der Alchimist Nestor Nepomuk Institoris, im Auftrag seines ärgsten Widersachers getötet wird, steht Aura plötzlich seinem Mörder gegenüber – dem Hermaphroditen Gillian. Ihm wurde befohlen, auch Aura zu beseitigen. Doch Gillian stellt sich gegen seinen Meister und rettet Aura das Leben. Sie muss das Erbe ihres Vaters antreten und selbst zur Alchimistin werden, um gemeinsam mit Gillian gegen einen uralten Feind zu bestehen, der in den Katakomben von Wien seine Ränke schmiedet. Eine Jagd beginnt, die von den Mooren des Nordens über Österreich, Venedig und Siebenbürgen bis nach Swanetien führt, einem vergessenen Bergland jenseits des Schwarzen Meeres.

Der Roman wurde von Kai Meyer komplett überarbeitet. Zusätzlich gibt es im Anhang umfangreiches Zusatzmaterial.

Der Autor

Kai Meyer, geboren 1969, hat über fünfzig Romane geschrieben, erschienen in dreißig Sprachen. *Die Alchimistin* war sein erster Bestseller, weitere folgten, darunter *Arkadien erwacht*, *Die Wellenläufer* und *Die Seiten der Welt*. Seine Bücher wurden als Film, Comic und Hörspiel adaptiert.
Besuchen Sie seine Website: www.kaimeyer.com

KAI MEYER

DIE ALCHIMISTIN

ROMAN

WILHELM HEYNE VERLAG
MÜNCHEN

MIX
Papier aus verantwortungsvollen Quellen
FSC® C014496

Verlagsgruppe Random House FSC® N001967

2. Auflage

Erweiterte und überarbeitete Taschenbuchausgabe 01/2016

Printed in Germany
Umschlagillustration: Nele Schütz Design, München
Satz: Leingärtner, Nabburg
Druck und Bindung: GGP Media GmbH, Pößneck
ISBN: 978-3-453-41904-9

www.heyne.de

Für Steffi

Ein Rätsel aus dem Mittelalter:

Ein Nagel helt ein Eysen.
Ein Eysen ein Pferdt,
ein Mann ein Schloss.
Ein Schloss ein Landt.

Bis heute hat niemand die Lösung gefunden.

ERSTES BUCH

1897

KAPITEL 1

Und dann das Schloss.

Während sich die Kutsche durch die Dünen kämpfte, schwankend und schlitternd im losen Sand, warf der Junge einen Blick aus dem Fenster. Auf das Schloss und auf die Ostsee, aus der es sich erhob.

Alles war ganz anders, als er es sich vorgestellt hatte. Natürlich war es das.

Es gab keine Türme, keine Zinnen. Es war nicht diese Art von Schloss. Das Anwesen stand auf einer kleinen Felseninsel. Seine Mauern gingen nahtlos in die hellen Steilwände über, als wären sie über Jahrhunderte hinweg aus dem Gestein gewachsen. Die See lag düster und glatt unterm Herbsthimmel, und doch schlug schäumende Brandung gegen die Insel. Ganz so, als sträube sich das Wasser gegen die düstere Arroganz der Felsnasen, die kantig und stumm das Meer überragten.

Der Kreidefels, auf dem Schloss Institoris thronte, war von winzigen Inselchen umgeben, unbegehbaren Eilanden, kaum eines größer als ein Haus. Vier, zählte der Junge, doch als die Kutsche einen Bogen fuhr und die Inseln sich in einem anderen Winkel darboten, erblickte er eine fünfte, die bislang vom Schloss verdeckt worden war. Auf ihr erhob sich ein alter Leuchtturm, rot und weiß gestreift. Ein vermoderter Zyklop, dessen Lichtauge längst erloschen war. Allein die Seeadler verschlug es noch auf seine Brüstung, von dort aus spähten sie wachsam übers Meer.

Überhaupt, die Vögel. Der Junge bewunderte die stille Majestät, mit der sie auf den Winden ritten, über die einsame Landschaft mit ihren endlosen Strandwällen und Dünentälern, den kargen Erlenwäldern, die in den Senken kauerten, den windgebeugten Kiefern und Ginstersträuchern. Doch immer noch war es vor allem das Schloss, das seine Blicke auf sich zog. Sein neues Zuhause.

Je näher sie dem Ufer kamen, desto zahlreicher waren die Einzelheiten, die er erkennen konnte. Schloss Institoris hatte die Form eines Hufeisens, wie die Insel, auf der es stand. Es umfasste eine Gruppe turmhoher Zypressen, die das Gebäude weit überragten. Sie verwehrten den Blick auf den mittleren Trakt. Die seitlichen Flügel aber, im Westen und Osten, waren deutlich zu sehen. Dreigeschossig und vom gleichen Grau wie die See. Lange Fensterreihen, je drei übereinander, hatte man weiß umrahmt, was nur betonte, dass hinter den meisten kein Licht brannte. Die Dächer waren steil, und aus ihren Giebeln stach eine Kompanie schwarzer Kaminschlote, einer neben dem anderen. Aus einigen kräuselte sich Rauch zur satten Wolkendecke empor.

»Christopher.«

Frauenstimmen war er nicht gewohnt, schon gar keine, die seinen Namen so fein betonte. Irritiert zog er den Kopf vom Kutschenfenster zurück und schenkte seiner neuen Mutter ein Lächeln.

Sie legte das Buch zur Seite, das sie während der ganzen Fahrt gehalten, aber kein einziges Mal aufgeschlagen hatte. Mitfühlend beugte sie sich zu ihm vor.

»Christopher«, sagte sie noch einmal, als müsse sie sich erst an den Namen gewöhnen. »Es ist wirklich viel behaglicher, als es aussieht. Es wird dir gefallen, glaub mir.« Die Worte klangen ein wenig müde, als hätte sie sie schon unzählige Male aufgesagt, damit sie sich vielleicht eines Tages bewahrheiteten.

Dabei war es gar nicht so, dass Christopher nicht glücklich war. Oh, das war er, wirklich. Seine Aufregung mochte das ein wenig verschleiern, und natürlich die leise Furcht vor dem Neuen. Aber Glück, ja, das spürte er wohl. Oder besser: Er nahm an, dass das Gefühl in ihm echtes Glück war. Ganz sicher konnte er allerdings nicht sein. Ihm fehlte der Vergleich.

Charlotte Institoris trug einen seltsamen Hut, der mit einem Gesteck aus Muscheln geschmückt war. Sehr eigenwillig. Ihr Haar war hochgesteckt, nur ein paar pechschwarze Korkenzieherlocken schauten unter der Hutkrempe hervor. Die hohen Wangenknochen schienen ihr Gesicht über Gebühr in die Länge zu ziehen, zudem war es schmal und farblos. Sie war keine schöne Frau, wenngleich sie versuchte, durch häufiges Lächeln Wärme in ihre Züge zu legen.

»Ich bin sicher, ich werde mich wohl fühlen«, sagte er, vielleicht ein wenig zu förmlich. Bruder Markus, der Vorsteher des Waisenhauses, hatte ihm das eingeprägt: *Sag, dass es dir gefällt, ganz gleich, wie die Dinge kommen. Etwas Besseres werden wir für dich nicht finden.*

Damit sie nicht auf die Idee kam, Christopher wollte sich nur selbst überzeugen, setzte er schnell etwas hinzu, irgendetwas: »Ich bin geübt im Rudern.«

Charlotte musterte ihn einen Moment lang erstaunt, dann lächelte sie milde. »Oh, mein Schatz, wir werden nicht selbst rudern müssen. Das tun die Bediensteten für uns. Sie warten schon unten am Strand.«

Mein Schatz. So hatte sie ihn jetzt schon ein paarmal genannt. Er fühlte sich unwohl dabei. Christopher war siebzehn Jahre alt, fast schon ein Mann, und dennoch behandelte sie ihn wie ein Kind. Wie *ihr* Kind. Denn genau das würde er fortan sein.

Er spürte, dass er niesen musste, und schnappte nach Luft. Besorgt reichte sie ihm ein frisches Schnupftuch. Gerade noch rechtzeitig.

Wunderbar, dachte er, sie muss glauben, sie hole sich einen Krüppel ins Haus. Dabei war er gar nicht krank, nicht mal erkältet. Es war der Geruch, der ihn niesen ließ. Der Geruch des Buches. Er war allergisch dagegen.

Endlich kam die Kutsche zum Stehen.

Christopher wartete, bis Charlotte ins Freie geklettert war, und folgte ihr dann. Seine Füße landeten im weichen Sand. Kälte wehte ihm von der Ostsee ins Gesicht. Schon nach wenigen Augenblicken schmeckten seine Lippen salzig.

Ein langer Steg reichte vom Strand hinaus aufs Meer. An seinem Ende hatte ein Boot mit eingerollten Segeln festgemacht. Mit dröhnenden Schritten kamen ihnen drei Männer über die Holzbohlen entgegen und verneigten sich vor Charlotte. Auch Christopher nickten sie ehrerbietig zu. Das war so neu für ihn, dass er beinahe aufgelacht hätte. Aber er würde sich auch daran gewöhnen.

Der Kutscher ließ seine Pferde wenden und verabschiedete sich mit einem Wink und Peitschenknallen. Dann rollte das Gefährt durch die Dünen davon.

Wenig später saß Christopher neben Charlotte in einer windgeschützten Kajüte. Das Boot legte vom Steg ab. Jeder Schritt der drei Männer klang hier drinnen wie lautes Poltern. Er versuchte hinauszublicken, doch die beiden Fenster waren salzverkrustet und nahezu blind. Charlotte sah ihn freundlich an, als wolle sie im nächsten Moment seine Wange tätscheln.

Sie glaubt, ich freue mich, dachte er. Und das tue ich doch auch, oder? Ich freue mich.

Das Boot stach in See, rauschte der Insel und dem Schloss auf ihren Klippen entgegen.

»Es sind gerade mal fünfhundert Meter«, sagte Charlotte. »Es sieht weiter aus, findest du nicht?«

Christopher nickte. Bislang hatte er sich darüber keine Gedanken gemacht. Er wusste nur, dass fünfhundert Meter eine ganz schöne Strecke waren, wenn man sie schwimmen musste.

Er wurde noch stiller als zuvor, ohne dass Charlotte es ihm übelnahm. Sie hatte das Buch, dessen Geruch ihm so zu schaffen machte, in einer Tasche verstaut. Allmählich konnte er wieder durchatmen.

Unter ihren aufmerksamen Blicken dachte er zurück.

An die Kutsche, an das Dorf. An die Eisenbahnfahrt, seine erste, ganz alleine noch dazu. Und an das große Haus in Lübeck, das er hinter sich gelassen hatte, das Haus voller Kinder und Geschrei. Nie wieder würde er den dumpfen Geruch der Schlafsäle ertragen müssen, nach Geheimnissen unter durchgeschwitzten Laken und kindlicher Feindschaft.

Er würde Bruder Markus vermissen. Nur ihn, nichts sonst. Bruder Markus hatte ihm Hoffnung auf eine bessere Zukunft gemacht, immer und immer wieder. Jetzt lag diese Zukunft vor ihm, dort draußen, vor dem Bug des Schiffes. Ein einsamer Felsklotz in der Ostsee.

Es ist viel behaglicher, als es aussieht.

Zum ersten Mal überkam ihn echte Trauer. War das etwa Heimweh?

Ich bin sicher, ich werde mich wohl fühlen.

Das da vorne war jetzt sein Heim. Sein Zuhause.

Nur fünfhundert Meter.

So nah also war die Zukunft. So nah.

Bruder Markus hatte ihn persönlich zum Bahnhof gebracht. Das war keineswegs selbstverständlich, meist übernahm das einer der Knechte. Sie luden die Kinder vor ihren neuen Elternhäusern oder Arbeitsstätten ab wie eine Fuhre Kohle, kassierten ihr Trinkgeld und verschwanden mit mürrischen Mienen.

Mit Christopher war es anders. Er war der Älteste im Heim und, so glaubte Bruder Markus, der Klügste. Wiewohl, hätte man ihn aufgefordert, diese Behauptung unter Beweis zu stellen, so wäre es ihm schwergefallen. Denn was den Bruder überzeugt hatte, war nicht abrufbares Wissen oder Geschick im Umgang mit Zahlen, nein, es war Christophers Krankheit, so sonderbar das schien.

Seit seiner Kindheit konnte der Junge den Geruch von Buchbinderleim nicht ertragen, rang bei jedem Band nach Luft, verkrampfte sich vor Regalen und verlor in Bibliotheken das Bewusstsein. Dennoch bestand er darauf zu lernen, ganz anders als die übrigen Kinder im Waisenhaus. Bruder Markus war beeindruckt und machte ihn zu seinem Privatschüler, besorgte ihm ein ums andere Buch und wachte über ihn, wenn Christopher sie unter Aufbietung aller Kräfte – und trotz manchen Anfalls – studierte.

Während die übrigen Kinder früh an Handwerksbetriebe vermittelt wurden, wo sie zu lernen und bald schon wie Männer zu arbeiten hatten, setzte der Bruder es sich zum Ziel, Christopher zum Gelehrten zu erziehen. Freilich schied ein Studium aus finanziellen Gründen aus, doch die privaten Unterrichtsstunden in Markus' Kammer genossen beide gleichermaßen. Kein Schreinermeister oder Fleischer wollte sich mit einem derart gebildeten Kind abgeben, und so blieb Christopher Jahr um Jahr im Heim und lernte dazu, wurde, wie die Knechte ihn bald gehässig nannten, der »Ladenhüter«.

Bis zu dem Tag, an dem Charlotte Institoris auftauchte, auf der Suche nach einem Pflegesohn. Nicht gar zu jung sollte er sein, sagte sie und weckte damit den Argwohn des Bruders. Doch alle unsittlichen Ahnungen, die ihm bei solchem Wunsch gekommen waren, konnte sie durch vorzügliche Beweise ihrer Ehrbarkeit widerlegen. Aus altem Adel stammte sie, mütterlicherseits, hatte selbst zwei Töchter geboren und einen weiteren Jungen bereits vor zwei Jahren in ihr Haus aufgenommen. Schriftliche Rückfragen bei gewissen Verwaltungsstellen bestätigten ihre Behauptungen. Es gelang Bruder Markus sogar, das Heim ausfindig zu machen, in dem der andere Junge aufgewachsen war. So erfuhr er bald von der dortigen Leiterin, dass Daniel ein reger Briefschreiber war und sich durchweg freundlich, ja begeistert über sein neues Zuhause äußerte.

Bruder Markus und Christopher führten daraufhin lange Gespräche, bis sie endlich übereinkamen, dass dies wohl eine Gelegenheit war, die es zu nutzen galt. Christopher würde endlich zuteilwerden, was er in den Augen des Bruders schon lange verdient hatte: eine Familie und eine Umgebung, die sein geistiges Gedeihen unterstützen und anregen würden. Bruder Markus war glücklich, und Christopher, nun ja, er war es wohl auch. Auf seine Weise.

Natürlich gefiel es ihm nicht, seinen väterlichen Lehrer zu verlassen, und natürlich fragte er sich, wie es wohl sein würde, das zukünftige Leben in einem wahrhaftigen Schloss. Würde er die Familie Institoris nicht zwangsläufig enttäuschen müssen, er, ein einfaches Waisenkind, das als Neugeborenes von der Mutter verlassen worden war? Würde er mit seinen neuen Geschwistern auskommen? Und musste er ihnen nicht, trotz allen Studierens, in Belangen der Gelehrsamkeit maßlos unterlegen sein?

Diese und andere Zweifel beschäftigten ihn, als Bruder Markus ihn einige Monate nach Charlottes erstem Besuch zum Bahnhof brachte. Nach einer abermaligen Einführung in die nötigen Regeln der Etikette – der zehnten oder elften in den vergangenen Tagen – küsste Markus ihn auf beide Wangen, umarmte ihn herzlich und gab ihm die besten Wünsche mit auf den Weg.

Dann war Christopher auf sich allein gestellt gewesen, wenn auch nur für wenige Stunden. Charlotte Institoris wollte ihn am Dorfbahnhof erwarten, wo sie seinem Kommen, wie sie in einem freundlichen Brief versichert hatte, sehnlichst entgegensah.

Das Boot glitt lautlos an zwei mannshohen Felsquadern vorüber, die die Einfahrt einer kleinen Bucht markierten. Auf jedem Block saß ein steinerner Löwe. Die Blicke der Tiere kreuzten sich hoch über dem Wasser.

Die Bucht lag im Zentrum des Inselhufeisens. Sie wurde von steilen, zwei Meter hohen Felswänden begrenzt. Ein schmaler Steg reichte hinaus in die Mitte der Bucht.

Dort, wo der Steg an die Felsen stieß, erhob sich die schwarzgrüne Mauer der Zypressen, kegelförmige Ungetüme, die den halben Himmel verdunkelten. Christopher war sicher, dass er noch nie in seinem Leben so hohe Bäume gesehen hatte. Sie mussten zwanzig, ach was, fünfundzwanzig Meter hoch sein.

Er hatte Charlotte gebeten, das Anlegen des Bootes vom Deck aus beobachten zu dürfen, und nur zu gerne hatte sie ihm diesen Wunsch erfüllt. Sie war sogar selbst mit aus der Kajüte geklettert und lehnte jetzt neben ihm an der Reling. Mit einer Hand hielt sie ihren Hut fest, den der Wind fortzureißen drohte. Es störte sie nicht im Geringsten, dass sie den drei Männern dabei gehörig im Weg stand.

Sanft legte das Boot am Steg an. Einer der Männer half Charlotte und Christopher an Land. Die übrigen waren mit Tauen und Segeln beschäftigt. Zuletzt stellte der Diener Christophers Gepäck auf den Steg, einen zerschlissenen Lederkoffer, den Bruder Markus ihm geschenkt hatte. Neben seinen wenigen Kleidungsstücken – die einem Haushalt wie diesem ohnehin nicht angemessen waren – befanden sich darin zahlreiche Schreibhefte mit Fadenbindung, in denen er über die Jahre hinweg all sein Wissen notiert hatte. Sie waren sein ganzer Stolz.

Leise plätschernd rollten die Wellen gegen die Felswände der Bucht. Das helle Kreidegestein war dort, wo die Flut es berührte, mit grünem Schlick überzogen. Ein tiefes Fauchen zog Christophers Blick auf die Wipfel der Zypressen. Sie wiegten sich geisterhaft im Wind, flüsterten und rauschten. Es klang geheimnisvoll, ein wenig bedrohlich sogar.

Ein Mädchen mit hellblonden Locken und einem weißblauen Rüschenkleid kam ihnen auf dem Steg entgegengerannt. Christopher schätzte, dass es nicht älter war als zehn Jahre.

»Mutter! Mutter!«, rief die Kleine. »Schau nur, ich hab Muscheln gesammelt!«

Charlotte ging lächelnd in die Hocke, bis ihr Gesicht auf einer Höhe mit dem des Mädchens war. Mit gespieltem Staunen blickte sie in die offenen Hände der Kleinen. In jeder lagen zwei weiße Muscheln, so groß wie die goldene Taschenuhr, die Bruder Markus an Sonntagen einzustecken pflegte.

»Die sind wunderschön!«, schwärmte Charlotte.

»Für dich«, verkündete ihre Tochter strahlend.

»Oh.« Vorsichtig nahm Charlotte die Muscheln entgegen und steckte sie behutsam in ihre Tasche. Dann umarmte sie das Mädchen. »Vielen Dank, mein Schatz.«

Christopher stand daneben und betrachtete Mutter und Tochter mit gemischten Gefühlen. Der Anblick strahlte Wärme und Geborgenheit aus. Zugleich überkam ihn abermals die Furcht, als Fremder in diese Familie einzudringen.

Charlotte stand auf, legte einen Arm um Christopher und stellte ihn dem Mädchen vor.

»Das ist Christopher«, sagte sie feierlich. »Er ist dein neuer Bruder.« Dann deutete sie auf ihre Tochter. »Und dieser kleine Engel ist Sylvette, unsere Jüngste.«

Das Mädchen reichte ihm wohlerzogen die Hand, beäugte ihn aber nicht ohne Misstrauen, als er danach griff und sie schüttelte.

»Nicht so förmlich«, ermunterte Charlotte sie. »Umarmt euch doch!«

Zögernd gehorchten die beiden. Sylvette fühlte sich in Christophers Armen sehr zerbrechlich an. Er ließ sie so schnell wie möglich wieder los.

»Sind die anderen auch da?« fragte er schließlich, weil ihm das Schweigen des Mädchens unangenehm war.

Charlotte nahm die beiden an den Händen und führte sie den Steg entlang an Land. Sie war eine große Frau, doch Christopher überragte sie um einen halben Kopf. Falls jemand sie aus dem Dickicht der Zypressen beobachtete, würde sich ihm ein merkwürdiger Anblick bieten.

»Aura und Daniel wirst du gleich kennenlernen, sie sind im Schloss«, sagte Charlotte.

»Und … Vater?« Sein Zögern, ehe er das ungewohnte Wort über die Lippen brachte, konnte Charlotte schwerlich entgangen sein.

Bevor sie aber etwas erwidern konnte, platzte Sylvette heraus: »Vater hasst uns. Vater hasst uns alle.«

Charlotte blieb wie angewurzelt stehen. Ihr schmales Gesicht unter dem Muschelhut war kreidebleich geworden, als sie das Mädchen erschrocken und mit kalter Wut anstarrte.

»Wie kannst du so etwas sagen?«

Die Kleine gab sich trotzig. »Aber es stimmt doch.«

Für einen winzigen Augenblick fürchtete Christopher, Charlotte würde ausholen und dem Mädchen eine Ohrfeige verpassen. Ein haarfeiner Riss zog sich durch das Bild der Idylle, das er sich vom Leben der Familie Institoris gemacht hatte.

Seine Stiefmutter fasste sich jedoch, ließ beider Hände los und ging voraus. Als Christopher Sylvette einen verstohlenen Blick zuwarf, schenkte sie ihm ein kindliches Lächeln, so unschuldig, dass er schlagartig verstand, weshalb Charlotte sie ihren kleinen Engel genannt hatte.

Es gab keinen befestigten Weg durch den Zypressenhain, was Christopher bei einer Anlage wie dieser überraschte. Es war fast, als hätte man die natürliche Anordnung der Bäume nicht zerstören wollen. Einige von ihnen standen jedoch weit genug auseinander, so dass die drei mühelos hindurchgehen konnten.

Der Baumstreifen war nicht breit, zwanzig Meter vielleicht. In seinem Inneren herrschte unwirkliche Dämmerstimmung. Ein Flechtwerk aus fahlem Herbstlicht und Schatten lag über dem Boden, aus dem an einigen Stellen bucklige Höcker aus Kreidefels hervorschauten. Ein herber Waldduft überlagerte den Algengeruch der See. Es war, als hätte sich inmitten dieser Insel, kahl und leer und abweisend, ein heimliches Fenster aufgetan, ein Fenster zu einem anderen Ort, der Wärme und Behaglichkeit versprach. Das alles erinnerte Christopher an die ehrfurchtsvolle Stille eines Friedhofs.

Bald darauf blieben die Zypressen zurück, und vor ihnen erhob sich das hohe Portal des Schlosses. Vier breite Stufen führten hinauf zu einer doppelflügeligen Tür.

Aber es war nicht das mächtige Portal, das Christopher so beeindruckte. Es waren die Fenster, die er nun zum ersten Mal aus der Nähe sah.

Sie alle waren aus farbigem Bleiglas, bunte Mosaike, die groteske Bilder und Szenen darstellten, ein Feuerwerk aus fremdartigen Motiven, wie Christopher sie nie zuvor gesehen hatte. Kein einziges Fenster war aus klarem Glas.

Charlotte drängte ihn und Sylvette, ihr schnell ins Warme zu folgen. Christopher gelang es dennoch, die beiden Fenster rechts und links des Portals genauer zu betrachten.

Das eine zeigte einen Geier, der auf der kahlen Spitze eines Felsens hockte und dabei eine Schriftrolle im Schnabel hielt. Darauf standen mehrere lateinische Wörter, die Christopher im raschen Vorbeigehen nicht übersetzen konnte. Um den Felsgipfel kreiste ein Rabe, dessen eines Auge ihn aus dem Bild heraus anstarrte.

Auf dem zweiten Fenster, rechts der Tür, war ein aufrechter Stab zu sehen, um den sich zwei Schlangen ringelten. Ihre Zungenspitzen berührten einander. Der Stab endete in einer Magnolienblüte, die wiederum in einen Stern überging. Am Himmel darüber war auf der einen Seite ein Mond zu sehen, auf der anderen eine Sonne.

Beinahe widerwillig versuchte Christopher, seine Aufmerksamkeit von den beiden Fenstern zu lösen. Da waren noch unzählige andere, die es zu betrachten galt. Es kostete ihn einige Mühe, sich diesem Drang zu widersetzen und hinter Charlotte und Sylvette die Eingangshalle zu betreten.

Der Raum wurde von einem gewaltigen Kamin beherrscht, so hoch und tief wie der Eingang einer Höhle, fast ein Zimmer für sich. Das Feuer, das darin brannte, wirkte fast ein wenig verloren.

Auf dem Parkettboden der Halle waren hohe, flauschige Teppiche ausgelegt, die meisten in dunklen Rot- und Brauntönen. Auf der linken Seite führte eine geschwungene Freitreppe ins nächste Stockwerk. Bilder und Leuchter hingen an den getäfelten Wänden, dazu Ornamente, Wappen und Stickereien. So groß war die Vielzahl der Eindrücke, dass Christopher das Gefühl bekam, sich irgendwo festhalten zu müssen, um nicht von Schwindel übermannt zu werden.

Charlotte sah sich ebenfalls irritiert um, wenn auch aus anderem Grund. »Wo steckt denn die Dienerschaft?«

»Im Speisezimmer«, sagte Sylvette. Sie zwinkerte Christopher verstohlen zu, eine unverhofft freundschaftliche Geste, die ihn erstaunte. Er erwiderte das Blinzeln und schenkte ihr ein Lächeln, von dem er hoffte, es wirke herzlich.

»Sie haben sich alle dort versammelt, um dich kennenzulernen«, sprudelte das Mädchen vergnügt hervor, fast, als gälte ihr diese Ehre. »Mutter, du selbst hast ihnen doch die Anweisung gegeben.«

Charlotte nickte zögernd, schien aber keineswegs zufrieden. »Und Aura? Wo ist Aura? Und wo, zum Teufel, steckt Daniel?«

Ihre Erregung verwunderte Christopher, zumal sie nun hektisch und regelrecht aufgebracht in der Halle auf und ab lief. Sie schien ernstlich beunruhigt.

Da erklang vom oberen Ende der Freitreppe eine Stimme:

»Ich bin hier, Mutter.«

Charlotte fuhr zusammen. »Aura!« stieß sie hervor. »Wenigstens du erinnerst dich an deine gute Erziehung.«

Das Mädchen, das am oberen Treppenabsatz aufgetaucht war und jetzt langsam die Stufen herabstieg, verzog einen Augenblick lang das Gesicht. Häme blitzte in ihren Zügen.

Aura Institoris war in Christophers Alter und hatte das rabenschwarze Haar ihrer Mutter geerbt. Ihre Augen leuchteten blassblau wie die von Sylvette. Ihre Wimpern waren wie schwarze Strahlenkränze, lang und fein und wohlgeformt. Sie hatte dichte, dunkle Brauen, die sie stets ein wenig wütend aussehen ließen. Ihre Mundwinkel aber waren zum Hauch eines angeborenen Lächelns aufgeschwungen, was ihrem Antlitz eine reizende Gegensätzlichkeit verlieh. Ihre weiße Haut war glatt und auf dem Nasenrücken mit ein paar Sommersprossen gesprenkelt. Sie trug ein scharlachrotes Kleid, schwarzbraun abgesetzt, das ihre schlanke Gestalt betonte.

Christopher, im Waisenhaus unter Jungen aufgewachsen und

mit dem Anblick schöner Frauen nicht vertraut, war denkbar beeindruckt. Mehr als das.

Doch seine Begeisterung währte keine zwei Atemzüge, denn Aura fragte: »Ist das der Neue?« Ihr Tonfall klirrte vor Ablehnung. Christopher war es, als hätte er sich unverhofft am Dorn einer blühenden Rose verletzt.

»Dein Bruder«, entgegnete Charlotte betont, »Christopher.«

Aura blieb am Fuß der Treppe stehen, kam nicht näher. Sie musterte ihn mit einer Gleichgültigkeit, die gespielt sein mochte, ihre Wirkung auf ihn aber nicht verfehlte. Er fühlte sich unwillkommen und überflüssig.

Seine Stiefmutter war sogleich bemüht, Auras Verhalten den Stachel zu ziehen. »Dir geht es nicht gut, mein Schatz, nicht wahr?« In ihrem mitfühlenden Säuseln lag ein Unterton, der besagte: *Darüber werden wir uns unterhalten müssen!*

Christopher versuchte, Auras Aufmerksamkeit mit seinen Augen einzufangen. Das Feuer in ihrem Blick war lodernder Zorn. Was machte sie nur so wütend?

»Du hättest wenigstens deine Ohrringe anlegen können, mein Liebling.« Charlotte versuchte immer noch, durch gekünstelte Sanftmut die Lage zu retten.

»Aber ich trage meine Ohrringe doch«, gab Aura mit Unschuldsmiene zurück – dabei war für jeden ersichtlich, dass sie das nicht tat. Ihre Finger tasteten nach ihren Ohrläppchen, und sogleich erschien ein derart falscher Ausdruck von Überraschung auf ihrem Gesicht, dass Christopher überzeugt war, Charlotte könnte ihn kaum mehr tolerieren.

»Oh«, machte Aura mit entwaffnendem Lächeln. »Ich muss mich getäuscht haben.«

Einen Moment lang starrten sie und ihre Mutter sich mit eisiger Verachtung an. Dann presste Charlotte mühsam eine Frage hervor: »Wo steckt Daniel?«

»Das wollte ich dich fragen. Ich suche schon eine ganze Weile nach ihm.«

Charlottes Blick wich nicht von ihr, wohl um herauszufinden, ob Aura sie abermals aufziehen wollte. Diesmal aber schien die

Antwort ehrlich zu sein. Unvermittelt schrak Charlotte zusammen, als sei ihr ein schlimmer Gedanke gekommen. »Liebe Güte«, entfuhr es ihr, »wo kann er nur wieder stecken? Er wird doch keine Dummheit gemacht haben?« Taumelnd legte sie eine Hand an die Stirn, es sah aus, als wollte sie ohnmächtig zu Boden sinken. Das aber war ein Bild, das so gar nicht zu jener Charlotte passte, die Christopher vor wenigen Stunden kennengelernt hatte. Das Benehmen dieser Leute erschien ihm immer rätselhafter.

»Ach was«, sagte Aura, »er wird schon wieder auftauchen. Wahrscheinlich sitzt er in der Bibliothek.« Damit wandte sie sich ab und öffnete eine Tür unterhalb der Treppe, die Christopher bislang gar nicht aufgefallen war. Dahinter lag ein langer, spärlich beleuchteter Korridor.

»Gib mir sofort Bescheid, wenn du ihn gefunden hast«, rief Charlotte ihr nach. Ihre Stimme klang hoch, beinahe schrill. Kein Gedanke mehr an Auras Ungehörigkeit.

Das Mädchen zog die Tür hinter sich zu und verschwand schweigend in den unergründlichen Tiefen des Schlosses. Christopher dachte beunruhigt, dass sich in diesem Haus wohl noch einige Türen vor ihm öffnen mochten, von deren Existenz er bisher nichts ahnte.

Sylvette zupfte an seinem Ärmel. Als er sich zu ihr hinabbeugte, flüsterte sie: »Vater wohnt unterm Dach. Er kommt niemals herunter. Niemals.«

Noch ehe Christopher etwas entgegnen konnte, griff Charlotte mit gefestigtem Lächeln nach seiner Hand.

»Komm jetzt, mein Schatz. Wir müssen dich der Dienerschaft vorstellen.«

Vielfarbige Lichtkaskaden ergossen sich durch die hohen Fenstermosaike. Der Hauptflur des Westflügels erstreckte sich vor Aura wie ein Tunnel durch einen Regenbogen. Selbst das dämmrige Herbstlicht vermochte noch die herrlichsten Farbenspiele in den Fenstern zu erzeugen, projizierte sie wie Bilder einer Laterna magica auf die gegenüberliegende Wandtäfelung.

Heute aber verschwendete Aura keine Aufmerksamkeit an diese

Wunder der Glaskunst. Zu viele Sorgen brachten sie schier zur Verzweiflung. Eine davon hatte sie eben erst kennengelernt. Christopher. Noch ein Fremder im Schloss. Noch ein Anlass, ihre Mutter zu verachten.

Aber Christopher war nicht der einzige Grund ihrer Wut. Genaugenommen, wenn sie ganz ehrlich war, spielte er dabei kaum eine Rolle. Er mochte ein Auslöser sein, einer von vielen, aber es gab wichtigere Ursachen für ihren Zorn. Falls irgendwer in der Lage war, sie zu beruhigen, ihr ein wenig Trost zu schenken, dann war es Daniel. Was ihn aber anging, so hatte ihre Mutter zugegebenermaßen Recht: Wo, zum Teufel, steckte er?

Es gab nur noch einen seiner zahlreichen Lieblingsorte im Schloss, an dem sie nicht gesucht hatte. Das verärgerte sie umso mehr, als sie gerade dort zuerst hätte nachschauen müssen. Es war so naheliegend. Dummes Huhn, schalt sie sich.

Oder, nein, da war noch eine Möglichkeit. Aber wenn Daniel sich wirklich dort aufhielt, dann sollte er ihr gestohlen bleiben, ein für alle Mal. Sie würde ihm nicht bis hinüber zum alten Leuchtturm folgen, nicht dorthin.

Und wenn es trotzdem so war? Wenn er wieder durch den Stollen unter dem Meer zum Turm geschlichen war? Wenn er dort das Gleiche versuchte wie vor zwei Monaten?

Ohne anzuklopfen, stieß sie die Doppeltür der Bibliothek auf, schnaubend vor Ärger und Sorge.

»Hallo, Schwesterchen.«

Daniel saß inmitten einer Festung aus Büchern, einem Halbrund aufeinandergestapelter Folianten, die ineinandergriffen wie Teile einer Ziegelmauer. Er selbst hockte im Schneidersitz in der Mitte und blickte zu ihr auf.

Wie sie es hasste, wenn er sie Schwesterchen nannte! Schlimmer noch: Er wusste, dass sie es hasste! Er spielte wieder mit ihr. Ausgerechnet heute. Ausgerechnet jetzt.

Daniel war achtzehn, ein Jahr älter als sie selbst. Er hatte strohblondes Haar und war zu dünn für seine Größe. Einst hatte in seinen Augen der Schalk geglüht, er war damit zur Welt gekommen wie manche mit einem Muttermal. Bei anderen hatte er dadurch oft den Eindruck erweckt, sich über alles und jeden lustig zu machen, sogar über sich selbst. Gerade deshalb hatte Aura ihn von Anfang an gemocht. Daniel hatte dem Leben im Schloss den angestaubten Ernst genommen.

Doch damit war es vorbei. Die weißen Binden um seine Handgelenke verrieten auch jetzt noch, was er getan hatte. Die Wunden wollten nicht verheilen, immer wieder erschienen sanfte Blutspuren im Weiß der Bandagen.

Sein Lächeln war nicht aufrichtig; sie sah ihm an, dass er gehofft hatte, sie würde ihn in Ruhe lassen. Doch sie dachte gar nicht daran. Ihr blieben nur noch vier Tage, und dafür hatte er, verdammt noch mal, Verständnis aufzubringen!

Eine Armlänge vor ihm blieb sie stehen und reichte ihm beide Hände, um ihm hoch zu helfen. »Komm, steh auf. Wir müssen miteinander reden.«

Er machte keine Anstalten, ihrer Aufforderung nachzukommen. »Das tun wir, ständig. Wir reden und reden. Aber das ändert nichts.«

Sie kam sich dumm vor, wie sie so vor ihm zu Kreuze kroch. Dennoch ließ sie die Arme nicht sinken. »Bitte«, sagte sie leise.

Er schaute auf ihre Hände. »Du hast wieder an den Nägeln gekaut.«

Wütend riss sie die Finger zurück. Ihre dunklen Augenbrauen rückten enger zusammen. »Versuch nur ja nicht, mich mit solchem Blödsinn zu verunsichern!«

Er seufzte und stemmte sich in die Höhe. Aura bemerkte, dass er sich auf seine Hände stützte, ohne dass es ihm wehtat. Ein lächerlicher Fortschritt nach mehr als acht Wochen. Warum hörten die Blutungen nicht auf?

Sie fühlte sich sehr verloren, als sie so vor ihm stand. Daniel nahm sie in die Arme. Sie spürte, wie starr er dabei wurde, als riete ihm seine Vernunft von solchen Gesten ab. Er wollte es, wollte sie an sich drücken, und hasste sich doch zugleich dafür. Sein ewiges Dilemma. Und das ihre.

»Ein Abschied vor der Reise ins Mittelalter, hm?« scherzte sie schwach.

Daniel blickte ihr traurig in die Augen. »Ach was, Mittelalter. Es wird nicht so schlimm werden, wie du glaubst.«

»Das tröstet mich, wirklich.«

»Es ist nur ein Internat, kein Gefängnis.«

Sie legte ihren Kopf an seine Schulter. Sie spürte seinen Widerwillen und kümmerte sich nicht darum. »Ein Internat für höhere Töchter, eineinhalbtausend Kilometer von hier. Es *ist* ein Gefängnis.«

Er hatte so oft versucht, ihr zu widersprechen, dass er es diesmal bleiben ließ. Es gab nichts Vernünftiges, das er darauf hätte erwidern können. Außerdem wusste sie genau, dass er in Wahrheit genauso darüber dachte wie sie.

Daniel ließ seine Hand an ihrem Nacken hinabwandern, streichelte sanft die Vertiefung zwischen ihren Schulterblättern.

Sie fühlte, wie ihr Tränen in die Augen stiegen, und versuchte verzweifelt, sie zu unterdrücken. Er würde sie loslassen, wenn er es bemerkte. Ihre Tränen hatten die schlechte Angewohnheit, ihn zur Vernunft zu bringen.

Schweigend standen sie da, hielten einander fest, während Aura sich mit aller Kraft beherrschte. Es war sinnlos. Es half keinem von beiden.

Vom ersten Tag an war es zwischen ihnen nicht einfach gewesen. Oft genug hatte Aura die Barriere durchbrechen wollen, doch Daniel hatte sie erst durch seinen Humor und später, als der ihm verging, durch krampfhafte Distanz aufrechterhalten. Sie waren nur Stiefgeschwister, keine echten Verwandten, doch das war nicht das wirkliche Problem.

In Wahrheit ging es um Daniels Unfall. Und um die Tatsache, dass er damit nicht fertig wurde.

Das Schweigen wurde beiden immer unangenehmer, bis Aura sich schließlich von seiner Schulter löste und nach einem kaum merklichen Schlucken sagte: »Dieser Christopher ist eben angekommen.«

»Und, wie ist er?« Sein Atem ging eine Spur zu schnell.

»Mutter behütet ihn wie eine Glucke.«

»Das kann sie gut.«

Aura schüttelte den Kopf. »Bei dir war es anders.«

»Das bildest du dir ein.«

»Nein«, widersprach sie fest. »Sie versucht, an ihm gutzumachen, was –« Sie verstummte, als ihr klar wurde, was sie beinahe ausgesprochen hätte.

»Was bei mir schiefgelaufen ist«, führte Daniel den Satz zu Ende. »Ja, vielleicht.«

Aura ergriff seine Hand. »Ich wollte das nicht sagen.«

»Schon gut.« Er zog seine Finger zurück und trat an das einzige Fenster zwischen den hohen Bücherregalen. Er hätte es wohl gern geöffnet und hinaus aufs Meer geblickt, aber der Riegel klemmte seit Jahren. Nur die wenigsten Fenster im Schloss ließen sich öffnen.

Vielleicht sind es die Farben, dachte Aura, vielleicht sind sie es, die uns alle so trübsinnig machen – das Fehlen von reinem, weißem Licht.

Das Mosaik des Bibliotheksfensters zeigte eine bauchige Flasche, in deren Innerem ein Pfau mit gesträubtem Schwanzgefieder gefangen war. Auf dem Flaschenhals steckte eine prächtige Königskrone. Darüber spannte sich eine Wolkendecke, durch deren Täler zwei Vögel einen goldenen Streitwagen zogen. Darin saß eine blonde Frauengestalt.

Aura fühlte sich mehr und mehr wie dieser Pfau, gefangen in einem gläsernen Kerker, durch Umstände, die sie nicht verstand.

Daniel hatte das Gesicht noch immer zum Fenster gewandt, als könnte er durch die vielfarbigen Bruchstücke hinausschauen, so wie er manchmal durch Auras Gesicht direkt in ihre Gedanken blickte. Es war unheimlich, wie oft er im Voraus wusste, was sie als Nächstes sagen, sogar denken würde.

»Vielleicht ist es besser, wenn du jetzt gehst«, meinte er leise, immer noch, ohne sie anzusehen. »Es ist noch nicht an der Zeit Abschied zu nehmen.«

»Noch vier Tage.« Aura schloss für einen Moment die Augen, in der schwachen Hoffnung, Daniel würde vor ihr stehen und sie anlächeln, wenn sie die Lider wieder aufschlug. Vergebens. »Vergiss das nicht«, fügte sie hinzu und wandte sich zur Tür.

Er flüsterte etwas, als sie auf den Gang hinaus trat. Es mochte alles Mögliche bedeuten, doch sie hoffte, es hieß: »Bestimmt nicht!« Ganz sicher hieß es das.

Sie fand sich einfältig, fand sich kindisch, doch als sie durch die Flut schillernder Farben davoneilte, ließ sie ihren Tränen freien Lauf. Der Gang wurde lang und länger, die Lichter schienen intensiver, und wieder schloss sie die Augen, rannte blind geradeaus, bis sie die nächste Tür erreichte. Ein weiterer Korridor zu ihrer Linken. Lautlose Schritte auf knöchelhohen Teppichen. Ihr Atem, der in ihren Ohren raste. Ihr Herzschlag.

Sie stürmte die geschwungenen Stufen in einem der beiden Treppenhäuser hinauf. Vorbei am ersten und zweiten Stock, hinein in einen weiteren Flur. Tür um Tür riss sie auf, während sie den Gang entlangrannte. Im Laufen fingerte sie nach der Kette um ihren Hals, nach dem Schlüssel, der daran hing.

Sie gelangte an eine weitere Treppe, eng, hölzern und unbeleuchtet. Keine Wendeltreppe wie die anderen, nur eine schmale, verwinkelte Stiege, die unter jedem ihrer Schritte knarrte. Auch ohne Sonne, ohne Lampen fand Aura ihren Weg. Der schmale, trübe Schimmer, der ihr durch den Türspalt am Ende der Treppe entgegenfiel, reichte aus.

Die letzte Tür, endlich. Sie stieß den Schlüssel ins Schloss, als trüge er die Schuld an all ihrem Leid. Drehte ihn um. Wollte eintreten.

Die Tür ging nicht auf. Ihr Vater musste sie von innen verriegelt haben. Es war Jahre her, dass er das zum letzten Mal getan hatte.

»Vater!«, schrie sie. Staub und Dunkelheit verschluckten den hellen Klang ihrer Stimme, machten sie spröde und dumpf.

»Vater, lass mich rein! Bitte!«

Niemand gab Antwort. Auras Hände tasteten hilflos über die Tür, pressten dagegen, fühlten das hölzerne Schnitzrelief auf der Oberfläche.

Sie rief noch einmal, zweimal, flehte ihn an, doch der Zugang zum Dachgeschoss blieb verschlossen. Ihr Vater wollte sie nicht sehen. Weigerte sich, mit ihr zu sprechen.

Niedergeschlagen sank sie auf die oberste Stufe, den Rücken gegen die Tür gelehnt.

Durch das Holz ertönte der Schrei eines Pelikans.

Wien bei Einbruch der Dämmerung: eine Stadt im Zauber der Gaslaternen. Eisenbeschlagene Kutschenräder schepperten über das regennasse Pflaster. Straßenhändler priesen zum letzten Mal ihre Waren an, andere bauten bereits die Stände ab und lenkten ihre Fuhrwerke heim in die Quartiere am Stadtrand. Vereinzelte Trambahnen dröhnten zwischen den alten Häuserzeilen, ihr Gebimmel klang selbst aus der Ferne unangenehm und schrill. Kinder rannten schreiend umher und suchten in den Abfällen der Händler nach übrig gebliebenen Kostbarkeiten, einem unbeschädigten Apfel oder exotischen Früchten aus Übersee. Der Regen hatte den Kohlegeruch der Kamine für eine Weile zu Boden gedrückt, doch nun stieg er abermals vom Pflaster empor.

Eine kaiserliche Kompanie marschierte im Stechschritt über die Freyung, einen der großen Plätze im Herzen der Stadt. Einst hatte man hier, im Schatten des Schottenstifts, Verräter hingerichtet, indem man sie kopfüber in wassergefüllte Fässer tauchte. Heute versammelten sich an diesem Ort die Menschen zu Volksfesten und Märkten.

Gillian, der Hermaphrodit, trat aus dem Schutz einer bunt beklebten Litfasssäule und schaute sich zum wiederholten Male aufmerksam um. Der Platz war noch immer voller Menschen, wenngleich die meisten unterwegs in die angrenzenden Straßen waren. Das flackernde Licht der Gaslaternen stand im Gegensatz zum fließenden Rot der untergehenden Sonne. Längst war sie hinter den Dächern verschwunden, doch ihr Schein ließ im Westen den Himmel erglühen. Im Osten aber rückte die Nacht heran, und mit ihr verstärkte sich Gillians Furcht.

Was er zu tun hatte, war nicht einfach. Lysander hatte ihm in seiner Botschaft klar zu verstehen gegeben, dass er Widerspruch oder gar Nichterscheinen zum vereinbarten Zeitpunkt nicht dulden würde. Gillian würde Lysander heute Abend wiedersehen, ob er wollte oder nicht. Daran bestand nicht der geringste Zweifel.

Fraglich war allein, ob es Gillian nicht dennoch gelingen konnte, Lysander zu überraschen. Und sei es nur, um unter Beweis zu stellen, dass er in all den Jahren nichts verlernt hatte.

Hätte er es nicht besser gewusst, er wäre vielleicht in die Schottenkirche gegangen, um vor der Madonnenstatue zu beten. Die Wiener verehrten sie als wundertätig. Doch Gillian empfand für solche Bräuche nur Befremden. Niemand würde ihm helfen können, wenn er Lysander gegenüberstand. Nicht einmal er selbst, und das war möglicherweise das Schlimmste: seine eigene Hilflosigkeit. Es war lange her, dass er von anderen abhängig gewesen war und ihren Befehlen gehorcht hatte. Zuletzt hatte er vor Jahren von Lysander gehört.

Aus dem Schatten der Litfasssäule eilte Gillian quer über die Freyung und wich knapp einem zweispännigen Fiaker aus, ohne die Flüche des Kutschers zu beachten. Die Höcker des Pflasters waren glatt vom Regen, einmal wäre er fast ausgerutscht.

Er erreichte den Eingang des Schottenstifts. Ein Benediktinermönch ließ ihn ein, als Gillian ihm ein gefälschtes Papier unter die Nase hielt. Es wies ihn als Kaiserlichen Tintenlieferanten aus – was immer das bedeuten mochte. Er hatte das Dokument von einem Hafenarbeiter aus der Leopoldstadt gekauft, der sich mit Fälschungen aller Art ein Zubrot verdiente. Der Mann hatte ihm geraten, immer ein paar versiegelte Tintenfässer bei sich zu tragen, wenn er das Papier benutzte. Diese Investition kam Gillian nicht zum ersten Mal zugute. Die Einfalt der Menschen war grenzenlos.

Natürlich, er kenne den Weg zum Abt, versicherte Gillian dem Torwächter, und so ließ der Mann ihn ziehen. Freilich, hätte er versucht, in den Kapitelsaal des Klosters oder in die Räumlichkeiten des alten Gymnasiums einzudringen, hätte man ihn wohl aufgehalten. Doch Gillian hatte ein anderes Ziel.

Er ging diesen Weg nicht zum ersten Mal, fand den Zugang zum Keller ohne Mühe und, wichtiger noch, ohne Aufsehen zu erregen. Eine steile Holztreppe führte fast zehn Meter in die Tiefe.

Das Stift hatte seit seiner Gründung im zwölften Jahrhundert eine bewegte Geschichte erlebt, war von Feuersbrünsten verheert, von Milizionären geplündert und von Architekten beim Wiederaufbau entstellt worden. Von romanischen Mauerresten über barocke Hallen bis hin zu Biedermeierkellern spiegelte sich in den Untergründen des Schottenstifts die Historie der Stadt wider.

Gillian aber hatte keinen Blick für die baulichen Wunder der

Klosterkeller. Er hatte die alten Pläne studiert, er kannte sie auswendig. Ohne aufgehalten zu werden, durcheilte er einige der Räume, die von den Benediktinern als Weinlager genutzt wurden. Er fragte sich, weshalb sich nicht jeder Wirt Wiens aus diesen Kellern bediente, wenn es doch so einfach war, hineinzugelangen.

Er kam an einer Mauer vorbei, von der er wusste, dass hinter ihr die große Krypta der Stiftskirche lag, vollgestopft mit Särgen und mumifizierten Leichen. Wie passend, gerade diesen Weg in Lysanders Heim zu nehmen.

Die Luft hier unten war kalt und abgestanden, wurde noch kälter, als er eine runde Metallplatte aus dem Boden löste und seine Füße auf die Eisensprossen setzte, die darunter in die Tiefe führten. Er entzündete eine Laterne, bevor er in die Finsternis abtauchte und die Platte über sich zurück an ihren Platz zog.

Die Luftlinie bis zu seinem Ziel mochte kaum sechshundert Meter betragen, ein Katzensprung. Hier unten aber, im Labyrinth der Wiener Unterwelt, konnte solch eine Strecke zum Tagesmarsch werden. Trotzdem war er zuversichtlich, Lysander pünktlich gegenüberzutreten. In den zehn Jahren, die er jetzt in Wien lebte, war er so oft hier unten gewesen, hatte so viele Kilometer in den Kanälen und Kellern zurückgelegt, dass sie ihren Schrecken für ihn verloren hatten. Wichtig war allein, den zahlreichen Einbrecherbanden aus dem Weg zu gehen, die in den Gewölben Unterschlupf suchten. Sie mochten es nicht, wenn man durch ihre Diebeslager streifte, absichtlich oder aus Versehen. Zu vielen dieser Kerle saß die Klinge allzu locker im Stiefel.

Harmloser waren die Sandler, die Obdachlosen, die sich in den Tunneln verkrochen. Am ehesten aber mochte Gillian die Fettfischer, die ihr ganzes Leben hier unten zubrachten. Anders als die Bettler und Herumtreiber stiegen sie nicht erst nachts in die Kanalisation herab, sondern lebten hier tagein, tagaus. Ihr Name rührte von den Fallen, die sie in den großen Sammelkanälen aufspannten, Gitter und Netze, mit denen sie angeschwemmtes Fett, Fleisch und Knochen abschöpften. Ihre Beute verkauften sie für ein paar Kreuzer an Seifensieder und Masthäuser.

Vor einigen Jahren hatte sich eines von Gillians Opfern im Netz eines Fettfischers verfangen. Die Berichte über den Leichnam hatten in der Unterwelt innerhalb weniger Stunden die Runde gemacht, mehr noch die Beschreibungen der kabbalistischen Tätowierungen, mit denen der Körper bedeckt gewesen war. Gillian hatte den Toten ausgelöst, bevor die Fischer ihn der Polizei übergeben konnten. Das hatte ihn eine gehörige Summe gekostet, beinahe die Hälfte dessen, was man ihm für den Mord gezahlt hatte. Er hatte den Toten anderweitig beseitigt und aus dem Ganzen die Lehre gezogen, dass nahezu alles, was man im Wiener Untergrund verschwinden ließ, früher oder später wieder ans Tageslicht kam.

Heute war Gillian froh über seine Erfahrungen im Untergrundlabyrinth der Stadt. Es half ihm, Lysander ein Schnippchen zu schlagen. Mochte man es kindisch nennen oder eitel, er selbst empfand außerordentliche Befriedigung dabei.

Er hielt die flackernde Lampe hoch über seinen Kopf, zugleich ein wenig vorgestreckt. Es war nicht genug, nur den Boden vor seinen Füßen zu beobachten. Hier unten mochten die Gefahren auch *über* einem lauern, meist in Form von Fluchtschächten in den Gewölbedecken, die zum Unterschlupf einer Verbrecherbande führten. Gillian wollte sich neben seinen anderen Sorgen nicht auch noch Ärger mit diesem Gesindel einhandeln.

Ein eisiger Luftzug wehte durch die Schächte und brachte eine Vielzahl der unterschiedlichsten Laute mit sich. Das allgegenwärtige Rascheln der Ratten wurde von fernen Stimmen, sogar vom Gesang eines Betrunkenen überlagert. Einmal mehr fragte sich Gillian, weshalb Lysander ausgerechnet hier Quartier bezogen hatte. Er besaß genügend Einfluss, um sich in einem der alten Paläste einzumieten.

Freilich, Lysander war keiner, der sich wie eine Ratte in feuchten Löchern verkroch. Wenn es denn Gewölbe und Kellerhallen sein mussten, dann schon ganz besondere. Das war wohl der Grund, weshalb er sich von allen Orten ausgerechnet die Unterwelt der Hofburg ausgesucht hatte. Es musste ihn ein Vermögen kosten, sein Reich nach oben hin abzuschotten. Allein die Schmiergelder an die Burghauptmannschaft mussten astronomisch sein. Aber um Geld war Lysander nie verlegen gewesen.

Die Hofburg mit ihren achtzehn Trakten, mehr als fünfzig Stiegenhäusern und nahezu dreitausend Räumen war eine Residenz, wie sie Lysander gefallen hätte. Da er die jedoch nicht haben konnte, mussten es zumindest ihre Keller sein. Wenigstens einige davon. Hätte er Lysander nicht besser gekannt, so hätte diese Feststellung Gillian vielleicht ein Lächeln entlockt. So aber verspürte er nichts als Unbehagen, durchmischt mit nagender Furcht.

Gebeugt eilte er durch einen Bogengang, in dessen Mitte ein schmaler Wasserlauf rauschte. Das Licht seiner Lampe huschte flimmernd über die Oberfläche. Irgendwo am Ende dieses Tunnels gab es einen Schacht, der direkt in den alten Eiskeller der Hofburg führte. Er hatte gehört, der Raum würde nicht mehr genutzt, konnte dessen aber nicht vollkommen sicher sein.

Er fand die Klappe auf Anhieb, scheiterte aber beim ersten Versuch, sie zu öffnen. Gillian war schnell und geschickt, doch mangelte es ihm von jeher an Kraft, ein Nachteil seiner androgynen Natur. Falls es nötig werden sollte, mit Gewalt in den Keller einzudringen, mochte er daran scheitern.

Nach einigem Suchen entdeckte er einen verborgenen Mechanismus, einen winzigen Hebel, den er mittels einiger Schläge mit der Lampenkante aus seiner eingerosteten Stellung brachte. Jetzt ließ sich das Eisenschott mühelos nach außen klappen. Die Scharniere knirschten. Gillian fluchte im Stillen. Hier unten war das Echo unberechenbar, man wusste nie, welcher Laut bis wohin dringen würde.

Er zog die Klappe hinter sich zu und bemerkte, dass der Riegel abermals einschnappte. Damit war ihm der Rückzug fürs Erste versperrt. Blieb zu hoffen, dass eine Flucht nicht nötig sein würde.

Der enge Schacht endete unterhalb einer weiteren Metallplatte. Ächzend gelang es ihm, sie zur Hälfte beiseitezuschieben. Oben angekommen, klopfte er sich den Roststaub von der Kleidung, ließ den Zugang aber offen.

Als er sich umschaute, sah er, dass seine Hoffnung berechtigt gewesen war. Der Eiskeller war stillgelegt, wurde augenscheinlich seit Jahren nicht mehr genutzt. Im fahlen Licht der Lampe bot sich ihm ein imposanter Anblick.

Ein Rundbau, etwa fünf Schritt im Durchmesser, schraubte sich zehn Meter hoch ins Dunkel. In die runden Wände waren vom Boden bis zur Decke Kammern eingelassen, die einstigen Kühlfächer. Jetzt standen sie leer. In früheren Wintern hatte man den Raum mit Eisschollen aus der Donau gefüllt, die sich in dieser Tiefe das ganze Jahr über hielten. Lebensmittel konnten hier monatelang gelagert werden, auch schon vor sechshundert Jahren, als die Keller der Hofburg entstanden waren. Die Kühlkammern klafften schwarz in den brüchigen Mauern. Aus einigen erklang das Pfeifen ganzer Rattenschwärme.

Als Mittelachse des Eiskellers führte eine Strickleiter vom Boden bis zur Decke, wo sie unter einer Falltür im Stein verankert war. Gillian befestigte die Lampe an seinem Gürtel und zog prüfend an den unteren Sprossen. Das Holz schien alt und rissig, und er hatte Zweifel, ob es ihn tragen würde. Auch die Seile wirkten morsch und zerfasert.

Vorsichtig begann er den Aufstieg. Spinnweben wehten zwischen den Sprossen. Wenigstens bereitete ihm das Klettern keine Schwierigkeiten. Die Leiter pendelte ein wenig, drehte sich einmal halb um sich selbst, schien der Belastung aber standzuhalten. Immer weiter blieb der Boden zurück, fünf Meter, dann sechs. Gillian gab sich Mühe, nur nach oben zu blicken, zur Falltür hinauf, die er im Zwielicht seiner Handlampe schwach erkennen konnte. Sein Schatten an der Decke wucherte zu einer grotesken Form, die den oberen Teil des Eiskellers ausfüllte wie eine Gewitterwolke.

Als er kaum mehr zwei Meter von der Decke entfernt war, fiel ein sanfter Lichtschimmer durch die Fugen der Falltür. Einen Augenblick später wurde sie aufgerissen. Die Silhouetten zweier Gestalten zeichneten sich vor gelblichem Zwielicht ab. Sie reckten Köpfe und Schultern über die Öffnung.

Gillian erstarrte. Der Abgrund unter ihm – sechs, sieben Meter tief – schien plötzlich bodenlos.

Einer der Scherenschnitte hielt eine einzelne Kerze über den Rand der Öffnung. Wachs tropfte auf Gillians Wange. Die Flamme erhellte zwei vollkommen gleiche Gesichter, grau und eingefallen, mit nahezu schlohweißem Haar. Es war unmöglich, ihr Alter zu schätzen, sie sahen schon so aus, seit Gillian sie kannte. Stein und Bein, Lysanders Zwillingsdiener. Mochte der Teufel wissen, wo er die beiden aufgegabelt hatte. Auch ob Lysander ihnen diese Namen gegeben hatte, war ungewiss. Sollten sie jemals andere gehabt haben, so waren sie längst vergessen.

Der eine, der die Kerze hielt – Gillian riet, es wäre Stein –, verzog die schmalen Lippen zu einem Grinsen.

»Wenn das nicht der Besuch für den Herrn ist!«

»Aber wo kommt er her?«, fragte Bein und grinste gleichfalls. »Fühlt er sich wirklich wohl in seiner Lage?«

Gillian spürte, dass seine Hände allmählich zu schmerzen begannen. Er musste von dieser Leiter herunter, so schnell wie möglich, wagte aber nicht, wieder nach unten zu klettern. Er ahnte, was die beiden dann tun würden.

Offenbar war genau das ohnehin ihre Absicht.

Stein hielt die Kerze näher an einen der morschen Stricke. Noch wenige Fingerbreit, und das Seil würde brennen wie eine Lunte.

»Glaubst du, das würde ihm gefallen?«, fragte er seinen Zwillingsbruder.

Bein kicherte verschlagen. »Man kann nie sicher sein.«

»Hört auf mit dem Unsinn!«, rief Gillian zu ihnen hinauf. »Lysander will mich sehen, also helft mir gefälligst hoch.«

»Das ist wahr«, sagte Stein.

»Aber sagte er, *lebend* sehen?«, fragte Bein.

»Ich kann mich nicht erinnern.«

»Das ist schlecht.«

»Sehr schlecht.«

Gillian verlor die Beherrschung. Herausfordernd zog er sich zwei weitere Sprossen empor und brüllte den beiden ins Gesicht: »Spielt eure Spielchen mit einem anderen! Ich bin hier als Lysanders Gast!«

»Aber nicht auf dem Weg, den er wünschte«, entgegnete Stein, immer noch an seinen Bruder gewandt. Die beiden sprachen fast nur miteinander und mit ihrem Herrn, eine ihrer merkwürdigen Angewohnheiten. Eine andere war ihr ausgeprägter Sadismus.

Stein hielt die Kerze noch näher an den Strick. Ein leichter

Luftzug, und die Flamme mochte auf den staubtrockenen Hanf übergreifen. Wieder fiel ein Wachstropfen in Gillians Gesicht.

»Man hört nicht auf das, was einem gesagt wird«, meinte Stein mit tückischer Ruhe.

»Er ist ja auch kein Mann«, sagte Bein.

»Aber auch keine Frau.«

»Er ist von beidem etwas. Ein hübscher Mädchenjunge.«

»Ein Mädchenjunge, ganz recht.«

»Wir sollten ihn bitten, sich auszuziehen.«

»Ja«, stimmte Stein seinem Bruder zu, »wir wollen sehen, wie einer wie er wohl aussieht.«

»Hat er Brüste?«

»Wenn ja, dann sind sie flach.«

»Hat er Bartwuchs?«

»Ich kann keinen sehen.«

»Hat er einen –« Und beide brachen in albernes Kichern aus, das so gar nicht zu ihren verhärmten Gesichtern passte.

Gillians Gedanken drehten sich im Kreis. Er war schon in auswegloseren Situationen gewesen, mehr als ein Mal, aber meist hatte er es mit normalen Gegnern zu tun gehabt, nicht mit Wahnsinnigen.

Er wollte etwas sagen, irgendetwas, das die Flamme von dem Strick fortbewegen würde, doch ein anderer kam ihm zuvor.

»Stein! Bein!«, sagte eine ruhige Stimme. »Gillian ist nicht *euer* Spielzeug.«

Mit einem Schnauben, das vielleicht Empörung signalisieren sollte, zog Stein die Kerze zurück. Dann streckten die Zwillinge Gillian die Hände entgegen. Ihm ekelte vor ihrer Berührung, aber es war der schnellste und sicherste Weg, um nach oben zu gelangen.

Jeder der beiden trug eine Dienerlivree mit gestärktem Hemdkragen und schwarzer Weste. Die Männer bewegten sich wie spindeldürre Insekten, zerbrechlich, aber kraftvoll.

Die Falltür befand sich in einer Kammer aus braunen Ziegelmauern. Steins Kerze und Gillians Handlampe waren die einzigen Lichtquellen im Raum. Eine alte Bohlentür hing schief in ihren Angeln.

Die Zwillinge führten ihn hinaus, durch mehrere Korridore und leerstehende Lagerräume in eine unterirdische Halle. Die Wände waren holzgetäfelt, der Boden unter Schichten von Teppichen begraben. Kerzenleuchter verbreiteten Licht und Wärme. An den Wandtäfelungen hingen zahlreiche Gemälde. Das eine oder andere erkannte Gillian von seinen gelegentlichen Besuchen in Wiens Galerien. Lysander gab sich nicht mit Fälschungen zufrieden. Was an seinen Wänden hing, war echt.

Nachdem sein Eingreifen Gillians Leben gerettet hatte, musste Lysander ihnen vorausgeeilt sein, denn weder an der Falltür noch in den unterirdischen Fluren hatte Gillian eine Spur von ihm entdeckt.

Jetzt aber stand er am anderen Ende der Halle, oberhalb einiger Stufen. Er hatte seinem Gast und den Zwillingen den Rücken zugewandt und konzentrierte sich ganz auf eine Leinwand, die vor ihm an einer Staffelei lehnte. Daneben stand auf einem zweiten Gestell ein gerahmtes Gemälde, *Winter* von Giuseppe Arcimboldo. Der Italiener war einst Maler am Wiener Hof gewesen. Das Bild zeigte das Profil einer merkwürdigen Gestalt, halb Mensch, halb Pflanze. Aus ihrem Schädel wucherte ein groteskes Flechtwerk aus Zweigen.

Lysander trug feinstes Tuch, einen Anzug von blendendem Weiß. Sein Rücken war leicht gebeugt, ein ungewohnter Anblick. Um seinen Hals hatte er eine Pelzstola geschlungen. Alles, was Gillian von ihm sah, war das hellgraue Haar an seinem Hinterkopf. Lysander schien es nicht für nötig zu halten, sich seinem Besucher zuzuwenden. Stattdessen war er mit Pinseln und Farben auf seiner Leinwand beschäftigt. Offenbar kopierte er das Gemälde Arcimboldos, allerdings aus einer neuen Perspektive – von hinten. Ein Spleen Lysanders: Er liebte es, berühmte Kunstwerke aus der Rückansicht zu interpretieren und dabei neue, im Original unsichtbare Details zu enthüllen.

Gillian entdeckte, dass nur die rechte Wand der Halle mit gestohlenen Gemälden aus Wiens Galerien geschmückt war – an der linken hingen die entsprechenden Hinteransichten, die Lysander mit einigem Talent gefertigt hatte.

Die Zwillinge hielten Gillian zurück, als er sich ihrem Meister nähern wollte. Noch immer lag eine Entfernung von zehn, zwölf Metern zwischen ihnen.

»Darf ich nicht näher kommen?«, fragte Gillian und schüttelte die Hände der beiden Diener ab.

»Nein.« Lysanders Stimme klang sanft wie immer, doch Gillian hatte sie weit jünger in Erinnerung. In den Jahren, seit sie sich zuletzt gesehen hatten, konnte er schwerlich so sehr gealtert sein. Vielleicht hat er eine Erkältung, dachte Gillian halbherzig. Kein Wunder in diesen Kellern, obgleich die Halle fürstlich ausgestattet war. Wer nicht wusste, dass er sich unterhalb der Stadt befand, hätte es wohl kaum vermuten können. Nur Fenster gab es keine.

Lysander räusperte sich leise, doch die Heiserkeit – oder das Alter – in seiner Stimme blieb. »Du hast einen anderen Weg genommen, als den, um den ich dich gebeten habe. Glaubst du wirklich, du hast es nötig, mir irgendetwas zu beweisen?«

»Ich bin erleichtert, dass die Wachsamkeit deiner Kreaturen nicht nachgelassen hat. Diese Erkenntnis war mir die Mühe wert.«

Beim Wort *Kreaturen* zogen Stein und Bein scharf die Luft ein, was Gillian mit Genugtuung erfüllte.

Lysander wandte ihm nach wie vor den Rücken zu. »Ich habe eine Aufgabe für dich.«

Natürlich hast du das, dachte Gillian, deshalb bin ich hier.

»Sag mir bitte«, verlangte Lysander höflich, »kennst du das dritte Gemälde von rechts, in der unteren Reihe?«

Verwundert wandte Gillian den Kopf zu den Originalen und suchte das betreffende Bild. Es zeigte eine Felseninsel in einem stillen dunkelgrünen Meer. Aus der Mitte der Felsformationen ragten einige Bäume hervor, Zypressen. Ein Ruderboot näherte sich der Insel, in dem aufrecht eine weiß verhüllte Gestalt stand. Sie blickte dem Eiland mit verschränkten Armen entgegen.

Gillian hatte das Bild noch nie zuvor gesehen. »Nein«, sagte er.

»Ich ließ es vor beinahe siebzehn Jahren in Florenz anfertigen, von einem Schweizer namens Böcklin«, erklärte Lysander und fügte seinem eigenen Gemälde ein paar neue Striche hinzu. »Ich ließ den Auftrag über eine meiner Vertrauten erteilen, die Gräfin von Oriola, übrigens eine vorzügliche junge Kunstkennerin. Nun, *damals* war sie jung – und gerade erst verwitwet, wie ich ergänzen darf.«

Gillian fragte sich, worauf Lysander hinauswollte.

»Die Gräfin beschrieb Böcklin das Motiv entsprechend meinen Wünschen, und er fertigte daraufhin dieses wunderbare Gemälde an. Ein Meisterstück, ohne Zweifel. Ich ließ ihm meine Bitte ausrichten, es *Die Toteninsel* zu nennen. Der gute Mann hat seither noch einige weitere Fassungen davon hergestellt, aber keine kommt meinem Original gleich.«

»Ich bezweifle nicht, dass du die Kunst liebst, Lysander, aber –«

»Nicht so ungeduldig, mein Freund. Ich dachte, Geduld sei eine Stärke deines Gewerbes. Das Bild, das du dort siehst, hat für mich einen hohen symbolischen Wert. *Die Toteninsel* – der Name sagt eigentlich alles, nicht wahr?« Lysander lachte leise und führte den Pinsel erneut mit kühnem Schwung über die Leinwand. »Diese Insel, mein Lieber, ist mehr oder minder das Abbild eines tatsächlichen Ortes, hoch oben im Norden Preußens.« Er zögerte unmerklich. »Heißt es noch so? Preußen? Wie auch immer. Du wirst dich dorthin begeben, und du wirst dafür sorgen, dass der Friedhof, den Böcklin in meinem Auftrag daraus gemacht hat, nicht länger ein Traumgespinst bleibt.«

»Wer ist es diesmal?«

»Du kennst ihn nicht. Nestor Nepomuk Institoris. Ein alter Feind. Gelinde ausgedrückt.«

Gillian erinnerte sich nicht, den Namen je gehört zu haben. *Ein alter Feind.* Er straffte die Schultern. »Ich arbeite nicht mehr in diesem Gewerbe, Lysander. Schon seit Jahren nicht mehr.«

»Oh«, sagte Lysander und setzte nicht einmal den Pinsel ab, »das macht nichts. Du wirst deine alte Arbeit wiederaufnehmen. Für mich.«

Niemand widersprach Lysander. Trotzdem sagte Gillian: »Die halbe Unterwelt Wiens zahlt Abgaben an dich und Gott weiß, wer noch. Ist unter all diesem Gesindel nicht einer, der solch eine Aufgabe übernehmen könnte?«

»Sehr viele«, stimmte Lysander zu. »Hunderte vielleicht. Aber ich will, dass du es tust. Ich breche ungern mit liebgewonnenen Traditionen. Und ich zahle gut.«

»Du weißt, dass mich dein Geld nicht interessiert.«

»Kein Geld. Dein Lohn ist dein Seelenfrieden, Gillian. Ich werde dich danach nie wieder behelligen.«

Gillian verzog das Gesicht. »Das hast du schon einmal versprochen.«

»Und habe ich dich nicht sechs Jahre lang in Ruhe gelassen?«, Lysander seufzte schwer. »Diesmal hast du mein Wort: Dieser Auftrag ist der letzte.«

Gillian wusste, dass er keine Wahl hatte. »Erzähl mir die Einzelheiten«, sagte er müde. »Und sei so gut und lass mich dein Gesicht dabei sehen.«

»Weder das eine noch das andere ist nötig.« Braun und grün malten die Pinsel, Strich um Strich, Zweig um Zweig. »Meine beiden Assistenten werden dir auf der Fahrt zum Bahnhof einen Brief aushändigen. Darin steht alles, was du wissen musst.«

»Auf der Fahrt ... zum Bahnhof?« Gillians Mund war mit einem Mal trocken.

»Es ist unumgänglich, dass du sofort abreist«, sagte Lysander. »Dein Zug verlässt Wien um acht Uhr zehn. Stein und Bein wissen, wann und wo du umsteigen musst.« Dann fügte er hinzu: »Es wird eine lange Fahrt, nimm ein Buch mit.«

»Ich kann nicht so einfach aus Wien verschwinden«, widersetzte sich Gillian. »Es gibt Dinge zu tun, Abkommen einzuhalten. Ich will nicht, dass andere –«

Der Pinsel verharrte. »Von welchen anderen sprichst du?« Kein Zweifel, Lysander würde jeden von ihnen beseitigen lassen, einen nach dem anderen.

Gillian schluckte seinen Zorn hinunter. »Schon gut«, entgegnete er im Tonfall empörter Resignation. »Schon gut, Lysander, ich fahre.«

»Daran habe ich nicht gezweifelt.«

Gillian verspürte den unbändigen Drang, Lysander die verfluchten Ölpinsel in die Augäpfel zu bohren. Eines Tages, schwor er sich, eines Tages ist es so weit.

Stein und Bein nahmen ihn erneut in ihre Mitte und wandten sich zur Tür.

Als sie hinausgingen, hob Lysander noch einmal die Stimme.

»Richte Nestor etwas aus, bevor du ihn tötest.«

»Eine Botschaft für einen Toten? Welchen Zweck hat das?«

»Er wird es verstehen. Präge dir die Worte ganz genau ein.«

Der Hermaphrodit hob die Schultern und nickte ergeben. »Wie lauten sie?«

Ein Augenblick des Schweigens verstrich. Dann sprach Lysander leise: »Sag Nestor, der Seemann hat ein neues Rad.«

KAPITEL 2

So matt, wie das Dämmerlicht die bunten Salonfenster erhellte, verriet es Christopher, dass die Sonne beinahe untergegangen war. Im Schloss war es schwierig, ohne Uhr die genaue Tageszeit zu bestimmen. Die Fenster gestatteten keinen Blick ins Freie, und nicht eines, an dem Christopher sich versucht hatte, hatte sich öffnen lassen. Auch nicht das in seinem Zimmer.

Die Familie versammelte sich zum Abendessen. Bis auf seinen Stiefvater waren alle im Salon im Erdgeschoss des Ostflügels zusammengekommen. Charlotte nahm am Ende der langen Tafel Platz. Aura und Daniel setzten sich an die eine, Christopher und Sylvette an die andere Seite des Tisches. Der Stuhl des Oberhauptes blieb leer. Nestor Nepomuk Institoris zog es vor, in seinem Dachgarten zu speisen. In den anderthalb Tagen seit Christophers Ankunft im Schloss hatte er den Mann noch kein einziges Mal zu sehen bekommen. Sylvette hatte ihm erzählt, sie selbst sei ihrem Vater zum letzten Mal vor drei oder vier Wochen begegnet, zufällig, in einem Flur im Westtrakt. Er hatte ihr keine Beachtung geschenkt.

Hoch über der Tafel hing ein gewaltiger Kronleuchter. Lange Ketten aus Glastropfen stimmten bei jedem Öffnen der Tür ein leises Klirren an. Die Laute erinnerten Christopher an das Flüstern im Schlafsaal des Waisenhauses.

An der Westwand des Salons, zwischen den beiden Bleiglasfenstern, stand eine prachtvolle Uhr, mindestens zweieinhalb Meter hoch. Ihr Zifferblatt leuchtete golden, die Zeiger waren mit Rubinen besetzt. Der eigentliche Korpus der Standuhr war aus dunklem, blankpoliertem Holz, pechschwarz und mit aufwendigen Schnitzereien verziert. Zwei Säulen, gedreht wie Korkenzieher, flankierten eine mannshohe Tür, hinter der Zahnräder und Spiralfedern surrten. Ein behagliches Ticken erklang aus dem Inneren.

Sylvette stieß Christopher mit dem Ellbogen an, deutete auf die

Uhr und begann, ihm etwas darüber zu erzählen, doch Charlotte wies sie barsch zurecht, dass solche Geschichten nicht an den Tisch gehörten.

Aura und Daniel sprachen während des Essens kein Wort, stocherten stumm in Gänsebraten und Gemüse. Als Christopher seinem Stiefbruder am Morgen vorgestellt worden war – während des Privatunterrichts, den ein greiser Lehrer aus dem Dorf abhielt –, hatte Daniel wenig Interesse für ihn gezeigt. Sie hatten sich die Hände geschüttelt und einige höfliche Worte gewechselt, doch von Anfang an stand fest, dass es zwischen ihnen keine Zuneigung geben würde. Das betrübte Christopher ein wenig; er hatte sich im zweiten Adoptivkind der Institoris' einen Verbündeten erhofft. Dabei war ganz offensichtlich, dass Daniel sich für etwas Besonderes hielt, eine Stellung, die er mit niemandem zu teilen gedachte – nur so konnte seine stille Arroganz zu deuten sein.

Aber es war nicht so sehr Daniels Ablehnung, die Christopher schmerzte. Viel mehr hätte ihm an einem warmen Blick Auras, einem freundlichen Wort von ihren Lippen gelegen. Sie hatte ihr schwarzes Haar zu einem Pferdeschwanz gebunden, er reichte bis weit hinab auf ihren Rücken. Christopher warf ihr beim Essen verstohlene Blicke zu, von denen nicht einer erwidert wurde. Sie saß nur da und tat, als existierte er nicht, das hübsche Gesicht verhangen von düsteren Gedanken.

Er hatte mittlerweile gehört, dass Aura in drei Tagen in ein Internat abreisen würde, irgendwo in der Schweiz. Gab sie ihm die Schuld daran? Glaubte sie, er wollte ihren Platz in der Familie einnehmen?

Die kleine Sylvette war die einzige der Geschwister, die regen Anteil an seiner Anwesenheit nahm. Den ganzen Tag über plauderte sie ununterbrochen und hatte ihr Misstrauen, das sie ihm bei ihrer ersten Begegnung entgegengebracht hatte, längst abgelegt. Sie erzählte freimütig von ihrer Schwester, ein wenig auch von Daniel, und gelegentlich sogar von ihrem Vater, obgleich sie über ihn nicht viel zu wissen schien. Er stieg seit Jahren kaum mehr vom Speicher herab, hatte sich nach dort oben zurückgezogen wie ein Einsiedler. Diener brachten ihm Essen und Getränke hinauf, selbst zum

Schlafen blieb er im Dachgarten. Christopher hatte versucht, von außen hinaufzublicken, doch alles, was er hatte erkennen können, waren Sonnenstrahlen, die sich auf den gläsernen Dachschrägen des Mitteltrakts brachen. Nestor musste dort oben eine Art Gewächshaus angelegt haben.

Nachdem das Dessert gereicht worden war – eine Weincreme, die Christopher aus Höflichkeit aufaß, obwohl sie ihm nicht schmeckte –, zog sich die Familie in eines von Charlottes Damenzimmern zurück. Aura wagte leisen Widerspruch, wurde aber von ihrer Mutter zurechtgewiesen. Sie habe sich jetzt lange genug wie ein kleines Kind aufgeführt, und es sei an der Zeit, zu einer gesitteten Art von Familienleben zurückzufinden. Im Gegensatz zu seiner Stiefschwester setzte sich Daniel schweigend dazu, starrte in die Flammen des Kaminfeuers und rieb sich gelegentlich die Handgelenke. Christopher fiel zum ersten Mal auf, dass der blonde Junge unter seinen Manschetten eng anliegende Verbände trug.

Charlotte gab sich alle Mühe, ihre vier Kinder in ein Gespräch zu verwickeln, doch das Vorhaben scheiterte, als ein Diener sie mit einer unerwarteten Meldung überraschte.

»Freiherr von Vehse ist soeben eingetroffen, Madame.« Charlotte ließ sich von der gesamten Dienerschaft *Madame* nennen, das war Christopher schon bei seiner Vorstellung aufgefallen. Es waren Kleinigkeiten wie diese, auf die sie besonderen Wert legte.

Charlottes Gesicht hellte sich schlagartig auf. »Friedrich, du liebe Güte! Er ist schon hier?«

Im selben Moment wurde der Diener beiseitegedrängt. Ein hochgewachsener Mann stürmte ins Zimmer. Charlotte sprang auf und fiel ihm mit einem ganz und gar undamenhaften Jubelruf um den Hals. Der Mann erwiderte ihre Umarmung herzlich, während sich der Diener zurückzog.

Christopher entging nicht, dass sich Auras Gesicht beim Eintreten des Fremden verfinstert hatte. Auch machte sie keine Anstalten, ihn zu begrüßen. Daniel dagegen stand auf und schüttelte dem Mann die Hand, Sylvette umarmte ihn sogar. Auch Christopher erhob sich und trat dem Freiherrn zögernd entgegen.

»Christopher«, sagte Charlotte fröhlich, ohne die Augen von dem

Besucher zu nehmen, »dies ist ein guter Freund der Familie. Der beste, darf ich wohl sagen. Friedrich Freiherr von Vehse.«

Christopher reichte ihm die Hand. Von Vehse ergriff sie und drückte sie kräftig.

»Du also bist das neue Familienmitglied«, sagte er freundlich. »Charlotte hat mir einen langen Brief über dich geschrieben. Damals war noch nicht sicher, ob du wirklich hierherkommen könntest. Es freut mich zu sehen, dass offenbar alles zum Besten verlaufen ist.«

Das Erste, was Christopher an von Vehse auffiel, war die ungewöhnliche Bräune seiner Haut. Ungewöhnlich vor allem in einem Landstrich wie diesem, zudem Ende Oktober. Der Freiherr hatte blondes Haar und ein offenes, ehrliches Gesicht. Er war unrasiert, was seiner stattlichen Erscheinung keinen Abbruch tat. An ihm wirkten Bartstoppeln eher verwegen als ungepflegt. Christopher schätzte ihn auf Mitte Vierzig, etwa in Charlottes Alter. Er trug ein ledernes Bündel bei sich, das er jetzt auf einem der Sessel ablegte.

Aura hielt es nach wie vor für unnötig, den Besucher von sich aus zu begrüßen. Von Vehse bemerkte es mit gelinder Heiterkeit, trat vor sie hin und sagte mit verschmitztem Lächeln: »Es ist ein Privileg, verfolgen zu dürfen, was für eine wunderschöne junge Dame aus dir geworden ist. Du wirst mit jedem Jahr hübscher.«

Ein Hauch von Rot färbte ihre Wangen, sie reichte dem Freiherrn widerstrebend die Hand, schien aber innerlich zu brodeln, als er einen galanten Kuss darauf hauchte. Noch immer sagte sie kein Wort.

Friedrich lachte plötzlich, eine Spur zu grob vielleicht, nahm das Bündel zur Hand und öffnete es. Er zog eine kopfgroße Muschel daraus hervor, schneeweiß wie aus Marmor und von silbrig schimmernden Adern durchzogen. Etwas so Schönes hatte Christopher nie zuvor gesehen. Der Freiherr hielt die Muschel in beiden Händen und reichte sie feierlich der Schlossherrin. Charlotte nahm das Geschenk mit großen Augen entgegen. Sie bedankte sich überschwänglich und ließ sogleich jedes der Kinder an der Öffnung der Muschel horchen. Fasziniert lauschte Christopher dem Meeresrauschen in ihrem Inneren.

»Es ist der Strand von Cape Cross, den ihr da hört«, erklärte der

Freiherr. »Wir gingen dort Anfang Januar an Land, und – ihr werdet es nicht glauben – als wir im August zurückkehrten, war unsere Anlegestelle verschwunden. Keine Spur mehr davon. Der Schwemmsand hatte sie verschluckt.«

Friedrich nahm neben Charlotte auf einem rotsamtenen Sofa Platz, sie in der einen, er in der anderen Ecke. Christopher beobachtete voller Erstaunen, wie seine Stiefmutter in der Nähe des Freiherrn aufblühte. Die große Muschel hielt sie im Schoß wie ein Neugeborenes.

»Friedrich war ein Jahr lang in Südwestafrika, in den Kolonien«, erklärte sie ihren Kindern, obgleich alle außer Christopher das sicher längst wussten.

»Zehn Monate, meine Liebe«, verbesserte er sie sanftmütig.

»Mir kam es viel länger vor.«

Der Freiherr lächelte. »Ich muss gestehen, mir dagegen war die Zeit viel zu kurz. Es ist wunderbar dort unten, wirklich wunderbar.«

Erstaunlicherweise war es Sylvette, nicht Charlotte, die bat: »Erzähl uns davon, Onkel Friedrich.«

Der Freiherr kreuzte Auras ablehnenden Blick. »Ich bin nicht sicher, ob das wirklich gewünscht wird. Ich kam nur her, um nach dem Rechten zu sehen. Ein andermal findet sich vielleicht ein besserer Zeitpunkt, um –«

»Nein«, unterbrach ihn nun Daniel, das erste Wort, das er an diesem Abend sprach. »Bitte, Herr von Vehse, erzählen Sie uns, wie es Ihnen ergangen ist. Es gibt so wenig Abwechslung hier im Schloss, und Ihr Bericht wäre uns allen willkommen.«

Charlotte pflichtete ihm bei: »Ja, Friedrich, wir sind sehr gespannt.«

Christopher hatte den Eindruck, dass das Widerstreben des Freiherrn kein Kokettieren war. Offenbar wollte er der Familie tatsächlich nicht lästig fallen, besonders Aura nicht, die ihn so offensichtlich ablehnte. Seine Art und sein Auftreten schienen beneidenswert selbstbewusst. Es wunderte Christopher keineswegs, dass Charlotte solch einen Narren an ihm gefressen hatte. Aber auch Friedrich schenkte der einsamen Schlossherrin mehr als nur einen warmherzigen Blick.

Doch ehe der Freiherr sich zu einem Bericht seiner Erlebnisse durchringen konnte, fragte er: »Wie geht es Nestor? Ich nehme an, er ist oben in seiner Hexenküche.« Er sagte das mit betonter Ironie, und dennoch wanderte ein Schatten über Charlottes Antlitz.

»Er hat sicher bereits gehört, dass du früher eingetroffen bist, als erwartet«, sagte sie bitter. »Hier geschieht nichts, das ihm entgeht. Wenn er dich sehen will, wird er runterkommen.«

»Gewiss.« Friedrich räusperte sich, aber seine Verlegenheit wirkte nicht ganz echt.

Eines der Hausmädchen brachte heiße Schokolade für Sylvette und dampfenden Grog für alle anderen. Friedrich nahm eine Tasse, steckte die Nase in den Dampf und rief: »Ah, Rum aus der Karibik! Charlotte, deine Angestellten wissen noch genau, was ich schätze.«

Das Dienstmädchen nickte ihm zu, dankbar für das Lob, und verschwand. Friedrich lehnte sich zurück, während Sylvette und Daniel ihn mit Fragen bestürmten und Charlotte ihm tiefsinnig zulächelte. Er begann, sich eine lange Pfeife zu stopfen. Christopher spürte, wie auch ihn die Begeisterung der anderen für die Erlebnisse des Freiherrn ansteckte. Verblüfft registrierte er, dass Daniel mehr und mehr auftaute; obgleich er Aura merklich nahestand, teilte er nicht ihre offene Ablehnung gegen von Vehse. Mehr noch, Daniel schien den Freiherrn regelrecht anzuhimmeln. Aura hingegen blieb stumm und verfolgte das Geschehen mit wachsamen Blicken voller Argwohn.

Wie sich in den folgenden Stunden herausstellte, hatte von Vehse an einer Expedition durch die Große Namib teilgenommen, einen breiten Wüstenstreifen an der Küste Südwestafrikas. Das Gebiet dort unten war seit anderthalb Jahrzehnten in deutscher Hand, nachdem ein Bremer Kaufmann dort als erster eine größere Fläche Land erworben hatte. Friedrich hatte seine Finger wohl in allerlei Geschäften, vor allem im Kupferhandel, und hatte sich erhofft, aus seiner Anwesenheit vor Ort Gewinn für seine Unternehmungen zu ziehen. Er unterhielt ein Gut rund sechzig Kilometer südlich von Schloss Institoris, offenbar ein beträchtliches Anwesen, das er mit Hilfe seiner afrikanischen Einkünfte zu einem prächtigen Stammsitz ausgebaut hatte. Immer wieder betonte er, dass seine Reise in die Kolonien vor allen Dingen geschäftliche Gründe gehabt habe, doch musste jedem, der seinen Erzählungen lauschte, unweigerlich klarwerden, dass eine gehörige Portion Abenteuerlust der wichtigste Antrieb seiner Expedition gewesen war.

Onkel Friedrich, wie Sylvette ihn immer wieder voller Zuneigung nannte, sprach ehrfurchtsvoll vom heißen »Gesichtswind«, einem glühenden Wüstenföhn, den die Nomadenstämme so genannt hatten, weil er von Osten her – aus dem »Gesicht der Welt« – über die Ebenen fauchte. Von Vehse erzählte auch von seinen Begegnungen mit Hottentotten; sie wiederum verdankten ihren Namen den holländischen Afrikaforschern, die sich damit über die stotterige Sprache der Eingeborenen lustig machten. Viele solcher Anekdoten und Geschichten wusste der Freiherr zu berichten, und Christopher ertappte sich, wie er jedem Satz mit wachsender Leidenschaft lauschte. Hier war zweifellos ein Mann, von dem es einiges zu lernen gab. Zugleich aber verspürte er auch unverhohlenen Neid auf diesen Abenteurer, dem keine Entfernung zu groß, keine Gefahr zu verwegen war.

Es ging bereits auf Mitternacht zu, als die Tür des Damenzimmers aufgestoßen wurde. Eine Gestalt erschien im Türrahmen. Flackernder Feuerschein vom Kamin zuckte gespenstisch über ihre Züge.

Christopher, schlagartig aus den Weiten der Namib in die Wirklichkeit zurückgerissen, begriff, dass nun der Zeitpunkt gekommen war, an dem er zum ersten Mal seinem Stiefvater gegenübertreten würde. Plötzlich war er nicht mehr sicher, ob er darüber wirklich glücklich war.

Nestor Nepomuk Institoris war älter, als Christopher erwartet hatte. Kein Jahr unter sechzig, eher einige darüber. Sein Haar war grau, der Körper leicht gebeugt, aber keineswegs schwächlich. Furchen zogen sich durch sein Gesicht, vom gelben Schein der Flammen noch vertieft. Die Augen des Alten aber waren wach und hell, als glühte in ihnen ein scharfer Intellekt.

Nestor blieb am Eingang des Zimmers stehen und ließ seinen Blick über die versammelte Familie bis hin zu dem braungebrannten Besucher auf dem Sofa wandern. Christopher schenkte er keine Beachtung, was dem Jungen einen heftigen Stich versetzte.

»Hast du es mitgebracht?«, fragte er ohne Begrüßung. Seine Stimme war schneidend.

Friedrich sprang auf, eilte mit wenigen, großen Schritten auf den Hausherrn zu und streckte ihm die Hand entgegen. Nestor ergriff sie nur widerwillig, als sei für ihn jede freundliche Geste, jedes höfliche Wort pure Zeitverschwendung.

»Nestor!«, sagte der Freiherr. »Wir haben uns lange nicht gesehen.«

Der Alte ging nicht darauf ein. »Hast du mitgebracht, worum ich dich gebeten habe?«

Unverständnis erschien auf Friedrichs Gesicht, vielleicht auch ein Anflug von Ärger. »Um was du mich gebeten hast? Was meinst du?«

Da sagte Nestor etwas, das atemloses Schweigen über die Anwesenden legte: »Das Blut eines Drachen, der von einem Elefanten zermalmt wurde.« Der Alte legte misstrauisch den Kopf schräg. »Es gibt doch Elefanten dort, wo du dich herumgetrieben hast?«

Friedrich wirkte zum ersten Mal ernsthaft verunsichert. Verwirrt warf er Charlotte einen Blick zu.

»Ja ... ja, es gibt dort Elefanten. Aber –«

»Aber?«, unterbrach Nestor ihn finster. »Soll das heißen, du hast es vergessen?«

»Vergessen? Ja. Das heißt, nein«, verbesserte sich Friedrich. Ein wenig gefasster fügte er hinzu: »Ich glaubte damals, du hättest einen Scherz gemacht.«

Nestor mahlte vor Zorn mit den Zähnen. Es dauerte einen Augenblick, ehe er mühsam hervorpresste: »Einen Scherz? Ich bitte dich, Friedrich, wie lange ist es wohl her, dass ich einen Scherz gemacht habe?«

»Nun, ziemlich genau zehn Monate, nahm ich an.« Friedrich versuchte offensichtlich, die peinliche Situation durch Humor zu retten.

Christopher verkniff sich ein Grinsen, fuhr aber entsetzt zusammen, als ihn ein Blick aus Nestors Glutaugen streifte.

»Ich verstehe«, sagte der Alte sehr langsam und leise. »Ich verstehe nur zu gut.« Und dann brüllte er plötzlich: »Herrgott, ich brauche es, verdammt! Ich hatte nur diese eine Bitte an dich! Nur diese eine! War das nicht ein geringer Preis für deine Privilegien in diesem Haus?«

Charlotte zuckte so heftig zusammen, dass es niemandem entgehen konnte. Aura stieß ein verächtliches Schnauben aus.

Friedrich atmete tief durch und straffte seinen Oberkörper. »Ich werde das Schloss umgehend verlassen, wenn du es wünschst, Nestor.«

Der Alte starrte ihm noch einmal in die Augen, dann flüsterte er nur: »Tu, was du willst.« Bleich und gebeugt stürmte er hinaus und schlug krachend die Tür hinter sich zu. Christopher hörte, wie seine Schritte auf dem Gang davondonnerten.

An diesem Abend gab es keine weiteren Berichte über die Wüste Namib und kein Wort mehr über ihre Wunder.

Vielleicht waren es all die Expeditionen ins Unbekannte, die ansteckende Kühnheit des Freiherrn, die Christopher in der Nacht zu einer Entscheidung führten.

Er hatte keine Minute Schlaf gefunden, seit sich die Versammlung im Damenzimmer aufgelöst hatte, gleich nach Nestors groteskem Auftritt. Stundenlang hatte er gegrübelt, hatte nachgesonnen über das, was er vorhatte. Doch alle komplizierten Pläne waren zwecklos. Nichts davon machte Sinn. Er musste den direkten, den schnellsten Weg nehmen. Jetzt gleich, oder er würde nie wieder ruhig schlafen können. Seine Neugier, sein Wissensdrang ließen ihn am ganzen Leib erbeben. So war es immer gewesen. Er konnte nichts dafür, er konnte einfach nicht anders.

Im Waisenhaus hatten sich die anderen Kinder darüber lustig gemacht. Tief in sich konnte er sie noch immer hören, die hellen Stimmen, ihr Kreischen und Lachen, wenn sie ihn über die Flure jagten, ihr Johlen, wenn sie ihm staubige Bücher unter die Nase hielten, sich jubelnd an seinen Anfällen weideten.

Nur Bruder Markus hatte ihn verstanden. Wenngleich auch ihn Christophers Eifer und Wissbegier gelegentlich erschreckt hatten. Was brachte einen Jungen dazu, die alten Schriften und Bücher zu studieren, obgleich ihre Nähe ihm Atemnot und Reizhusten verursachte – wo doch andere, gesunde Kinder nicht das geringste Interesse für das geschriebene Wort aufbringen wollten? Der Bruder hatte keine Antwort auf diese Frage gefunden. Nicht einmal Christopher selbst kannte sie.

Der Mond erhellte das Bleiglas im Fenster. Es zeigte drei hohe Säulen, die sich auf einem schachbrettartigen Boden erhoben. Über jeder Säule war ein runder Ausschnitt des Himmels zu sehen: Im einen erstrahlte die Sonne, im zweiten der Mond, im letzten schienen die Sterne. An der mittleren Säule lehnte eine Leiter, die weiter oben im Dunst verschwand. Eine menschliche Gestalt erklomm die Sprossen und ließ am Boden drei Gegenstände zurück: Bibel, Zirkel und Winkelmaß.

Christopher schlug die Decke zurück und stand auf. Das Fenster warf ein buntes Zwielicht-Raster über die Einrichtung des Zimmers. Der Raum war groß, gewaltig gar, wenn man ihn mit den Kammern des Waisenhauses verglich. Nur die Schlaf- und Speisesäle waren größer gewesen, und in ihnen hatten sich Dutzende Kinder getummelt. Diesen Raum aber hatte Christopher für sich allein. Beim Eintreten hatte er zum ersten Mal das Gefühl gehabt, im Inneren eines Gebäudes frei durchatmen zu können. Charlotte hatte das Bücherregal neben dem mächtigen Eichenschrank leerräumen und mit Blumen schmücken lassen.

Eilig zog er seine Kleidung über und schlich barfuß zur Tür. Er horchte am Holz, drückte langsam die Klinke herunter. Schlüpfte lautlos hinaus auf den Flur. Sein Zimmer lag wie die von Daniel und Sylvette im ersten Stock des Ostflügels, am Ende eines langen Korridors. Nur Aura schlief ein Stockwerk darüber.

Um zurück zum Mitteltrakt zu gelangen, musste Christopher an den Türen der anderen vorbei. Der Flur war finster, ein einziges Gaslicht brannte an seinem Ende. Davor aber schienen sich die Schatten zusammenzuballen. Christopher konnte kaum den Boden zu seinen Füßen erkennen, wagte aber nicht, weitere Lichter zu entzünden.

Vorsichtig passierte er erst Sylvettes, dann Daniels Tür. Dahinter war kein Laut zu hören. Beinahe fluchtartig lief er den Gang hinunter, erreichte unterhalb des Gaslichts eine Gabelung und nahm den Korridor nach links. Er führte zum Hauptflügel.

Christopher blieb unbehelligt. Die meisten der Bediensteten wohnten im Dorf, sie setzten am Abend mit dem Boot zum Festland über. Das übrige halbe Dutzend schlief in Zimmern im Erdgeschoss. Nachtwächter oder gar Wachhunde gab es nicht.

Leise schlich Christopher über die Flure und gelangte schließlich in eines der beiden Haupttreppenhäuser. Obgleich er barfuß war, hallten die Laute seiner Schritte auf den breiten Marmorstufen wider. Zu seiner Enttäuschung endete die Treppe im zweiten Stock, ohne dass ein weiterer Aufgang zum Dachgarten führte. Es musste einen anderen Weg dorthin geben.

Allmählich gewöhnten sich seine Augen an das schwache Licht der vereinzelten Nachtlampen. Immer noch wirkten die Flure doppelt so lang wie bei Tag, immer noch kamen ihm die Schatten bedrohlich und bodenlos vor. Dennoch suchte er weiter.

Er wusste nicht mehr, wie lange er nun schon umherirrte, ohne sein Ziel zu erreichen. Ärger und Enttäuschung vernebelten seine Neugier, und er kam mehr und mehr zu dem Schluss, dass es besser wäre, umzukehren.

Plötzlich blieb er stehen. Erstarrte.

Ein helles Kreischen gellte über den Flur.

Da, noch einmal! Es drang durch eine Tür an der Seite des Korridors.

Christopher war kalt, Furcht überfiel ihn. Blitzschnell überlegte er, ob er Hilfe holen sollte. Das Kreischen klang, als befände sich ein Mensch in höchster Bedrängnis. Dann wieder machte es den Eindruck, als wäre es ganz und gar unmenschlich.

Langsam näherte er sich der Tür. Die Schreie brachen ab. Er legte die Hand auf die Klinke, öffnete. Der Metallgriff fühlte sich an wie pures Eis. Ein Frösteln kroch seinen Arm empor.

Hinter der Tür war es dunkel, Holzstufen führten eine schmale Treppe hinauf. An ihrem Ende musste sich eine weitere Tür befinden; alles, was Christopher erkennen konnte, war ein Streifen vager Helligkeit, oberhalb der letzten Stufe.

Nach kurzem Zögern trat er durch die untere Tür, setzte einen Fuß auf die Stufe. Dann den zweiten. Achtsam, kein Geräusch zu verursachen, stieg er die Treppe hinauf. Mehr als einmal knarrte das Holz und ihn überkam panische Angst. Was trieb Nestor dort oben? Wer oder was stieß diese entsetzlichen Schreie aus? Und vor allem: Was würde der Alte tun, wenn er Christopher entdeckte?

Er wird mich zurückschicken, durchfuhr es ihn. Er schickt mich zurück ins Waisenhaus.

Sein ganzer Körper war angespannt, jeder Muskel schmerzte. Er erreichte die Tür, wagte aber nicht, die Klinke hinabzudrücken. Stattdessen tastete er mit den Handflächen über das Holz. Er fühlte ein Relief. Nachdem sich seine Augen an die Finsternis gewöhnt hatten, erkannte er, dass es einen Pelikan darstellte.

Wieder das Kreischen. Lauter, diesmal. Unweit der Tür.

Christopher warf sich herum und floh. Sprang in weiten Sätzen die Treppe hinab, glitt an einer Kante aus, stürzte und prallte mit einem Knie gegen die untere Tür. Mit schmerzverzerrtem Gesicht taumelte er hinaus auf den Flur.

Nur fort von hier!, dachte er.

Nur fort!

Christopher wusste nicht, wie lange er gebraucht hatte, ehe er den Flur wiederfand, an dem die Zimmer der Geschwister lagen. Sein Knie tat noch immer weh, aber er war ziemlich sicher, dass es keine ernste Verletzung war. Dennoch humpelte er leicht, als er an der Tür von Daniels Zimmer vorbeikam. Sie war offen.

Daniel stand im Türrahmen, mit einem weißen Pyjama bekleidet. Er war blass, sein Haar vom Schlaf zerrauft. Sein Blick aber schimmerte stechend und vorwurfsvoll. Christopher fragte sich, wie lange er schon auf ihn gewartet hatte.

Daniel klang gereizt. »Mutter schätzt es nicht besonders, wenn jemand nachts durchs Schloss schleicht.«

»Ich wüsste nicht, was dich das –«

Eine Bewegung in seinem Rücken ließ Christopher verstummen. Alarmiert fuhr er herum. Nicht schnell genug. Aus dem Augenwinkel sah er noch einen hellen Schemen unterhalb des Gaslichts am Korridorende, dann war die Gestalt schon hinter der Ecke verschwunden.

Daniel war noch bleicher geworden, als Christopher sich wieder zu ihm umwandte.

»War das Aura?«

Daniel verzog das Gesicht. »Geh ins Bett und vergiss es.« Er wollte die Tür schließen, aber Christopher setzte hastig einen Fuß in den Spalt.

»Was geht zwischen euch beiden vor, hm?«

Die Tür wurde wieder aufgerissen. Drohend machte Daniel einen Schritt aus dem Zimmer auf Christopher zu, als der seinen Fuß zurückzog.

»Ich hab gesagt, vergiss es einfach! Es geht dich nichts an.«

Christopher schüttelte stur den Kopf. »Es ist mir egal, was ihr zwei zusammen treibt. Aber ich wüsste gern, was ich euch getan habe.« Es war der denkbar schlechteste Zeitpunkt für solch eine Diskussion, das wusste er selbst, aber seine aufgestaute Wut über die offene Ablehnung der beiden überkam ihn wie ein Anfall seiner Allergie. Er konnte nichts dagegen tun.

»Aura und ich haben gestritten, das ist alles.« Daniels zornige Miene wurde zunehmend finsterer. »Reicht dir das?«

»Keine Antwort auf meine Frage.«

»Das hat nichts mit dir zu tun.«

»So? Tatsächlich nicht?« Christopher schenkte ihm ein kaltes Lächeln. »Seltsam, dass ich einen ganz anderen Eindruck hatte.«

»Ja«, entgegnete Daniel kühl, »seltsam.«

Im Nachhinein hätte keiner von beiden zu sagen vermocht, wer wirklich den ersten Schritt getan hatte. Plötzlich aber, von einem Moment zum anderen, gingen sie rauflustig aufeinander los. Christopher gelang es, Daniel in den Schwitzkasten zu nehmen, während Daniel ausholte und seine Faust in Christophers Magen hieb. Eine Sekunde später war er frei und setzte sofort nach. Heftig stieß er Christopher zurück. Der krachte mit seinem geprellten Knie gegen einen Türrahmen und sackte keuchend zusammen.

Daniel blieb vor ihm stehen und wirkte selbst ein wenig überrascht über den abrupten Gewaltausbruch. Auf den Verbänden an seinen Handgelenken leuchteten zwei dunkelrote Flecken. Ganz kurz sah es so aus, als wollte er Christopher die Hand reichen, um ihm aufzuhelfen. Dann aber ließ er es bleiben.

»Tut mir leid«, murmelte er stattdessen, drehte sich um und schloss die Tür seines Zimmers hinter sich.

Christopher rappelte sich hoch und erwog einen Moment lang, Daniel zu folgen, wandte sich dann aber ab. Er wusste, wann er verloren hatte. Es war eine Art von Ehrgefühl, die ihn das Waisenhaus gelehrt hatte.

Was aber war eigentlich geschehen? Wie hatte es überhaupt so weit kommen können?

Er war wütend auf Daniel, natürlich, aber ebenso verwirrte ihn seine eigene Reaktion. Was stand nur zwischen ihnen, dass sie derart heftig aufeinander losgegangen waren?

Er zog die Tür hinter sich zu und warf sich aufs Bett. Den Rest der Nacht lag er wach und horchte ins Dunkel. Das Kreischen auf dem Dachboden war verstummt – oder es vermochte die alten Mauern nicht zu durchdringen.

Alles, was er hörte, war das leise Flüstern der See. Es klang wie das Rauschen im Inneren der Muschel, Hirngespinst und Wirklichkeit vereint.

Im Traum sah Aura eine Wespe, die auf ihrer Brustwarze tanzte. Auf und ab, bereit, jederzeit zuzustechen. Die Wespe spielte mit ihrem Opfer, zögerte den Angriff hinaus. Dann aber senkte sich der Stachel in weiche Haut, mitten in den hellbraunen Hof. Der Schmerz traf Aura wie ein Geschoss. Er füllte sie aus, loderte in ihr – und verschwand.

Aura erwachte und schlug um sich. Panik war in ihr, kam als Aufschrei über ihre Lippen.

Niemand hörte sie. Ihr Zimmer lag viel zu weit abseits.

Immer noch in heller Aufregung, warf sie ihre Decke zur Seite und raffte ihr Nachthemd hoch. Ihre Brust war unversehrt. Keine Wespe, kein Einstich. Nur ein Traumbild, das allmählich verblasste.

Sie blieb noch eine Weile liegen, schweißgebadet und erschöpft, dann erhob sie sich. Sogar durch den Bettvorleger spürte sie die Kälte des Bodens unter ihren Füßen, und das, obwohl sie am

Abend das Feuer im Ofen geschürt hatte. Aber das Parkett war immer kalt, ganz gleich, was sie dagegen unternahm. Dafür war es viel zu sehr Teil dieses Schlosses.

Sie legte das Nachthemd ab und betrachtete eingehend ihre Beine. Goldene Ringe glitzerten längs der Innenseiten ihrer Schenkel, auf jeder Seite neunzehn. Der Schmerz, den sie verursachten, war zu ihrem ständigen Begleiter geworden, nunmehr seit fünf Tagen, seit sie achtunddreißig ihrer Ohrringe durch die Haut ihrer Schenkel gestochen hatte. Es tat nicht so weh, wie sie erwartet hatte, aber das scharfe Ziehen genügte, um sie an die achtunddreißig Monate zu erinnern, die ihr bevorstanden. Ihre Monate im Internat. Für jeden einzelnen ein Ring.

Ausgerechnet Friedrich hatte sie auf die Idee gebracht, kurz vor seiner Abreise nach Afrika vor knapp einem Jahr. Damals hatte er im Kreis der Familie von Eingeborenen erzählt, die ihre Körper an den intimsten Stellen mit Schmuck behängten.

Aura aber trug die Ringe an ihren Schenkeln nicht zur Zierde. Sie wusste, sie würde sich an die Torturen des Internats gewöhnen, würde abstumpfen. Die Ringe aber sollten sie stets an den Verrat erinnern, den ihr Vater an ihr begangen hatte. Nestor ließ zu, dass sie fortgeschickt wurde, zweifellos auf Wunsch ihrer Mutter. Aura war sicher, dass das Internat Charlottes Einfall gewesen war. Nur sie konnte auf etwas so Gemeines gekommen sein.

Mit jedem Monat, der verging, wollte Aura einen Ring aus ihrer Haut entfernen. So würde sie nie vergessen, was ihre Familie ihr angetan hatte. Und was war das leichte Brennen in ihren Schenkeln schon gegen den Schmerz ihrer Abschiebung?

Aura hatte kaum ihr Kleid übergestreift, als es an der Tür klopfte. Eilig zog sie den Saum herunter. Niemand durfte von den Ringen erfahren.

»Wer ist da?«, fragte sie, während sie mit flinken Fingern die Verschlüsse am Rücken einhakte. Der letzte klemmte, wie üblich.

»Ich bin's.« Die Tür ging auf, und Charlotte trat ein.

Wie gerufen, dachte Aura resigniert.

Ihre Mutter trug eines ihrer heißgeliebten Hauskleider – Gute-Laune-Kleider nannte sie sie –, so grell und bunt, dass die aufgesetzte Fröhlichkeit der Farben jedem ins Auge springen musste. Aber es wäre verschenkte Mühe gewesen, Charlotte darauf hinzuweisen. Außerdem war es lange her, dass Aura und sie über so belanglose Dinge wie Mode gesprochen hatten. Es gab so viel Wichtigeres – sich zu streiten, beispielsweise.

Bevor sie etwas sagte, trat Charlotte hinter ihre Tochter und half ihr mit dem Verschluss des Kleides.

»Danke«, sagte Aura ohne Wärme. Sie setzte sich auf die Bettkante und fädelte Schnürriemen in ihre wadenhohen Schuhe. Sie waren aus weichem dunkelgrünem Leder. Auras Lieblingsschuhe. Sie trug sie, so oft es nur ging.

»Bleibt Friedrich zum Frühstück?«, fragte sie in Ermangelung eines anderen Themas. Sie konnte sich beim besten Willen nicht vorstellen, was ihre Mutter von ihr wollte. Es kam selten vor, dass Charlotte sie in ihrem Zimmer aufsuchte.

»Er ist schon abgereist.« Charlotte trat ans Fenster. Es zeigte zwei Ferkel und einen Schwan mit spitzen Hörnern, die aus der Öffnung eines großen Kessels blickten. Aura hatte das Motiv seit jeher verabscheut, doch in letzter Zeit war es ihr kaum mehr aufgefallen.

Das bunte Licht, das durch das Glasmosaik hereinfiel, machte die Farben von Charlottes Kleid noch unerträglicher.

»Da er fort ist, nehme ich an, dass du schon gefrühstückt hast«, sagte Aura.

»Mit Friedrich, ja. Das Boot hat ihn vor einer Stunde an Land gebracht. Aber das dürfte dich nicht allzu traurig stimmen, nicht wahr?« Jetzt klang sie fast ein wenig bedrückt.

Bitte, dachte Aura, nicht am frühen Morgen. Sag schon, was du willst, und dann lass mich in Ruhe.

Aber Charlotte machte keine Anstalten, wieder zu gehen. Mit einem Ruck drehte sie sich zu ihrer Tochter um. In ihrem Kleid sah sie nun selbst aus wie ein Teil des Fenstermosaiks.

»Ich möchte von dir wissen, weshalb du dich so aufführst.«

»Wie führe ich mich denn auf?« Aura schnürte in aller Ruhe ihre Schuhe zu. Innerlich aber berührten sie Charlottes Worte. Natürlich wusste sie, was ihre Mutter meinte, aber es fiel ihr schwer, darüber zu sprechen. So schwer, wie es Daniel fiel, mit ihr über seine Probleme zu reden.

»Du bist scheußlich zu mir und das ist nichts Neues«, sagte Charlotte müde. »Aber seit ein paar Tagen behandelst du jeden hier, als wäre er dein Feind. Sogar mit Daniel scheinst du dich nicht mehr zu verstehen. Und Christopher hast du nicht einmal eine Chance gegeben.« Sie trat näher an Aura heran und blieb einen Schritt vor ihr stehen. Ihre Stimme war voller Mitgefühl, *ehrlichem* Mitgefühl, und das verunsicherte Aura zutiefst. »Ist es wirklich nur wegen des Internats?«

Auras Augen funkelten Charlotte an. »*Nur* wegen des Internats? Das ist nicht dein Ernst, oder? Das Internat dürfte wahrlich Grund genug sein.«

»Du gibst mir die Schuld dafür?«

»Wem sonst? Du hast veranlasst, dass ich dorthin muss!«

»Das ist nicht wahr!« Charlottes Miene war ungewohnt starr und verbissen. Sie stritt nicht zum ersten Mal ab, dass das Internat ihr Einfall gewesen war. Aber sie hatte dabei selten so überzeugend ausgesehen wie in diesem Augenblick.

Eine Sekunde lang brachte sie Aura ernstlich durcheinander. Doch dann vergingen Auras Zweifel, und die Wut auf ihre Mutter kehrte zurück. »Vater hätte so etwas nie von sich aus vorgeschlagen.« Es klang, als wollte sie vor allen Dingen sich selbst überzeugen. Dabei war es doch wahr, *musste* wahr sein.

Charlotte blieb beharrlich. »Es war nicht nur sein Vorschlag, Aura. Es war sein ausdrücklicher Wunsch! Er wollte es so, hatte alles schon in die Wege geleitet, bevor ich überhaupt davon erfahren habe. Und selbst das nur per Zufall. Wenn es nach ihm gegangen wäre, hätte er dich wahrscheinlich bei Nacht und Nebel fortbringen lassen. So ist er, Aura, so war er schon immer. Auch wenn du es nicht einsehen willst.«

Aura schloss einen Moment lang die Augen und öffnete sie dann wieder. Sie hasste sich für die Tränen, die in ihnen aufstiegen. »Warum hast du ihn dann geheiratet?«

Der Blick ihrer Mutter wurde leer, glitt durch sie hindurch in die Ferne. »Das ist sehr lange her.«

»Du hast gesagt, er war schon immer so.« Aura hatte gar nicht in der Wunde bohren wollen, aber jetzt konnte sie nicht anders. Herrgott, was war nur los mit ihr?

»Dein Vater war immer schon ein wenig ... schwierig. Anders als die anderen. Aber er sah gut aus. Vor allen Dingen war es seine« – Charlotte zögerte erneut – »seine Ausstrahlung, glaube ich. Wir haben uns in Berlin kennengelernt, auf einem Ball, und er – ach, Aura, du kennst die Geschichte.«

Sie kannte sie, in der Tat, aber sie konnte sich nicht erinnern, sie je aus dem Mund ihrer Mutter gehört zu haben. Ihr Vater hatte ihr einmal davon erzählt, vor Jahren, als sie ein Kind gewesen war, und er sich noch nicht in seinem Dachgarten vor der Welt versteckte.

Er und Charlotte hatten sich auf einem Maskenball getroffen. Das war vor fast zwanzig Jahren gewesen. Charlotte war damals siebzehn oder achtzehn, ein verwöhntes Mädchen aus gutem Hause, das seine Eltern bereits kurz nach der Geburt bei einem Schiffsunglück vor der dänischen Küste verloren hatte. Sie hatte seither bei einer entfernten Cousine ihrer Mutter gewohnt, die – kaum weniger vermögend – keinen Hehl daraus gemacht hatte, dass sie es für klug hielt, Charlotte schleunigst unter die Haube zu bringen. Sie hatte das Mädchen mit ihrem Gerede von prächtigen Hochzeiten, liebevollen Ehemännern und glücklichen Großfamilien angesteckt, bis Charlotte sich weniger Gedanken über das *Wen*, als über das *Wann* gemacht hatte. Schnell sollte es geschehen, so viel war sicher, und als ihr schließlich Nestor begegnete, hatte sie keinen Zweifel, dass er der Richtige war. Er war vermögend, steinreich sogar, und von zahlreichen Damen umschwärmt, die Charlotte eher als Herausforderung, denn als Konkurrenz ansah. Nestor hatte Aura später gestanden, dass er sich tatsächlich Hals über Kopf in Charlotte verliebt hatte, in ihre Schönheit, ihre Offenheit und ein wenig auch in ihre Naivität. Schon wenige Wochen nach ihrer ersten Begegnung war die Hochzeit ausgerichtet worden, und Charlottes Vormund hatte keine Bedenken gehabt, sein Mündel ziehen zu lassen. Hinauf in das abgelegene Anwesen des Nestor Nepomuk Institoris.

Was dann geschehen war, was seine Veränderung vom attraktiven Lebemann zum zurückgezogenen Einsiedler verursacht und seinen äußeren Verfall beschleunigt hatte, darüber wurde im Schloss nicht gesprochen. Aura bezweifelte, dass Charlotte eine Antwort auf diese Frage gewusst hätte. Sie selbst, Aura, war die Einzige, die überhaupt Zugang zum Dachboden und eine grobe Ahnung dessen hatte, was ihr Vater dort oben trieb. Zu ihr war er immer freundlich, manchmal fast liebevoll gewesen – ein Privileg, das sie allein genoss. Weder Sylvette noch Daniel und schon gar nicht Charlotte hatten Nestors Reich unterm Dach je betreten dürfen.

Charlotte wusste um die Bevorzugung, die Nestor Aura zuteilwerden ließ, und so hatte sie ihre eigene Liebe mehr und mehr auf Sylvette konzentriert. Die Kleine bekam die schönsten Kleider von Schneidern aus Berlin und Hamburg, ihr wurde jeder Wunsch von den Lippen gelesen.

Auch Aura liebte Sylvette, ohne Frage, doch war auch ein dunkles Gefühl von Eifersucht auf ihre Schwester in ihr. Sie hatte Charlottes Verhalten ihr selbst gegenüber nie recht verstehen können, fand es ungerecht und gemein, doch seit ein, zwei Jahren glaubte sie zu wissen, was Sylvette in Charlottes Augen so viel liebenswerter machte. Denn ihre Mutter hatte ein Geheimnis.

Aura hatte sie nie darauf angesprochen, doch vielleicht war es nun an der Zeit. In den nächsten drei Jahren würde sie keine Gelegenheit mehr dazu haben.

»Weiß Friedrich es eigentlich?« fragte sie mit samtweicher Stimme, ohne Charlotte anzusehen, scheinbar völlig auf ihre Schuhe konzentriert.

Ihre Mutter sog scharf die Luft ein. »Was meinst du damit?« Plötzlich trat sie vor, packte Auras Kinn und zog es hoch, bis sie ihr in die Augen blicken konnte. »Was soll Friedrich wissen?«

Aura wünschte sich, sie hätte den Mund gehalten. Es war nicht richtig, sie benahm sich wie ein Biest. Und dennoch fühlte sie sich gut dabei. Da war Unsicherheit in Charlottes Zügen und erstmals, ja, wirklich zum ersten Mal, stand unverhohlene Ablehnung in ihrem Blick. Nun also war es so weit. Endlich würden sie ehrlich zueinander sein.

Aura legte Trotz in ihre Stimme: »Weiß er, dass er Sylvettes Vater ist?«

Schweigen. Und eine Hitze, die Aura in den Kopf schoss, als hätte sie sich an einem Feuer verbrannt.

Charlotte holte aus und versetzte ihr eine schallende Ohrfeige.

Aura regte sich nicht. Sie blieb auf der Bettkante sitzen und erwiderte traurig Charlottes Blick.

»Warum tust du das?«, fragte ihre Mutter leise. Ihre Stimme war nur mehr ein kraftloser Hauch. »Warum tust du mir das an?«

»Du selbst hast es dir angetan, Mutter. Es ist ganz allein deine Schuld.«

Charlotte schien in sich zusammenzusinken, einen Atemzug lang. Dann aber straffte sie sich und fuhr sich mit einer fahrigen Handbewegung über die Augen. Ihre Schminke verwischte. »Es war Nestor, nicht wahr? Er erzählt dir solche Dinge.«

»Nein, Mutter. Er hat nichts damit zu tun. Aber es gehört nicht viel dazu, die Wahrheit zu erkennen.«

»Dann hör mir gut zu: Was auch immer du für die Wahrheit halten magst – alles ist ganz anders.« Charlotte fuhr herum, riss die Tür auf und trat in den Flur. »*Ganz* anders, verstehst du?«

Die Tür flog zu, und Aura blieb allein zurück, gebadet ins Farbenlicht des Glasmosaiks. Zornig über ihre eigene Boshaftigkeit packte sie einen ihrer Schuhe, holte aus und schleuderte ihn mit aller Kraft gegen das Fenster. Die Scheibe hielt stand, der Schuh polterte zu Boden.

Sie ließ sich ins Bettzeug zurücksinken und begann endlich, zu weinen.

Gillian wollte eine Tageszeitung kaufen, als er am Mittag aus dem Zug stieg, doch der Bahnhof war so klein, so armselig, dass es nicht einmal einen Kiosk gab.

Der Hermaphrodit war der einzige Fahrgast, der auf den Bahnsteig hinabstieg. Die Tasche mit Kleidung und ein paar unnützen Werkzeugen, die Stein und Bein ihm bei der Abfahrt aufgedrängt hatten, hätte er am liebsten im Abteil stehenlassen. Sie würde ihm nur hinderlich sein. Außerdem brauchte er sie nicht, weder die

Waffen darin noch das Hemd und die Hose. Spätestens übermorgen würde er zurückfahren. Er hatte nicht den geringsten Zweifel, dass seine Aufgabe dann erledigt sein würde.

Die ungeliebte Tasche in der Rechten, ging er an dem winzigen Aufseherhäuschen vorbei auf die Vorderseite der Bahnstation. Es gab weder eine Schalterhalle noch sonst einen Raum, in dem er sich hätte aufwärmen können, und so stand er fast eine Stunde lang in zugiger Kälte, ehe er in der Ferne ein Pferdegespann heranrumpeln sah.

Die Station lag einsam inmitten einer grasbewachsenen Ebene, die irgendwo im Norden an die Dünen grenzte. Der schwarze Strang des Bahndamms schnitt die karge Landschaft schnurgerade in zwei Hälften. Er war das einzig Auffällige unter dem grauen Oktoberhimmel. Gillian hatte auf einer Karte gesehen, dass es in einiger Entfernung ein Dorf gab, ungefähr eine halbe Stunde weiter östlich. Von dort aus war es nur noch ein Katzensprung – und eine kurze Bootsfahrt – bis zur Schlossinsel der Familie Institoris.

Das Pferdegespann brachte ihn über eine holprige Straße ins Dorf. Kurven gab es keine, in einer Landschaft wie dieser waren sie schlichtweg überflüssig. Nirgends Hügel, die man hätte umrunden können. Nur flaches, windgepeitschtes Grasland, hin und wieder ein karges Waldstück und, ein wenig weiter südlich, ausgedehnte Moore. Der alte Institoris schien sich auf jede erdenkliche Weise vom Rest der Menschheit abzuschotten.

Beim Absteigen warf ihm der Kutscher einen langen Blick zu. Gillian kannte diese Reaktion: Andere bemerkten oft etwas Ungewöhnliches an ihm, eine Sanftheit in den Zügen. Weiblich, mochte der andere denken, ohne es an bestimmten Eigenschaften festmachen zu können.

Gillian trat eilig aus dem beißenden Wind in den Gasthof. Er bezog ein Zimmer mit Blick auf die Dünen, zahlte für zwei Tage im Voraus und gab dem Wirt ein genau bemessenes Trinkgeld, das den Mann freundlich, aber nicht misstrauisch stimmen sollte.

Später, nachdem er drei Stunden geschlafen hatte, stand er auf, zog der Kälte wegen doch noch das zweite Hemd über und trat ins Freie. Eilig, aber nicht überhastet, schritt er durch die Dünen zum Meer. Der Wind war noch immer scharf und eisig. Gillian zog mit beiden Händen den Kragen seiner Jacke enger und verfluchte Lysander und seinen erbärmlichen Auftrag.

Er hatte die Inselgruppe von seinem Fenster aus sehen können, jenseits des kilometerbreiten Sandstreifens. Die Distanz bis ans Wasser hatte kürzer gewirkt, als sie in Wirklichkeit war. Vor allem der weiche Sand hielt ihn auf, machte bald schon jeden Schritt zur Tortur. Sicher, er hätte den markierten Pfad nehmen können. Dann aber wäre er das Risiko eingegangen, einer Kutsche zu begegnen, die Bedienstete des Schlosses zurück ins Dorf brachte. Ihm blieb nur der Marsch durch die Dünen.

Über dem Meer war die Wolkendecke aufgerissen. Die untergehende Sonne glänzte hinter ausgefransten Dunsträndern. Die Sandhügel hatten hier eine gelblich-weiße Färbung, zum Meer hin aber schimmerten sie rötlich. Quarz und Feldspat schufen diese eigentümliche Erscheinung, und Gillian konnte trotz aller Mühsal nicht umhin, die Schönheit des Anblicks zu bestaunen.

Als ihn nur noch hundert Meter vom Wasser trennten, zogen sich die Herbstwolken zusammen, der Sonnenschein verging, und trister Dämmer legte sich über die Küste. Möwen kreischten in den Höhen, hier und da kreiste ein Seeadler. Das alles stimmte Gillian nur noch schwermütiger, ließ ihn sein Vorhaben umso ärger verabscheuen. Er hatte genug von solchen Aufträgen, endgültig genug.

Hinter der letzten Düne ließ er sich nieder, las Lysanders Schreiben noch einmal von vorne bis hinten, prägte sich jedes Detail, jede Bemerkung haargenau ein. Dann stieg er über die Hügelkuppe und betrachtete das Schloss.

Die Ähnlichkeit mit dem Gemälde in Lysanders Halle war frappierend, aber keineswegs vollkommen. Der wichtigste Unterschied bestand darin, dass die mächtigen Blöcke rechts und links des Zypressenhains keine Felsen, sondern Teile eines Gebäudes waren. Auch die fünf kleinen Inselchen, die sich rund um das Schloss gruppierten, waren auf dem Bild nicht zu sehen gewesen. Auf einer, der nördlichsten, erhob sich ein Leuchtturm.

Ganz in Gillians Nähe ruhte ein langer Steg auf dem Wasser, an dem zwei Boote festgemacht hatten. Das eine war ein kleiner Segler mit zwei Masten, das andere eine winzige Jolle. Die Männer, die mit dem Segler angelegt hatten, mussten unter Deck oder im Dorf sein. Weit und breit war kein Mensch zu sehen.

Gillian kletterte in die Jolle, löste das Tau und tauchte beide Ruder ins Wasser. Die hereinbrechende Dunkelheit machte ihn vom Schloss aus unsichtbar. Nur ein grauer Fleck auf den Wogen.

Er zitterte, obgleich ihm das Rudern den Schweiß aus den Poren trieb. Der bitterkalte Wind peitschte über die See landeinwärts, wühlte das Wasser auf und wehte Gischt in seine Augen. Abermals hatte er sich in der Zeit getäuscht, die er vom Strand bis zu den Inseln benötigte. Es war kaum mehr als ein halber Kilometer, aber er musste gegen die hereinrollenden Wellen anrudern, und bald schon schmerzten seine Arme von der Anstrengung.

Zwanzig Meter vor den Felsen der Schlossinsel entschied er, dass es besser wäre, die Anlage erst einmal aus der Ferne zu beobachten. Fluchend machte er sich daran, die Insel zu umrunden.

Die kleinen Eilande, die rund um die Hauptinsel aus dem Wasser ragten, waren zwischen fünfzig und hundert Meter vom Schloss entfernt. Nur jenes, auf dem sich der dunkle Leuchtturm erhob, war ein Stück weiter vorgelagert. Hätte Gillian es nicht besser gewusst, er hätte die gesamte Formation für künstlich gehalten, sorgsam geplant und angelegt. Auf jeden Fall war es ein seltsamer Ort. Kein Wunder, dass Nestor Institoris sich ausgerechnet hierher zurückgezogen hatte. Eine eigenartige Atmosphäre lag über den Inseln und über dem Schloss, etwas, das kein anderer gespürt hätte. Aber Gillian war feinfühlig in diesen Dingen. Vielleicht lag es an dem, was Nestor in seinem Dachgarten trieb. Auch darüber stand einiges in Lysanders Instruktionen.

Als er das Schloss halb umrudert hatte, entdeckte er an der Nordostseite des Gemäuers eine Kapelle. Sie schmiegte sich eng an das Hauptgebäude, war wohl auch nur von dort aus zu betreten. Hinter den hohen Spitzbogenfenstern brannte kein Licht.

Dann fiel sein Blick auf das Dach des Schlosses. Er musste das Boot ein wenig von der Insel entfernen, um sich in einen besseren Winkel zu bringen. Tatsächlich war das Dach des Mittelflügels zum größten Teil durch eine Vielzahl von Glasscheiben ersetzt worden. Ein Gitter aus Metallstreben hielt sie an ihrem Platz. Gillian konnte vage die Formen baumhoher Pflanzen hinter dem Glas erkennen. Fahles Licht fiel von innen heraus ins Abenddunkel.

Und noch etwas entdeckte er: eine Gestalt, die sich an der Nordmauer des Mitteltrakts emporschob, eng an die Wand gedrückt, Hände und Füße auf kleinen Eisensprossen, die aus dem Verputz ragten. Eine Feuerleiter. Ein Einbrecher.

Höher und höher kletterte die Gestalt, ohne Gillian in seinem Ruderboot wahrzunehmen. Lautlos hangelte sie sich der Glasschräge des Dachgartens entgegen.

Sollte Lysander einem anderen denselben Auftrag erteilt haben, um ganz sicherzugehen? Nein, entschied Gillian, das war unwahrscheinlich.

Wer immer aber der Eindringling war, Gillian war ihm überaus dankbar. Im verlöschenden Tageslicht hätte er selbst die Sprossen übersehen. Jetzt jedoch wiesen sie auch ihm einen unauffälligen Weg in Nestors Nest.

Eine Weile lang beobachtete er noch den Aufstieg der Gestalt, dann steuerte er das Boot mit leisen Ruderschlägen davon. Er würde am nächsten Tag zurückkehren, in aller Ruhe, und seinen Auftrag beenden. Vorausgesetzt, dachte er in leiser Hoffnung, der andere war ihm bis dahin nicht zuvorgekommen.

Die Gestalt an der Nordwand fasste die oberste Sprosse und zog sich langsam auf den Dachsims. Ein hüfthoher Mauervorsprung verlief entlang der gläsernen Schräge, eine Art Balustrade auf der vollen Länge des Daches. Dahinter gab es einen schmalen Steg. Eine Glastür führte von dort aus ins Innere des Dachgartens.

An den Fingern war die Kälte kaum noch zu ertragen, und mehrfach hatte Christopher befürchtet, seinen Aufstieg abbrechen zu müssen. Jetzt aber war er oben, schwindelig und durchgefroren, und vor ihm lagen die Geheimnisse seines Stiefvaters.

Der Anblick war beeindruckend. Im gläsernen Giebel des Mitteltrakts wucherte ein Urwald. Nicht ein paar Pflänzchen oder magere Bäume. Nein, ein regelrechter Dschungel – so wenigstens schien es Christopher, der echte Urwälder nur von Illustrationen kannte.

Die Vegetation des Gartens war unbeleuchtet, doch von rechts drang ein Schimmer durch die Sträucher. Die meisten Pflanzen erkannte Christopher lediglich als Silhouetten, da sich nur noch der letzte Rest Tageslicht in den Scheiben brach. Einige der Bäume und Büsche konnte er jedoch auf Anhieb identifizieren, südländische Gewächse, die in dieser Gegend unbekannt waren. Zwei oder drei Palmen waren darunter, mit hohen, dürren Stämmen. Ihre riesigen Blätter hingen wie erstarrte Vogelschwingen über dem Garten.

Von Nestor selbst war nichts zu sehen. Christopher vermutete, dass sich der Alte dort aufhielt, wo das Licht brannte, irgendwo jenseits der Bäume.

Die Stufen, eine Art Fluchtleiter, hatte Christopher am Morgen entdeckt, als er noch vor dem Unterricht allein um das Schloss gestreift war. An manchen Stellen gingen die Mauern in die Felswände über, und es war nicht einfach gewesen, sich über schmale Vorsprünge am Abgrund entlangzuhangeln. Die Wogen hatten sich in der Tiefe unter ihm gebrochen, und der Seewind hatte an seiner Kleidung gezerrt. Deshalb hatte ihn mehr als schlichter Stolz erfüllt, als er auf die Leiter zum Dach vorgedrungen war; es war ein Triumph, ohne Zweifel. Hier hatte er eine Möglichkeit, den Giebel auf anderem Weg als durch die Relieftür zu betreten und auszukundschaften. Ein Abenteuer, und mehr als das. Noch immer loderte die Neugier in ihm, vor allem jetzt, da er beinahe am Ziel war.

Lautlos kletterte er über die Balustrade und näherte sich der Glastür. Der Riegel an der Innenseite war nicht vorgeschoben. Nur Herzschläge später stand er im Inneren und zog die Tür leise hinter sich zu. Die Luft war stickig und warm, Wasser perlte an den Scheiben herab. Einen Moment lang glaubte er, nicht durchatmen zu können, dann gewöhnten sich seine Lungen an die Feuchtigkeit.

Die Erinnerung an die Schreie kehrte zurück. Und mit ihnen die Furcht, die er in der vergangenen Nacht empfunden hatte. Auch jetzt hatte er Angst, doch er sagte sich, dass ihm im Grunde nicht viel geschehen könnte. Nestor war jetzt sein Stiefvater, wenn auch allein auf Charlottes Wunsch; Christopher bezweifelte stark, dass der Alte mit seiner oder Daniels Adoption einverstanden gewesen war. Wahrscheinlich hatte Charlotte ihn gar nicht gefragt.

Würde Nestor ihm etwas antun? Sicher, es mochte Prügel geben, aber daran war er aus dem Heim gewöhnt. Wichtiger war: Würde Charlotte ihn zurückschicken?

Er machte sich auf, das Dickicht zu umrunden, bis ihm klar wurde, dass er zwischen den Bäumen besser geschützt war. Zögernd schob er Zweige und große Blattwedel beiseite, leise, fast lautlos.

Schon nach wenigen Schritten stand er inmitten einer anderen Welt. Rund um ihn erhob sich ein finsteres Geflecht aus Ästen und schmalen Stämmen, aus Blattwerk und Ranken. Einige der Pflanzen wirkten exotisch, er konnte sich nicht erinnern, sie je in einem von Markus' Büchern gesehen zu haben. Zudem bereitete ihm der Urwald Unbehagen. Gemeinsam mit der Hitze und der hohen Luftfeuchtigkeit drückte die fremdartige Stimmung wie ein Gewicht auf Christophers Gemüt.

Von rechts, dort, wo sich auch die einzige Lichtquelle befand, ertönte ein Scheppern, dann leises Fluchen. Nestor! Zu weit weg, um Christopher bemerkt zu haben, irgendwo auf der anderen Seite des Dickichts.

Als er weiterging, traten seine Füße in schmale Bewässerungsrinnen, die kreuz und quer durch den Boden verliefen. Unwillkürlich fragte er sich, wann, und vor allem, wie all das angelegt worden war. Allein das Erdreich und die Pflanzen hier heraufzubringen, musste Wochen, gar Monate gedauert haben. Der Größe der Bäume nach zu urteilen, waren sie schon vor Jahrzehnten gesetzt worden. Möglich, dass Nestor den Garten von einem seiner Ahnen geerbt hatte.

Wie auch immer, es war fraglos ein Wunder, das der Alte unter seinem Dach verbarg.

Christopher schrak auf. Ein Rascheln, zu seiner Linken.

Noch einmal. Ganz nah.

Ihm blieb keine Zeit zur Flucht. Etwas Spitzes, eine Klinge, schoss zwischen den Blättern hervor, genau auf Christopher zu, gefolgt von … ja, von einem Vogel.

Die Klinge war ein Schnabel, fast einen halben Meter lang, und das Tier selbst reichte Christopher bis übers Knie. Kurze Beine, ein heller Leib und dunkle Flügel. Dazu ein langer, geschwungener Hals.

Ein Pelikan, durchfuhr es ihn, während er panisch nach Atem rang. Doch seine Erleichterung währte nur Sekunden.

Einige Herzschläge lang blinzelte der Vogel ihn aus pechschwarzen Augen an, dann klappte sein Schnabel auf wie eine riesige Schere. Ohrenbetäubende Schreie drangen aus dem dürren Hals. Dieselben wie in der Nacht.

Christopher stolperte überrascht zurück, verlor das Gleichgewicht und stürzte mit Gepolter zu Boden. Seine Hände patschten in eine der Bewässerungsrinnen, sein Hinterkopf schrammte an einem Palmenstamm entlang. Derweil hüpfte der Pelikan im Kreis um ihn herum und schrie wie am Spieß. Lauter noch, immer lauter.

Nur Augenblicke später teilte sich vor Christopher die Blätterwand, zwei Hände erschienen, dann ein Gesicht.

»Das darf doch nicht –!« Zorn verschlug Nestor die Sprache. Er stürzte vor, packte den unglücklichen Christopher an den Haaren und riss ihn mit unvermuteter Kraft in die Höhe.

Christopher und der Pelikan brüllten einen Augenblick lang um die Wette, dann ließ Nestor die Haare des Jungen los und stieß ihn wortlos durchs Dickicht. Schon nach drei, vier Schritten erreichten sie die andere Seite der Vegetation. Alles in allem war der Streifen keine acht Meter breit.

Nestor baute sich vor Christopher auf und stemmte die Hände in die Seiten. »Nun sag bloß, du bist die Mauer hochgeklettert?«

»Über die Stufen, ja«, stammelte Christopher kleinlaut. Er war immer noch viel zu überrumpelt, um einen klaren Gedanken fassen zu können. Seine Kopfhaut brannte wie Feuer.

»Weißt du eigentlich, was man früher auf dieser Insel mit Eindringlingen gemacht hat?«

»Bei lebendigem Leibe gekocht, vielleicht?« Christophers Blick war auf einen riesigen Kessel gefallen, der über einem offenen Feuer an der Westseite des Dachbodens dampfte.

Der Alte blinzelte argwöhnisch, dann tastete sich ein Lächeln über seine Züge. »Schlagfertig bist du. Immerhin.«

Christopher blieb keine Zeit für eine Erwiderung, denn abermals erklang das Scheppern von vorhin. Der Alte fuhr auf der Stelle herum, wedelte aufgeregt mit den Armen und stürzte auf den

Kessel zu. Es war kein gewöhnlicher Kochkessel, sondern ein rundum geschlossener Metallzylinder, anderthalb Meter hoch, aus dessen Seite ein Rohr entsprang, das nach einem scharfen Knick in der Wand verschwand. Das Scheppern wurde durch eine Überdruckklappe an der Oberseite des Zylinders verursacht.

Nestor schob die Ärmel seines Hemdes hoch, packte eine Schaufel und warf Kohlenstücke von einem mannshohen Haufen in die offenen Flammen am Boden des Kessels.

Christopher stand nur da und schaute sich aufmerksam um. Er fürchtete sich noch immer ein wenig, aber allmählich wich die Angst seinem Wissensdurst. Ganz gleich, wie seine Strafe ausfallen mochte, er wollte wenigstens erfahren, was hier oben vor sich ging.

Auf dieser Seite des Dachgartens war die Schräge ebenso aus Glas, wie an der zum Meer gewandten Rückseite. Draußen, nur wenige Meter entfernt, türmten sich die Wipfel der Zypressen in den Nachthimmel, beugten sich gespenstisch im Wind. Die Fläche zwischen Dickicht und Glas war sechs, sieben Meter breit. Sie war vollgestopft mit Schränken, Regalen und allerlei Kisten.

Der Kessel stand inmitten einer Unzahl von Apparaturen, vielerlei Glaskolben in den bizarrsten Formen, manche mit Rohren und Schläuchen verbunden. Destillierkolben und unerklärliche Gerätschaften, Töpfe, Waagen und Fläschchen, Gläser mit bunten Flüssigkeiten, Überreste von Pflanzen und sogar der ausgenommene Kadaver eines Leguans – all das war rund um den Kessel auf Tischen und Hockern, in offenen Schränken und Regalen aufgereiht. Das Laboratorium befand sich nicht unterhalb des Glasgiebels, sondern in einer Art gemauerter Höhle, die an die Westwand des Speichers grenzte. Sie besaß drei Wände und ein Dach, die zum Garten gelegene Seite war offen. Die Wärme, die den Pflanzen das Wachstum ermöglichte, war offenbar ein Nebenprodukt des Kesselfeuers.

Jenseits der Apparaturen, in der Rückwand des Laboratoriums, gab es eine Holztür, so niedrig und schmal, dass Christopher nur gebückt hätte hindurchtreten können. Für Nestor galt wohl oder übel dasselbe – er war trotz seines Alters und des leicht gekrümmten Rückens keine Handbreit kleiner als Christopher, weit über eins achtzig.

Auf einem Wandbrett neben dem Feuer standen mehrere Flaschen, deren Aufschriften so groß waren, dass Christopher sie sogar aus der Entfernung lesen konnte. Merkwürdige Worte waren das: *Hyle* stand da, daneben *Azoth*. Auf einer Flasche las er *Ros coeli*, auf einer anderen *O potab*. Eine fünfte lag zerbrochen am Boden, das Etikett klebte noch an den Scherben: *Sang*, und darunter das Symbol einer Schlange oder eines Lindwurms.

Nestor hatte derweil den Druck des Kessels mit Hilfe eines Rades am Abzugsrohr reguliert. Auch das Feuer loderte nun wieder zu seiner Zufriedenheit. Mit schweißnassem Gesicht wandte er sich abermals Christopher zu.

»Du weißt, dass du hier oben nichts zu suchen hast«, brummte er, und in seinen Augen stand wieder das bedrohliche Funkeln, das Christopher schon im Damenzimmer beobachtet hatte. »Aber ich werde uns beiden eine Strafpredigt ersparen, dazu ist es ohnehin zu spät. Also, was willst du?«

Christopher starrte ihn irritiert an, ehe er sein Erstaunen überwand. »Sie ... dich kennenlernen, Vater.«

»Vater!« Nestor kommentierte das Wort mit einem abfälligen Laut. »Das bin ich nicht. Und du bist nicht mein Sohn. Charlotte mag Gefallen an derlei Unsinn finden, aber ich möchte nicht damit belästigt werden, verstanden?«

»Natürlich«, brachte Christopher eilig hervor. »Tut mir leid, wenn ich Sie ... ich meine, wenn ich Sie ›du‹ genannt habe, und ich –« Herrgott, was für ein Gestammel!

»Hör auf damit«, unterbrach Nestor ihn barsch, »und gib mir endlich eine ehrliche Antwort: Was willst du hier oben?«

»Ich war neugierig.«

»Worauf? Auf mich oder auf das hier?« Er machte eine umfassende Handbewegung.

»Auf beides.«

»Und nun, da du es gesehen hast? Ist deine Neugier gestillt?«

»Nein, nicht wirklich«, gestand Christopher. »Ich sehe Dinge, aber ich verstehe sie nicht.«

»Kennst du dich mit Chemie aus?«

»Ich habe darüber gelesen. Ein wenig.«

»Was weißt du über Alchimie?«

Der Pelikan marschierte schnatternd zwischen ihnen hindurch, lief einen Bogen und verschwand wieder im Dickicht.

»Die Wissenschaft der Verwandlung.«

»Verwandlung in was?«, fragte Nestor.

»Von Unreinem in Reines«, erwiderte Christopher und setzte leiser hinzu: »Glaube ich.«

»Hättest du gesagt, von Blei in Gold, hätte ich dich hinausgeworfen.« Nestor musterte ihn noch einmal von oben bis unten. »Du siehst einigermaßen kräftig aus. Kannst du mit einer Schaufel umgehen?«

»Sicher.«

»Dann mach dich nützlich!«

Damit ließ er Christopher stehen und verschwand hinter dem Pelikan im Unterholz des Dachgartens. Keine Erklärungen, keine weiteren Fragen. Er überließ ihn tatsächlich sich selbst.

Christopher überlegte nicht lange. Behände sprang er vor, hinein in die seltsame Hexenküche, ergriff die Schaufel und warf zwei Ladungen Kohle ins Feuer. Hin und wieder mussten also auch Diener heraufkommen; Nestor würde seinen Bedarf an Kohlen wohl kaum eigenhändig die Treppen heraufschleppen.

Doch genaugenommen traute er dem Alten sogar das zu. Und er gestand sich ein, dass Nestor ihn zutiefst erstaunte. Er hatte alles erwartet – Schläge, Beleidigungen, einen Verweis aus dem Schloss –, nur nicht, dass er ihn Kohlen schaufeln lassen würde.

Er wusste nicht, ob Nestor ihn hören konnte, dennoch rief er in die Richtung des Gartens: »Wie haben Sie das eben gemeint, als Sie gesagt haben, ›was man früher auf dieser Insel mit Eindringlingen gemacht hat‹?« Er keuchte, während er weitere Kohlen unter den Kessel warf. Noch nie hatte er ein Feuer erlebt, das seinen Brennstoff so schnell verzehrte wie dieses hier. Auch die grün-gelbe Färbung war ungewöhnlich.

Ein Murren ertönte aus dem Dickicht, dann erschien erneut der Pelikan, gefolgt von Nestor. »Was willst du hören, Junge? Schauergeschichten oder ein Stück Historie?« In seiner Hand hielt er einen Strauß Kräuter.

»Lieber die Historie.«

Nestor stopfte das Kräuterbund in einen Mörser und begann, es mit einem Stößel zu zermahlen. »Im frühen Mittelalter war die Ostsee ein heidnisches und vor allem gefährliches Meer. Skandinavische und slawische Piraten, armenische und arabische Kaufleute, Finnen, Chazaren, Syrer und Juden hatten über russische Flüsse seit dem achten oder neunten Jahrhundert Verbindungen zum östlichen Mittelmeer geschaffen, vor allem zu den hoch entwickelten Städten Vorderasiens. Exotische Waren wurden in den Norden gebracht, Gewürze und Öle und Schmuck, während die Europäer dafür mit Menschen bezahlten. Besonders die blonden Mädchen waren in Nordafrika und Asien beliebt, wie du dir wohl denken kannst.« Ein scharfer Geruch stieg von den zerstoßenen Kräutern auf und überlagerte sogar den Geruch des Feuers. Nestor ließ den Stößel weiter kreisen. »Die christlichen Gefolgsleute der römisch-deutschen Kaiser hatten mit diesem Handel freilich wenig im Sinn. Stattdessen stießen sie selbst mit ihren Flotten in die Ostsee vor. Wilde Schlachten entbrannten vor Hafenstädten wie Vineta und Seeräuberburgen wie Arkona auf Rügen. Schließlich wurden die meisten der heidnischen Banden vertrieben, doch an manchen Stellen, in geschützten Buchten und auf unwirtlichen Eilanden, verkrochen sich die Piraten und rüsteten zum Gegenschlag.«

»Auch hier?«, fragte Christopher fasziniert. »Auf dieser Insel?«

Nestor lächelte und ließ zum ersten Mal einen Hauch von Milde erkennen. »Allerdings, mein Junge. Wohl kam es nicht mehr zur großen Schlacht, denn die Räuberbanden waren zu geschwächt und die Flotten ihrer Gegner zu mächtig. Dennoch gingen einige von ihnen weiter ihrem blutigen Handwerk nach, manche bis tief ins sechzehnte Jahrhundert. Auf unserer Insel, genau hier, hauste eine der grausamsten Banden. Lange bevor dieses Schloss erbaut wurde, stand hier ihre Festung. Und, glaube mir, sie hätten kaum einen besseren Ort dafür finden können. Hat dir schon jemand von den beiden Tunneln unter dem Meer erzählt?«

Christopher schüttelte mit großen Augen den Kopf.

»Der eine führt hinaus zum Leuchtturm, mitten durch eine Felsader, der andere zur Friedhofsinsel.« Nestor nahm eine Flasche und füllte den Kräuterbrei hinein. Christopher atmete erleichtert auf, als der Alte das Gefäß mit einem Korken verschloss. »Für Piraten waren das ideale Fluchtwege. Ich schätze, diese Schurken müssen sich hier ziemlich wohlgefühlt haben. Leider habe ich keinen von ihnen kennengelernt.«

Christopher lächelte höflich, wurde aber sogleich wieder ernst, als sich Nestors Blick verfinsterte. Der alte Mann deutete auf die Schaufel. »Hältst du bis morgen früh durch?«

Bis morgen früh?

»Ich … ja, ich glaube schon.«

»Gut.«

Damit drehte sich Nestor ohne ein weiteres Wort um, öffnete die niedrige Holztür in der Rückwand des Laboratoriums und verschwand darin. Der Pelikan watschelte treu hinterher. Dann hörte Christopher, wie ein Schlüssel herumgedreht wurde.

Ungläubig stand er da, starrte erst auf die Tür, dann auf die Schaufel in seinen Händen. Schließlich zuckte er mit den Achseln, krempelte seine Ärmel hoch und machte sich wieder an die Arbeit.

Der Himmel über dem Glasgiebel wurde erst schwarz und dann, nach endlosen Stunden, allmählich wieder heller, während Christopher schaufelte und schaufelte. Alle paar Minuten machte er eine Pause, aber nicht zu lange, für den Fall, dass Nestor unerwartet zurückkehren würde. Und wer wusste schon, ob der Alte nicht hinter einem Loch in der Wand saß und ihm grinsend bei der Plackerei zusah?

Die Dämmerung erhob sich über den Zypressen, und ein sanfter Schimmer von Morgenröte legte sich über die Blätter und Palmwedel des Dachgartens. Noch immer hatte sich Nestor nicht blicken lassen.

Endlich, der Himmel war fast hell, knirschte abermals der Schlüssel in der winzigen Tür. Nestor trat heraus, gähnte, streckte sich und unterzog Christopher einer eingehenden Musterung.

Der Junge hatte Hemd und Unterhemd ausgezogen und die Hosenbeine bis zu den Knien nach oben geschoben. Sein Haar klebte am Schädel, seine Augenlider flatterten vor Müdigkeit. Schweiß und Kohlenstaub hatten einen braunen Film über seine Haut gelegt.

Er warf Nestor einen kurzen Blick zu, dann schaufelte er weiter. Das Feuer ließ seinen Oberkörper erglühen, und auch seine Augen blitzten.

Der Alte sah ihm eine Weile zu, trat dann wortlos an die Überdruckklappe und schob ein Stück Tiersehne hinein. Als er sie wieder herauszog, war die Sehne zerfressen wie von Säure und zerfiel bei der ersten Berührung.

»Verflucht!« Nestor war wütend, wirkte aber nicht übermäßig erstaunt. »Alles umsonst.« Ein tiefes Seufzen, dann: »Du kannst aufhören, Junge.«

Christopher schwankte und wäre wohl vor Entkräftung zusammengebrochen, hätte er sich nicht im letzten Moment auf die Schaufel gestützt. »Umsonst?« Seine Stimme war kaum zu hören, klang trocken und rau. »Meinen Sie« – er räusperte sich, hustete – »meinen Sie, es hat nicht funktioniert?«

»Nicht funktioniert?«, wiederholte Nestor kopfschüttelnd. »Ach, Junge, du weißt doch nicht einmal, um was es hier geht.«

Christopher ging in die Hocke, hustete und spuckte ins Feuer. »Um das Große Werk, dachte ich. Um das *aurum potabile.*« Sein Blick fixierte Nestor. »Etwa nicht?«

Der alte Mann starrte ihn eingehend an, und vielleicht lag in seinen Augen so etwas wie eine Spur von Anerkennung, ganz sicher Verwunderung. »Mir scheint, du hast das eine oder andere Buch gelesen.«

Christopher wollte erst zustimmen, schüttelte dann aber ehrlich den Kopf. »Jemand hat mir davon erzählt. Bruder Markus, mein Vormund im Waisenhaus. Er hat manchmal von solchen Dingen gesprochen, vor allem davon, dass es Hirngespinste seien, ein Irrglauben christlicher Mönche des Mittelalters.«

»Damit hat es sich der gute Mann fraglos sehr einfach gemacht«, meinte Nestor schmunzelnd. »Aber komm, mein Junge, wasch dich erst einmal.« Er deutete auf eine hohe Wassertonne am anderen Ende des Dachgartens. »Danach können wir reden.«

Nachdem sich Christopher von Ruß und Schweiß befreit hatte, führte Nestor ihn zurück ins Laboratorium und erklärte ihm die Funktionen des Kessels. Das Feuer dürfe niemals – niemals! – verlöschen, sagte er streng, denn der Ofen, der *Athanor*, sei das Herz der alchimistischen Kunst. Er erläuterte einige Rädchen und Hebel, mit deren Hilfe sich das Feuer auf kleiner Flamme halten ließ, ohne dass Kohle nachgeschaufelt werden musste. Bald schon kannte Christopher jedes technische Detail der Apparatur, ohne aber zu erfahren, wozu sie eigentlich diente. Doch er überspielte seine Ungeduld, stellte nur einfache Fragen und lauschte aufmerksam den Worten seines Stiefvaters.

Nachdem ihm Nestor auch einige der Versuchsanordnungen auf den Tischen und Regalen erläutert hatte, setzte sich der Alte in einen reich verzierten Sessel an der Vorderseite des Dachgartens. Christopher nahm ihm gegenüber auf einem alten Sofa Platz. Über ihnen befand sich die gläserne Dachschräge, jenseits davon der graue Vormittagshimmel. Nestor saß mit dem Rücken zum Zypressenhain. Hinter ihm ragten die Bäume wie riesige Lanzenspitzen empor.

»Ich werde mir die Mühe sparen, herauszufinden, was du tatsächlich über die Alchimie weißt, mein Junge.« Nestor griff nach einer Pfeife und stopfte sie, während er sprach. »Stattdessen will ich dir in wenigen Worten erklären, was für dich wichtig sein könnte.«

Für mich? dachte Christopher aufgeregt. Warum für mich? Aber er wagte nicht, die Frage auszusprechen, aus Furcht, sie könne den Redeschwall seines Stiefvaters versiegen lassen.

»Das Hauptziel eines jeden Alchimisten ist, heute wie vor siebenhundert Jahren, das Große Werk. Das also, mein Junge, hast du ganz richtig erkannt.« Nestor nannte ihn mit solcher Penetranz »mein Junge«, dass Christopher sich bereits wunderte, warum der Alte sich so heftig gegen seine Vaterschaft ausgesprochen hatte. »Das Große Werk ist nichts anderes als die Herstellung des Steins der Weisen. Man sagt ihm gerne nach, er sei nur dazu gut, Blei oder Quecksilber in Gold zu verwandeln, doch das wird seinem wahren Zweck nicht gerecht. Tatsächlich geht es um den Weg zur Vollkommenheit, den Weg des Alchimisten zum perfekten Menschen. Perfekt in jeder Beziehung. Dabei ist der Stein der Weisen nicht wirklich ein Stein, sondern ein rotes Pulver, das sogenannte Pulver der Projektion. Die Hermetiker haben es einen Stein genannt, weil es dem Feuer wie ein Stein widersteht.« Er lehnte sich in seinem Sessel zurück und hielt drei Finger hoch, die er nun nacheinander abzählte: »Man schreibt dem Stein drei Eigenschaften zu. Die erste habe ich erwähnt, die Transmutation von unedlem Metall zu Gold. Die zweite Eigenschaft ist die eines ewigen Lichtes, das nie erlischt. Die dritte und wichtigste Eigenschaft aber ist die einer Universalmedizin. In Wein aufgelöst, heilt der Stein jede Krankheit, hält das Altern auf, ja, er schenkt sogar ewige Jugend.«

Christopher nickte verdattert. Was sonst hätte er auch tun sollen?

»Hinter dieser Tür dort« – Nestor deutete auf den winzigen Durchgang im hinteren Teil des Laboratoriums – »befindet sich meine Bibliothek. In ihr verwahre ich Tausende von alchimistischen Schriften, und nahezu jede nennt einen anderen Weg, den Stein zu gewinnen. Ich habe es auf vielerlei Arten versucht, das glaube mir. Dennoch, vergeblich.«

»Haben Sie Friedrich deshalb um das Blut eines Drachen gebeten?« fragte Christopher.

»Friedrich, pah!« Eine Zornesfalte zerfurchte Nestors Stirn. »Dieses armselige Subjekt. Aber ja, mein Junge, du hast Recht. Das Blut eines Drachen, der von einem Elefanten zermalmt wurde – man sagt, das sei eine der Zutaten, die die Herstellung des Steins ermöglichen.« Er schüttelte den Kopf, als wollte er ihn freimachen für andere, bessere Gedanken. »Aber es gibt tausend weitere Zutaten und endlos viele Wege, sie zu mischen.«

»Wie kann denn ein Pulver ewiges Leben schenken?«, fragte Christopher, bemüht, nicht allzu ungläubig zu klingen.

»Du glaubst, der Gedanke widerspräche den Gesetzen unserer Natur, nicht wahr? Dabei ist es nur eine Frage der Betrachtungsweise. Der Alchimist geht von einem magischen Weltbild aus. Auch dafür gibt es Gesetze, aber es sind andere als jene, die du kennst.«

»Magie?«, fragte Christopher irritiert.

»Ja, natürlich, aber ihre Regeln sind nicht übersinnlich, sondern nur anderssinnlich. Die Mächte der Natur werden nicht verneint, sondern auf eine neue Weise angewandt und ausgenutzt. Und es werden Kräfte berücksichtigt, deren Existenz von den übrigen Wissenschaften abgelehnt wird. Der Alchimist nutzt die Natur und ahmt ihre geheimsten Vorgänge nach. Der Wissenschaftler dagegen unterdrückt und zerstört sie, arbeitet gegen die Natur, statt mit ihr.« Nestor entzündete seine Pfeife und paffte graue Wolken in die Schwüle des Dachgartens. »Aber ich sehe, das alles verwirrt dich. Und wie könnte es anders sein?« Er schüttelte den Kopf und seufzte. »Was bringt es, einem Kind Zusammenhänge erklären zu wollen, die selbst die klügsten Köpfe nicht begreifen?«

»Ich bin kein Kind mehr«, empörte sich Christopher.

»Das solltest du aber sein«, widersprach Nestor. »Sei offen und wissbegierig wie ein Kind, und du wirst viel von mir lernen können.«

»Von Ihnen lernen?«

Das Leuchten in Christophers Augen schien den Alten zu amüsieren, denn er beugte sich vor und lächelte. »Ab heute bist du mein Schüler.«

Ungläubige Begeisterung überkam Christopher, aber auch ein Anflug von Ärger, dass er nicht einmal gefragt wurde. Und doch, ja, er *wollte* Nestors Schüler sein. Unedles Metall zu Gold. Ewiges Leben. Mochte der Alte darin eine Philosophie sehen, für Christopher waren dies vor allem weltliche Verlockungen, die es um jeden Preis zu erlangen galt.

Nestor zog aus seiner Hosentasche einen fingerlangen Schlüssel. »Damit öffnest du die Tür zum Dachboden. Nimm ihn, er gehört jetzt dir.«

Wie im Traum streckte Christopher die Rechte aus und nahm den Schlüssel entgegen. Kalt lag er auf seiner Handfläche. »Warum gerade ich?«

Wie auf ein geheimes Stichwort flog hinter ihnen ein schmaler Durchgang auf, links neben dem Laboratorium. Die Tür mit dem Pelikanrelief.

Eine Stimme rief: »Das würde mich auch interessieren! Warum gerade er?«

Aura stürmte heran und baute sich wütend zwischen Nestor und ihrem Stiefbruder auf. Sie hielt einen Schlüssel in der Hand, der identisch war mit Christophers.

»Aura!«, rief Nestor ohne echte Überraschung. »Ich hab dich gar nicht kommen hören. Hier, setz dich zu uns.« Der wunderliche Alte stand auf und bot seiner Tochter den Sessel an.

Aura aber dachte nicht daran, der Einladung nachzukommen. Sie blieb stehen und starrte ihren Vater teils zornig, teils fassungslos an. »Warum tust du das? Er ist ein Fremder. Du hast Daniel kein einziges Mal das Angebot gemacht, ihn zu –«

Nestor fiel ihr ins Wort, sanft und doch ungeduldig. »Dieser junge Mann ist nicht Daniel, mein Kind.«

»Du weißt nichts über diesen Kerl. Nicht das Geringste.«

»Aber ich weiß zu viel über Daniel.«

»Du hast dich nie bemüht, ihn wirklich kennenzulernen.«

»Ein Fehler, den ich an Christopher wiedergutzumachen gedenke.«

»Ein wenig spät, meinst du nicht?« Sie atmete tief durch, als schnürte ihr die Aufregung die Luft ab.

»Aura«, sagte ihr Vater ruhig, »was verlangst du denn von mir? Daniel hat bewiesen, dass er zu schwach ist, um –«

Jetzt war sie es, die ihn unterbrach, und diesmal schrie sie fast: »Zu schwach? Herrgott, Vater, du solltest dich hören! Daniels Schicksal hat nichts mit Schwäche zu tun!«

Nestor blieb gefasst. »Er hat versucht, sich das Leben zu nehmen, mein Kind. Das hast du doch nicht vergessen, oder?«

»Er hatte einen Grund dazu.«

»Einen Sturz vom Pferd, na und?«

»Er wird niemals ein Kind zeugen können.«

»Du willst mir nicht allen Ernstes weismachen, das sei ein Grund, sich die Pulsadern aufzuschneiden!« Zum ersten Mal hob jetzt auch Nestor die Stimme, und es war, als wehte ein eisiger Wind über den Dachboden.

Christopher hatte dem Streit der beiden erst befremdet, zuletzt aber mit wachsendem Interesse zugehört. Daniel hatte versucht, sich umzubringen, weil ihm ein Reitunfall die Zeugungskraft genommen hatte? Grundgütiger, in was für ein Irrenhaus war er hier geraten!

Auras Gesicht glühte vor Wut. Aufgebracht rang sie nach Worten.

Aber Nestor wartete nicht ab, was sie zu sagen hatte. Er machte einen Schritt auf sie zu und starrte ihr fest in die Augen. Einen Moment lang sah es aus, als würde sie vor ihm zurückweichen, dann aber blieb sie stehen und erwiderte stur seinen Blick. »Ich weiß, was zwischen dir und Daniel war«, fauchte er böse. Nichts war geblieben vom Anschein des wirren, aber freundlichen alten Mannes. Sogar in Christophers Augen wirkte er jetzt bedrohlich. »Du weißt, dass ich es nie gebilligt habe. Wer weiß, was geschehen wäre, wenn er diesen Unfall nicht gehabt hätte.«

Sie funkelte mit bewundernswerter Kühnheit zurück. »Du klingst, als wärest du froh darüber.«

»Ein kleiner Schaden hat einen großen vereitelt«, entgegnete er eisig.

Die Worte trafen sie, und mit einem Mal hatte sie sichtliche Mühe, ihrem Vater länger in die Augen zu blicken. »Nimmt jetzt er meine Stelle ein?« Sie deutete hasserfüllt auf Christopher, dessen Blick verwirrt vom einen zum anderen huschte.

»Christopher ist mein Schüler«, sagte Nestor, nun wieder ein wenig ruhiger, »und du bist meine Tochter. Das ist ein Unterschied.« Er streckte Aura seine Hand entgegen, doch das Mädchen ignorierte die Geste.

»Ach?« Voller Verachtung hob sie ihren Schlüssel hoch und schleuderte ihn vor Nestors Füße. »Bald bist du mich ja los. Das wolltest du doch, nicht wahr?« Sie schüttelte den Kopf, als könnte sie es noch immer nicht glauben. »Mutter hat tatsächlich die Wahrheit gesagt. *Du* warst es.«

»Es ist allein zu deinem Besten.«

Sie lachte auf und überspielte damit doch nur ihre Verzweiflung. »O ja, zu meinem Besten. Sicher.«

Sie fuhr auf dem Absatz herum und eilte mit weiten Schritten zum Ausgang.

»Aura!« rief Nestor ihr nach, doch sie schaute sich nicht mehr zu ihm um. Wenig später knallte die Tür.

Einen Augenblick lang stand der Alte stocksteif da. Sein lodernder Blick schien seiner Tochter sogar durch die Wände zu folgen. Dann hob er den Schlüssel vom Boden auf und drehte ihn nachdenklich zwischen den Fingern.

»Ich muss mich entschuldigen«, sagte er leise, ohne Christopher anzuschauen. »Auras Wut ist verständlich. Sie hat heute ein großes Privileg verloren.«

KAPITEL 3

Der Abend war stürmisch, selbst die Seeadler hatten sich in die Glaskuppel des Leuchtturms zurückgezogen. Nur ein paar kreischende Möwen trieben auf den Sturmböen dahin, manche verspielt, andere panisch. Von Norden rückten Gewitterwolken heran.

Gillian schob sich flink an der Nordmauer des Schlosses empor. Die Eisensprossen in der Wand waren vom Wasser salzverkrustet und rutschig, dennoch bereiteten sie ihm keine Schwierigkeiten. Er war in den Kanalschächten Wiens so viele Leitern hinauf- und hinuntergestiegen, dass er Übung im Klettern hatte. Außerdem war er leicht, sein Körper geschmeidig, und was ihm seine weibliche Seite an Muskelkraft vorenthielt, machte er durch Geschicklichkeit wett.

Er erreichte das Glasdach, als im Norden der erste Donner krachte. Regenschwaden trieben über die See heran, graue Vorhänge, die in Schüben über das Wasser peitschten. Gillian schaute sich prüfend um, schwang sich über die Brüstung und öffnete die Glastür ins Innere des Dachbodens.

Wenig später pirschte er durch die dichte Vegetation des Dachgartens, horchte, beobachtete. Er hörte ein Scharren von links, schob sich durchs Dickicht und entdeckte inmitten des tropischen Gartens eine kleine Lichtung, vier mal vier Meter breit. Eine Art Kräuterbeet nahm ihre ganze Fläche ein, durchzogen von schnurgeraden Furchen, in denen fremdartige Pflanzen wucherten. Ein Streifen am Ostrand des Beets war unbewachsen. Dort hockte ein Mann und grub mit einer Handschaufel faustgroße Löcher in die Erde. Er hatte Gillian den Rücken zugewandt.

Der Hermaphrodit verengte die Augen im Halblicht des Gewächshauses und versuchte, weitere Einzelheiten zu erkennen. Wer immer der Mann war, der dort zwischen den Kräutern kauerte, es war nicht Nestor. Er hatte kein graues Haar und schien jünger zu sein.

Ohne Zeit mit weiteren Beobachtungen zu verschwenden, zog Gillian sich lautlos ins Dickicht zurück. Der junge Mann auf der Lichtung ging weiter seiner Arbeit nach, grub arglos ein Loch nach dem anderen.

Wenig später gelangte Gillian zur Vorderseite des Dachgartens und schaute zwischen Blättern, größer als seine Schuhsohlen, zum Laboratorium hinüber. Der alte Institoris war nirgends zu sehen. Das Feuer unter dem Athanor brannte nur schwach, winzige Flammen züngelten grünlich über die Kohle. Eine schmale Holztür an der Rückseite der Alchimistenküche stand einen Spaltbreit offen.

Vorsichtig, immer darauf bedacht, kein Geräusch zu verursachen, näherte sich Gillian dem Laboratorium. Er umrundete den Kessel und blieb vor der Tür stehen. Horchte abermals.

Erst war da nichts als Stille. Doch dann, in regelmäßigen Abständen, erklang das Rascheln von Papier. Jemand schlug die Seiten eines Buches um.

Gillian atmete tief durch. Noch immer widerstrebte es ihm, seinen Auftrag auszuführen. Aber, dachte er, es ist Lysanders Auftrag. Besser, wenn er diese Sache endlich hinter sich brachte.

Leise dehnte er Finger und Handgelenke, schaute sich noch einmal sorgsam um. Dann zog er die Tür auf.

Christopher hockte auf den Knien im Dreck. Ungeduldig überschaute er sein Werk: akribisch gezogene Reihen von Pflanzlöchern, eine neben der anderen. Schweiß strömte ihm über die Stirn; vielleicht war es auch nur die Feuchtigkeit des Gartens, die an ihm herabperlte. Er würde bald fertig sein. Noch immer hatte ihm Nestor nicht verraten, was er in diesem Teil des Kräuterbeetes zu säen gedachte.

Im Waisenhaus hatte es einen kleinen Nutzgarten gegeben, bei dessen Bewirtschaftung die Kinder reihum hatten mithelfen müssen. Von Petersilie bis zu Möhren hatte Christopher alles gesteckt und ausgesät, gepflückt und geerntet, was man in der Küche dünsten, kochen und braten konnte. Doch Kräuter wie die in Nestors Garten hatte er nie zuvor gesehen.

Nachdem er die letzte Reihe vollendet hatte, erhob er sich stöhnend und streckte seine Beine. Vom langen Knien am Boden taten seine Gelenke weh, und seine ersten Schritte durchs Dickicht waren staksig und unbeholfen.

Noch einmal wanderten seine Gedanken zurück zum Vormittag. Einige Stunden nach Auras impulsivem Auftritt hatte er endlich den Mut gefasst, Nestor nach Daniels Unfall zu fragen. Der alte Mann hatte sich erst zurückhaltend gegeben, um dann doch noch sein Schweigen zu brechen.

Demnach hatte ein Pferdezüchter aus dem Dorf Daniel und Aura Reitstunden erteilt. Bei einem Ausritt in den Dünen, vor einem halben Jahr, hatte das Pferd gescheut, Daniel war aus dem Sattel gestürzt, und von Pferdehufen traktiert worden. Seine inneren Verletzungen hatten Charlotte bewogen, für drei Monate einen Arzt einzustellen, der sich Tag und Nacht um Daniels Genesung gekümmert hatte. Ihm war es gelungen, die schweren Schäden zu heilen – mit einer Ausnahme: Daniel würde niemals Vater werden können. Aura war während dieser Zeit kaum von Daniels Seite gewichen, er aber hatte sich mehr und mehr von ihr distanziert. Er hatte sich in die Überzeugung verrannt, ihrer nicht wert zu sein, ja, er hatte es sogar abgelehnt, mit ihr über sein Leiden zu sprechen. Vor zwei Monaten dann hatten Diener ihn im Bad seines Zimmers entdeckt – mit aufgeschnittenen Pulsadern. Und wieder war der Arzt herbeizitiert worden, wieder hatte er Daniels Lebens gerettet.

»Wer weiß, für wie lange«, hatte Nestor seinen Bericht mit kühler Gleichgültigkeit beendet.

Christopher bemühte sich, aus diesem Wissen heraus Daniels Verhalten ihm selbst gegenüber zu begreifen. Sah er in ihm einen Konkurrenten, der seinen Platz in Auras Gunst einnehmen wollte? Erstens aber gab es dafür beileibe keinen Anlass, denn Aura hasste ihn, wie sie deutlich gezeigt hatte; zum zweiten hatte Daniel sich selbst von ihr zurückgezogen. Dennoch mochten seine Reizbarkeit und Aggressivität auf sein Schicksal zurückzuführen sein. Aber auch diese Feststellung ließ Christopher keine Wärme für seinen Stiefbruder empfinden, allerhöchstens Mitleid. Ein wenig.

Er näherte sich dem Laboratorium und bemerkte, dass die Tür

zu Nestors Bibliothek offenstand. Im selben Moment spürte er auch schon, wie sich sein Hals verengte. Husten stieg in ihm auf, seine Lungen zogen sich zusammen. Der Odem der alten Bücher wehte ihm selbst durch die Schwüle des Gartens entgegen. Keuchend sprang er vor, um die Tür zu schließen, packte die Klinke – und blickte dabei ins Innere der Bibliothek. Was er sah, ließ ihn sogar seine Atemnot vergessen.

Nestor lag am Boden. Eine Gestalt beugte sich über ihn. Sie hatte beide Hände um die Kehle des Alten gekrallt, während Nestors Finger hilflos über den Boden tasteten. Seine Beine strampelten, zuckten, erschlafften.

Der Mörder trug eine schwarze Hose und ein altmodisches schwarzes Rüschenhemd. Christopher konnte sein Gesicht nicht sehen, aber er hörte doch, wie der Fremde dem sterbenden Nestor etwas zuflüsterte:

»Eine Botschaft von Lysander.« Seine Stimme klang eigentümlich sanft. »Der Seemann hat ein neues Rad.«

Nestors Augen wurden weit, noch einmal griffen seine Hände ins Leere.

Christopher stand wie erstarrt an der Tür. Der Geruch des Buchbinderleims lag schwer auf seiner Brust, er keuchte, dann überkam ihn ein entsetzlicher Hustenanfall.

Er konnte nicht anders, er musste die Tür schließen. Musste … sie … schließen.

Der Attentäter fuhr herum, kurz bevor die Tür zufiel. Was war nur mit seinem Gesicht? So ebenmäßig. So glatt. So vollkommen.

Christopher taumelte von der Tür fort, stolperte erst, bekam wieder Luft, rannte los. Bis zur anderen Seite des Dachbodens stürmte er, suchte nach einer Waffe, doch die einzige, die ihm einfiel, war die Kohlenschaufel. Die aber lag gleich neben der Tür im Laboratorium.

Während er noch wie rasend überlegte, ob er sich dorthin zurückwagen sollte, wurde die Tür schon mit einem lauten Krachen aufgestoßen. Nestors Mörder erschien in dem niedrigen Rahmen, verharrte einen Augenblick, starrte Christopher über die Distanz hinweg an.

Ihre Blicke kreuzten sich. Sekundenlang. Dann fuhr der Attentäter ruckartig herum, brach durch das tropische Dickicht des Gartens. Ein Blitz zuckte über dem Schloss, wenig später erbebte das Glasdach unter der Wucht eines Donnerschlags. Scheiben klirrten, aber keine zerbrach.

Christopher stand da und starrte wie betäubt auf die Schneise in der Pflanzenwand. Sein Herzschlag raste. Ganz langsam näherte er sich der Stelle, an der der Mörder im Dickicht verschwunden war. Er folgte ihm durch das dunkle Unterholz, erreichte die andere Seite und entdeckte die offene Glastür zur Balustrade. Der Fremde musste längst die Wand hinabgestiegen sein. Und, tatsächlich, dort unten auf dem Wasser schaukelte eine Jolle, die von einer Gestalt Richtung Festland gerudert wurde. Mit ein wenig Glück würde ihn ein Blitz erschlagen.

Ein heller Schemen schoss an Christopher vorbei. Der Pelikan huschte hinaus auf die Brüstung, spreizte seine Flügel und stieß sich ab. Trudelte verloren davon, hinaus in das brodelnde Unwetter. Augenblicke später war er im trüben Gewitterwirbel verschwunden.

In Panik stürmte Christopher zurück durch den Garten, zog sich den Kragen seines Pullovers vor die Nase und tauchte in das erstickende Zwielicht der Bibliothek. Zahlreiche Regalwände. Bücher, aufgereiht und gestapelt, Tausende und Abertausende. Zwei Giebel mit schillernden Bleiglasfenstern, wie überall im Schloss, nur dass sie Buchstaben, keine Bilder darstellten.

Und Nestor, der leblos am Boden lag, Arme und Beine abgespreizt, erschlafft.

Ohne sich umzusehen, halb erstickt trotz des Gewebes vor Mund und Nase, packte Christopher die Arme des Alten und schleifte ihn hinaus ins Laboratorium. Mit einem Scheppern warf er die Tür zu, brach in die Knie, riss sich den Pullover vom Gesicht. Versuchte zu atmen und erbrach sich fast dabei. Mit geschlossenen Augen wartete er ab, zehn Sekunden, zwanzig Sekunden. Dann ging es allmählich besser, er bekam wieder Luft. Sein Atem rasselte, wurde aber ruhiger.

Er beugte sich über Nestor und blickte in aufgerissene Augen. Die Brust des Alten hob und senkte sich nicht. Kein Herzschlag, kein Luftholen. Sein Mund stand fingerbreit offen, die Zunge lag aufgebläht darin wie ein weinroter Ballon.

Christopher sank neben dem Alten nieder, rollte sich auf den Rücken. Fieberhaft drehten sich seine Gedanken im Kreis. Immer wieder dieselben Fragen: Wer hatte Nestor ermordet? Und, viel wichtiger: Was sollte er, Christopher, jetzt tun?

Wenn er unten im Haus Alarm schlug, war seine Lehrzeit im Dachgarten beendet. Charlotte würde dafür sorgen, dass innerhalb weniger Tage nichts mehr an ihren Mann erinnerte. Der Mörder aber war ohnehin längst auf und davon. Warum also alles aufgeben, all die Hoffnungen, die Nestor in ihm geschürt hatte? Ewiges Leben. Blei zu Gold. All das wäre dahin, auf immer verloren.

Irgendwann ließ das Gewitter Schloss und Küste hinter sich. Noch immer kauerte Christopher neben Nestors Leiche. Zum ersten Mal war er Herr seines eigenen Schicksals.

In den frühen Morgenstunden schließlich schleifte er den Toten durchs Dickicht und begrub ihn einsam und schweigend im Kräuterbeet.

Der Abschied fiel Aura schwerer, als sie erwartet hatte. Sie drückte Sylvette ein letztes Mal an sich, ihren zarten, verletzlichen Körper, und strich ihr noch einmal über die blonden Locken. Das kleine Mädchen küsste sie auf die Wangen, ganz fest, wie sie es sonst nur bei ihrer Mutter tat.

Auch Charlotte schien bedrückt. Auf dem windgepeitschten Bahnsteig wirkte sie verloren in ihrem flatternden Kleid und dem aufgebauschten Kapuzenmantel. Sie reichte Aura die Hand, bemüht, die Distanz zwischen ihnen nicht zu verletzen. Doch als sich ihre Blicke trafen, fielen sie sich doch noch in die Arme. Aura war nicht wohl dabei, es kam ihr falsch und verlogen vor; zugleich aber überkam sie der Trennungsschmerz mit all seiner Kraft. Die Ringe in ihren Schenkeln brannten, als begänne sich die durchstochene Haut zu entzünden.

Zuletzt verabschiedete sie sich von Daniel, und zum ersten Mal seit Monaten erwiderte er ihre Umarmung voller Wärme. Sie flüsterte ihm ein Versprechen ins Ohr, und er lächelte scheu, sagte aber

ter. Aber ich war auf der Durchreise, und meine Mutter hat mich gebeten, bei ihm vorbeizuschauen.« Weil ihm das noch zu vage schien, ergänzte er: »Ein gastfreundlicher Mann. Und ein sauberes Haus.«

»O ja«, bestätigte sie, aber er sah ihr an, dass ihre Gedanken ganz woanders waren. »Er ist nett. Manchmal bringt er uns Kuchen zur Insel, den seine Frau gebacken hat. Meine Schwester ist immer ganz aus dem Häuschen, wenn sie ihn an der Anlegestelle entdeckt.«

»Sie leben auf einer Insel?«

Sie lehnte sich zurück und strich sich eine schwarze Strähne aus der Stirn. »Lebte, ja. Aber das ist vorbei.«

»Sie ziehen fort?«

»Ins Internat«, erwiderte sie mit geisterhaftem Lächeln. »In die Berge. Ein ganz schöner Wechsel, was?«

Gillian folgte ihrem Blick hinaus in die flache Landschaft. Der Zug stampfte durch eine Ödnis aus Wiesen im Herbstlicht. Das Gras wellte sich wie Meereswogen. Immer wieder fuhren sie an schmalen Bächen und Moorlöchern vorbei.

Das Mädchen tat ihm plötzlich leid, und das lag nicht nur an der Traurigkeit, die sie ausstrahlte. Die langen Wimpern flatterten nervös über ihren blassblauen Augen und nahmen ihnen das lebhafte Leuchten. Einen Moment lang überkam ihn das Gefühl einer engen Verwandtschaft: Sie war ebenso in eine Rolle gedrängt worden, die sie nicht wollte, wie er selbst. Eine alberne Empfindung, das wusste er, aber mit einem Mal konnte er an nichts anderes mehr denken.

Vielleicht trägt sie schon die Frucht ihres Vaters in sich, hatte Lysander geschrieben.

Töte sie.

Der Fremde verwirrte sie. Aura zerbrach sich den Kopf darüber, was genau es sein mochte, das sie so irritierte. Sie war beileibe nicht in der Stimmung, sich Gedanken über andere zu machen, und doch ließ ihr seine Anwesenheit keine Ruhe.

Sein Gesicht war makellos, hatte aber auch etwas Fremdartiges, fast Verschwommenes. Wie zwei Bilder, die sich überlagerten. Sie fand ihn anziehend, äußerst attraktiv sogar, aber sie wusste nicht, woran es lag. Er hatte nur wenige Worte gesprochen, mit einer ruhigen, wohlartikulierten Stimme, und es waren nicht mehr als Allgemeinplätze gewesen. Höflichkeiten, die nichts über ihn verrieten, außer, dass er Österreicher sein mochte. Und nicht einmal dessen konnte sie sicher sein. Er hatte keinen Akzent, nicht einmal einen Hauch davon.

Der Fremde kreuzte sehr vorsichtig ihren Blick, als fürchtete er, sie dadurch zu verletzen. »Für höhere Töchter, nehme ich an.«

Einen Herzschlag lang wusste sie nicht, was er meinte. »Wie bitte?«, fragte sie.

»Das Internat. Das ist sicher eine Schule für höhere Töchter.«

»Ich glaube schon.« Natürlich wusste sie es ganz genau, aber die Wahrheit war ihr peinlich. Sie wollte nicht, dass er sie für eine verwöhnte Göre hielt. »Ich weiß nicht viel darüber. Meine Eltern haben alles in die Wege geleitet. Ich hab nur eine Adresse, irgendwo in den Bergen bei Zürich.« Sie kramte in einer Tasche ihres Kleides und zog einen Zettel hervor. »Sankt-Jakobus-Stift für Mädchen. Klingt einladend, finden Sie nicht?«

Er erwiderte ihr Lächeln. »Ungewöhnlich, ein Mädcheninternat nach einem männlichen Heiligen zu benennen.«

»Sagen Sie bloß, Sie kennen sich mit so was aus?«

»Ich bin kein praktizierender Christ, wenn Sie das meinen.«

»Mein Vater hält nicht viel von der Kirche«, sagte sie und fragte sich zugleich, warum sie ihm das erzählte. »Er hat sogar meiner Mutter ihren Glauben ausgetrieben.« Sie war drauf und dran, ihm alles zu offenbaren, ihre Enttäuschung und Wut, bremste sich aber im letzten Augenblick. Was geschah nur mit ihr?

Seine Pupillen waren ungewöhnlich groß und dunkel. Sie sah, dass sich seine Hände unruhig auf den Knien bewegten. Instinktiv machte sie Fäuste, damit er nicht sah, dass sie an den Nägeln kaute.

»Sie sagten, Sie seien nur auf der Durchreise.« Ein schwacher Versuch, das Thema zu wechseln. »Woher kommen Sie?«

Er zögerte einen Moment, dann erzählte er ihr vage von etwas Geschäftlichem, das ihn in diese Gegend geführt habe. Aura hörte nur halbherzig zu. Lieber beobachtete sie, wie er sprach. Die Art und Weise, wie sich seine geschwungenen Lippen öffneten und schlossen, das flinke Blinzeln seiner Augen. Beides faszinierte sie.

Völlig unbefangen begann er schließlich, davon zu sprechen, dass er seine Eltern nie kennengelernt hatte. Aura dachte lakonisch, dass etwas an dieser Gegend sein musste, das Waisenkinder magisch anzog. Ihre Mutter hätte ihre Freude an dem Fremden gehabt.

Nachdem sie sich über eine Stunde lang miteinander unterhalten hatten, wurde ihr bewusst, dass sie sich nicht einmal vorgestellt hatte. Es war ihre erste größere Reise und sie nahm an, dass man gegenüber Bekanntschaften in Eisenbahnabteilen lieber zurückhaltend blieb. Egal, dachte sie, und nannte ihm ihren Namen. Dann fragte sie: »Verraten Sie mir auch, wie Sie heißen?«

»Gillian«, sagte er und wirkte ein wenig überrumpelt. »Mit hartem G.«

»Und Ihr Vorname?«

»Gillian ist mein Vorname.«

»Oh, verzeihen Sie. Ich dachte, so heißen nur Frauen.«

»Im Englischen.« Er lächelte freundlich. »Gillian ist eine Abwandlung von Gilgian, was wiederum die Kurzform ist von – bitte kein Mitgefühl! – Ägidius.«

Aura grinste. »Ägidius? Haben Ihre Pflegeeltern Sie so genannt?«

»Nur Gillian. Irgendwem hat wahrscheinlich gefallen, dass der Name einen weiblichen Klang hat.« Nach einer Pause sagte er: »Sie haben einen schönen Namen, Aura. Man darf Ihren Eltern zu ihrem guten Geschmack gratulieren.«

»Die meisten Menschen haben wohl auch eine gute Seite, nicht wahr?« Sie bemühte sich, bitter zu klingen, aber in seiner Anwesenheit wollte ihr das nicht recht gelingen. Sie spürte, wie sich ihre Laune mit jeder Minute besserte, beinahe gegen ihren Willen.

Als sie ihm erneut in die Augen schaute, wandte er den Blick ab. Irgendetwas schien ihm plötzlich Sorgen zu bereiten.

»Geht es Ihnen nicht gut?«

»Doch, doch«, gab er rasch zurück. »Mir kam nur gerade ein Gedanke. An eine Arbeit, die ich noch zu Ende bringen muss.«

»Sie haben mir noch immer nicht gesagt, als was Sie arbeiten.«

Er sah sie an, fast flehend. »Würde es Ihnen wohl etwas ausmachen, das Fenster zu öffnen?« Seine Stimme klang eigenartig, fast belegt.

»Natürlich nicht.«

Sie stand auf und schob die Scheibe nach unten. Dabei wandte sie ihm den Rücken zu.

Hinter ihr glitt Gillian auf die Füße. Lautlos, als wäre er ihr Schatten, hob er beide Hände. Sie bemerkte die Bewegung aus dem Augenwinkel, als es fast zu spät war. Seine Fingerspitzen berührten bereits ihren schlanken Hals, als sie mit einem Ruck herumfuhr.

Ihre Blicke trafen sich. Unverständnis. Dann Panik.

Im selben Moment, da sie begriff, was er tun wollte, stieß sie sich mit aller Kraft vom Fenster ab und prallte gegen ihn.

Gillian verlor überrumpelt das Gleichgewicht und stolperte zurück auf seinen Platz. Seine Rechte schoss vor, packte den Saum ihres Kleides, doch der glatte Stoff entglitt seinen Fingern.

Aura schrie um Hilfe, während sie die Abteiltür aufstieß. Gillian sprang auf, fasste sie an der Schulter. Wie eine Furie wirbelte sie herum und schlug ihm die Faust ins Gesicht. Überrascht ließ er sie abermals los.

Mit einem Aufschrei taumelte sie hinaus auf den Gang. Stürmte nach links, in Richtung der Lokomotive. Sie hörte, wie Gillian hinter ihr die Verfolgung aufnahm.

Sie blickte in jedes Abteil, das sie passierte. Alle waren leer. Kaum ein Mensch lebte in dieser Gegend, und die allerwenigsten verreisten. Gut möglich, dass der ganze Zug wie ausgestorben war.

Der Mann hatte sie berühren wollen. Am Hals! Hatte er sie wirklich umbringen wollen?

Der nächste Waggon war ein Großraumwagen, wie die meisten auf dieser Strecke. Menschenleer. Keine der Bänke war besetzt.

Aura rannte weiter. Der Boden vibrierte unter ihren Füßen, mehrfach wäre sie fast gestolpert. Gillian war immer noch hinter ihr, nur wenige Schritte. Er rief ihren Namen, einmal, zweimal, doch sie dachte gar nicht daran, stehenzubleiben.

Verdammt, irgendwo in diesem verfluchten Zug musste es doch Menschen geben, die ihr helfen konnten!

Noch ein Waggon, wieder in Kabinen unterteilt. Keine Reisenden weit und breit. Die meisten Abteiltüren standen offen.

Sie spürte, dass er sie eingeholt hatte, noch ehe seine ausgestreckte Hand sie berührte. Sie schrie, als sich seine Finger um ihre Schulter legten. Diesmal würde er sich nicht durch einen einfachen Schlag abwehren lassen. Sie verfluchte ihre abgekauten Fingernägel – zu kurz, um ihm damit die Augen auszukratzen!

Er wirbelte sie herum, immer noch an der Schulter, obgleich er sie auch an den Haaren hätte packen können. Es war fast, als wollte er ihr trotz allem nicht wehtun. Aura vergeudete keine Zeit damit, sich zu wundern. Ihr Herz pochte so hart, dass es schmerzte. Ihr Atem raste.

Sie trat und schlug nach ihm, versuchte, ihn in den Arm zu beißen. Er aber entging flink ihren Attacken, holte aus, um ihr eine Ohrfeige zu versetzen, ließ die Hand dann aber sinken.

Sie blickte erneut in seine Augen, und was sie darin sah, ließ sie vor Angst fast erstarren. Es war der Wille, zu töten. Keine Lust, kein Verlangen. Gillian wollte ihr Leben.

Er schleuderte sie seitlich durch eine offene Abteiltür. Kreischend stürzte sie auf eine der Bänke, mit den Händen zuerst. Ihre Stirn stieß gegen die Rückenlehne, ihr ganzer Körper federte zurück. Abermals fuhr sie herum, wollte auf ihn einschlagen, wollte ihn packen, verletzen, ihn zahlen lassen für das, was er vorhatte.

Aber Gillian war nicht mehr hinter ihr. Er stand draußen auf dem Gang, stützte sich mit beiden Händen im Türrahmen ab und blickte sie eindringlich an. Mit seinen Augen geschah etwas. Sein Blick klärte sich, als taute eine Eisschicht von seinen Pupillen.

»Hören Sie auf zu schreien«, verlangte er leise und nicht im Geringsten außer Atem. Es war, als hätte die Verfolgungsjagd für ihn gar nicht stattgefunden.

Aura schnaubte verächtlich, stieß sich ab und stürzte ihm mit ausgestreckten Armen entgegen. Ihre Fingerspitzen zielten auf sein Gesicht, doch er wischte ihren Angriff mit einer beiläufigen Bewegung beiseite. Ehe sie sich's versah, saß sie wieder auf einer der Bänke.

»Was wollen Sie von mir?«, brachte sie atemlos hervor. »Warum tun Sie das?«

Gillians Züge verhärteten sich, ein seltsamer Anblick. Vor einigen Minuten noch hatte er so sanft gewirkt, so vertrauenerweckend.

»Leben Sie wohl!«, sagte er und zog abrupt die Abteiltür zu.

Aura sprang auf. »Was, zum Teufel, tun Sie da?«

Draußen auf dem Flur hielt er mit einer Hand die Tür zu, während er sich mit der anderen den Gürtel aus dem Hosenbund zerrte.

Aura begann, an der Tür zu rütteln. Sie gab einen Spaltbreit nach. Gillian zog den Gürtel um den Außengriff, spannte das Lederband blitzschnell über den schmalen Gang und verknotete das andere Ende am gegenüberliegenden Fensterknauf.

»Lassen Sie mich raus!«, brüllte Aura durch den Spalt.

Noch einmal streiften sich ihre Blicke, ein zartes Betasten mit den Augen. Aura hatte das Gefühl, als könnte er in ihre Gedanken schauen, mitten in ihr Herz.

Dann, schlagartig, rannte er zurück zum Ende des Zuges, während sie wie aus einem Traum erwachte, erneut an der Tür zerrte und aus Leibeskräften um Hilfe schrie.

Es kann nicht sein! schrie es in ihm. Es darf einfach nicht sein!

Und doch, es war geschehen. Er konnte es nicht. Zum ersten Mal hatte er einen Auftrag nicht zu Ende führen können. Und das Schlimmste daran war: Er hatte nicht einmal das Gefühl, versagt zu haben. Vielmehr redete ihm eine Stimme ein, er habe das Richtige getan. Ganz genau das Richtige.

Wie von Sinnen stürmte er den Gang hinunter, bis er das Abteil erreichte, in dem er mit Aura gesessen hatte. Sein Blick fiel auf ihren verlassenen Platz. Es war nur Minuten her, da war es hier drinnen so friedlich gewesen. Eine seltsame Vertrautheit war zwischen ihnen entstanden, etwas so Ungewohntes, Neues.

Der Auftrag! Was für eine Farce!

Er hatte gerade etwas ungemein Wertvolles ruiniert. Nicht ein Leben, wie früher, nein, vielmehr ein Gefühl, eine unbekannte, warme Empfindung.

Gillian war verstört. Und er hatte Angst. Vor allem vor sich selbst, vor einem Teil von sich, den er noch immer nicht gänzlich verstand. Er musste sich selbst zur Ruhe zwingen, um überhaupt zu begreifen, was eben geschehen war. Um zu verarbeiten, was er getan, besser, *nicht* getan hatte.

Dabei war es so einfach: Er hatte Aura Institoris nicht getötet. Er hatte gegen Lysanders Befehl verstoßen.

Noch kannst du zurückgehen, lockte ihn eine innere Stimme. Geh zurück und mach Schluss mit ihr. Denk an das Risiko. Denk an Lysander!

Er riss seine Tasche aus dem Netz, öffnete den Verschluss, kramte gehetzt darin herum. Lysanders Schreiben knisterte, als er es unter den unbenutzten Waffen hervorzog.

Gillian war noch nicht fertig. Er war zu weit gegangen, um jetzt einen Rückzieher zu machen. Er würde diese Sache auf seine Weise abschließen. In aller Konsequenz.

Er faltete das eng beschriebene Papier und steckte es in Auras Reisetasche. Schob Lysanders Anweisungen in das Gepäck seines vermeintlichen Opfers.

Ob er richtig handelte, wusste er nicht. Was er tat, geschah aus einem unbestimmten Bedürfnis heraus, nicht aus Vernunft. Zum ersten Mal seit langem folgte er seinen eigenen Empfindungen, tat das, was allein er für nötig hielt.

Sie musste die ganze Wahrheit erfahren. Es war seine Art von Wiedergutmachung. Ein verzweifelter Versuch, das wusste er.

Schließlich nahm er seine Tasche, horchte noch einmal auf Auras Rufe in der Ferne, dann lief er zur nächstbesten Waggontür. Der Zug fuhr noch immer mit hoher Geschwindigkeit, aber rechts und links des Bahndamms erstreckte sich ein Netz aus Teichen und Moorlöchern. Es kam nur auf den richtigen Augenblick an.

Gillian stieß die Tür auf, packte seine Tasche fester. Keine Zeit, die Gefahren abzuschätzen. Er beobachtete, wartete, sprang schließlich hinaus in die rasende Landschaft.

Der Schaffner durchsuchte den Zug vom ersten bis zum letzten Waggon, doch Aura sah ihm an, dass er ihr kein Wort glaubte. Wo, bitte, war denn die Tasche dieses ominösen Räubers geblieben? Und warum überhaupt ließ eine junge Dame wie sie es zu, dass sich ein Wildfremder in ihr Abteil setzte, wo doch der ganze Zug vollkommen leer war?

Was er, verdammt nochmal, damit andeuten wollte, schrie sie ihn an. Und mehr noch: Aufgebracht erinnerte sie ihn an den Gürtel, den er selbst hatte durchschneiden müssen, um sie zu befreien. Und an die offene Waggontür. Doch nicht einmal das akzeptierte er als Beweis. Nicht, dass er sein Misstrauen aussprach, ihr gar Lügen unterstellte. Insgeheim aber schien er überzeugt zu sein, dass sich das reiche Fräulein nur interessant machen wollte. Er empfahl ihr, am nächsten größeren Bahnhof die Polizei zu verständigen. Sie sah den Argwohn in seinen Augen und dachte zynisch, wenn die Welt hier draußen voll war von solchen Kerlen, dann würde sie im Internat ein Zimmer auf Lebenszeit buchen.

Der Schaffner trug ihr Gepäck murrend in den vorderen Waggon, gleich neben sein Dienstabteil. Aura war überzeugt, dass Gillian den Zug verlassen hatte, und doch – ein leiser Zweifel blieb. Hatte er seine Flucht nur vorgetäuscht, um später noch einmal über sie herzufallen, wenn sie nicht damit rechnete? Aber warum hatte er es dann nicht vorhin getan, als sich die beste Gelegenheit bot? Dieser Gillian war kein gewöhnlicher Verbrecher, so viel stand fest.

Bis zum nächsten Umsteigen fand sie keinen Schlaf, und auch dann fiel es ihr noch schwer, an etwas anderes zu denken, als an Blicke aus dunklen Augen und an das schöne, geheimnisvolle Gesicht eines Mörders.

KAPITEL 4

Jenseits der Alpen ging die Sonne auf und legte einen Strahlenkranz um majestätische Felsgiganten. Auf den Gipfeln lag Schnee, und selbst im Tal war es empfindlich kalt. Aura hatte sich schon vor der Ankunft in Zürich dick vermummt, hatte einen Pullover über ihr Kleid gezogen, ihren Schal umgelegt und den Mantel bis oben hin zugeknöpft. Jetzt verwünschte sie sich dafür, dass sie ihre Handschuhe achtlos in einen der Koffer geworfen hatte; unmöglich, ihn in der schaukelnden Kutsche zu öffnen und zu durchwühlen.

Der Kutscher hatte ein langes Gesicht gezogen, als sie ihm ihr Ziel genannt hatte, und er hatte sich mit einigen seiner Kollegen vor dem Bahnhof beraten müssen, um den genauen Weg zum Sankt-Jakobus-Stift zu erfahren. Schließlich hatte er ihr einen unverschämten Preis genannt, zahlbar im Voraus. Sie ließ sich darauf ein, weil sie keine andere Wahl hatte, aber auch, weil Geld für sie ohne Bedeutung war. Ihre Familie besaß genug davon, obgleich weder Nestor noch Charlotte eigene Einkünfte hatten. Der Reichtum der Institoris' speiste sich allein aus dem umfangreichen Erbe ihrer Mutter und einer Rücklage, die Nestor in jungen Jahren erwirtschaftet hatte.

Die Straße verlief in Serpentinen einen Berghang hinauf. Nach einer scharfen Wegkehre tauchte der Zweispänner ins Zwielicht eines Waldes. Die Stadt war längst auf der anderen Seite des Berges zurückgeblieben, und der Weg wurde allmählich schlechter. Irgendwann hörten die Pflastersteine gänzlich auf, und alle paar Meter wurde Aura im Inneren der Kutsche kräftig durchgeschüttelt. Gelegentlich hörte sie von draußen das Knallen der Peitsche und gemurmelte Flüche des Kutschers. Er schien um seine Räder zu bangen, und Aura fürchtete zeitweise, er könnte es ablehnen, sie noch höher hinauf ins Gebirge zu bringen.

Sie hatte erwartet, der Weg von Zürich zum Internat würde eine, höchstens zwei Stunden in Anspruch nehmen. Tatsächlich aber schien er sich nun über den ganzen Vormittag hinzuziehen. Die Sonne stieg höher und beschien dichte Nadelwälder rechts und links des Weges. Ein Sturzbach donnerte schäumend dem Tal entgegen, überspannt von einer kühnen Bogenbrücke. Gelegentlich wurde der Wald von Wiesen unterbrochen, auf denen die Kühe so bewegungslos standen, als wären sie beim Grasen festgefroren. Einmal erhob sich am Wegrand ein Heiligenbild, so dicht von Moos überzogen, dass nicht mehr zu erkennen war, ob es sich um einen weiblichen oder einen männlichen Patron handelte. Davor kniete eine Bäuerin und betete mit geschlossenen Augen, als die Kutsche an ihr vorüberrumpelte.

Aura gestand sich ein, dass ihr der Anblick dieser Landschaft gefiel. Sie war nie zuvor in den Bergen gewesen, kannte nur das flache, eintönige Küstenland, und so war sie von der Größe des Gebirges tief beeindruckt. An den Rändern hoher Felswände wuchsen Kastanien und Walnussbäume. Hier und da lichteten sich Tannendickicht und Fichtenzeilen und gingen in Haine aus leuchtenden Birken über. Der Verlauf des Weges wurde immer verschlungener und steiniger, ehe der Kutscher gegen Mittag seine Pferde langsamer traben ließ und rief: »Meine Dame, wir sind am Ziel!«

Der erste Anblick des Sankt-Jakobus-Stifts erschütterte Aura. Was eine Schule, ein Hort der Bildung sein wollte, sah in Wahrheit aus wie eine Festung.

Der Bau lag inmitten eines weiten Parks, der auf den ersten Blick wildromantisch, auf den zweiten ungepflegt wirkte. Der letzte Schnitt von Hecken und Sträuchern lag zu lange zurück, und auch der Rasen war höher als üblich. Immer wieder unterbrachen kleine Waldstücke und Reihen buschiger Tannen das Gelände. Der Boden war uneben und von schroffen Felsspalten durchzogen. Der Weg, der vom Torbogen der Außenmauer zum Internatsgebäude führte, war mit Holzstämmen ausgelegt. Die Kutschenräder verursachten darauf einen entsetzlichen Lärm.

Das Internat selbst war achteckig, die Mauern hoch und aus grobem Naturstein. Die Wände wurden von niedrigen Dächern abgeschlossen, aus denen scharfe Giebel stachen. Fenster gab es kaum, und die wenigen waren klein, kaum größer als Schießscharten; einige waren offenbar erst nachträglich ins Gestein gebrochen worden. Zudem entdeckte Aura ein halbes Dutzend neuere Anbauten. Das Haupttor hatte man mit einem Vorbau versehen, der von weißen Säulen flankiert wurde. Sie verstand wenig von Architektur, aber selbst sie erkannte, dass hier sämtliche Baustile wild durcheinandergerührt worden waren. Beim Näherkommen entdeckte sie über dem Tor im Gestein der alten Festungsmauer eine gemeißelte Inschrift: *Non nobis, Domine, non nobis sed nomine tuo da gloriam.* Nicht uns, Herr, nicht uns gib den Ruhm, sondern deinem Namen.

Eine Frau mit hochgestecktem grauem Haar kam ihr entgegen, nicht zu schnell und auf Würde bedacht. Sie stellte sich als Fräulein Braun vor und war die Leiterin von Auras künftiger Klasse. Ihr Gesicht war grau und faltig, und ihre Herzlichkeit wirkte aufgesetzt. Damit entsprach sie ziemlich genau Auras Erwartungen.

Die Eingangshalle des Internats war mit teurem Marmor ausgelegt, ein rot-braunes Schachbrettmuster, das vor Auras Augen zu flimmern schien. Mehrere Wandleuchter waren mit Kristallen besetzt, und es gab drei Sitzecken aus fein geschnitzten Möbeln, die allerdings durch armdicke Taue vom Rest des Raumes abgetrennt waren. Sie kam sich vor wie in einem Museum.

An der Rückseite der Halle führten mehrere Stufen, so breit wie die ganze Wand, in eine tiefer gelegene Etage. Darüber war hinter hohen Fenstern ein achteckiger Innenhof zu sehen. Was immer am Fuß der Treppe liegen mochte, es befand sich im Kellergeschoss unterhalb des Hofes.

Von unten erklang jetzt das scharfe Klappern von Schritten. Ein Gesicht erschien über der obersten Stufe, dann ein hochgewachsener, dürrer Körper.

»Die Direktorin«, raunte Fräulein Braun ihr zu. »Madame de Dion.«

Aura wollte ihr entgegengehen, doch die Lehrerin hielt sie zurück: »Warten Sie, bis Sie von ihr angesprochen werden.«

Die Direktorin trug ein weißes Kostüm ohne jede Zierde. Auf Schmuck schien sie, wie auch Fräulein Braun, keinen Wert zu legen;

Aura entdeckte nicht einmal einen Ring an ihren langen Fingern. Madame de Dions Gesicht war schmal und knochig, und als sie lächelte, entblößte sie einen silbernen Schneidezahn inmitten des akkuraten Weiß ihrer Zahnreihen. Sekundenlang konnte Aura auf nichts anderes starren als auf diesen Zahn. Dann aber fiel ihr Blick auf die Augen der Direktorin, genauer: auf ihre Brauen. Sie standen schräg, wie aufgemalt, und vermittelten Strenge, bevor die Frau auch nur ein Wort gesprochen hatte.

»Aura Institoris«, sagte die Direktorin mit tiefer, männlich klingender Stimme. »Wir haben Sie schon erwartet.« Falls darin ein Vorwurf mitschwang, so erklärte sie ihn nicht weiter. »Ich bin Madame de Dion und seit vielen Jahren die Leiterin dieser Anstalt.«

Himmel, sie sagte tatsächlich Anstalt, nicht Schule! Auras Unwohlsein wurde zu einem Knoten in der Kehle. Dennoch reichte sie der Direktorin artig die Hand. Der Händedruck der Frau war kraftvoll, fast schmerzhaft. Aura fragte sich, ob die Leiterin mit Absicht so fest zupackte, um ihre neue Schülerin einzuschüchtern. Ein gewisser Erfolg war ihr dabei nicht abzusprechen.

Aura wollte etwas sagen, doch die Direktorin schaute bereits an ihr vorbei und nickte jemandem in Auras Rücken zu. »Bring ihr Gepäck in mein Arbeitszimmer. Ich werde es mir später genauer ansehen.«

Aura traute ihren Ohren nicht, und weniger noch ihren Augen, als sie sah, wie ein älterer Mann, offenbar das Faktotum des Internats, ihre beiden Koffer herein- und an ihr vorübertrug. Ihre Reisetasche baumelte an seinem rechten Arm.

Bemüht, so gefasst und freundlich wie möglich zu bleiben, wandte sie sich an die Direktorin. »Er bringt das Gepäck nicht auf mein Zimmer?«

Fräulein Braun schaute sie zurechtweisend an. »Es ist üblich, dass Madame de Dion die Koffer zuerst auf unerwünschte Gegenstände untersucht.«

»Unerwünschte ... Gegenstände?« Zorn stieg in ihr auf, sehr schnell und siedend heiß.

»Druckerzeugnisse. Gewisse Literatur, wie sie unter jungen Damen heutzutage Verbreitung findet. Nicht geduldet werden auch

Photographien männlicher Bekannter.« Fräulein Braun machte eine kantige Geste, während die Direktorin Aura nur schweigend anstarrte.

Aura zog scharf die Luft ein. »Auf mein Gepäck trifft das nicht zu«, sagte sie leise.

»Wir werden sehen«, erwiderte die Lehrerin.

»Nein.« Aura lächelte starr. »Sie verstehen nicht: Es wird keine Untersuchung meines Gepäcks geben!«

Mit diesen Worten trat sie an der Direktorin vorbei, packte den alten Bediensteten an der Schulter und hielt ihn zurück, bevor er die Koffer die Treppe hinabtragen konnte. »Entschuldigen Sie«, sagte sie bestimmt. »Bringen Sie die Sachen bitte gleich auf mein Zimmer.«

Ein scharfes Atmen an ihrem Ohr ließ sie herumwirbeln. Erschrocken fuhr sie zusammen, als ihr klar wurde, dass die Direktorin neben sie getreten war, ohne dabei einen Laut zu verursachen.

»Gehen Sie«, fauchte Madame de Dion den Hausdiener an. »In mein Arbeitszimmer damit.«

Aura beachtete sie nicht weiter. Ungeachtet der einschüchternden Präsenz der Direktorin packte sie ihre Reisetasche am Arm des Mannes und riss daran. Der Alte blieb stehen, warf ihr einen flehenden Blick zu, doch es war bereits zu spät. Der Ruck war zu stark, die Tasche gab nach. Der Verschluss ging auf, und der gesamte Inhalt ergoss sich über die oberen Treppenstufen.

Das folgende Schweigen war bedrohlicher als das schlimmste Geschrei. Niemand sagte einen Ton, nicht einmal Fräulein Braun. Aura ging in die Hocke und begann geschwind, ihre Sachen auf einen Stapel zu schichten. Der alte Mann setzte die Koffer ab und reichte ihr verschüchtert die leere Tasche.

Sie kauerte auf der obersten Stufe und hatte den Frauen bewusst den Rücken zugekehrt. Sie mied den Blick der Direktorin. Inmitten des Gewirrs aus Büchern, Waschzeug, Bürsten und einem Spiegel entdeckte sie ein gefaltetes Papier; sie wusste genau, dass sie selbst es nicht hineingelegt hatte. Ein Brief von Daniel? Flink ließ sie das Schreiben in der Manteltasche verschwinden. Hoffentlich hatten die anderen es nicht bemerkt.

Im selben Augenblick packte jemand ihre Haare und riss sie mit einem grausamen Ruck nach hinten. Aura ließ fallen, was sie in Händen hielt, und schrie vor Schmerz und Empörung auf. Dabei stolperte sie nach hinten – und fiel genau vor die Füße von Madame de Dion.

Die Direktorin blickte auf sie herab. Noch immer hatte sie Auras langes Haar um die Rechte geschlungen und sah einen Moment lang aus, als wolle sie noch einmal mit aller Gewalt daran reißen. Dann aber ließ sie es los, gab dem Alten einen Wink, das Gepäck endlich in ihr Arbeitszimmer zu bringen, und reichte Aura schließlich die Hand.

»Stehen Sie auf!«, fauchte sie. »Es schickt sich nicht für eine Schülerin meines Internats, vor anderen am Boden zu kriechen.«

Aura glaubte, ihr an die Kehle springen zu müssen. Ihre Kopfhaut brannte, der Schmerz machte sie ganz benommen. Trotzdem erhob sie sich, nicht zu unbeholfen, wie sie hoffte, und öffnete den Mund, um Einspruch gegen diese Erniedrigung zu erheben.

Abermals kam ihr Madame de Dion zuvor. »Fräulein Braun wird Ihnen jetzt Ihr Zimmer zeigen«, erklärte sie kalt. »Ich will diesen Vorfall vergessen. Ihr Gepäck wird man Ihnen am Nachmittag hinaufbringen.«

Damit drehte sie sich um und schritt dem Alten voran die Treppe hinab. Unten drehte sie sich noch einmal um und hielt ihre knöchrige Hand wie einen Fächer vor ihre Brust. »Und sollte ich Sie nur ein einziges Mal beim Nägelkauen erwischen, werde ich Ihre Finger mit etwas bestreichen lassen, das Sie ganz sicher *nicht* in den Mund nehmen werden.« Damit verschwand sie im Untergeschoss.

Fräulein Braun trat vor Aura. »Schweigen Sie. Es ist besser so.«

Auf dem Weg zu Auras Zimmer sprachen die beiden kein Wort miteinander.

Ihre Mitbewohnerin hieß Cosima. Sie hatte bereits gehört, was in der Halle geschehen war, noch bevor Aura das Zimmer betreten hatte. Wie ein Lauffeuer war die Neuigkeit vom Ungehorsam der Neuen durch die Flure gerast. Das Nachrichtennetz im Internat funktionierte hervorragend, es war eines der wenigen Dinge, bei denen die Mädchen fest zusammenhielten.

Einige Minuten später stand Aura am Fenster und blickte durch den schmalen Spalt hinaus ins Gebirge. Nirgends waren Gebäude zu erkennen, nur Felsgipfel, dunkle Wälder und Bergwiesen. Das Sankt-Jakobus-Stift erschien ihr mehr und mehr wie ein Gefängnis, darüber konnte selbst die herrliche Landschaft nicht hinwegtäuschen.

Seit Fräulein Braun die beiden Mädchen allein gelassen hatte, bemühte Cosima sich redlich darum, Aura in ein Gespräch zu verwickeln. Sie war ein Jahr jünger als Aura und hatte große grüne Augen; sie wirkten umso größer, da ihr Gesicht klein und zart war, fast koboldhaft. Cosima trug ein weißes Kleid, von dem sich ihr schulterlanges braunes Haar wie eine dunkle Kapuze abhob. Sie war Norditalienerin, sprach aber fließend Deutsch mit einem leichten Akzent.

»Hast du weiße Kleider?«, fragte sie, obwohl Aura ihr den Rücken zugewandt hatte. »Die Direktorin wünscht, dass wir alle Weiß tragen.«

»Und wenn nicht?« Aura wandte sich zu ihr um. »Darf ich dann zurück nach Zürich, um mir neue zu kaufen?«

Cosima setzte sich auf die Kante ihres Bettes. »Du willst abhauen, nicht wahr? Am Anfang wollte das jede von uns. Aber, glaub mir, wenn du ein paar Tage hier bist, haben sie dir das ausgetrieben. Das Jakobus-Stift gilt als die strengste Mädchenschule weit und breit – nur deshalb haben deine Eltern dich hergeschickt.«

Aura dachte an die Ringe in ihren Schenkeln und sagte sich, dass sich ihr Widerwille gegen dieses Gemäuer niemals legen würde. Stechen und Ziehen würden sie an diesen Schwur erinnern.

»Ist es wenigstens erlaubt, hinaus in den Park zu gehen?«, fragte sie und setzte sich auf ihr Bett. Das Zimmer war nicht groß, und zwischen den beiden Betten waren kaum mehr zwei Schritte Abstand. Auf dem Steinboden lag eine Art Reisigmatte, und in einer Ecke stand ein Kohleofen, der knisternd Wärme verbreitete. Wenigstens ließ man sie hier drinnen nicht erfrieren.

»Wir können in den Park gehen, so oft wir wollen«, sagte Cosima,

»außerhalb der Unterrichtszeiten, heißt das. Nach Absprache mit den Lehrerinnen dürfen wir auch weiter raus. Von hier haut sowieso niemand ab, der halbwegs bei Verstand ist, dafür ist das Internat viel zu abgelegen. Zu Fuß braucht man mehr als einen Tag, um zurück in die Stadt zu kommen, und auch nur, wenn man sich beeilt. Außerdem verzweigt sich der Weg an mehreren Stellen. Die Gefahr, sich zu verlaufen, ist viel zu groß.«

Aura horchte auf. »Das klingt, als hättest du es schon mal versucht?«

»Ich nicht. Aber zwei von den älteren Mädchen – du wirst sie bestimmt noch kennenlernen – wollten von hier verschwinden, vor einem Jahr. Holzfäller haben sie einen Tag später irgendwo in den Wäldern aufgestöbert, halb erfroren. Es hat auch schon welche gegeben, die nie wieder gefunden wurden. Sie verschwanden einfach.« Cosima setzte sich im Schneidersitz auf die Bettdecke. Ihr weißes Kleid spannte über den Knien. »Wahrscheinlich ist das nur Gerede der Lehrerinnen, um uns Angst zu machen. Ich glaube, die Eltern der Mädchen haben sie hier rausgeholt, und keiner will es zugeben.«

»Meine holen mich bestimmt nicht raus.« Aura ließ sich mit dem Rücken aufs Bett fallen und starrte bedrückt zur Decke. Noch immer trieb sie die Vorstellung zur Weißglut, dass die Direktorin in diesem Augenblick ihre Koffer durchstöberte.

»Wie lange sollst du hierbleiben?«, fragte Cosima.

»Über drei Jahre, bis zu meinem einundzwanzigsten Geburtstag.«

»Bis dahin sind's bei mir noch vier«, entgegnete Cosima mit einem tiefen Seufzer. »Und zwei Jahre bin ich schon hier.«

»Wie kommt es, dass in deinem Zimmer ein Bett frei ist?«

»Der Monseigneur hat Karla verlegt. Sie hatte sich von ihrer älteren Schwester ein paar Bücher reinschmuggeln lassen. *Fanny Hill, Die Nichten der Frau Oberst* und so was. Schweinkram, eben«, ergänzte sie schulterzuckend.

»Wer ist der Monseigneur?«, fragte Aura verwundert.

»Oh, das kannst du nicht wissen.« Cosima kicherte in kindlichem Vergnügen. »So nennen wir Madame de Dion. Sie hat eine

Stimme wie ein Mann, findest du nicht?« Sie senkte die Stimme und fügte flüsternd hinzu: »Und keinen Busen.«

»Ein Spitzname ist eine ziemlich armselige Rache für das, was sie uns antut. Wie hat sie das mit den Büchern eigentlich erfahren?«

»Karla hat kein großes Geheimnis daraus gemacht. Irgendwer muss sie dann verpetzt haben. Auf jeden Fall wurde plötzlich unser Zimmer durchsucht.«

In einem Anflug von Misstrauen fragte Aura: »Hast du auch in den Büchern gelesen?«

Cosima schüttelte entsetzt den Kopf. »Ich? Ach was. Karla hat mir ein, zwei Stellen daraus vorgelesen.« Sie kicherte wieder. »Liebe Güte …« Plötzlich begriff sie, worauf Aura hinauswollte. »Du glaubst doch nicht etwa, dass *ich* irgendwas verraten habe, oder?« Sie klang jetzt schnippisch, ein wenig wütend sogar.

»Nein«, gab Aura besänftigend zurück. »Natürlich nicht.« Sie blickte wieder nachdenklich nach oben. Über ihr an der Wand klebte eine zerquetschte Mücke.

Ein versöhnliches Lächeln erschien auf Cosimas Gesicht. »Lass uns Freundinnen sein, ja?«

»Klar.« Aura erwiderte ihren Blick und fand darin einen regelrechten Hunger nach Zuneigung. Das also macht dieses Internat aus uns, dachte sie, traurige kleine Mädchen auf der Suche nach ein wenig Wärme.

Sie stand auf, umarmte Cosima herzlich und sagte: »Freundinnen.«

Das Mädchen schmiegte sich einen Moment lang an sie, dann lösten sie sich voneinander. Auras Blick fiel auf ihren Mantel, den sie über einen Bettpfosten geworfen hatte. Sie nahm ihn auf und durchsuchte ihn nach dem Schreiben, das sie in ihrer Reisetasche gefunden hatte. Schließlich zog sie es hervor, betrachtete es eine Weile und überlegte, ob sie es auseinanderfalten und lesen sollte. Daniel hatte ihr früher oft Briefe geschrieben, aber das war über ein halbes Jahr her.

Nein, entschied sie schließlich, sie würde ihn lesen, wenn sie allein war. Falls es so was wie Alleinsein hier überhaupt gab. Außerdem war sie viel zu müde und durcheinander. Sie blickte auf und sah, dass Cosima lächelte. »Hattest du draußen einen Freund?«, fragte das Mädchen mit einem Nicken in Richtung des gefalteten Papiers.

»Das ist lange her.« Aura schob den Zettel unter ihr Kopfkissen, nur um sich sogleich an die Durchsuchung des Zimmers zu erinnern. Sie zog das Schreiben wieder hervor, bückte sich und steckte es in einen ihrer hohen Schuhe.

»Du solltest dich jetzt ausruhen«, sagte Cosima sanft. »Der Monseigneur gibt allen Neuankömmlingen am ersten Nachmittag frei.«

Aura hob unentschlossen die Schultern, sagte sich dann aber, dass ihr ein wenig Schlaf guttun würde. Schnell legte sie ihre Kleidung ab und schlüpfte unter die Decke. Ihre Finger tasteten nach den Ringen in ihren Schenkeln. Sie fühlten sich kalt an, obwohl ihr Körper zu glühen schien.

Cosima beobachtete sie schweigend. Aura schenkte ihr ein Lächeln und schlief ein.

Als sie geweckt wurden, war es draußen noch dunkel. Cosima schwang gähnend ihre dünnen Beine über die Bettkante. Sie bemerkte, dass Aura die Augen aufgeschlagen hatte, und grinste.

»Du hast den ganzen Nachmittag und die ganze Nacht geschlafen.«

»Wie spät ist es?« Aura streckte sich.

»Halb sechs. Die übliche Weckzeit hier im Stift.«

Auf einen Schlag kehrte die Erinnerung an ihre Lage zurück, an das Internat und an die Direktorin. »Großartig«, stöhnte sie und setzte sich auf. Neben dem Bett stand ihr Gepäck. Sie hatte nicht bemerkt, dass es gebracht worden war.

Wenig später folgte sie Cosima zum Waschraum, wo sich bereits ein knappes Dutzend schnatternder Mädchen aufhielt. Die meisten waren jünger als Aura, jünger noch als Cosima. Einige betrachteten die Neue mit verstohlenen Blicken, andere kamen auf sie zu und stellten sich vor. Aura gab sich Mühe, ihre Herzlichkeit zu erwidern.

Als sie und Cosima zurück ins Zimmer kamen, war Auras erster Gedanke, nachzuprüfen, ob Daniels Brief noch in ihrem Schuh steckte. Aber sie wollte Cosima nicht ein zweites Mal mit ihrem Argwohn vor den Kopf stoßen, und so geduldete sie sich, bis sie fertig angezogen war. Die Ordnung in ihren Koffern war unversehrt, aber sie zweifelte nicht, dass die Direktorin ihre Drohung wahrgemacht hatte. Dass die Durchsuchung keine Spuren hinterlassen hatte, beunruhigte Aura nur noch mehr.

Während sie ihre Schnürsenkel lockerte, um in die Schuhe zu schlüpfen, sah sie, dass das Papier noch an Ort und Stelle war. Sie schob es seitlich neben ihren rechten Knöchel, dann folgte sie Cosima zum Unterricht. Sie hoffte, dass sie am Nachmittag endlich Zeit finden würde, den Brief zu lesen.

Die Schülerinnen des Sankt-Jakobus-Stifts verteilten sich auf sechs Klassen zu jeweils zehn bis zwölf Mädchen. Die Klassenleiterinnen unterrichteten sämtliche Fächer, abgesehen vom Turnen; hierfür wurden mehrere Klassen zusammengeschlossen. Männer duldete man nicht im Internat, mit Ausnahme Mareks, des alten Hausdieners. Die übrigen Hilfsarbeiten wurden von Köchinnen und Wäscherinnen verrichtet. Väter hatten freies Besuchsrecht – in gesonderten Räumen, nicht im Wohntrakt der Mädchen –, Brüder aber wurden ungern gesehen.

All das erfuhr Aura innerhalb der ersten Stunden. Fräulein Braun nutzte die Gelegenheit, ihrer ganzen Klasse einen achtzigminütigen Sermon über das Leben im Sankt-Jakobus-Stift, über damenhaftes Benehmen und die guten Sitten zu halten. Cosima ging in eine andere Klasse, und das wohl nicht nur, weil sie jünger war. Vielmehr hatte Aura den Verdacht, dass Madame de Dion ganz bewusst ein vierundzwanzigstündiges Beisammensein einzelner Schülerinnen verhindern wollte. Diese Annahme wurde von Auras Pultnachbarinnen bestätigt. Auch ihre Zimmergenossinnen besuchten andere Klassen.

Der Unterricht endete um drei Uhr am Nachmittag, danach waren zusätzlich zu den regulären Turnstunden sportliche Betätigungen vorgeschrieben. Erst um kurz vor fünf wurden die Mädchen aus der Obhut ihrer Lehrerinnen entlassen und durften sich die Zeit mit Lesen in der Bibliothek, Kakaotrinken und Spaziergängen im Park vertreiben.

Aura beschloss, Daniels Brief im Freien zu lesen. Sie streifte eine Weile durch die verwilderte Gartenanlage, ehe sie im Schatten einiger Tannen einen Platz fand, an dem sie nicht laufend von anderen Schülerinnen gestört werden würde.

Sie entfaltete das Papier und entdeckte zu ihrer maßlosen Enttäuschung eine Handschrift, die zweifellos nicht Daniel gehörte. Es waren insgesamt fünf Blätter, einseitig mit kleinen, altertümlichen Buchstaben beschrieben.

Sie setzte sich ins feuchte Gras, kümmerte sich nicht darum, dass ihr weißer Rock schmutzig wurde, und begann zu lesen. Die Dämmerung war längst hereingebrochen, und sie musste sich dicht über das Papier beugen, um die Buchstaben zu entziffern. Ein eisiger Wind fegte von den Bergen herab, doch Aura bemerkte es kaum. Ihre Gänsehaut rührte nicht vom Wetter. Mit jedem Satz, den sie las, wurde ihr Entsetzen größer. Das Schreiben war an Gillian gerichtet, an den Fremden aus dem Zug. Doch nicht allein diese Erkenntnis war es, die sie so verstörte. Mehrfach war sie nahe daran, die Blätter in Fetzen zu reißen. Tränen rannen über ihre Wangen, tropften auf das Schreiben und verwischten die Tinte. Auch sie vermochten die ungeheuerlichen Anschuldigungen und Eröffnungen nicht auszulöschen.

Nestor Institoris und ich kennen uns seit langer Zeit, stand da geschrieben, *beinahe länger, als meine Erinnerung zurückreicht.*

Wir hätten Freunde werden können, aber du weißt, wie es mit Freundschaften gehen kann. Enttäuscht der eine den anderen, können sie schnell in HASS umschlagen, viel schneller als gewöhnliche Bekanntschaften. Wir neigen dazu, einem Menschen, den wir schätzen, einen Fehltritt viel ärger anzurechnen als einem Unbekannten. Wer von uns beiden einen Fehltritt begangen hat, ob Nestor oder ich, nun, darüber sind wir wohl unterschiedlicher Ansicht.

Nach diesen einleitenden Sätzen folgte eine detaillierte Beschreibung des Lebens auf Schloss Institoris, Einzelheiten, die nur jemand kennen konnte, der oft dort ein- und ausging. Aura hatte einen Augenblick lang Friedrich in Verdacht, doch dann erinnerte sie sich, dass er und ihr Vater bestimmt niemals Freunde gewesen waren, ganz gleich, wie lange ihre Bekanntschaft zurückreichen mochte. Blieb nur die Möglichkeit, dass jemand aus dem Dorf oder, schlimmer noch, aus der Dienerschaft sie im Auftrag des Unbekannten bespitzelt hatte. Dies erschreckte sie, jedoch nicht so sehr wie das, was nun folgte:

Nestor hat eine Tochter. Er erwartet ungeduldig ihre Volljährigkeit, aus Gründen, die ich sehr wohl nachvollziehen kann. Sie müsste heute siebzehn oder achtzehn Jahre alt sein. Nestor wacht eifersüchtig über ihre Jungfräulichkeit, sie ist ihm das KOSTBARSTE überhaupt. Sein Stiefsohn muss versucht haben, mit ihr anzubändeln. Ein Fehler, zweifellos. Nestor hat dafür gesorgt, dass er an dem Mädchen keine Freude mehr haben wird. Ein Unfall, tragisch. Und schon war es AUS mit den beiden. Sag selbst, hat ein Mann wie Nestor nicht den Tod verdient?

Aura war fassungslos angesichts dieser Worte, und ihr allererster Gedanke war, dass es sich um Lügen handelte. Gemeine, boshafte Lügen. Niemals hätte ihr Vater so etwas getan, nie im Leben. Aber hatte sie nicht auch geglaubt, dass er sie niemals fortschicken würde?

Daniels Unfall – ein Anschlag, ausgeführt in Nestors Auftrag? Sie hätte schreien mögen vor Aufruhr und Empörung. Sie las den Absatz ein zweites und drittes Mal, ehe es ihr allmählich gelang, sich davon zu lösen und mit dem Rest des Schreibens fortzufahren.

Es sollte noch viel schlimmer kommen.

Warum aber ist Nestor so auf die Unberührtheit seiner Erstgeborenen bedacht, fragst Du Dich? Ich kann mir vorstellen, wie Du im Zug sitzt und Dir den Kopf darüber zerbrichst, mein Lieber. Schon zucken Deine zarten Würgehände, schon steigt die Wut in Dir empor. Du willst ihn TÖTEN, nicht wahr? Willst ihn LEIDEN lassen für seine Abscheulichkeiten. Etwa nicht? Oh, ich kenne Dich, Gillian. Ich kenne Deine Gedanken. Du bist so moralisch, trotz Deiner Berufung. Ein Streich Deiner Natur, wie mir scheint.

Nestor sucht nach dem STEIN. Ja, es ist die SUCHE, die uns verbindet. Er ist viele Wege gegangen, hat zahllose Richtungen eingeschlagen. Genau wie ich. Und seine größte Hoffnung dabei ist seine Tochter.

Lass mich Dich mit ein wenig Theoretischem langweilen. Im siebzehnten Jahrhundert lebte ein Mann namens Michael Majer. Er war Rosenkreuzer, außerdem der Prager Leibarzt des Kaisers Rudolf II. Aus seiner Feder stammen einige der bedeutendsten Werke unserer Zunft. Und nun gib Acht! In seinen Schriften predigt Majer den Fundort des Steins im INZEST! Ja, Gillian, das ist es, was er von uns, seinen Nachfolgern, verlangt.

So schreibt er: ›Führe einen Bruder und eine Schwester zusammen, und reiche ihnen den Krug der Liebe, damit sie daraus trinken.‹ Daraus sollte, glaubt man Majers Worten, der Stein entstehen. Noch ein Beispiel? ›Öffne die Brust deiner Mutter mit einer Stahlklinge, wühle in ihren Eingeweiden und dringe in ihren Schoß ein; genau dort wirst du unsere makellos reine Materie finden.‹ Der Bruder mit der Schwester, der Sohn mit der Mutter – und der Vater mit der Tochter. Ja, Gillian, so lauten Majers Anweisungen. Er war übrigens nicht der Erste, der auf diesen Gedanken kam – wohl aber der Einzige, der ihn schriftlich niederlegte. Du könntest es nachprüfen.

Verstehst Du jetzt? Nestor will mit seiner Tochter ein Kind zeugen! Ein KIND, von dem er annimmt, aus ihm lasse sich der Stein der Weisen gewinnen. Das aurum potabile. *Der* lapis philosophorum. *Unsterblichkeit, Gillian, die absolute Reinheit! Nur erwachsen muss sie sein, erwachsen und unberührt. Denke doch nur, Gillian – UNSTERBLICHKEIT!*

Minutenlang starrte Aura auf diese letzten Sätze, getrübt durch einen Tränenschleier und doch klar genug, dass sich die Buchstaben wie Brandzeichen in ihre Gedanken fraßen. Es wurde allmählich dunkel, und sie musste sich beeilen, wenn sie den Rest des Schreibens noch im Freien lesen wollte. Dennoch war es schwer, so ungemein schwer, mit den nächsten Abschnitten fortzufahren.

Nestor glaubt, dass ich tot bin. Ich war NICHT derjenige, der dem anderen zuerst den Tod gewünscht hat. Schon vor Jahren setzte Nestor einen Mörder auf mich an. Ich entkam, leicht angeschlagen, und nur einem Wunder verdanke ich, dass ich noch lebe. Immer noch LEBE. Ein alter Bekannter hat mich gerettet. Vielleicht ist es ja doch falsch, unser Schicksal vorauszuplanen. Was meinst Du?

Du siehst, es ist schon lange an der Zeit, Nestor sterben zu sehen. Ich hoffe, es wird Dir Freude bereiten. Und was seine Tochter angeht, Aura, so kümmere Dich auch um sie. Wer weiß, ob Nestors Geduld groß genug war? Wer weiß, ob er nicht schon ein kleines Experiment gewagt hat?

Vielleicht trägt sie schon die Frucht ihres Vaters in sich. Töte sie. Und dann kehre zurück, mein Schein im Finstertal, mein Liebling, mein Gillian. Kehre zurück zu mir und sei FREI.

Der Brief endete ohne Unterschrift. Es war zu dunkel, um ihn noch einmal von vorne bis hinten lesen zu können. Sie hätte es wohl ohnehin nicht über sich gebracht. Es ekelte sie vor der Berührung des Papiers, sie ekelte sich vor diesen Worten, dieser Schrift. Sie schleuderte die Seiten von sich und streifte ihre Finger panisch am feuchten Gras ab, immer wieder, bis sich tiefe Furchen durch die Erde zogen. Sie verspürte Abscheu, ja. Aber auch eine entsetzliche Gewissheit, dass dies alles die Wahrheit war. Bilder erschienen vor ihrem inneren Auge, Bilder von Nestors Raserei, als er sie und Daniel zum ersten Mal Hand in Hand ertappt hatte. Er hatte Teile seines Laboratoriums zerschlagen, hatte Aura angeschrien, hatte gedroht, Daniel von der Insel zu werfen. Er hatte sich gebärdet wie ein Wahnsinniger. Und warum hatte er sie in dieses Internat geschickt, eine Mädchenschule, zu der Männer keinen Zutritt hatten? Weshalb bis zu ihrem einundzwanzigsten Geburtstag, ausgerechnet bis zur Volljährigkeit? Hatte er befürchtet, sie sei auf der Insel nicht mehr sicher vor Nachstellungen? Hatte er gar Christopher nur auf seine Seite gezogen, damit sie ihn hasste, damit sich so etwas wie bei Daniel gar nicht erst wiederholen würde?

Großer Gott, sie verabscheute sich selbst für ihre Gedanken! Und doch, eine Stimme in ihrem Inneren raunte ihr zu, dass es wahr war. Sie hatte gewusst, was ihr Vater in seinem Laboratorium tat, als Einzige im ganzen Schloss. Er hatte ihr vor Jahren davon erzählt, vielleicht weil er gehofft hatte, sie von der Unumgänglichkeit seiner Pläne zu überzeugen.

Unsterblichkeit. Der Stein der Weisen. Aber um den Preis einer Nacht mit seiner Tochter? Ihr Vater war ein Wahnsinniger, ohne Zweifel. Und der mysteriöse Verfasser des Briefes schien mindestens ebenso verrückt wie er.

Und Gillian? Er hatte sie am Leben gelassen, gegen den ausdrücklichen Befehl des Unbekannten.

Aura stemmte sich auf die Beine. Ihre Knie waren weich und zittrig. Im Dunkeln tastete sie nach den verstreuten Blättern und sammelte sie auf. Sie würde sie am Abend im Ofen verbrennen. Und dann, bei nächster Gelegenheit, musste sie von hier verschwinden. Musste zurück ins Schloss. Sie würde ihren Vater zur Rede stellen, über alles, was er getan hatte und noch hatte tun wollen.

Vorausgesetzt, er war noch am Leben.

Der Wiener Westbahnhof lag am Schnittpunkt dreier Bezirke – Fünfhaus, Neubau und Mariahilf –, doch strömten die Menschen aus dem ganzen Stadtgebiet hierher. Hier begannen und endeten die meisten Fernverbindungen, und entsprechend groß war der Trubel der Reisenden und Angehörigen, als Gillian auf den Bahnsteig hinaussprang. Er schaute sich um und erkannte schon von weitem die beiden Gestalten, die ihn erwarteten.

Stein und Bein trugen lange Mäntel in unterschiedlichen Farben, einer grau, der andere braun, wohl in dem verzweifelten Versuch, sich voneinander zu unterscheiden. Das Vorhaben war so erfolglos wie lächerlich. Ihre identischen Gesichter, lang und knöchern unter schneeweißem Haar, hoben sie aus der Menge hervor wie zwei Leichen inmitten einer Ballgesellschaft.

Gillian trat den Zwillingen mit klopfendem Herzen entgegen. Er war bislang nicht sicher gewesen, ob sein Telegramm Lysander erreicht hatte – er hatte es in München zu Händen der Burghauptmannschaft aufgegeben, im schalen Vertrauen, dass die bestochenen Hofburgwächter es an den geheimen Mieter in ihren Kellergewölben weiterreichen würden. Jetzt aber war er überrascht, dass die Nachricht ihr Ziel tatsächlich erreicht hatte. Nichts hatte sich in den letzten Jahren verändert: Lysanders Einfluss war grenzenlos.

»Der Herr ist nicht erfreut«, sagte der Zwilling, den Gillian für Stein hielt.

»Er hat versagt, der hübsche Mädchenjunge«, ergänzte Bein.

Gillian zwang sich zur Beherrschung. Er ging an den beiden Männern vorbei, in der Gewissheit, dass sie ihm folgen würden. »Nestor Institoris lebt nicht mehr. So, wie es Lysanders Wunsch war.«

Eine junge Frau blickte sich erschrocken um und zog ihr Kind zur Seite. Erst befürchtete Gillian, sie hätte gehört, was er gesagt hatte. Dann aber wurde ihm klar, dass es die Zwillinge waren, vor denen Sie Angst hatte. Warum konnte Lysander bei all seinem Reichtum nicht unauffälligere Lakaien anheuern?

Stein legte eine Hand auf Gillians Schulter und hielt ihn auf. Gillian drehte sich um und funkelte den Zwilling bösartig an. Erstaunlicherweise zog Stein die Hand zurück, doch seine Mundwinkel zuckten verächtlich, als er statt Gillian seinen Bruder ansah.

»Es war seine Aufgabe, sich um Nestor *und* die Tochter zu kümmern«, sagte Stein.

»Er ist gescheitert«, bemerkte Bein.

So viel hatte Gillian Lysander in seinem Telegramm mitgeteilt. Die genauen Umstände hatte er freilich Verschwiegen.

»Das Mädchen ist mir entkommen. Der Zug war voller Menschen. Was hätte ich tun sollen?« In seinen Zorn mischte sich leise Unsicherheit. Er hatte angenommen, Lysander würde sich mit dem Tod des alten Institoris zufriedengeben, er hatte geglaubt, das Schlimmste, was passieren könnte, war, dass Lysander einen anderen Mörder auf Aura ansetzen würde.

Was wirst du dann tun? Diese Frage hatte er sich hundert Mal gestellt. Würde er zulassen, dass jemand dem Mädchen ein Leid zufügte?

»Wir sind nicht hier, um Ratschläge zu geben«, sagte Stein zu Bein. »Wir wollen ihn nur zu Lysander bringen.«

»Er erwartet ihn, den hübschen Mädchenjungen«, fügte Bein grinsend hinzu.

Gillians Hand zuckte vor, packte den Zwilling am Kragen. »Nenn mich noch einmal so!«, fauchte er drohend. »Komm schon, sag es noch einmal!« Einen Augenblick lang war er entschlossen, Bein zu töten, hier und sofort.

Aber Beins Grinsen wurde noch breiter. Er sagte kein Wort, wartete nur ab, bis Gillians Wut abgekühlt war und er seine Hand zurückzog. Mit einer beiläufigen Handbewegung strich der Diener seinen Mantelkragen glatt und ging voraus. »Die Kutsche wartet vor dem Bahnhof.«

Stein bedeutete Gillian mit einem Nicken, seinem Bruder zu folgen. Er tat es, wenn auch widerwillig.

Kurz darauf saß er mit den beiden weißhaarigen Vogelscheuchen in einer Kutsche. Vor den Fenstern hingen rote Samtvorhänge, rundum befestigt und straff gespannt, damit sie auch bei Schlaglöchern nicht zur Seite fielen. Der Kutscher trug eine Uniform, die ihn als Bediensteten der Hofburg auswies. Auf den Türen prangte das kaiserliche Wappen.

Stein und Bein saßen Gillian gegenüber. Beide hatten ihre Hände in den Manteltaschen vergraben. Gillian war klar, dass Lysander über den Fehlschlag nicht glücklich sein konnte. Aber immerhin hatte er Nestor getötet – und das war, nach allem, was er wusste, Lysanders Hauptanliegen gewesen. Nun aber beschlichen ihn Zweifel. Hatten die Zwillinge den Auftrag, ihn für Auras Überleben zu bestrafen? Hatten sie ihn abgeholt, um ihn umzubringen?

Je länger er darüber nachdachte, desto unruhiger wurde er. Die verschlagenen Mienen der beiden taten ein Übriges, ihn das Schlimmste befürchten zu lassen.

Gillian versuchte, den Vorhang an einer Ecke zu lockern, um nach draußen zu blicken, doch die Haken saßen fest, er hätte einen abreißen müssen. Was, wenn sie gar nicht zur Hofburg fuhren, sondern irgendwohin, wo sie ungestört waren?

Stein und Bein waren keine allzu starken Männer, wenigstens wirkten sie nicht so. Ihre gestelzten Bewegungen ließen sie unbeholfen erscheinen. Und doch, sie *waren* gefährlich, selbst für einen Mörder wie Gillian. Er machte nicht wie manch anderer den Fehler, die beiden zu unterschätzen.

Die Kutsche klapperte über das Wiener Pflaster, und von draußen drang dumpf der Straßenlärm herein. Wenigstens schienen sie sich noch immer im Zentrum zu befinden. Vielleicht waren sie doch unterwegs zur Hofburg, und Gillian litt unter Verfolgungswahn.

»Wann erwartet mich Lysander?«, fragte er.

Stein wandte sich an Bein. »Der Herr will ihn sofort sehen, nicht wahr?«

»Ja«, pflichtete ihm sein Bruder bei, »sofort.«

Lysander besaß viele schlechte Eigenschaften, doch Ungeduld hatte nie dazugehört. Er war immer ein Taktiker gewesen, jemand, der für Jahre im Voraus plante und nichts überstürzte. Was war geschehen, dass er es jetzt so eilig hatte? *So* eilig, dass er Gillian möglicherweise gar nicht mehr anhören, sondern ihn sofort beseitigen lassen wollte?

Schluss jetzt! durchfuhr es Gillian in plötzlichem Zorn. Er hatte genug von wilden Spekulationen. Wenn Lysander mit ihm sprechen wollte, dann nach Gillians Spielregeln.

Seine Hand zuckte zum Türgriff, riss daran. Der Riegel löste sich, die Tür klappte in voller Fahrt nach außen. Ehe Bein, der dem Ausstieg am nächsten saß, reagieren konnte, hatte Gillian ihm bereits die Faust ins Gesicht geschlagen. Mit Genugtuung registrierte er, dass das Gebiss des Zwillings knirschte. Bein schrie auf, spuckte in die offene Hand – und starrte entgeistert auf zwei halbe Schneidezähne. Gillian nutzte den Augenblick, schob sich an dem wimmernden Zwilling vorbei und sprang aus der fahrenden Kutsche.

Beim Versuch, sich abzurollen, prallte er mit der rechten Schulter schmerzhaft aufs Pflaster. Schlimmer noch: Aus der Gegenrichtung raste eine zweite Kutsche heran. Es gelang ihm gerade noch, sich zur Seite zu werfen, da donnerte das Gefährt auch schon an ihm vorüber.

Im Aufspringen sah er, wie das kaiserliche Gespann in zehn Metern Entfernung scharf zum Stehen kam. Die Pferde wieherten vor Empörung. Stein und Bein, der eine mit der Hand vorm Mund, staksten ins Freie und rannten auf Gillian zu.

Am Straßenrand hatten fliegende Händler ihre Stände aufgeschlagen. Allein das war Beweis genug, dass das Ziel der Kutsche nicht die Hofburg gewesen war – auf dem Weg dorthin gab es keine Marktstraßen.

Gillian taumelte mit schmerzender Schulter durch die Auslagen eines Tuchhändlers. Aus den Augenwinkeln sah er, dass Stein und Bein jetzt Revolver in ihren Händen hielten. Von Beins Mundwinkeln zogen sich Blutfäden bis hinab zum Hemdkragen. Rechts und links der Zwillinge sprangen die Menschen beiseite, Händler gingen hinter ihren Ständen in Deckung. Aufgrund der kaiserlichen Kutsche musste man die beiden für Polizisten halten; Gillian dagegen galt jedem als Verbrecher. Schon trafen ihn angstvolle Blicke, Männer und Frauen wichen ihm gleichermaßen aus.

Noch wagten die Zwillinge nicht, auf ihn zu schießen, aber ihm war klar, dass sie damit nicht lange warten würden. Es scherte sie nicht, wenn Unbeteiligte dabei verletzt wurden. Das Wappen der Hofburg schützte sie. Die Summen, die Lysander für solche Privilegien bezahlte, mussten unvorstellbar sein.

Gillian stolperte durch Kisten und Körbe, gelangte hinter die Reihe der Stände und bog in eine schmale Gasse. Seine Schulter sandte pochende Schmerzstöße durch seinen Oberkörper, doch darauf konnte er keine Rücksicht nehmen. Die Gasse war kaum mehr als ein Spalt zwischen hohen Häuserwänden, nur gelegentlich von verriegelten Hintertüren durchbrochen. Er erkannte schnell, dass es ein Fehler gewesen war, diesen Weg einzuschlagen. Nicht nur hatten Stein und Bein hier beste Sicht auf ihr Opfer, sondern auch ein freies Schussfeld.

Über die Schulter sah Gillian, dass die beiden hinter ihm die Gassenmündung erreichten. Sogleich erkannten sie ihren Vorteil, blieben stehen und legten mit ihren Waffen auf ihn an.

Die erste Kugel peitschte um Haaresbreite über seinen Kopf hinweg, die zweite krachte links von ihm in die Mauer, streifte ihn als Querschläger und ließ ihn mit einem Aufschrei gegen die rechte Wand taumeln. Sein Glück, denn im selben Moment donnerte bereits der nächste Schuss und hätte ihn getroffen, wäre er nicht unfreiwillig zur Seite gestolpert.

Ein Einschnitt tat sich zwei Schritte vor ihm in der Wand auf. Geduckt hetzte er um die Ecke, hörte, wie sich auch Stein und Bein wieder in Bewegung setzten. Ihre Schritte hämmerten über schmutziges Pflaster, hallten laut in den schmalen Steingassen wider.

Das Ende des Einschnitts führte abermals hinaus auf eine Gasse, und diesmal erkannte Gillian, wo er war. Vor ihm befand sich das Schlachthaus am Wienfluss, am Südzipfel des Bezirks Mariahilf. Er rannte hinüber und hielt sich dabei die rechte Schulter. Durch ein offenes Tor gelangte er ins Innere. Arbeiter mit schmutzigen Schürzen schwärmten um ihn her, manche drängten mit ihm von außen herein, andere schoben sich ins Freie. Einige warfen ihm argwöhnische Blicke zu, die meisten aber ignorierten ihn. Gillian trug seit Tagen dieselbe Kleidung, noch immer die dunkle Hose und das schwarze Rüschenhemd. Seine Jacke war fleckig und an der Schulter vom Sturz aus der Kutsche aufgerissen. Es war nur eine Frage der Zeit, bis man ihn für einen Fleischdieb halten und hinauswerfen würde.

Er schaute sich um und sah, wie Stein und Bein die Gasse überquerten. Die Waffen hielten sie unter den Mänteln verborgen, doch ihr Äußeres erregte auch so genug Aufsehen.

Zudem hatte niemand hier beobachtet, wie sie aus der kaiserlichen Kutsche gestiegen waren. Ihren Vorteil, als Polizisten aufzutreten, hatten sie damit verloren.

Nicht, dass ihnen das viel ausgemacht hätte. Sie drängelten sich grob durch die Menge der Schlachthausarbeiter, was ihnen allerlei Flüche und Stöße einbrachte. Schließlich zog Stein seinen Revolver unter dem Mantel hervor und hielt ihn gut sichtbar in die Luft. Augenblicklich verstummten die Beschimpfungen, und eine breite Schneise öffnete sich vor ihnen – eine Schneise, an deren Ende Gillian dahinstolperte.

Er bog jetzt in eine Halle ein, in der Hunderte von halben Rindern an langen Ketten von der Decke baumelten. Ein durchdringender Geruch nach Blut und rohem Fleisch schlug ihm entgegen. So schnell er konnte, stürmte er durch das Labyrinth der ausgeweideten Kadaver, stieß immer wieder gegen einzelne Hälften, die hinter ihm hin und her pendelten.

Ein Schuss krachte, als jemand versuchte, die Zwillinge zur Rede zu stellen. Gillian konnte nicht erkennen, ob die beiden tatsächlich auf einen Menschen gezielt oder nur einen Warnschuss abgegeben hatten.

Jenseits des Kadaverwaldes fiel Tageslicht durch hohe Verladetore. Dahinter schimmerte fahl die Oberfläche des Wienflusses. Rinder und Schweine wurden über Stege von den Booten ins Schlachthaus getrieben. Nur wenige Schritte entfernt trugen kräftige Kerle Fleischpakete auf wartende Schiffe. Gillian mischte sich unter sie, wurde beschimpft und gerammt, doch keiner ließ seine Last fallen, um den Hermaphroditen aufzuhalten. Jene, die sein Gesicht sahen, blieben entgeistert stehen und wunderten sich über ihre eigenen Empfindungen.

Noch ein Schuss peitschte durch die Fleischhalle, dann brachen Stein und Bein zwischen den Arbeitern hervor und schauten sich angestrengt nach Gillian um. Sie entdeckten ihn, als er sich gerade an mehreren Fleischträgern vorbei auf ein Boot drängte. Der Steg schwankte unter dem Gewicht der beladenen Männer und noch mehr, als Gillian das Gleichgewicht verlor und fast ins Wasser stürzte; nur der beherzte Griff eines Bootsmanns hielt ihn zurück. Der Schiffer schrie ihn an, was er hier zu suchen habe, sah dann die Zwillinge auf den Steg zurennen und war vor Erstaunen einen Moment lang achtlos. Gillian riss sich los und gab dem Mann einen Stoß, der ihn über die Reling ins Wasser warf. Sogleich entstand ein furchtbarer Aufruhr, als weitere Schiffer von allen Seiten herbeigestürmt kamen, einige der Lastenträger auf dem wippenden Steg ihr Fleisch verloren, und zu allem Überfluss die Zwillinge zwischen ihnen hindurchdrängten.

Gillian entging flink dem Zugriff eines anderen Bootsmanns, lief quer über das Deck und sah, wie zwei der Träger, die ihr Fleisch fallen gelassen hatten, den unglücklichen Bein an den Armen packten. Der Zwilling verlor seine Waffe und erhielt einen schrecklichen Schlag ins Gesicht, der ihn den Rest der zerbrochenen Schneidezähne kostete. Stein sah die Bedrängnis, in der sich sein Bruder befand, und setzte einem der Träger, die Bein malträtierten, den Revolver auf die Brust. Ohne Zögern drückte er ab. Getroffen taumelte der Mann zurück und stürzte in den Fluss, während die übrigen Träger in Panik davonstoben. Stein packte Bein am Arm, half ihm auf die Füße.

Gillian schwang sich über die Reling ins Wasser. Die Kälte war entsetzlich, und einen Moment lang glaubte er, sein Herzschlag setze aus. Dann aber kam er wieder an die Oberfläche und schwamm im Schutz des Bootes nach Westen. Dort umrundete er den Bug und kletterte wieder an Land, rund fünfzehn Meter vom Steg entfernt. Die aufgebrachten Arbeiter verdeckten seine Sicht auf die Zwillinge.

Gleich neben dem Schlachthaus kreuzte eine Eisenbahnlinie

den Wienfluss. Parallel zum Mariahilfer Gürtel führte sie hinauf zum Westbahnhof. Nass und frierend, den Schmerz in seiner Schulter von der Kälte betäubt, schleppte sich Gillian in nördliche Richtung.

Ein Kilometer bis zum Bahnhof, dachte er bitter, und dann die halbe Welt bis zu einem Ort, an dem Lysander mich nicht finden kann.

KAPITEL 5

Christopher wartete, bis der Diener das Essen vor der Treppe zum Dachboden abgestellt hatte, horchte, wie sich seine Schritte entfernten, schlich dann die Stufen hinunter und hob das Tablett auf. Er versicherte sich, dass niemand ihn beobachtete, lief zurück nach oben und sperrte die Tür hinter sich ab. Oben kippte er Fleisch und Gemüse von den Tellern in die Flammen des Athanor. Er würde das leere Tablett in ein oder zwei Stunden wieder an den Fuß der Treppe bringen, wo der Diener es später abholen würde.

Seit nunmehr fünfzehn Tagen ließ er Nestors Essen auf diese Weise verschwinden. Bislang hatte niemand Verdacht geschöpft. Seit Jahren hatte Nestor seine Mahlzeiten hier oben allein zu sich genommen, und seit ebenso langer Zeit war ihm der Diener nicht mehr persönlich begegnet. Niemandem fiel irgendetwas Ungewöhnliches auf. Niemand ahnte, dass Nestors Leichnam seit fünfzehn Tagen im Kräuterbeet des Dachgartens begraben lag.

Christopher war nicht stolz auf das, was er tat. Aber er wusste auch, dass es der einzige Weg war, das Geheimnis des Dachbodens zu wahren und – wichtiger noch – für sich selbst zu nutzen. Er wollte nicht, dass irgendwer hier heraufkam und die jahrzehntelangen Forschungen des Alten zunichtemachte. Und seit Auras Wutausbruch gab es keinen außer ihm selbst, der einen Schlüssel besaß. Es mochten Monate vergehen, ehe irgendwer die richtigen Fragen stellte, vielleicht Jahre. Bis dahin war Nestors Alchimistenlabor bei ihm in den besten Händen.

Er hatte sogar einen Weg gefunden, sich für kurze Zeit in die Bibliothek des Alten zu wagen, ohne dass ihm der Odem des Buchbinderleims Atem und Verstand raubte. In einem der Schränke des Laboratoriums hatte er eine Art gläsernen Helm entdeckt, der am Hals mit einem Bund aus Leder zugezurrt werden konnte. Nestor musste ihn getragen haben, wenn er mit giftigen oder übelriechenden Essenzen experimentiert hatte. In dem Helm war genügend Luft, um es einige Minuten darunter auszuhalten. Obwohl er sich damit ein wenig lächerlich vorkam und das Ding ein beträchtliches Gewicht besaß, setzte Christopher es jedes Mal auf, wenn er sich in Nestors Bibliothek begab. Im Licht der Bleiglasfenster studierte er die Titel in den langen Regalreihen, suchte sich einzelne Bände heraus und nahm sie mit hinüber in den Dachgarten. Auch dort las er die meisten davon mit dem Helm auf dem Kopf; nur manchmal, wenn er darunter gar zu sehr schwitzte und seine Augen von der stickigen Luft zu tränen begannen, band er sich stattdessen ein feuchtes Tuch vor Mund und Nase, das die Wirkung des Buchbinderleims zwar nicht vollkommen aufhob, wohl aber abschwächte.

Er hatte in den vergangenen zwei Wochen so viel gelesen wie nie zuvor in seinem Leben, in vergilbten, brüchigen Büchern, deren Buchstaben dünn und manchmal handgeschrieben waren, in Bänden, von denen einige ein solches Gewicht besaßen, dass er immer nur einen auf einmal tragen konnte. Ein Großteil war auf Latein verfasst, was für einen gewöhnlichen Waisenjungen ein Hindernis gewesen wäre. Christopher aber hatte unter Bruder Markus das Lateinische studiert. Er beherrschte es keineswegs perfekt, aber doch gut genug, um die meisten Sätze entschlüsseln zu können. Er las keines der Bücher von vorne bis hinten, suchte sich vielmehr die interessantesten Stellen heraus und verschaffte sich so einen groben Überblick über das, was Nestor hier oben getan hatte.

Allmählich begann er, einige der Versuchsanordnungen zu begreifen, erfuhr, was sich hinter manchen geheimnisvollen Beschriftungen verbarg und löste einige der Rätsel des Athanor. Der Ofen, das war die oberste Regel, musste stets warm gehalten werden, niemals durfte das Feuer verlöschen, auch dann nicht, wenn der Kessel unbenutzt blieb. Christopher verbrachte so manche Stunde mit Kohlenschaufeln, vor allem am Morgen, bevor er sich zum gemeinsamen Unterricht mit Daniel und Sylvette begab. Er hielt seine Aktivitäten auf dem Dachboden vor den anderen geheim. Daniel mochte ahnen, dass Christopher seine gesamte Freizeit hier oben verbrachte, doch beließ er es bei argwöhnischen Blicken und sprach ihn nicht darauf an. Die beiden Stiefbrüder redeten nie miteinander.

Seit Auras Fortgang war ihr Verhältnis noch kühler, noch feindseliger geworden.

Anders war Christophers Beziehung zu Sylvette. Die Kleine sah zu ihm auf, nicht ehrfürchtig, sondern in einer Art kindlicher Schwärmerei. Sie akzeptierte ihn mehr und mehr als Bruder und engen Freund, sie wandte sich an ihn, wenn die Aufgaben des Lehrers ihr Schwierigkeiten bereiteten, und einmal bat sie ihn sogar, mit ihr eine Ruderpartie rund ums Schloss zu unternehmen. Da auch er das Mädchen mochte und sich in der Rolle des großen Bruders recht wohl fühlte, willigte er ein – innerlich zwar widerstrebend, weil ihm die Zeit später im Laboratorium fehlen würde, nach außen hin aber fröhlich und vergnügt. An jenem Nachmittag gestand sie ihm einen Traum: Sie wollte statt ihrer blonden Locken schwarzes Haar haben, so wie ihre Mutter und ihre Schwester. Christopher versuchte, ihr diesen Wunsch auszureden, sie aber ließ sich nicht davon abbringen. Von jenem Tag an verstanden sie sich noch besser, und manchmal hatte Christopher den Eindruck, dass seine Stiefmutter das gute Einvernehmen zwischen ihm und der Kleinen mit einer gewissen Eifersucht beäugte.

Überhaupt hatte Charlotte sich seit Auras Abreise verändert. Noch immer war sie um ein gepflegtes Familienleben bemüht, sie bestand auf gemeinsamen Mahlzeiten mit ihren Kindern, beharrte auf der täglichen Teestunde und umsorgte die drei mit zärtlicher Zuneigung. Und doch, etwas war anders geworden. Irgendetwas schien sie zu bedrücken, und schließlich befürchtete Christopher gar, Charlotte könnte etwas von Nestors Verschwinden bemerkt haben. Vielleicht hatte der Alte sie ja doch in mancher Nacht in ihrem Zimmer besucht? Vermisste sie ihn jetzt, und bestand gar die Gefahr, dass sie Einlass zum Dachboden begehren würde?

Christophers Befürchtungen wurden zerstreut, als Charlotte während einer Teestunde im Grünen Salon, einem ihrer Gesellschaftsräume im Ostflügel, gestand, dass es Auras Abwesenheit war, die ihr zu schaffen machte. Sie seien im Streit auseinandergegangen, und Aura sei in der Gewissheit abgereist, dass sie ihre Verbannung ins Internat Charlotte zu verdanken hätte; dabei sei doch Nestor auf diesen Einfall gekommen, und niemand, nicht einmal Charlotte selbst, wisse, was dabei in ihm vorgegangen sei. Christopher hörte diese Sorgen mit Erleichterung, befreiten sie ihn doch von der dauernden Furcht, sein Geheimnis könnte entdeckt werden.

An den Nachmittagen und Abenden verstärkte er seine Bemühungen, die Rätsel des Dachgartens zu erforschen, und versuchte, mehr über die Pflege der tropischen Pflanzen zu lernen. Erst konnte er in Nestors Regalen kein botanisches Nachschlagewerk finden, und so bat er Sylvette, ihm eines aus der Familienbibliothek im Westflügel zu besorgen. Sie kam dieser Bitte eilfertig nach, doch zu seiner Enttäuschung entdeckte er darin nur einen geringen Teil jener Gewächse, die unter der Glaskuppel des Dachgartens wucherten.

So war er gezwungen, Nestors Privatbibliothek noch einmal nach entsprechender Literatur zu durchforsten, und nach mehreren Anläufen fand er endlich ein Werk, das sich mit alchimistischer Pflanzenkunde befasste. Es nannte sich schlicht *Grünes Leben,* doch dahinter verbarg sich eine tiefere Bedeutung. Denn das Leben, von dem hier die Rede war, war das ewige und hatte nichts mit gewöhnlicher Botanik zu tun.

In dem Buch drehte sich alles um jene seltenen, teils gar ausgestorbenen Pflanzen, die den Alchimisten als Grundlage ihrer Versuche dienen sollten. Von allerlei Wurzeln war die Rede, von Gewächsen in der Tiefe des Meeres und in einem Fall sogar von einer blauen Efeuart, die auf den Bergen des Mondes zu finden sei. Christopher war drauf und dran, den Band als Unfug beiseitezulegen, als er unverhofft auf ein Kapitel stieß, das jemand, höchstwahrscheinlich Nestor, mit roter Tinte markiert hatte.

Zu seinem Erstaunen ging es darin nicht um Aufzucht und Pflege einer Pflanze. Vielmehr wurde hier eine alte Legende wiedergegeben, ein Auszug aus den Abenteuern des Gilgamesch. Erst achtlos, dann immer gebannter, begann Christopher, die zwei oder drei angestrichenen Seiten zu lesen.

Demnach hatte Gilgamesch, der mächtige König von Uruk, einst bei einem Kampf im Lande Sumer seinen treuen Gefährten Enkidu verloren. Der Freund starb vor seinen Augen, und sogleich befielen den König tiefe Trauer und die Angst vor dem eigenen Tod. So kam es, dass er sich auf die Suche nach dem legendären Lebenskraut machte. Auf seinen gefahrvollen Wegen traf er auch den Urahn des Menschengeschlechtes, Utnapischtim. Jener war als einziger Überlebender der Sintflut von den Göttern begünstigt worden: Sie hatten ihm und seiner Frau die Unsterblichkeit verliehen. Utnapischtim stellte Gilgamesch auf die Probe. Wenn es dem König gelänge, sechs Tage und sieben Nächte ohne Schlaf auszukommen, sollte auch er in die Reihen der ewig Lebenden aufgenommen werden. Doch Gilgamesch scheiterte und musste das unsterbliche Paar verlassen.

In der Tiefe des Apsu aber, im Ur-Ozean, gelang es dem König schließlich doch noch, das Lebenskraut zu finden, ein zartes Pflänzchen mit dem Namen *Als-Greis-wird-der-Mensch-wieder-jung*. Gilgamesch war außer sich vor Freude und wollte das Kraut mit in seine Heimat Uruk nehmen, um auch andere daran teilhaben zu lassen. Er wusste: Sieben Jahre brauchte das Kraut, um seine volle Kraft zu entwickeln, und sieben Jahre würde auch seine Reise dauern. Als er aber kurz vor seinem Ziel ein Bad in einem einsamen Gewässer nahm, kroch eine Schlange heran und vertilgte das Kraut bis aufs letzte Blatt. Sie häutete sich und glitt verjüngt von dannen, womit sie die Menschheit zum zweiten Mal um das ewige Leben brachte – wie schon im Garten Eden, als die Schlange die sündige Eva verführte.

Auf diese Nacherzählung der Legende folgte eine vage Beschreibung, unter welchen klimatischen Bedingungen es dennoch gelingen könnte, das lebensspendende Gilgameschkraut heranzuziehen. Und da begriff Christopher, dass Nestor nichts anderes als eben das im Sinn gehabt hatte, als er seinen Dachgarten angelegt hatte. Es war ihm niemals um den Wald aus Palmen und Farnen gegangen, sondern nur um das geheime Kräuterbeet in dessen Mitte – jenes Beet, in dem nun sein eigener Leichnam begraben lag.

Dort hatte der Alte auf nur wenigen Quadratmetern den Versuch unternommen, das mysteriöse Gilgameschkraut zu züchten. Bis zuletzt ohne Erfolg, wie es schien. Zwar wuchsen dort kleine Kräuterpflänzchen, doch keines entsprach auch nur annähernd den verschlüsselten Beschreibungen im Buch.

So blieb das Gilgameschkraut weiterhin unentdeckt. Aufgeregt beschloss Christopher, sich auch dieses Zweiges von Nestors Forschungen anzunehmen, allerdings erst, wenn er sich mit den übrigen Experimenten im Laboratorium vertraut gemacht hatte. Nestor hatte Jahrzehnte gebraucht, um das nötige Wissen für seine Arbeiten zu erlangen; wie sollte Christopher all das in zwei Wochen nachholen?

Nein, entschied er widerstrebend, das Gilgameschkraut würde warten müssen.

Am Abend des fünfzehnten Tages nach Nestors Tod machte Christopher drei Entdeckungen – und zu seiner Überraschung keine davon im Laboratorium oder im Dachgarten.

Hinter das erste Geheimnis kam er, als er vom Speicher hinabstieg, um mit den anderen zu Abend zu essen. Er betrat das Speisezimmer im Erdgeschoss des Ostflügels, wo die Familie die meisten ihrer Mahlzeiten einnahm. Christopher war gerannt und außer Atem; zum ersten Mal hatte er nicht auf die Uhrzeit geachtet und kam zu spät. Die anderen hatten sich bereits zurückgezogen, die Tafel war leergeräumt, und die hohe Standuhr zwischen den Fenstern stand auf einer Minute vor sieben. Normalerweise wurde das Essen um halb sechs aufgetragen. Danach blieb die Familie noch etwa eine Stunde beisammen. Meist bat Charlotte ihre Kinder anschließend in ihr Damenzimmer, dorthin, wo sie damals auch Friedrich empfangen hatte. Christopher war klar, dass er als Nächstes dorthin gehen musste, um sich für sein Fehlen bei Tisch zu entschuldigen.

Gerade wollte er die Tür des Esszimmers hinter sich schließen, als der Zeiger der Standuhr auf die Sieben sprang.

Die einzige volle Stunde, die Christopher je in diesem Raum erlebt hatte, war jene um sechs; umso erstaunter war er, dass zur siebten Stunde ein dumpfer Gong ertönte, der sich deutlich von dem um sechs unterschied. Die Tür der Standuhr öffnete sich mit einem langgezogenen Knarren und offenbarte die dunkle Höhlung im Inneren der Uhr. Christopher erinnerte sich, dass Sylvette ihm beim ersten Essen in diesem Zimmer etwas über die Uhr hatte erzählen wollen. Deutlich sah er vor sich, wie das Mädchen darauf zeigte, den

Mund öffnete – und von Charlotte barsch zurechtgewiesen wurde. Seitdem war die Sprache kein zweites Mal auf die Standuhr gekommen, und Christopher hatte den Vorfall vergessen. Doch wie es aussah, würde sich das Rätsel jetzt ganz von selbst lösen.

Ein Schemen schob sich aus dem schwarzen Sarg der Uhr ins Licht, das vom Flur über Christophers Schultern fiel. Es war eine Gestalt, ein mannsgroßes Gerippe. Weiß und knöchern machte es außerhalb des Uhrgehäuses halt. Christopher erkannte, dass es mit beiden Händen eine Sense hielt, aufrecht neben dem Körper. Eine Darstellung des Todes, natürlich, und Christopher betrat zögernd das Esszimmer, um ihn genauer zu betrachten. Er hatte das Gerippe fast erreicht und staunte, wie täuschend echt es doch aussah, als sich hinter dem Skelett eine zweite Gestalt aus dem Dunkel des Uhrkastens löste, ein Mann, der ungleich künstlicher wirkte als der bleiche Sensenmann. Die Grobheit seiner Züge schien beabsichtigt, als hätte sich der Künstler bei seiner Arbeit nicht auf ein bestimmtes Gesicht festlegen wollen.

Der hölzerne Mann kam hinter dem Gerippe zum Stehen, hob ruckartig den rechten Arm und legte die Hand auf den Schädel des Skeletts. Zeige- und Mittelfinger klappten mechanisch nach vorne, krallten sich von hinten in die Augenhöhlen des Totenschädels und zogen ihn zurück. Der Kopf löste sich dem Anschein nach vom Hals – tatsächlich sah Christopher dunkle Fäden, die ihn hielten –, das Gerippe sackte in sich zusammen. Ein schnarrendes Geräusch erklang aus der Tiefe des Gehäuses, ein Lachen, das wohl mit Hilfe einer Rassel erzeugt wurde.

Schließlich glitt die menschliche Gestalt mit einem Surren zurück, den Arm mit dem Totenschädel siegreich vorgestreckt. Dann verschwanden auch die Knochenreste des Gerippes in der Uhr. Knirschend klappte die Öffnung zu. Der große Zeiger sprang weiter. Die groteske Vorstellung hatte genau eine Minute gedauert.

Kopfschüttelnd, aber zugleich fasziniert von dem kunstfertigen Spielzeug, verließ Christopher das Esszimmer und schloss hinter sich die Tür. Hatte Nestor den Mechanismus in Auftrag gegeben, um seinen Triumph über den Tod vorwegzunehmen? Dazu passte auch die Tatsache, dass das wunderliche Schauspiel nur um sieben

Uhr zu sehen war, denn die Sieben, das wusste er mittlerweile, war eine Zahl, der in der Alchimie große Bedeutung zukam.

Verwundert machte er sich auf den Weg zu Charlottes Damenzimmer, als ihm von jenseits der nächsten Gangkehre verhaltenes Gekicher entgegentönte. Und so nahm die zweite Entdeckung an diesem Abend ihren Lauf.

Christopher öffnete eilig die erstbeste Tür zu seiner Linken und schlüpfte hindurch. Wenig später beobachtete er durch einen Spalt, wie Charlotte den Gang hinunterging, neben ihr der gute Freund des Hauses, Friedrich von Vehse. Er musste im Laufe des Tages eingetroffen sein. Der Freiherr hatte seine rechte Hand höchst unschicklich auf das Hinterteil der Hausherrin gelegt, eine Geste, die wenig Zweifel am tatsächlichen Grad ihrer Vertrautheit ließ.

Christophers erste Empfindungen waren Staunen und eine gewisse peinliche Berührtheit, gefolgt von dem Gedanken, dass ihn Charlottes Treiben hinter dem Rücken der Familie nichts anging. Dann aber packte ihn wieder die Neugier, gepaart mit der vagen Ahnung, dass ihm das, was er würde beobachten können, später einmal von Nutzen sein mochte.

Unbemerkt folgte er den beiden durch den Ostflügel, bis sie eine doppelflügelige, mit zwei darin eingelassenen Kreuzen geschmückte Tür erreichten – den Eingang der Kapelle, die er bisher nur von außen gesehen hatte. Die beiden blieben stehen, und Friedrich schaute sich wachsam um. Beinahe hätte er dabei Christopher entdeckt, wäre dieser nicht blitzschnell in den Schatten eines Schrankes zurückgewichen. Friedrich öffnete die Tür, er und Charlotte schlüpften hindurch, dann fiel das Schloss wieder zu.

Christopher pirschte den beiden nach und legte ein Ohr ans Holz. Er hörte Charlotte im Inneren abermals kichern, dann ertönte ein Knirschen, gefolgt von Schritten auf Stein. Schließlich herrschte Ruhe. Keine Stimmen, keine Laute mehr.

Er fürchtete, er könnte das Paar bei etwas stören, das allen dreien höchst unangenehm sein würde, doch seine Neugier war trotz allem stärker. Er wartete eine halbe Minute, dann drückte er die riesige Messingklinke nach unten und schaute erwartungsvoll durch den Türspalt in die Kapelle.

Sie war nicht groß, besaß kaum die doppelte Fläche des Esszimmers. Rechts und links standen mehrere Reihen uralter Holzbänke, an der Stirnseite erhob sich auf einem steinernen Podest ein Altar. Die Fenster waren mindestens zwei Meter hoch. Es gab insgesamt vier davon. Alle waren aus Bleiglas und zeigten biblische Motive.

Christopher sah auf den ersten Blick, dass die Kapelle leer war. Es gab hier drinnen keine Verstecke, es sei denn, Charlotte und Friedrich hätten sich auf den kalten Steinboden hinter dem Altar verkrochen.

Ein einzelnes Licht brannte, eine Öllampe. Sie stand am Fuß des Altars, neben einer quadratischen Öffnung im Boden. Darin gähnte ein schwarzer Abgrund.

Vorsichtig schlich sich Christopher an den Rand der Falltür und blickte hinab. Eine Treppe führte steil nach unten und verschwand nach wenigen Schritten in der Finsternis.

Er hob die Öllampe auf, die Friedrich wohl als Wegzeichen zurückgelassen hatte, und machte sich auf leisen Sohlen an den Abstieg. Eisige Kälte wehte ihm entgegen und trug den erdigen Geruch von nassem Gestein heran. Dies musste einer der beiden Geheimgänge unter dem Meer sein, von denen ihm Nestor am Tag vor seinem Tod erzählt hatte; einer jener Stollen, die die Piraten einst als Fluchtwege benutzt hatten.

Die Treppe führte etwa zehn Meter in die Tiefe, und noch immer wurde es kälter. Feuchtigkeit glitzerte an den Wänden, wenn der Schein der Lampe über sie hinweggeisterte. Schillernde Schimmelpolster bedeckten den Fels an vielen Stellen. Christopher wagte gar nicht erst, sich das Getier auszumalen, das sich in Ecken und Winkeln tummeln mochte.

Die letzte Stufe endete am Boden eines Stollens, der geradeaus in die Dunkelheit führte. Die Decke war etwa zwei Meter hoch. Alle vier oder fünf Schritte wurde das Gestein durch Balken gestützt.

Bevor er seinen Weg fortsetzte, horchte er noch einmal auf Stimmen in der Ferne. Charlotte und Friedrich waren nicht mehr zu hören. Auch hörte er keine Schritte. Entweder waren sie stehen geblieben, oder aber der Gang war kürzer, als es in der Finsternis den Anschein hatte.

Seine Finger krampften sich fester um die Lampe, dann folgte er dem Stollen tiefer unters Meer. Die Vorstellung, dass über ihm die See wogte, machte ihm zu schaffen. Er begann zu schwitzen, trotz der Kälte. Mit jedem Schritt wuchs seine Furcht, und nur die Tatsache, dass auch Charlotte und Friedrich diesen Weg gegangen waren, hielt ihn von einer Umkehr ab.

Er mochte siebzig oder achtzig Meter weit gegangen sein, als der Gang allmählich wieder nach oben führte. Nach weiteren zehn Schritten veränderte sich die Decke, sie sah aus, als bestünde sie aus gepresstem Erdreich. Er musste sich jetzt unter einem der fünf Eilande befinden, die die Schlossinsel umgaben. Einen Augenblick später erkannte er, unter welchem.

Wie angewurzelt blieb er stehen und unterdrückte ein Stöhnen. Über ihm, vom Licht der schaukelnden Öllampe grob umrissen, ragten bizarre Formen aus der Decke. Es waren Särge, manche noch intakt, andere bereits zerfallen. Sie hatten ihre Kanten und Ecken durch die Erde getrieben, und dort, wo das Holz längst verrottet war, ragten uralte Gebeine in den Stollen, von Alter und Schmutz verkrustet. Im flackernden Zwielicht erkannte er Schädel und Rippenkäfige, Arme und Beine, die wie ein makabrer Lampenschmuck herabbaumelten. Spinnen hatten ihre Netze zwischen den Knochen gewoben; die grauen Fetzen wehten gespenstisch im unterirdischen Luftzug.

Auf der Friedhofsinsel hatten schon die Freibeuter ihre Toten begraben. Augenscheinlich hatten die Jahrhunderte ihre Überreste durch das Erdreich nach unten wandern lassen, bis sie schließlich durch die Stollendecke stießen.

Gebückt schlich er unter den Knochen hindurch, jederzeit in der Erwartung, eines der morschen Glieder könnte ihn packen und für seine Neugier bestrafen. Allein die Vorstellung ließ ihn heftiger frösteln.

Er hatte etwa die Hälfte der Strecke unter dem Friedhof hinter sich gebracht, als er weiter vor sich abermals Treppenstufen erblickte. Sie führten nach oben, durch eine Öffnung in der Decke. Jetzt hörte er auch wieder leise Stimmen, ohne die Worte verstehen zu können. Siedend heiß fiel ihm ein, dass sein Lichtschein von oben zu sehen sein musste. Dass er noch nicht entdeckt worden war, hatte er wohl nur dem Umstand zu verdanken, dass Charlotte und Friedrich anderweitig beschäftigt waren.

Schweren Herzens verdeckte er die Flamme seiner Lampe und pirschte weiter. Die Dunkelheit war jetzt nahezu vollkommen, nur durch die Deckenöffnung fiel ein zartes Kerzenflackern. Prompt stieß er im Finstern gegen knorriges Gebein, Spinnweben streiften seine Wangen.

Angewidert erreichte er die Treppenstufen, verharrte und horchte. Das Geflüster der beiden war zu heftigem Atmen geworden, durchsetzt von Charlottes sanften Seufzern. Minutenlang konnte Christopher sich nicht entscheiden, stand nur da und versuchte, Ordnung in seine Gedanken zu bringen. Schließlich aber schlug seine Furcht in Erregung um, und er erklomm lautlos die unteren Stufen. Über der Öffnung lag ein Schacht, der nach zwei Metern an einer offenen Falltür endete. Darüber befand sich ein überdachter Raum, eine Art Leichenhalle, im Zentrum der Friedhofsinsel.

Vorsichtig blickte er über den Rand der Falltür. Sie war sternförmig von zwölf Podesten umgeben, auf denen man einst die Toten aufgebahrt hatte. Der Raum hatte eine kreisrunde Form, und am Kopfende eines jeden Podests war eine Steintafel in die Wand eingelassen. Dahinter waren die Ahnen der Familie Institoris zur letzten Ruhe gebettet worden. Die Baumeister dieser Anlage hatten sogar an das Wohlbefinden der Trauernden gedacht, denn es gab einen offenen Kamin, in dem ein Feuer flackerte. Wahrscheinlich war Friedrich schon am Nachmittag hier gewesen, um die Flammen zu schüren.

Auf jedem Podest stand am vorderen Rand eine Kerze – außer auf einem. Es war mit Decken und Kissen bedeckt, und darauf lagen im Kerzenschein zwei schimmernde Körper. Hitze stieg in Christopher auf, als er seine Stiefmutter in Friedrichs leidenschaftlicher Umarmung sah, ein leises Stöhnen auf den Lippen, die Augen geschlossen. Wollüstig bog sie ihm ihre Hüften entgegen, empfing seufzend die Stöße seines Unterleibs. Es war trotz des Feuers kühl in der Gruft, doch die Liebenden schienen es nicht zu bemerken. Ihre Kleidung lag achtlos am Boden verstreut. Sie hatten keine Zeit vertan.

Bei jeder hastigen Bewegung der beiden tauchte Christopher unter den Rand der Falltür. Ihm war klar, dass er jetzt ein Wissen besaß, dessen Geheimhaltung seiner Mutter viel bedeuten musste. Der Tag würde kommen, an dem er es einsetzen konnte, daran hatte er keinen Zweifel.

Einige Minuten lang sah er den beiden noch zu, doch seine anfängliche Erregung schlug allmählich in Sachlichkeit um. Er beobachtete ihr Treiben, lauschte auf jeden ihrer gemurmelten Liebesschwüre, sammelte, verwertete. Und er dachte mit einer gewissen Befriedigung, dass Charlotte von nun an ebenso ihm gehören würde wie ihrem Liebhaber Friedrich – nicht ihr Körper, vielmehr ihre Seele, und die war für ihn von weit größerem Reiz. Denn wer Macht über Charlotte Institoris besaß, der besaß Macht über das Schloss.

Schließlich pirschte er die Stufen hinab in den Stollen und ließ die Flamme seiner Öllampe von neuem aufflackern. Bald schon war er zurück im Treppenschacht unterhalb der Kapelle, erfüllt von stiller Euphorie.

Und dort enthüllte er das dritte Geheimnis dieses Abends.

Daniel kniete auf den Stufen des Altars und betete mit geschlossenen Augen. Beinahe wäre Christopher aus der Falltür geklettert, ohne ihn zu bemerken. Im letzten Augenblick löschte er die Lampe und zog sich zurück in den Schacht. Nur seiner Vorsicht war es zu verdanken, dass Daniel nicht auf ihn aufmerksam wurde. Christopher war die Stufen fast lautlos hinaufgeschlichen, aus Sorge, eines der Dienstmädchen, die im Schloss lebten, wäre zu einem nächtlichen Gebet hierhergekommen. Dass es nun ausgerechnet Daniel war, der in religiöser Ehrfurcht vor dem Altar kauerte, erstaunte ihn zutiefst.

Er hatte nicht geahnt, dass sein Stiefbruder derart gläubig war. Viel wichtiger jedoch war die Feststellung, dass Daniel die offene Falltür bemerkt haben musste und dennoch nicht in den Tunnel hinabgestiegen war. Was wiederum bedeutete, dass er Kenntnis hatte von dem, was sich auf der Friedhofsinsel abspielte. Ob Charlotte ahnte, dass ihr Adoptivsohn von ihrem nächtlichen Treiben wusste?

Wenn Daniel so christlich war, machte sich Charlotte dann in seinen Augen nicht eines furchtbaren Lasters schuldig? Und da begriff Christopher, dass genau dies der Grund für Daniels Gebet sein musste. Er flehte Gott um Vergebung für die Sünden seiner Stiefmutter an.

Wie nobel von ihm. Im Dunkeln huschte ein Grinsen über Christophers Züge. Er selbst war von Bruder Markus im christlichen Glauben erzogen worden – doch mit Skrupeln hatte ihn die allmächtige Präsenz des Herrn noch nie erfüllt.

Lautlos beobachtete er Daniel, der immer noch in seine Fürbitte versunken war. Gemurmelte Worte kamen über seine Lippen, während er die geschlossenen Augen weiterhin gesenkt hielt. Er hatte eine einzelne Kerze auf dem Altar entzündet. Ihr Flackern geisterte über das riesige Holzkreuz an der Stirnseite der Kapelle, flimmerte über die Glasarbeiten der Spitzbogenfenster. Eine zeigte die Jungfrau Maria, über ihr schwebte der Heilige Geist.

Daniels Hemd hing über seinem Hosenbund. Er wandte der Falltür den Rücken zu, aber Christopher erkannte dennoch, wie er die gefalteten Hände voneinander löste und sich die Ärmel hochschob.

»Ich bitte Dich um Vergebung, Herr.« Ein tonloses Flüstern, heiser, verzweifelt.

Aus seiner Hosentasche zog Daniel ein winziges Fläschchen. Er legte sein bandagiertes linkes Handgelenk auf die Altarkante und träufelte eine dunkle Flüssigkeit aus der Flasche auf den weißen Verband.

Du Mistkerl! dachte Christopher empört. Deshalb also ließ sich die Blutung nicht stillen. Daniel frischte die Flecken künstlich auf. Aber warum? Die Antwort darauf lag nahe: Damit ihm Charlottes Mitgefühl und Fürsorge auch weiterhin sicher waren, damit jeder hier im Schloss ihn auch fortan bedauerte und wegen seines ach so schweren Schicksals bemitleidete.

War denn niemand auf dieser Insel das, was er auf den ersten Blick zu sein schien? Lebten hier denn nur seelische Krüppel?

Und wenn es dieser Ort war? Wenn die böse Vergangenheit der Insel sie alle in den Wahnsinn trieb?

Daniel stand auf, blies die Kerze aus und ging an der dunklen Bodenöffnung vorbei zur Tür. Als das Licht vom Korridor hereinschien, bemerkte Christopher ein feuchtes Glitzern auf den Wangen seines Stiefbruders. Dann erlosch das Licht und die Tür fiel leise ins Schloss.

KAPITEL 6

Der Schmerz beim Lösen der Ringe war viel schlimmer als das kurze Brennen beim Hineinstechen. Damals hatte Aura sie in einer Art Tobsuchtsanfall durch die Haut ihrer Schenkel gestochen, alle achtunddreißig, doch heraus zog sie sie einzeln, mit Bedacht und in angstvoller Erwartung der Pein.

Heute war es der vierte Ring. Ihr vierter Monat im Internat war verstrichen. Genaugenommen war sie schon einen Tag zu spät dran, und mit Entsetzen hatte sie festgestellt, dass die gefürchtete Gleichgültigkeit bereits eingesetzt hatte – sie hatte den Termin schlichtweg vergessen.

Ein einzelner Blutstropfen rollte an der hellen Innenseite ihres Schenkels hinab; sie hielt ihn mit der Fingerspitze auf, kurz bevor er das weiße Bettzeug berühren konnte. Mit einem Tuch tupfte sie die Wunde ab, dann zog sie die Bettdecke über ihre Beine. Draußen auf dem Flur ging das Licht aus. In spätestens einer halben Stunde würden sie auch die Zimmerbeleuchtung löschen müssen. So war es Gesetz hier im Stift.

»Tut das nicht höllisch weh?« Cosima blickte von ihrem Bett aus immer noch gebannt auf die Stelle, an der sich Auras Beine unter der Decke abhoben. Ihr Gesicht war zu einer Grimasse verzogen, als wäre sie diejenige, die den Schmerz erleiden musste.

»Ein wenig«, erwiderte Aura und warf den Ring in die Schublade ihres Nachttisches. Er fiel klimpernd neben die drei anderen. Noch vierunddreißig würden dazukommen, ehe sie das Internat verlassen durfte. Aber so lange wollte sie nicht warten.

Zweimal schon war sie drauf und dran gewesen, einen Fluchtversuch zu wagen. Einmal gleich in der Nacht, nachdem sie den schrecklichen Brief gelesen hatte, und erneut zwei Wochen später. Beide Male war sie bis zur Mauer des Parks gelaufen, beim zweiten Mal sogar darüber hinweggeklettert, ehe sie sich an Cosimas Warnung erinnert hatte. Es war zu weit bis zur Stadt, und zu groß war die Gefahr, sich im Gebirge zu verirren.

Seitdem wartete sie, dass eine Kutsche zum Internat heraufkäme, die sie mit ins Tal nehmen würde. Doch welcher Kutscher unterstützte schon die Fluchtversuche einer Internatsschülerin?

Cosima legte den Kopf schräg und schaute Aura nachdenklich an. »Warum sträubst du dich so sehr dagegen, hier zu sein? Es wird nicht angenehmer, wenn du dir ständig sagst, wie entsetzlich es ist.«

Aura hatte ihr nichts von dem Brief erzählt. »Sag mir, wie ich sonst in diesem Irrenhaus einen klaren Kopf bewahren soll.«

»Lass dich darauf ein«, sagte Cosima halbherzig. »Versuch einfach, das Beste daraus zu machen.«

»Toller Ratschlag.«

Die junge Italienerin lächelte verständnisvoll. »Es ist immer noch der beste Weg. Tu das, wofür deine Eltern eine Menge Geld bezahlen: Lies Bücher, hör beim Unterricht zu und lass dir gutes Benehmen beibringen.«

»Das sagst gerade du?« Aura schüttelte amüsiert den Kopf. Cosima war alles andere als eine fleißige Schülerin. »Bei der nächsten Gelegenheit bin ich hier weg.«

»Auf diese Gelegenheit warten andere schon seit Jahren.«

»Sie kommt schon noch.«

Cosima murmelte etwas Unverständliches und kicherte. Dann zog sie sich die Decke bis zum Kinn.

Aura war nicht nach Scherzen zumute. Und doch hatte Cosima sie schon Dutzende Male aufgeheitert, wenn ihre Stimmung auf dem Tiefpunkt gewesen war. Dafür war Aura ihr dankbar, wie auch für die Tatsache, dass sie niemandem von den Ringen und ihren Fluchtplänen erzählte. Insgeheim trugen sich wahrscheinlich alle Mädchen hier im Stift mit dem Gedanken, eines Tages heimlich zu verschwinden; und Aura wusste, dass das vor allem auf Cosima selbst zutraf, obgleich sie es nicht so offen zeigte wie andere.

Sie löschten das Licht und schliefen ein.

Irgendwann, mitten in der Nacht, erwachte Aura. Sie horchte, vernahm aber keinen Ton in der Stille. Der Mondschein erhellte die

Vorhänge. Sie sah, dass Cosima sich in ihre Decke eingerollt hatte und tief und fest schlief. Ein Traum musste Aura geweckt haben. Sie streckte sich, kuschelte sich wieder in ihr Bettzeug und versuchte weiterzuschlafen.

Ein Geräusch ließ sie abermals aufschrecken. Und da – schon wieder!

Sie sprang auf und huschte zum Fenster. Sachte schob sie den Vorhang zur Seite, nur ein Stück, und blickte hinaus auf den Vorplatz des Sankt-Jakobus-Stifts. Sie hatte sich nicht getäuscht: Es war das Wiehern eines Pferdes gewesen. Hinter das Tier war ein Wagen gespannt, aschfahl im Licht des Mondes, keine Kutsche, nur ein Karren, auf dessen Ladefläche dunkelbraune Wäschesäcke gestapelt waren. Aber wer, um Himmels willen, belud mitten in der Nacht ein Fuhrwerk mit Wäsche?

Einen Moment lang erwog sie, Cosima zu wecken. Sie selbst war hellwach und würde ohnehin so schnell nicht wieder einschlafen können; also konnte sie auch gleich versuchen, herauszufinden, wem der Karren gehörte und, vor allem, was er um diese Uhrzeit hier verloren hatte. Wer weiß, dachte sie, ob es nicht eine Möglichkeit gab – aber nein, nicht so vorschnell. Sie hatte schon die Hand nach Cosimas Schulter ausgestreckt, als sie sich eines Besseren besann. Allein würde sie unauffälliger sein. So ließ sie das Mädchen schlafen, schlüpfte eilig in Kleid und Schuhe und warf sich nach kurzem Zögern Cosimas schwarzes Cape über.

Sekunden später war sie zur Tür hinaus und schlich über den Flur. Zwei Zimmer weiter hörte sie Rascheln und leises Flüstern. Auch andere waren von den Geräuschen erwacht. Sie wartete einen Moment, ob noch jemand auf den Gang träte, lief aber weiter, als alle Türen geschlossen blieben. Die anderen maßen den Lauten offenbar keine Bedeutung zu oder wagten nicht, gegen die Regeln der Direktorin zu verstoßen. Natürlich war es verboten, nachts die Zimmer zu verlassen. Unter jedem Bett stand ein Nachttopf, wie im tiefsten Mittelalter.

Erneutes Wiehern auf dem Vorplatz ließ Aura zusammenfahren. Sie sprang zum nächsten Fenster und traute ihren Augen nicht – der Pferdewagen war verschwunden. Enttäuscht suchte sie mit ihren Blicken die düstere Umgebung ab, doch da war nichts. Keine Spur mehr von dem Karren oder seinem Kutscher.

Trotzdem gab sie nicht auf. Sie schlich die breite Haupttreppe hinunter, bis sie einen langen Flur im Erdgeschoss erreichte. An seinem Ende lag die Eingangshalle, von der aus man in die Arbeitsräume der Direktorin unter dem Innenhof gelangte.

Sie huschte den Gang hinab bis zur Tür der Halle. Dort horchte sie aufmerksam, konnte aber durch das dicke Holz nichts hören. Vorsichtig drückte sie die Klinke hinunter und schaute durch den schmalen Spalt. Die Eingangshalle war leer, aber aus den Gewölben von Madame de Dion erklang gedämpftes Flüstern, ein weit entfernter Wortwechsel. Durch die Fenster fiel kein Licht.

Sie zögerte eine ganze Weile, ehe sie sich ein Herz fasste und durch den Türspalt in die Halle schlüpfte. Im Laufen zog sie das Cape enger um sich, damit es ihr weißes Kleid besser verdeckte. Außerdem fror sie erbärmlich in den ungeheizten Gängen des Gemäuers, und ihre Aufregung machte es nicht besser.

Lautlos erreichte sie den oberen Absatz der Treppe. Die Stufen waren gut zehn Meter breit, die winzigen Notlampen an den Wänden erhellten nur die Ränder. Das mittlere Drittel lag in völliger Dunkelheit.

Aura schlich die Stufen hinunter. Es war den Schülerinnen verboten, die Arbeitsräume der Direktorin zu betreten, es sei denn auf ausdrückliche Anweisung. Das aber schreckte Aura weniger als die Vorstellung, noch tiefer ins Sankt-Jakobus-Stift vorzudringen.

Leise Stimmen drangen aus dem Keller herauf. Die eine klang vertraut. Die Direktorin. Die andere war rauer, fast heiser. Empfing Madame de Dion in der Nacht einen Mann in ihren Räumlichkeiten? Das wäre eine Erklärung, aber eine, die Aura für reichlich absurd hielt. Wenn es eine Frau auf der Welt gab, die nicht das geringste Interesse an Männern zeigte, dann war es wohl Madame de Dion. Nicht umsonst nannten die Mädchen sie den Monseigneur.

Atemlos bewegte sie sich weiter. Am Fuß der Treppe lag ein niedriger Vorraum, nur ein schmaler Streifen, in dessen Rückwand sich eine Tür befand. Sie stand schulterbreit offen. Dahinter verlief ein kurzer Gang, von dem rechts und links zwei weitere Durchgänge abzweigten. Am anderen Ende gab es noch eine Tür, auch sie war geöffnet.

Und jenseits davon stand, die Hände auf die knochigen Hüften gestützt, die Direktorin. Sie hatte der Tür den Rücken zugewandt und flüsterte eindringlich auf jemanden ein, den Aura von ihrem Standort aus nicht sehen konnte.

Aura blieb einen Moment lang stocksteif stehen, dann zog sie sich eilig zurück. Sie hatte noch gesehen, wie eine gebückte Gestalt an Madame de Dion vorübereilte. Der Unbekannte trug etwas auf den Schultern, ein Bündel.

Irgendetwas wurde hier verladen, etwas, das sich im Keller unter dem Innenhof befand. Aura vermutete, dass der Fremde den Pferdekarren zum Hintereingang des Stifts gelenkt hatte, um weiteres Aufsehen zu vermeiden.

Angespannt pirschte sie die Treppe hinauf in die Eingangshalle und versuchte, durch das Haupttor ins Freie zu gelangen. Abgeschlossen. Sie wandte sich einem der schmalen Schartenfenster zu, entriegelte und öffnete es. Die Fenster waren nicht vergittert, in einer abgelegenen Gegend wie dieser war kaum mit Einbrechern zu rechnen. Und nächtliche Fluchtversuche hatte es seit den beiden Mädchen, die sich in den Wäldern verlaufen hatten, nicht mehr gegeben.

Mit einem leisen Ächzen sprang sie ins Freie und kam neben einer der hohen Eingangssäulen am Boden auf. Sie zog das Cape wieder um die Schultern und schlug die weite Kapuze über den Kopf. Dann lief sie los, rund um das achteckige Stiftsgebäude und seine Anbauten, immer bemüht, unterhalb der Fenster zu bleiben. Nirgends brannte Licht, das Gebäude schien von außen wie ausgestorben. Die Hecken und Tannen des Parks waren schwarze, formlose Flecken auf der mondbeschienenen Wiese.

Im feuchten Gras konnte Aura Spuren von Wagenrädern erkennen, die Halme waren entlang zweier Schneisen niedergedrückt. Hinter dem letzten Anbau, dem Gärtnerschuppen des alten Marek, blieb sie stehen, presste sich an die Wand und schaute um die Ecke.

Wie sie vermutet hatte, stand der Pferdekarren vor dem Hintereingang des Internats, keine zwanzig Meter von ihr entfernt. Eine Gestalt, die ein Cape trug wie sie selbst, altmodischer und an den Rändern ausgefranst, warf gerade einen Wäschesack von der Schulter auf die Ladefläche, zog und zerrte die übrigen Bündel zurecht und entfernte sich gebückt wieder in Richtung der Hintertür. Ein Gesicht war nicht zu erkennen, auch der Unbekannte hatte seine Kapuze hochgeschlagen. Augenblicke später war er wieder im Inneren des Stifts verschwunden.

Das Internat reinigte größere Wäschestücke wie Bettzeug und die Tischdecken aus dem Speisesaal nicht selbst, daher war ein Wäschetransport an sich nichts Ungewöhnliches. In Anbetracht der gewaltigen Entfernung zwischen Stift und Stadt war es zudem nicht unbedingt verwunderlich, dass der Karren erst bei Nacht im Internat eingetroffen war.

Aura löste sich aus dem Schatten des Gärtnerschuppens und rannte über die freie Fläche zum Karren hinüber. Das hier war ihre Chance, die erste in vier Monaten, und sie wollte nicht noch einmal so lange warten. Einen Moment lang überkam sie Cosima gegenüber ein schlechtes Gewissen, nicht nur wegen des Capes, sondern weil sie das Mädchen allein zurückließ. Wahrscheinlich jedoch hatte niemand hier einen so guten Grund wie sie, nach Hause zurückzukehren.

Sie stieg über den Rand des Karrens, schob einen der Wäschesäcke zur Seite und nahm zusammengekauert seinen Platz ein. Im Dunkeln hatte das Cape fast die gleiche Farbe. Vorsichtig zog sie zwei Säcke über sich. In der Finsternis würde der Unterschied hoffentlich niemandem auffallen.

Sie hörte gedämpftes Flüstern vom Hintereingang, dann wurde die Tür geschlossen. Schritte schlurften durch das Gras auf den Karren zu. Aura hatte ihre Sicht mit Säcken verbaut, musste ganz auf ihr Gehör vertrauen. Sie wagte nicht, zu atmen, sogar das Denken fiel ihr mit einem Mal schwer. Ihre Furcht schlug allmählich in Panik um.

Der Karren wippte, als sich die Gestalt auf den Kutschbock schwang und dem Pferd mit den Zügeln auf den Rücken klatschte. Ein leises Wiehern, dann setzte sich das Gefährt in Bewegung. Aura konnte noch immer kaum glauben, was sie hier tat. Sie war drauf und dran, dem Internat und seiner furchtbaren Direktorin zu entkommen.

Sie wartete darauf, dass die Räder des Karrens über den Hauptweg aus Baumstämmen ratterten, doch das Geräusch blieb aus. Natürlich, davon wäre das ganze Internat aufgewacht. Das Gefährt nahm einen anderen Weg, wahrscheinlich quer durch den Park.

Schließlich konnte sie der Versuchung, einen Blick nach draußen zu werfen, nicht länger widerstehen. Langsam zog sie ihre rechte Hand unter dem Körper hervor und schuf eine winzige Öffnung zwischen den beiden Säcken, die ihre Sicht versperrten. Doch alles, was sie erkennen konnte, waren der hölzerne Rand der Ladefläche und die vagen Schemen von Bäumen im Mondschein.

Nach kurzer Zeit hielt der Karren abermals an. Der Kutscher flüsterte etwas mit zischelnder Stimme, worauf ein anderer Antwort gab. Kein Zweifel, die zweite Stimme gehörte Marek, dem Stiftsdiener. Augenblicke später ertönte ein Quietschen, als das Haupttor des Parks aufgezogen wurde. Das Fuhrwerk schaukelte hindurch. Im Vorbeifahren blickte Aura in Mareks eingefallenes Gesicht, und einen Herzschlag lang war sie sicher, er starrte geradewegs zurück. Starrte genau in ihre Augen. Dann aber waren sie vorbei, ohne dass der Alte Alarm schlug. Das Quietschen ertönte noch einmal, als sich hinter dem Karren das Tor schloss.

Die Fahrt von der Stadt hier herauf hatte einen halben Tag gedauert, und damals war sie mit einem Zweispänner gefahren. Aura stellte sich wohl oder übel darauf ein, den Rest der Nacht zwischen den muffigen Säcken zu verbringen. Sie wünschte sich, die Stunden einfach verschlafen zu können, doch Schlaf war das Letzte, was sie sich jetzt leisten konnte. Sie musste wach bleiben und auf der Hut sein.

Trotzdem überkam sie nach einer Weile bleierne Müdigkeit. Sie hatte Mühe, die Augen offenzuhalten, und schließlich sagte sie sich, dass es ohnehin nichts zu sehen gäbe außer Tannen und Wiesen unter dem eisigen Mantel des Nachtlichts. Langsam senkte sie die Lider. Nur ein wenig ausruhen.

Ein tiefes Schlagloch riss sie aus dem Schlaf. Panik überkam sie.

Wie lange hatte sie geschlafen? Minuten? Stunden? Ihr erster Impuls war, sich aufzurichten und umzuschauen, doch ihre Instinkte warnten sie. Eingerollt blieb sie liegen, blinzelte sich die Müdigkeit aus den Augen und versuchte, am Wegrand etwas zu erkennen. Wie weit war es noch bis Zürich? Näherten sie sich schon der Stadt? Waren sie wenigstens bereits im Tal?

Bei diesem letzten Gedanken fiel ihr etwas auf, und die Erkenntnis erfüllte sie mit Entsetzen.

Der Karren fuhr bergauf. Höher ins Gebirge!

Aber dort oben gab es nichts, keine Dörfer, nicht einmal Gehöfte. Und schon gar keine Wäscherei.

Noch einmal tastete sie vorsichtig zwischen den Säcken umher. Ihr Arm war eingeschlafen, und es dauerte eine Weile, ehe sie irgendetwas fühlen konnte. Der Inhalt der Säcke war weich. Es *war* Wäsche. Wenigstens keine Leichen, stellte sie mit einem Anflug von Zynismus fest.

Einen Moment lang erwog sie, vom Karren zu springen und bergab zu laufen, fort von dem Gefährt und seinem unheimlichen Kutscher. Aber dann erinnerte sie sich wieder an die Schauergeschichten von den verirrten Mädchen, und die Aussicht, erschöpft von irgendwelchen Holzfällern aufgegriffen zu werden, erschien ihr wenig erbaulich.

Sie zwang sich zum Nachdenken. Sie war kein Kind mehr, das sich nicht zu helfen wusste, wenn es auf sich allein gestellt war. Und auch keines der verzogenen Zuckerpüppchen, von denen es im Internat Dutzende gab.

Am Ende entschied sie sich dafür, ruhig zu bleiben und abzuwarten. Was konnte schon schlimmer sein, als einer Horde Waldarbeiter über den Weg zu laufen, die vielleicht seit Wochen keine Frau zu Gesicht bekommen hatten?

Eine halbe Ewigkeit später blieben die Tannen hinter ihnen zurück, und Aura blickte über den Karrenrand hinweg auf eine weite Almwiese. Noch immer schien der Mond vom Nachthimmel und überzog das hohe Gras mit einem milchigen Schleier. Es war, als würde er der Landschaft alle Farben entziehen; zurück blieb nichts als Grau.

Am oberen Rand der Wiese, unweit einer Felswand, brachte der Kutscher den Karren zum Stehen. Aura hörte mit rasendem Herzschlag, wie die krumme Gestalt vom Kutschbock kletterte – schwerfällig, als fehlte es ihr an Kraft.

Neben der Ladefläche blieb der Vermummte stehen, ein Scherenschnitt vor der leichenhaften Blässe der Wiese. Aura sah, wie er die Arme hob. Ihr ganzer Körper spannte sich, ein Schrei stieg in ihr auf – doch dann packten die Hände der Gestalt ein Bündel vom vorderen Teil der Ladefläche, über einen Meter von Auras Versteck entfernt. Es war sichtlich schwerer als die übrigen, auch fester, und schlagartig kehrten alle ihre Befürchtungen zurück. Ohne ihre Lage zu ändern, konnte sie nichts Genaues erkennen. Aber plötzlich war ihr, als vernähme sie ein zartes Stöhnen. *Aus dem Inneren des Bündels.*

Ihr Körper verkrampfte sich, sogar ihre Gedanken schienen zu erstarren. Aufspringen! durchfuhr es sie. Fortlaufen, so schnell du nur kannst!

Aber sie tat nichts dergleichen. Lag einfach nur da und horchte. Der Vermummte hatte sich die Last über die Schultern geworfen und schleppte sie davon. Kurz darauf knarrte außerhalb von Auras Blickfeld eine Tür. Das Bündel, nun wieder stumm, wurde offenbar in ein Haus getragen.

Sie hatte wenig Zweifel, dass es genau dieses Bündel war, das sie den Unbekannten hatte aus dem Internatskeller tragen sehen. Die Erzählungen ihrer Mitschülerinnen schossen ihr durch den Kopf, die Geschichten von den Mädchen, die nach ihren Fluchtversuchen verschwunden waren.

Ungeduldig wartete sie noch einige Sekunden, bis sie sicher sein konnte, dass der Vermummte das Gebäude betreten hatte. Dann stieß sie die Wäschesäcke beiseite und glitt mit einem tiefen Aufatmen vom Karren. Ohne sich umzudrehen, rannte sie einige Schritte bergab, besann sich, kehrte rasch um und schob die Säcke in ihre alte Position. Das war unauffälliger.

Dabei glitt ihr Blick über den Wagen hinweg. Einige Meter entfernt erhob sich eine Hütte. Sie lag am Rand der Almwiese, gleich unterhalb der Felswand, und war von hohen Tannen flankiert. Wände und Dach waren aus Holz, und Aura vermutete, dass sie nicht mehr als drei oder vier kleine Räume besaß. Das ganze Gebäude schien verzogen, so als neigte es sich langsam nach rechts. Das einzige Fenster an der Vorderseite war von innen verhängt, die Haustür aber stand offen. Kerzenlicht fiel hinaus in die Nacht, ein trüber Lichtbalken, der sich weit über die Wiese zog. Aus dem Inneren der Hütte ertönte ein dumpfes Rumpeln. Vermutlich hatte der Vermummte seine Last abgeladen.

Auras Panik wich einer schockartigen Ruhe. Für einen Augenblick gelang es ihr sogar, ein paar klare Gedanken zu fassen. Der erste war: Ich muss weg von hier! Der zweite: Was wird dann aus dem anderen Mädchen?

Sie bezweifelte jetzt nicht mehr, dass es sich bei dem Bündel um eine ihrer Mitschülerinnen handelte. Betäubt wahrscheinlich, auf alle Fälle hilflos. Sie wusste nicht, was der Vermummte mit ihr vorhatte. Ihre Fantasie überhäufte sie mit einer Vielzahl von Antworten; eine war scheußlicher als die andere.

Schnell, ehe die Gestalt wieder an die Tür kommen konnte, umrundete sie den Karren und näherte sich dem Fenster. Ihre Vernunft war nun endgültig ausgeschaltet, alles, was sie vor ihrem inneren Auge sah, war das Mädchen, das sich vor dem Vermummten in einer Ecke der Hütte verkroch. In Auras Vorstellung hatte es ihr eigenes Gesicht.

Das Fenster war zu sorgfältig verhängt, um einen Blick ins Innere zu gestatten. Aura lief auf die nächste Ecke der Hütte zu und schlich entlang der Seitenwand nach hinten. Nirgends gab es weitere Öffnungen. Zwischen Rückseite und Felswand öffnete sich eine Kluft von zwei Schritten, in deren Mitte sich eine Art Sickergrube befand, ein formloses Loch, aus dem ein bestialischer Gestank aufstieg. Wenn Aura das Haus ganz umrunden wollte, musste sie sich wohl oder übel an der Grube vorbeizwängen.

Sie wählte unwillkürlich den schmalen Steg an der Felswand entlang, so als warnte sie etwas davor, mit der Hütte in Berührung zu kommen. Die Finsternis in dem Spalt verdeckte gnädig den Inhalt der Grube. Aura glaubte, an mehreren Stellen etwas Fahles darin schimmern zu sehen, umgeben von dunkler Schlammkruste. Ihr Wunsch, von hier zu verschwinden, wurde fast übermächtig. Erdreich bröckelte unter ihren Schuhen in das Loch, während sie sich an der Felswand entlanghangelte. Einen Augenblick lang fürchtete sie, sie könnte abrutschen und hineinfallen. Der Gestank raubte ihr fast die Sinne.

Dann war sie endlich an der Grube vorbei und eilte zur nächsten Ecke. Vorsichtig schaute sie umher, doch da war niemand. Das Gras war von Furchen durchzogen, als wäre mehr als einmal etwas nach hinten geschleift worden, zur Grube.

Auch diese Seitenwand besaß kein Fenster. Mittlerweile war Aura fast froh darüber. Doch der Gedanke an das wehrlose Mädchen trieb sie weiter, machte sie ganz schwindelig vor Wut und Ekel und Furcht.

Als sie erneut die Vorderseite erreichte, war die Tür der Hütte geschlossen. Zitternd blickte sie sich um. Der Vermummte war nirgends zu sehen. Karren und Pferd standen unverändert vor dem Eingang, kein weiterer Sack war abgeladen worden. In allen anderen mochte sich tatsächlich Wäsche befinden.

Im selben Augenblick drang durch die Holzfassade des Hauses ein gellender Schrei. Ein dumpfer Schlag ertönte, noch ein Schrei, schwächer diesmal – Stille.

Aura legte das Ohr ans Holz. Aus dem Inneren erklang kaum hörbares Schleifen, dann schlug eine Tür. Entweder hatte der Vermummte das Mädchen in ein anderes Zimmer gesperrt, oder er hatte sich gemeinsam mit seinem Opfer dorthin zurückgezogen. Möglich also, dass der Raum hinter der Hüttentür jetzt leer war.

Aura näherte sich dem Eingang, drückte leicht dagegen. Fingerbreit gab der Türflügel nach. Ein zaghafter Blick ins Innere. Niemand zu sehen. Vor einem gemauerten Kamin, voll mit kalter Asche, lag ein dunkler Stofffetzen – ein Tuch, in dem das Opfer eingewickelt gewesen war. Von der Balkendecke hingen Sträuße aus getrockneten Kräutern. Im Kerzenlicht warfen sie groteske Schatten. An einer der Seitenwände stand eine Pritsche, darauf lag eine zerknüllte Decke. Eine feine Blutspur zog sich von dem Tuch am Kamin zu einer Tür in der Rückwand.

Noch hatte Aura die Hütte nicht betreten, doch jetzt, ganz langsam, setzte sie einen Fuß durch den Türspalt. Mit weichen Knien trat sie in den Raum. Es war kalt hier drinnen, kein Wunder, da der Kamin nicht brannte, und dennoch hing ein schwerer, beinahe *warmer* Geruch in der Luft. Jenseits der anderen Tür erklangen wieder Laute, das Reißen von Stoff, das panische Strampeln von Füßen auf dem Holzboden.

Sie blickte sich nach etwas um, das sie als Waffe benutzen konnte, und entdeckte einen langen Holzstab, am oberen Ende geformt wie ein Ypsilon. Es war eine Krücke, und sie lag gleich neben dem Bett am Boden. Aura hob sie auf, wog sie in der Hand, ohne das Gewicht wirklich zu fühlen. Ihre Augen waren nur auf die hintere Tür gerichtet, ihre Ohren registrierten jedes Geräusch.

Plötzlich fluchte jemand. Ein lautstarkes Poltern, ein weiblicher Schrei. Dann krachte etwas von der anderen Seite gegen die Tür, und sie wurde aufgerissen.

Ein Mädchen stolperte ins Zimmer. Aura kannte sie, es war eine der beiden verirrten Ausreißerinnen, Marla, ein Jahr älter als sie selbst. Ihr langes rotblondes Haar war mit Blut verklebt, das aus einer Platzwunde oberhalb der Stirn über ihr Gesicht floss. Ihre Augen waren weit aufgerissen, das weiße Nachthemd zerfetzt, von Scharlachrot durchtränkt.

Sie taumelte quer durchs Zimmer, ohne Aura wahrzunehmen, geradewegs auf die Hüttentür zu. An der Schwelle stolperte sie, schlug der Länge nach auf den Bauch, wälzte sich herum, starrte Aura in die Augen. Streckte hilfesuchend eine Hand aus.

Aura sah, dass das Blut auf Marlas Gesicht nicht willkürlich geflossen war. Jemand hatte ein seltsames Zeichen auf ihre Züge gemalt, eine Hieroglyphe. Ein Symbol.

Wie gelähmt machte sie zwei steife Schritte auf das Mädchen zu. Immer noch war Marlas Hand ausgestreckt, sie öffnete den Mund, doch kein Ton drang hervor.

Da erwachte Aura aus ihrer Erstarrung – und begriff. Marla streckte nicht die Hand nach ihr aus, sie *zeigte* auf etwas. Hinter Auras Rücken.

Aura wirbelte herum, duckte sich aus Reflex noch in der Drehung und entging nur knapp zwei zuschnappenden Händen, die sie am Haar packen wollten. Gleichzeitig schlug sie mit der Krücke zu, knapp über dem Boden, kein gezielter Hieb, nur purer Instinkt.

Das gegabelte Ende traf ihren Gegner mit solcher Wucht am Knie, dass er mit einem Aufschrei zu Boden ging. In einem Gewirr aus schwarzem Cape und dürren Gliedern stürzte der Vermummte auf die Holzbohlen. Aura holte erneut mit der Krücke aus und ließ sie hinabsausen, dorthin, wo sie unter der Kapuze den Kopf ihres Feindes vermutete. Einen Augenblick lang sah sie ein schmales, uraltes Gesicht zwischen schwarzem Stoff – dann hieb der Stock mitten hinein. Der Schädel prallte krachend auf den Boden.

Aura fuhr herum und wollte Marla beim Aufstehen helfen, doch das Mädchen war fort. Ohne zurückzublicken, die Krücke fest umklammert, stürmte Aura nach draußen. Der eisige Gebirgswind und die Ruhe der Nacht brachten ein wenig Klarheit in ihre Gedanken, obgleich sie am ganzen Leib zitterte und sich kaum mehr auf den Beinen halten konnte.

Marla lag zwischen Tür und Pferdekarren, inmitten des Lichtscheins, der aus der Hütte auf die Wiese fiel. Sie lag auf dem Bauch, und da erst entdeckte Aura die Wunde, die im Rücken des Mädchens klaffte. Der schreckliche Greis musste noch im Davonlaufen nach ihr geschlagen haben, mit einem Beil oder einem Fleischermesser. Als Aura sie erreichte, atmete Marla nicht mehr. Einen Augenblick lang zuckten noch ihre Fingerspitzen, dann erschlafften sie.

Aura erlebte Marlas Tod wie in einem Traum. Da waren Schmerz, Entsetzen, aber auch eine schwer zu bestimmende Sachlichkeit. Ihr war, als müsste sie jeden Augenblick erwachen, auf dem Höhepunkt dieses Alptraums, um sich in schweißnassen Laken wiederzufinden.

Sie taumelte herum, blickte zur Hütte. Der vermummte Greis lag immer noch am Boden, bedeckt von seinem Umhang. Aura stolperte auf den Karren zu, überlegte nur einen Sekundenbruchteil, dann machte sie sich am Geschirr des Pferdes zu schaffen. Das Fell des Tieres war feucht, dichte Dunstwolken stoben aus seinen Nüstern. Die Hufe zuckten unruhig im hohen Gras.

Ein letzter Blick zurück. Immer noch keine Veränderung, nur schwarzer Stoff, unter dem sich reglose Glieder abzeichneten. War es möglich, dass sie ihn erschlagen hatte?

Schwerfällig schwang sie sich auf das Pferd, ohne Sattel und mit Zügeln, die viel zu lang waren. Es war ein müder, alter Gaul, doch als sie ihm jetzt in die Flanken trat, machte er einen ruckartigen Satz nach vorne. Sie wäre fast hinuntergefallen, fing sich aber im letzten Moment und trieb das Pferd über die Wiese den Hang hinab. Wenig später erreichte sie den Waldrand und einen überwucherten Pfad, der Gott weiß wohin führen mochte. Hauptsache talwärts, dachte sie panisch, Hauptsache weg von hier. Sie schaute nicht zurück, preschte gebeugt unter tiefhängenden Ästen hindurch, dem Tal, der Stadt, ihrer Rettung entgegen.

KAPITEL 7

Manchmal, wenn er Musik hörte, glaubte Gillian Noten zu sehen, die wie ein Schwarm Stechmücken um seinen Schädel schwebten. Sie tanzten auf und ab, ganz nach dem Takt der Musik, mal schwermütig, mal vergnügt, und jedes Mal, wenn er sie sah, dachte er dasselbe: Nun ist es soweit – du hast endgültig den Verstand verloren.

Die Noten, die er jetzt sah, waren verzerrt und schief, ihr Tanz ein zitterndes Durcheinander. Man mochte dem Théâtre du Grand Guignol vieles zugutehalten, seine schrägen Stücke und Inszenierungen verteidigen und die laienhaften Darsteller in Schutz nehmen. Doch an der Musik, die zur Untermalung des Treibens auf der Bühne gespielt wurde, gab es nicht den geringsten Zweifel – sie war so schaurig wie die Themen der Aufführungen.

Gillian stand hinter der Kulisse und wartete auf seinen Einsatz. Er war Statist, einer der wenigen, denn hier im Grand Guignol waren sich auch die Hauptdarsteller nicht zu schade, in entsprechender Maskerade einen Nebenpart zu übernehmen. Obwohl das Grand Guignol erst vor zweieinhalb Jahren eröffnet worden war, bezweifelte er nicht, dass sein Gründer Max Maurey sämtliche Requisiten von Schaubühnen und Theatern in ganz Paris gebraucht zusammengekauft hatte. Denn so sparsam wie im Anspruch an die Kunst war Maurey auch im Umgang mit seiner Geldbörse.

Seit knapp vier Monaten lebte Gillian nun schon in Paris, und seit neun Wochen gehörte er zum Ensemble des Grand Guignol, eines ebenso verrufenen wie erfolgreichen Boulevardtheaters am Montmartre. Hätte man ihm damals, während seiner überstürzten Flucht aus Wien, gesagt, dass er in Paris beim Theater landen würde, nun, er hätte die Bemerkung wohl nicht einmal eines Lachens für wert befunden. Dabei war es im Nachhinein fast verwunderlich, dass er nicht bereits früher, in Wien oder einer der anderen Städte, in denen er gelebt hatte, ähnliche Angebote erhalten hatte.

Gillian kannte natürlich seine Ausstrahlung, er wusste, wie verwirrend und zugleich anziehend er auf die meisten Menschen wirkte, und auf der Bühne kam ihm das zugute.

Er war kein allzu guter Sprecher, sein Französisch war holprig, und so ließ Maurey ihn meist nur ein, zwei Mal pro Vorführung hinaus auf die Bühne. Es war eigenartig, welche Wandlung in diesen Momenten mit dem Publikum vorging. Gemurmel und Lachen, das sonst den Zuschauerraum erfüllte, verstummten schlagartig. Aller Augen richteten sich wie gebannt auf den Hermaphroditen, ganz gleich, ob er reglos im Hintergrund stand oder einen aktiven Part am Bühnenrand übernahm. Maurey, der so manches Stück persönlich in Szene setzte, hatte die wundersame Reaktion natürlich gleich bemerkt und war schlichtweg hingerissen von Gillians Macht über die Menschen – sich selbst eingeschlossen.

Gillian wohnte zur Untermiete bei einem alten Puppenaugenmacher, unweit der Rue Chaptal, einer engen Sackgasse, an deren Ende das Grand Guignol lag. Der Name des Alten war Raymond Piobb, und er vermietete Gillian nicht nur eine staubige Kammer im Giebel seines Häuschens, sondern beschäftigte ihn zugleich als Gehilfen. Gillians Aufgabe war es, den Vormittag über kleine, hohle Kugeln aus weißer Emaille zu polieren. Nachmittags reinigte er Piobbs zahlreiche Pinsel und Farbkästen und klebte Polster in kleine Holzdosen, in denen die künstlichen Augen geliefert wurden.

Piobb nannte sich zwar Puppenaugenmacher, und als solcher hatte er das Geschäft von seinem Vater übernommen, doch mittlerweile verdiente er einen Großteil seines Geldes mit der Herstellung von Glasaugen für Menschen. Gleich als Erstes hatte er Gillian einen langen Vortrag über Sinn und Ablauf seiner Geschäfte gehalten.

»Es gibt bei mir eine gute und eine schlechte Saison, wie in den meisten anderen Geschäften auch«, hatte der Alte erklärt und dabei geschickt mit drei Augäpfeln jongliert, einem braunen, einem grauen und einem feuerroten. »Von den Weihnachtstagen bis Mitte März läuft's eher flau, aber danach, so bis Ende Oktober, sind Augen ein echter Renner. Weiß der Teufel, wieso. Die Glasaugen für Damen sind ein wenig teurer als die für Herren – die sind nämlich feiner gearbeitet. Ich leg gern ein wenig mehr Glanz und Feuer hinein.«

Er hatte gekichert, sich verschluckt und dabei eines der drei Glasaugen fallen lassen. Gillian hatte es geschickt aufgefangen, bevor es am Boden zerspringen konnte. »Fein, mein Junge, du gefällst mir. Vielen Dank.« Der Alte hatte ungehemmt weiter jongliert. »Also, wo war ich? Ah ja, die Damen ... Kommt also eine Dame oder ein Herr zu mir, mit 'nem hässlichen Loch im Gesicht, dann müssen sie mir Modell sitzen wie einem Porträtmaler. Ich studiere die Farbtöne des gesunden Auges und fertige das neue speziell für diese Person an. Echte Kunst ist das, ich sag's dir. Ich hab 'ne Kundin, eine Madame de Soundso, die ist seit fünf Jahren verheiratet, und ihr Alter weiß bis heute nicht, dass sie ein künstliches Auge hat! So was gibt's nur beim alten Piobb, kannst du mir glauben.« Noch ein Kichern, aber diesmal waren die Glasaugen in der Luft geblieben. »Viele Kunden nehmen ihre Augen nachts heraus und legen sie sich unters Kissen oder in ein Wasserglas auf dem Nachttisch. Zumindest die Männer. Die meisten Damen lassen die Dinger immer drin, Tag und Nacht. Wusstest du eigentlich, dass manche Menschen ein Glasauge nur halb so lange tragen können wie andere? Das kommt von den Tränen. Manche haben weniger davon, andere mehr, und das Zeug zerfrisst die Oberfläche ihrer Augen wie Säure. Das sind mir die liebsten Kunden, denn die stehen bald schon wieder in meinem Laden – so nach zwei, drei Jahren, mal eins eher, mal eins später. Und ich will dir noch ein Geheimnis verraten, mein Junge.« So geheim konnte es freilich nicht sein, wenn er Gillian gleich am ersten Tag davon erzählte; trotzdem hatte der Hermaphrodit aufmerksam zugehört. »Die meisten Augen stelle ich gar nicht für die Reichen her, sondern für Dienstboten. Wenn die nämlich eines ihrer Augen losgeworden sind, will sie keiner mehr haben. Die landen auf der Straße, ehe sie sich's versehen. Aber es gibt hier in Paris einen wohltätigen Verein, der die Armen mit künstlichen Augen versorgt – mit *meinen* künstlichen Augen, heißt das! Die bekommen sie von mir zum halben Preis, weil's bekanntlich die Menge macht. Alles in allem sind das so zweihundert bis dreihundert Augen im Jahr, für die armen Leute, meine ich. Und noch mal hundert oder hundertfuffzich für die Reichen. Dazu kommen die Bestellungen aus dem Ausland. Es gibt nicht viele

Augenmacher, zum Glück. Zwei in London, einen in Mailand, einen in Rom, mehr nicht. Das Geschäft läuft also ganz gut, wirklich, ich kann nicht klagen.«

Piobb war es auch gewesen, der Gillian vom Grand Guignol erzählt hatte, dem Theater des Blutes, einer der größten Boulevardattraktionen der Stadt. Von überall her strömten die Menschen in das Haus am Ende der Rue Chaptal, ein vierstöckiges Gebäude mit weißer Fassade, dessen Eingang rechts und links von schlichten Säulen flankiert war. Daneben standen hölzerne Aufsteller mit Plakaten der jeweiligen Vorstellung, Stücke mit Titeln wie *L'Expérience du Docteur Lorde* oder *Le Marquis de Sade.* Es waren schlichte Geschichten, die hier erzählt wurden, mit Typen statt Charakteren und einem Übermaß an Massenmorden, Folterungen, Säurebädern und – die beliebteste Scheußlichkeit des Repertoires – chirurgischen Fehlschlägen.

Gillian hatte vor dem Theater gestanden, an einem freien Sonntag, als plötzlich eine Gestalt auf ihn zu gesprungen war und ihn von oben bis unten gemustert hatte. Bald schon hatte sich das altbekannte Entzücken beim Anblick von Gillians Gesicht auf die Züge des Mannes gestohlen, der sich sogleich als Max Maurey höchstpersönlich vorstellte, Gründer, Leiter, vielfacher Autor und Spielleiter des Théâtre du Grand Guignol.

Maurey hatte Gillian buchstäblich von der Straße weg engagieren wollen, und Gillian hatte mehr aus Spaß, denn aus wahrem Glauben an seine schauspielerischen Fähigkeiten zugesagt. So war der Hermaphrodit, der ohne eine Münze in Paris aus dem Zug gestiegen war, innerhalb weniger Wochen zu einer doppelten Anstellung gekommen: Tagsüber half er Piobb bei der Fertigung seiner Glasaugen, abends war er Nebendarsteller im Grand Guignol. Da nahezu alle seine Rollen ohne Text auskamen, hatte er keine Mühe, beide Aufgaben zur Zufriedenheit seiner Arbeitgeber auszuführen.

Manchmal, wenn er abends im Bett lag, amüsierte er sich über das, was aus ihm geworden war. Er nahm beides mit Humor, stellte fest, dass es ihm in Paris mittlerweile ebenso gut gefiel wie in Wien, besser sogar, und war durchaus bereit, noch einige Monate, vielleicht ein Jahr, auf diese Weise zuzubringen. Er lebte in den Tag hinein, freundete sich mit dem kauzigen Piobb an, hielt sich aber von den Darstellern im Theater fern, da nicht wenige ihn, den Ungelernten, misstrauisch beäugten. Ihnen allen war seine sonderbare Ausstrahlung ein Rätsel, und doch kam keiner darauf, sie in seiner gut getarnten Zweigeschlechtlichkeit zu vermuten.

An diesem Abend – Gillian sollte zum einundsechzigsten Mal auf der Bühne des Grand Guignol stehen – war der Lärm im Zuschauerraum besonders laut. Auf der Bühne vollführte ein wahnsinniger Wissenschaftler Experimente an Jungfrauen, was ausreichend Gelegenheit für die Zurschaustellung von Blut, nacktem Fleisch und zweifelhaftem Geschmack gab. Das Publikum applaudierte und schrie angesichts des makabren Spektakels. Manche, die das Augenzwinkern des Autors verstanden, amüsierten sich prächtig, andere, die nur das Entsetzen der leicht bekleideten Darstellerinnen sahen, lärmten vor Empörung und Mitgefühl. Gillian hatte erkannt, dass eben dies das Geheimrezept des Grand Guignol war: Bringe die Zuschauer gegen die Schurken, aber auch gegeneinander auf, und die größte Mundpropaganda ist dir sicher. So vervielfachte sich der Erfolg des Theaters mit jedem neuen Stück, und es verging kaum ein Tag, an dem es nicht auf die eine oder andere Art in der Presse erwähnt wurde.

Gillian wurde aus seinen Überlegungen gerissen, als Maurey von hinten an ihn herantrat. Noch drei Minuten bis zu seinem Auftritt. Es war ungewöhnlich, dass der Spielleiter ihn in solch einem Augenblick in seiner Konzentration störte.

»Jemand hat nach dir gefragt«, sagte Maurey und deutete mit einem Kopfnicken hinaus in den Zuschauerraum. »Alte Bekannte, haben sie gesagt.«

»Sie?«, fragte Gillian.

»Ziemlich schräge Vögel. Zwillinge, glaub ich. Sei so gut und frag sie, ob sie nicht bei mir vorsprechen wollen – es läuft einem kalt den Rücken runter, wenn man sie nur anschaut.«

Und damit gab Maurey ihm einen anzüglichen Klaps auf den Hintern – das Zeichen zum Auftritt. Gillian trat hinaus ins Licht, in einer Hand einen abgetrennten Arm aus Wachs, in der anderen ein hölzernes Schlachterbeil.

Während der nächsten Minuten gab er sich Mühe, zugleich das Spiel des verrückten Wissenschaftlers wie auch das Publikum im Blick zu behalten. Während er – einmal mehr als stummer Diener – den Anweisungen des Wahnsinnigen folgte, Leichenteile einsammelte und sie zu neuen Geschöpfen zusammensetzte, schaute er aus den Augenwinkeln immer wieder hinab in den Zuschauerraum.

Die Wände des langgestreckten Saales waren mit dunklem Stoff bespannt, die hinteren Reihen im Finstern kaum auszumachen. Inmitten der strengen Deckentäfelung hingen zwei riesige Engel aus Holz, golden angemalt und mit einem seligen Lächeln auf den Lippen.

Gillian entdeckte die Zwillinge in einer der vorderen Reihen. Stein – oder Bein – nickte ihm mit einem freundlichen Lächeln zu. Und da endlich drang die Erkenntnis zu Gillian durch, dass sein Versteckspiel beendet war. Es gab kein Entkommen vor Lysanders Zorn, und gerade er hätte das wissen müssen.

Er war drauf und dran, seinen Auftritt abzubrechen, doch dann entschied er sich dagegen. Es wäre falsch gewesen, unnötiges Aufsehen zu erregen. Und noch saßen Stein und Bein friedlich in ihren Sesseln, beobachteten sein Spiel und schienen, so verrückt es war, größtes Vergnügen dabei zu empfinden.

Endlich, nach fünf oder sechs Minuten, durfte er sich zurückziehen. Er war kaum hinter die Kulissen getreten, als er sich schon das Haarteil vom Kopf zog, an dem verstörten Maurey vorüberstürmte und den Hintereingang aufriss.

Draußen, im Gegenlicht einer einsamen Gaslaterne, standen Stein und Bein, die Hände in den Taschen, auf den Lippen falsche Wiedersehensfreude. Ihre Schatten stachen auf dem feuchten Pflaster des Hinterhofs in Gillians Richtung. Fluchend schlug er die Tür von innen zu, suchte vergeblich nach Riegeln und rannte zurück ins Labyrinth der Garderoben und Requisitenlager. Er hörte, wie hinter ihm der Eingang aufgerissen wurde, und bog in einen Korridor, der ihn zurück zur Bühne führen würde.

Zwei ermordete Jungfrauen, blutüberströmt und kichernd, kamen ihm von ihrem Auftritt entgegen und blieben verwundert stehen, als er an ihnen vorbeilief. Gillian sprang durch eine Tür, die in den Raum hinter den Kulissen führte, und blickte sich suchend nach Maurey um. Der Spielleiter war nirgends zu sehen. Nur zwei Bühnenarbeiter lehnten rauchend an der Rückseite der Laborkulisse und lauschten entspannt dem Gemetzel, das draußen gerade seinen Höhepunkt fand.

Gillian lief an ihnen vorbei, suchte Maurey auf der anderen Seite des Raumes, doch auch hier fand er ihn nicht. Der Theaterleiter hätte genügend Leute mobilisieren können, um die Zwillinge eine Weile lang aufzuhalten, doch wie es aussah, blieb Gillian auf sich allein gestellt.

Über eine schmale Wendeltreppe erreichte er den niedrigen Raum unter der Bühne, einen Irrgarten aus Stützen und Trägern. Er musste sich bücken, um sich nicht den Kopf anzustoßen. Stein und Bein, die noch größer waren als er, würden hier unten erhebliche Mühe haben, ihm zu folgen. Von oben drang das Getrampel des verrückten Wissenschaftlers durch den Bühnenboden, immer wieder gefolgt von Applaus und entsetzten Schreien aus dem Publikum.

Am anderen Ende des Bühnenkellers lag eine Tür, die zu einem weiteren Lagerraum führte. Darin wurden jene Requisiten aufbewahrt, die nicht in jeder Vorstellung benötigt wurden: Kulissenteile, Duplikate von Folterwerkzeugen aus leichtem Holz, aber auch Bücherattrappen und historische Kostüme.

Gillian hörte Schritte auf den Metallstufen der Wendeltreppe und erkannte die langen, dürren Beine der Zwillinge. Sicher hatten die Bühnenarbeiter versucht, die beiden aufzuhalten – vergeblich, wie es schien. Oder sie hatten sie für neue Komparsen gehalten, wandelnde Leichen vielleicht.

Er erreichte die Tür des Lagers, öffnete sie, sprang hindurch und warf sie hinter sich wieder zu. Von innen schob er eine chirurgische Liege davor, auf die er eilends zwei schwere Kisten hievte. Er hatte die letzte kaum abgesetzt, als auch schon ein Hämmern an der Tür ertönte.

Er war erst ein einziges Mal hier unten gewesen, vor Wochen, als Maurey ihn durch das ganze Theater geführt hatte. Seine Erinnerung hatte den Raum schrumpfen lassen, und nun war er überrascht, wie weitläufig das Lager war. Einst musste dies ein alter

Weinkeller gewesen sein, der Geruch von Korken hing immer noch unter der düsteren Gewölbedecke. Regalreihen versperrten den Blick auf das andere Ende. Die vereinzelten Glühbirnen an der Decke spendeten ohnehin nur schummriges Licht.

Der Keller hatte zwei Ebenen, Gillian befand sich auf der oberen. Die tiefere zweigte seitlich davon ab, sie befand sich unter den Sesselreihen des Publikums. Getöse drang durch die hölzerne Decke.

Eine Treppe führte in diesen unteren Teil des Lagers. Auch hier: Gewölbebögen, nackte Glühbirnen, Regal neben Regal. Hinter Gillian wurde das Hämmern an der Tür von kraftvollen Stößen abgelöst. Schon hörte er die Metallfüße der Liege über den Steinboden kreischen.

Er fand einen Drehschalter, der das Licht im oberen Raum verlöschen ließ. Dann sprang er über die Stufen in die untere Ebene des Kellers, stürmte achtlos an Hunderten von Requisiten vorüber und erreichte das andere Ende. Seine Erinnerung hatte ihn nicht getrogen. Hier führte eine steile Kohlenrutsche nach oben zur Straße, sie war seit Jahren nicht mehr benutzt worden. Doch noch immer war sie mit schwarzem Staub bedeckt; niemand hatte es für nötig befunden, sie zu säubern.

Gillian hörte, wie im oberen Teil des Kellers die Tür endgültig nachgab. Füße schabten über den Boden, als sich die Zwillinge an seine Verfolgung machten.

Er zog einen bunt beklebten Kasten heran, stellte sich darauf und stemmte sich in den Kohlenschacht. Die Fugen der Steine waren mit Staub gefüllt, und immer wieder drohte er abzurutschen. Schwarze Schwaden umwogten ihn schon nach wenigen Atemzügen; er versuchte, den Hustenreiz zu unterdrücken, ohne Erfolg. Sein Keuchen lockte die Zwillinge in die richtige Richtung.

Er mochte die ersten anderthalb Meter bewältigt haben, als die Schritte der beiden unter ihm verstummten. Ein Blick über die Schulter – und da waren sie, starrten mit ihren fahlen Totengesichtern zu ihm herauf.

Dürre Hände streckten sich, schnappten wie Zangen aus Gebein hinter seinen Sohlen zusammen, ohne ihn packen zu können. Weiter kletterte er und weiter, hatte jetzt die Hälfte hinter sich gebracht. Er konnte nichts mehr sehen, sein eigener Schatten war ihm im Weg. Am oberen Ende befand sich eine Falltür. Hoffentlich war sie nicht verschlossen.

Jetzt schoben sich die Zwillinge hinter ihm her, er hörte das Knirschen ihrer Gelenke. Doch als er sich umschaute, war da nur einer von ihnen. Der andere musste zurückgelaufen sein, um ihn draußen abzufangen.

Gillians Hand stieß im Dunkeln auf Widerstand. Seine Fingerkuppen tasteten über Holz, fanden aber keinen Riegel. Natürlich nicht – eine Kohlenklappe wurde von außen geöffnet, nicht von innen. Also musste er es mit Gewalt versuchen. Er kletterte noch höher, bis er Kopf und Schultern gegen das Holz pressen konnte. Die Falltür knirschte, gab aber nicht nach.

Der Zwilling, der ihn verfolgte, war bis auf zwei Meter herangekommen. Noch immer sagte er kein Wort. Gillian erkannte nur seinen heuschreckenhaften Umriss vor dem Zwielicht des Kellers und fragte er sich, warum er nicht auf ihn schoss. Hatte Lysander es sich anders überlegt? Wollte er ihn lebend in die Hände bekommen? Gillian war nicht sicher, ob das ein Grund zum Aufatmen war.

Ein lautes Knirschen, dann gab die Klappe endlich nach. Beinahe wäre er abgerutscht, fing sich aber gerade noch und drückte die Falltür mit einer Hand nach außen. Scheppernd kippte sie zur Seite. Behände zog er sich am Rand der Öffnung hinauf, hatte ein Bein schon fast ins Freie geschwungen – als er erkannte, weshalb die Klappe nachgegeben hatte.

Vor ihm stand der zweite Zwilling. Seine bleichen Hände schossen auf Gillian zu, packten ihn an den Schultern. Der Hermaphrodit schrie auf und trat seinem Verfolger im Schacht ins Gesicht. Der Mann rutschte brüllend ein gutes Stück nach unten, ehe auch er neuen Halt fand.

Derweil wurde Gillian von seinem zweiten Gegner nach oben gerissen, aus der Öffnung hinaus in die Düsternis eines Hinterhofs. Hinter einigen Fenstern brannte Licht, aber niemand schien seinen Aufschrei gehört zu haben. Seine Füße berührten den Boden, während der Zwilling ihn herumwirbelte und von hinten zu packen versuchte.

Doch obgleich Lysanders Diener Gillian an Größe und Kraft überlegen waren, konnten sie es nicht mit seiner Geschicklichkeit aufnehmen. In Wien, mit geladenen Revolvern, waren sie im Vorteil gewesen; in einem Handgemenge aber hatte einer allein keine Chance.

Gillian entwand sich den Armen seines Gegners ohne große Mühe, wirbelte herum und ließ seine Handkante vorschnellen. Er hatte auf den Kehlkopf des Zwillings gezielt, der Mann aber duckte sich, und so traf der Hieb seine Stirn. Kein tödlicher Schlag, aber einer, der ihn benommen machte. Mit einem Keuchen taumelte er zurück, als im selben Moment hinter Gillian ein Ruf ertönte: »Stein!«

Er fuhr herum und sah, dass der andere Zwilling – offenbar Bein – bereits zur Hälfte über den Rand des Kohlenschachts geklettert war. Mit einem einzigen Schritt sprang Gillian auf ihn zu, holte aus und trat ihm mit aller Kraft unters Kinn. Der Zwilling riss schreiend den Mund auf; Gillian erkannte die Zahnlücken, die er bei ihrem letzten Zusammentreffen in Wien davongetragen hatte. Bein wurde von der Wucht des Tritts nach hinten geschleudert, quer über die Öffnung, und krachte mit dem Hinterkopf auf die gegenüberliegende Schachtseite. Abermals verschwand er unter Getöse im Loch.

Im selben Augenblick aber rappelte Stein sich wieder auf, hechtete mit einem grotesken Sprung auf Gillian zu und brachte sie beide zu Fall. Stöhnend purzelten sie übereinander. Gillian kam als erster auf die Beine. Die Rechte des Zwillings schoss vor und bekam ihn an der Wade zu fassen. Gillian wollte sich losreißen, doch Steins Finger krallten sich fest in Stoff und Muskeln. Zugleich ertönte aus dem Schacht neuerlicher Lärm, als sich Bein von unten dem Ausstieg näherte.

Ein Fenster wurde aufgerissen, jemand fluchte auf Französisch, dann ergoss sich eine stinkende Brühe in den Hof, traf Stein und Gillian gleichermaßen. Einen Moment lang war der Zwilling abgelenkt – und Gillian riss sich los. In einer Wolke aus Gestank rannte er auf den Torbogen zu, der hinaus auf die Rue Chaptal führte.

Die Vorstellung musste vor einigen Minuten zu Ende gegangen sein. Ein Strom von Besuchern zog sich vom Theater bis zur nächsten Kreuzung, wo einige der Höhergestellten von ihren Kutschen erwartet wurden. Doch Gillians Hoffnung, in der Menge untertauchen zu können, wurde enttäuscht, als die ersten Männer und Frauen den Geruch wahrnahmen, der von ihm ausging. Um ihn bildete sich eine Gasse, die Menschen ließen ihn unter empörtem und angewidertem Geschrei passieren.

Er stürmte an den Theaterbesuchern vorbei bis zur Kreuzung. Dort bog er nach links, einer breiteren und heller beleuchteten Straße entgegen. Kühler Nieselregen setzte ein.

Gillian sprang nach rechts durch einen Torbogen, hinter dem ein Tunnel in einen weiteren Hinterhof führte. An seiner Stirnseite lag der Laden des alten Piobb. Durch ein vergittertes Schaufenster glotzten Dutzende von Augen in die Nacht.

Es gefiel ihm nicht, die Zwillinge hierherzulocken, und doch war es der einzige Weg, um sie ein für alle Mal loszuwerden. Piobb bewahrte in seiner Werkbank eine Flinte auf, ein altes, unhandliches Ding, das er gebraucht von einem Straßenhändler gekauft hatte, vor Jahren, nachdem ein paar Betrunkene in seinen Laden eingedrungen waren und versucht hatten, mit den Glasaugen Boule zu spielen.

Hastig suchte er in seinen Hosentaschen nach dem Ladenschlüssel, doch als er ihn fand und ins Schloss stecken wollte, bemerkte er, dass die Tür nur angelehnt war. Zögernd schob er sie nach innen auf und starrte angestrengt ins Dunkel.

»Monsieur Piobb?«, rief er. »Sind Sie hier?«

Er machte einen Schritt ins Innere. Glas knirschte unter seiner Schuhsohle, und als er den Fuß erschrocken zurückzog, entdeckte er, dass er eines von Piobbs Augen zertreten hatte.

»Monsieur Piobb?«

Je länger er in die Finsternis blickte, desto deutlicher sah er die zahllosen Augäpfel, die vom Boden emporstarrten. Weit verstreut, viele zerbrochen, und immer noch mit einem Anschein von Leben in den glitzernden Pupillen.

Kalte Wut stieg in Gillian auf. Er kam zu spät. Sie waren hier gewesen, bevor sie ihn im Theater gesucht hatten.

Und, da, jetzt hörte er auch wieder ihre Schritte. Als er sich umschaute, standen die Zwillinge unter dem Torbogen zum Hof, keine zwanzig Meter entfernt. Sie setzten sich wieder in Bewegung und wurden von der Schwärze verschluckt, als sie durch den Tunnel liefen. Das Geräusch ihrer Sohlen auf dem Pflaster kam näher und näher.

Gillian stürzte vor, seine Füße zermalmten weitere Augen zu Glasstaub. Fast blind fand er in der Dunkelheit die Schublade. Sie war aufgerissen worden, wohl in dem Bemühen, die Zerstörung als Werk eines Räubers auszugeben. Die Flinte lag noch an ihrem Platz. Gillian ließ sie aufschnappen, seine Finger tasteten nach den beiden Patronen im Lauf. Gut, die Waffe war geladen.

Er fuhr zum fahlen Rechteck der Tür herum, als Stein und Bein vor dem Geschäft zum Stehen kamen. Sie konnten in der Finsternis unmöglich sehen, wo Gillian sich aufhielt.

»Der Herr will ihn lebend«, sagte Stein laut genug, um klarzustellen, dass die Worte an Gillian, nicht an seinen Bruder gerichtet waren.

»Hat vielleicht einen neuen Auftrag für den hübschen Mädchenjungen«, fügte Bein hinzu.

Stein warf seinem Bruder einen tadelnden Blick zu. Trotz allem, was geschehen war, schien er Gillian nicht weiter provozieren zu wollen. Womöglich lag ihm tatsächlich etwas daran, ihn lebendig zu Lysander zu bringen.

Mit der Flinte im Anschlag wartete Gillian im Dunkeln. Die Zwillinge traten durch die Tür. Weitere Glasaugen platzten unter ihren Füßen. Wo, zum Teufel, war Piobb? Was hatten diese Schweine ihm angetan?

Er hatte sich die Frage kaum gestellt, als sein Blick auf zwei Füße fiel, die unter der Werkbank hervorragten. Lautlos ging er in die Hocke, von Widerwillen und Wut erfüllt. Sogar im Dunkeln konnte er erkennen, dass die Zwillinge Piobb gefoltert und dann erst getötet hatten.

In einer gleitenden Bewegung sprang er auf, legte an und feuerte Bein aus wenigen Schritten Entfernung eine Schrotladung in den Bauch. Stumm, ohne einen Schrei, stürzte der Zwilling nach hinten, mitten in die Auslagen des Augenmachers. Die Glasaugen sprangen wie Murmeln um ihn herum.

Stein brüllte auf, stürzte auf seinen Bruder zu und sah, dass Bein sich nicht mehr rührte. Geduckt wirbelte er herum und starrte ins Dunkel, in die Richtung, aus der der Schuss gekommen war.

»Das hätte er nicht tun dürfen!«, presste er mit tränenerstickter Stimme hervor. »Das hätte der Mädchenjunge niemals tun dürfen!«

Im selben Moment sprang er schon vorwärts, hechtete mit seinen Spindelgliedern über einen Tisch in der Mitte des Ladens und kam keine zwei Meter vor Gillian zum Stehen, die Klauen ausgestreckt, das Gebiss gefletscht. Gillian drückte ab. Die Ladung fetzte ein kreisrundes Loch in den Unterleib des Zwillings, riss ihn beinahe in zwei Hälften. Stein prallte zurück, krachte auf den Boden, begrub Dutzende von Augen unter sich.

Gillian schleuderte die leere Flinte fort, angewidert von der Barbarei dieser Waffe. Nie zuvor hatte er ein so grobes, abscheuliches Werkzeug benutzt.

Er stieg mit einem großen Schritt über Steins Leichnam hinweg und trat an die Auslage. Bein wimmerte leise, presste hilflos beide Hände auf die klaffende Wunde in seinem Bauch. Der Schmerz musste entsetzlich sein, und sein Blick war ebenso leer wie jener der Glasaugen um ihn herum.

Gillian tötete ihn schnell und freudlos. Er zerrte den Toten zurück, bis sein Körper aus der Auslage auf den Boden polterte. Dann ging er zur Werkbank, wo er Piobbs Leiche aufhob und wie einen gefallenen König auf dem Tisch aufbahrte, die Augen geschlossen, die Hände über der Brust gefaltet.

Die Gendarmerie würde bald hier sein, doch Gillian nahm sich die Zeit, ein heil gebliebenes Glasauge zu suchen und in seiner Tasche verschwinden zu lassen. Ein Glücksbringer, hoffte er, auf jeden Fall ein Andenken. Er rannte die hölzernen Stiegen zum Dachboden hinauf, stopfte seine Sachen in eine Reisetasche. Dann verließ er das Haus und den Hinterhof, gerade als am Ende der Straße der Schein umherzuckender Handlampen auftauchte.

Lysander würde zahlen für das, was er getan hatte. Nach so vielen Jahren hatte Gillian endlich wieder ein Ziel, an das er glauben konnte.

Aber er wusste auch, dass er es allein nicht schaffen würde. Er brauchte jemanden, der ihm half, jemanden mit einem guten Grund, Lysander den Tod zu wünschen – und den nötigen Mitteln, diesen Wunsch Wirklichkeit werden zu lassen.

Und während er gehetzt durch die Gassen des Montmartre rannte, stinkend, schwitzend, völlig erschöpft, wurde ihm klar, an wen er sich wenden musste.

KAPITEL 8

»Herzlichen Glückwunsch!«

Sylvettes Augen wurden größer, während sie neugierig das Päckchen in Christophers Händen anstarrte. Sie versuchte spielerisch, es ihm aus den Fingern zu schnappen. Er aber lachte und hielt es einen Moment lang außerhalb ihrer Reichweite; dann gab er es ihr.

»Danke!«, jubelte sie aufgeregt und wich aus dem Türrahmen zurück in ihr Zimmer. »Vielen, vielen Dank!«

Christopher trat ein und schloss die Tür hinter sich. Es war warm hier drinnen. Die Diener hatten Anweisung, Sylvettes Kinderzimmer stets in einer angenehmen Temperatur zu halten. Christopher dagegen vergaß seinen eigenen Ofen regelmäßig, was ihn im Bett oft genug jämmerlich frieren ließ. Aber es genügte wohl auch, wenn er auf *einen* Ofen zu achten hatte. Er war stolz darauf, dass die Flammen des Athanor in den vergangenen vier Monaten kein einziges Mal erloschen waren.

Sylvette ließ sich auf ihr Bett fallen und begann, ungeduldig an dem bunten Papier zu zerren. Heute war ihr elfter Geburtstag, und er war das erste Familienmitglied, das ihr gratulierte. Nicht einmal Charlotte war so früh am Morgen, noch vor dem Unterricht, bei ihr gewesen.

Christopher lächelte, während Sylvette die Verpackung in Stücke riss, und schaute sich derweil im Zimmer um. Es gab wenig, was darauf schließen ließ, dass es von einem Kind bewohnt wurde. Auf dem Garderobentisch lagen Bürsten und Cremedosen wie bei jeder Erwachsenen, allein zwei Plüschtiere unter dem Baldachin des Himmelbetts waren ein Hinweis auf Sylvettes Alter. Das Bleiglasfenster zeigte einmal mehr eine Leiter, die steil nach oben gen Himmel ragte. Eine große Anzahl Menschen drängte sich auf den Sprossen, doch während die oberen ihr Ziel fast erreicht hatten, wurden die unteren von geflügelten Teufelsgestalten attackiert, die immer wieder Einzelne in die Tiefe rissen. Das ganze Bild war in Rot und Gelb gehalten, und die Strahlen der aufgehenden Frühlingssonne erfüllten das Zimmer mit der Illusion glühenden Feuerscheins.

Sylvette gelang es endlich, das letzte Stück der Verpackung zu lösen. Höflich – und ganz und gar damenhaft – überspielte sie mit einem Lächeln ihre Verwunderung über das, was zum Vorschein kam.

»Es ist etwas, das du dir immer gewünscht hast«, sagte Christopher und trat näher an sie heran.

»So?« Ihr Lächeln blieb, aber in ihrer Stimme lag eine Spur von Enttäuschung.

Es war ein gläsernes Fläschchen, nicht größer als Sylvettes Hand, bis zum Rand mit einer schmutzig braunen, unappetitlichen Flüssigkeit gefüllt.

»Soll ich das trinken?«

»O nein, nur nicht!«, erwiderte Christopher lachend. »Es würde dir kaum bekommen. Und, so leid es mir tut, es riecht auch ziemlich scheußlich.«

»Aber, Christopher«, fragte sie gedehnt und mit altklugem Blick, »was soll ich denn dann damit anfangen?«

Er setzte sich zu ihr auf die Bettkante, nahm ihr vorsichtig das Fläschchen aus den Fingern und hielt es gegen das Licht. »Erinnerst du dich noch, dass du mir von deinem Wunsch erzählt hast, damals, als wir mit dem Boot ums Schloss gerudert sind?«

»Ja, natürlich«, gab sie zurück, immer noch verständnislos.

Christopher nickte und schüttelte das verkorkte Gefäß. »Das hier ist die Lösung. Du hast gesagt, du willst schwarze Haare haben wie Mutter und Aura. Nun, hier sind sie! Oder besser: Hiermit hast du bald welche.«

Ein Leuchten erschien in Sylvettes blauen Augen. »Das da ist Farbe für meine Haare?«

»So was Ähnliches. Ich hab es selbst gemischt.«

»Du? Kannst du das denn?«

»Ich hab eines der Küchenmädchen gebeten, mir eine Strähne ihres blonden Haars abzuschneiden. Ich hab sie hiermit gefärbt, und sie wurde pechschwarz. Genau wie die Haare von Aura und Mutter.«

»Ehrlich?«

»Ehrenwort!« Er hob die Finger zum Schwur.

Das schien sie zu überzeugen, denn plötzlich stieß sie einen hellen Jubellaut aus und fiel ihm um den Hals. Christopher kippte überrascht nach hinten, während das Mädchen ihm einen schmatzenden Kuss auf die Wange gab. »Du bist toll«. Sie strahlte, nahm ihm das Fläschchen ab und eilte damit zum Garderobentisch. Sie setzte sich und betrachtete im Spiegel ihre hellblonden Locken. Dann blickte sie erwartungsvoll auf das Gefäß.

Christopher ging neben ihr in die Hocke. »Komm, ich erklär's dir.«

Nachdem er sicher war, dass Sylvette die Flüssigkeit richtig anwenden würde, stand er auf und ging zur Tür. »Wir sehen uns beim Unterricht«, sagte er und wollte das Zimmer schon verlassen, als Sylvette ihm nachrief: »Warte noch!«

Sie sprang vom Stuhl, jetzt wieder ganz die verspielte Elfjährige. »Ich will dir was zeigen.« Sie ergriff seine Hand und zog daran. »Ein Geheimnis.«

Er folgte ihr mit einem Lächeln zu dem großen Kleiderschrank, einem reichverzierten Ungetüm, in dessen Türen bunte Blumenmuster eingelassen waren. Sylvette zog die rechte Seite auf, schob ihre zahlreichen Spitzenkleider zur Seite und offenbarte an der Rückseite etwas, das mit einem Tuch verhängt war. Der Form und Größe nach handelte es sich um einen Bilderrahmen.

»Es ist das größte Geheimnis, das ich habe«, sagte sie stolz und blickte ihn verschwörerisch an. »Niemand weiß davon, kein Mensch auf der ganzen Welt. Du musst mir versprechen, dass du es niemandem erzählst.«

Christopher war gerührt von ihrem kindlichen Vertrauen. Mit Ausnahme von Bruder Markus hatte ihm noch nie jemand so ehrliche Zuneigung entgegengebracht. »Ich verspreche es«, flüsterte er und drückte sie an sich. »Aber«, fügte er hinzu, als sie das Tuch zur Seite ziehen wollte, »bist du wirklich sicher, dass du es mir zeigen willst? Ich meine, es wäre dann kein Geheimnis mehr.«

Sylvette zögerte und drehte sich noch einmal zu ihm um. »Willst du es denn nicht sehen?«

»O doch«, versicherte er, mit einem Mal von unbestimmter Traurigkeit erfüllt, »natürlich will ich das. Aber meinst du nicht, man muss sich so eine Ehre erst verdienen?«

»Du bist doch jetzt mein Bruder. Und du hast mir ein Geschenk gemacht.«

»Daniel wird dir auch etwas schenken. Genau wie Mutter.«

Sie kräuselte trotzig die Stirn. »Aber die beiden hab ich nicht so lieb wie dich.«

Ich habe deinen Vater im Dachgarten verscharrt, dachte Christopher, und du sagst mir, dass du mich lieb hast? Plötzlich war er von sich selbst so angewidert, dass er nur fortwollte, fort aus diesem Zimmer und fort von diesem Kind, das ihm trotz allem so sehr vertraute.

Noch einmal umarmte er sie und sagte dann: »Es ist kein Geheimnis mehr, wenn du es mir zeigst – auch wenn ich keinem davon erzähle. Warte noch ein wenig damit. Irgendwann werde ich es mir verdient haben. Verstehst du, was ich meine?«

Seine Wortwahl war ungeschickt, und er fürchtete, dass sie ihm seine Weigerung übelnahm. Doch zu seinem Erstaunen huschte ein kluges Lächeln über Sylvettes Puppengesicht. »Wir schwören es uns gegenseitig, ja? Du beschützt mich, und ich beschütze dich. Wenn ich dir helfe, verrätst du mir dein Geheimnis, und wenn du mir hilfst, zeige ich dir meins.«

Er streichelte ihr über die langen Locken. »So machen wir's. Das schwöre ich.«

»Ich auch.«

Sylvette schob sorgfältig die Kleider vor den verhüllten Rahmen und schloss die Schranktür. Christopher sah ihr zu, und wieder überkam ihn das schlechte Gewissen mit solcher Macht, dass er den Blick abwenden musste, damit sie die Qual in seinen Augen nicht sah.

Er verließ das Zimmer tief in Gedanken, erfüllt vom Wissen um seine Schuld, aber auch mit der Überzeugung, dass es zu spät war, um noch irgendetwas zu ändern. Der Weg, den er eingeschlagen hatte, gestattete keine Umkehr, keine Reue. Zu viel war in den vergangenen vier Monaten geschehen.

An einem Abend vor drei Wochen – war es wirklich schon so lange her? – hatte er Charlotte in ihren Räumen im Westflügel aufgesucht. Die anderen hatten sich um diese Uhrzeit bereits in ihre Zimmer zurückgezogen. Christopher hatte darauf geachtet, dass er das Gespräch mit seiner Stiefmutter an einem Tag suchte, an dem ihr Liebhaber nicht im Schloss weilte. Es verging keine Woche, in der der Freiherr nicht auf die Insel gekommen und für mindestens eine Nacht geblieben wäre. Christopher hatte es sich zur Gewohnheit gemacht, den beiden zu folgen und ihren Gesprächen beim Liebesspiel in der Familiengruft zu lauschen – nicht, wie er sich eifrig selbst versicherte, ihres Treibens wegen, sondern um mehr über sie und ihre Schwächen zu erfahren.

An jenem Abend war seine Stiefmutter früh zu Bett gegangen, und so trat sie ihm im Nachtgewand und mit einigem Erstaunen entgegen, als er gegen halb elf an ihre Tür klopfte.

»Christopher! Was ist geschehen?« Leichter Schrecken stand in ihren Augen.

Der erste große Riss im Verputz deines Familienglücks, dachte Christopher bitter. Aber er fragte nur: »Darf ich einen Moment hereinkommen? Keine Bange, es ist nichts Schlimmes.«

»Natürlich, ja«, gab sie zerfahren zurück, eilte ihm voraus und warf sich einen dünnen Seidenmantel über. Christopher schloss die Tür hinter sich.

»Setz dich«, bat sie ihn und deutete auf eine Sitzgruppe unter einem der vielfarbigen Fenster. Sie befanden sich im Vorraum ihres Schlafzimmers. Durch die offene Flügeltür konnte Christopher die blütenweißen Bezüge ihres Himmelbettes sehen. So rein, dachte er, so anständig; wie verlogen doch die künstliche kleine Welt ist, mit der sie sich umgibt.

Wirklich verblüffend aber war die Einrichtung des Zimmers. Die Wände waren mit Muscheln überzogen, und Muscheln lagen auch auf jeder Kommode, jedem Regal, sogar auf kleinen Säulen und in einem Schaukasten zwischen den Fenstern. Die meisten waren klein, nichts Besonderes, doch es waren auch einige außergewöhnliche darunter, wie jene, die ihr Friedrich aus den Kolonien mitgebracht hatte – große, mächtige Gehäuse, vielfach in sich gedreht und schillernd in den sonderbarsten Farben. Christopher hatte gewusst, dass seine Stiefmutter Muscheln sammelte, aber er war nie zuvor in diesem Zimmer gewesen, und er hatte nicht geahnt, welches Ausmaß ihre Obsession angenommen hatte.

»Sie sind herrlich, nicht wahr?«, sagte sie, als sie bemerkte, dass er sich umschaute.

»Das sind sie, allerdings.« Noch immer stand er mitten im Raum, während Charlotte bereits auf dem Sofa Platz genommen hatte; es war weinrot und an den Rändern golden abgesetzt.

»Ich mag es, dem Meeresrauschen zuzuhören«, sagte sie, und einen Augenblick lang wich ihr sorgenvoller Gesichtsausdruck einer verträumten Wehmut.

Christopher brauchte einen Moment, ehe ihm klar wurde, dass sie das Rauschen im Inneren der Muscheln meinte, nicht das vor den Fenstern. »Aber du hast das Meer doch direkt vor der Tür – ist dir die Natur nicht lieber als ihre Nachahmung?«

»Soll ich ehrlich sein?« Sie schaute zu ihm auf und begann, mit beiden Händen ihre Wangenknochen zu massieren. »Ich hasse die See. Es widerstrebt mir, mich einem Boot anzuvertrauen, nur eine dünne Wand aus Holz zwischen mir und dem Wasser. Das Meer macht mir Angst. Die Unendlichkeit und diese Tiefe … liebe Güte, mir wird schwindelig, wenn ich nur daran denke. Ich bin wahrscheinlich der einzige Bewohner dieses Schlosses, der dankbar ist für die Bleiglasfenster. So muss ich nicht ständig hinausblicken in diese graue Einöde.« Sie schüttelte den Kopf, als wollte sie das Bild aus ihren Gedanken vertreiben. »Wellen bis weit über den Horizont hinaus. Die See ist uns Menschen fremd. Und doch besitze ich mit jeder Muschel ein Stück davon, und ich kann damit tun, was ich will. Ich kann sie zerschlagen, und dann ist auch das Meer darin fort. Schau mich nicht so an, Christopher, es ist wahr! Jede Muschel hält ein wenig vom Meer gefangen. Du kannst es hören. Wenn mir danach ist, kann ich den Stimmen des Ozeans lauschen, aber ich kann sie auch für immer zum Schweigen bringen. Die Muscheln helfen mir, mit dieser Insel fertigzuwerden, mit der See, die sie umgibt. Die Muscheln … sie geben mir Macht darüber, Macht über das Meer. Und über die Angst.« Sie lächelte, jetzt beinahe ein wenig beschämt. »Manchmal fühle ich mich sehr hilflos.«

Er wusste, dass dies kein guter Augenblick war, trotzdem fragte er leise: »Gehst du deshalb mit Friedrich zur Friedhofsinsel?«

Alle Farbe wich aus ihren Wangen, ihr Blick wurde trüb und verletzlich. »Wie lange weißt du es schon?«

»Schon lange. Über drei Monate.«

Sie versuchte vergeblich, Strenge in ihre Stimme zu legen. Stattdessen klang sie verzweifelt. »Es geht dich nichts an, Christopher. Niemanden geht das etwas an.«

»Aber andere könnten sich dafür interessieren.«

Sie schwieg, nahezu eine Minute lang, und in dieser Zeit schien sie zu verstehen, was er damit sagen wollte. Er war nicht, wie sie erst angenommen hatte, verstört über seine Entdeckung, auch nicht verbittert.

Er konnte in ihrem Gesicht lesen, in jeder Regung, jedem Beben ihrer Züge. Er kam sich abscheulich vor und niederträchtig. Doch er spürte auch die Macht, die er dadurch erlangte. Fühlte die Kraft, sah seine Möglichkeiten. Um zu sein wie Nestor, *musste* er es tun. Es war der einzige Weg. Der richtige.

»Meine Güte, Junge, willst du mir etwa drohen?«

»Nein«, erwiderte er, insgeheim schwankend in seiner Selbstsicherheit. »Ich werde ihm nichts davon erzählen. Diesen Gefallen bin ich dir schuldig.«

»Diesen Gefallen?« Ihre Stimme drohte jetzt überzukippen. »Herrgott, ich habe dich aus dem Heim geholt, hierher, in dieses Schloss, in eine –«

»Familie?«, unterbrach er sie. »Siehst du denn nicht, was um dich herum geschieht? Dein Mann versteckt sich vor der ganzen Welt, Aura habt ihr fortgeschickt, Daniel ist ein Wrack. Und Sylvette … sie liebt jeden, der ehrlich zu ihr ist – und du bist es nicht.«

»Wie meinst du das?« Charlotte begann hysterisch zu werden. »Wie, zum Teufel, *meinst du das?* Hat Aura dir das erzählt?«

Aura wusste auch davon? Das hätte er sich denken können. »Nein«, sagte er leise, »aber glaubst du denn, es ist nicht für jeden offensichtlich, der um dein kleines Techtelmechtel mit Friedrich weiß? Glaubt Nestor denn wirklich, er wäre Sylvettes Vater? Lieber Himmel, man muss sie nur anschauen, um die Wahrheit zu erkennen.«

Charlotte sprang auf. Ihre Finger waren gekrümmt wie Krallen, als wollte sie sich auf ihn stürzen. »Verschwinde! Geh mir aus den Augen!«

Seine Knie zitterten leicht, doch er hielt ihrem Blick stand. »Du hast nicht etwa vor, mich zurückzuschicken, oder? Du willst doch nicht, dass jemand die Wahrheit erfährt?«

Ein hässliches Lachen kam über ihre Lippen. »Du glaubst, Nestor wüsste nicht, was zwischen mir und Friedrich ist? Das kann nicht dein Ernst sein.«

»Oh, Nestor weiß es bestimmt. Aber was ist mit Sylvette? Wie würde sie reagieren, wenn sie erführe, dass –«

Charlottes Hand zuckte vor und schlug ihm ins Gesicht. Er keuchte auf, als ihre Fingernägel blutrote Schrammen auf seiner Wange hinterließen.

»Das würdest du nicht wagen!«, stammelte sie atemlos. »Das … das würdest du Sylvette niemals antun! Das glaube ich dir nicht!«

»Ich liebe sie wie ein älterer Bruder seine kleine Schwester liebt«, entgegnete er aufrichtig und betupfte mit dem Hemdsärmel die Wunden. Als er das Blut auf seinen Manschetten sah, wurde er blass. »Aber vielleicht verdient sie es gerade deshalb, die Wahrheit über sich zu erfahren, über ihre Herkunft – und über ihre Zeugung in einem Grab!«

Charlotte fuhr zusammen wie unter einem Hieb. Einen Augenblick lang fürchtete er, sie würde fallen, vielleicht das Bewusstsein verlieren. Dann aber fing sie sich und musterte ihn eisig. »Was hast du vor?« fragte sie tonlos. »Was willst du?«

Er schloss einen Herzschlag lang die Augen, und als er sie wieder öffnete, war Charlotte so nahe herangekommen, dass er mühsam sein Erschrecken unterdrücken musste. »Ich weiß es noch nicht genau«, gestand er. »Aber ich kenne den ersten Schritt.«

»Nun?«, fragte sie.

»Daniel muss von hier verschwinden.«

Charlotte schnaubte abfällig. »Verschwinden, ja? Du musst den

Verstand verloren haben, Christopher. War das Nestors Idee? Steckt er hinter all dem?«

Er fürchtete, sie könnte versuchen, den Alten im Dachgarten aufzusuchen, daher sagte er eilig: »Vater hat nichts damit zu tun. Er weiß nicht einmal, dass ich bei dir bin.« Christopher atmete tief durch. »Aber es bleibt dabei: Daniel muss fort von hier.«

Mit einem Ruck wandte sie sich um und lief mit wehendem Gewand im Zimmer auf und ab. »Ich könnte es mir einfach machen und dich statt seiner fortschicken.«

»Und Sylvette dabei verlieren. So wie Aura.«

Sie warf ihm einen hasserfüllten Blick zu. »Warum Daniel? Was hat er dir getan?«

Darüber hatte er selbst lange nachgedacht, ohne eine überzeugende Antwort zu finden. Es war nicht der Schlag, den Daniel ihm auf dem Flur verpasst hatte, nicht einmal ihre offene Feindschaft. Aber da war etwas in Daniels Blicken, in der Art, wie er ihn zu beobachten schien, bei jedem Schritt, jedem Wort, das er sagte. Christopher spürte die Präsenz seines Stiefbruders sogar dann noch, wenn er gar nicht in der Nähe war.

Ständig war ihm, als werde er von Daniel verfolgt, gejagt, belauert. Und was immer die wahren Ursachen sein mochten, er spürte, dass ihm von Daniel Gefahr drohte. Ihm selbst und seinem Werk. *Nestors* Werk.

Christopher wandte sich um und ging zur Tür. »Veranlasse einfach, was ich dir gesagt habe!«, sagte er barsch, aber mit leichtem Zittern in der Stimme. »Daniel muss gehen. Wohin, ist mir gleichgültig. Nur fort aus meinen Augen.«

»Und dann?« fragte Charlotte, ihre Stimme kaum mehr als ein Hauch. »Was wirst du als Nächstes verlangen?«

»Wir werden sehen.«

Er ging und schloss die Tür hinter sich, sehr leise, fast behutsam, als wollte er sie in ihrem Leid nicht stören.

Seither waren drei Wochen vergangen. Doch auch heute, an Sylvettes Geburtstag, fühlte er sich noch nicht besser, ganz im Gegenteil. Immer noch war ihm, als lauerte bei allem, was er tat, jemand in seinem Schatten, und da Daniel ausgezogen war, gelangte er zu der Überzeugung, es wäre Nestor. Oder besser: Nestors Geist.

Daniel hatte dem Schloss nicht gänzlich den Rücken gekehrt. Zwar hatte niemand Christopher gesagt, wohin er verschwunden war, doch es hatte nicht lange gedauert, bis er die Wahrheit herausgefunden hatte.

Daniel hatte sein Lager im alten Leuchtturm aufgeschlagen, auf der nördlichsten der fünf Felseninseln, die das Schloss umgaben. Nachts stand Christopher hinter den Scheiben des Dachgartens und konnte den trüben Schimmer sehen, der durch die Tür des Leuchtturms fiel. Die Seeadler mieden die Insel, seit Daniel sich dort eingenistet hatte.

Christopher sollte es recht sein. Er war froh, dass sein Stiefbruder ihm nicht mehr über den Weg lief. Aus Nestors Erzählung wusste er, dass ein Geheimgang unter dem Meer zum Leuchtturm führte, ähnlich wie jener zur Friedhofsinsel, doch bislang hatte er noch nicht in Erfahrung bringen können, wo dieser Gang ins Schloss mündete. Sylvette wusste es nicht, die Diener zuckten ebenfalls mit den Schultern, und Charlotte tat so, als hätte sie keine Ahnung, wovon er sprach. Er ahnte, dass sie ihn anlog, aber er brachte es nicht über sich, sie weiter mit Fragen zu bedrängen. Ihre Traurigkeit machte ihm zu schaffen, und allmählich begann er zu wünschen, auch Charlotte würde fortgehen, und sei es nur, damit sein Gewissen endlich Ruhe fände.

Er war nicht dabei gewesen, als sie Daniel klargemacht hatte, was zu tun sei, und so konnte er sich die Reaktion seines Stiefbruders nur ausmalen. Er stellte sich vor, wie er Christopher verfluchte, wie er schwor, sich an ihm zu rächen – und doch war Christopher klar, dass keine dieser Regungen wirklich in Daniels Natur lag. Sogar den Schlag hatte er damals bedauert.

Je länger Christopher darüber nachdachte, desto sicherer war er, dass sich sein Stiefbruder schweigend in sein Schicksal gefügt hatte. Schweigend und mit einem leidenden Ausdruck von Schwermut.

Seit Wochen schon ging Christopher nicht mehr zum Unterricht. Es war nicht mehr nötig, diese Maskerade aufrechtzuerhalten. Sein Stand im Schloss war gefestigt, niemand würde wagen, ihn dafür zur Rede zu stellen. Im Dachgarten gab es Wichtigeres zu erlernen, Drängenderes zu begreifen. Sicher, er vermisste die Stunden mit Sylvette, aber viele davon holte er an den Nachmittagen nach. Dann spielten sie Karten miteinander, unternahmen auch die eine oder andere Bootstour. Nur den Ausflug ins Dorf, um den sie ihn gebeten hatte, hatte er ihr abgeschlagen. Er war noch nicht bereit, zum Festland zurückzukehren – und sei es nur für wenige Stunden. Allein bei dem Gedanken war ihm, als legte sich eine Hand auf seine Schulter, so als hielte Nestor selbst ihn zurück und flüsterte ihm Warnungen ins Ohr.

Seit etwa einem Monat sprossen aus dem Kräuterbeet im Herzen des Dachgartens seltsame Pflanzen, genau an jener Stelle, unter der Nestor begraben lag. Erst hatte Christopher sie für schlichtes Unkraut gehalten – er hatte die Pflege der Gewächse zugunsten seiner Studien im Laboratorium vernachlässigt –, dann aber hatte ihn eine seltsame Ahnung überkommen.

Er hatte das Werk über alchimistische Pflanzenkunde aus der Bibliothek geholt und sich noch einmal in die Sage vom Gilgameschkraut vertieft. Es gab in diesem Kapitel des Buches keine Zeichnungen, nicht einmal grobe Skizzen, und doch war da eine verschlüsselte Beschreibung, von Nestor am Seitenrand markiert. Dort war die Rede von sogenannten Schwertern des Lebens, und als Christopher versuchte, eines der Pflänzchen zu pflücken, schnitt er sich an den scharfen Kanten – eine Verletzung, die er für einen Hinweis darauf hielt, dass es sich bei den langen, klingenähnlichen Blättern tatsächlich um das gesuchte Gilgameschkraut handelte.

Doch auch er war nicht verblendet genug, die Kräuter am eigenen Leib zu testen. Wer wusste schon, was ihr Verzehr bewirken mochte? Außerdem besagte die Legende, das Kraut käme erst nach sieben Jahren zu voller Reife und Kraft. Was, wenn er mit seiner Vermutung falsch lag, wenn der Leichendünger des Toten nicht Leben, sondern Gift aus der Erde wuchern ließ? Und überhaupt, warum sollte das Gilgameschkraut ausgerechnet auf Nestors Grab wachsen, nachdem so viele Generationen von Alchimisten und Wunderheilern vergeblich danach geforscht hatten?

Nein, sicher konnte er nicht sein. Was blieb, war eine instinktive Ahnung, dass er die Lösung des Rätsels entdeckt hatte. Kurz spielte er mit dem Gedanken, das Kraut einem anderen Familienmitglied ins Essen zu mischen, kam von diesem Einfall aber schnell wieder ab. Falls die Blätter tatsächlich Unsterblichkeit schenkten, so gönnte er sie keinem anderen, mit Ausnahme von Sylvette. Um sie aber empfand er die gleiche Angst wie um sein eigenes Wohlergehen. Der Gedanke, ihr Schaden zuzufügen, war ihm unerträglich.

Christopher verbrachte den Rest von Sylvettes Geburtstag im Dachgarten, untersuchte zum unzähligsten Mal eines der Kräuter unter dem Mikroskop, verglich die Struktur der Blätter mit allen Pflanzendiagrammen, die er finden konnte, und kam dennoch zu keinem Ergebnis. Nur eines war sicher: Eine bekannte Kräuterart war dies nicht.

Gegen halb sechs ging er zum Abendessen. Er hatte es immer öfter ausfallen lassen, doch heute wollte er zur Feier von Sylvettes Geburtstag dabei sein. Sie würde es ihm übelnehmen, wenn er sich nicht zeigte.

Charlotte saß schon an der Tafel und würdigte ihn keines Blickes. Wie Daniel zu seinem Essen kam, konnte Christopher nur ahnen; jemand aus der Dienerschaft musste den geheimen Weg zur Leuchtturminsel kennen und ihm die Mahlzeiten hinüberbringen. An der abendlichen Tafel zumindest hatte Daniel seit seinem Auszug aus dem Schloss nicht mehr gesessen. Christopher war selbst überrascht, wie eisern sich Charlotte an seine Anweisungen hielt. Ihr musste noch viel mehr daran liegen, Sylvette die Wahrheit über ihre uneheliche Herkunft zu verschweigen, als er angenommen hatte. Was ihm freilich nur recht sein konnte.

Die Mahlzeiten waren seit seinem Gespräch mit ihr eine trostlose Angelegenheit geworden, es wurde kaum geredet, und wenn doch, dann bestritt Sylvette mit ihrer kindlichen Plauderei die gesamte Unterhaltung. An diesem Abend aber hatten Köchin und Dienerschaft sich besondere Mühe gegeben, die drei übriggebliebenen Familienmitglieder aufzuheitern. Der Tisch war festlich geschmückt, sogar Papiergirlanden hingen im Kronleuchter, und vor Sylvettes Platz war eine hohe Torte mit elf Kerzen aufgebaut worden.

Christopher und Charlotte saßen schweigend da, während zwei Dienstmädchen das Essen auftrugen. Deckel wurden von dampfenden Schüsseln gehoben, die Kerzen auf der Geburtstagstorte entzündet.

Sylvette war unpünktlich. Die Vorbereitungen für die Mahlzeit waren bereits seit einigen Minuten beendet, als draußen auf dem Flur endlich ihre Schritte ertönten. Sie hatte es eilig, wie alle Kinder auf dem Weg zum Geburtstagstisch. Um so erstaunlicher war, dass sie zu spät kam.

Noch bevor sie die Tür erreichte, erklang auf dem Gang der erschrockene Ausruf eines der Dienstmädchen. »Aber Fräulein Sylvette …«

Charlotte wurde aufmerksam, und auch Christopher blickte erwartungsvoll zur Tür. Einen Herzschlag später erschien das Mädchen im Türrahmen.

»Großer Gott!«, entfuhr es Charlotte. Sie sprang so heftig auf, dass beinahe ihr Stuhl nach hinten kippte.

Sylvettes Haare waren schwarz, fast mit einem Stich ins Blaue. Ihre Locken hatten sich durch die Lösung ein wenig geglättet, und wer nicht genau hinsah, hätte sie für das kleinwüchsige Ebenbild Auras halten können. Sie strahlte glücklich übers ganze Gesicht.

»Schau nur, Mutter«, rief sie aus. »Mein Haar!«

Christopher betrachtete sie stolz. Seine Mixtur hatte nicht nur gewirkt, sie schien auch keine Nebenwirkungen zu haben. Nicht einmal die Haut am Haaransatz war verfärbt. Mehr noch als über seinen Erfolg freute er sich aber für Sylvette, deren Wunsch endlich in Erfüllung gegangen war.

Charlotte hingegen stürmte auf ihre Tochter zu, packte sie an den Schultern und brüllte: »Wer hat dir das angetan? Sag mir sofort, wer dir das angetan hat!«

»Aber, Mutter«, piepste sie erschrocken, »ich –«

»*Wer?*«

»Christopher hat mir ein Geschenk –«

Charlotte wirbelte aufgebracht herum und starrte Christopher durch das Feuer der Kerzenflammen an. »Wie konntest du das nur tun?« Ihr Gesicht war eine Fratze aus Empörung und Hass.

»Warum regst du dich so auf?« fragte er, erstaunt über ihre heftige Reaktion. »Sylvette hat es sich gewünscht.«

»Sie sieht aus wie Aura. Und wie ich.« Plötzlich standen Tränen in ihren Augen. Sie wischte sie mit einer heftigen Handbewegung quer übers Gesicht. »Sylvette war anders, sie war rein.« Sie wandte sich wieder ihrer Tochter zu, bückte sich und drückte sie an sich. »Was hat er nur aus dir gemacht, mein kleiner Engel.«

Und damit ließ sie Sylvette los und stürmte aus dem Zimmer.

Das Mädchen stand da, nun ebenfalls dem Weinen nahe, und blickte Charlotte nach, wie sie mit wehendem Kleid den Flur hinabrannte. Dann aber drehte die Kleine sich zu Christopher um, neigte den Kopf, strich sich gedankenverloren über ihr rabenschwarzes Haar und schenkte ihm ein Lächeln, das ihn schaudern ließ.

Der Zugang vor dem Altar war geschlossen, aber das war keine Überraschung. Die Bodenplatte lag an ihrem Platz, und als Christopher nach den verborgenen Kerben tastete, um sie hochzuziehen, bemerkte er, dass von unten ein Schloss angebracht worden war. Die Platte ließ sich nicht um einen Fingerbreit bewegen. Friedrich und Charlotte hatten dazugelernt.

Zum dritten Mal, seit Christopher seine Stiefmutter mit seinem Wissen konfrontiert hatte, trafen sich die beiden Liebenden wieder auf der Friedhofsinsel. Bei ihren beiden letzten Stelldicheins hatte Christopher nicht gewagt, ihnen zu folgen. Friedrich war gewarnt, und er war alles andere als ein Schwächling.

Doch heute, einen Tag nach Sylvettes Geburtstagsfeier, musste Christopher einfach erfahren, was sie über ihn sprachen. Denn *dass* sie über ihn sprachen, daran gab es keinen Zweifel. Der Freiherr war nicht dumm, und es war durchaus möglich, dass ihm ein Weg einfiel, Charlottes unbequemen Ziehsohn in die Schranken zu weisen.

Nachdem sich der Geheimgang als unpassierbar erwiesen hatte, stürmte Christopher aus dem Schloss. Die Nacht war kühl und vom Donnern der Brandung erfüllt. Die Mondsichel schälte Wolkengiganten aus dem Schwarz des Himmels. Über Christophers Kopf wisperten die Zweige der Zypressen geisterhaft im Seewind. Er beschleunigte seine Schritte, während er durch den dunklen

Hain eilte. Erst als jenseits der Stämme die Bucht schimmerte, gestattete er sich ein Aufatmen.

Christopher sprang vom Steg in eine der verlassenen Jollen, löste das Tau und steuerte das Boot mit kraftvollen Ruderschlägen hinaus aufs Meer. Schwitzend umrundete er die Ostseite des Schlosses, bis im Mondschein die Friedhofsinsel sichtbar wurde. Aus der Ferne war sie nichts als ein zerklüfteter Felsklotz, doch Christopher wusste, dass der Schein trog. Den Mittelpunkt des Eilands bildete eine Vertiefung, wie das Innere eines Kraters. Darin lag die Familiengruft der Institoris', umgeben von uralten Seeräubergräbern.

Er brauchte über eine halbe Stunde, um die hundert Meter bis zur Insel zurückzulegen. Der Wellengang war stark, und mehr als einmal hatte er mit hereinrollenden Brechern zu kämpfen, ohne sich dabei von der Stelle zu bewegen. Schließlich aber erreichte er den schrundigen Felskamm, sprang an Land und zog das Boot mit aller Kraft aus der Brandung.

Völlig durchnässt von Salzwasser und Schweiß kletterte er die Felsen hinauf, bis er von oben in die Senke im Inneren der Insel blicken konnte. Im Mondschein war das klobige Familienmausoleum nur schwer auszumachen, ein runder Bau, der ringsum von einem Säulengang umgeben war. Aus den Hängen, die zum Felswall des Eilands hinaufführten, ragten Grabsteine und Kreuze. Manche Gräber bestanden nur aus aufgeschichteten Steinen, die längst in sich zusammengefallen waren. Christophers Herz schien sich beim Anblick des alten Piratenfriedhofs zusammenzuziehen.

Das Gebäude hatte keine Fenster, doch durch den Spalt unter der Tür fiel sanfter Kerzenschimmer. Christopher eilte zwischen Gräbern und Felsbrocken den Hang hinab, bis er zwischen den Säulen des Rundbaus zum Stehen kam. Vorsichtig näherte er sich der Tür und legte ein Ohr an das wettergegerbte Holz. Er grinste angesichts seines Glücks: Die Stimmen der beiden waren deutlich zu hören. Kein Seufzen und Rascheln wie sonst, nicht die geheimen Laute der Leidenschaft. Sie stritten miteinander, wahrscheinlich schon seit geraumer Zeit.

»Du kannst dich nicht von einem Kind herumkommandieren lassen«, sagte Friedrich mit strenger Stimme.

»Christopher ist kein Kind mehr«, widersprach Charlotte. »Gerade das macht ihn so gefährlich.«

»Nicht gefährlich. Boshaft, vielleicht, und undankbar, sonst gar nichts.«

»Du hast ihn nicht erlebt.«

»Was kann er schon tun? Nestor weiß alles über uns. Und Sylvette, nun, glaubst du nicht, sie würde es verkraften?«

»Nein! Sie *darf* es nicht erfahren, verstehst du? Ich will nicht auch noch sie verlieren.«

Schritte ertönten, vermutlich ging Friedrich in der Gruft auf und ab. »Du willst es ihr ein Leben lang verheimlichen?«

»Welchen Sinn hätte es, wenn sie es erführe? Nestor mag ein Ungeheuer sein, aber sie hält ihn immerhin für ihren Vater. Und noch scheint sie sich keine ernsthaften Gedanken über sein Verhalten zu machen.«

»Und wenn sie es eines Tages tut?«, fragte Friedrich gereizt. »Herrgott, Charlotte, er wird sie genauso fortschicken wie Aura. Er duldet nicht, dass man sich in seine Angelegenheiten mischt.«

Charlotte schnaubte. »Wie gut, dass er wenigstens *mich* nicht länger zu seinen Angelegenheiten zählt.«

Abermals Schritte, dann ein leises Rascheln von Kleidung, als sie einander umarmten.

Schließlich sagte Friedrich: »Christopher muss von hier verschwinden. Und wenn es nur um Daniels willen ist.«

»Der arme Daniel! Ich mache mir Sorgen um ihn. Er ist so schwach und sensibel. Ich weiß nicht einmal, was er den ganzen Tag in diesem Leuchtturm treibt.«

»Hast du Angst, er könnte noch einmal versuchen, sich das Leben zu nehmen?«

»Seit Aura fort ist – jeden Tag, jede Stunde. Ich kann kaum an etwas anderes denken.« Sie weinte leise.

»Umso wichtiger ist es, Christopher loszuwerden. Was treibt er überhaupt den ganzen Tag mit Nestor auf dem Dachboden?«

»Was weiß ich! Wahrscheinlich hilft er ihm bei … bei was auch immer Nestor dort oben tun mag. Ich war seit Jahren nicht mehr auf dem Speicher. Nestor könnte ebenso gut tot sein.«

»Vielleicht ist es an der Zeit, ihm noch einmal einen Besuch abzustatten.«

Charlotte klang erschrocken. »Du willst zu ihm gehen? Zu Nestor?«

»Warum nicht? Mehr als mich beschimpfen, kann er nicht tun. Vielleicht hilft es, wenn ich ihm von den kleinen Intrigen seines Schützlings erzähle.«

»Ich bin mir nicht sicher, ob Nestor nicht selbst dahintersteckt.«

»Und Sylvette?«

»Sie bedeutet ihm nichts, das weißt du. Er würde in Kauf nehmen, dass sie an der Wahrheit zerbricht.«

Eine Weile lang herrschte Stille. Christopher wagte kaum zu atmen, aus Angst, die beiden könnten ihn hinter der Tür bemerken.

»Ich gehe zu ihm, gleich morgen früh«, sagte Friedrich. »Und ich werde mir Christopher vorknöpfen.«

»Es wird kaum einen Sinn haben, ihn zu versprügeln.«

»Verprügeln? Nein, ich fürchte, aus dem Alter ist er heraus.« Er lachte bitter. »Ich werde ihm drohen, ihn im Meer zu ersäufen.«

»Du redest Unsinn.«

»An wem hängst du mehr? An ihm oder an Sylvette?« Als Charlotte keine Antwort gab, fuhr Friedrich ruhiger fort: »Er lässt uns doch gar keine andere Wahl, oder?«

»Hätte ich ihn nur nie hergeholt!«

»Mach dir keine Vorwürfe. Du hast selbst gesagt, dass er sich verändert hat. Er war nicht so, als du ihn aufgenommen hast.«

»Nein, bestimmt nicht.«

»Keiner hat ahnen können, wie er sich entwickeln würde.«

»Es ist Nestors Einfluss, glaub mir. Nestor hat die Macht, einem Menschen so etwas anzutun. Er verändert einen, er –«

»Nestor ist ein Einsiedler«, fiel Friedrich ihr scharf ins Wort, »vielleicht sogar ein Verbrecher. Aber er ist kein Hexenmeister. Wenn Christopher sich wirklich so gewandelt hat, wie du sagst, dann liegt der Grund dafür bei ihm selbst, nicht bei Nestor.«

So ging es noch eine Weile hin und her. Charlotte gab immer wieder Nestor die Schuld an ihrem Unglück, während Friedrich versuchte, sie entweder zu trösten oder mit Schärfe zurechtzuweisen. Sein schwankendes Temperament verriet nur allzu deutlich seine eigene Unsicherheit. Christopher grinste zufrieden.

Endlich verkündete Charlotte, es sei spät geworden und sie wolle sich zurückziehen. Friedrich unternahm nur einen halbherzigen Versuch, sie umzustimmen.

»Geh schon vor«, sagte er dann, »und lass den Schlüssel stecken. Ich räume noch die Decken beiseite.«

Christopher horchte auf die Schritte seiner Stiefmutter, die sich auf der Treppe zum Geheimgang entfernten. Nach zwei Minuten war er sicher, dass Friedrich allein und Charlotte außer Hörweite war.

Er holte aus und brach mit einem heftigen Tritt die Tür auf. Der Flügel krachte scheppernd gegen die Wand, Staub wirbelte auf.

Friedrich schrak zusammen, fing sich aber bemerkenswert schnell. Gelassen starrte er Christopher durch den Dunst an.

»Natürlich«, sagte er leise. »Ich nehme an, dass du alles mitangehört hast.«

»Das Wichtigste«, gab Christopher trocken zurück. »Wenn ich mich recht entsinne, wollen Sie mich im Meer ersäufen.«

»Gut, dass du es dir gemerkt hast. Das erspart mir die Wiederholung. Drohungen können so albern klingen, wenn man wütend ist, findest du nicht?«

Einen Moment lang durchzuckte Christopher die Gewissheit, dass sein rüder Auftritt ein Fehler gewesen war. Der Freiherr hatte die Kolonien bereist, hatte sich mit fremden Sitten und Eingeborenen abgegeben – und da wollte Christopher ihn mit einer eingetretenen Tür beeindrucken? Der Drang, einfach davonzulaufen, wurde fast übermächtig. Und doch, da war dieser unbestimmte Zorn in ihm, als hätten Friedrichs Worte ein unberührtes Reservoir aus Wut in ihm geöffnet; ganz langsam sickerten die ersten Tropfen heraus, während dahinter eine wahre Flut nachdrängte.

Keine fünf Meter trennten sie voneinander. Der Freiherr stand in der Mitte der Gruft, im Zentrum des Sterns aus steinernen Bahren. Christopher wartete immer noch im Türrahmen. Ihm war klar, dass er den nächsten Schritt tun musste. Wenn er jetzt einen Rückzieher machte, konnte er das Schloss ebenso gut freiwillig verlassen, gleich heute Nacht.

Nestor, dachte er unentschlossen, warum hilfst du mir nicht? Niemand gab Antwort, und doch wurde sein ganzer Körper von Hitze erfüllt, als strömte neue Kraft durch seine Glieder.

»Haben Sie das ernst gemeint?«, fragte er lauernd. »Denken Sie wirklich daran, mich zu töten?«

»Du wärst nicht der Erste.« Der Freiherr spannte sich. Seine Züge wurden noch härter. »Du hast da etwas angezettelt, das du selbst nicht mehr überschauen kannst, nicht wahr, mein Junge? Und nun stehen wir uns gegenüber wie zwei Hornochsen und wissen nicht recht, wie wir uns benehmen sollen.«

»Wollen Sie tatsächlich, dass Sylvette erfährt, dass Sie ihr Vater sind?«

Friedrich lachte schallend auf. »Ich? Sylvettes Vater? Wer hat dir denn diesen Blödsinn ins Ohr gesetzt?«

»Jetzt enttäuschen Sie mich.« Christopher schenkte ihm ein böses Lächeln. »So ein Bluff ist unter Ihrer Würde.«

Der Freiherr lachte noch einmal – und sprang auf Christopher zu. Ehe der sich's versah, hämmerte Friedrich ihm die rechte Faust unters Kinn und warf ihn mit der Linken nach hinten. Christopher stolperte rückwärts ins Freie, halb betäubt vor Schmerz. Er stieß mit dem Rücken gegen eine der Säulen, glitt ab und fiel hin. Felskanten bohrten sich in seinen Rücken.

Stöhnend lag er am Boden, versuchte sich aufzurichten, doch der Freiherr stemmte ihm den Fuß auf die Brust.

»Was glaubst du, wer du bist, Junge?« Die Stimme des Mannes war schneidend vor Zorn. »Glaubst du, du kannst hierherkommen, dich mit mir anlegen und danach so tun, als wäre nichts gewesen? So, wie du es mit Charlotte getan hast?« Sein Fuß trat kräftiger nach unten, bis Christopher kaum noch Luft bekam. »Du bist armselig. Ein Verlierer. Ich habe viele deines Schlages kennengelernt. Und ich hätte das hier schon viel früher tun sollen. Charlotte hat sich für dich eingesetzt, sie glaubt, Nestor triebe dich zu all dem. Aber wir beide wissen genau, dass das nicht stimmt, nicht wahr? Du bist einfach nur ein verkommenes Stück Dreck. Ungeziefer. Und wie Ungeziefer sollte ich dich auch behandeln. Ich könnte dich zertreten, wenn ich wollte, hier und jetzt!«

»Warum … tun Sie es … dann nicht?«, presste Christopher hervor. Jeden Augenblick konnten seine Rippen unter dem Fuß des Freiherrn brechen.

»Ach, spiel doch nicht den Helden«, sagte Friedrich. »Du magst es für besonders tapfer halten, das Schicksal herauszufordern, aber, glaube mir, das ist es nicht. Trotzig zu sein, verrät in deiner Lage nichts als Dummheit.«

Nach einem letzten heftigen Druck auf Christophers Brustkorb zog er seinen Fuß zurück. Verächtlich blickte er auf sein Opfer hinab. »Du bist es nicht wert, dass irgendwer sich deinetwegen Sorgen macht. Schau dich an, wie du daliegst und wimmerst!«

»Was wollen Sie … jetzt tun?« Jeder Atemzug brannte in Christophers Lungen, jedes Wort war eine Qual.

»Morgen früh bist du fort. Und damit *meine* ich fort! Kein Abschied von Sylvette, keine Spuren. Es wird sein, als hättest du dich mit all deinen Sachen in Luft aufgelöst.«

»Sind Sie sicher, dass das auch Charlottes Wunsch ist?«

»Es ist meiner, und das reicht.«

»Sie können mich nicht einfach umbringen. Das Waisenhaus wird Fragen stellen, die Dienerschaft –«

Friedrich beugte sich vor, seine Augen wurden zu tiefen Schattenlöchern. »Wer wird schon im Meer nach deiner Leiche suchen, mein Junge? Es wird heißen, du seiest ausgerissen. Waisenkinder tun so was.« Er packte Christopher am Kragen, hob seinen Oberkörper ein Stück vom Boden und warf ihn dann mit Wucht zurück auf die scharfen Kanten. »Wage nicht, mich noch einmal herauszufordern.«

Damit drehte sich der Freiherr um und ging auf die Tür der Familiengruft zu. Christophers Hand tastete über den Boden, seine Finger umschlossen einen faustgroßen Stein. Ohne nachzudenken holte er aus und schleuderte ihn in Friedrichs Richtung.

Der Stein krachte gegen den Hinterkopf des Freiherrn. Friedrich stolperte haltsuchend vorwärts, knickte mit einem Knie ein und stürzte mit Schulter und Schädel gegen eine der Säulen. Mit einem überraschten Laut sackte er zusammen, versuchte aber noch, sich umzudrehen und seinen Gegner anzusehen. Die Mondsichel verschwand hinter den Wolken. Es begann zu regnen, schlagartig. Eine wahre Sturzflut ergoss sich vom Himmel.

Christopher hatte Schmerzen am ganzen Körper, vor allem in Brust und Rücken, dennoch gelang es ihm, sich auf alle viere zu stemmen. Unweit von ihm lag die obere Hälfte eines zerbrochenen Steinkreuzes. Er zog es heran, taumelte auf die Füße und umfasste das Kreuz mit beiden Händen. Es war so schwer, dass er es nur unter Mühen hochheben konnte.

Friedrichs Augen weiteten sich, als er Christopher auf sich zukommen sah. Blut aus einer Platzwunde durchnässte sein blondes Haar. Mit ruckartigen Bewegungen versuchte er, auf die Beine zu kommen, sackte aber immer wieder zur Seite.

Christopher kam näher.

Der Freiherr keuchte etwas, das Worte sein mochten; sie klangen wie rasselnde Schmerzenslaute. Sein Blick war verschleiert, sein Körper zusammengerollt. Er hob eine Hand, streckte sie bittend zum Nachthimmel empor.

Dann war Christopher bei ihm, holte mit beiden Händen aus und rammte das Steinkreuz mit aller Kraft in Friedrichs Gesicht. Ein sprödes Splittern ertönte, dann erschlaffte der Körper des Freiherrn. Nur seine Hand blieb ausgestreckt, wie eine einsame Flagge nach einer verlorenen Schlacht.

Christopher wusste, dass kein Leben mehr in seinem Gegner war, doch der Wahn trieb ihn zu weiteren Hieben, noch einem und noch einem. Dann endlich ließ er von der Leiche ab, warf das Kreuz beiseite und sank in die Knie.

Über eine Stunde hockte er so da, während Friedrichs Blut auf den Felsen gerann. Schließlich rappelte er sich hoch, packte den Toten an den Füßen und zerrte ihn den Hang hinauf, über den Felskamm hinweg und auf der anderen Seite zum Wasser hinab. Dann lief er zurück, schleppte das Steinkreuz herbei und öffnete Hemd und Jacke des Freiherrn. Er legte ihm das Kreuz auf die Brust, schloss darüber so weit wie möglich die Knöpfe und sicherte es mit dem Gürtel des Toten. So verschnürt zog er den Leichnam ins Boot, ruderte auf der schlossabgewandten Seite der Friedhofsinsel einige Dutzend Meter aufs Meer hinaus und zerrte dort den

Körper über die Reling. Die Jolle neigte sich gefährlich zur Seite, schon spülten die ersten Wellen hinein – dann rutschte der Leichnam ins Wasser. Das Steinkreuz zog ihn unerbittlich in die Tiefe, und nur wenige Herzschläge später war keine Spur mehr von ihm zu sehen.

Widerwillig ruderte Christopher zurück zur Insel und vergewisserte sich, dass der Regen das Blut von den Felsen wusch. Dann räumte er in der Gruft das Liebeslager auf. Er wollte, dass es aussah, als hätte Friedrich seine Arbeit beendet und wäre anschließend spurlos verschwunden. Christopher lief sogar durch den Geheimgang zur Kapelle, verschloss den Einstieg von unten und eilte zurück zur Familiengruft. Dort löschte er alle Kerzen und bemerkte erst im Hinausgehen sein größtes Problem: Der Tritt hatte das Türschloss zerbrochen. Es blieb ihm nichts übrig, als die Tür einfach zuzuziehen, in der unguten Gewissheit, dass der Wind sie früher oder später wieder aufdrücken würde. Und wenn schon, es bewies nicht das Geringste.

Zuletzt schob er die Jolle wieder ins Wasser und ruderte zurück zum Schloss. Alle Fenster waren dunkel. Selbst wenn jemand hinausgesehen hätte, er hätte das Boot auf dem pechschwarzen Meer nicht entdecken können.

Ungesehen gelangte Christopher ins Innere, eilte hinauf ins Laboratorium und verbrannte seine Kleidung in den Flammen des Athanor. Dann legte er sich in Nestors altes Bett auf der anderen Seite des Dachgartens, blickte durch die Scheiben hinaus in die Nacht und versuchte, seine Verwirrung zu meistern. Und aus dem Wust von Ängsten und Skrupeln und Zweifeln an seinem Tun kristallisierte sich allmählich ein einziger klarer Gedanke heraus:

Nestor wäre stolz auf mich.

KAPITEL 9

Während ihres Ritts durch die Außenbezirke Zürichs, immer auf der Suche nach einer Station der Gendarmerie, entdeckte Aura an einer Litfaßsäule ein frisch geklebtes Plakat. Darauf waren drei vermisste Mädchen abgebildet, eines davon vierzehn, die beiden anderen sechzehn Jahre alt. Jetzt konnte sie sicher sein, dass man sie hier anhören würde. Man würde Männer hinauf ins Gebirge schicken und nichts einwenden können, wenn Aura zur Erholung von den Strapazen nach Hause reiste.

Umso härter traf sie der Schock, als sie feststellen musste, dass die Polizisten ihr nicht glaubten. Der Beamte, der ihren Bericht schriftlich erfassen ließ, hielt sie für ein dummes Huhn, das aus dem Internat entlaufen war und der Direktorin eins auswischen wollte. Er machte nicht einmal ein Geheimnis aus dieser Meinung, ganz im Gegenteil, er sagte sie ihr offen ins Gesicht.

Es stimmt, so schränkte er ein, es seien in den vergangenen Wochen einige Mädchen aus Zürich verschwunden, aber bislang habe nicht eine der zahlreichen Spuren über die Stadtgrenzen hinausgeführt. Schon gar nicht hinauf in die Berge. Ganz davon abgesehen, dass das Sankt-Jakobus-Stift einen tadellosen Ruf genieße und eine jahrzehntelange Tradition in der Erziehung gelangweilter Damen mit Hang zur Selbstdarstellung vorweisen könne.

Aura sprang auf, sie schrie ihn an, und als das nichts half, da flehte sie sogar. Und endlich, als sie sich so verhielt, wie sich Frauen in den Augen dieses Polizisten zu verhalten hatten – demütig, bittend und verheult –, lenkte er ein und versprach ihr, einen Suchtrupp zur Alm hinaufzuschicken. Allerdings, so sagte er einschränkend, könne sie wohl kaum von ihm verlangen, Madame de Dion mit solcherlei Dingen zu behelligen. Seine Männer sollten sich erst die Hütte anschauen, und nur für den Fall, dass sich die Beweise erhärten sollten – woran er nicht glaubte –, wollte er persönlich das Gespräch mit der ehrenwerten Direktorin suchen.

Auf Auras Bitte, sie derweil in ihre Heimat zurückreisen zu lassen, reagierte er amüsiert. Natürlich komme das überhaupt nicht in Frage, erklärte er, denn sie unterstehe als Schülerin des Stifts allein den Entscheidungen von Madame de Dion, und jenen vorzugreifen, wolle er sich nicht anmaßen. Als Aura jedoch immer verzweifelter wurde, gestand er ihr zu, den Tag in der Gendarmeriestation zu verbringen und abzuwarten, was die Suche im Gebirge ergeben würde.

So saß Aura vom frühen Morgen bis spät in die Nacht auf einer unbequemen Holzbank, ignorierte die Zeitschriften, die ein Polizist brachte, aß aber heißhungrig alle Früchte und Brötchen, die ihr einige Beamte aus ihren Brotbüchsen anboten.

Es war gegen halb zwölf, als der Suchtrupp zurückkehrte, drei Männer mit langen Gesichtern, völlig erschöpft und mit gehörigem Groll auf »das kleine Miststück«, das ihnen einen solchen Bären aufgebunden hatte. Ja, die Hütte habe man tatsächlich gefunden, sie stehe offenbar seit Jahren leer. Der Kamin sei eiskalt gewesen, von angeblichen Toten habe man nichts bemerkt. Weder ein alter Mann noch ein junges Mädchen seien in der Umgebung gefunden worden. Es habe ein paar Spuren von Pferdehufen und auch von Karrenrädern gegeben, doch das sei nicht weiter ungewöhnlich, da Bauern ihre Herden gelegentlich auf die umliegenden Almwiesen trieben und ein paar Stunden, vielleicht auch eine Nacht, in der Hütte verbrachten.

Der Mann, der Aura am Morgen verhört hatte, wurde aus seinem Feierabend herbeigerufen, er tobte gehörig durch die Polizeiwache, ehe er Aura von zweien seiner Leute in eine Kutsche setzen und noch in derselben Nacht zurück zum Stift bringen ließ. Weder Schreien noch Heulen, kein Bitten und kein Drohen half, den erzürnten Polizisten umzustimmen. Ein griesgrämiger Beamter, der zu ihrer Bewachung während der Fahrt abgestellt wurde, drohte, ihr Handschellen anzulegen, falls sie sich nicht benähme wie ein zivilisierter Mensch. Schließlich, nach drei erfolglosen Fluchtversuchen, blieb Aura keine andere Wahl, als sich in ihr Schicksal zu fügen.

Die Kutsche erreichte das Internat gegen halb sechs am Morgen, anderthalb Tage nach Auras nächtlicher Flucht. Fräulein Braun gab sich ganz krank vor Sorge und Enttäuschung über den Vorfall und versicherte dem Polizisten, man werde ein ausführliches Gespräch mit Aura über die Ereignisse führen. Madame de Dion dagegen zeigte sich erst, nachdem die Kutsche wieder fort war. Sie starrte Aura reglos an, ließ alle Anschuldigungen und Beschimpfungen mit versteinerter Miene über sich ergehen, und ordnete dann mit knappen Worten an, Aura in ihrem Zimmer einzusperren.

Zwei Lehrerinnen und der alte Marek waren nötig, den Befehl in die Tat umzusetzen. Sie scherten sich nicht um Auras Geschrei, ebenso wenig um ihr Hämmern an die verschlossene Tür. Cosimas Sachen waren verschwunden, ihr Bettzeug abgezogen; die Direktorin hatte die junge Italienerin in ein anderes Zimmer verlegen lassen.

Es dauerte Stunden, ehe man sich erneut um Aura kümmerte. Marek und eine der Köchinnen hielten sie fest, während Fräulein Braun als Letzte ins Zimmer trat und ein süßlich riechendes Tuch hinter ihrem Rücken hervorzog. Strampeln und Brüllen war zwecklos. Die Lehrerin presste den mit Chloroform getränkten Stoff auf Auras Gesicht, und danach vergingen nur noch Augenblicke, ehe Aura für lange Zeit das Bewusstsein verlor.

Erst war es nur ein Kribbeln an ihrem rechten Unterschenkel, kaum stärker als ein Lufthauch. Doch als das Gefühl langsam an ihrem Bein emporkroch, da wusste sie, dass es keine Zugluft sein konnte.

Aura wollte aufstehen, aber etwas fesselte sie ans Bett. Sie lag auf dem Rücken, und die Matratze unter ihr war ebenso nackt wie sie selbst. Das Bett war nicht bezogen, Decke und Kissen waren verschwunden. Aura fror nicht, obwohl man sie ausgezogen hatte. Ihre Beine und Arme fühlten sich sonderbar an, schwer wie Eisen. Sie war nicht gefesselt – es war ihr eigenes Gewicht, das sie auf die Matratze drückte.

Ein Schrei stieg in ihr auf, doch er verhallte ungehört. Fast war ihr, als läge sie unter Wasser, so träge war ihr Denken, so verschwommen die Umgebung. Sie fragte sich, ob sie träumte, und einen Moment lang glaubte sie, dass dies tatsächlich die Lösung war: Sie war in einem Alptraum gefangen. Doch einen Augenblick später schwand die Gewissheit und die alte Angst kehrte zurück. Und mit ihr der Gedanke an die Wespen.

Sie war jetzt sicher, dass es mehrere waren, auch wenn sie sie nicht sehen konnte. Sie spürte die zarten Berührungen auf ihrer Haut, nicht mehr nur am einen Bein, auch am anderen. Und, da, auch auf ihrer rechten Hand regte sich etwas.

Mit einem Ruck hob sie den Kopf. Abgesehen vom Brustkorb war er der einzige Teil ihres Körpers, der sich bewegen ließ. Alles andere blieb stocksteif. Sie blickte über ihre gespannten Brüste und den flachen Bauch hinweg. Ein dunkler Punkt schob sich über ihr rechtes Knie. Die Wespe lief nicht schnell. Sie hatte erkannt, wie hilflos ihr Opfer war.

Opfer? durchfuhr es Aura. Die Wespen würden ihr nichts tun, solange sie sich nicht bewegte. Aber allein die nervöse Erwartung, eines der Insekten könnte zustechen, war genug, um ihren Körper mit einer Gänsehaut zu überziehen. Nun fror sie doch noch, aber nicht vor Kälte.

Während die erste Wespe über ihren rechten Oberschenkel krabbelte, schoben sich zwei weitere über den Kamm ihres Beckens. Auras Brust hob und senkte sich immer schneller, während Panik in ihr aufstieg. Wieder riss sie den Mund auf, und wieder blieb ihr Schrei völlig lautlos. Sie hatte ihre Stimme verloren.

Es wurde immer schwerer, den Kopf hoch zu halten. Eine unsichtbare Hand auf ihrer Stirn versuchte, ihn zurück auf die Matratze zu drücken. Ihr Nacken verkrampfte sich, die Muskeln an ihrem Hals taten weh. Angstschweiß brach ihr aus allen Poren. Sie konnte nicht auf ihre Hände blicken, da ihre Arme zum Kopfende des Bettes hin ausgestreckt waren. Aber sie fühlte, dass sich immer mehr Insekten durch die Zwischenräume ihrer Finger auf die Handflächen schoben. Vergeblich versuchte sie, die Hände zu Fäusten zu ballen; nicht einmal das wollte ihr gelingen. Derweil kamen die Wespen über ihre Arme heran, näherten sich von oben ihrem Kopf, ihren Ohren, ihrem Gesicht.

Die Wespe auf ihrem rechten Bein, jene, die sie zuerst entdeckt hatte, näherte sich unaufhaltsam dem dunklen Dreieck ihres Schamhaars. Die beiden auf ihrer Hüfte krabbelten auf ihren Bauchnabel zu. Aura konnte die sanfte Berührung der Insektenbeine immer deutlicher spüren; fast war es, als hinterließen sie hauchfeine Spuren, die sich erst kalt anfühlten, dann aber ein scharfes Brennen verursachten, als strömte den Insekten bei jedem Schritt das Wespengift aus den Leibern.

Jetzt krochen sie auch zu beiden Seiten ihres Oberkörpers empor, schoben und drängten sich auf der gestrafften Haut über ihren Rippen, kletterten an den sanften Erhebungen ihrer Brüste hinauf. Die braunen Höfe ihrer Brustwarzen zogen sich zusammen, als die ersten Insektenbeine sie berührten. Aura erinnerte sich schlagartig an den entsetzlichen Schmerz, den ihr schon einmal ein Wespenstich an dieser Stelle zugefügt hatte. Sie konnte sich nicht mehr entsinnen: War das ein Traum gewesen oder Wirklichkeit?

Vom stummen Schreien war ihr Mund weit aufgerissen – bis sie voller Abscheu ein Kribbeln an den Mundwinkeln bemerkte. Fast gelähmt vor Ekel und Entsetzen, presste sie die Lippen aufeinander. Sie ahnte jetzt, wohin es die Tiere zog. Großer Gott, sie *wusste* es!

Ihr Blick raste an ihrem Körper hinab. Die Spitzen ihrer Schamhaare bewegten sich. Nein, nicht die Haare – es waren Insektenfühler, die dazwischen hervorschauten, zitternd und bebend. Die Wespen bahnten sich einen Weg durch den dunklen Flaum, krochen auf die wärmste Stelle zwischen ihren Schenkeln zu. Sie versuchte, ihre Beine zusammenzupressen, doch sie rührten sich nicht. Hilflos musste sie mitansehen, wie immer mehr Wespen den Weg nach unten einschlugen. Eine ganze Flut von Insekten ergoss sich jetzt von allen Seiten über ihre Glieder. Die winzigen Flügel vibrierten, doch war da kein Summen, nicht der leiseste Laut.

Die Wespenarmee teilte sich. Die eine Hälfte begrub als gelbbrauner Teppich ihr Becken, die andere kletterte an Hals und Schläfen empor. Schon verstopften sie ihre Nasenlöcher. Auras Atem stockte, bis sie keine andere Wahl mehr hatte, als den Mund aufzureißen. Ein Schwall aus harten Leibern quoll über ihr Zahnfleisch, ihre Zunge, hinab in den Schlund. Zugleich fanden die anderen den Eingang zu Auras Unterleib.

Dann waren sie überall, erstickten sie mit ihrer wimmelnden Fülle. Und wie auf ein geheimes Kommando senkten alle im selben Moment ihre Stacheln in feuchtes, fieberndes Fleisch.

Die Umgebung setzte sich neu zusammen, wie die bunten Kristalle in den Guckrohren, die Aura als Kind so gemocht hatte. Etwas entstand, eine Form, ein Bild. Ein Gesicht.

Augen, die leuchteten, obwohl die Brauen vor Sorge aneinanderstießen. Glatte Haut, unter der sich fein geschnittene Wangenknochen abhoben. Grübchen an den Mundwinkeln, obwohl der Mann nicht lächelte. Und immer wenn Aura glaubte, einen Fehler, einen Makel entdeckt zu haben, etwas, das nicht perfekt war, dann schien er unter ihrem Blick zu verschwimmen, als formte er sich nach ihren Idealen neu.

Hände packten sie an den Schultern, schüttelten sie heftig. Ihre Verträumtheit schwand dahin, und etwas, das einem Sinn für die Wirklichkeit zumindest nahekam, brach sich Bahn. Warum konnte sie nicht einfach nur daliegen, sich in der Anmut seines Antlitzes verlieren?

»Aura!«

Sie erkannte ihren Namen erst mit ein paar Herzschlägen Verspätung. Der Mann sprach in einem gehetzten Tonfall.

Und im selben Augenblick erkannte sie ihn wieder. Noch bevor sie aufschreien konnte, legte sich seine Hand auf ihren Mund und unterdrückte jeden Laut.

»Aura«, flüsterte er noch einmal, und jetzt klang es fast beschwörend, »du darfst nicht schreien. Du darfst überhaupt nichts sagen. Sie können jeden Moment bemerken, dass ich hier bin. Sie haben dir irgendein Rauschmittel gegeben, irgendwas, das dich ruhigstellt. Aber du musst dich jetzt zusammennehmen!«

Sie war nackt und unter ihr lag eine graue Matratze. Waren die Wespen jetzt in ihrem Körper? Konnte sie sie deshalb nicht mehr sehen?

Aber, nein, nur ein Traum. Eine Halluzination.

»Ich nehme jetzt die Hand von deinem Mund«, sagte der Mann leise. »Du wirst nicht schreien, hast du verstanden?«

Sie nickte ruckartig, nicht sicher, ob sie sich an das Versprechen halten würde. Der Mann nahm die Hand fort, und schlagartig konnte sie wieder durchatmen. Zwei, drei Atemzüge lang starrte sie ihn nur an, aus geweiteten Augen, während sein Gesicht ihr nur noch schöner, noch makelloser erschien. Und das trotz allem, was er ihr angetan hatte – nein, nicht ihr selbst. Ihrem Vater. Aber konnte sie dessen denn sicher sein? In den vergangenen vier Monaten hatte sie nichts von zu Hause gehört, abgesehen von ein paar kurzen Briefen Sylvettes. Keine Nachricht von Nestors Tod. Erst recht keine von einem Mord.

»Wir haben keine Zeit für irgendwelche Erklärungen«, flüsterte Gillian eindringlich. Obwohl er selbst sie angewiesen hatte, zu schweigen, schien er nun ein wenig verwundert, dass sie sich tatsächlich daran hielt. Ein Funke von Bewunderung stahl sich in seinen Blick. »Du bist tapfer, Aura. Aber du wirst noch sehr viel tapferer sein müssen, wenn wir ohne Aufsehen hier rauskommen wollen.«

Erinnerungen übermannten sie. Das Internat. Die Direktorin. Der alte Mann in der Berghütte. Das ermordete Mädchen. Und, schließlich, ihre Gefangennahme.

»Hier, zieh das an!« Gillian warf ein Knäuel aus Kleidungsstücken auf ihren bloßen Bauch. »Beeil dich! Die Frau, die mir verraten hat, wo ich dich finde, kann jeden Moment zu sich kommen. Ich hatte ja keine Ahnung, dass es so lange dauern würde, dich wachzubekommen.«

»Sind Sie hier, um mich umzubringen?«, fragte sie leise, während sie sich wie in Trance die Kleider überzog. Es waren dieselben, die sie bei ihrer Flucht aus dem Stift getragen hatte; sogar Cosimas Cape war dabei.

»Natürlich«, gab er lakonisch zurück. Er stand an der geschlossenen Tür und horchte hinaus auf den Gang. »Deshalb all dieser Aufwand. Meinst du nicht, ich hätte dich auch nackt töten können?«

Ihr Gesicht erglühte und das verstörte sie noch mehr. Etwas an ihrer eigenen Reaktion war falsch. Sie hätte ihn fürchten müssen, ganz gleich, wie er sich ihr gegenüber verhielt. Er hatte sie damals durch den Zug gejagt, und er hatte den Auftrag gehabt, sie und ihren Vater zu töten.

Aber er hatte es nicht getan. Er hatte sie laufenlassen. Und er hatte ihr den Brief zugesteckt.

Was für ein merkwürdiger Meuchelmörder war dieser Gillian? Sie beschloss, ihm wenigstens für den Augenblick zu trauen. Als hätte sie eine Wahl.

Er zog die Tür einen Spaltbreit auf und spähte hinaus. Aura sah, dass das Schloss zerbrochen war. »Komm«, flüsterte er, während sie noch versuchte, mit Fingern, die ihr nicht gehorchen wollten, die Schnürsenkel zuzubinden.

Schließlich aber war sie hinter ihm, als er vorsichtig auf den Korridor trat. Ihr war schwindelig, und in ihrem Bauch rumorten Übelkeit und Hunger. Aber wahrscheinlich musste sie froh sein, dass die Nachwirkungen des Gifts sie nicht für immer zur lallenden Irren machten.

In ihrem Zimmer waren die Vorhänge zugezogen gewesen, aber jetzt sah sie, dass draußen vor den Korridorfenstern Dunkelheit herrschte. Unwillkürlich fragte sie sich, wie lange sie ohne Bewusstsein gewesen war. Ihrem Gefühl nach hätte es ebenso gut ein Tag wie eine Woche sein können.

Gillian lief leichtfüßig voran und zog sie an der Hand hinter sich her. Seine Sohlen verursachten nicht das geringste Geräusch auf den Steinfliesen, doch ihre eigenen Schritte kamen ihr vor wie Paukenschläge. Die Gaslampen an den Wänden flackerten trübe, aus den anliegenden Zimmern drang kein Laut. Es musste bereits tiefste Nacht sein.

Sie erreichten die Tür zur Eingangshalle. Gillian schlüpfte als Erster durch den Spalt, Aura stolperte halb betäubt hinterher. Niemand hielt sie auf, als sie die Halle durchquerten, vorbei an der Treppe zu den Kellergemächern der Direktorin. Kalte Nachtluft schlug ihnen entgegen, als Gillian das Haupttor öffnete und Aura ins Freie zog.

Zwischen den Säulen des überdachten Eingangs lag ein schwarzer Hund, reglos, mit verdrehtem Hals.

»Warst du das?«, fragte sie leise. »Du«, »Sie«, ganz egal – Förmlichkeiten waren zwischen ihnen längst überflüssig.

Gillian nickte knapp, während sie den Weg durch den finsteren Park einschlugen. »Am Tor liegt noch einer.«

»Früher gab es hier keine Wachhunde.« Auras Atem stockte, sie war geschwächt, und die kalte Luft schien in ihren Lungen zu Eis zu gefrieren.

»Irgendwer hat wahrscheinlich dazugelernt.« Gillian beschleunigte seine Schritte, bis Aura kaum noch mithalten konnte.

Einen Moment lang durchzuckte sie die Erinnerung an Cosima, ihre Freundin, und Gewissensbisse quälten sie. Konnte Aura sie einfach zurücklassen? Doch auch diesmal hatte sie keine andere Wahl. Gillian hätte sicher wenig Verständnis gezeigt, wenn sie ihren Einwand laut ausgesprochen hätte.

Am Gittertor des Parks lag ein zweiter Bluthund. Ein rötlicher Schaumkranz quoll über seine Lefzen.

»Er hat dich gebissen«, stellte Aura fest. Die Nachwirkungen des Rauschs steigerten ihre Wahrnehmung von Nebensächlichkeiten. Ihr selbst schienen Beobachtungen wie diese im einen Moment ungemein wichtig, um dann im nächsten, nachdem sie sie ausgesprochen hatte, sofort aus ihrer Erinnerung zu verschwinden.

Hand in Hand rannten sie durch das offene Tor, als hinter ihnen im Achteckturm des Jakobus-Stifts eine Glocke ertönte. Auras Flucht war bemerkt worden.

»Was werden sie jetzt tun?«, fragte sie keuchend, während Gillian sie vom Weg in den Fichtenwald zog. Ohne anzuhalten, stolperten sie durchs Unterholz, immer bergab, dem Tal entgegen.

»Ich glaube nicht, dass sie uns verfolgen.« Gillian war nicht einmal außer Atem. »Wer denn auch? Die Lehrerinnen? Oder der alte Diener?« Er musste das Internat eine Weile lang beobachtet haben, um so gut über seine Bewohner Bescheid zu wissen.

Zweige schlugen Aura ins Gesicht, aber sie beschwerte sich nicht. Ihr Entkommen wog den Schmerz tausendfach auf.

»Hier draußen gibt es keinen Fernsprecher, oder?« fragte er. »Ich habe zumindest keine Masten und Kabel gesehen.«

»Ich glaube nicht.«

Nach endlosen Minuten, in denen Aura kaum die Zeit zum Luftholen blieb, fragte sie: »Wohin bringst du mich?« Sie hatte nicht vor, sich von ihm überhaupt irgendwohin bringen zu lassen, aber ein Einblick in seine Pläne konnte nicht schaden.

»Nach Zürich.«

»Und dann?«

»Darüber reden wir, wenn wir in der Stadt sind.«

»Zu Lysander?«

Er wandte sich im Laufen zu ihr um und warf ihr einen undeutbaren Blick zu. »Warum sollte ich das tun?«

»Er ist dein Auftraggeber.«

»Wäre er das noch immer, hätte ich dir kaum den Brief überlassen.«

Abrupt blieb sie stehen. Ihr Denken klärte sich allmählich, die Wirkung der Droge schwand. Jetzt war es die Anstrengung, die ihren Preis forderte. Wütend funkelte sie ihn an.

»Mag sein, dass du mich gerade gerettet hast«, fauchte sie. »Und mag sein, dass ich dir deshalb etwas schuldig bin. Aber glaube ja nicht, dass ich irgendein beschränktes Frauenzimmer bin, das dir blindlings hinterherrennt.«

Sogar im Dunkeln sah sie das Lächeln, das sich auf seine Züge stahl. »Würde ich das denken, wäre ich nicht hier.«

»Warum dann?«

»Ich wusste nicht, was diese Leute im Internat mit dir vorhatten. Ich weiß es auch jetzt noch nicht. Eigentlich bin ich davon ausgegangen, dass ich dich dort besuche und mich eine Weile mit dir unterhalte. Ganz gepflegt, ganz in Ruhe und ohne all diese ... Komplikationen.«

Sie starrte ihn ungläubig an und zupfte sich Haarsträhnen vom schweißnassen Gesicht. »Du wusstest nichts davon?«

»Nein. Ich bin hergekommen, um dich um Hilfe zu bitten.«

Darauf fiel ihr nichts mehr ein. Nicht mal etwas Zynisches.

Er bemerkte es und lächelte abermals. Gegen ihren Willen fand sie, dass er wunderschön dabei aussah, selbst im fahlen Mondschein. »Es ist wahr. Ich brauche deine Hilfe, Aura. Und, um ganz ehrlich zu sein, dein Geld.«

»Mein … Geld?« Ihre Verblüffung machte sich in einem befreienden Lachen Luft. »Sehe ich für dich aus, als hätte ich Geld bei mir? Lieber Himmel!« Sie verdrehte die Augen und wusste nicht mehr, was sie noch hätte sagen können. Es war einfach zu verrückt.

»Nein«, gestand er, und ein wenig Enttäuschung lag in seiner Stimme.

Sie hörte auf zu lachen, als ihr eine Erkenntnis kam. »Du hast mich trotzdem befreit. Obwohl du gewusst hast, dass ich nichts mehr habe.«

Gillian ging nicht darauf ein. In Gedanken war er bereits einen Schritt weiter. »Gibt es irgendeine Möglichkeit für dich, in Zürich Bargeld zu besorgen? Irgendwelche Papiere, die eine Bank einlösen würde? Oder Verwandte, die du um etwas bitten könntest?«

»Nein.« Er hatte sie gerettet, obgleich er sicher sein musste, dass sie nichts besaß. Weshalb, zum Teufel? Doch statt ihn weiter damit zu bedrängen, fragte sie: »Wofür brauchst du das Geld überhaupt? Und warum hast du angenommen, ich würde dir – auch unter erfreulicheren Umständen – welches geben? Doch nicht etwa, weil du mir den Brief zugesteckt hast?« Sie lachte bitter. »Um ehrlich zu sein, es würde mir bedeutend besser gehen, wenn du es nicht getan hättest.«

»Das tut mir leid«, sagte er sanft. Beinahe *zu* sanft für ihre Lage. Wenn es etwas gab, das an seiner scheinbaren Perfektion zu rühren vermochte, dann war es seine Sensibilität. Doch genau das hatte sie schon an Daniel gemocht, und an Gillian gefiel es ihr ungleich besser.

»Komm«, sagte er, »wir müssen –«

Pferdegetrappel schnitt ihm das Wort ab, ganz in ihrer Nähe. Gillian fuhr lauernd herum, mit der Geschmeidigkeit einer Katze.

»Das kommt vom Weg«, flüsterte Aura, doch Gillian war schon unterwegs zum Waldrand. Sie folgte ihm so schnell sie konnte. Der Saum ihres Kleides blieb alle paar Schritte in Ästen und Dornen hängen, und schließlich raffte sie den Stoff fluchend bis zur Hüfte hoch und rannte mit nackten Beinen weiter. Die Ringe in ihren Schenkeln klirrten bei jedem Schritt leise aneinander.

Sie erreichte Gillian, als er hinter einem Busch in Deckung ging und hinaus auf den mondbeschienenen Waldweg spähte. Die Geräusche näherten sich jenseits einer Wegkehre. Der Reiter kam aus der Richtung des Internats, würde sie in wenigen Sekunden passieren.

»Du hast doch nicht etwa vor –«

Er unterbrach sie mit einem finsteren Blick. »Still!«

Verärgert, zugleich aber gespannt, schwieg sie.

Pferd und Reiter kamen hinter den Bäumen zum Vorschein. Aura erkannte auf Anhieb den alten Marek. Mit Tritten in die Flanken des Pferdes trieb er das Tier zu schnellerem Galopp – was ihm fast zum Verhängnis geworden wäre, als Gillian mit einem schrillen Pfiff auf den Weg sprang. Das Pferd scheute, bäumte sich auf, doch der Alte saß fester im Sattel, als es den Anschein gehabt hatte. Ganz offensichtlich konnte er mit Pferden umgehen. Ein Klaps und ein scharfer Befehl, und schon stürmte das Tier weiter auf Gillian zu, der sich im letzten Moment zur Seite warf. Mit einem triumphierenden Lächeln trieb Marek das Pferd an den beiden vorüber. Nur einen Augenblick später war er hinter der nächsten Kurve verschwunden. Geisterhaft verklang das Pferdegetrappel im dunklen Tann.

Aura beugte sich besorgt über Gillian, sah aber gleich, dass er unverletzt war.

»Tolle Leistung, wirklich«, bemerkte sie.

Gillian schenkte ihr einen bösen Blick und rappelte sich mürrisch auf. »Er hat nicht ausgesehen, als könnte er reiten.«

»Du siehst auch nicht aus, als könntest du Menschen töten.«

Einen Moment lang schien er tatsächlich abzuwägen, ob sie das als Kompliment meinte. »Wir hätten das Pferd gut gebrauchen können«, verteidigte er sich, bevor ihm bewusst wurde, dass zu einer Verteidigung keinerlei Anlass bestand.

Ich bringe ihn durcheinander, stellte sie mit stiller Genugtuung fest.

Er trat wieder auf den Weg und lauschte angespannt in die Nacht.

»Kommen da noch mehr?«, fragte sie und hörte selbst nicht das geringste.

»Nein. Ich fürchte auch, einer reicht.«

»Was hat er vor?«

»Was würdest du denn an seiner Stelle tun?«

»In die Stadt reiten und die Polizei informieren. Eine ausgerissene Schülerin melden, vielleicht – oder besser noch: eine entführte Schülerin. So schlägt er zwei Fliegen mit einer Klappe.«

Gillian nickte. »Wir werden achtgeben müssen, wenn wir nach Zürich kommen.«

»Gibt es keinen anderen Weg?«

»Ich bin schon froh, dass ich mir diesen einen merken konnte.«

Sie machten sich wieder auf den Weg, hasteten eilig durch die Nacht. »Du hast mir noch immer nicht gesagt, wofür du das Geld brauchst«, sagte Aura nach einer Weile.

Ein schmerzliches Lächeln huschte über seine Züge. »Als Lysander mich *bat*« – er verzog das Gesicht, während er das Wort aussprach – »dich und deinen Vater zu beseitigen, musste ich eine ganze Menge anderer Aufträge unerfüllt lassen.«

»Noch mehr Morde?«

»Nein, schon lange nicht mehr. Wichtige Botengänge, Besorgungen, ein paar Diebstähle. Aber die Leute, die mich damit beauftragt haben, schätzen es nicht besonders, wenn man sie enttäuscht. Ich fürchte, ich habe jetzt eine Menge Feinde in Wien. Und trotzdem muss ich dorthin zurück.«

Aura legte die Stirn in Falten. »Du brauchst das Geld für eine Fahrkarte?«

»Nicht für die Reise.« Er grinste wie ein Schuljunge. »Aber ich muss Männer einkaufen. Und Waffen.«

»Waffen?«

Gillian hob die Schultern. »Ohne die wird es uns beiden schwerlich gelingen, Lysander das Handwerk zu legen.«

»Uns *beiden?*«

Am folgenden Nachmittag erreichten sie ungehindert den Züricher Fernbahnhof – und dort begannen die eigentlichen Schwierigkeiten. Gillian hatte sie mühelos zurück zur Stadt geführt, ohne an einer einzigen Wegkreuzung oder Gabelung zu zögern. Seine Fähigkeit, sich sogar bei Nacht auf einer Strecke zu orientieren, die er vorher nur ein einziges Mal gegangen war, erhöhte die rätselhafte Faszination, die Aura in seiner Gegenwart empfand. Doch was er dann tat, auf einer Damentoilette des Bahnhofs, stürzte sie in heillose Verwirrung.

Schon bei ihrem Eintreffen war ihnen die große Zahl von Polizisten aufgefallen, die in der Menge der Reisenden standen und Ausschau hielten. Aura und Gillian ahnten, dass dieser Aufwand ihnen galt. Die meisten der Beamten hatten gewiss kein klares Bild von den Gesuchten, doch bestand die Gefahr, dass zumindest einige unter ihnen waren, die Aura während ihres Aufenthalts in der Polizeistation begegnet waren. Zudem musste es von ihr detaillierte Steckbriefe geben, anders als von Gillian, den außer Marek und einer Lehrerin im Stift niemand gesehen hatte, und auch diese beiden nur ganz kurz und im Dunkeln.

Nachdem sie belauscht hatten, wie ein Polizist einer neugierigen Reisenden von einem gefährlichen Mädchenräuber und seinem willenlosen Opfer erzählte, waren auch ihre letzten Zweifel zerstreut. Und Gillian traf eine sonderbare Entscheidung.

»Los, komm mit«, sagte er und deutete auf die Tür einer öffentlichen Toilette in der Bahnhofshalle.

Aura gefiel es nicht, dass er sie an der Hand packte und mit sich zog – nicht nur, weil er sie wie ein Kind behandelte, sondern weil es allzu großes Aufsehen erregen mochte. »Weißt du, warum die kleine Figur auf der Tür einen Rock trägt?«, fragte sie. »*Frauen* tragen Röcke.«

»Abwarten«, gab er knapp zurück, dann erreichte er schon die Tür und sah vorsichtig hinein. Aura tat ihr Bestes, ihn dabei vor Blicken aus der Halle zu schützen.

»Hast du sie noch alle?«, zischte sie verwirrt, doch da verschwand er bereits im Inneren des Toilettenraumes. Mit einem wütenden Schnauben folgte sie ihm.

Hinter der Tür roch es entsetzlich. Schmutzige Wasserpfützen standen auf dem nackten Steinboden, der Spiegel war mit einem Netz von Rissen überzogen. Die beiden Kabinen standen offen. Aura und Gillian waren die einzigen Menschen im Raum.

»Geh da rein!«, wies Gillian sie an und deutete auf die rechte Kabine.

»Warum?«

»Nun mach schon.«

»Hättest du die Güte, mir zu –«

»Aura, bitte!«

Mürrisch zog sie sich in die Kabine zurück und wartete ab, was er als Nächstes unternehmen würde. Zu ihrem Schrecken drängte er hinter ihr her.

»Was soll –«

»Still!«

Sie verstummte und machte widerwillig Platz. Gillian lehnte die Tür an. Durch einen schmalen Spalt schaute er hinaus in den Vorraum.

Soweit also ist es gekommen, dachte sie finster. Sie versteckte sich mit dem Mörder ihres Vaters in der Kabine einer Damentoilette. Sie musste den Verstand verloren haben.

Zugleich wurde ihr bewusst, dass sie ihn noch immer nicht gefragt hatte, ob er seinen Auftrag ausgeführt hatte. Hatte er ihren Vater tatsächlich getötet?

Natürlich hat er! gab sie sich selbst die Antwort. Seltsamerweise verspürte sie keine Trauer bei diesem Gedanken, auch keine Abscheu. Die Schrecken des Briefes, an dessen Wahrheitsgehalt sie nicht länger zweifelte, saßen immer noch zu tief.

Die Vordertür quietschte, als jemand den Vorraum betrat. Schritte klapperten über den nassen Steinboden. Aura stellte sich auf die Zehenspitzen, um über Gillians Schulter hinweg einen Blick nach draußen zu werfen. Ganz kurz sah sie einen breiten Umriss, der an der Kabine vorüberging.

Gillian rührte sich nicht. Aura tippte mit dem Zeigefinger auf seinen Rücken.

»Was jetzt?«, flüsterte sie ungeduldig.

»Noch nicht«, gab er zurück, ohne sich umzudrehen.

Sie hörten, wie sich die Frau in die benachbarte Kabine zurückzog. Kurz darauf verließ sie die Toilette, und Aura war wieder allein mit Gillian.

Gerade wollte sie ihn an der Schulter packen und zwingen, sich endlich umzudrehen und ihr das alles zu erklären, als erneut jemand in den Vorraum trat. Mit einem stillen Seufzer zog sie ihre Hand zurück und ließ Gillian gewähren.

Was danach geschah, ging so blitzschnell, dass es vorüber war, ehe Aura es völlig erfasst hatte. Innerhalb zweier Atemzüge sprang Gillian aus der Kabine, stürzte sich auf die Frau, betäubte sie lautlos mit einem gezielten Hieb in den Nacken und zog sie in die benachbarte Kabine. Durch die hölzerne Trennwand hörte Aura ihn dort mit seinem wehrlosen Opfer herumhantieren. Was, zum Teufel, trieb er da?

Sie erfuhr es zwei Minuten später, als er von außen die Tür der Kabine aufdrückte, und Aura ihn im gelben Zwielicht der Toilettenbeleuchtung vor sich sah.

Einen Moment lang verschlug es ihr die Sprache. Sie musste ziemlich albern aussehen, wie sie so dastand, Mund und Augen aufgerissen – und dennoch nicht halb so albern wie Gillian. Aber lächerlich wirkte er nur auf den ersten Blick und nur so lange, wie sie brauchte, um die Erinnerung an den früheren Gillian abzuschütteln. Denn dann war alles, was sie sah, eine Fremde. Eine Frau mit Gillians Zügen, und dennoch durch und durch weiblich.

Er sah nicht aus wie ein Mann, der sich Frauenkleider übergezogen hatte. Unter dem federgeschmückten Hut besaß sein Gesicht eine über jeden Zweifel erhabene Weiblichkeit; sie musste die ganze Zeit über dagewesen sein und kam doch jetzt erst wirklich zur Geltung. Er trug ein blaues, knöchellanges Kleid, einen schwarzen, schlichten Überwurf und eine Pelzstola, die echt oder imitiert sein mochte – genau wie er selbst: Niemand würde den Unterschied bemerken.

»Wie machst du das?«, fragte sie und starrte auf sein Dekolleté. Es war nicht üppig, aber doch sichtbar gefüllt. Und es sah nicht aus, als hätte er es mit irgendetwas ausgestopft.

»Veranlagung«, bemerkte er trocken und griff nach Auras Hand. Sogar seine Stimme klang eine Tonlage höher. »Wir müssen hier verschwinden.«

»Was hast du … Ich meine, was hast du mit der Frau gemacht?«

»Sie schläft. Mindestens eine Stunde lang. Vorausgesetzt, niemand findet sie. Aber die Tür ist von innen verriegelt.«

Sie fragte gar nicht erst, wie er das zuwege gebracht hatte. Ein Mann, der es vermochte, sich ohne Schminke in eine Frau zu verwandeln, der wurde wohl, so nahm sie an, auch mit einem simplen Toilettenschloss fertig.

Während sie wieder hinaus in die Bahnhofshalle traten, dachte Aura, dass der Begriff Verwandlung nicht wirklich zutraf. Was Gillian getan hatte, war keine Zauberei. Vielmehr schien es allein an der Kleidung zu liegen. In Hose und Hemd sah er aus wie ein Mann, im Kleid wie eine Frau, ganz einfach. Sie hätte vielleicht darüber geschmunzelt, wäre die Lage nicht so ernst gewesen.

Mit der Kleidung hatte Gillian der bewusstlosen Frau auch die Geldbörse entwendet, und der Inhalt erlaubte ihm, am Schalter zwei reguläre Fahrkarten nach Wien zu lösen. Auf dem Bahnsteig kaufte er von einem Bauchladenhändler ein halbes Dutzend belegte Brote, die sie mit Heißhunger verspeisten. Aura fragte einen alten Mann nach dem Datum. So erfuhr sie, dass man sie drei Tage lang im künstlichen Schlaf gehalten hatte. Erschrocken sank sie auf eine Bank nieder, schlug die Hände vors Gesicht und versuchte, so etwas wie Ordnung in ihr Denken zu bringen.

So vieles war geschehen, und nichts davon hätte sie früher für möglich gehalten. Ein Mörder hatte sie durchs Gebirge gejagt; Madame de Dion hatte sich als Mädchenhändlerin entpuppt; ein Mann, der sie noch vor wenigen Monaten hatte ermorden wollen, hatte ihr das Leben gerettet – und sich anschließend in eine Frau verwandelt. Das alles war ein wenig viel auf einmal. Als Krönung des Ganzen verlangte Gillian, dass sie mit ihm nach Wien reiste, um irgendeinen alten Feind ihres Vaters ... ja, was eigentlich? Was hatte Gillian gemeint, als er davon gesprochen hatte, Lysander das Handwerk zu legen? Und welchen Anteil sollte sie selbst daran haben?

Sie fragte ihn im Flüsterton danach, damit keiner der anderen Wartenden etwas mitbekäme, doch Gillian vertröstete sie auf die Fahrt. Falls es ihnen gelingen sollte, ein Abteil für sich allein zu bekommen, wollte er ihr Antworten auf alle Fragen geben. »Versprochen«, fügte er ernsthaft hinzu, aber natürlich glaubte sie ihm kein Wort und ergab sich mit einem Seufzen in ihr Schicksal.

Zwei Stunden später gelang es Gillian, ihren einzigen Mitreisenden aus dem Abteil zu vertreiben, indem er ihm unschickliche Blicke und Berührungen vorwarf. Danach waren sie endlich allein.

Der Zug schnaufte in einer Kohlenrauchwolke durch das nördliche Voralpenland, eine grüne Berg- und Hügellandschaft, die malerisch im Bann des anbrechenden Frühlings vorüberzog. Der Himmel war azurblau, nur hier und da mit wattigem Weiß getupft. Riesige Vogelschwärme schwebten majestätisch von Süden her über schroffe Felsen und sanfte Hänge.

Aura erübrigte kaum einen Blick für die Schönheiten der Umgebung. Die Wirrnis in ihrem Kopf kam allmählich zur Ruhe, doch ihr Herzschlag raste jetzt vor Aufregung, als reagierte es erst mit Verspätung auf die vergangenen Ereignisse.

Ehe sie aber etwas sagen konnte, kam Gillian ihr zuvor. Er trug noch immer das blaue Kleid, sogar den geschmacklosen Federhut, der sein kurzes Haar kaschierte.

»Ich bin dir wohl ein paar Erklärungen schuldig«, begann er, und sein Tonfall verriet, dass er sich keineswegs wohl dabei fühlte. »Sag mir am besten, womit ich anfangen soll.«

»Wie wäre es mit Lysander«, schlug sie vor und dachte, wie sanft und freundlich dieser Name doch klang.

»Er ist ein Alchimist, genau wie dein Vater einer war. Niemand weiß Genaues über ihn. Er hat in den vergangenen Jahrzehnten in allerlei Verstecken gehaust, die meisten davon mit sehr viel Geld erkauft. Es heißt, er verfüge über unerschöpflichen Reichtum. Nicht, dass er prasst oder damit prahlt. Vielmehr benutzt er sein Geld, um Einfluss zu nehmen – auf den Kaiser ebenso wie auf die geringsten Tagediebe in den Gassen der Stadt. Er hat Feinde im Übermaß, und trotzdem ist keiner darunter, der ernsthaft gegen ihn vorgehen würde. Es gibt niemanden, der von Lysanders Existenz weiß und ihn nicht gleichzeitig fürchtet. Mit einer Ausnahme, vielleicht.«

»Mein Vater«, sagte Aura tonlos.

Gillian nickte. »Es gab eine Zeit, in der ich oft mit Lysander zu tun hatte. Ich habe viele seiner Aufträge angenommen, vor zehn und noch mehr Jahren.«

Aura schätzte Gillian auf dreißig, nicht älter. Wenn er schon vor über einem Jahrzehnt für Lysander gearbeitet hatte, musste er jung mit dem Töten begonnen haben. Merkwürdigerweise erfüllte sie der Gedanke mit Mitgefühl, nicht mit Angst.

»Viel mehr weiß ich nicht über ihn«, sagte Gillian. »Er ist ein lebendes Geheimnis und für viele eine Legende. Ich hab manches über die Experimente gehört, die er angeblich durchgeführt hat – und über die möchtest du ganz bestimmt nichts wissen –, aber wie viel Wahres wirklich daran ist? Ich war nie dabei, wenn er diese Dinge getan hat. Alles, was ich sonst noch über ihn weiß, ist, dass er einen Hang zur Kunst hat. Er liebt die Malerei und ist selbst nicht ganz untalentiert.« Er machte eine kurze Pause, um dann eilig hinzuzufügen: »Und wenn er will, dann gehorcht ihm die halbe Unterwelt Wiens und wahrscheinlich auch ein Großteil der Oberwelt.«

»Oberwelt?«, fragte sie irritiert.

»Derzeit logiert er in den Gewölben der Hofburg. Niemand kann sich dort unten häuslich einrichten, ohne dass die Wachmannschaften davon wissen. Ich hab gesehen, dass seine Diener eine Kutsche des kaiserlichen Fuhrparks benutzen. Etliche Herren in den höchsten Ämtern kassieren für solche Gefälligkeiten bestimmt gehörige Summen. Genug, um ihn in jeder erdenklichen Lage zu unterstützen.« Ein bitteres Lächeln spielte um seine Mundwinkel. »Lysander ist kein angenehmer Feind.«

Aura schüttelte fassungslos den Kopf. »Ich kann nicht glauben, dass du es ernsthaft mit ihm aufnehmen willst.«

»Oh«, entgegnete er lächelnd, »ich hab doch eine zauberhafte Verbündete.«

»Ich meine es ernst, Gillian. Am nächsten Bahnhof steig ich aus.«

»Das bezweifle ich.«

»Was willst du tun? Mich festbinden?«

»Wenn es sein muss.«

Ihr Lachen klang übernervös. »Warum gerade ich?«

»Du bist in diesen Konflikt hineingeboren worden. Lysander hat deinen Vater gefürchtet, sonst hätte er mich nicht beauftragt, ihn zu töten. Und ich habe die Hoffnung, dass er dich ebenso fürchtet.«

»Nur wegen dem, was Vater mit mir vorhatte?«

»Lysander fürchtet, dass es bereits geschehen ist – dass du das Kind deines Vaters schon in dir trägst.«

Wieder lachte sie, und erneut war es eine Spur zu schrill. »Er glaubt ernsthaft, ich sei schwanger?«

»Du hast es doch selbst gelesen. Er ist sich dessen nicht sicher.«

»Aber *ich* bin sicher. Außerdem stand in dem Brief, dass die Tochter des Alchimisten volljährig sein muss, um den Stein der Weisen zu gebären. Selbst wenn ich schwanger wäre, hätte es demnach nichts zu bedeuten.«

»Lysander muss aus irgendeinem Grund Zweifel an dieser Regel haben. Vielleicht weil die Schriften, auf die er sich beruft, mehrere Jahrhunderte alt sind. Heutzutage hat man die Volljährigkeit auf das einundzwanzigste Lebensjahr festgelegt – doch wie war das damals, als die meisten Menschen kaum älter wurden als vierzig? Kinder heirateten mit elf oder zwölf, und die Mädchen wurden bald darauf zum ersten Mal Mutter. Mag sein, dass das, was man damals unter Volljährigkeit verstanden hat, bereits viel früher eingetreten ist.«

»Aber Vater hat nie –«

»Gut möglich, dass ihm andere Quellen zur Verfügung standen als Lysander. Oder er wollte kein Risiko eingehen.«

»Vielleicht hat Vater es nie wirklich vorgehabt. Vielleicht …« Sie musste gegen Tränen ankämpfen, bevor sie weitersprechen konnte. »Woher sollen wir denn wissen, was tatsächlich in ihm vorgegangen ist?«

Gillian ergriff tröstend ihre Hand. »Männer wie er und Lysander haben ihr Leben damit zugebracht, nach etwas zu suchen, das die ganze Welt für ein Hirngespinst hält. Sie wurden ausgelacht, geächtet, mussten sich ins Verborgene flüchten. Und dennoch haben sie weitergesucht. Glaub mir, denen ist jedes Mittel recht, um zum Ziel zu gelangen.«

Sie erinnerte sich an Daniels angeblichen Unfall und nickte kaum merklich. Sie wusste kaum noch, was sie denken sollte; und gelang es ihr doch einmal, einen klaren Gedanken zu fassen, so wurde er gleich darauf wieder fortgerissen.

Gillian, der ihr bislang gegenübergesessen hatte, rückte neben sie auf die Bank. »Ich muss dir noch was sagen«, begann er leise.

»Es ist nicht ganz einfach, und ich weiß nicht, ob das hier der richtige Augenblick ist, aber ich glaube, je früher du –«

»Nun sag's schon.«

Gillian wand sich vor Unbehagen. Noch immer hielt er Auras Hand. »Ich hab's durch Zufall erfahren, vor ein paar Jahren, als Lysander mir schon einmal von deinem Vater erzählt hat. Ich hab nicht mehr daran gedacht, bis ich auf der Fahrt zu euch Lysanders Schreiben gelesen habe und mir plötzlich eine ganze Menge klar geworden ist.«

»Was meinst du?«

»Deine Schwester ist nicht die Tochter deines Vaters. Nestor hat das immer gewusst.«

»Und das ist alles?«, fragte sie lächelnd.

»Du hast es gewusst?«

»Meine Mutter hat es nie allzu überzeugend abgestritten.«

»Aber dann ...«, entfuhr es ihm, »dann muss dir auch klar sein, dass ihr leiblicher Vater Anspruch auf sie erheben wird. Heute mehr denn je.«

Aura schüttelte den Kopf. »Friedrich hat nie Bestrebungen in dieser Richtung unternommen.«

»Friedrich?«

»Freiherr von Vehse. Der Geliebte meiner Mutter.«

Er lehnte sich mit einem Seufzen zurück. Der Hut stieß gegen die Lehne und rutschte ihm vom Kopf, aber es kümmerte ihn nicht. Mit einem Ruck beugte er sich wieder vor und blickte Aura eindringlich an. »Du irrst dich«, sagte er, und als ihre Augen sich weiteten, fuhr er fort: »Es gab noch jemanden.«

»Noch ... jemanden?«

Er nickte. »Lysander ist Sylvettes wahrer Vater, Aura. Und ich fürchte, er hat bereits seine Leute ausgesandt, um sie endlich zu sich zu holen.«

KAPITEL 10

An einem Dienstagabend versuchte Charlotte zum ersten Mal seit Jahren, in den Dachgarten vorzudringen und Nestor zur Rede zu stellen. Sie hämmerte mit beiden Fäusten gegen das Pelikanrelief an der Speichertür, und Christopher sah sich gezwungen, den Eingang von innen mit einer Kommode zu versperren, aus Sorge, sie könnte versuchen, die Tür aufbrechen zu lassen. Nach einer halben Stunde verstummte ihr Weinen und Schreien, und er hörte, wie sich ihre Schritte auf der knarrenden Holztreppe entfernten. Zwei Stunden lang fürchtete er, sie könnte mit den Dienern zurückkehren, um doch noch gewaltsam einzudringen. Schließlich aber, nachdem er ein gutes Dutzend Pläne gefasst und wieder verworfen hatte, um sein Geheimnis zu bewahren, wurde er allmählich gelassener. Es schien, als hätte Charlotte sich beruhigt. Vielleicht plante sie, die täglichen Mahlzeiten aussetzen zu lassen und Nestor so vom Speicher zu locken – eine Vorstellung, die Christopher mit finsterer Belustigung erfüllte.

So wie es aussah, war er sicher, zumindest noch eine Weile lang. Aber er ahnte auch, dass die Zeit der Heimlichtuerei ihrem Ende entgegenging. Heute mochte seine Stiefmutter noch einmal nachgegeben haben, doch wer wusste schon, wie groß ihre Verzweiflung nächste Woche sein würde?

Und verzweifelt war sie wohl, vor allem seit die Besuche ihres Geliebten ausblieben. Seit Friedrichs Verschwinden mehrten sich die Anzeichen einer geistigen Verwirrung, die sie lange Zeit mit wechselhaftem Erfolg unterdrückt hatte, und die jetzt immer deutlicher zum Ausbruch kam. Einige der Menschen im Schloss, wie Christopher, mochten es häufiger spüren, andere, wie Sylvette, nur manchmal. Dennoch gab es keinen Zweifel, dass Charlotte auf dem besten Weg war, den Verstand zu verlieren.

Es hatte damit begonnen, dass sie gelegentlich die gemeinsamen

Mahlzeiten ausließ. Immer öfter hatten Christopher und Sylvette allein an der Tafel gesessen, während verwunderte Diener sich alle Mühe gaben, ihre Neugier bezüglich der Vorgänge hinter Gleichmut zu verbergen. Solche Mahlzeiten festigten Christophers Bande mit Sylvette, die mit jedem Mal weiter von ihrer Mutter abrückte und Schutz und Zuneigung bei ihrem Stiefbruder suchte. Für eine Elfjährige trug sie die Veränderungen mit erstaunlicher Fassung, und nach einer Weile hörte sie ganz auf, über Charlottes Fernbleiben bei Tisch zu sprechen. Als es schließlich zur Regel wurde, dass ihre Mutter sich nicht mehr sehen ließ, gab die Kleine sich sogar Mühe, einige Aufgaben der Hausherrin zu übernehmen. Es kam so weit, dass die Köchin mit Sylvette die Speisepläne durchsprach, sich von ihr Einkäufe im Dorf und bei Bauern absegnen ließ und das Mädchen mit »Fräulein Institoris« ansprach, statt sie, wie bisher, beim Vornamen zu nennen.

Sylvette schien die Ereignisse als eine Art Spiel anzusehen, an dem sie mit der Ernsthaftigkeit einer Erwachsenen teilnahm. Auch dafür stieg sie gehörig in Christophers Achtung, der Sylvette mehr und mehr als gleichwertige Gefährtin, denn als Kind ansah. Manchmal schüttelte er verwundert den Kopf darüber, doch im Ganzen festigte es nur seine Liebe zu ihr.

Charlotte hatte ihre Gemächer seit Tagen nicht mehr verlassen, und so war ihre Bemühung, in den Dachgarten vorzudringen, gleich in doppelter Hinsicht eine Überraschung. Während der übrigen Zeit verkroch sie sich in ihrem Nest aus Muscheln, und wer geduldig an der Tür horchte, der konnte hören, wie sie dann und wann einige der zarten Gehäuse zertrümmerte. Der Triumph über die See war der einzige, der ihr geblieben war.

Ein Donnern riss Christopher früh am nächsten Morgen aus dem Schlaf. Augenblicklich war er hellwach, sprang aus dem Bett und zog sich seine Hose über. Einen Moment lang überfiel ihn Panik. Sie waren gekommen! Charlotte, Daniel, wahrscheinlich einige aus der Dienerschaft. Sie waren da, um ihm die Geheimnisse des Dachgartens zu entreißen. Er hatte nicht den geringsten Zweifel, dass das Donnern von Schlägen gegen die Speichertür herrührte.

Das Krachen wiederholte sich.

Christopher erstarrte. Etwas stimmte nicht. Der Lärm war viel zu weit weg. Unmöglich, dass er von der Tür kam.

Er zog Hemd und Pullover über, schlüpfte in seine Schuhe. Die Laute drangen von unten aus dem Schloss herauf.

Als das Donnern zum dritten Mal ertönte, erkannte er, dass es Schüsse waren. Eilig stürzte er hinaus auf die Treppe, vergaß nicht, hinter sich die Tür abzuschließen, und stürmte hinunter ins Erdgeschoss. Er hörte aufgeregte Rufe, Schreie gar, dann noch einen Schuss. Instinktiv wandte er seine Schritte in Richtung der Eingangshalle.

Wildes Durcheinander schallte ihm entgegen. Jemand weinte, eine Frau. Ein Mann rief etwas, das Christopher in all der Aufregung nicht verstand. Dann stürzte er durch die letzte Tür und kam in der Eingangshalle zum Stehen.

Konrad, der älteste unter den wenigen Dienern, die im Schloss eigene Räume bewohnten, stand im Morgenmantel am Portal und gestikulierte wild mit einer Flinte ins Freie. Sie musste aus dem Jagdzimmer im Westflügel stammen; ein Wunder, dass sie noch funktionierte. Ein Dienstmädchen in Nachthemd und wehendem Überwurf lief panisch in der Halle auf und ab, als könnte es sich nicht entscheiden, was als Nächstes zu tun sei. Ein zweites Mädchen stand starr in einer Ecke und hatte beide Hände vor dem Mund zu Fäusten geballt.

In der Mitte der Halle, fast genau unterhalb des Kronleuchters, lag eine reglose Gestalt am Boden. Der Mann trug schwarze Kleidung und stöhnte leise. Erst beim Näherkommen erkannte Christopher, dass das Schwarz der Jacke von Nässe durchtränkt war. Einer von Konrads Schüssen musste ihn in die Brust getroffen haben. Ein Wunder, dass er noch lebte.

»Einbrecher!«, rief die Dienerin im Nachthemd, als sie Christopher sah. »Entführer! Oh du liebe Güte …« Sie stürmte auf den Mann am Boden zu, und einen Augenblick lang sah es aus, als wollte sie voller Abscheu auf ihn eintreten. Im letzten Moment besann sie sich, ließ sich auf die Knie fallen und tupfte mit dem Saum ihres Überwurfs ungeschickt in der blutenden Wunde herum.

Konrad schob zwei weitere Schrotpatronen in den Lauf und feuerte einen Schuss hinaus in die Morgendämmerung. Der Zypressenhain wuchs finster vor dem offenen Haupttor empor. Nicht einmal der beherzte Diener wagte es, dort hinauszulaufen, wo ihm die übrigen Einbrecher im Schutz der Bäume auflauern mochten.

»Was ist geschehen?«, rief Christopher zu dem alten Mann hinüber, der zitternd mit der Flinte herumwirbelte und sie sekundenlang sogar in Christophers Richtung hielt, ehe ihm klar wurde, dass es sich bei ihm um keinen der Eindringlinge handelte. Auf dünnen Beinen stakste er heran und deutete auf den Schwerverletzten. Seine Worte waren vor Erregung kaum zu verstehen.

»Das kleine Fräulein ... dieser Unmensch und seine Kumpane haben sie –«

»Sylvette?« Christopher packte den Diener an den Schultern und schüttelte ihn heftig. »Wo ist sie? Sprich schon, verdammt!«

»Sie haben sie nach draußen geschleppt. Sie ... sie sind gerade erst fort!«

Ohne zu überlegen, entriss Christopher dem Alten die Flinte; ein Lauf war noch geladen. Mit dem Gewehr in beiden Händen – zum ersten Mal in seinem Leben bewaffnet – stürmte er ins Freie und rannte durch die Schatten des Zypressenhains, bis er am Rand der Bucht zum Stehen kam. Jenseits der beiden Steinlöwen, die die Einfahrt zum Hafenbecken flankierten, sah er im Dämmerlicht ein Boot, das von zwei Männern mit kräftigen Ruderschlägen zum Festland gesteuert wurde. Ein dritter hielt ein regloses Bündel in den Armen – Sylvette!

»Ihr Schweine!«, schrie Christopher über das Wasser hinweg. »Bringt sie zurück!« In seiner Hilflosigkeit feuerte er den letzten Schuss in den düsteren Himmel und wäre vom Rückstoß fast zu Boden geworfen worden. Das Boot entfernte sich in zügigem Tempo, schon waren die einzelnen Personen darin kaum noch auszumachen. Einen Augenblick lang hätte Christopher sich fast dazu hinreißen lassen, den Entführern mit einer der Jollen zu folgen. Dann aber klärten sich seine Gedanken so weit, dass er die Sinnlosigkeit eines solchen Unterfangens einsah. Zornig fuhr er herum – und blickte in Daniels Gesicht. Sein Stiefbruder war unbemerkt von hinten herangekommen. Zwischen den äußeren Zypressen blieb er stehen.

»Du?«, brüllte Christopher außer sich vor Wut. »Was willst du?«

Daniels Wangenmuskeln zuckten. »Der Mann in der Halle ist tot.«, sagte er leise. »Während du wild durch die Gegend geballert hast, habe ich erfahren, wohin sie Sylvette bringen wollen.«

»Er hat es dir gesagt?«, entfuhr es Christopher.

»Kurz bevor er starb.«

»Und?«

Daniels Züge festigten sich. »Nach Österreich. Nach Wien, hat er gesagt.«

»*Wien?*« Christopher fragte sich kurz, ob Daniel ihn anlog. »Was, zum Teufel, will man mit ihr in Wien?«

»Der Mann hat irgendwas von der Hofburg gefaselt – mehr nicht.« Daniel trat aus dem Schatten der Bäume auf Christopher zu. Er war ebenso vollständig bekleidet wie sein Stiefbruder, wenn auch der schiefe Kragen die Eile verriet, mit der er die Sachen übergestreift hatte. Sein Gesicht war bleich und abgemagert, die Verbände um seine Handgelenke verschwunden. »Statt hier herumzustehen, sollten wir den Kerlen folgen.«

»Die sind bewaffnet. Was können wir schon gegen sie ausrichten?«

»Nur einer hat einen Revolver, sagt Konrad. Offenbar haben sie nicht ernsthaft damit gerechnet, dass irgendwer Gegenwehr leistet.«

Christopher überlegte. »Sie werden die Reise kaum mit einer Kutsche antreten, oder? Das bedeutet, sie müssen zum Bahnhof.«

»Ein wenig auffällig für eine Entführung.«

»Wer in ein Schloss wie dieses marschiert und ein Kind verschleppt, der legt offenbar wenig Wert auf Diskretion! Sie haben Sylvette vermutlich betäubt. Wenn sie den Schaffnern erzählen, sie wäre krank und brauchte Ruhe, wird kaum jemand das anzweifeln.«

»Also?« Daniel musterte ihn mit einer Mischung aus Misstrauen und Sorge. »Was schlägst du vor?«

Christopher blickte unschlüssig zum Festland. Der Morgendunst hatte das Boot verschluckt.

»Mach, was du willst«, sagte Daniel kühl. »Ich jedenfalls folge ihnen.« Damit trat er an Christopher vorbei, lief mit polternden Schritten über den Steg und sprang in eines der Ruderboote.

Er hatte das Haltetau kaum gelöst, als Christopher hinter ihm auf den Planken landete. Die Jolle schaukelte, Wellen klatschten gegen das Holz, dann saßen die beiden nebeneinander und tauchten die Ruder ins Wasser.

Hinter ihnen auf dem Steg erschienen Konrad und die beiden Dienstmädchen. Nur Charlotte war nirgends zu sehen.

»Hier!«, rief der alte Diener ihnen nach.

Etwas kam auf sie zugeflogen. Christopher löste eine Hand vom Ruder und schnappte es auf. Es war ein ungeöffnetes Päckchen mit sechs Schrotpatronen.

»Für alle Fälle!« Konrads Stimme bebte noch immer.

»Geben Sie gut auf sich acht, meine Herren!«, rief eines der Dienstmädchen, doch Christopher und Daniel hörten es kaum.

Schweigend und mit vereinten Kräften ruderten die Stiefbrüder die Jolle Richtung Festland.

Gillian hatte viel geredet in dieser Nacht, und Aura hatte die meiste Zeit über stumm und betroffen zugehört. Und als sie am frühen Morgen Wien erreichten, da wurde die Zuneigung, die sie für ihren sonderbaren Begleiter verspürte, nur noch von ihrem Hass auf Lysander übertroffen.

Kurz vor ihrer Ankunft wechselte Gillian in der Zugtoilette seine Kleidung. Als er ins Abteil zurückkehrte, war er wieder zum Mann geworden. Sein Gesicht war dasselbe wie zuvor, doch schien der Gedanke, es hätte noch vor Minuten einer Frau gehört, durch und durch abwegig. Je länger Aura ihn in Hose und Hemd sah, desto schneller verblasste die Erinnerung an seine weibliche Erscheinung. Es war fast, als verschmölzen vor ihren Augen zwei Geschlechter zu einer einzigen Person, die nur kraft ihres Willens bestimmte, welche der beiden Seiten sie zur Schau trug. Allein die schwer zu bestimmende Schönheit, die in Gillians Zügen lag, blieb von dieser Wandlung unangetastet.

Aura fragte kein zweites Mal, was ihm die Macht dazu verlieh. Er hätte vermutlich wieder mit einem spröden »Veranlagung« geantwortet, und sie wusste, das würde sie wütend machen. Also ließ sie es bleiben und geduldete sich, bis er ihr irgendwann von selbst die Wahrheit sagen würde – oder auch nicht.

In einem Schließfach im Westbahnhof hatte Gillian einen Papierumschlag mit einigen Schillingnoten deponiert, nicht viel, aber zusammen mit dem, was er der Frau in Zürich gestohlen hatte, genug, um ihnen ein paar Tage über die Runden zu helfen.

Sie nahmen eine Droschke, die sie auf Gillians Anweisung zu einem kleinen Hotel nahe dem Hofgarten brachte, der einzigen Pension im Umkreis der Hofburg, die sie sich mit dem wenigen, das sie besaßen, leisten konnten. Vom Fenster ihres Zimmers aus blickten sie über die Parkanlagen hinweg bis zu den Mauern der Burg. Noch immer hatte Aura keine Vorstellung davon, wie sie vorgehen wollten, doch Gillian beruhigte sie und murmelte etwas von Leuten, auf deren Unterstützung sie mit Hilfe einiger Münzen zählen könnten.

Anschließend ließ er sie über vier Stunden allein im Zimmer, um, wie er sagte, einige Dinge zu organisieren. Was er ohne das Geld, das er sich von Aura erhofft hatte, anzustellen gedachte, verriet er ihr nicht, und sie erkundigte sich auch nicht danach. Trotz aller Sympathie, die sie für ihn empfand, war er doch ein Dieb und Mörder; und sie nahm an, dass er Wege kannte, wenigstens eine gewisse Summe anderweitig zu besorgen. Das gefiel ihr zwar nicht, aber sie hatte kein schlechtes Gewissen dabei. Es gab auch so genug, das ihr Kopfschmerzen bereitete, ohne sich um Gillians Moral und Seelenheil zu sorgen.

Die Arme unter dem Kopf verschränkt, lag sie auf einem der beiden Betten, blickte durchs Fenster in den bewölkten Himmel und versuchte, sich zu beruhigen. Es gelang ihr nicht, doch das lag keineswegs am Lärm, der von der Straße heraufschallte und durch das dünne Fensterglas ins Zimmer drang.

In der vergangenen Nacht, im Zwielicht des stickigen Zugabteils, hatte Gillian ihr erzählt, was er vor Jahren von Lysander erfahren hatte, zu einer Zeit, als der Alchimist den Meuchelmörder noch für einen seiner treuesten Diener gehalten hatte – wahrscheinlich nicht ohne Grund, dachte Aura mit leichter Gänsehaut.

Ohne näher auf die Gründe seiner Vertrautheit mit Lysander einzugehen, hatte Gillian – erst zögernd und bedächtig, dann immer offener und schließlich gar weitschweifig – wiedergegeben, wie es dem Alchimisten gelungen war, seinem ärgsten Feind eine peinliche Niederlage zuzufügen.

»Es war zu einer Zeit in Lysanders Leben, als er des Versteckspiels in verfallenen Palästen und Kellergewölben, in abgelegenen Höfen und auf Inseln im Mittelmeer, überdrüssig wurde. Er beschloss, Europa zu bereisen, selbst auf die Gefahr hin, dabei auf einige seiner alten Feinde zu stoßen – vor allem natürlich auf deinen Vater, Nestor Nepomuk Institoris. Damals ahnte Lysander zwar, dass Nestor noch am Leben war, konnte sich dessen aber nicht völlig gewiss sein. Der Mordanschlag, den dein Vater auf ihn verüben ließ, geschah erst eine Weile später, sicher auch als Antwort auf Lysanders Herausforderung, und so fehlten beiden die nötigen Informationen über den Verbleib des anderen.

Lysander muss damals eine ganze Weile durch die Länder Südeuropas gereist sein, durch die Ägäis, Sizilien, die Provence und Portugal. Ich nehme an, er hat dort etwas gesucht, so wie Alchimisten immer nach irgendetwas suchen; mag sein, dass er es gefunden hat, mag sein, dass er erfolglos blieb. Nachdem er den Süden des Kontinents gesehen hatte, entschied er, auch die nördlicheren Regionen aufzusuchen. Auf seinem Weg dorthin hat er für geraume Zeit in den Pyrenäen haltgemacht. Er lebte dort in einem alten Kastell, hoch oben im Gebirge, und ich glaube, dass er dort die ersten Hinweise auf deinen Vater gefunden hat.«

»In Spanien?«, fragte Aura verwundert.

»In Andorra.«

»Aber mein Vater hat dort nie –«

»Nestor war ein alter Mann, er hat viel gesehen in seinem Leben und an vielen Orten gelebt. Dieses Kastell in den Pyrenäen ist ein vergessener Ort, viele, viele Jahrhunderte alt. Es heißt, es stehe auf einem Berg, auf dem einst der Heilige Geist in der Krone einer Kiefer Hof hielt.«

»Blödsinn.«

»Darum geht es nicht. Nicht um das, was wirklich war – sondern allein um das, was die Menschen *glauben*, was einst gewesen ist. Die Alchimie ist keine Wissenschaft wie die Chemie, Aura, auch wenn manche diesem Irrtum unterliegen. Einige sagen, die Alchimie habe ein wenig mit Magie zu tun, oder wenigstens mit dem, was man früher für Magie gehalten hat. Mit ihr aber ist immer auch der Aberglaube im Bunde. Er hat in früheren Jahrhunderten nicht nur Menschen Macht verliehen, sondern auch bestimmten Orten. Und wenn die alten Gebirgsstämme der Meinung waren, der Heilige Geist habe dort oben in einem Baum gesessen, dann hat solch ein Ort allein dadurch gewisse Kräfte, und das nicht nur aufgrund der Tatsache, dass er fortan gemieden wurde.« Gillian bemerkte, dass Aura ungeduldig wurde, und lächelte schuldbewusst. »Aber ich bin abgekommen von dem, was ich eigentlich erzählen wollte. In diesem Kastell also hat Lysander die Spuren deines Vaters gefunden. Ich weiß nicht, um was es sich dabei gehandelt hat, doch auf irgendeine Weise hat es ihn weiter nach Norden geführt. Hinauf zu eurem Schloss, Aura. Das muss vor elf Jahren gewesen sein.«

»Er war im Schloss?«, fragte sie argwöhnisch. »Dann müsste ich mich an ihn erinnern. Ich war zwar noch ein Kind, aber –«

»Ob er wirklich im Inneren war, und falls ja, in welcher Maskerade, das weiß ich nicht. Aber kannst du dich noch an das Verhältnis deiner Mutter zu deinem Vater in jener Zeit erinnern?«

»Vater hauste damals schon im Dachgarten. Die beiden haben sich kaum noch gesehen. Zu mir war er immer freundlich, wenn auch ein wenig wunderlich, aber ich glaube, für meine Mutter war es damals schon, als wäre er tot und sie seine Witwe.«

Gillian nickte zufrieden. »Wie viel Mühe also kann es Lysander gekostet haben, sie zu verführen?« Als Aura zögerte, berührte er mit den Fingerspitzen ihre Hand. »Dein Vater war ein kalter Mensch, oder?«

»Ja«, entgegnete sie leise. »Das war er wohl.«

»Ich glaube nicht, dass die Beziehung zwischen deiner Mutter und Lysander von großer Dauer war. Im Gegenteil: Es würde mich wundern, wenn da mehr als eine gemeinsame Nacht gewesen wäre. Schließlich ging es Lysander nicht um Liebe. Alles, was er wollte, war ein Schlag ins Gesicht deines Vaters. Es muss ihm gefallen haben, gerade jene Frau zu verführen, die sein Rivale einst geliebt hatte; und sicher war es für ihn ein großer Triumph, Nestor neun Monate später wissen zu lassen, dass ausgerechnet er, Lysander, der Vater der kleinen Sylvette ist.«

Aura sah ihre Mutter vor sich, eine unglückliche, einsame Frau auf einer kargen Insel im Meer, und sie machte sich auch ein Bild von Lysander, wenngleich sie ihn nie gesehen hatte. Gillian hatte recht – es konnte dem Alchimisten nicht schwergefallen sein, Charlotte mit Liebesschwüren oder auch nur der Aussicht auf ein wenig Wärme in seinen Bann zu ziehen.

Aber da war noch etwas, das ihr bewusst wurde, und das Bild vom charmanten Liebhaber verschwand augenblicklich. »Du glaubst, Lysander will Sylvette nun für sich haben, um ihr das gleiche anzutun, was Vater mit mir vorhatte?«

Gillian nickte bekümmert. »Sie ist seine leibliche Tochter. Und auch sie wird irgendwann volljährig sein. Theoretisch steht seinen Plänen nichts im Weg. Er hat sie wie ein Kuckuck in das Nest deiner Familie gelegt, und nun, da sie älter wird, erhebt er seinen Anspruch auf sie.« Gillian hielt einen Augenblick inne, holte seufzend Luft und sagte dann: »Kein Zweifel, Aura – Lysander wird versuchen, mit Sylvette den Stein der Weisen zu zeugen.«

Am Abend kehrte Gillian ins Hotel zurück und erklärte knapp, dass es ihm zwar gelungen sei, mit den richtigen Personen Kontakt aufzunehmen, dass jene sich aber noch einen Tag Bedenkzeit ausbedungen hätten. Er schien deshalb recht nervös zu sein, fürchtete er doch, dass die Nachricht von seiner Rückkehr nach Wien und, schlimmer noch, seine Pläne bis zum folgenden Abend ihren Weg zu Lysander finden würden. Als er seine Sorgen aussprach, bekam Aura abermals Zweifel. Doch bald erinnerte sie sich wieder an Sylvette und sagte sich, dass irgendetwas geschehen musste, ganz gleich, wie hoch der Preis dafür war.

Natürlich sprachen sie darüber, die Polizei zu informieren, doch Gillian konnte überzeugend darlegen, dass jemand, der Einfluss auf die Mächte innerhalb der Hofburg hatte, sicher auch im Polizeipräsidium einige Fäden ziehen konnte. Der Gang zu den Behörden hätte ihre Niederlage nur beschleunigt.

Gillian eröffnete Aura, dass er vorhatte, am nächsten Abend mit oder ohne ihre Hilfe in Lysanders Gewölbe einzudringen, um den Alchimisten endgültig auszuschalten. Er stellte sie vor die Wahl, an dieser Unternehmung teilzunehmen oder aber in der Pension zu bleiben. Eine Weile lang zögerte sie, doch als er ihr anbot, sie könne ebenso gut abreisen und Sylvettes Rettung ihm allein überlassen, wurde sie zornig und erklärte, mehr aus Impuls als aufgrund vernünftiger Überlegung, dass sie unbedingt mit ihm gehen wolle. Immerhin, sie hatte die Konfrontation mit dem mörderischen Greis in der Berghütte überstanden – wie viel schlimmer konnte es da noch kommen?

Am Ende einer Nacht, in der keiner von beiden Schlaf fand, und nach einem Frühstück, dessen Qualität einen der Gründe offenbarte, weshalb die Pension die preiswerteste weit und breit war, verließ Aura das Zimmer, um den Portier um eine Tageszeitung zu bitten. Der mürrische Kerl am Empfang kam ihrem Wunsch bereitwillig nach, obgleich die Zeitung seine eigene war. Zu Auras Überraschung schien es ihr Äußeres zu sein, das ihn dazu bewog. Es war das erste Mal, dass sie ihre Schönheit, wenn auch unbewusst, als Mittel zum Zweck eingesetzt hatte, und der Erfolg verblüffte sie. Vielleicht wäre es klüger gewesen, sich bereits in der Züricher Polizeistation weniger kratzbürstig zu zeigen. Möglich, dass ihr dann vieles erspart geblieben wäre.

Sie blätterte die Zeitung auf der Treppe nach oben durch, und so folgte die zweite Überraschung dieses Tages lückenlos auf die erste: In einem schmalen Text unter fetter Überschrift wurde vor einem Mädchenräuber gewarnt, der mit einem seiner Opfer aus der Schweiz nach Wien oder in die ungarischen Gebiete im Osten Österreichs geflohen sei.

Der Autor des Artikels zeigte sich höchst verwundert über die Tatsache, dass der Verbrecher den Züricher Behörden offenbar in Frauenkleidung entwischt war, und er nutzte die Gelegenheit, auf bissige Weise die Fähigkeiten der Polizei anzuzweifeln. Die Frau auf der Toilette war entdeckt worden, und die Spur ihrer Kleidung hatte zum Bahnbeamten am Fahrkartenschalter geführt. Dieser hatte angegeben, dass eine Dame in eben jener Kleidung zwei Karten nach Österreich gelöst habe, nach Wien, wenn er sich recht erinnere. Zum ersten Mal wurde seitens der Polizei eingeräumt, dass es in den Bergen nahe Zürich möglicherweise zu einer ganzen Reihe von Morden an jungen Frauen gekommen sei – der Täter sei fraglos derselbe, der sich jetzt außer Landes abgesetzt habe. Offenbar war ein Polizeitrupp ein zweites Mal hinauf in die Berge gestiegen und hatte die Grube hinter der Hütte entdeckt. Die Grube und das, was darin lag. Der Artikel schloss mit zwei Personenbeschreibungen: Jene von Gillian war vage, teils sogar falsch, doch Auras Merkmale waren mit erstaunlicher Genauigkeit wiedergegeben – das pechschwarze, hüftlange Haar, die hellblauen Augen, ihre dunklen Brauen. Alles stimmte, und zu allem Überfluss war auch noch ihr Name angegeben.

Sie hatte den Bericht kaum zu Ende gelesen, als sie sich plötzlich beobachtet fühlte. Ihr Haar war hochgesteckt, ihre Kleidung notdürftig von Hand gereinigt. Sie sagte sich, dass ihre Befürchtungen unsinnig waren. Niemand hatte Grund, sie mit der Zeitungsmeldung in Verbindung zu bringen. Und doch ließ ihre Sorge ihr keine Ruhe. Sie hatte den oberen Absatz der Treppe noch nicht erreicht, da schaute sie sich schon argwöhnisch um – und erkannte, dass ihr Gespür sie nicht trog. Sie *wurde* beobachtet.

»Aura?«, fragte jemand zweifelnd am Fuß der Treppe. Dann, noch einmal, und diesmal klang es erfreut: *»Aura!«*

Vor Schreck ließ sie die Zeitung fallen. Sie erkannte ihn und konnte es doch nicht glauben.

»Daniel!«

Er kam auf sie zugestürmt, immer drei Stufen auf einmal. Dann umarmten sie sich, und Daniel küsste sie voller Leidenschaft – zum ersten Mal seit einer halben Ewigkeit. Aura ließ ihn im Taumel ihrer Gefühle gewähren. Schließlich schlug sie die Augen auf und blickte an Daniels Wange entlang die Treppe hinab. Da unten stand noch jemand und betrachtete sie düster.

Aura löste sich sanft von ihrem Stiefbruder, klopfte sich in unbeholfenem Stolz das Kleid glatt und sagte kühl:

»Guten Morgen, Christopher.«

Dass die drei Stiefgeschwister Zimmer in derselben Pension bezogen hatten, war weniger dem Zufall, als zwingender Notwendigkeit zu verdanken. Als Christopher und Daniel den Dorfbahnhof erreicht hatten, waren die Entführer mit der kleinen Sylvette gerade verschwunden gewesen. Die Zeit bis zum nächsten Zug hätte nicht ausgereicht, um zum Schloss zurückzukehren und sich mit Kleidung und Geld einzudecken. So hatten sie das wenige, das sie in ihren Taschen fanden, zusammengeworfen, und es war gerade genug gewesen, um zwei Fahrkarten zu lösen und die billigste Pension im Bezirk um die Hofburg zu nehmen. Selbst hier würde ihre Barschaft innerhalb zweier Nächte aufgebraucht sein.

Sie waren an jenem Morgen gerade erst eingetroffen, und wäre es nicht zu dem unverhofften Wiedersehen mit Aura gekommen, hätte sie ihr nächster Weg wohl zur Polizei geführt. So zumindest wollte es Daniel. Christopher hingegen widerstrebte es zutiefst, sich an die Behörden zu wenden. Zwar lagen Nestors verscharrte Leiche und der Mord am Freiherrn über tausend Kilometer hinter ihm, doch der üble Nachgeschmack seiner Taten folgte ihm bei jedem Schritt. Zudem spürte er, wie ihn die Überzeugung von der Unausweichlichkeit seiner Taten verließ. Je weiter er sich vom Schloss und der öden Küste entfernte, desto weniger Macht schien die Erinnerung an Nestor über ihn zu haben.

Nach wie vor war seine Abneigung gegen Daniel ungebrochen, und es hatte während der Reise mehr als nur einen heftigen Streit gegeben; allerdings konnte Christopher sich immer weniger an die Ursachen ihrer Konflikte erinnern. Manchmal kam es ihm vor, als wäre das, womit Daniel seine Missbilligung verdient hatte, nicht ihm, Christopher, sondern einem anderen widerfahren. Zum ersten Mal wurde sein Kopf klar genug, um sich die Frage zu stellen, ob er mit Nestors alchimistischem Vermächtnis auch dessen Widerwillen gegen den ungeliebten Stiefsohn geerbt hatte. Der Gedanke machte ihm Angst, und so schob er ihn weit, weit von sich.

Aber auch Daniel zeigte keine Bereitschaft, Christopher die Verbannung in den Leuchtturm und sein Verhalten Charlotte gegenüber zu verzeihen. So fand ihre gegenseitige Ablehnung stets neue

Nahrung, wurde zu einem bitteren Kreislauf, aus dem keiner der beiden auszubrechen vermochte. Vielleicht wollten sie das ja auch gar nicht.

Dann kam der Morgen, an dem sie Aura wiedersahen, und das änderte vieles. Denn mit ihr gelangte ein neuer Faden in das komplizierte Geflecht ihrer Beziehung, und es erleichterte die Dinge keineswegs, dass ihre Stiefschwester sie in ihr Zimmer führte und einem sonderbaren Fremden vorstellte.

Sein Name war Gillian, und Christopher erkannte ihn sofort.

Er war Nestors Mörder.

Vom nahen Opernring drang das schrille Klingeln einer Trambahn herauf. Die eisenbeschlagenen Räder der Droschken ratterten über unebenes Pflaster, Pferde wieherten und Kutscher fluchten. Über allem lag das monotone Raunen der Menschenmenge, die auf der Straße unterhalb des Fensters flanierte und in die gepflegten Anlagen des Hofgartens strömte.

Aura hockte im Schneidersitz am Kopfende ihres Bettes und ließ ihren Blick vom einen zum anderen wandern. Sie hatte den Saum des Kleides bis zu den Knien heraufgezogen. Nur der hitzigen Atmosphäre im Zimmer war es zu verdanken, dass sie in dem ungeheizten Raum nicht fror.

Eine gute Armlänge entfernt saß Daniel auf der Bettkante und massierte mit einer Hand seinen Nacken, während die andere zur Faust geballt auf der Bettdecke lag.

Christopher stand unweit der Tür und nahm seinen Blick nicht von Gillian, der am Fenster lehnte und keinen Hehl daraus machte, wie sehr ihm dieses Familientreffen missfiel. Gillians Stirn lag in Falten, seine Augen waren abwechselnd auf Daniel und Christopher gerichtet. Gelegentlich sah er auch zu Aura hinüber, und sie erkannte nur zu deutlich den stummen Vorwurf in seiner Miene. Was aber hätte sie tun sollen? Sie war selbst viel zu überrumpelt gewesen, abgesehen davon, dass sie ihre Stiefbrüder kaum auf der Treppe hätte stehenlassen können.

Natürlich gefiel es ihr keineswegs, Christopher in ihrer Nähe zu wissen. An ihrer instinktiven Abneigung gegen ihn hatten auch die vergangenen Monate nichts geändert. Sie beobachtete ihn so unauffällig wie möglich. Die seltsame Starre, die ihn bei Gillians Anblick befallen hatte, machte sie stutzig. Er verbarg etwas vor den anderen, und das beunruhigte sie.

Schlimmer noch: Ihr war, als wäre auch mit Gillian bei Christophers Eintreten etwas vorgegangen. Er hatte sich ungleich besser unter Kontrolle als ihr Stiefbruder, und doch schien es ihr, als hätte er Christopher von irgendwoher wiedererkannt. Sie verstand Gillians Argwohn, ja sie teilte ihn sogar; dennoch hätte sie gerne gewusst, was es war, das da unausgesprochen zwischen den beiden im Raum stand.

»Ich schätze, irgendwer muss den Anfang machen«, ergriff Daniel das Wort und schaute die anderen der Reihe nach an. Als niemand widersprach, fuhr er fort: »Christopher und ich sind hier wegen Sylvette.«

Aura ignorierte Gillians warnenden Blick. »Was ist mit ihr?«, platzte sie besorgt heraus.

»Sie wurde entführt«, gab Daniel zurück. »Möglicherweise hierher.«

Noch bevor Aura etwas sagen konnte, kam ihr Gillian mit geringschätzigem Lächeln zuvor. »Und ihr beiden glaubt, ihr könntet nach Wien kommen und sie befreien? Einfach so?«

Daniel blickte hilfesuchend zu Aura hinüber, dann entgegnete er stur: »Ich weiß nicht, wer Sie sind, was Sie mit meiner Schwester zu schaffen haben, und warum Sie sich ein Zimmer mit ihr teilen.« Aura dachte erleichtert: Wenigstens hat er keine Zeitung gelesen. Daniel fuhr fort: »Aber ich wäre Ihnen dankbar, wenn es sich vermeiden ließe, dass Sie sich über uns lustig machen.«

»Ihr habt gegen Lysander nicht die Spur einer Chance«, sagte Gillian unbeeindruckt.

Zum ersten Mal mischte Christopher sich ein. »Wer soll das sein?«

»Er hat die Männer beauftragt, die die Kleine verschleppt haben.«

Aura kam Gillian zur Hilfe. »Vater und Lysander sind alte Bekannte. Oder besser: Rivalen. Wie es scheint, hat Lysander Sylvette entführen lassen, um Vater eins auszuwischen.« Sie vereinfachte die Dinge ganz bewusst, nicht aus Scham, sondern weil sie der Erklärungen überdrüssig war.

Christopher wandte sich an Gillian. Ein rätselhaftes Lächeln spielte um seine Mundwinkel. »Sie kennen diesen Lysander gut, nicht wahr?«

»Ich kannte ihn.«

»Wir sollten zur Polizei gehen«, schlug Daniel vor, »jetzt gleich.«

»Das wird wenig Sinn haben«, sagte Gillian.

»Lysander ist einer der mächtigsten Männer Wiens«, erklärte Aura widerstrebend. »Die Polizei kann ihm nichts anhaben. Vielleicht steht sie sogar auf seiner Seite.«

Daniel sah sie erstaunt an. »Woher weißt du das alles?«

Aura erzählte ihm eine verkürzte Version der Ereignisse – und stellte dabei verwundert fest, wie leicht es ihr mit einem Mal fiel, Daniel gegenüber unehrlich zu sein. Noch vor einigen Monaten hätte sie das für unmöglich gehalten. Etwas zwischen ihnen hatte sich grundlegend verändert; sie selbst hatte sich verändert. Sie verschwieg sowohl Gillians Angriff im Zug als auch die Geschehnisse in der Almhütte. Lediglich die Tatsache, dass Gillian ihr bei der Flucht geholfen hatte, erwähnte sie, und dass er dasselbe für Sylvette tun wolle.

Während Christopher schwieg, ohne dabei zu verraten, ob er ihr Glauben schenkte, stellte Daniel beharrlich weitere Fragen, vor allem was Gillians Motive anging. Aura blockte sein Misstrauen ab, und schließlich war es Gillian, der sagte: »Mir scheint, ich bin ohnehin der Einzige hier, der genug über Lysander weiß, um Sylvette zu befreien.« Aura musste ihn nicht ansehen, um zu wissen, dass er nicht halb so überzeugt davon war, wie er tat. »Es ist mir gleichgültig, ob ihr mir vertraut oder nicht«, fuhr er fort, »aber ihr werdet euch damit abfinden müssen, dass ihr auf meine Hilfe angewiesen seid.«

»Welch ein Glück für uns«, bemerkte Christopher.

Aura sprang auf und stellte sich an Gillians Seite. Dabei fixierte sie ihre Stiefbrüder mit festem Blick. »Es gibt nur einen Weg, Sylvette zu befreien. Und Gillian kennt ihn.« Das war ein ziemlich gewagter Schuss ins Blaue, denn bislang hatte Gillian ihr von seinem Plan nur vage Bruchstücke erzählt. Nun aber hoffte sie, dass sie ihm durch ihre Worte auch den Rest entlocken konnte. Erstaunt über sich selbst, wurde ihr bewusst, dass sie die Männer gegeneinander ausspielte. Seit wann war sie zu so etwas fähig?

Gillian bemerkte die Herausforderung und lächelte anerkennend. Etwas geschah zwischen ihnen, und das verwirrte sie.

»Was Aura meint«, begann er, »ist, dass es möglicherweise jemanden gibt, der uns helfen kann, in Lysanders ... nun, nennen wir es seine Räuberhöhle, zu gelangen. Es gibt unter der Oberfläche Wiens eine Art zweite Stadt, ein riesiges Labyrinth aus Kanälen und Stollen. Dort unten leben Männer und Frauen, die sich selbst Fettfischer nennen. Ich habe sie gebeten, mir zu helfen. Sie waren schon einmal bereit dazu, und ich hoffe, sie werden es wieder sein.«

»Was genau sind diese ... Fettfischer?«, fragte Christopher.

»Obdachlose, Herumtreiber. Für viele der Abschaum der Gesellschaft – für uns aber die einzige Möglichkeit, Sylvette zu retten. Ich hatte gehofft, andere Männer anheuern zu können, Männer mit Ausrüstung, Waffen und vor allem Erfahrung in diesen Dingen. Aber ohne das nötige Geld müssen wir uns mit dem behelfen, was wir kriegen können. Und die Fettfischer sind nicht anspruchsvoll. Mit ein paar Schilling sollten wir sie auf unsere Seite ziehen können.«

»Sollten?«, fragte Daniel.

Gillian sah ihn scharf an. »Die Fettfischer mögen in deinen Augen Aussatz sein, mein Junge, aber sie sind ihre eigenen Herren. Sie sind das Beste, was wir kriegen können. Wenn sie uns nicht helfen, dann tut es niemand.«

»Wann erfährst du, wie sie sich entschieden haben?«, wollte Aura wissen.

»Heute Nachmittag. Rupert, einer ihrer Anführer, erwartet uns. Dann wird er uns seinen Beschluss mitteilen.«

»Sie meinen, wir sollen hinunter in die Kanäle steigen, nur auf gut Glück?«, entfuhr es Daniel. »Was, wenn er sich gegen uns entschieden hat?«

Gillian zuckte betont gelassen mit den Schultern, doch Aura erkannte die Sorge in seinem Blick. »Dann werden uns Lysanders Leute wahrscheinlich schon erwarten.«

Christopher verzog das Gesicht. »Klingt vielversprechend.«

»Das ist Wahnsinn!«, sagte Daniel heftig.

»Es *ist* Wahnsinn, Lysander in seinem eigenen Heim anzugreifen, allerdings«, bestätigte Gillian gereizt. »Und ich bin gerne bereit, mir bessere Ideen anzuhören.«

Darauf verfiel Daniel in zorniges Schweigen. Niemand von ihnen kannte eine Alternative zu Gillians Plan.

»Was geschieht, wenn uns die Fettfischer wirklich helfen wollen?« fragte Aura. »Gesetzt den Fall, es gelingt uns, in die Hofburggewölbe einzudringen, wie geht es dann weiter?«

Da lächelte Gillian, aber es sah aus, als quäle ihn bei diesem Lächeln ein tiefer Schmerz. »Dann werdet ihr Sylvette befreien, und ich töte Lysander.«

»Das ist alles?« bemerkte Christopher sarkastisch, aber Gillian starrte ihn nur düster an und gab keine Antwort.

Wenig später gab es nichts mehr zu besprechen, und so machte Aura den Vorschlag, dass sie sich alle bis zum Nachmittag ausruhen sollten. Daniel war anzusehen, wie widerwillig er Aura mit Gillian im Zimmer zurückließ, aber er sagte kein Wort. Er ahnte wohl, dass er Aura verloren hatte, und wie üblich gab er nur sich selbst die Schuld daran.

»Deine Brüder mögen mich nicht besonders«, sagte Gillian, als er und Aura auf getrennten Betten lagen und nachdenklich zur Decke starrten.

»Christopher und du – ihr kennt euch, oder?« Aura fand, dass es an der Zeit war, dass er ihr die Wahrheit sagte.

»Wie kommst du darauf?« Das klang wenig überzeugend. Aura hatte vielmehr das Gefühl, als dränge es ihn, ihr endlich alles zu gestehen. Ein bezahlter Mörder mit schlechtem Gewissen, konnte es das geben? Und dann begriff sie: Es lag an ihr. Nur an ihr.

»Er hat dich im Schloss überrascht«, sagte sie und erkannte an seinem Schweigen, dass ihre Vermutung richtig war. »Vor vier Monaten, als du Vater getötet hast. So war es doch, oder?« Kein Vorwurf lag in ihrer Stimme, keine Trauer.

»Es tut mir leid«, sagte er leise, aber sie wusste, dass er damit nicht den Tod ihres Vaters meinte. Wahrscheinlich hätte Gillian selbst nicht gänzlich erklären können, wofür er um Verzeihung bat. Es war eine Entschuldigung, die für alles galt, was Aura seit ihrem Treffen im Zug widerfahren war. Und sie war unnötig.

»Das alles ist nicht deine Schuld. Wir sind hier, weil Vater und Lysander miteinander in Fehde lagen, nicht wegen irgendetwas, das du oder ich oder sonst wer getan hat.«

Er wandte den Kopf zur Seite und sah sie an. »Ich habe deinen Vater getötet, Aura, und doch bist du nicht einmal wütend auf mich. Wieso?«

»Ich weiß es nicht.« Sie sprach sehr leise, sanft sogar. »Ich weiß es wirklich nicht.«

»Ich hoffe nur, du wirst mich niemals hassen«, gab er leise zurück. »Wenn du mit derselben Kraft hasst, mit der du vergibst, dann gnade Gott deinen Feinden.«

Sie lachte, zum ersten Mal seit Tagen. Die Laute erschreckten sie, so unpassend klangen sie in diesem Augenblick. Aber sie konnte nicht anders. »Du machst dich über mich lustig.«

»Nein. Ich bewundere dich. Du bist um ein Vielfaches stärker als deine beiden Brüder zusammen, auch wenn du es selbst noch nicht weißt. Irgendwann wirst du es merken.«

Was er sagte, verwirrte sie. Langsam richtete sie sich auf und schwang ihre Beine über die Bettkante. Er beobachtete aufmerksam jede ihrer Bewegungen.

»Du hast keine Angst vor dem, was uns bevorsteht, nicht wahr?« Achtung lag in ihrer Stimme, sogar ein wenig Neid. »Du sorgst dich, aber nicht um dich selbst. Wie machst du das?«

»Ich habe Gleichgültigkeit nie für besonders erstrebenswert gehalten.«

»Ich wäre im Augenblick froh, wenn ich nur ein wenig davon hätte.«

Er lächelte unsicher. »Im Augenblick bin ich aber gar nicht gleichgültig.«

»Nein.« Sie stand auf, trat an sein Bett und beugte sich über ihn. Er empfing ihren Kuss voller Erstaunen, aber dann legten sich seine Arme sanft um ihre Hüften und zogen sie aufs Bett.

Sie fragte sich einen Moment lang, ob sie den Mann oder die Frau in Gillian küsste, doch dann war es ihr gleichgültig. Er nahm ihr Gesicht in beide Hände und strich die schwarzen Strähnen ihres Haares zurück. Diesmal währte sein Kuss eine Ewigkeit.

Seine rechte Hand wanderte an ihrem Rücken hinab, fand den Verschluss ihres Kleides. Aura ließ ihn atemlos gewähren. Seine Finger lösten den ersten Haken, dann den zweiten, den dritten, vierten. Er ließ sich Zeit, und allmählich verebbte ihre Verwirrung, sie fand zurück zu ihren wahren Empfindungen. Ihre Rechte strich über sein kurzes Haar, sie wollte ihm etwas zuflüstern, doch er verschloss ihren Mund mit seinen Lippen. Sie schwang ein Bein über seine Hüften und spürte, dass seine Weiblichkeit an den Lenden haltgemacht hatte. Ein amüsiertes Lachen kam über ihre Lippen, während sie neugierig zusah, als er mit beiden Händen die Schulterstücke ihres Kleides über ihre Arme herunterstreifte. Dann beobachtete sie, wie seine Finger an den Wölbungen ihrer Rippen emporkletterten wie an einer Leiter und behutsam ihre Brüste umfassten. Es kam ihr vor, als hätte sie sich selbst all die Jahre nie so schön, so begehrenswert gesehen, und sie wusste zugleich, dass er es war, der ihr solche Gefühle schenkte.

Gillian richtete sich auf, sein Mund berührte erst die Spitze der einen, dann die der anderen Brust. Ein Schauer überlief sie von Kopf bis Fuß, dann presste sie ihn zurück ins Kissen, legte sich auf ihn und wartete ungeduldig, bis er das offene Kleid samt Unterrock über ihre Hüften nach unten geschoben hatte. Den Rest erledigte sie selbst mit den Beinen, bis sie nackt auf ihm lag. Gillian trug immer noch Hemd und Hose, und im Augenblick wollte sie es nicht anders. Sein Atem ging schneller, genau wie ihr eigener, seine Hände lagen auf ihren Schenkeln und massierten sie sachte. Sie rutschte tiefer und legte ihre Wange an seine Brust. Zu ihrer Überraschung war sie weicher als erwartet, und als sie sich aufrichtete und die Knöpfe seines Hemdes öffnete, entdeckte sie darunter einen breiten Verband, der eng um seine Brust lag. Gillian ließ zu, dass sie ihn am Rücken löste und seinen Oberkörper enthüllte. Seine Brüste waren sanfte Hügel, kaum flacher als ihre eigenen, die Brustwarzen zogen sich zusammen, als Auras Fingerspitzen sie berührten.

»Erschrocken?«, flüsterte er leise, aber Aura beugte sich nur vor und küsste beide Brüste ebenso, wie er es bei ihr getan hatte. Es war ein seltsames Gefühl zwischen den Lippen, weich und voll und unerwartet, aber sie genoss es so sehr wie er.

Als sie seine Hose öffnete und langsam herunterzog, wunderte sie sich über seine starke Behaarung im Gegensatz zum haarlosen Oberkörper. Sie ließ ihre Finger durch die dunklen Kräusel fahren, strich sanft darin auf und ab. Dann löste sie sich einen Augenblick lang von ihm, zog ihm die restliche Kleidung aus und legte sich wieder zu ihm. Erneut fanden sich ihre Lippen, noch leidenschaftlicher diesmal. Gillian übersäte ihr Gesicht mit Küssen. Seine Finger spielten mit ihrem Haar, lösten die Spangen und Knoten.

Was bist du wirklich?, dachte sie, ohne die Worte auszusprechen. Seine Lippen wanderten tiefer, erreichten ihren flachen Bauch, berührten ihren Nabel und waren noch immer nicht am Ziel. Als er die goldenen Ringe an ihren Beinen bemerkte, schaute er kurz auf, sagte aber nichts.

Später setzte sie sich auf ihn, presste seinen Unterleib zwischen ihre Schenkel und fühlte, wie auch die letzten Zweifel schwanden. Ihre Körper schmiegten sich aneinander, erfüllt vom Kitzel ihrer Lust, heckten geheime Gedanken aus und nahmen dankbar die Zuneigung des anderen entgegen. Gillian bäumte sich unter ihr auf, doch sie drückte ihn nur noch heftiger nieder, bis sie wusste, was er spürte, ihn empfing und an ihm teilhatte.

KAPITEL 11

Es war kalt und still in dem Stollen, durch den Gillian die drei Geschwister führte, Aura neben ihm, Daniel und Christopher dahinter.

Ihr Abstieg in das unterirdische Wien hatte höchst unspektakulär durch einen Kanaldeckel in einem Hinterhof begonnen, dessen Wahl auf den ersten Blick willkürlich erschien. Aura aber wusste, dass Gillian den Zugang mit Bedacht gewählt hatte. Er hatte ihnen erklärt, dass eine gehörige Wegstrecke vor ihnen liege, auch wenn die Luftlinie zur Hofburg nur wenige Hundert Meter betrage. Hier unten aber seien die Gesetze von Richtung, von Anfang und Ende ganz andere als in der Oberwelt. Umwege müssten hier gesucht statt vermieden, die kürzeste Strecke oft umgangen werden. Daniel hatte gemurrt, aber Aura und Christopher hatten schweigend genickt und sich völlig Gillians Führung überlassen.

Immer wieder ertappte sich Aura dabei, wie sie Christopher verstohlen beobachtete. Sie fragte sich, was er empfinden mochte. Sie wusste jetzt, dass er den Mord an ihrem Vater beobachtet hatte, und auch, dass er Gillian beim ersten Ansehen erkannt hatte. Dennoch sagte er nichts dazu, sprach im Allgemeinen sehr wenig. Wären da nicht lodernder Ehrgeiz und beißender Zynismus in seinen Augen gewesen, sie hätte ihm Gleichmut unterstellt. So aber fürchtete sie, dass Christopher eigene Ziele verfolgte, und das bereitete ihr Unbehagen.

»Da vorne ist es«, sagte Gillian. Als wären seine Worte eine geheime Losung, geriet die Finsternis rings um sie plötzlich in Bewegung. Er senkte die Lampe, die er bislang vor ihnen hergetragen hatte, und bedeutete den anderen, sich so ruhig wie möglich zu verhalten.

Sie befanden sich in einer Halle mit dreifacher Gewölbedecke, wie das Innere dreier Eisenbahnwaggons, die man seitlich nebeneinandergestellt hatte. Säulen aus runden Steinplatten hielten die

Decke, und hinter jeder trat jetzt eine Gestalt hervor. Die meisten waren Männer, aber es waren auch Frauen darunter, sogar zwei Kinder. Sie alle trugen Lumpen, verkrustet von Schmutz. In der Dunkelheit blieben sie matt wie Gespenster. Einige rückten näher heran, darunter auch jene beiden, die Aura für Kinder gehalten hatte; tatsächlich waren sie zwergenwüchsig, ein Mann und eine Frau. Auch viele der anderen wiesen Verkrüppelungen und Entstellungen auf. Da gab es einen, der keine Arme mehr hatte, einem anderen fehlte ein Bein. Geschwüre bedeckten so manches Gesicht, einer hatte aufgeblähte Finger wie Metzgerwürste, einem anderen war die Nase abgefault.

Hinter den Zwergen trat jemand aus dem Dunkel, legte seine Hände auf die Schultern der beiden und drückte sie sanft auseinander. Aufrecht und stolz trat er zwischen ihnen hindurch und blieb vor Gillian stehen.

»Rupert«, grüßte der Hermaphrodit mit einem Nicken, »das hier sind meine Freunde.«

»Du hast nur von einer Frau gesprochen.« Argwohn sprach aus Ruperts Stimme. Alkohol oder Krankheit hatten seine Kehle angegriffen, er klang heiser, fast unverständlich. Eine Augenklappe, gefertigt aus einem rostigen Teesieb, bedeckte sein linkes Auge.

»Die beiden sind ihre Brüder«, erklärte Gillian. »Wir haben alle dasselbe Ziel.«

»Nicht das unsere«, knurrte der Anführer der Fettfischer.

»Habt ihr eure Entscheidung getroffen?«

»Das habe ich.« Das letzte Wort betonte er, wohl um klarzustellen, dass er allein es war, der hier Entscheidungen traf.

»Welchen Beschluss hast du gefasst?« Nichts in Gillians Stimme verriet die Dringlichkeit, mit der er auf Ruperts Zusage angewiesen war.

»Wir helfen euch, in Lysanders Hallen einzudringen«, antwortete der Fettfischer. »Nichts weiter. Kein Kampf. Kein Streit mit Lysander.«

Gillian maß ihn mit düsterem Blick. »Du weißt genau, dass es unmöglich ist, zu viert gegen Lysanders Diener zu bestehen.«

Er hatte Aura von den Zwillingen Stein und Bein erzählt, und davon, dass er beide in Paris getötet hatte. Aber es gab keinen Zweifel, dass der Alchimist neue Getreue gefunden hatte. »Er wird die Gefährlichkeit der Zwillinge mit Menge wettmachen wollen«, hatte Gillian zu ihr gesagt. »Es würde mich nicht wundern, dort unten eine kleine Armee anzutreffen.«

»Das ist eure Sache«, krächzte Rupert. Rauer Husten folgte. Er hob einen Finger, schob ihn unter das Teesieb und kratzte sich die Augenhöhle. »Wir helfen euch, ungesehen hineinzugelangen. Das ist alles.«

Gillian seufzte, sagte aber: »Dann soll es so sein.«

Rupert reichte ihm die Hand: »Pakt!«

»Pakt.«, wiederholte Gillian und schüttelte die schmutzige Klaue.

Wenig später waren die Gefährten im Gefolge einer Gruppe von Fettfischern unterwegs. Rupert hatte zwölf seiner Männer für die Aufgabe abgestellt, er selbst führte sie an. Er lief mit Gillian an der Spitze des Zuges. Aura, Daniel und Christopher gingen in einem Pulk schmutziger Gestalten. Keiner sprach ein Wort, nur Gillian und Rupert tuschelten hin und wieder leise. Aura ärgerte sich, dass sie die Worte der beiden nicht verstand, beschleunigte ihre Schritte und tippte Gillian von hinten auf die Schulter.

»Keine Geheimnisse«, sagte sie mit warnendem Unterton. Gillian lächelte und nahm sie zwischen sich und Rupert. Der Fettfischer riss sein Auge auf und schien kaum glauben zu können, dass eine Frau in dieser Sache das Wort ergriff. Die Rollenverteilung der Geschlechter war hier unten rigider als in der Oberwelt.

»Rupert hat mir erklärt, dass wir uns gleich unterhalb der Hofburgkeller befinden«, sagte Gillian. Hinter ihm spitzten auch Daniel und Christopher die Ohren. »Wir werden durch ein Netz aus Röhren nach oben steigen, die zum Ausgleich des Grundwassers bestimmt sind. Es könnte also ein wenig feucht werden.«

»Kennt denn Lysander diese Röhren nicht?«, fragte Aura.

»Niemand kennt sie, außer uns Fettfischern«, brummte Rupert.

Aura musterte ihn einen Moment lang, dann näherte sie sich Gillians Ohr und flüsterte: »Du hast gesagt, jeder in Wien fürchtet Lysander. Was macht dich so sicher, dass du diesen Leuten hier trauen kannst?«

Gillian antwortete laut, damit auch der Fettfischer es hörte: »Rupert ist ein Mann von Ehre. Und er weiß den Preis zu schätzen, den ich ihm biete.« Es klang ein wenig, als appellierte er an den Stolz des Anführers.

Ein zahnloses Grinsen teilte Ruperts schmutziges Gesicht. »Ein guter Preis, in der Tat.« Dann deutete er zur Decke und murmelte: »Wir sind da!«

Über ihnen klaffte im Schein von Gillians Handlampe eine Öffnung im Stein, ein runder, vergitterter Schacht. Ein Fettfischer trat vor, er hielt eine aufgerollte Peitsche in der Hand. Es knallte, dann hatte sich das Ende des Lederstrangs um eine der Gitterstreben geschlungen. Ein kraftvoller Ruck, und der Eisenrost löste sich aus der morschen Verankerung. Der Fettfischer fing ihn auf und legte ihn lautlos am Boden ab. Ein zweiter Peitschenhieb folgte, und aus dem Dunkel des Schachts wurde das Ende einer Strickleiter herabgezogen.

Aura hörte, wie Daniel hinter ihr flüsterte: »Ich wünschte, wir hätten das Gewehr noch dabei.«

»Damit hätten sie uns gleich im Zug festgenommen«, erwiderte Christopher.

»Still!«, raunte Gillian ihnen über die Schulter zu.

Zu Auras Überraschung gehorchten beide.

Der Fettfischer mit der Peitsche zog die Leiter bis zum Boden herab und vergewisserte sich, dass sie hielt. Er machte einen Schritt zur Seite und ließ Rupert den Vortritt. Der Anführer erklomm erstaunlich behände die schaukelnden Stufen, dann folgte ihm Gillian.

Von oben rief er: »Jetzt du, Aura!«

Christopher drängte sie zur Seite. »Du hast doch nicht etwa vor, Daniel und mich hier unten zurückzulassen, oder?« Mit diesen Worten packte er die Leiter und begann den Aufstieg.

Gillian schenkte ihm einen bösen Blick, sagte aber nichts. Er streckte Christopher die Hand entgegen und zog ihn das letzte Stück nach oben.

Ein paar Minuten später befanden sich Rupert, Gillian und die Geschwister in einer steilen Röhre, in deren Innerem Metallstufen nach oben führten. Von unten drängten die übrigen Fettfischer nach. Die Sprossen waren feucht und glitschig, der letzte Anstieg des Grundwassers konnte nicht lange zurückliegen.

Als ihnen trübes Licht entgegenschien, flüsterte Rupert tonlos: »Da oben beginnt Lysanders Reich.«

Sie alle verstanden das als Aufforderung, noch leiser zu sein. Aura wagte kaum mehr, zu atmen.

Sie gelangten an einen weiteren Eisenrost, diesmal durch ein altes Vorhängeschloss gesichert. Rupert zog einen Dietrich hervor, und Augenblicke später schwang das Gitter nach oben.

»Meine Männer werden hier auf uns warten«, sagte er, nachdem die ganze Gruppe durch das Gitter in einen schmalen Korridor gestiegen war.

»Was für eine große Hilfe sie uns doch waren«, zischte Christopher bissig.

Rupert hatte die Worte gehört. »Du weißt nichts über das, was hier vorgeht, Junge«, fauchte er. »Wenn Lysander wirklich über so viele Männer verfügen würde, wie unser Freund Gillian befürchtet, dann wären wir an dieser Stelle bereits auf einige von ihnen gestoßen.«

Als sie in Begleitung Ruperts weitergingen und die zwölf Männer schweigend und mit maskenhaften Gesichtern zurückblieben, flüsterte Gillian Aura zu: »Es gibt ein Abkommen zwischen den Fettfischern und Lysander. Sie setzen keinen Fuß auf sein Gebiet, dafür lässt er sie in Frieden. Ich kann verstehen, dass Rupert bemüht ist, nicht gegen diese Regel zu verstoßen, solange es nicht unbedingt nötig ist.«

»Immerhin weist er uns den Weg zu Lysander – ist das nicht Verstoß genug?«

Gillian antwortete nicht, gab Aura aber mit einem Wink zu verstehen, einige Schritte hinter ihrem Führer zurückzubleiben. »Rupert ist nicht so dumm, wie er aussieht. Er weiß genau, was er tut.«

»Dann wird er uns auf alle Fälle verraten.«

»Gut möglich.«

»Das ist nicht dein Ernst!«

Gillian lächelte geheimnisvoll. »Rupert wird heute einen zweifachen Verrat begehen. Warte ab.«

Aura blieb mit einem Ruck stehen. »Ich denke gar nicht daran!«

Er packte sie am Arm und zog sie weiter. »Vertrau mir – bitte!«

Christopher war mit Daniel einige Schritte hinter ihnen gegangen. Nun aber kam er eilig heran. »Ist was passiert?«, fragte er argwöhnisch.

Der Hermaphrodit schenkte ihm einen belustigten Blick. »Wir werden vielleicht alle sterben.« Damit schloss Gillian wieder zu dem Fettfischer auf. »Wir gehen nicht zufällig ein paar Umwege, um sicherzustellen, dass ich mir die Strecke nicht merken kann, oder?«

Rupert stieß ein knarrendes Kichern aus. »Du musst mich für einen schlechten Geschäftspartner halten.«

»Nur für einen vorsichtigen.«

»Da kannst du Recht haben.«

Weitere Minuten vergingen, dann erreichten sie eine Wand aus massiven Eichenbohlen. Sie wirkte kaum weniger stabil als das Mauerwerk, das sie an allen Seiten umgab.

»Dahinter befindet sich ein Gang, der direkt in Lysanders Gemächer führt«, sagte Rupert.

Gillian runzelte die Stirn. »Du willst uns doch nicht schon hier verlassen?«

»Ich hab euch hergeführt, wie es abgemacht war«, sagte Rupert. »Also gib mir meinen Lohn.«

»Die Abmachung lautet, dass du uns bis zu Lysander führst.« Gillian blieb höflich. »Noch kann ich ihn nirgends entdecken.«

»Heißt das, du willst nicht zahlen?«

»Sobald wir Lysander gegenüberstehen.«

Rupert knurrte etwas, aber er ließ sich nicht auf einen Streit ein. Stattdessen wandte er sich der Eichenwand zu, zählte von links fünf Bohlen ab und drückte mit der flachen Hand gegen die sechste. Sie gab mit einem Knirschen nach, und sogleich schoben sich alle Bohlen rechts von ihr wie eine Schiebetür zur Seite. Ein schmaler Spalt entstand, gerade breit genug, um hintereinander durchzuschlüpfen.

»Du zuerst«, sagte Gillian zu Rupert.

Der Fettfischer rückte das Teesieb über seinem blinden Auge

zurecht und kletterte durch die Öffnung. Gillian und Aura folgten, zuletzt stiegen Daniel und Christopher hindurch.

»In diese Richtung.« Rupert deutete nach rechts. Am Ende eines Korridors brannte eine einsame Öllampe über einer niedrigen Holztür. »Gleich dahinter befindet sich der Hauptsaal von Lysanders Gemächern. Die Tür wird innen durch eine Täfelung verdeckt, aber Lysander weiß natürlich von ihr.«

»Natürlich –« Gillian lächelte wieder. Aura gefiel seine Geheimnistuerei immer weniger. Hoffentlich war ihm bewusst, dass er mit ihrer aller Leben spielte.

»Kann ich jetzt gehen?«, fragte Rupert.

»Du kennst doch die Antwort.«

Der Fettfischer schenkte Gillian aus seinem einen Auge einen hasserfüllten Blick und ging abermals voran. Im Schein der Öllampe machten sie halt. Die Tür hatte einen runden Metallknauf, der mit Grünspan überzogen war. Aura fröstelte. Ein Blick in die Gesichter ihrer Stiefbrüder zeigte ihr, dass es den beiden nicht besser erging. Sogar Christophers Selbstsicherheit war restlos verschwunden.

Sie waren alle unbewaffnet. Nur Gillian mochte sich mit bloßen Händen zu wehren wissen. Jegliche Gegenwehr blieb allein ihm überlassen – und genauso wollte er es. Er war regelrecht besessen davon, Lysander mit eigenen Händen zu töten.

»Öffnen!«, befahl Gillian dem Fettfischer, deutlich barscher als zuvor.

Rupert drehte den Knauf langsam nach links. Der Mechanismus klickte. Der Fettfischer blickte sie noch einmal der Reihe nach an, dann zog er die Tür mit einem Ruck weit auf.

Vor ihnen öffnete sich der Blick in eine weite Halle. Die getäfelten Wände waren über und über mit Gemälden bedeckt; sogar an der Innenseite der Tür hing eines, und im selben Augenblick, da Rupert sie öffnete, erkannte Aura das Motiv. Es war ihre Insel, das Eiland, auf dem Schloss Institoris stand. Doch etwas unterschied das Gemälde von dem vertrauten Anblick: Der Zypressenhain war niedergebrannt, die Bauten zu Ruinen verfallen. Eine schwarze Rauchsäule stieg wabernd in den Himmel.

Gillian trat an dem Bild vorüber und schaute sich in der unterirdischen Halle um. Aura und ihre Stiefbrüder folgten ihm zögernd.

Rupert sprang an ihnen vorbei, mehrere Schritte weit in die Halle hinein, und stieß einen langgezogenen Pfiff aus. Durch das offene Haupttor des Saales stürmten zwei Dutzend Fettfischer, mit einer Selbstverständlichkeit, als sei dies nicht Lysanders, sondern ihr Zuhause. Christopher fluchte laut, auch Daniel rief etwas, und als Aura sich umschaute und zurück in den Gang blickte, erkannte sie, dass auch jene Fettfischer, die sie am Eisenrost zurückgelassen hatten, zu ihnen aufgeschlossen hatten. Gerade stiegen die letzten durch die Eichenwand und näherten sich stumm von hinten.

»Verräter!«, klagte Daniel Rupert an, sein Blick schloss Gillian in diese Anschuldigung mit ein.

Die Fettfischer in der Halle bezogen in einem Halbkreis um ihren Anführer Stellung – eine Mauer aus zerlumpten, schmutzigen Gestalten, die inmitten dieser Pracht aus kostbaren Bildern und exotischen Teppichen deplatziert wirkten.

Aura erwartete ein Grinsen auf Ruperts Gesicht, doch als sie ihn ansah, entdeckte sie nichts als Kummer – und etwas, das Gier sein mochte.

Der Fettfischer streckte ihnen die offene Hand entgegen. »Mein Lohn!«, verlangte er.

Gillian blieb gelassen. »Muss ich dich noch einmal an unsere Abmachung erinnern, Rupert? Der Lohn wird fällig, sobald wir Lysander gegenübertreten – und, um ehrlich zu sein, ich frage mich gerade, ob die Umstände nicht gegen eine Auszahlung sprechen.«

»Du Hund!«, schimpfte Rupert. »Du wirst mir sofort –«

»Aber bitte!«, sagte da eine hohle Stimme. Sie kam von einem Podest an der Stirnseite der Halle, einer Erhöhung, die nur über einige Stufen zu erreichen war. »Wir wollen doch nicht in den Jargon der Gasse verfallen – oder, wenn ihr so wollt, in den des Kanals.«

Aura musste nicht sehen, wer die Worte gesprochen hatte, um zu wissen, dass sie am Ziel waren. In der Mitte der Empore lehnte an einem Holzgerüst ein hohes Gemälde, ein lebensgroßes Porträt des Kaisers Franz Joseph, in weißer Uniformjacke, roter Hose und mit mächtigem Backenbart. Die Stimme erklang von der Rückseite des Gemäldes.

»Was soll das, Lysander?«, rief Gillian. »Warum versteckst du dich vor uns?«

Der Alchimist antwortete nicht sofort. Stattdessen ertönte ein tiefes Seufzen. »Du hast einen Fehler gemacht, Gillian. Wie konntest du annehmen, ich würde hier schutzlos auf dich warten? Zudem muss ich gestehen, dass ich immer noch ein wenig verstimmt darüber bin, dass Stein und Bein nicht mehr unter uns weilen. Ihre Ausbildung war immerhin … nun, sagen wir, langwierig.«

»Vermutlich habe ich dich unterschätzt«, erwiderte Gillian, aber Aura glaubte ihm kein Wort. So dumm war er nicht.

»Sie, meine Dame«, sagte der gemalte Monarch mit Lysanders Stimme, »müssen Aura Institoris sein. Nestors Tochter. Ich bitte die Feststellung zu verzeihen, aber Sie haben sämtliche Vorzüge Ihrer Mutter geerbt, meine Liebe.«

Aura brachte vor Zorn einen Moment lang kein Wort heraus. Dann erst fragte sie mit gepresster Stimme: »Wo ist meine Schwester?«

»Sie ist in Sicherheit.« Lysander lachte leise. »Gut bewacht, wie Sie sehen.«

»Wenn Sie wirklich vorhaben, sie zu –«

»Ach, meine Liebe«, unterbrach Lysander sie gedehnt. »Der süßen Sylvette wird kein Leid geschehen. Ich nehme an, Gillian hat Sie über vieles aufgeklärt. Dann wissen Sie auch, dass der Zeitpunkt ihrer Reife erst mit der Volljährigkeit eintritt. Ich bin nicht sicher, wie Nestor es damit gehalten hat« – er machte eine betonte Pause, um die schändliche Unterstellung seiner Worte auszukosten – »aber ich gedenke nicht, die kleine Sylvette durch Ungeduld zu verderben. Bis sie einundzwanzig ist, werden noch zehn Jahre vergehen. Und so lange wird sie schlafen. Tief und fest schlafen.«

»Was haben Sie mit ihr gemacht?«, rief Aura außer sich vor Abscheu, und doch war nicht sie es, sondern Christopher, der wutentbrannt auf die Empore zustürzte. Er kam nur wenige Schritte weit – dann warfen sich vier Fettfischer auf ihn und zerrten ihn zu Boden.

»Sie elender Dreckskerl!«, brüllte Christopher und versuchte, sich loszureißen. »Wie können Sie es wagen, einem Kind so etwas anzutun?«

»Sieh an«, stieß Lysander in gespieltem Erstaunen aus. »Kommt solch garstiger Vorwurf etwa aus dem Mund desselben jungen Mannes, der die Güte einer braven Frau so schändlich missbraucht hat? Derselbe junge Mann, der keine Skrupel hatte, Nestors Tod zu verschweigen und dessen Forschungen auf eigene Faust fortzuführen? Derselbe junge Mann etwa, der ohne ein Wimpernzucken den Mann getötet hat, der seiner Stiefmutter alles bedeutet hat?«

Einen Moment lang verriet Christophers Miene Verwunderung, aber da ging er auch schon unter dem Hieb eines Fettfischers zu Boden. Aura und Daniel starrten ihn entgeistert an, unsicher, ob sie Lysanders Worten Glauben schenken sollten. Aber es ging jetzt nicht um Christophers Schuld, sondern allein um die Rettung Sylvettes.

»Was meinen Sie damit: Sie wird schlafen?«, fragte Aura unsicher.

Es war Gillian, der ihr die Antwort gab: »Hypnose. Er hat sie in Tiefschlaf versetzt. Er hat das schon mit vielen getan.«

»Eine Leichtigkeit, wirklich«, bestätigte Lysander. »Ihr Vater, Fräulein Aura, hätte das ebenso vermocht. Sylvette ruht in einer Art Scheintod. Vollkommen gefahrlos, wie ich hinzufügen darf.«

Gillian lachte hämisch auf. »Glaubst du wirklich, du wirst zehn Jahre warten können? Hast du so viel Zeit?«

»Wenn mich die Umstände nicht eines Besseren belehren.«

»*Die Umstände?*«, entfuhr es Aura.

Wieder war es Gillian, der das Wort ergriff. Er warf dem finster dreinschauenden Rupert einen Blick zu. »Ein hübscher Zug, Lysander, ausgerechnet die Fettfischer als Wächter anzuheuern.«

»Aus der Not eine Tugend gemacht«, entgegnete die Stimme hinter dem Gemälde. »Umso erfreulicher, dass du dich ausgerechnet an sie gewandt hast, um dich und deine Freunde hierherzuführen.«

Gillian nickte anerkennend, doch Aura spürte, dass irgendetwas daran falsch wirkte. Gillian spielte eine Rolle, die des stolzen Geschlagenen, und irgendetwas sagte ihr, dass er nicht wirklich so empfand. Als hielte er einen Trumpf in der Hinterhand.

»Ich hätte wohl ahnen müssen«, gestand Gillian, »dass du Rupert einen Handel anbieten würdest. Obgleich ich sagen muss, dass ich den Geschmack der Zwillinge in Sachen Kleidung und Duftwasser bevorzugt habe.«

Rupert sah aus, als wolle er sich auf den Hermaphroditen stürzen. »Du bist mir noch meinen Lohn schuldig!«

»Ganz sicher keinen, den Lysander nicht überbieten könnte«, gab Gillian gelassen zurück.

»Du weißt genau, welchen Lohn ich meine«, sagte der Fettfischer mürrisch.

»Wollt ihr mich nicht in euer kleines Geschäft einweihen?«, fragte Lysander. »Ich bin sicher, wir werden eine Lösung unter Gentlemen finden.«

Daniel, der die ganze Zeit über geschwiegen hatte, schien kaum glauben zu können, was er da hörte. »Das kann doch wohl alles nicht wahr sein«, flüsterte er.

Aura trat neben ihn und ergriff seine Hand.

»Gib es her!« Rupert, der sich immer noch um seine Bezahlung sorgte, stampfte auf Gillian zu, blieb jedoch drei Schritte vor ihm stehen. Es sprach für Gillians Ruf, dass sich der Fettfischer trotz der Übermacht seiner Gefolgsleute nicht näher an ihn heranwagte.

»Bitte, meine Herren, keine Handgreiflichkeiten«, bat Lysander mit kaum verhohlener Heiterkeit. Sein Eingreifen klang halbherzig; vielmehr schien auch er neugierig zu sein, was als Nächstes geschehen würde.

Gillian griff langsam in seine Jackentasche, und sogleich traten Lysanders Leute einen Schritt auf ihn zu. Der Hermaphrodit aber lächelte nur und zog eine Handvoll Münzen hervor. Verächtlich warf er sie vor Ruperts Füße.

Das Gesicht des Fettfischers war dunkelrot vor Zorn. Eine pulsierende Ader schwoll auf seiner Stirn. »Das ist nicht das, was ich will.«

»Ich weiß«, entgegnete Gillian ruhig. »Aber es ist das, worauf du Anspruch hast.« Er deutete abfällig auf die Münzen, die auf dem

Teppich schimmerten. Einige Fettfischer wollten sich begierig danach bücken, doch Rupert hielt sie mit einer harschen Geste zurück.

Lysander schwieg und wartete. Christopher wurde immer noch von vier Fettfischern zu Boden gedrückt, während Daniel wie erstarrt dastand. Nur Aura begann, allmählich zu verstehen.

»Du weißt, dass ich es dir mit Gewalt nehmen kann«, drohte Rupert mit schneidender Stimme.

»Versuch es«, forderte Gillian ihn unbeeindruckt auf. »Ich befürchte aber, du wirst dann nur noch wenig Freude daran haben.« Er wandte sich über die Schulter an Aura. »Aura, würdest du bitte herkommen?«

Sie ließ Daniels Hand los und trat an Gillians Seite.

Sogleich richteten sich die Blicke aller Fettfischer auf sie. Die Gier und das Verlangen in den verkniffenen Augen ließen sie frösteln.

Gillians Hand verschwand abermals in seiner Jacke. Als er sie wieder hervorzog, umschlossen seine Finger etwas, das Aura nicht erkennen konnte.

»Was ist es?«, erklang Lysanders gespannte Stimme. Zum ersten Mal lag auch ein wenig Argwohn darin.

Gillian lächelte und streckte Rupert die geschlossene Faust entgegen. »Ist es das, was du willst?«

Ungeduld gloste im Blick des Fettfischers. »Her damit!«

Die Finger des Hermaphroditen zuckten, als wollten sie das, was sie hielten, zerquetschen.

Lysander klang jetzt ungehalten. »Gib es ihm, Gillian. Ich bin dieses Spiels überdrüssig.«

»Nicht so schnell.«

Der Alchimist seufzte hinter dem Gemälde. »Rupert, was immer es ist, ich kaufe dir zehn davon. Aber mach dieser Farce ein Ende.«

Der Fettfischer blieb immer noch wie angewurzelt stehen. Er knurrte: »Das können Sie nicht. Nicht mal Sie.«

»Oh, er könnte es, gewiss«, widersprach Gillian mit breitem Lächeln. »Aber nicht heute. Auch nicht nächste Woche. Es würde eine Weile dauern. Er müsste es extra aus Mailand kommen lassen, oder gar aus London, weil es nämlich in Wien niemanden gibt, der es ihm machen könnte. Und glaubst du wirklich, Rupert, dass du ihm solch einen Aufwand wert bist?«

Daran schien der Fettfischer in der Tat seine Zweifel zu haben.

»Schluss«, rief Lysander, »es ist genug! Rupert, töte das Mädchen!«

Gillian fuhr herum und zog Aura mit der linken Hand zu sich heran. Zugleich führte er seine Faust und das, was darin verborgen war, an seinen Mund.

Die Fettfischer rückten näher, doch ihr Anführer hielt sie mit einer Handbewegung zurück.

»Rupert!«, erklang die Stimme Lysanders. »Ich habe dir einen Befehl gegeben!«

Aura warf Gillian einen verständnislosen Blick zu. Er aber grinste, öffnete dann den Mund und schob das geheimnisvolle Ding hinein. Als er die Hand zurückzog, schaute etwas zwischen seinen Lippen hervor. Ein Auge.

Ein Raunen ging durch die Reihe der Fettfischer. Ruperts Gesicht verwandelte sich in eine Grimasse ohnmächtiger Wut. »Wenn du das tust ...«

Blanker Hohn sprach aus Gillians Miene, und Aura begriff, dass die Reihe nun an ihr war, sie alle zu retten.

»Er wird es zerbeißen«, fauchte sie dem Fettfischer drohend entgegen. »Du weißt, dass er es tun wird!«

»Rupert!«, brüllte Lysander. Von seiner Position aus konnte er unmöglich sehen, um was es sich handelte, das den Fettfischer plötzlich in seiner Loyalität wanken ließ. »Töte sie! Sofort! Töte sie alle vier!«

»Das wird er nicht!«, stieß Aura hervor. »Rupert, sag deinen Leuten, sie sollen sich zurückziehen. Oder, nein, besser noch, befiehl ihnen, Lysander herzubringen!«

»Nein!«, rief der Alchimist. *»Du bist mir verpflichtet, Rupert!«*

Aura hätte laut auflachen mögen, als sie die Klugheit hinter Gillians List erkannte. Er hatte dies alles tatsächlich vorausgesehen.

»Rupert«, sagte sie noch einmal, und diesmal klang es beschwörend. »Gillian wird das Auge zerstören, wenn du und deine Leute nicht tun, was ich sage.« Sie deutete auf das Gemälde. »Bring mir Lysander!«

Hasserfüllt blickte der Fettfischer sie an, winkte dann aber ein halbes Dutzend seiner Männer herbei und deutete fahrig auf die Empore. »Tut, was sie sagt!«, presste er mit blutleeren Lippen hervor.

Gillians Mund schloss sich, als wollte er das Auge verschlucken.

»Los, beeilt euch!«, trieb Rupert seine Männer an.

Die Fettfischer gehorchten. Verwirrt stürmten sie die Stufen hinauf. Einer packte das Gemälde am Rahmen und riss es nach vorne. Scheppernd fiel es auf die Treppe, rutschte nach unten und wurde erst vom Teppich gebremst.

Dahinter war niemand. Nur ein Messingtrichter ragte an einem langen Rohr aus der Decke. Wie eine erstarrte Schlange, kopfüber, mit aufgerissenem Maul.

Sekundenlang herrschte Schweigen. Dann, plötzlich, erklang aus dem Sprachrohr ein krächzendes Lachen. »Ihr habt nicht wirklich geglaubt, ich verstecke mich hinter« – wieder Gelächter – »hinter einem Bild des Kaisers?«

Die Fettfischer sahen unentschlossen vom Ende des Rohrs zu ihrem Anführer. Auras Blick raste zu Gillian, doch der Hermaphrodit wirkte wenig überrascht. Mit einem Kopfnicken deutete er zur Tür, durch die sie gekommen waren.

»Nein!«, entfuhr es Aura. »Nicht ohne Sylvette!« An Rupert gewandt, fauchte sie: »Wo ist meine Schwester?«

Er grinste böse. »Was ist sie dir denn wert, Schätzchen?«

Gillian hustete, so als könnte er das Auge nicht mehr lange im Mund behalten.

Rupert schrak zusammen und sagte hastig: »Ich weiß nicht, wo sie ist.«

»Aber deine Leute bewachen sie doch sicher.«

»Nein. Du hast den Herrn gehört – sie schläft. Wer schläft, braucht keine Bewachung.«

Christopher rappelte sich auf und schenkte dem Fettfischer, der ihn niedergeschlagen hatte, einen vernichtenden Blick. »Ich gehe hier nicht fort ohne Sylvette!«

Aus dem Sprachrohr erklang abermals die hohle Stimme Lysanders: »Ich fürchte, darüber müssen wir noch verhandeln.«

»Er will uns hinhalten«, stellte Daniel angstvoll fest. »Er hat irgendwas vor.«

»Christopher hat Recht«, warf Aura ein. »Ohne Sylvette können wir nicht gehen.«

»Mein Lohn!«, forderte Rupert, aber niemand achtete darauf. Die übrigen Fettfischer warteten auf Befehle.

Plötzlich rief einer, der nahe am Hauptportal der Halle stand: »Da kommt jemand!«

Im selben Moment hörten sie es alle. Wildes Fußgetrappel kam rasend schnell näher.

»Die Burghauptmannschaft!«, brüllte einer, und da ertönte auch schon ganz in der Nähe das Trillern einer Polizeipfeife.

Aus dem Sprachrohr erklang Lysanders Gelächter. »Gillian, Gillian! Wie konntest du nur glauben, mich reinlegen zu können? Und was dich angeht, Rupert – dich und deine Leute –, ihr seid entlassen!«

Der Hermaphrodit spuckte das Glasauge in seine Hand, hielt es aber fest mit den Fingern umschlossen, jederzeit bereit, es zu zerdrücken. »Wir müssen verschwinden!«

»Und Sylvette?«, rief Aura.

»Wir können im Augenblick nichts für sie tun.«

Mit einem Mal stand Christopher hinter ihm, riss Gillian an der Schulter herum und starrte ihm wutentbrannt ins Gesicht.

»Das alles war Ihr Plan! Nun sehen Sie, wohin er uns geführt hat!«

Gillian schaute ihn einen Augenblick lang finster an, dann schüttelte er Christophers Hand ab. Er erwiderte nichts auf die Anschuldigung und wandte sich stattdessen an Aura. »Die werden jeden in diesem Saal verhaften! Wir *müssen* weg!«

Christopher schüttelte den Kopf und rannte zum Haupttor. »Nicht ohne Sylvette!«, rief er noch einmal, dann verschwand er im dunklen Rechteck des Portals.

Gillian stieß verächtlich den Atem aus. »Er läuft der Burgwache genau in die Arme. Wollt ihr es genauso machen?«

Daniel blieb unentschlossen, während Aura Gillian Recht gab. Es hatte keinen Sinn, sich blindlings Lysanders Schergen auszuliefern.

Derweil war gut die Hälfte der Fettfischer zu der Seitentür gestürmt, durch die sie hereingekommen waren. Sie drängelten und schoben und verstopften dabei den Durchgang. Rupert war unter ihnen, bellte lautstark Befehle – vergebens. Niemand gehorchte ihm mehr, alle hatten nur noch die eigene Rettung im Sinn.

Die ersten Uniformierten erschienen am Hauptportal und stürzten sich mit Knüppeln auf die vorderen Fettfischer. Hinter ihnen drängten weitere nach. Gillian warf der überraschten Aura das Glasauge zu, dann stürzte er sich in den Kampf. Er packte einen der Uniformierten, setzte ihn mit einem Schlag außer Gefecht und entwand ihm Knüppel und Revolver. Noch war kein einziger Schuss gefallen, doch es war abzusehen, dass bald die ersten Burgwächter das Feuer eröffnen würden.

Der Kampf am Portal wuchs sich zu einer regelrechten Schlacht aus, als die Fettfischer erbitterten Widerstand leisteten. Rupert war nirgends zu sehen, er musste die Halle bereits verlassen haben.

Gillian war plötzlich wieder bei Aura und Daniel, während Christopher verschwunden blieb. Aura wünschte ihm im Stillen Glück. Gillian, der ihre Gedanken zu lesen schien, rief: »Das war keine Tapferkeit, sondern Selbstmord! Er hat nicht die geringste Chance.«

Er schob Aura und Daniel Richtung Seitentür und feuerte einen Schuss zur Decke ab, um die drängelnden Fettfischer auseinanderzutreiben. Sogleich entstand eine Gasse, durch die die drei zur Tür flohen. Doch der Schuss hatte die Männer der Burgwache auf die Flüchtenden aufmerksam gemacht. Lysander brüllte etwas durch das Sprachrohr, aber seine Worte gingen im Lärm des Kampfes und dem Trillern der Polizeipfeifen unter.

Gillian erreichte als Erster die Tür, blieb stehen und ließ Aura den Vortritt. Daniel wollte folgen, doch im selben Moment bellte ein zweiter Revolverdonner. Gillians Schuss hatte den Bann gebrochen: Die Burgwächter fürchteten bewaffnete Gegenwehr und feuerten zurück. Doch die Kugel, die auf Gillian gezielt gewesen war, ging fehl und traf stattdessen Daniel zwischen den Schulterblättern. Er wurde nach vorn geschleudert und stürzte mit einem Aufschrei draußen im Gang zu Boden. Gillian folgte ihm hastig, erwiderte das Feuer mit einem einzelnen Schuss, dann war auch er durch die Tür, während sich hinter ihm der Wall der Fettfischer wieder schloss. Innerhalb eines Herzschlags war der Ausgang von schiebenden und prügelnden Leibern versperrt. Mehr als ein Dutzend Fettfischer mussten sich noch in der Halle befinden, nicht gezählt jene, die bereits verhaftet waren.

Daniel lag am Boden und stöhnte leise. Der Rücken seiner Jacke war blutgetränkt. Aura kniete neben ihm nieder und kam sich entsetzlich hilflos vor. Sie versuchte, ihren Stiefbruder hochzuziehen, doch ihm fehlte die Kraft, auf eigenen Beinen zu stehen. Gillian half ihr, und gemeinsam gelang es ihnen endlich, Daniel auf die Füße zu stellen. Sie legten seine Arme um ihre Schultern und schleiften ihn stolpernd den Korridor hinunter.

Die Fettfischer, die sich den Weg zur Tür freigekämpft hatten, überholten die drei, ohne sie zu beachten. Sie verschwanden durch die offene Eichenwand, nicht einer von ihnen folgte dem Korridor weiter geradeaus ins Dunkel.

»Die Wachmannschaft wird ihnen in die Kanäle nachjagen«, keuchte Gillian. »Wir nehmen den anderen Weg.«

Aura konnte vor Verzweiflung über Daniels Verletzung kaum sprechen. »Wohin führt dieser Gang?«

»Tiefer in die Keller der Hofburg. Dort werden sie hoffentlich zuletzt nach uns suchen.«

Sie schleppten Daniel an der offenen Eichenwand vorüber und liefen weiter den Gang hinunter. Hinter ihnen blieb der Lärm des Kampfes zurück. Noch immer war es keinem der Uniformierten gelungen, sich zwischen den Fettfischern hindurch aus der Halle zu drängen. Aber das konnte nur noch eine Frage von Sekunden sein. Weitere Schüsse peitschten jenseits des Durchgangs, jemand schrie auf.

Sie kamen an eine Kreuzung. Geradeaus führte der Gang eine steile Treppe hinauf; Daniels Gewicht würde sie auf diesem Weg viel zu sehr aufhalten. Also wandten sie sich nach rechts.

Hinter ihnen wurde das Geschrei noch einmal lauter, als die letzten Fettfischer aus der Halle trampelten, gefolgt von den Burgwächtern. Und doch schien sich Gillians Hoffnung zu bewahrheiten. Niemand nahm denselben Weg wie sie, alle flohen durch die Eichenwand ins Labyrinth der Kanäle und Entwässerungsschächte.

Zwei, drei Minuten lang schleppten sie sich weiter, bis Gillian plötzlich stehenblieb und sagte: »Warte.«

Aura dachte gar nicht daran, obwohl sie kaum noch Kraft hatte, sich auf den Beinen zu halten, so sehr belastete sie Daniels Gewicht. Keuchend zog sie ihn weiter. »Nein«, stieß sie hervor. »Wir müssen weiter, wir müssen –«

»Aura!«, Gillian hielt sie zurück. »Aura, bitte. Es hat keinen Zweck mehr.«

Sie starrte ihn zornig an. »Daniel wird sterben, wenn wir nicht –«

Gillians Stimme war sehr sanft, als er sie abermals unterbrach. »Daniel ist tot, Aura.«

Langsam wandte sie den Kopf so weit zur Seite, dass sie Daniel ins Gesicht sehen konnte. Er sah aus, als schliefe er. Sie hatte ihn früher oft so schlafen sehen, ganz nahe neben sich, Gesicht an Gesicht.

Gillian hob den Reglosen von ihrer Schulter und ließ ihn sanft zu Boden gleiten. Er bettete Daniels Hinterkopf in seine Rechte, ergriff mit der Linken sein Handgelenk. Nach einer Weile schüttelte er stumm den Kopf.

Aura stand da wie versteinert und blickte auf die beiden hinab. Sie starrte in Daniels Gesicht und wartete, dass ihr endlich die Tränen kämen. Sie kamen nicht. Noch nicht.

Mit einem Mal war Gillian neben ihr und legte einen Arm um ihre Hüfte. »Wir müssen weiter. Bitte.«

»Du … du willst ihn einfach hier liegenlassen?«

»Er würde uns aufhalten. Und für ihn spielt es keine Rolle mehr.«

Wutentbrannt riss sie sich von ihm los. »Uns aufhalten? Das hat er die ganze Zeit getan, nicht wahr? Das hast du doch gemeint!«

»Wir können ihm nicht mehr helfen.«

Sie achtete nicht auf seine Worte, fiel neben Daniels Leichnam auf die Knie und ergriff seine Hand. Die Finger waren noch immer warm. Was, wenn Gillian nur behauptete, Daniel sei nicht mehr am Leben, um ihn zurückzulassen?

Der Hermaphrodit legte ihr zärtlich eine Hand auf die Schulter. »Komm jetzt, bitte. Sie werden gleich hier sein.«

Ihr Kopf ruckte herum. »Er ist nicht tot.«

»Aber –«

»Du lügst. Du willst nur dein Leben retten.«

»Aura, es ist traurig, dass er –«

»Traurig?«, schrie sie ihn an. »Du hast ihn doch nicht mal gekannt. Sag mir nicht, dass du um ihn trauerst!«

»Sie werden uns schnappen, wenn wir nicht weitergehen.«

»Dann geh doch!« Sie war hysterisch, na und? Sie hatte, verdammt noch mal, allen Grund dazu!

Einen Augenblick lang sah es aus, als wollte er sie von Daniel fortreißen, aber er wusste wohl, dass er sie dadurch endgültig verlieren würde.

»Zum letzten Mal«, sagte er, aber es lag keine Drohung in seiner Stimme, »komm jetzt mit. Daniel ist tot, und es hilft weder ihm noch dir selbst, wenn du dich seinen Feinden auslieferst.«

Sie hob Daniels Oberkörper und wiegte ihn einige Sekunden lang in ihrem Schoß. Dann legte sie ihn sanft zu Boden und stand auf. »Vielleicht hast du Recht«, flüsterte sie, fast zu sich selbst. »Er –«

»Ist tot«, sagte eine grobe Stimme aus dem Dunkel. »So wie ihr beiden.«

»Rupert!«, entfuhr es Gillian.

Aura wirbelte herum und sah den Anführer der Fettfischer in den Lichtkreis einer Öllampe treten. Er war allein und hielt einen Revolver in der Hand. Der Lauf war auf Gillians Brust gerichtet.

»Mein Lohn!«, verlangte er. »Gebt mir das Auge!«

Gillian seufzte, dann wandte er sich an Aura. »Gib es ihm. Er ist der Ansicht, er hätte es sich verdient.«

Aura griff in die Tasche ihres Kleides, in die sie das Glasauge während der Flucht aus der Halle gesteckt hatte. Doch ihre Fingerspitzen berührten nichts als winzige Splitter. Daniels Gewicht an ihrer Seite hatte den Augapfel zerbrochen.

Sie sah auf und starrte in die Mündung von Ruperts Revolver.

»Nun?«, fragte der Fettfischer lauernd. »Wo ist es?«

»Du kannst das Auge haben, Rupert, aber vorher wirst du mir deine Waffe geben.«

Der Fettfischer lachte gehässig. »Ich hab die Spielchen satt, Mädchen.« Mit diesen Worten hob er die Waffe, zielte in Gillians Richtung und drückte ab.

Der Schuss hallte krachend in den unterirdischen Gängen wider.

Gillian warf sich zur Seite. Zu spät. Ein scharlachroter Einschuss erblühte unterhalb seiner rechten Brust.

Rupert lachte triumphierend, spannte den Hahn – doch da warf Aura sich schon auf ihn. Sie prallte mit aller Kraft gegen seinen Arm, überwältigt von ihrem eigenen Zorn und dem Gestank, den der Fettfischer verströmte. Ein weiterer Schuss löste sich, pfiff als Querschläger in die Finsternis.

Aura hatte den Kräften ihres Gegners nichts entgegenzusetzen. Innerhalb zweier Herzschläge hatte er sie zu Boden geworfen, stand über ihr und richtete den Revolver auf ihr Gesicht. Spannte den Hahn.

Da rissen zitternde Arme ihn an den Knien nach hinten. Der verwundete Hermaphrodit klammerte sich um Ruperts Beine. Der Revolver fiel aus seiner Hand, schepperte über den Boden und wurde erst von Daniels Leichnam gebremst. In einem Wirbel aus um sich schlagenden Armen polterten die beiden Männer übereinander.

Aura spürte, wie Übelkeit in ihr aufstieg. Einen Moment lang wurde ihr schwarz vor Augen. Dann überwand sie ihre Panik und wollte Gillian zu Hilfe eilen.

Er lag blutend unter der Masse des Fettfischers und regte sich nicht. Rupert hockte auf seiner Brust und würgte ihn mit beiden Händen, stieß dabei Flüche aus und lachte wie ein Rasender.

»Rupert«, rief Aura im Rücken des Fettfischers. Er ließ von dem leblosen Hermaphroditen ab und fuhr herum.

»Ist es das, was du willst?«, fragte sie.

Statt des Glasauges erblickte Rupert etwas anderes. Die Mündung seines Revolvers. Einen grellen Blitz.

Dann nichts mehr. Die Kugel zerschmetterte seine Stirn.

Aura hielt den Revolver mit bebenden Händen umklammert.

Ganz allmählich ließ sie ihn sinken. Ihr Kopf fühlte sich an, als würde er jeden Moment in Stücke zerspringen. Trauer und Angst wollten sie überwältigen. Aber sie durfte nicht nicht aufgeben. Nicht jetzt.

Stöhnend zerrte sie den toten Fettfischer von Gillians Körper. Der Hermaphrodit bewegte sich nicht. Sie legte eine Hand auf seine Brust, zitterte aber viel zu sehr, um fühlen zu können, ob er noch atmete. Seine Augen waren geschlossen, ebenso sein Mund. Blaue Male prangten an seiner Kehle, dort, wo Ruperts Klauen zugedrückt hatten.

»Gillian!«, brüllte sie ihn an.

Dann erinnerte sie sich. *Komm, weiter,* hatte er gesagt, *wir müssen hier weg!*

Aura stemmte sich hoch, kraftlos, ihr Widerstand war wie ausgelöscht. Drei Männer blieben zurück, als sie sich in Bewegung setzte. Drei Tote. Gestorben, damit sie weiterleben konnte. Sie stieg über die Körper, ohne einen weiteren Blick darauf zu werfen. Dann rannte sie zurück zur letzten Kreuzung und schlug dort den Weg nach oben ein, die lange, steile Treppe hinauf.

Sie dachte an nichts mehr, nicht einmal an ihre eigene Rettung. Sie spürte sich nur laufen, egal wohin, fühlte keine Trauer, kein Leid, keine Furcht.

Eine Fremde stolperte die Stufen hinauf, und ihr Schicksal erfüllte Aura mit Gleichgültigkeit.

Irgendwann erreichte sie einen Saal, vollgestopft mit Requisiten. Der Keller des Hofburgtheaters. Sie fand eine weitere Treppe, einen Ausgang.

Dann Tageslicht.

Christopher kam weiter, als sie erwartet hatten, aber schließlich fingen sie ihn doch.

Er wusste noch immer nicht, wo Sylvette zu finden war, und er sollte es nicht mehr erfahren. Seine Suche war vergeblich gewesen, das hatte er von Anfang an geahnt und hatte es doch nicht wahrhaben wollen. Er allein hatte den Versuch unternommen, sie zu retten. Niemand sonst. Er ganz allein.

Ein Irrgarten aus Korridoren ohne Türen. Säle, Hallen, leere Kammern. Dann sein Verhängnis: ein Lager voll mit gestapelten Kisten. Darin die ausgemusterten Bände der kaiserlichen Bibliothek.

Die Männer holten ihn ein, als er sich in Krämpfen am Boden wand. Er bekam keine Luft, seine Augen waren fast zugeschwollen, sein Gesicht rot angelaufen. Trotzdem warfen sie sich auf ihn. Er wehrte sich nicht, als sie ihn aus dem Raum zerrten, hinaus auf den Gang.

Dort presste ihn ein halbes Dutzend von ihnen zu Boden, und harte Schläge hagelten in sein Gesicht. Eine Weile lang verlor er das Bewusstsein.

Das Erste, was er sah, als seine Sinne wiederkehrten, war ein Mann in Polizeiuniform, der ihn eingehend musterte. Zwei andere drückten Christopher die Arme auf den Rücken.

Sein Gegenüber entfaltete ein Papier, betrachtete es flüchtig, zeigte es dann den anderen. Christopher warf wie durch Schleier einen Blick darauf. Es war eine Zeichnung. Sein eigenes Gesicht, gut getroffen. Ein Steckbrief. Lysander hatte ihn anfertigen lassen.

»Dreckiger Mädchenmörder!«, schnauzte ihn eine Stimme von hinten an, dann trieben sie ihn mit Schlägen und Tritten eine Treppe hinauf, durch einen Torbogen ins Freie, in einen Innenhof der Burganlage. Endlich frische Luft.

Ein Pferdewagen stand für ihn bereit, mit vergitterten Fenstern. Christopher wurde hineingeworfen, hinter ihm schnappten Riegel zu. Knarrend setzte sich der Wagen in Bewegung.

Mit beiden Händen zog er sich am Gitter in die Höhe, starrte wie betäubt nach draußen. Starrte durch ein Raster aus Eisenstäben hinaus in eine ferne freie Welt.

ZWEITES BUCH

Sieben Jahre später

1904

KAPITEL 1

Im Morgengrauen erwachte die Stadt aus dunklem Schlummer und streckte ihre Glieder. Sie wurde größer, die Türme höher, sie dehnte sich aus, während sich immer mehr Gebäude und Straßenzüge aus dem Dämmerlicht schälten. Einzelne Glutpunkte flammten in der düsteren Masse auf, Fenster, in denen sich der erste Schimmer des Tages brach. Wie ein Lauffeuer breitete sich dann der frühe Sonnenschein über die einzelnen Stadtteile aus, ein goldenes Glosen und Leuchten, das von Fenster zu Fenster, von Haus zu Haus übersprang. Von der Donau hoben sich die Nebel und lösten sich in Nichts auf. Stränge aus Rauch stiegen zum Himmel empor, erst vereinzelt, dann immer mehr, bis die ganze Stadt in Fesseln lag. Menschen lösten sich aus Türen und Torbögen, vereinten sich in Gassen und Straßen zu wimmelnden Kolonnen, wie Zahlenreihen im Aufmarsch einer mathematischen Gleichung.

Die Dächerlandschaft Wiens bei Tagesanbruch: Spitze Giebel und gläserne Kuppeln, rußige Schlote und Kamine von zarter Anmut, kühne Horste mit Zinnenkränzen und flache, schnöde Barackendächer. Ein Gedränge aus roten Ziegeln und grauem Schiefer. Villen und Palais erwachten zum Leben, Katen, Hütten und Mietskasernen begrüßten türenschlagend den frühen Morgen. Der Tag war da, und mit ihm kam die Erinnerung.

Auras Erinnerung.

Der Schaffner hatte eben erst an der Tür ihres Schlafabteils geklopft – »Wien in zwanzig Minuten!« –, aber sie war schon seit über einer Stunde auf den Beinen. Während der Zug die Vororte passierte, saß sie am Fenster und blickte hinaus. Vor ihr, auf einem winzigen Tischchen, lag etwas, das aussah wie eine Zigarre. Bei jedem Rumpeln und Rucken der Räder rollte es vor und zurück. Aura bremste es mit der Fingerspitze, sobald es der Tischkante zu nahe kam.

Ihr Blick streifte nachdenklich die Dächer und Fassaden, die Giebel, Erker und Stuckbalkone. Je näher der Zug den zentralen Bezirken kam, desto prachtvoller erschien ihr die Stadt. Aura fiel auf, dass sie Wien bei ihrem Aufenthalt vor sieben Jahren keines zweiten Blickes gewürdigt hatte. Die Schönheit und der Zauber der alten Kaiserstadt hatten sie völlig unberührt gelassen.

Die Zigarre rollte wieder, und abermals hielt Aura sie auf. Gedankenverloren blickte sie auf das fingerlange Ding hinab. Es war plump gedreht und ohne Etikett. Noch einmal schob sie es mit dem Finger zurück, und erneut kullerte es durch die Vibration der Fahrt zurück zu ihr. Ein wenig wie ihre Vergangenheit, die sie noch so oft von sich stoßen mochte – jedes Mal vergeblich.

Immer wenn die Gedanken an damals zurückkehrten, fanden sie eine andere, veränderte Aura vor. Selbst äußerlich. Sie trug das schwarze Haar jetzt kürzer, nur noch bis zu den Schulterblättern, und auf den seltenen Wegen, die sie unter andere Menschen führten, verbarg sie es gänzlich unter einem breiten schwarzen Hut. Die meisten glaubten bei ihrem Anblick – den nachtfarbenen Kleidern und langen Mänteln –, sie trage Trauer, und vielleicht verbarg sich in dieser Annahme eine größere Wahrheit, als selbst Aura erkannte.

Nicht alle Eindrücke von damals verfolgten sie, nicht jede Minute des Grauens, nicht jedes Wort, nicht jeder Anblick. Manches davon war verblasst. Nicht gänzlich fort, aber die Intensität hatte nachgelassen. Noch immer spürte sie den Schmerz ihrer Verluste, und auch die Verzweiflung von damals stieg manchmal in ihr hoch. Doch ebenso waren ihr einige Facetten dieser Empfindungen fremd geworden. Sie sagte sich – vielleicht ein wenig vorschnell und allzu sehr auf Selbstschutz bedacht –, dass es die Erinnerungen eines Mädchens waren, nicht die der Frau, die sie heute war.

Doch sie wusste, wie fadenscheinig solche Erklärungen waren. Sie war kein Kind mehr, und in den vergangenen sieben Jahren hatte sich vieles verändert.

Sie war jetzt fünfundzwanzig, doch in sich trug sie das Wissen von Jahrhunderten.

Die Gittertür klirrte wie zerschlagenes Geschirr, als der Wärter sie aufschloss und nach innen drückte. Er traf das Schloss ohne hinzusehen, und darauf war er nach all den Jahren besonders stolz – zumindest versicherte er dies Aura, als er sie tiefer in die Ziegelgrotten des Gefängnisses führte.

Sie schritten durch einen breiten Gang, in dessen Wände in Abständen von einigen Metern Metalltüren eingelassen waren. In der Mitte jeder Tür befand sich ein kopfgroßer Eisenrost, und es dauerte eine Weile, ehe Auras Blicke das Dämmerlicht durchdrangen und hinter jedem Gitter ein wildes Augenpaar entdeckten.

»Alles Einzelzellen«, erklärte der Wärter und löste einen polierten Knüppel von seinem Gürtel. Als hinter einigen Türen Rufe laut wurden, schlug er kraftvoll gegen die Gitterluken. Der Lärm war ohrenbetäubend, und Aura wünschte sich, der Mann würde damit aufhören. Die anzüglichen Rufe der Gefangenen berührten sie nicht, doch beim Scheppern des Knüppels auf Eisen zogen sich ihre Eingeweide zusammen.

Sie fühlte sich unwohl in ihrem bodenlangen schwarzen Kleid und dem Cape mit der hochgeschlagenen Kapuze. Weiblichkeit wurde hier offenbar als Schwäche ausgelegt. Sogar im Blick des Wärters glomm ein Funke von Überheblichkeit, wann immer er sie ansah, obwohl er es anderweitig nicht an Höflichkeit mangeln ließ; dafür wäre auch der Betrag, den Aura ihm am Eingang zugesteckt hatte, viel zu hoch gewesen.

Die Wände waren aus rotem Ziegelstein, der Boden grob gefliest. Wasserpfützen standen in der Mitte des Korridors, und Aura hasste die Tatsache, dass sie gelegentlich den Saum ihres Kleides um eine Winzigkeit anheben musste, damit er nicht durch die Brühe schleifte. Einen Moment lang fragte sie sich, ob der Wärter mit Absicht diesen Weg gewählt hatte.

»Wenn Sie wollen, können Sie Ihren Freund in seiner Zelle sprechen«, schlug er vor. »Hinter verschlossener Tür, wenn Sie es wünschen.« Er schenkte ihr ein zweideutiges Grinsen – zweifellos das Einzige, was sie hier umsonst bekommen würde.

»Wie viel?«, fragte sie.

Er nannte einen Betrag und streckte die Hand aus. Aura zog mit betontem Gleichmut ein Bündel Geldnoten aus ihrer Tasche und zählte die entsprechende Summe ab. Der Wärter ließ die Scheine wortlos in seiner Uniform verschwinden. »Niemand wird Sie stören«, versprach er.

Aura glaubte ihm kein Wort. »Gehen Sie damit nicht ein großes Risiko ein?«, fragte sie, während sie eine Eisentreppe hinaufstiegen. Die Stufen führten auf eine Balustrade, die zu beiden Seiten des Korridors verlief. Hier gab es noch einmal dieselbe Anzahl von Einzelzellen wie im Erdgeschoss.

»Risiko?« Der Wärter schüttelte amüsiert den Kopf. »*Sie* gehen in die Zelle dieses Mörders, nicht ich.«

»Er ist mein Bruder.«

»Ihr Bruder hat ein halbes Dutzend junger Mädchen umgebracht. Entführt und abgeschlachtet. Kerle wie er sind hier nicht gerade beliebt, wissen Sie.«

Vor einer Zellentür, die mit einem handtellergroßen roten Kreuz gekennzeichnet war, hielten sie an. Aura bemühte sich vergeblich, unauffällig einen Blick durch das Gitter zu erhaschen. Im Inneren des Raumes herrschte Dunkelheit.

»Was hat das Kreuz zu bedeuten?« Sie dachte an Schlägerkommandos bei Nacht.

Der Wärter verzog das Gesicht. »Das sind jene unter unseren Gästen, die den regelmäßigen Beistand eines Priesters wünschen.«

»Bibelstunden?«, fragte sie verblüfft.

Der Wärter nickte und trat ans Gitter. »He, mein Freund, Besuch für dich! Zurück an die Wand, wenn du willst, dass ich aufschließe.«

Im Dunkel der Zelle rührte sich nichts.

Der Wärter stieß einen abfälligen Laut aus, dann drehte er den Schlüssel im Schloss.

»Bitte«, sagte er, »treten Sie ein.«

Einen Augenblick lang zögerte sie. »Warum brennt da drinnen kein Licht?«

»Ihr Bruder hat die Birne zerschlagen.«

In der Finsternis bewegte sich etwas, ganz weit hinten an der Wand. »Licht ist etwas, das man im Herzen trägt, nicht unter der Zimmerdecke«, sagte jemand. Der Tonfall war gelassen und sanft.

Aura schauderte, als sie Christophers Stimme erkannte. Der Schrecken währte nur eine Sekunde lang – es gehörte mehr dazu, sie ernsthaft zu verunsichern –, und doch überkam sie ein Anflug von Zweifel. Es hätte andere Wege als diesen gegeben.

Mit erhobenem Kopf trat sie an dem Wärter vorbei in die Dunkelheit. Auf der Schwelle wandte sie sich noch einmal zu ihm um. »Sie haben nicht vielleicht eine Kerze für mich?«

»Nun ja«, sagte er gedehnt, »Häftlinge haben die Möglichkeit, welche zu erwerben, ein Mal pro Woche, aber der Verkauf war gestern. Natürlich wäre es unter gewissen Umständen machbar, dass –«

Sie unterbrach ihn, indem sie ihm einen weiteren Geldschein in die Hand drückte. Dann ließ sie ihn einfach stehen.

»Kerze kommt sofort«, sagte er beflissen und zog die Tür hinter ihr ins Schloss. Aura hörte am leiser werdenden Klimpern des Schlüsselbundes, dass sich der Mann entfernte.

Vor ihr war nichts als Schwärze. Die Zelle hatte kein Fenster, und die einzige Lichtquelle, das Gitter in der Tür, verdeckte Aura mit ihrem Rücken. Sie bemerkte es und trat einen halben Schritt zur Seite; dennoch reichte der Schein nur bis zur Hälfte des Raumes. Der hintere Teil lag weiterhin in völliger Finsternis.

»Schön hast du's hier«, bemerkte sie.

Kleidung raschelte. »Nach sieben Jahren darf ich annehmen, dass du unserem Wiedersehen nicht gerade entgegengefiebert hast.«

»Es gab Gründe«, entgegnete sie.

»Ah, gute Gründe, gewiss. Du hast mich von Anfang an nicht gemocht. Du hast mir misstraut.«

»Zu Recht, wie wir beide wissen.«

Christopher stieß im Dunkeln ein trockenes Husten aus. »Das ist lange her.«

Wo blieb nur die Kerze? Sie wollte ihm endlich ins Gesicht sehen.

»Ich konnte nicht früher kommen.« Sie war ihm nichts schuldig. Schon gar keine Entschuldigung.

Christopher lachte leise. »Falls du hier bist, um mir eine Feile in die Zelle zu schmuggeln, muss ich dich enttäuschen. Wie du siehst, wäre sie hier drinnen ziemlich überflüssig.«

Seine Verbitterung war berechtigt, dennoch empfand Aura kein Mitleid. Er hatte jeden Tag in diesem Loch verdient, jeden verdammten Tag. Mit dem Tod der Mädchen hatte er nichts zu tun, niemand wusste das besser als Aura, aber das, was er ihrer Mutter angetan hatte, war Verbrechen genug. Von dem Mord an Friedrich ganz zu schweigen.

Als hätte er ihre Gedanken gelesen, fragte er: »Wie geht es Mutter?«

»Nicht gut. Sie hat in all den Jahren kaum ihr Zimmer verlassen. Das letzte Mal am Tag der Jahrhundertwende.«

»Vor vier Jahren«, flüsterte er. »Es tut mir leid, Aura. Du magst mir nicht glauben, aber es tut mir aufrichtig leid.«

»Hat dir der Priester etwas von Schuld und Sühne erzählt?«, fragte sie kalt.

»Der Priester …«, wiederholte er und seufzte. »Er spricht gelegentlich von solchen Dingen, ja. Aber Gott lässt uns unsere Schuld nicht erkennen, er vergibt sie nur.«

»Und deine hat er dir vergeben? Das macht es natürlich einfach für dich.«

»Wenn du hier bist, um mich zu belehren, dann ist es vielleicht besser, wenn du gleich wieder gehst.«

Nein, dachte sie, ich bin hier, um dich zu töten. Und vielleicht weißt du das sogar.

Stattdessen aber sagte sie: »Wir haben bis heute nichts von Sylvette gehört.«

Das folgende Schweigen schien Minuten zu währen, und als Aura es gerade von sich aus brechen wollte, ertönten draußen die Schritte des Wärters. Durch das Gitter schob er eine einzelne Kerze und ein Päckchen Zündhölzer herein.

»Die Streichhölzer sind abgezählt«, sagte er. »Bringen Sie alle wieder mit raus, auch die abgebrannten.« Nach einem letzten neugierigen Blick durch das Gitter zog er sich zurück. Das Klirren der Schlüssel wurde leiser.

Aura entzündete die Kerze, machte zwei Schritte nach vorn und befestigte sie mit Wachs in der Mitte des Zellenbodens.

Als sie ihren Blick von der Flamme hob und ihre Augen sich an das Zwielicht gewöhnten, erkannte sie an der hinteren Wand eine Pritsche. Darauf saß jemand im Schneidersitz.

Im zuckenden Gelb des Kerzenscheins lächelte er sie an. Er war abgemagert, nicht einfach schlank oder dünn, sondern regelrecht ausgehungert. Seine Augen waren tief eingefallen, als hätten sie in der Dunkelheit begonnen, sich zurückzuentwickeln, eine Art umgekehrte Evolution, die beschlossen hatte, tausend Generationen zu überspringen. Seine Wangen waren dunkle Gruben, bedeckt von wirren Bartstoppeln. Als er sprach, entblößten blutleere Lippen schlechte Zähne. Christopher trug graue Häftlingskleidung, die ihm selbst im Sitzen zu groß war. Seinen Schädel hatte man kahlrasiert, seine Hände waren schmal und knochig.

»Großer Gott«, flüsterte sie und empfand zum ersten Mal Mitgefühl.

»Männer, die junge Mädchen zerstückeln, genießen im Gefängnis besondere Privilegien«, sagte er ruhig.

»Ich wäre gekommen, wenn Mutter mich fortgelassen hätte.« Sie als Einzige hätte im Prozess zu Christophers Gunsten aussagen können. Aber nach ihrer Rückkehr ins Schloss der Familie hatte Charlotte veranlasst, Aura für mehrere Wochen in ihrem Zimmer einzuschließen. »Es hat sieben Jahre gedauert, bis die Ärzte Mutter für unzurechnungsfähig erklärt haben«, sagte sie. »Erst vor zwei Wochen ist das Vermögen auf meinen Namen überschrieben worden. Jetzt bin ich hier.«

Christopher blieb ruhig. »Vor Gericht wurde der Polizist verhört, dem du von dem alten Mann in der Hütte erzählt hast. Der Ankläger hat ihn nach allen Regeln der Kunst auseinandergenommen, bis er dastand wie ein besoffener Vollidiot. Mit dir hätten sie nur das gleiche gemacht.«

»Lysanders Einfluss.«

»Er kontrolliert alles hier. Sogar die Schläger, die mich anfangs jeden Tag bearbeitet haben. Aber ich glaube, er hat das Interesse verloren. Die Prügel sind in den letzten Jahren seltener geworden.«

»Die Polizei in Zürich hatte doch meine Personalien. Man hätte mich vorladen müssen und –«

»Du hast dir die Antwort doch schon selbst gegeben: Lysanders Einfluss. Die Verhandlung war kurz und schmerzlos. Ein paar Zeugen, die schworen, mich bei der Entführung der Mädchen erkannt zu haben – das war alles.« Er hob die Schultern und lehnte sich mit dem Rücken gegen die Wand. »Aber das spielt keine Rolle mehr.« Er verdrängte das Thema mit solchem Gleichmut, als hätte man nicht ihn, sondern einen anderen zu lebenslanger Haft verurteilt. »Du hast gesagt, Sylvette sei noch immer verschwunden?«

»Sie wurde vor zwei Jahren offiziell für tot erklärt.«

»Glaubst du das? Ich meine, dass sie tot ist?«

»Nein. Sie muss noch bei Lysander sein.« Der Gedanke daran tat weh, mehr als jeder andere. Zehn Jahre, hatte Lysander gesagt. Drei standen noch aus.

Zum ersten Mal verzog sich Christophers Gesicht und offenbarte seine wahren Gefühle. Wut loderte über seine Züge. »Wir hätten sie damals befreien müssen. Irgendwie ...«

»Daniel und Gillian sind dabei ums Leben gekommen. Wir hatten nie eine Chance.«

Darauf schwieg er. Aura dachte, dass er Sylvette sehr geliebt haben musste.

»Was ist aus dem Dachgarten geworden?« fragte er und erstaunte sie erneut durch die scheinbare Willkür, mit der er die Themen wechselte. »Ich nehme an, du hast alles aufgelöst?«

»Nein. Natürlich nicht.«

Christopher wirkte überrascht, starrte sie aber nur fragend an.

Aura lächelte. »Ich hatte mehr Zeit als du. In sieben Jahren kann ein Mensch viele Bücher lesen.«

»Der Athanor brennt noch?«

»Er brennt. Heißer als jemals zuvor.«

»Du hast –«

»Ja.«

Nicht mehr. Nur dieses eine Wort. Sie war nicht hier, um ihm irgendetwas zu erklären. Der Dachgarten, das Laboratorium ihres Vaters, das waren Dinge, die nur sie allein etwas angingen. Christopher hatte seine Chance gehabt. Im Gegensatz zu ihm hatte sie die ihre genutzt.

»Und?« Seine Augen blitzten und offenbarten den Schimmer eines früheren Lebens – und einer alten Begierde. »Hast du ihn gefunden?«

»Den Stein?« Sie fragte sich, wie überzeugend die Gleichgültigkeit in ihrer Stimme klang. Nicht sehr, gestand sie sich ein. »Nein, hab ich nicht.«

Einen Augenblick lang sah er sie zweifelnd an. Glaubte er, dass sie log?

Doch er sprach nicht weiter darüber und fragte stattdessen: »Warum bist du gekommen, Aura? Warum jetzt?« Nach einer kurzen Pause fügte er hinzu: »Und erzähl mir bitte nicht noch einmal von deiner Erbschaft und dass du vorher kein Geld für die Reise hattest.«

»Nein, man kann ohne Geld reisen, wenn es sein muss.« Sie begann, einige Schritte in der Zelle auf und ab zu gehen. Der Luftzug ihres wehenden Capes ließ den Kerzenschein hektisch über die Wände geistern. »Kurz nach meiner Rückkehr haben sie Friedrichs Leiche gefunden. Das, was die Fische davon übriggelassen hatten. Sein Schädel war zertrümmert. Was denkst du – sind sieben Jahre genug für einen Mord?«

»Er hat mich angegriffen.«

»Notwehr?« Die Häme in ihrer Stimme tat ihr gleich darauf leid.

»Ich hab mich verteidigt, das ist wahr. Zuletzt hat er am Boden gelegen. Ich hätte ihn nicht töten müssen. Das war eine Sünde, und ich bereue sie. Irgendwann wird Gott mir die Rechnung dafür präsentieren.«

»Du meinst, die Besuche des Priesters, die Bibelstunden – all das ist aufrichtig?«

»Der Glaube erleichtert hier drinnen so manches.«

»Wie ehrlich kann der Glaube an Gott sein, wenn er nur dem Eigennutz dient?«

Sein Ausdruck blieb sanft, fast verständnisvoll. »Es sind immer die Umstände, die uns in Gottes Arme führen. Und welche Umstände könnten aufrichtiger sein als diese hier?«

Statt darauf zu antworten, sagte sie nach kurzem Zögern: »Ich werde jetzt gehen. Aber wir sehen uns wieder.«

»Was soll das werden, Aura? Eine freundliche Gewohnheit? Danke, das ist nicht nötig.«

Sie ignorierte seinen Sarkasmus und zog etwas aus ihrer Tasche. »Hier, das ist für dich.«

Er beugte sich vor, ohne aufzustehen. Aura musste bis auf Armlänge an ihn herantreten, ehe er danach griff.

»Eine Zigarre?«, fragte er verwundert und drehte sie zwischen den Fingern. »Ich hab nie geraucht.«

»Ich will, dass du jetzt damit anfängst.«

Verwirrung und Argwohn sprachen aus seinen Augen, als sich ihre Blicke trafen. »Was hast du vor?«

»Du musst den Rauch tief in die Lunge ziehen.«

»Und dann?« Er lächelte unsicher, bis Aura ohne jede Spur von Mitleid sagte:

»Dann stirbst du. Ist das ein Problem für dich?«

Auf den Gräbern wuchs Gemüse in solcher Vielfalt, dass mehr als eine Familie davon hätte satt werden können. Unter der Marmorbüste einer Verstorbenen wucherten Tomatenstauden, Bohnenranken schlängelten sich um die Glieder eines steinernen Seraphim, und viele der Grabsteine und Gedenktafeln stachen zwischen Salatköpfen, Petersilie und Karottensträußen empor.

Ganz in Schwarz rauschte Aura wie ein vergessener Trauergast über die Wege zwischen den Gemüsegräbern. Die Sonne war bereits untergegangen, Dämmerlicht lag wie eine getönte Glasglocke über dem Friedhof. Normalerweise war er um diese Uhrzeit geschlossen. Aura war sicher, dass niemand sie bemerken würde.

Für die sonderbare Umgebung hatte sie kaum einen Blick übrig. Ihr Innerstes war unter der gelassenen Oberfläche in Aufruhr, so sehr sie sich auch dagegen sträubte. Sie hatte gelernt, Stolz und Arroganz wie Masken zu tragen, die sie nach Belieben aufsetzen und ablegen konnte. Darunter verbarg sie die Narben, die Lysander ihr geschlagen hatte.

Sie mochte Friedhöfe nicht. Sie erinnerten sie allzu schmerzlich an jene beiden Menschen, die tot, aber vielleicht nie begraben worden waren – als hätte das ihr Sterben erträglicher gemacht.

Der Friedhofsgärtner hauste in einer Hütte am Rande des Gottesackers. Wie ein zweites Dach wölbte sich darüber das verflochtene Geäst zweier Trauerweiden. Eine der Mauern hatte sich gefährlich nach innen geneigt, doch den Bewohner des Schuppens schien das nicht zu stören.

»Da sind'S ja«, flüsterte er finster, als er durch den Türspalt blickte und Aura erkannte. »Hab Sie schon eher erwartet.«

Kühl erwiderte sie seinen Blick. »Weil Frauen sich auf dunklen Friedhöfen fürchten?«

»Ach was, ach was«, brummte der alte Mann. »Wollt' längst draußen sein und mei' G'müs ernten. Das mach ich immer nachts, da ist's ruhiger. Haben'S den Weißkohl g'sehn? Prächtige Dinger, wirklich.«

Aura ging nicht darauf ein, sondern trat an ihm vorbei in die Hütte. Sie bestand aus einem einzigen Raum, in dem ein Bett und eine alte Kommode standen. Unter dem winzigen Fenster hatte der Gärtner eine Feuerstelle angelegt, wohl in der Hoffnung, der Qualm würde durch die Öffnung nach draußen ziehen. Obgleich im Moment kein Feuer brannte, roch alles hier drinnen wie verkohlt.

Aura fuhr zu dem alten Mann herum. »Wo ist er?«, fragte sie scharf.

Er kicherte. »Glauben'S etwa, ich lass den einfach so hier rumliegen?«

»Wo ist er?«, wiederholte sie.

Der Mann winkte ihr zu und trat ins Freie. »Kommen'S mit. Ich zeig's Ihnen.«

Das Dämmerlicht schwand allmählich, die Nacht schob sich über die Stadt. Der Gärtner entzündete unterwegs eine Handlampe. »Seit das hier der Arme-Leut-Friedhof is', gibt's kei' Beleuchtung mehr wie anderswo. Mir ist's recht, wenn'S verstehen, was ich meine.«

Er führte sie zur gegenüberliegenden Seite der Friedhofsmauer. In einem Geflecht aus Buschwerk und Efeu, gut geschützt vor neugierigen Blicken, lag die Leiche, achtlos abgeladen wie ein Haufen Gartenabfall.

Zorn blitzte in Auras Augen, als sie den Gärtner ansah. »Sie haben ihn einfach dorthin geworfen?«

Der alte Mann zuckte gleichgültig mit den Schultern. »Er is' tot, oder?«

Ohne eine Erwiderung stapfte sie durch das kniehohe Strauchwerk und beugte sich eilig über Christophers Körper. Die kleine Reisetasche, die sie dabeihatte, warf sie neben ihm auf den Boden. Christopher sah tatsächlich aus, als wäre er tot, doch das machte kaum einen Unterschied zu seiner Erscheinung in der Zelle. Hager und bleich, dazu ohne Herzschlag und so kalt wie ein Eisblock, hatte der Gefängnisarzt ihn ohne Sektion zum Verscharren freigegeben. Dass dabei ein Quäntchen Glück mit ins Spiel kommen musste, hatte Aura in Kauf genommen – und, zu ihrem Erstaunen, Christopher nicht minder. Er hatte schon vor Jahren mit seinem Leben abgeschlossen.

»Kommen Sie her«, forderte sie den Gärtner auf.

Sie hielt ihre Taschenuhr in das Licht seiner Lampe. Knapp neunundzwanzig Stunden, seit sie die Zelle verlassen hatte. Vorausgesetzt, Christopher hatte die Zigarre gleich darauf geraucht, würde er noch drei bis vier Stunden in diesem Zustand bleiben. So lange würde sie wohl oder übel mit ihm auf diesem Friedhof ausharren müssen.

»Sie können jetzt gehen und Ihr Gemüse ernten«, sagte sie zu dem Gärtner.

»Und was wird mit dem da?«, fragte der Alte mürrisch.

»Lassen Sie das meine Sorge sein. Ich hab Sie gut genug bezahlt, um verlangen zu können, dass Sie tun, was ich sage.«

»Oh, sicher.« Er hob abwehrend die Hände. »Machen'S mit ihm, was Sie wollen. Ich schau nicht hin.«

Sie sah zu, wie der Alte davonhumpelte, und konnte erst wieder frei durchatmen, als sein Licht hinter den Baumreihen erloschen war.

»Das machen wir bitte nicht nochmal«, keuchte Christopher, als Aura die Tür des Hotelzimmers hinter ihm verriegelte. »Ich fühle mich, als hätte man mir –«

»Den Schädel eingeschlagen«, führte sie seinen Satz zu Ende. »Ich weiß.«

»Stand das in einem von Nestors Büchern?«

»Nein.« Sie warf ihren Hut in die Ecke. »Ich hab's ausprobiert.«

»Das hast du dir angetan?«

Sie streifte das Cape von den Schultern und hängte es an einen Garderobenhaken. »Glaubst du wirklich, ich hätte dir das Zeug verabreicht, ohne die Wirkung zu kennen?« *Alle* Wirkungen, setzte sie in Gedanken hinzu.

Natürlich war das nicht die ganze Wahrheit, und sie sah Christopher an, dass er sie durchschaute. Aber er war wohl zu schwach, um weitere Fragen zu stellen. Kraftlos ließ er sich aufs Bett fallen. Die neue Kleidung, die sie für ihn gekauft hatte, hing viel zu weit um seinen schmächtigen Körper – sie hatte die Größe aus der Erinnerung gewählt, ohne damit zu rechnen, dass er in so schlechter Verfassung sein würde.

Im Hinaufgehen hatte sie beim Zimmerkellner eine Bestellung aufgegeben, doch als die Speisen wenig später gebracht wurden, schlief Christopher bereits tief und fest.

Aura betrachtete ihn stumm. Ihre Abneigung war ungebrochen, und doch war sie froh, fast euphorisch darüber, dass ihr Unternehmen so reibungslos verlaufen war. Sie hatte einen Verbündeten gewonnen, den einzigen Menschen, auf den sie sich bei ihrem Vorhaben blind verlassen konnte – ganz gleich, was sie sonst von ihm halten mochte. Wenn es um Sylvette ging, dessen war sie sicher, stand Christopher bedingungslos auf ihrer Seite. Und irgendwann würde er vielleicht erfahren, dass sie ihm mehr als nur eine zweite Chance gegeben hatte.

Sie hatte Jahre gebraucht, um einige der Geheimnisse des Dachgartens zu ergründen; eines der ersten war die Lage von Nestors Leichnam gewesen. Als Christopher das Schloss Hals über Kopf verlassen hatte, um Sylvettes Entführer zu verfolgen, hatte er viele seiner Versuchsanordnungen hinterlassen, und auch einige Bücher, die er mit markierten Seiten im vorderen Teil der Bibliothek gestapelt hatte. Auf diese Weise war Aura sowohl auf die Legende vom Gilgameschkraut als auch auf die zahlreichen botanischen Nachschlagewerke gestoßen, mit deren Hilfe Christopher vergeblich versucht hatte, die Pflänzchen auf Nestors Grabstätte zu bestimmen.

Es hatte nicht viel dazugehört, seine Folgerungen nachzuvollziehen. Aura hatte im Laufe der Zeit weitere Stellen in anderen Büchern gefunden, die Christophers Vermutung zumindest erhärteten. Freilich hatte sie Zweifel gehabt. Und natürlich blieb offen, weshalb das Kraut ausgerechnet auf dem Grab desjenigen Mannes wachsen sollte, der am leidenschaftlichsten danach geforscht hatte. Es musste mehr dahinterstecken als ein zynischer Streich der Natur. Weit mehr.

Aura legte sich auf das Brokatsofa und holte tief Luft. Ganz langsam fiel die Erregung von ihr ab. Sie spürte, wie sich ihre Glieder entspannten und das Durcheinander in ihrem Kopf in geordnetere Bahnen floss. Sie hatte schon vor zwei Wochen vom Schloss aus mehrere Privatdetektive beauftragt, in Wien für sie Informationen zu sammeln – über Lysander, seine derzeitige Machtposition bei Hofe und seine Stellung in der Unterwelt. Natürlich war ihr bewusst gewesen, dass der Alchimist von diesem Auftrag erfahren würde; tatsächlich war genau das ihre Absicht gewesen. Nur aus diesem Grund hatte sie gleich mehrere Detektive angeheuert. Sie wollte sichergehen, dass zumindest einer von ihnen mit seinem Wissen zu Lysander ging.

Es war ein gewagtes Spiel, und sie hatte alle möglichen Gegenzüge ihres Feindes vorausgesehen. Mit einer Ausnahme: Dass überhaupt nichts geschehen würde.

Doch genau das war passiert. Keine Drohungen, keine Mörderkommandos. Nichts dergleichen. Sie hatte eine Gruppe von Wachmännern aus Berlin angeworben, die die Schlossinsel Tag und Nacht im Auge behielten – umsonst. Kein Lebenszeichen von Lysander, keine Nachricht, dass er ihre Neugier übelnahm.

Doch auch die Berichte der Detektive hielten Überraschungen bereit. Aura hatte sie gleich an ihrem ersten Tag in Wien zu sich gebeten, kurz bevor sie Christopher im Gefängnis besucht hatte. Und alle hatten dieselbe Nachricht für sie gehabt: Lysanders Macht war geschwunden. Er hatte sich, so hieß es, schon vor fünf Jahren aus den meisten Belangen der Wiener Unterwelt zurückgezogen. Niemand kannte die Gründe. Die übrigen Bosse hatten Lysanders Geschäfte eilig untereinander aufgeteilt, ohne auch nur einen Protest, einen einzigen Vergeltungsakt zu provozieren. Alles sprach dafür, dass sich Lysanders geheimes Imperium von einem Tag zum nächsten in nichts aufgelöst hatte.

Einer der Detektive aber, ein Mann, der enge Beziehungen zur Hofburg pflegte, hatte erfahren, dass die unterirdischen Gewölbe noch immer bewohnt waren. Ja, er sei ziemlich sicher, sagte er, dass Lysander nach wie vor dort unten hause, von seinen unermesslichen Reichtümern zehre und ganz offensichtlich auf irgendetwas warte.

Ohne sich auszukleiden, versuchte Aura die verbliebenen Stunden der Nacht auf dem Sofa zu schlafen. Der nächste Tag würde die Entscheidung bringen. Seit sieben Jahren fieberte sie diesem Augenblick entgegen, und die Aufregung ließ sie kaum Ruhe finden.

Irgendwann aber schlief sie doch noch ein, denn als sie erwachte, war Christopher bereits auf den Beinen, stand reglos am Fenster und betrachtete die Morgendämmerung über den Dächern. Aura tat mehrere Minuten lang, als schliefe sie noch, und dabei beobachtete sie ihn verstohlen. Das Rot der aufgehenden Sonne ergoss sich über seine knochigen Züge und den kahlrasierten Schädel. Aura sah, dass Tränen in seinen Augen glänzten. Christopher weinte lautlos im Angesicht der Freiheit, und sie wollte ihn nicht stören.

Da sagte er mit einem Mal: »Ich weiß, dass du wach bist.«

Sie richtete sich auf dem Sofa auf. »Dir ist doch klar, warum ich dich rausgeholt habe, oder?«

Seine Mundwinkel verzogen sich, aber er sah sie nicht an. Sein Blick war weiterhin auf die erwachende Stadt gerichtet. »Du lässt einem keine Illusionen, was?«

»Ich fürchte, sie helfen uns nicht weiter.«

»Vielleicht machen sie aber das Leben ein wenig erträglicher.«

»Ich dachte, diese Aufgabe hättest du an Gott abgetreten?«

»Manchmal ist es wichtig, dass nicht nur er, sondern auch die Menschen einem verzeihen.«

Sie stand auf und trat neben ihn. In diesem Licht war das Panorama von Wien überwältigend. »Du bittest mich ernsthaft um Verzeihung?«

»Du würdest sie nicht gewähren?«

»Nein.«

Er wandte sich zu ihr um. Die Morgensonne blitzte in seinen Augen. »Ich bitte dich trotzdem darum. Vielleicht wirst du deine Meinung eines Tages ändern.«

Ihr war unwohl bei seinen Worten, und sie wandte sich abrupt ab, um ins Bad zu gehen. Als sie seinen Blick in ihrem Rücken spürte, hielt sie kurz vor der Tür noch einmal inne.

»Uns steht heute einiges bevor, fürchte ich.«

»Ja«, entgegnete er, »das dachte ich mir.« Und als sie nichts darauf erwiderte, fügte er hinzu: »Was genau hast du vor?«

»Wir werden das tun, was Gillian schon vor sieben Jahren tun wollte. Damals fehlten uns die Mittel.«

»Du willst Lysanders Hauptquartier stürmen?« Er wirkte nicht überrascht.

»Es ist nach wie vor die einzige Möglichkeit.«

»Ist es vernünftig, ihn mit den eigenen Waffen schlagen zu wollen?«

»Vernünftig? Nichts, was wir hier tun, ist vernünftig.«

Als sie ins Bad treten wollte, rief er: »Aura?«

Sie blieb stehen, ohne sich umzudrehen.

Eine merkwürdige Anteilnahme lag in seiner Stimme. »Für wen tust du das eigentlich? Für Sylvette – oder für Gillian?«

Sekundenlang stand sie einfach nur da, den Kopf wie leergefegt, dann zog sie ohne eine Antwort die Tür hinter sich zu.

Die früheste Kanalisation Wiens war von den Römern angelegt worden, als die Männer der Dreizehnten Legion ihre Garnison Vindobona mit Abwassergräben zur Donau durchzogen. Die Legionäre waren es auch, die die ersten Aborte mit Wasserspülung errichteten – ein Umstand, der den Menschen des nachfolgenden Mittelalters höchst überflüssig erschien. Kanäle und sanitäre Errungenschaften gerieten in Vergessenheit, Hygiene verlor an Bedeutung. Erst nach der zweiten Belagerung Wiens durch die Türken im siebzehnten Jahrhundert gingen die Bewohner der Stadt dazu über, ihre neuen Gebäude an die offenen Straßenkanäle anzuschließen. Als aber 1830 die Donau über die Ufer trat, überschwemmte sie tagelang die gesamte Stadt. Der Inhalt der Senkgruben und offen liegenden Kanäle wurde durch Häuser und Gassen gespült und führte zum Ausbruch der Cholera. Tausende starben. Als Folge davon legte man den Grundstein zum Labyrinth der Wiener Kanalisation, und so, wie sie gut siebzig Jahre zuvor ersonnen und verwirklicht worden war, bot sie sich auch heute noch dar: als dunkles, stinkendes Netz aus künstlichen Grotten und Höhlengängen, von deren Ziegeldecken das Wasser in kristallenen Fäden troff.

Der Gedanke an die Cholera stand einigen der zwei Dutzend Männer deutlich ins Gesicht geschrieben, als Aura und Christopher in ihrem Gefolge durch die Tunnel schritten. Sie waren Söldner, die auf dem Balkan und in den afrikanischen Kolonien gekämpft hatten. Sie anzuheuern war weniger mühevoll gewesen, als Aura befürchtet hatte. Vor zwei Wochen war sie in den Papieren ihres Vaters auf die Anschrift eines Mannes gestoßen, der Soldaten und Waffen vermittelte. Nestor hatte seine Dienste bereits früher in Anspruch genommen, mehr als einmal, wie sich herausstellte. Aura hatte den Vermittler telegrafisch kontaktiert, mit einem Code, den sie ebenfalls in Nestors Unterlagen gefunden hatte. Gewürzhändler von Beruf, verhinderter Offizier aus Berufung, hatte der Mann innerhalb weniger Tage eine schlagkräftige Truppe auf die Beine gestellt, die Aura ein halbes Vermögen gekostet hatte. Sie hoffte, dass es das wert wäre.

Jetzt aber, in Begleitung der Männer auf dem Weg zu Lysanders Hauptquartier, packten sie Zweifel. Dies war das zwanzigste Jahrhundert, und sie hatte allen Ernstes vor, einen gewaltsamen Überraschungsangriff auf den einstigen Verbrecherkönig Wiens zu starten – ein Vorhaben, das ihr eher ins Mittelalter, denn ins Zeitalter von Röntgenstrahlen und Wirkungsquantum zu gehören schien.

Aber galt das nicht ebenso für die Alchimie? Einmal mehr wurde ihr klar, dass im Umfeld von Lysander und ihrem Vater die Zeit scheinbar stehengeblieben war. Für sie galten keine Regeln der Neuzeit, und wer es mit ihnen aufnehmen wollte, der musste sich darauf einstellen.

Der Detektiv, der für Aura die meisten Informationen über Lysander gesammelt hatte, hatte ihr auf alten Karten der Kanalisation einen Weg ins Herz der Hofburgkeller aufgezeichnet; sie persönlich durch den Irrgarten der Tunnel und Stollen zu führen, hatte er abgelehnt. Wie sich jedoch herausstellte, spielte das keine Rolle. Der Anführer des Söldnertrupps, ein Ungar namens Balássy, hatte nur einen langen Blick auf die Karten geworfen und war fortan imstande, den Weg aus dem Kopf zu rekonstruieren. Er habe im griechisch-türkischen Krieg in den Felsschluchten Thessaliens gekämpft, versicherte er kühl, und im Vergleich dazu sei ihr kleines Abenteuer hier in Wien wirklich nur ein Kinderspiel. Aura verabscheute Balássy ebenso wie den Rest seiner Männer, aber sie vergaß nicht, wie sehr sie auf ihre Unterstützung angewiesen war.

Nach fast drei Stunden erreichten sie gegen Abend einen breiten Kanal, in dessen Mitte ein Wassergraben verlief. Mehr als ein Mal hatte sich Aura insgeheim gefragt, wieso Christopher nicht längst vor Schwäche zusammengebrochen war.

»Der Karte nach hätten wir hier auf die ersten Posten stoßen müssen«, sagte Balássy und schaute sich argwöhnisch um. Wie die übrigen Söldner hielt er ein Sturmgewehr mit langem Bajonett im Anschlag. Der Ungar war nicht größer als Aura, mit kurzgeschnittenem schwarzem Haar und gezwirbeltem Schnauzbart. Seine Uniform wirkte orientalisch, obgleich alle Abzeichen entfernt worden waren. Ein sonderbarer Zug lag um seinen Mund, den Aura abwechselnd für Verschlagenheit und Wagemut hielt. Balássy war ein gefährlicher Mann, bedrohlich in seinem Militarismus.

Christopher warf Aura einen zweifelnden Blick zu, sagte aber nichts. Auch sie verzichtete auf eine Bemerkung. Allmählich kam sie sich, trotz aller Angst, ein wenig lächerlich vor.

Sie setzten ihren Marsch fort, bis Balássy verkündete, sie müssten sich nun unterhalb der Hofburg befinden.

»Was wird wohl geschehen, wenn die Wachmannschaft entdeckt, dass ein Söldnertrupp geradewegs in ihr Allerheiligstes marschiert?«, flüsterte Christopher Aura ins Ohr.

Darüber grübelte sie selbst schon seit Tagen nach. Am wahrscheinlichsten war, dass man sie kurzerhand als Hochverräter hinrichten würde.

Selbst Balássy schien dieser Gedanke Sorge zu bereiten. »Falls man uns hier erwischt und Ihnen, Fräulein Institoris, Verbindungen zur deutschen Regierung nachweist, ist das eine Kriegserklärung. Ist Ihnen das eigentlich klar?«

»Es gibt keine« – sie verzog das Gesicht und ahmte seinen Tonfall nach – »Verbindungen zur deutschen Regierung. Ich dachte, das hätte ich Ihrem Vorgesetzten klargemacht.« Damit meinte sie den Gewürzhändler; sie wusste, dass die Bezeichnung »Vorgesetzter« den Ungarn kränken würde.

Aber Balássy verzichtete auf eine Erwiderung. Stattdessen zischte er seinen Männern weitere Kommandos zu. Sie rückten jetzt zu einer Hufeisenformation zusammen, in deren Mitte Aura und Christopher gingen.

Niemand stellte sich ihnen entgegen. Es gab keine Wachen, keine Patrouillen. Das Ganze erinnerte Aura allzu schmerzlich an ihr erstes Eindringen in Lysanders Machtbereich. Zum hundertsten Mal fragte sie sich, ob man Männern, die sich als Söldner verkauften, tatsächlich trauen konnte. Und wie üblich war die Antwort ein eindeutiges Nein.

»Sind Sie sicher, dass hier unten überhaupt noch jemand ist?«, fragte Balássy leise.

»Nach allem, was ich weiß, ja. Lysander müsste noch hier sein.«

Balássy war zu sehr Soldat, um die Worte seiner Auftraggeberin in Zweifel zu ziehen. Er ermahnte seine Männer, noch sorgfältiger auf mögliche Fallen zu achten, dann schlichen sie weiter.

Plötzlich blieb Christopher stehen. »Ich kenne diesen Gang«, wisperte er. »Ich bin schon mal hier gewesen.« Er schaute angestrengt in die Dunkelheit vor ihnen. »Irgendwo dort vorn liegt die große Halle.«

»Ihr habt es gehört«, wies Balássy die Söldner an. »Gleich wird es ernst.«

Tatsächlich gelangten sie schon nach zwanzig Metern an ein unbeleuchtetes Portal. Die Doppelflügel waren geschlossen, aus dem Inneren drang kein Laut.

Balássy ließ die Söldner rechts und links der Tür Stellung beziehen und wies Aura und Christopher an, sich hinter die Reihen der Männer zu begeben. Dann ließ er das Tor öffnen – es war unverschlossen. Die ersten Söldner stürmten mit vorgestreckten Bajonetten in den Saal.

Im Inneren brannte Licht. Sämtliche Gemälde, die damals die Wände bedeckt hatten, waren verschwunden. Die Halle war leer bis auf ein paar farbige, faustgroße Würfel, die oberhalb der Stufen auf der Empore lagen. An dieser Stelle hatte einst das Porträt des Kaisers gestanden. Auch das Sprachrohr in der Decke war fort.

Die Söldner verteilten sich in Windeseile und sicherten den Saal. Zuletzt trat Balássy ein, gefolgt von Aura und Christopher.

»Sieht aus, als sei der Vogel ausgeflogen«, bemerkte der Ungar.

Aura näherte sich der Empore. »Wartet.«

Der Söldnerführer trat neben sie und folgte ihrem Blick auf die bunten Würfel. »Berühren Sie das nicht!«, sagte er warnend.

Aura ging in die Hocke.

»Bitte, Fräulein Institoris, nicht!«

Sie nahm einen der Würfel in die Hand und streckte ihn Balássy mit einem Ruck entgegen. Er hatte sich gut in der Gewalt: Trotz seiner Befürchtungen zuckte er mit keiner Wimper.

»Wissen Sie, was das ist?« fragte sie.

»Sie werden es mir sagen.«

Einige der Söldner rückten neugierig näher.

Aura lächelte. »Bauklötze.«

»Sie meinen ... Spielzeug?«

Im selben Moment rief einer der Söldner von hinten: »Hauptmann!«

Balássy wirbelte herum. Auch Aura ließ den Würfel sinken und blickte alarmiert in die Richtung des Rufenden. Alle Söldner hatten sich umgewandt und starrten ungläubig zum Eingang.

Unter dem hohen Torbogen stand, sehr einsam und schutzlos, ein kleines Mädchen. Es war höchstens fünf oder sechs Jahre alt und trug ein weißes, knielanges Hemdchen. Lange blonde Haare hingen ihm wirr über die Schultern bis zur Hüfte. In einer Hand hielt die Kleine eine Stoffpuppe.

Aus großen blauen Augen blickte sie in den Saal, geradewegs zur Empore und den verstreuten Bauklötzen. Die Soldaten mit ihren Gewehren und Uniformen schien sie nicht wahrzunehmen. Als sie sich in Bewegung setzte und mit tapsigen Schritten auf die Stufen zuging, wirkte sie wie eine Schlafwandlerin.

»Los, seht vor der Tür nach!«, rief Balássy den Männern zu, die dem Portal am nächsten standen. »Ich will wissen, wo dieses Kind herkommt!« Sofort löste sich eine kleine Gruppe von Söldnern aus dem Trupp und stürmte mit den Waffen im Anschlag nach draußen.

Der Ungar zog einen Revolver und wollte dem Mädchen entgegeneilen, doch Aura sprang auf und überholte ihn. »Lassen Sie mich das machen.«

Balássy ergriff ihren Oberarm. »Ich habe so was Ähnliches vor Jahren schon einmal im Sudan erlebt, in Kaschgil. In einer Nacht schickten die Mahdisten kleine Jungen und Mädchen zu unserem Lager. Sie hatten Puppen dabei, so ähnlich wie diese da – vollgestopft mit Sprengstoff. Die Zündschnüre verliefen an den bloßen Armen der Kinder hinauf bis zu den Schultern. Die Länge war genau berechnet. Die ersten explodierten, als sie unsere Schützengräben erreichten.«

Aura schüttelte seinen Arm ab. »Was haben Sie getan?«

»Wir haben die übrigen erschossen, bevor sie unseren Linien gefährlich werden konnten.«

Das Mädchen hatte jetzt die Hälfte des Weges hinter sich gebracht. Die Vorstellung, Balássy könnte auf die Kleine anlegen lassen, brachte Aura in Rage. Mit einem Fluch ließ sie den Ungarn stehen und lief dem Kind entgegen. Sie erreichte es nach wenigen Schritten, ging vor ihm in die Hocke und hielt es vorsichtig an den Schultern fest.

»Hallo«, sagte sie freundlich. »Ich bin Aura, und wer bist du?«

»Tess«, erwiderte die Kleine mit piepsigem Stimmchen. Dabei blickte sie starr an Aura vorbei, hinauf zu ihren Bauklötzen.

Balássy wollte sich den beiden nähern, doch Christopher hielt ihn mit einem Wink zurück. »Warten Sie. Aura weiß, was sie tut. Außerdem«, fügte er mit spöttischem Grinsen hinzu, »sind wir hier nicht im Sudan. In Wien explodieren Kinder nur an Neujahr. Wenn überhaupt.«

Der Ungar funkelte ihn wutentbrannt an, dann richtete er seinen Blick auf Aura und das Mädchen.

»Was tust du hier?« fragte Aura.

Die Kleine – Tess – sah sie nur verständnislos an. »Ich will meine Bauklötze.«

»Ja, sicher.« Aura ließ die Schultern des Mädchens los.

Zu ihrem Erstaunen blieb Tess stehen. Zum ersten Mal sah sie Aura fest in die Augen. Dabei ergriff sie eine ihrer Hände. Ohne hinzuschauen, sagte sie: »Du kaust an deinen Fingernägeln.«

Aura lächelte unsicher. »Jetzt hast du mich aber erwischt.« Insgeheim fragte sie sich, wie Tess das bemerkt haben konnte, ohne ihre Finger überhaupt anzusehen.

Das Mädchen ließ ihre Hand los und setzte sich wieder in Bewegung. Ohne Balássy, Christopher und die übrigen Männer zu beachten, lief es die Stufen hinauf und ging vor den Bauklötzen in die Hocke. Dabei wandte es dem Saal den Rücken zu.

Einen Augenblick lang genoss Aura den hilfesuchenden Blick, den Balássy ihr zuwarf. Ein Trupp bewaffneter Feinde wäre ihm lieber gewesen als dieses Kind, mit dem er nichts anzufangen wusste.

»Suchen Sie weiter«, befahl Aura. »Ich kümmere mich um das Mädchen.«

Sie hatte kaum ausgesprochen, als am Tor Schritte laut wurden. Zwei Soldaten kehrten zurück.

»Wir haben etwas gefunden«, sagte der eine.

Balássy eilte auf sie zu. Aura hatte den Eindruck, als bedauerte der Söldnerführer, dass dieser Einsatz bislang ganz anders – unblutiger – verlaufen war, als er erwartet hatte.

Die Söldner raunten ihm etwas zu. Daraufhin verschwand Balássy mit ihnen im Korridor.

Christopher stieg mit Aura zur Empore hinauf. »Dir ist es auch aufgefallen, oder?«

Sie blickte auf die Kleine hinunter, die ungerührt ihre Bauklötze aufeinanderstapelte. »Sie sieht aus wie Sylvette.«

Er nickte.

Aura kniete sich neben das Mädchen. »Tess?«, fragte sie vorsichtig.

Das Kind beachtete sie nicht.

»Tess?« Ein wenig lauter diesmal.

»Was ist?« Das helle Stimmchen klang trotzig.

»Warum bist du hier?«

»Wo soll ich denn sonst sein?«

Aura sah hilflos zu Christopher auf, der sich ein Grinsen verkniff.

»Hör zu«, versuchte sie es noch einmal. »Das ist sehr wichtig. Du musst mir sagen, warum du hier unten bist, in diesem Keller. Wo sind deine Eltern?«

Tess gab keine Antwort. Sie hatte die Bauklötze zu einem hohen Turm gestapelt. Jetzt tippte sie den untersten Stein an. Polternd fiel das ganze Bauwerk in sich zusammen.

»Fräulein Institoris?« rief da Balássy vom Tor aus.

Als Aura und Christopher auffuhren, verkündete er: »Wir haben jemanden entdeckt.«

»Lysander?«

»Das sollten Sie besser selbst entscheiden.«

Aura ließ das Mädchen nur ungern zurück. Dennoch sprang sie die Stufen hinunter und lief eilig auf das Portal zu. »Geben Sie auf das Kind acht«, wies sie im Vorübereilen zwei Söldner an. Die beiden blickten unschlüssig zu Balássy hinüber. Er nickte knapp.

Wenig später waren Aura und Christopher dem Ungarn um mehrere Ecken zu einer weiteren Halle gefolgt, kaum halb so groß wie die erste. Auch sie war vollkommen schmucklos. Ziegelrote Wände, eine leicht gewölbte Decke.

In der Mitte befand sich ein Himmelbett mit zerschlissenen Gazevorhängen. Darauf lag jemand. Rund um das Bett standen mehrere Söldner mit ihren Bajonetten im Anschlag.

»Ist er das?«, fragte Balássy.

Aura trat zwischen den Söldnern hindurch an die Bettkante. Die Gestalt auf der Matratze hatte graues, strähniges Haar und eine ausgeprägte Raubvogelnase. Aura hatte einmal die Photographie einer Mumie gesehen; dieser Mann hier sah genauso aus, mit dem Unterschied, dass seine Augen offen standen und reglos zur Decke blickten. Bis über die Brust war der Alte mit einem dünnen Laken bedeckt, seine Arme ruhten kraftlos zu beiden Seiten seines mageren Körpers. Seine Glieder hoben sich unter dem Laken ab wie knorrige Äste, die man beliebig zusammengesteckt hatte. Aura musste den Drang niederkämpfen, die Decke zurückzuschlagen und den Körper darunter zu betrachten. Sie hatte noch nie einen so alten Menschen gesehen. Er flößte ihr auf unbestimmte Weise Ekel ein.

Balássy berührte sie am Arm. »Ist das der Mann, den Sie suchen?«

»Ich weiß es nicht.« Ohne den Ungarn anzusehen, setzte sie sich auf die Bettkante und beugte sich vor, bis sie dem Alten geradewegs in die Augen schauen konnte. Sie wusste selbst nicht, was sie darin suchte. Irgendein Zeichen vielleicht. Einen Beweis.

Bislang hatte der Mann kein Wort gesprochen, doch jetzt öffneten sich seine Lippen zu einem dünnen Spalt. Ein leises Wispern stieg aus seiner Kehle empor.

»Was sagt er?« Christopher drängte sich durch die Männer an Auras Seite. In seiner Stimme lag Abscheu.

»Alles … umsonst«, krächzte der Greis im Bett.

»Wo ist meine Schwester?«

Die Augenlider des Mannes flatterten. »Sylvette?«

Christopher beugte sich vor und wollte den Greis an den Schultern packen. Doch schon bei der ersten Berührung zuckte er zurück, als hätte er glühende Kohlen berührt. Er brachte es kein zweites Mal über sich, die Hände nach dem Alten auszustrecken.

»Wo ist sie?«, fragte er drohend.

»Fort«, stieß der Alte hervor.

Auras Stimme bebte. »Sie sind Lysander, nicht wahr?«

Ein scharfes Krächzen kam über die Lippen des Alten. Ein Lachen. »Sylvette … geweckt.« Seine Stimme wurde leiser. Aura näherte sich widerstrebend seinem Mund.

»Vor fünf Jahren«, raunte der Greis. »Konnte nicht warten. Wurde älter und … älter. Musste den Vorgang aufhalten.«

»Was haben Sie Sylvette angetan?« Christophers Stimme klang heiser. »Das Kind da draußen – ist das Sylvettes Tochter?«

»Meine Tochter«, keuchte der Alte. »Meine Tochter und … Sylvettes Tochter! Süße, liebe kleine Tess. Sieht sie nicht aus … wie ihre Mutter?«

»Was ist mit Sylvette geschehen?«, fragte Aura. »Wo haben Sie sie hingebracht?«

»Fort von hier … fort mit all den anderen.«

»Wohin?«

»Sie ist weggelaufen. Weg von mir.« Waren das Tränen in seinen Augen? »Sie hat mich ... verlassen. Genau wie alle anderen.«

»Sie wollen mir doch nicht weismachen, Sie hätten jahrelang allein mit einem kleinen Kind hier unten gelebt?«

»Allein. Hilfe ... von oben. Essen, Pflege aus der Burg.«

Christopher spuckte aufs Bett. Der Speichel sickerte ins Laken.

Hinter ihnen waren jetzt Schritte zu hören, leichte, kindliche Schritte. Plötzlich stand Tess neben Aura, in einer Hand noch immer die Puppe. Reglos starrte sie den sterbenden Alten an.

»Tess«, fragte Aura, »ist das dein Vater?«

Das Mädchen gab keine Antwort.

Balássy flüsterte im Hintergrund: »Die Kleine ist nicht ganz richtig im Kopf.« Zustimmendes Raunen aus der Reihe seiner Männer.

Aura warf dem Söldnerführer einen erbosten Blick zu. Im Stillen aber musste sie ihm Recht geben. Tess' Eltern waren Vater und Tochter. Möglich, dass allein das ausgereicht hatte, ihren Geist zu verwirren. Hinzu kamen die Jahre in diesen Gewölben, an der Seite Lysanders.

Aura verspürte den brennenden Wunsch, Tess in die Arme zu schließen. Das Mädchen aber blieb starr und gleichgültig.

Das also war das Resultat dieses Wahnsinns: ein Kind, zutiefst verstört, Folge eines grausamen Missbrauchs. Gezeichnet schon vor der Geburt.

Aura traf eine Entscheidung. »Du kommst mit mir«, flüsterte sie der Kleinen ins Ohr. »Es gibt jemanden, der dich bestimmt gerne kennenlernen würde.«

Der Greis hatte die Worte gehört. »Nein!«, keuchte er und bäumte sich auf. »Tess ist meine Tochter. *Meine* Tochter! Niemand darf sie mir wegnehmen.« Dann lag er still, den Mund leicht geöffnet, die linke Hand um Auras Unterarm gekrallt.

Beinahe panisch löste Aura ihren Arm aus seiner Umklammerung. Wo seine Hand sie berührt hatte, war der Flaum von ihrer Haut verschwunden. Erschrocken und fasziniert zugleich hob sie ihren Unterarm vor die Lippen und blies sanft dagegen. Die losen Härchen wirbelten davon. Die kahle Stelle war scharf umrissen.

»Ist er tot?« fragte Christopher.

Der Söldnerführer trat vor und fühlte den Puls des Alten. »Nein, er lebt noch.«

Aura blickte verwundert von dem Greis zu Balássy. »Aber er atmet nicht. Sehen Sie doch!« Tatsächlich schien die Brust des Alten stillzustehen.

»Er wird sterben«, sagte der Ungar. »Spätestens morgen früh ist es vorbei mit ihm. Es sei denn, Sie wollen dem Schicksal vorgreifen.«

Einen Moment lang fand Aura keine Worte. Jahrelang hatte sie davon geträumt, Lysander zu töten, ihm ein für alle Mal den Garaus zu machen. Ein Drang wie ein schwarzer, kalter Fluss, in den sie Nacht für Nacht hinabgetaucht war, um am Morgen ihrem Ziel mit neuer Kraft entgegenzusehen. Nun aber, da Lysander vor ihr lag, nur mehr eine Hülle, in der nichts geblieben war vom teuflischen Verstand des Alchimisten, nun ekelte es sie davor, Hand an ihn zu legen.

Doch war das überhaupt nötig? Schließlich hatte sie dafür bezahlt, dass andere ihr diese Bürde abnahmen.

Mit brüchiger Stimme sagte sie: »Töten Sie ihn.«

Die Bajonettspitzen zuckten heran, auf den Körper des sterbenden Alchimisten zu.

Da rief Christopher: »Nein! Warten Sie!«

Die Söldner bremsten ihre Stöße ab. Die Klingen verharrten über dem ausgezehrten Körper.

»Geben *Sie* jetzt die Befehle?«, fragte Balássy kalt.

»Wir können ihn nicht töten. Es wäre Sünde.«

»Sünde?« Auras Augen verengten sich, als sie Christopher ungläubig anstarrte. »Du weißt, was dieser Mann getan hat. Er hat den Tod tausendfach verdient.«

»Gott wird ihn bestrafen.« Christophers Stimme schwankte, als sei er selbst nicht von seinen Worten überzeugt. Doch sein Glaube saß tiefer als sein Hass.

»Was schlägst du vor?« Aura baute sich vor ihm auf. Aber ihr Wunsch, den alten Mann zu töten, ließ bereits nach.

»Vielleicht sollten wir ihn mitnehmen«, schlug Christopher vor und ignorierte die höhnischen Blicke der Söldner. »Ihn der Polizei ausliefern.«

»Der Polizei? Gerade du solltest es besser wissen!«

»Trotzdem«, widersprach er mühsam, als rede er gegen seine Überzeugung an. »Wir dürfen ihn nicht töten. Zu viele Menschen sind bereits umgekommen. Daniel, Gillian ... Friedrich. Es ist genug.«

Aura war drauf und dran, Christopher zu ignorieren und Balássy zu befehlen, er möge Lysander endlich töten. Dann aber wurde ihr klar, dass sie damit die Schuld nur auf einen anderen abschob. Tatsächlich würde immer sie es bleiben, die den Tod des Alten veranlasst hatte.

»Man wird ihn retten«, sagte sie, als spräche sie zu sich selbst. »Es muss hier noch mehr Menschen geben. Irgendwer hat sich um ihn und das Kind gekümmert. Sie werden ihn holen, sobald wir fort sind. Sie werden ihn gesundpflegen.«

»Der wird nicht mehr gesund«, knurrte Balássy, »glauben Sie mir. Es ist das Alter. Dagegen hilft nicht mal das beste Medikament.«

Christopher packte Aura am Arm. »Er *stirbt*, Aura. Aus welchem Grund auch immer. Lysander stirbt.«

Dann drehte er sich um und ging ohne ein weiteres Wort aus dem Raum.

Die Blicke der Söldner ruhten nun alle auf Aura. Sie zögerte noch einen Augenblick, dann schüttelte sie langsam den Kopf. »Nehmen Sie die Waffen runter. Sie haben es alle gehört – er wird sterben. Auch ohne dass wir uns die Hände schmutzig machen.« Sie sagte »wir«, aber in Wahrheit sprach sie nur für sich selbst. Es war eine Sache, jemandem den Tod zu wünschen, aber eine ganz andere, ihn selbst zu töten. Für einen Moment überkam sie die Erinnerung an den Greis in der Hütte, aber sie verdrängte die Bilder sofort.

Kurz darauf holte sie Christopher ein, an der zugigen Ecke eines Korridors. Tess hielt sie an der Hand; Aura brachte es nicht über sich, sie loszulassen. Sich von Tess zu lösen, den Glauben an Sylvette aufzugeben – das war in diesem Augenblick ein und dasselbe.

Christopher blickte ihnen entgegen. Er lehnte an der Wand, seine

Augen waren gerötet. »Warum hast du mich befreit, Aura? Warum wolltest du, dass ich mit hierherkomme?«

»Damit es ein Ende hat«, sagte sie sanft. »Damit all das hier endlich ein Ende hat.«

Er warf den Kopf zurück und stieß einen bitteren Laut aus. »Und, zufrieden?«

Aura schaute auf Tess hinab, die apathisch ins Dunkel starrte. »Nein«, erwiderte sie. »Aber das war auch nicht der einzige Grund.«

Einen Augenblick lang glaubte sie, er werde etwas Verächtliches erwidern, irgendetwas, das sie verletzen sollte. Aber er schwieg. Wartete ab, was sie zu sagen hatte.

»Ich brauche jemanden«, sagte sie leise und schaute zu Boden. »Einen Freund, um das alles durchzustehen.«

»Einen Freund?« Er schüttelte den Kopf. »Nein, was du brauchst, ist jemand, der dir sagt, dass du das Richtige tust. Jemand, der dir die Verantwortung abnimmt. Aber sieh mich an! Bin ich vielleicht derjenige? Ich bin schwach, Aura. Verantwortung ist nichts für mich. Und ich werde der Letzte sein, der sagt: ›Das hast du gut gemacht‹.«

Sie erschrak über die Leichtigkeit, mit der er sie durchschaute. »Wir haben Lysander besiegt«, entgegnete sie. »Auch du.«

»Aber du willst noch viel mehr als das, nicht wahr? Du willst seine Spuren auslöschen. Deshalb hast du mich aus dem Gefängnis geholt. Um alles auszulöschen, was er verschuldet hat.«

»Ist das so falsch?« Aura drückte Tess' kleine Hand immer fester. Sie war es, die sich an das Kind klammerte, nicht umgekehrt.

»Falsch? Nein.« Christopher lehnte den Kopf zurück an die Wand. »Aber was ist mit ihr? Tess ist Lysanders Tochter. Und wenn du so willst: die tiefste aller seiner Spuren.«

»Sie ist auch Sylvettes Tochter – deine Nichte, Christopher.«

Da blickte er sie beide an, erst Aura, schließlich Tess, und dann, ganz langsam, nickte er. Aber er sah aus, als habe er Schmerzen dabei.

KAPITEL 2

In manchen Jahren, vor allem im September, wechselte der Küstenwind seine Richtung und blies tagelang vom Festland hinaus auf die See. Dann sah es aus, als neigten sich die Zypressen den Fenstern des Schlosses entgegen, um den Bewohnern etwas zuzuraunen. Warnungen vielleicht, oder Geheimnisse. Die uralte Weisheit der Bäume.

Aura konnte den Blick nicht von den gebeugten Wipfeln lösen. Sie vernahm das leise Rascheln der Zweige und sah, dass die meisten Bäume von Spinnweben überzogen waren. Das geschah in jedem Herbst. Kreuzspinnen, die ihre Zeichnung daumennagelgroß auf dem Rücken trugen, krochen aus den Tiefen des Geästs hervor und umhüllten die Zypressen mit ihren Gespinsten.

Die Bäume wuchsen um Aura und Tess empor in den Himmel wie die Säulenhalle einer vorzeitlichen Tempelanlage. Christopher ging zwei Schritte hinter ihnen.

»Ich hab mich gefragt, was du empfinden würdest, wenn du hierher zurückkehrst«, sagte Aura, ohne sich zu ihrem Stiefbruder umzublicken.

»Was hast du erwartet? Beschämung? Furcht? Ein schlechtes Gewissen?« Am Tonfall seiner Stimme erkannte sie, dass ihn die Rückkehr ins Schloss keineswegs so unberührt ließ, wie er sie glauben machen wollte.

Sie erreichten den Rand des Zypressenhains und traten auf den schmalen Grasstreifen zwischen Bäumen und Schlossmauer. Zwei Diener erwarteten sie vor dem offenen Portal. Christopher erkannte keinen von ihnen.

»Wo ist Konrad?«, fragte er. »Fortgegangen oder –«

»Gestorben«, erwiderte Aura. »Vor drei Jahren.«

Im selben Moment wurden die beiden Bediensteten von hinten auseinandergedrängt, und aus dem Dunkel der Eingangshalle sprang eine Gestalt ins Tageslicht.

»Mama!« Ein kleiner Junge stürmte Aura entgegen.

Sie ging in die Hocke, ohne Tess dabei loszulassen, und drückte den Jungen mit dem anderen Arm an sich. »Es ist schön, wieder bei dir zu sein.«

Der Junge sah ihr glücklich ins Gesicht. »Du warst gar nicht so lange fort, wie du gesagt hast.« Plötzlich entdeckte er das jüngere Mädchen an der Hand seiner Mutter.

Aura erhob sich aus der Hocke. »Das ist Tess. Sie wird von nun an bei uns wohnen.«

»Hallo«, sagte der Junge mit leichtem Zögern und streckte dem Mädchen artig die Hand entgegen. »Ich bin Gian. Wie alt bist du?«

Tess gab keine Antwort. Sie schaute ihn nur aufmerksam an.

Gian blickte verunsichert zu Aura hinauf, die ihm schulterzuckend zuzwinkerte. Er seufzte und sagte zu Tess: »Ich bin sieben.«

Christopher räusperte sich. »Du hast mir nicht gesagt, dass du einen Sohn hast.«

»Hätte das etwas geändert?«

»Ist er –«

»Gillians Sohn, ja.«

Christopher rang sich ein Lächeln ab und strich dem kleinen Gian über den Kopf. »Du siehst deiner Mutter ähnlich.« Tatsächlich hatte Gian rabenschwarzes Haar wie Aura, und auch die dichten Augenbrauen hatte er von ihr geerbt.

»Bist du mein Onkel?«, fragte Gian neugierig.

»Wie wär's, wenn ihr euch richtig begrüßt?« Aura blickte von einem zum anderen. »Gian, das ist dein Onkel Christopher. Er wird, glaube ich, eine Weile bei uns bleiben.« Dabei sah sie Christopher fragend an.

Er hob die Schultern. »Mag sein, ja.« Er schüttelte Gian die Hand, woraufhin der Junge vorerst das Interesse an ihm verlor. Stattdessen blickte er wieder Tess an, die teilnahmslos neben ihnen stand.

»Ist sie krank?«, fragte er geradeheraus.

»Tess ist nur müde«, sagte Aura. »Die Reise war lang und ziemlich anstrengend.«

»Darf ich beim nächsten Mal mitkommen?«

»Mal sehen.« Aura knuffte ihn spielerisch gegen die Schulter. »Wenn du bis dahin gelernt hast, dass man Gäste nicht im Freien stehen lässt.«

Gian rannte zurück ins Schloss, und die drei folgten ihm. Nach der Begrüßung durch die Diener und Hausmädchen, die in der Halle gewartet hatten, nahmen Aura, Christopher und die beiden Kinder an der Tafel im Esszimmer Platz.

Aura bemerkte, dass Christopher gedankenverloren die hohe Standuhr zwischen den Fenstern anstarrte. Die Zeiger standen auf kurz vor fünf.

»Funktioniert sie noch?«, fragte er.

»Der Sieben-Uhr-Mechanismus, meinst du?« Aura seufzte. »Viel zu gut.«

»Sie ist toll, nicht wahr?«, platzte Gian heraus.

Christopher nickte nachdenklich. »Toll, ja.«

Aura warf ihrem Sohn einen tadelnden Blick zu. »Vielleicht würdest du nicht so schlecht träumen, wenn du dich weniger für die dumme Uhr begeistern könntest.« Aber sie wusste, dass Gians Alpträume nichts mit der Uhr zu tun hatten, und er wusste es ebenso.

»Ich träume nie von der Uhr«, erinnerte er sie mit düsterem Blick.

Als die Diener das Essen auftrugen, blickte Tess unschlüssig auf ihren Teller. Es gab Fischfilet, Petersilienkartoffeln und verschiedene Salate.

»Magst du keinen Fisch?«, fragte Aura. Während der langen Zugfahrt hatte Tess nur klares Wasser und belegte Brote zu sich genommen.

»Er ist … heiß«, brachte sie hervor, als bereitete ihr das Sprechen Schwierigkeiten.

Natürlich, schalt sich Aura. So viel zumindest hatten sie aus Tess herausbekommen: In Lysanders Gewölben hatte es nur kalte Speisen gegeben, nie etwas Warmes.

Aura winkte einen der Diener herbei. »Bringen Sie uns bitte ein paar Brote, am besten mit Marmelade.«

Sogleich meldete sich Gian zu Wort. »Darf ich auch, Mama?«

»Ja, sicher«, seufzte sie.

Christopher grinste. »Ich hätte nicht gedacht, dass du so gut mit Kindern umgehen kannst.«

Während des Essens stellte Gian zahlreiche Fragen über den Verlauf der Reise. Er hatte geglaubt, Aura sei nur nach Wien gefahren, um ihren Stiefbruder wiederzusehen. Bis vor wenigen Wochen hatte er nichts von dem verschollenen Onkel gewusst, ebenso wenig wie über seinen Vater. Aura fiel es immer noch schwer, über Gillian zu sprechen, sogar nach all den Jahren. Ein Grund dafür mochte sein, dass sie ihn selbst kaum gekannt hatte.

Ist es nicht seltsam, dachte sie manchmal, wie sehr doch ein Mensch, der uns ein einziges Mal begegnet, unser Leben verändern kann? Zugleich aber war ihr klar, dass sie Gillian damit nicht gerecht wurde. Hin und wieder machte es alles einfacher, wenn sie ihre Gedanken über sich selbst auf Formeln und Phrasen beschränkte; gelegentlich fühlte sie sich dann wie eine ganz normale Frau, Tochter eines ganz normalen Vaters. Aber Selbstbetrug war keines ihrer größten Talente.

Sie waren beim Dessert angelangt, als auf dem Gang vor dem Esszimmer Schritte laut wurden. Die Tür wurde aufgerissen. Ein Wirbel aus weitem Stoff und Muschelgestecken brach über sie herein.

»Wie kannst du es wagen, ihn in mein Haus zu bringen?«

Charlottes Stimme war das Einzige an ihr, das sich nicht verändert hatte. Die aufdringlich bunten Kleider von damals waren schwarzen Stofffontänen gewichen, die gerafft und verschlungen um ihren Leib lagen. Ihr Gesicht war aufgedunsen und wirkte auf den ersten Blick wie überpudert – dabei war es ihre Haut, die schneeweiß geworden war. Sie trug einen Hut, der aussah wie ein Haufen Muscheln, willkürlich von Wellen am Strand aufgetürmt. Um ihren Hals hingen schwere Ketten – gleichfalls aus Muscheln –, ebenso um ihre Handgelenke. Ihre Augen und ihr Mund waren stark geschminkt, schwarze und rote Balken, die sich nicht mit mangelnder Übung entschuldigen ließen.

Zum ersten Mal seit mehr als vier Jahren hatte Charlotte ihr Zimmer verlassen.

Gian, der mit Tess an der zur Tür gewandten Seite der Tafel saß, sprang auf, blieb aber trotz seines Schreckens fürsorglich genug, um Tess' Hand zu ergreifen. »Komm!«, raunte er ihr zu, und Sekunden später waren die Kinder unter dem Tisch verschwunden.

Auch Christopher hatte sich erhoben. Er stützte sich mit den Fäusten auf die Tischkante.

»Mutter!«, sagte Aura mit betonter Ruhe, obgleich sie innerlich aufgewühlt war; sie wusste, dass gegen Charlottes Wahn nur mit Gelassenheit anzukommen war. »Mutter, bitte! Willst du dich nicht zu uns setzen?« Manchmal ließ sich die Raserei ihrer Mutter durch Höflichkeit bändigen.

Doch Charlotte war nicht in der Verfassung, sich besänftigen zu lassen. Sie stand noch immer im Türrahmen und richtete jetzt ihren Zeigefinger anklagend auf Christopher. Dabei kam kein Wort über ihre scharlachroten Lippen.

»Hallo, Mutter«, sagte Christopher leise.

Die Kinder kauerten mucksmäuschenstill unterm Tisch, aus Furcht, die große schwarze Frau könnte sie bemerken. Auch für Gian war Charlotte eine Fremde. Mehr noch als auf Christopher musste sie auf die Kinder wie ein leibhaftiger Racheengel wirken.

Der Eklat war zu erwarten gewesen, aber Aura hätte ihn gern noch ein wenig hinausgeschoben, wenigstens bis sie und Christopher sich einig waren, wie sie die Suche nach Sylvette fortsetzen wollten. Zudem war ungewiss, wie lange Christopher überhaupt bleiben würde.

Gerade wollte sie weiter auf ihre Mutter einreden, als Charlotte herumfuhr und ohne ein weiteres Wort aus dem Zimmer rauschte. Ihre stürmischen Schritte verklangen im Korridor.

Stille senkte sich über das Zimmer. Aura fühlte sich wie eine Schiffbrüchige, die knapp einem Unwetter entronnen war.

Die Kinder krochen verschüchtert unter dem Tisch hervor und kletterten wieder auf ihr Plätze. Es war Tess, die das Schweigen brach. Sie blickte Christopher aus großen Augen an, und dann sagte sie etwas, das alle erschütterte.

»Warum hast du Großmutters Freund getötet?«

»Wie konnte sie das wissen?« Das weinrote Leder des Ohrensessels knirschte, als Christopher sich zurücklehnte. Sein Blick hing wie hypnotisiert an den Flammen des Kaminfeuers. »Glaubst du, Lysander hat es ihr erzählt?«

»Einem so kleinen Kind?« Aura schüttelte nachdenklich den Kopf. »Warum hätte er das tun sollen?«

»Um den Hass auf die Familie zu schüren, oder um –« Er verstummte und setzte nach einer Pause resigniert hinzu: »Ach, was weiß ich …«

Aura und Christopher saßen im alten Herrenzimmer des Schlosses. Es war jahrzehntelang nicht benutzt worden, ehe Aura seine Behaglichkeit für sich wiederentdeckt hatte. In den vergangenen Jahren hatte sie sich immer dann hierher zurückgezogen, wenn sie der Arbeiten im Laboratorium überdrüssig geworden war. Hier, im äußeren Westflügel, ein Stockwerk über der Familienbibliothek, fand sie Ruhe, um über sich nachzudenken.

Vor den Bleiglasfenstern war die Nacht heraufgezogen. Ein alter Kronleuchter hing ungenutzt an der Decke; einzige Lichtquelle im Raum war die Glut im Kamin.

Das Feuer verbreitete wohlige Wärme. Während sie miteinander sprachen, blickten Aura und Christopher unablässig in die Flammen. Aura erinnerte sich an etwas, das sie einmal gelesen hatte: Liebende sehen einander an, Freunde in dieselbe Richtung. Sie fragte sich, ob das bedeutete, dass Christopher und sie Freundschaft geschlossen hatten.

Vielleicht war eher Frieden das richtige Wort.

»Tess schläft in Gians Zimmer«, sagte Aura. »Zumindest bis sie sich im Schloss eingelebt hat. Ich hab das Gefühl, sie taut in seiner Nähe ein wenig auf.«

»Dann hat er auf Frauen wohl dieselbe Wirkung wie sein Vater.«

»Eifersüchtig?« Sie hatte geglaubt, er machte einen Scherz, doch seine Antwort klang bemerkenswert ernst.

»Nicht mehr.« Einen Augenblick später fuhr er fort: »Ist Gian –?«

»Ein Zwitter wie sein Vater? Nein, er hat keine weiblichen Merkmale. Zumindest keine sichtbaren.«

»Wenn du dich mit den Büchern deines Vaters beschäftigt hast, kennst du die Bedeutung des Hermaphroditen in der Alchimie.«

»Er symbolisiert die Suche des Alchimisten nach Vollkommenheit«, sagte sie. »Das Wirken der weiblichen und männlichen Prinzipien bestimmt den Lauf der Welt. Die Zeugung ist nur eines von vielen Beispielen. Beide Prinzipien sind in jedem Menschen vorhanden, und auf dem Weg zur Vollkommenheit muss der Alchimist beide Teile in seinem Inneren wiederentdecken und nutzen.«

Der Flammenschein zuckte über Christophers hagere Züge, als er die Bibel zitierte: »Und Gott der Herr sprach: Es ist nicht gut, dass der Mensch allein sei; ich will ihm eine Gehilfin geben, die um ihn sei. Und Gott der Herr baute ein Weib aus der Rippe, die er von dem Menschen nahm.«

»Sogar das Christentum akzeptiert den weiblichen Anteil im Leib Adams«, bestätigte sie.

»Damit war der erste Mensch auch der erste Hermaphrodit. Und auch der letzte, der vollkommene Mensch, wird Hermaphrodit sein.«

Plötzlich begriff sie, worauf er hinauswollte. »Du glaubst, Lysander hat so große Stücke auf Gillian gehalten, weil –«

»Weil er ihn auf irgendeine Weise erschaffen hat, ja«, unterbrach er sie. »Lysander oder irgendein anderer Alchimist.«

»Aber wir reden doch von Symbolen, von philosophischer Theorie! Niemand *erschafft* einen anderen Menschen – nicht im Sinne der Alchimie!«

»Das Ziel des Adepten ist die Vereinigung des männlichen und weiblichen Prinzips.«

»Im Geiste, vielleicht«, widersprach Aura. »Aber nicht konkret in der Wirklichkeit.«

»Und wenn es dennoch jemandem gelungen wäre?«

»Gillian war ein Mensch, kein alchimistisches Experiment!« Einen Moment lang musste sie sich zwingen, Ordnung in ihre Gedanken zu bringen. »Und selbst wenn es so wäre, wie du sagst, ist es ohne Bedeutung. Gillian ist tot.«

»Aber sein Sohn lebt. Dein Sohn, Aura! Vielleicht sollten wir uns die Frage stellen, ob ein Wesen, das durch Alchimie erschaffen wurde, normale Kinder zeugen kann.«

»Willst du damit sagen«, fragte sie zornig, »Gian sei kein normales Kind?«

»Du *willst* mich missverstehen, nicht wahr? Ist dir denn gar nichts aufgefallen?«

Einen Augenblick lang wünschte sie fast, Gian wäre der Sohn einer anderen Frau – vielleicht hätte sie dann das, was Christopher ihr sagen wollte, objektiver betrachten können. So aber nahm sie den Jungen instinktiv in Schutz.

»Erklär es mir.« In ihrem Tonfall schwang eine leise Drohung mit.

Christopher seufzte. »Wie viele Tage waren wir jetzt mit Tess zusammen? Drei?«

Aura nickte.

»Sie hat während dieser drei Tage kaum ein Wort gesprochen«, fuhr er fort. »Es war, als hätte sie vorher nichts zu sagen *gewusst*. Und nun, ganz plötzlich, platzt sie mit Dingen heraus, die ihr eigentlich vollkommen fremd sein müssten. Dafür muss es doch einen Auslöser gegeben haben.«

»Mutters Auftritt?«

»Nein«, entgegnete er. »Gian.«

»Du glaubst allen Ernstes, er wäre der Grund für Tess' verändertes Verhalten?«

»Die beiden haben zusammen unterm Tisch gesessen«, erklärte er. »Dabei haben sie sich berührt. Setzen wir einmal voraus, Gian wäre durch das Erbe seines Vaters ein alchimistisches Geschöpf – das klingt furchtbar, ich weiß –, aber lass es uns einmal annehmen.«

Aura schaute ihn schweigend an.

Christopher sprach weiter: »Auch Tess ist in gewisser Weise das Produkt eines hermetischen Experiments: das Kind eines Alchimisten mit seiner leiblichen Tochter. Wir können wohl davon ausgehen, dass sie nicht mit dem Stein der Weisen identisch ist, wie Lysander es sich erhofft hatte – dennoch steckt das alchimistische Erbe in ihr.« Er hielt inne, als müsste er sich erst selbst von seinen Theorien überzeugen. »Wir haben also zwei Geschöpfe der Alchimie, Gian und Tess, Mann und Frau. Ich bin sicher, dass es eine ähnliche Verbindung nie zuvor gegeben hat – zumindest keine, die dokumentiert ist.«

»Und?« Sie wusste jetzt, worauf er hinauswollte, doch immer noch sträubte sie sich dagegen.

»Irgendetwas wird aus der Begegnung der beiden entstehen«, sagte er, und seine Augen leuchteten bei diesen Worten. »Etwas Wunderbares, etwas Unvorhergesehenes. Irgendeine völlig neue Kraft.« Er beugte sich vor und sah Aura geradewegs in die Augen. »Und es beginnt damit, dass Tess mit einem Mal Dinge weiß, die sie nach den Gesetzen der Vernunft gar nicht wissen kann.«

Viel später, nachdem das Feuer im Kamin heruntergebrannt war, verließen sie das Herrenzimmer, um in den verbleibenden Stunden bis zum Morgen ein wenig Schlaf zu finden. Aura war längst nicht überzeugt von Christophers wildem Gedankengespinst, und nach außen hin weigerte sie sich, es auch nur als Möglichkeit in Betracht zu ziehen. Doch tief in ihrem Inneren wuchs der Verdacht, dass die Ahnungen ihres Stiefbruders begründet sein könnten.

Während sie die Marmorstufen des östlichen Treppenhauses hinaufstiegen, sagte Aura: »Gian träumt manchmal schlecht. Auch tagsüber. Es ist, als hätte er Visionen.«

»Visionen wovon?«, fragte Christopher.

»Manches hat mit dem Schloss zu tun. Erinnerst du dich noch an das Gemälde in Lysanders Halle?«

»Das auf der Tür? Schloss Institoris als Ruine?«

Aura nickte. »Gian hat ähnliche Bilder gesehen, in seinem Kopf. Er hat sie mir genau beschrieben. Aber ich glaube, dass das, was er sieht, keine Ruinen sind – es ist eine Art Baustelle. Er sieht, wie dieses Schloss auf den Fundamenten der alten Piratenfestung errichtet wurde.«

»Jungen träumen manchmal von Piraten.«

Ihre Schritte hallten durch das steinerne Treppenhaus. »Es sind nicht die Piraten. Es sind unsere Vorfahren. Die Ahnen der Familie Institoris. Aber das ist noch nicht alles: Manchmal sieht er Ritter in einer alten Festung, in weißen Gewändern mit aufgenähten roten Kreuzen.«

»Kreuzritter?«

»Templer. Und in ihrer Festung hat er etwas gesehen, das er für eine Küche hält, aber ich glaube, in Wahrheit ist es –«

»Ein Alchimistenlabor«, führte er ihren Satz zu Ende.

»Ja.«

»Aber das bestätigt doch, was ich eben gesagt habe!« Sie blieben auf dem Absatz des ersten Stockwerks stehen. »Es ist, als sähe Gian Ereignisse, die anderen widerfahren sind. Seinen Vorfahren. Und es würde zu dem passen, was Tess gesagt hat. Ihre Großmutter ahnt immerhin, was mit Friedrich geschehen ist, ganz abgesehen von Lysander, der es ganz genau wusste.« Ihre Blicke kreuzten sich, und in beider Augen stand dieselbe verrückte Vermutung. »Glaubst du«, fragte er, »es ist möglich, dass sowohl Tess als auch Gian bestimmte Dinge sehen, Dinge *wissen*, die sie von ihren Ahnen geerbt haben – so wie die Haarfarbe oder die Form der Nase?«

»Vererbtes Wissen?«

»Es gibt Wissenschaftler, die behaupten, bestimmte Bilder und Erinnerungen seien im Erbgut der Menschen verankert und werden von Generation zu Generation weitergegeben. Gewisse Umstände können dazu führen, dass man sich daran erinnert, obwohl man es selbst nie erlebt hat.« Er lehnte sich gegen das steinerne Treppengeländer. »Viele werten solche Erinnerungen als Beweis für frühere Leben, für die Wiedergeburt. Aber wenn das ein Irrtum wäre, wenn es nicht ihre eigenen Erinnerungen wären, die sie sehen, sondern die ihrer Vorfahren ...«

Sie starrte ihn an. »Du glaubst, die Begegnung mit Gian hat dieses Wissen in Tess auf irgendeine Weise freigesetzt?«

Christopher strich sich über den stoppelhaarigen Hinterkopf. »Wir müssen abwarten, wie Gian reagiert. Ob seine Visionen intensiver werden.«

Ihr Mund war trocken, und ihre Müdigkeit machte es ihr schwer, überhaupt noch einen klaren Gedanken zu fassen. »Lass uns morgen weiterreden. Du kannst in deinem alten Zimmer schlafen. Es ist jetzt ein Gästezimmer, aber viel hat sich nicht verändert.«

Er lächelte zurückhaltend. »Danke.«

»Für das Zimmer?«

»Nein, für alles. Für deine Freundschaft.«

Als er davonging, musste sie wieder an das denken, was Gillian zu ihr gesagt hatte, damals in dem kleinen Hotelzimmer in Wien: *Wenn du mit derselben Kraft hasst, mit der du vergibst, dann gnade Gott deinen Feinden.* Als sie die Stufen zum zweiten Stock hinaufstieg und in den langen Korridor einbog, der zu ihrem Zimmer führte, wurde ihr mit einem Mal bewusst, dass nach sieben Jahren niemand mehr übrig war, den sie hassen konnte. Lysander war tot, und Christopher hielt sie für seine Freundin; vielleicht war sie das sogar. Von einem Tag auf den anderen hatte sich ihre Welt auf den Kopf gestellt.

Während Aura sich in ihr Zimmer zurückzog, schaute sich Christopher in seiner alten Unterkunft um. Aura hatte Recht gehabt: Es war fast wie damals, als er die Insel verlassen hatte. Vielleicht, weil er immer nur ein Gast gewesen war. Er hatte sich selbst dazu gemacht, indem er Tag und Nacht auf dem Dachboden verbracht hatte.

Einen Moment lang überkam ihn der Drang, hinaufzusteigen, sich im Laboratorium umzuschauen, die Pflanzen zu betrachten. Ob Aura Veränderungen vorgenommen hatte? Doch er hielt seine Neugier im Zaum und beschloss stattdessen, sie am nächsten Tag um Erlaubnis zu bitten. Es war nicht mehr sein Dachgarten. Er war jetzt wieder ein Fremder im Schloss, aber er fühlte kein Bedauern bei diesem Gedanken.

Auf einem Stuhl neben dem Bett lagen Kleidungsstücke. Jemand aus der Dienerschaft musste damals seine alten Sachen aufgehoben haben. Die Hosen und Hemden würden ihm sicher zu weit sein. Dennoch war er dankbar dafür.

Er wollte sich ausziehen und zu Bett gehen, als ihn plötzlich die Erinnerung an Sylvette überkam: an die Freude in ihrem Gesicht, als er ihr zum Geburtstag die Haartinktur geschenkt hatte; an ihre gemeinsamen Ruderpartien rund um die Insel und an die vielen Stunden, in denen sie sich unterhalten hatten wie gleichaltrige Geschwister. Die Bilder trafen ihn wie Pfeilspitzen, vergiftet mit Trauer und Schuldgefühlen. Dies waren keine neuen Gefühle für ihn, er hatte sie im Gefängnis tausendmal durchlebt, aber hier, an diesem Ort, waren sie um ein Vielfaches stärker.

Mit zitternden Fingern entzündete er die Kerzen des Leuchters auf dem Kamin. Erst zögernd, dann zielstrebig, trat er wieder hinaus auf den Flur und ging hinüber zur Tür von Sylvettes altem Zimmer.

Mach auf, und sie wird da sein. Genau wie damals. Sie wird dich anlachen, und alles ist gut.

Törichte Gedanken, natürlich. Er legte die Hand auf die Klinke. Die Tür war nicht verschlossen. Sie ließ sich mit einem schleifenden Laut nach innen drücken.

Es war noch immer das Zimmer einer jungen Dame. Auf dem Garderobentisch standen dieselben Cremes und Duftwasser. Kämme und Bürsten lagen da, als wäre ihre Besitzerin nur kurz hinausgegangen. Auch die beiden Stofftiere saßen nach wie vor auf dem Himmelbett, ihre schwarzen Knopfaugen starrten glänzend in Christophers Richtung.

Eine Weile lang stand er im Türrahmen und kämpfte mit den Tränen. Dann trat er mit schleppenden Schritten an den großen Kleiderschrank. Er öffnete eine der blumengemusterten Türen, schob die Bügel mit den Spitzenkleidern beiseite und suchte das, was all die Jahre in der Dunkelheit auf ihn gewartet hatte. Sylvettes Geheimnis.

Wie damals war es mit einem schwarzen Tuch verhängt. Im Flackerschein der Kerzen wirkte sein Faltenwurf wie Fratzen. Christopher stellte den Kandelaber am Boden ab, dann zog er langsam das Tuch von dem flachen, gemäldegroßen Gegenstand. Damals hatte Sylvette ihm angeboten, ihm ihr Geheimnis zu offenbaren, und er hatte abgelehnt. Heute wusste er: Wenn er sehen würde, was es war, würde es nichts mehr geben, das ihn von der Suche nach ihr abbringen könnte. Er schwor sich, dass er sie finden würde. Um jeden, noch so hohen Preis.

Das Tuch fiel, und Christopher blickte in einen Spiegel. Der Rahmen war reich verziert und mit Goldfarbe bemalt, er sah aus wie neu. Die Spiegelfläche dagegen war von dunklen Rissen durchzogen. Wie schwarze Blitze teilten sie das Glas in Hunderte von Facetten, ein Spinnennetz aus rasiermesserscharfem Kristall.

Christophers Gesicht war im Spiegel geborsten und verzerrt, eine Grimasse aus gezahnten, spitzen Bruchstücken. Wie versteinert blickte er sich selbst in die gespaltenen Augen. Der Kerzenschein fiel von unten geisterhaft gelb in sein Gesicht, vertiefte die eingefallenen Augenhöhlen, hob Wangenknochen und Stirn hervor. Ein Totenschädel, von den Rissen im Glas zum Grinsen gebracht.

Er ertrug den Anblick nur wenige Sekunden, dann warf er die Schranktür zu und löschte bebend die Kerzen. Im Zwielicht einer fernen Korridorlampe eilte er zurück in sein Zimmer, verschloss die Tür und ergab sich zitternd der Gnade Gottes.

Im Dunkel der Nacht träumte Gian von Tess.

Es war keiner der Träume, die ihn sonst heimsuchten, keine Bilder von der Vergangenheit der Insel.

Alles, was er sah, war Tess' Gesicht, ganz groß und leuchtend vor ihm. Ihre zarten Züge, viel zu fein geschnitten, um kindlich zu wirken, umrahmt von hellblonden Locken. Das Blau ihrer Augen, so klar wie die See an Sommertagen und mindestens ebenso tief.

Lange blickte sie ihn einfach nur an. Dann, plötzlich, öffneten sich ihre Lippen. Sie sagte nur einen Satz:

»Der Seemann hat ein neues Rad.«

Gian erwachte. Tess lag auf der anderen Seite des Zimmers, in einem Bett, das die Diener dort für sie aufgestellt hatten. Im Dunkeln konnte er vage ihren goldenen Haarschopf zwischen Kissen und Decke erkennen. Sie rührte sich nicht, gab keinen Laut von sich.

In seinem Kopf aber hörte Gian immer noch ihre Stimme, vom Wachsein verweht wie die Signalhörner der Schiffe im Sturm.

Der Seemann hat ein neues Rad.

Beim Frühstück erzählte er Aura und Christopher von seinem Traum. Sie blickten einander fragend an, sahen auch zu Tess hinüber, die ungerührt ihre heiße Schokolade schlürfte.

»Es ist nicht das erste Mal, dass ich diese Worte höre«, sagte Christopher schließlich, sichtlich unentschlossen, ob er vor den beiden Kindern darüber sprechen sollte. Auras ungeduldiger Blick nahm ihm die Entscheidung ab.

»Es war damals«, sagte er, »als Nestor starb. Gillian hat dabei dasselbe zu ihm gesagt.«

Gian schaute neugierig von Christopher zu Aura. »Warum war Vater dabei, als Großvater starb?«

»Er wollte ihm helfen«, antwortete Aura schnell.

Der Junge gab sich damit nicht zufrieden. »Muss ich jetzt auch sterben, weil ich diese Worte gehört habe?«

»Liebe Güte, natürlich nicht!« Sie hätte vielleicht aufspringen und ihn umarmen müssen, doch ihre Erschütterung fesselte sie wie mit Ketten an ihren Platz. »Das war nur ein Traum, mein Schatz. Nur ein Traum.«

Da schaute Tess von ihrer Tasse auf. Ihr Mund hatte einen braunen Schokoladenrand. »Ich hab das gleiche geträumt.«

»Ist das wahr?«, fragte Christopher zweifelnd.

»Ich hab's geträumt, wirklich!«, beharrte sie in kindlichem Trotz. »Aber es war Gian, der gesprochen hat, nicht ich.« Sie versuchte, Gians Stimme nachzuahmen und kicherte dabei. »Der Seemann hat ein neues Rad.«

Als die Kleine die Worte wiederholte, wurde Aura bleich.

»Was ist los?«, fragte Christopher besorgt.

»Ich glaube –«, begann sie, führte den Satz aber nicht zu Ende. Stattdessen stand sie auf und lief zur Tür. »Komm mit.«

Gian und Tess sprangen ebenfalls von ihren Stühlen, doch Christopher rief ihnen im Hinauslaufen zu: »Ihr bleibt hier. Wir sind gleich wieder da.«

Aura hörte, wie die Kinder murrten, doch sie konnte im Augenblick nur eines denken: die Wörter »Seemann« und »Rad«.

»Verrätst du mir, was los ist?«, fragte Christopher unwirsch, als er sie einholte.

»Oben«, sagte sie knapp, »in Vaters Bibliothek.«

Sie stürmten die Treppen zur ersten Etage hinauf, dann den Gang entlang zu der schmalen Stiege, die vor der Tür mit dem Pelikanrelief endete.

Christopher wirkte verwirrt, aber Aura hatte im Moment andere Sorgen. Falls es stimmte, was sie vermutete – was hatte das zu bedeuten?

Sie schloss die Tür auf. Feuchtwarme Luft schlug ihnen entgegen.

»Viel hat sich nicht verändert.« Christophers Blick schweifte über die Versuchsanordnungen des Laboratoriums. Einige der tropischen Gewächse im Dachgarten waren höher geworden, doch das war auch schon alles.

»Vater hat Jahrzehnte gebraucht, um alles so herzurichten, wie er es für das Beste hielt«, sagte Aura. »Warum hätte ich daran etwas ändern sollen?«

Sie lief voraus, durchs Laboratorium zu der niedrigen Tür, die in Nestors Bibliothek führte.

»Warte!«, rief Christopher zögernd. »Früher gab es hier eine Art Helm, so ein Ding aus Glas.« Er fuchtelte erklärend mit den Händen.

Aura trat an einen der Schränke und kramte darin herum. Schließlich zog sie den gläsernen Helm hervor. »Meinst du den hier?«

Christopher nickte. Ihm war sichtlich unwohl, als er den durchsichtigen Zylinder über den Kopf zog und den Lederbund am Hals zuzurrte. Seine Stimme klang dumpf. »Ziemlich albern, was? Wenn ich bedenke, dass ich früher damit täglich in die Bibliothek gegangen bin …«

Aura setzte sich ungeduldig in Bewegung. »Kommst du nun mit?« Sie wartete nicht auf seine Antwort und öffnete die Tür. Gebückt schlüpfte sie hindurch, Christopher folgte ihr. Sie trat an den Reihen der Bücherregale entlang und blieb an einem der beiden Fenster stehen.

»Und?«, fragte er. Doch dann folgte er ihrem Blick.

Das Bleiglasfenster zeigte Buchstaben, nicht wie die meisten anderen im Schloss ein Symbol oder eine Szene. Christopher hatte es damals schon bemerkt, aber nie über die Bedeutung nachgedacht. Aus bunten Glassplittern waren fünf Reihen mit je fünf Lettern zusammengesetzt:

S A T O R
A R E P O
T E N E T
O P E R A
R O T A S

»Ein anagrammatisches Quadrat«, erklärte Aura. »Egal, aus welcher Richtung man es liest, ob von oben oder unten, senkrecht oder waagrecht, immer ergeben sich dieselben Worte.«

Christopher hatte während seiner Jahre im Gefängnis keinen einzigen lateinischen Satz zu lesen bekommen. Er schwitzte, als er sich schwerfällig an die Übersetzung machte. Das Glas seines Helms begann zu beschlagen.

Aura kam ihm mit einem Lächeln zu Hilfe: *»Der Sämann Arepo hält mit Mühen die Räder.«*

Er starrte sie groß an. »Du glaubst, wir haben es falsch verstanden? Die Rede war nie von einem See-, sondern einem Sämann?«

Aura nickte überzeugt. »Einer, der die Saat aussät.« Sie trat vor und fuhr mit einer Fingerspitze über die gläsernen Lettern. »Ich habe vor Jahren einmal die Bedeutung in einem von Vaters Büchern nachgeschlagen. Es gibt einen Namen für diesen Satz: die Satorformel. Sie ist in der Vergangenheit mehrfach an den unterschiedlichsten Orten aufgetaucht. Zum ersten Mal, glaube ich, auf einer Münze aus dem alten Pompeji. Aber anagrammatische Quadrate sind grundsätzlich keine Besonderheit. Man hat sie auf allen möglichen Bauten und Gegenständen entdeckt: auf einer lateinischen Bibel aus dem neunten Jahrhundert, auf einem *Faust*-Manuskript in den Archiven der Herzöge von Coburg, sogar noch auf österreichischen Geldstücken aus dem sechzehnten Jahrhundert. Es gibt sie in Kirchen in Santiago de Compostela und Rochemaure, in Cremona in Italien und auf Schloss Jarnac in Frankreich.« Sie ging zum Nachbargiebel und deutete auf das zweite Fenster der Bibliothek. »Hier ist noch eines, allerdings ohne Sämann und ohne Räder.«

Ihre Augen streiften die Buchstabenreihen, ohne deren Sinn zu verstehen:

S A T A N
A D A M A
T A B A T
A M A D A
N A T A S

»Das klingt wie Latein,« sagte Christopher irritiert, »ist aber keines, oder?«

»Nein. Trotzdem stand in einigen der Bücher etwas darüber. Es heißt, dieser Spruch stamme noch aus der Zeit der –« Sie verstummte schlagartig, als ihr etwas klar wurde.

»Was ist?«

»Aus der Zeit der Templer«, beendete Aura stockend ihren Satz. Es war Jahre her, dass sie sich für die beiden Fenster interessiert hatte, und es mochte ein willkürliches Zusammentreffen sein, dass sie Christopher erst am Vorabend von den Tempelrittern in Gians Visionen erzählt hatte. Jetzt aber versetzte ihr die Übereinstimmung einen Schock.

»Zufall?«, fragte er.

»Allmählich haben wir es mit einer ganz schönen Häufung von Zufällen zu tun, findest du nicht?« Die Worte hatten bissig klingen sollen, tatsächlich aber hörten sie sich nur müde und verwirrt an.

Christopher trat an einen Tisch, auf dem ein paar Schreibutensilien lagen. Mit Papier und Bleistift kam er zurück zum Fenster und kopierte sorgfältig beide Buchstabenquadrate.

»Lass uns wieder nach draußen gehen«, sagte er dann und deutete auf den Glashelm. »Sonst bekomme ich einen Hitzschlag.«

Aura folgte ihm schweigend. Der Sämann und seine Räder, Satan und die Tempelritter, die Träume der beiden Kinder, Gians Visionen – alles vermischte sich in ihrem Kopf zu einem Strudel, der jeden Ansatz einer klaren Überlegung in einen unergründlichen Abgrund zog.

Draußen ließen sie sich in die staubige Sitzgruppe unterhalb der Glasschräge fallen, wo einst Nestor seinen neuen Schüler in die Grundlagen der Alchimie eingeweiht hatte.

Christopher riss sich den Helm vom Kopf, atmete mehrmals tief durch und wischte sich Schweiß von der Stirn. Die tropische Luft des Dachgartens kam ihm nach den Minuten unter dem Glaszylinder kühl und erfrischend vor.

Aura lehnte sich zurück und blickte durch die Scheiben hinaus auf die schwankenden Zypressenwipfel. Sie neigten sich vor, als wollten sie das Gespräch der beiden belauschen. »Das wichtigste scheint erst mal die Satorformel zu sein.«

Christopher runzelte die Stirn. »Sie ist nicht mit dem Satz identisch, den die Kinder geträumt haben.«

»Der Sämann Arepo hält mit Mühen die Räder«, wiederholte Aura. »Aber das was die Kinder träumten, und was Gillian zu meinem Vater gesagt hat, war: Der Sämann hat ein neues Rad. So war es doch, oder?«

Christopher nickte. »Wer oder was dieser Sämann auch ist – er hat irgendwas hinzugewonnen. Zu seinen früheren Rädern ist ein neues dazugekommen.«

»Gehen wir mal davon aus, Gillians Satz – und der der Kinder – sei als Rätsel zu verstehen, als eine Art Geheimcode. Dann ergäben sich daraus zwei Fragen. Erstens: Wer oder was ist der Sämann? Und zweitens: Was ist sein ›neues Rad‹?«

»Kannte Gillian deinen Vater, bevor er hierherkam?«

»Nein«, entgegnete sie, »ich glaube nicht. Dieser Satz war mit Sicherheit eine Botschaft von Lysander. Vater muss die Bedeutung gekannt haben.«

»Dann glaubst du, dass Lysander der Sämann ist?«

»Möglicherweise. Womit hätte Lysander meinem Vater im Augenblick seines Todes übler zusetzen können, als mit der Botschaft, dass er etwas gefunden hatte, das Vater nie mehr erlangen würde?«

Christopher beugte sich mit einem Ruck vor. »Du meinst den Stein?«

»Das liegt nahe, oder?«

»Ich weiß nicht. Weshalb hätte er dann Sylvette entführen sollen? Warum mit ihr ein Kind zeugen, wenn er zu diesem Zeitpunkt den Stein – und damit die ewige Jugend – längst besessen hat? Ganz abgesehen davon, dass wir mit eigenen Augen gesehen haben, wie Lysander an Altersschwäche starb. Hätte er den Stein gehabt, hätte er ihn benutzt.«

»Aber Gillian hätte so was niemals aus eigenem Antrieb zu meinem Vater gesagt! Es *muss* eine Nachricht Lysanders gewesen sein, eine Art letzter Triumph.«

Sie las in Christophers Augen, was er darauf erwidern wollte:

Du hast Gillian kaum gekannt, vergiss das nicht. Doch er sprach die Worte nicht aus. »Es macht keinen Sinn«, sagte er nach kurzem Zögern.

Aura stand auf. »Wie wär's damit: Du gehst runter und sprichst noch einmal mit den Kindern. Frag sie ganz genau über diese Träume aus. Wenn du willst, lass dir von Gian etwas über seine Visionen erzählen. In der Zwischenzeit versuche ich, in der Bibliothek etwas über die Bedeutung der Botschaft herauszufinden.«

»Du tust doch nichts, ohne mit mir darüber zu reden?«

»Nein.«

Aber sie wusste selbst nicht, ob ihr Versprechen aufrichtig war.

Das Kraut auf dem Grab ihres Vaters war nach dem ersten Sprießen nur noch mit unerträglicher Langsamkeit gewachsen. Wenige der Pflänzchen reichten höher als Auras Knöchel, die größten nicht einmal bis zum Knie. Man hätte sie in der Tat für Unkraut halten können, wie es an so vielen Stellen des Dachgartens wucherte.

Aura hockte am Rand des Beetes und dachte daran, dass dort unten die Knochen ihres Vaters lagen. Seltsamerweise barg diese Vorstellung keinen Schrecken. Die Erinnerung an Nestor war etwas sehr Verschwommenes geworden. Sie spürte keine familiäre Nähe mehr zu ihm, geschweige denn Liebe. Sie wusste nicht, ob es wirklich nur mit dem zu tun hatte, was er mit ihr vorgehabt hatte. Vielmehr hatte sich das Bild ihres Vaters in ihrem Kopf gänzlich von seinen Eigenschaften als Mensch gelöst. Er war zu einer unbestimmbaren Macht geworden, einer spirituellen Potenz.

Wie oft hatte sie hier an seinem Grab gekauert und über ihre Gefühle zu ihm nachgedacht. Nein, Liebe verspürte sie gewiss nicht, ebenso wenig wie Hass. Stattdessen war es, als wäre ihr Vater ein Fremder, den mit Aura nur ein einziger Umstand verband – ihre gemeinsame Feindschaft gegenüber Lysander.

Sie zupfte eines der schwertförmigen Blätter ab und zerrieb es zwischen Daumen und Zeigefinger. Sie fragte sich, ob es richtig gewesen war, dass sie Christopher nie erzählt hatte, *was* er im Gefängnis geraucht hatte. Er hatte gefragt, natürlich, und sie hatte ausweichend erwidert, es sei ein Mittel, das seinen Scheintod herbeiführen würde – dass es aber das Kraut von Nestors Grab war, hatte sie ihm verschwiegen.

Sie selbst hatte es wenige Wochen zuvor ausprobiert. Dabei war die Unsterblichkeit nichts, das sie reizte. Nicht nach all den Jahren, die sie mit Grübeleien darüber zugebracht hatte. Die Situation war ebenso verzwickt wie absurd – Aura wollte die Unsterblichkeit nicht, und doch besaß sie sie womöglich längst. Nach so langer Zeit dachte sie darüber nach wie andere Frauen ihres Standes über Abendgarderobe und Männerbekanntschaften. Der Kitzel war gewichen, der Reiz zur Gewohnheit erstarrt.

Anfangs war das anders gewesen. Die ersten Monate im Laboratorium hatte sie mit dem fieberhaften Studium alter Schriften und den Versuchsanordnungen ihrer Vorgänger verbracht. Doch dann, nach nicht einmal einem Jahr, war ihre heißblütige Neugier sachlichem Interesse gewichen. Den Drang, ihr Wissen zu mehren und es im Sinne der Alchimie zu nutzen, hatte sie von ihrem Vater geerbt – doch hatte sie dabei entdeckt, dass sie wissenschaftlich, beinahe trocken an die Dinge heranging, nicht etwa leidenschaftlich. Vielleicht war das der Grund, weshalb sie sich immer eine Chance gegen Lysander ausgerechnet hatte. Was er ihr an Macht und Erfahrung voraushatte, machte sie durch Kalkül und Lernbereitschaft wett.

Allein gegen eines besaß sie keine Waffe: seinen Größenwahn. Sie verstand ihn nicht, konnte seine Gedanken nicht nachvollziehen. Das war einer der Gründe gewesen, warum sie geglaubt hatte, Christopher könnte ihr helfen. Er kannte die Gier nach Macht aus erster Hand, und Aura war beinahe enttäuscht gewesen, als sich herausgestellt hatte, dass er diese Eigenschaft im Gefängnis verloren hatte.

Sie erhob sich und ging hinüber zur Bibliothek. Auf dem Weg dorthin kam sie am Athanor vorbei. Obwohl er seit Wochen unbenutzt war, zuckten die Flammen unermüdlich um den stählernen Kesselboden. Aura hatte früh erkannt, dass das Alchimistenfeuer ein Eigenleben besaß: Schürte man es nicht und hielt es auf kleiner Flamme, dankte es einem dies mit Bescheidenheit und verzichtete auf Nahrung. So war das Feuer der wahre Lehrer des Alchimisten: Aus Genügsamkeit erwuchs sein Nutzen, aus seinem Nutzen das ewige Leben.

»Christopher!«

Halb fünf am nächsten Morgen. Ihr Stiefbruder lag zusammengerollt in seinem Bett, das Kissen halb vors Gesicht gezerrt, als hätte er damit in der Nacht etwas abwehren wollen.

»Christopher, nun wach schon auf!«

Er öffnete die Augen, blinzelte und entdeckte im fahlen Licht der Deckenlampe Aura auf seiner Bettkante. Sie wedelte aufgeregt mit einem Stoß Papier.

»Was … was ist?«

Sie grinste triumphierend. »Die Lösung! Ich hab sie gefunden.«

Er war auf einen Schlag hellwach. »Ich hab geträumt.«

»Nicht du auch noch!«

»Ich hab von *dir* geträumt.«

Sie legte einen Moment lang den Kopf schräg, dann entschied sie, nicht darauf einzugehen.

»Also?«, fragte er und setzte sich auf. Sein hagerer Oberkörper war nackt. Narben zogen sich kreuz und quer über seine Brust.

»Stammen die aus dem Gefängnis?«, fragte sie.

»Ja.« Seine Antwort kam widerwillig. »Du hast die Lösung, sagst du?«

»Wie wach bist du?«

»Ist es so kompliziert?«

»Wie man's nimmt.«

Er streckte sich. »Dann lass mich erst aufstehen.«

Eine halbe Stunde später saßen sie im Herrenzimmer. Es roch nach kalter Asche, obwohl die Hausmädchen den Kamin am Vortag ausgefegt hatten. Weil Aura es albern fand, auf die leere Feuerstelle zu blicken, hatte sie ihren Ledersessel herumgezogen, so dass sie und Christopher einander genau gegenübersaßen. Sein linkes Knie wippte ungeduldig auf und ab.

»Erklär's mir«, bat er und deutete auf den Papierstapel in ihrer Hand.

Sie begann mit einer Frage: »Aus wie vielen Buchstaben besteht die Satorformel?«

»Fünfundzwanzig. Fünf Reihen zu je fünf Buchstaben.«

Aura nickte. »Früher, zu Zeiten des Pythagoras, hat die Mathematik den Zahlen nicht nur quantitative, sondern auch qualitative Eigenschaften zugewiesen. Heute sind die meisten dieser Bedeutungen in Vergessenheit geraten, von einer abgesehen, der Dreizehn, der Unglückszahl. Damals, bei den alten Griechen, begann man auch damit, aus Zahlen sogenannte magische Quadrate zusammenzusetzen, nicht zu verwechseln mit den anagrammatischen Quadraten, die aus Buchstaben bestehen. Die magischen Quadrate dagegen sind Anordnungen der durchlaufenden Zahlenreihe – von eins bis neun – in quadratischen Feldern. Dabei werden die Zahlen so angeordnet, dass die Summe der senkrechten, waagerechten und diagonalen Felder immer gleich ist. Das Hexeneinmaleins in Goethes *Faust* basiert vermutlich auf so einem Quadrat.«

Christopher hob ergeben die Schultern; den *Faust* hatte er nie gelesen und von Mathematik verstand er gleichfalls nicht viel.

Aura war so in Fahrt, dass sie es kaum bemerkte. »Unsere Satorformel setzt sich aus fünf Mal fünf Buchstaben zusammen. Wusstest du, dass die Zahl Fünf dem Planeten Mars und seinem esoterischen Symbol zugeordnet wird? Hier, sieh mal.«

Sie zog eines der Blätter aus dem Stapel und reichte es ihm. Darauf hatte sie die einzelnen Gestirne aufgelistet. Hinter jedem war das entsprechende Symbol verzeichnet, das Esoteriker und Okkultisten einst dafür festgelegt hatten. Dahinter stand der entsprechende Zahlenwert.

Saturn	–	♄	–	3
Jupiter	–	♃	–	4
Mars	–	♂	–	5
Sonne	–	○	–	6
Venus	–	♀	–	7
Merkur	–	☿	–	8
Mond	–	☽	–	9

»Begreifst du jetzt, was ich meine?«, fragte sie aufgeregt. Christopher blickte nachdenklich auf das Papier. »Um ehrlich zu sein –«

Sie seufzte, sprang auf und trat neben seinen Sessel. Ihr schmaler Zeigefinger hämmerte auf das Papier. »Hier – hinter dem Mars steht sein Symbol, ein Kreis mit einer aufgesetzten Spitze. Das Zeichen für Schild und Lanze. Dieses Zeichen hat noch zwei andere Bedeutungen. Die eine spielt im Augenblick für uns keine Rolle, sie bezeichnet das männliche Geschlecht. Die zweite Bedeutung dagegen ist zugleich der erste Schlüssel zu Lysanders Botschaft. Denn all diese Zeichen stehen in der Chemie wie auch in der Alchimie für die verschiedenen Metalle. Das Mars-Symbol bedeutet Eisen.«

Er blickte fragend vom Papier hoch in ihre Augen. »Und?«

Lieber Himmel, dachte sie, konnte es denn wirklich sein, dass er noch immer nicht begriff, worum es ihr ging? Aber sie selbst hatte mehr als zwölf Stunden über Planeten, Zahlen und Symbolen gebrütet. Kein Wunder, dass er es nicht auf Anhieb durchschaute.

»Schau«, sagte sie, zog das Blatt aus seinen Händen und fuhr noch einmal mit dem Finger darüber. »Die Fünf bedeutet Mars, und Mars bedeutet Eisen. So weit ist es klar, oder?«

Christopher lächelte. »Völlig.«

Einen Augenblick lang fragte sie sich, ob er versuchte, sich über sie lustig zu machen. »Du nimmst mich doch ernst, nicht wahr?«

»Natürlich.«

Sie legte die Stirn in Falten, wedelte dann aber wieder mit dem Papier. »Als nächstes haben wir hier die Sonne. Ihre Zahl ist die Sechs, eins mehr als die Fünf. Die Sonne steht für Gold. Hier, beschreib mir mal ihr Symbol!«

Er warf einen Blick darauf und sagte: »Ein Kreis. Oder –«

»Ein Rad!«, platzte sie heraus. »Begreifst du's jetzt endlich?«

»Mal sehen«, sagte er zögernd. »Die Satorformel ist das Quadrat der Fünf. Wenn im übertragenen Sinne, wie in Lysanders Botschaft, ein neues Rad hinzukommt, sind wir bei Sechs. Und das Rad und die Sechs stehen für die Sonne, die wiederum –«

»Ein Symbol für Gold ist!«, unterbrach sie ihn atemlos.

»Und der Stein der Weisen verwandelt unedle Metalle wie Blei, Eisen und Quecksilber in Gold.«

»Das ist es, ganz genau!« Aura sprang auf und lief ruhelos vor dem Kamin auf und ab. Sie hatte das Gefühl, als würde ihr Herz jeden zweiten Schlag vor Erregung aussetzen. »Lysander hat die Wahrheit verschlüsselt, weil er nicht wollte, dass Gillian als Überbringer der Botschaft sie erfährt. Das ›neue Rad‹ ist nichts anderes als das Symbol der Sonne. Das Symbol für Gold – und für den Stein der Weisen.«

Er beugte sich vor. Alle Müdigkeit war mit einem Schlag von ihm abgefallen. »Lysander hat tatsächlich den Stein gefunden! Großer Gott, es ist wahr! Er hatte ihn schon damals, vor sieben Jahren!« Er schüttelte den Kopf, als könnte er es noch immer nicht glauben. »Aber warum haben wir ihn dann in Wien an Altersschwäche sterben sehen?«

Sie blieb stehen. Ein bitteres Lächeln spielte um ihre Mundwinkel. »Vorausgesetzt, der alte Mann, den wir gesehen haben –«

»– war wirklich Lysander.« Nun sprang er ebenfalls vom Sessel auf. Das Schaben seiner Hose auf dem Leder verursachte ein Geräusch wie das Zerreißen einer Buchseite. »Darauf willst du doch hinaus, nicht wahr?«

»Der Alte in Wien war nicht Lysander.« Sie lehnte sich gegen die Ummauerung des Kamins, als müsste sie sich von einem Schlag erholen. »Lysander ist noch am Leben. Und ich möchte wetten, der Stein und Sylvette sind bei ihm.«

KAPITEL 3

Es gibt Momente, da sind die Hoffnungen so fordernd und die Vernunft so flüchtig, dass es unmöglich ist, festzustellen, wo die Wahrheit endet und das Wunschdenken seinen Anfang nimmt.

Als Aura und Christopher die Kinder hinauf in den Dachgarten riefen, wussten sie beide, wie vage ihre Vermutungen und wie schwach ihre Aussicht auf Erfolg war. Sie *nahmen an*, dass es die Mühe wert war; sie *hofften*, dass sie Recht behalten würden; und zumindest Christopher betete insgeheim für das Gelingen ihres Experiments. Der Glaube ersetzte rationales Denken, die Zuversicht den Zweifel.

Dass sie dennoch Recht behielten, überraschte sie beide.

Gian und Tess hatten den Dachgarten kaum betreten, als ihre Schritte langsamer, ihre Blicke trüber wurden. Aura ging zwischen ihnen, hielt beide an der Hand, während Christopher am Athanor stand und ihnen so nervös wie aufmerksam entgegenblickte.

Aura spürte, wie der Druck der kleinen Hände auf ihre eigenen stärker wurde. Beim Frühstück hatten die Kinder miteinander gescherzt, und zum ersten Mal hatte Aura Tess lachen sehen. Sie fragte sich, ob das, was sie hier taten, dieser Entwicklung wohl schaden würde. Alles, was sie hatten, waren Mutmaßungen, reichlich verrückte noch dazu, und doch schien dies der einzige Weg zu sein, Lysander auf die Spur zu kommen.

Es war Auras Idee gewesen, es über die Kinder zu versuchen, und Christopher hatte vorgeschlagen, die beiden dorthin zu führen, wo die Atmosphäre am stärksten war. Ob das irgendeinen Einfluss auf das Endergebnis haben würde, war ungewiss, ja zweifelhaft.

Der Himmel hing tief und grau über dem Glasdach, doch an einer Stelle im Osten war die Wolkendecke aufgerissen. Inmitten dieser Wunde stand die Sonne wie ein glühendes Herz und sandte ihre Strahlen über das Küstenland und die raue See. Ihr Licht erhellte auch den Dachgarten und brach sich in den Augen der Kinder. Es war Zufall, gewiss, und doch schien es, als wollte die Natur das Wunderbare des Geschehens hervorheben.

»Gian«, wandte Aura sich an ihren Sohn und ließ die Hände der Kinder los, »ich möchte, dass du versuchst, dich an etwas zu erinnern.« Tatsächlich war es viel eher Tess, von der sie etwas erfahren wollte, doch Gian war der Ältere, und es schien sicherer, es zuerst mit ihm zu versuchen.

Die Kinder standen da wie in Trance und blickten in die gleißende Sonne. Gian neigte den Kopf zur Seite. »Ja, Mama?«

»Erinnerst du dich an deinen Großvater?« Ein Kloß saß in ihrem Hals, ihre Stimme klang fremd.

»Natürlich erinnere ich mich an ihn.« Nestor war bei Gians Geburt längst tot gewesen, aber niemand stellte die Antwort des Jungen infrage.

Aura ging vor den Kindern in die Hocke und nahm erneut ihre Hände. Als sie so den Kontakt zwischen den beiden schloss, kam es ihr einen Moment lang vor, als durchzuckte sie ein sanfter Stromstoß.

»Kannst du dich an die Zeit erinnern, als Großvater ein junger Mann war?«

»Ich glaube, ja«, erwiderte Gian.

Christopher trat langsam von hinten an sie heran. »Es funktioniert«, flüsterte er staunend. Keiner von ihnen hatte wirklich mit einem Erfolg gerechnet, schon gar nicht so schnell.

»Erzähl mir, woran genau du dich erinnern kannst«, bat Aura. »Weißt du, wie seine Eltern aussahen?«

»Nein.« Das Wort hallte sekundenlang über den Dachboden, hart und enttäuschend. Doch ehe Aura eine weitere Frage stellen konnte, fuhr Gian fort: »Damals hat Großvater komische Sachen getragen. Ein Nachthemd.«

Aura und Christopher wechselten einen ratlosen Blick.

»Er hat auf einem Pferd gesessen«, sprach Gian weiter. »Ich kann mich genau erinnern. Großvater war ein guter Reiter. Einmal ist er mit seinem Pferd über eine Felsspalte in den Bergen gesprungen, die war sehr breit und sehr tief.«

»Weißt du noch, wie es war, als er zur Schule ging?«

»Keine Schule.« Gians Blick war immer noch der Sonne zugewandt, als wäre sie es, die ihm die Bilder eingab. »Oder doch … Es gab so etwas wie eine Schule. Ein großes, dunkles Haus.«

»Kannst du dich erinnern, wo es stand?«

»Rundherum war Wald. Und Berge. Hohe Berge.«

Aura kam ein Gedanke. Das Sankt-Jakobus-Stift war sicher nicht immer ein Mädcheninternat gewesen. Vielleicht hatte es dort früher auch Jungen gegeben.

Sie wollte weiterfragen, als plötzlich Tess das Wort ergriff. Ihr helles Stimmchen klang belegt, so als wäre sie gerade erst aus dem Schlaf erwacht. »Ich kann mich auch an das Haus erinnern. Vater ist dorthin gegangen.«

Hatten Nestor und Lysander sich im Sankt-Jakobus-Stift kennengelernt?

»Da war ein alter Mann, der Vater Sachen beigebracht hat«, fuhr das Mädchen fort. »Vater und noch einem Jungen.«

»Morgantus«, sagte Gian mit einer Stimme, als weckte allein dieser Name eine ganze Flut schlimmer Erinnerungen.

»Was?«, fragte Christopher scharf. »Was hast du da gesagt?«

»Der alte Mann hieß Morgantus«, wiederholte Gian. Es war zugleich erschreckend und faszinierend, wie sich die Worte der beiden Kinder zu einem einzigen Bild verdichteten.

»War Morgantus ein Lehrer?«, fragte Aura.

»Ja«, sagte Gian.

»Nein«, widersprach Tess.

»Versucht, euch genau zu erinnern«, verlangte Christopher ungewohnt heftig.

Aura funkelte ihn an. »Lass sie. Sie machen das schon.«

Er nickte nervös und murmelte eine Entschuldigung.

Aura wandte sich wieder an die Kinder. »Wer war dieser Morgantus?«

Ein Schatten fiel über Gians Gesicht. »Er wohnte in dem großen Haus. Er und viele andere Männer. Sie haben alle diese Hemden angehabt, weiße, lange Hemden.«

»Wie die, die du früher gesehen hast?«, fragte Aura mit bebender Stimme. »Die mit den roten Kreuzen darauf?«

»Ja, genau die. Morgantus hatte seines nicht immer an, nur dann, wenn er mit Großvater und dem anderen Jungen ausgeritten ist, um –«

Tess riss den Mund auf und kreischte.

»Was ist los?«, Aura zog das Mädchen in ihren Arm. Der grelle Schrei brach ab, doch Tess zitterte weiter am ganzen Leib. »Ist ja gut«, flüsterte Aura besänftigend. »Ist schon gut.« Mit einer Hand hielt sie noch immer Gian fest. Sie wagte trotz Tess' Reaktion nicht, die Verbindung der beiden zu unterbrechen, aus Sorge, die Erinnerungsfetzen der Kinder könnten für immer verblassen. Sie hatte ein schlechtes Gewissen dabei, doch sie konnte nicht anders. Jetzt musste sie alles wissen.

Gian schien Tess' Schrei überhaupt nicht gehört zu haben. »Sie haben Mädchen gefangen«, sagte er ruhig. »Dann haben sie sie getötet. Morgantus hat Großvater und dem anderen Jungen gezeigt, was man mit dem Blut der Mädchen machen muss.«

Christopher fragte gefasst: »Was musste man denn damit tun?«

»Sie haben das Blut in eine Wanne laufen lassen. In eine große Wanne in dem großen Haus. Dann hat Morgantus sich hineingesetzt. Mitten in das Blut. Er hat Großvater erklärt, davon könnte man jung werden. Aber das stimmte nicht. Morgantus ist nie jung geworden. Er war immer alt. Es hat nicht geklappt. Das Blut –« Er brach ab und keuchte, als bekäme er keine Luft mehr.

Aura zog auch ihn an sich, hielt nun beide Kinder in ihren Armen. Was für eine Kreatur war dieser Morgantus? Sie ahnte allmählich, dass er der Mann gewesen sein musste, dem sie damals in der Berghütte nur um Haaresbreite entkommen war. »Wir hören auf damit«, sagte sie.

»Nein«, entgegnete Christopher. »Nicht jetzt. Wir müssen noch mehr erfahren.«

»Aber sie verkraften es nicht.«

Gian und Tess zuckten in ihrer Umarmung zusammen.

»Aura«, sagte Christopher beschwörend, »wir können jetzt nicht einfach aufgeben.«

»Wir könnten es später noch einmal versuchen.«

»Lass es uns jetzt zu Ende bringen, so weit, wie wir kommen. Danach ist Schluss. Nur dieses eine Mal und dann nie wieder.«

Alles in Aura sträubte sich dagegen, doch schließlich gab sie nach. Mit leisem Schrecken wurde sie gewahr, dass das Erbe ihres Vaters ihre Gefühle als Mutter überwog.

Ganz vorsichtig löste sie sich von den Kindern und redete ihnen aufmunternd zu. Gian und Tess ließen Aura los und fassten sich gegenseitig bei den Händen. Das Mädchen war kreidebleich, noch immer zitterte es am ganzen Körper. Gian dagegen war gefasster, beinahe als verstünde er, worauf es den Erwachsenen ankam.

»Morgantus hat das Haus schließlich verlassen«, fuhr er fort. Tess nickte bestätigend. Ihre Augen waren weit aufgerissen. »Viele andere Männer sind mit ihnen gegangen«, sagte Gian, »alle, glaube ich, die dort gelebt haben.«

»Sie hatten Rüstungen an und saßen auf Pferden«, fügte Tess hinzu.

Christopher schüttelte den Kopf. »Das ist unmöglich.«

»Lass sie weiterreden«, verlangte Aura.

»Sie sind weit fortgeritten und sogar mit Schiffen gefahren, großen, alten Segelschiffen. Vorbei an einer langen Küste viele, viele Tage.«

»Wohin fuhren sie?«

»Swanetien«, sagte Gian. »So hieß der Ort.«

»Swanetien.« Aura atmete tief durch. »Wir können auf einer Karte nachsehen, wo das liegt. Was haben sie dort getan?«

»Da gab es noch ein Haus, wie eine Burg«, sagte Tess, und plötzlich überschlug sich ihre zarte Stimme: »Da waren auch Berge, aber die sahen anders aus. Ganz ohne Wald.«

»Vom Meer aus ritten sie durch ein Gebirge, in dem kaum Menschen wohnten«, sagte Gian. »Dann erst kamen sie an die Burg. Sie sah so ähnlich aus wie die erste, nur viel größer. Sie hatte eine komische Form.«

»Achteckig?«

»Ja, vielleicht.«

Aura schaute Christopher an. »Das ist die typische Bauweise der Tempelritter. Sie haben viele ihrer Gebäude so angelegt.« An die

Kinder gewandt, sagte sie stockend: »Es ist gut. Ihr braucht jetzt nicht mehr daran zu denken.«

Christopher sah aus, als wollte er abermals protestieren, doch Aura erstickte seinen Widerspruch mit einem scharfen Blick.

»Wir gehen wieder nach unten«, sagte sie entschlossen und schob Gian und Tess eilig zur Tür des Dachbodens, fort aus diesem Raum, der die unschuldigen Gedanken der Kinder mit uraltem Grauen vergiftete.

Christopher sah ihnen für einen Augenblick nach, dann trat er nachdenklich unter die Glasschräge. Sein Blick schweifte über die Wogen zur Küste, weiter über die goldgelben Dünen. Im Süden sahen die Wolken aus wie schwarze Tinte, die in klares Wasser tropft.

»Genaugenommen beginnt die Geschichte der Tempelritter mit einem Gleichnis«, sagte Aura, als sie und Christopher am Abend vor dem Kaminfeuer saßen. Diener hatten ihnen eine Karaffe mit Sherry gebracht, und so wie sie die Flammen des Kamins von außen wärmten, erhitzte sie der Alkohol von innen. Beide fanden, dass sie das nötig hatten.

»Es heißt, im Heiligen Land hätten einst zwei Brüder gelebt, die gemeinsam ein einziges Kornfeld besaßen. Sie teilten ihre Ernte in zwei gleich große Teile und ließen sie bis zum nächsten Morgen am Feldrand liegen. Der Ältere hatte eine große Familie, die er ernähren musste, der Jüngere aber lebte allein. Da sagte sich des Nachts der Jüngere: Mein Bruder muss für so viele Menschen sorgen – dafür steht ihm ein größerer Teil der Ernte zu. So schlich er aufs Feld und legte mehrere seiner Kornsäcke auf die Seite seines Bruders. In derselben Nacht aber sagte sich der Ältere: Mein Bruder verrichtet ganz allein die gleiche Arbeit wie ich mit Hilfe meiner Familie – es wäre nur gerecht, wenn er einen größeren Teil unserer Ernte erhielte. So kehrte auch er im Dunkeln zurück auf das Feld und schob einige seiner Kornsäcke zu denen seines jüngeren Bruders. Am Morgen kamen beide zur Arbeit, verluden die Ernte – und erkannten, dass beide Anteile genauso groß waren wie am Abend zuvor.« Aura hielt einen Augenblick inne, dann fügte sie hinzu: »Das Feld der beiden Brüder befand sich auf dem Berg Morija, und hier ließ König Salomo seinen Tempel errichten. Um ihn herum entstand die Stadt Jerusalem.«

Christopher kippte seinen Sherry hinunter wie billigen Fusel. Gefängnisgewohnheit, dachte Aura.

»Im Jahre 1099, als die ersten Kreuzfahrer an den Küsten Palästinas gelandet sind, war der Tempel Salomos nur noch eine Ruine. Neunzehn Jahre später fiel das, was vom Tempel übrig war, französischen Besatzern zu. Sie bildeten einen Wachtrupp aus neun Rittern, geführt von Hugues de Payen. Diese neun nannten sich selbst ›Der Orden der Armen Ritter Christi‹. Die Welt aber hat ihnen einen anderen Namen gegeben: die Tempelritter.«

Sie hielt einen Moment lang inne und sah zu, wie Christopher sein Glas nachfüllte.

»Für mich auch, bitte«, sagte sie und fuhr fort: »Die Templer haben Armut, Keuschheit und Gehorsam gelobt, vor allem aber den Schutz aller Pilger im Heiligen Land. Der Tempel Salomos blieb für lange Jahre ihr Hauptquartier, sie hausten in Zelten und in den Kammern der Ruine, hoch angesehen, aber in erbärmlichen Lebensumständen. Die ersten neun, Hugues de Payen und seine Gefährten, waren gottesfürchtige Männer, Helden vor dem Angesicht der Kirche. Jene aber, die sich um sie scharten, rekrutierten sich aus den Reihen der Abenteurer, die der Drang nach Ruhm und Ehre nach Palästina geführt hatte, zweitgeborene Adelssöhne und Verstoßene, die kein Anrecht auf die heimatlichen Höfe hatten.«

»Wenn die Templer so gottesfürchtige Männer waren, wie du sagst, woher rührt dann ihr schlechter Ruf?«

»Warte ab. Ein Jahrzehnt später, um 1130, war die Zahl der Tempelritter auf dreihundert angewachsen. Unter ihrem Befehl standen über dreitausend Kämpfer, begierig darauf, wie ihre Herren in den Ritterstand erhoben zu werden. Schließlich, auf dem Höhepunkt seiner Macht, wurde der Orden vom Kirchenkonzil zur offiziellen Militia des Vatikans ernannt.«

»Klingt ziemlich lukrativ.«

»Worauf du wetten kannst. Durch eine Vielzahl von Schenkungen und aufgrund seiner Berechtigung, Steuern einzutreiben, kam der Orden zu beträchtlichem Reichtum. Eine Weile lang galten die Templer, wenigstens inoffiziell, als Europas Herrscher im Orient. Als aber 1291 mit der Eroberung Akkons durch die Sarazenen die Ära der Kreuzzüge zu Ende ging, waren auch die Templer gezwungen, sich aus ihren Ländereien im Heiligen Land zurückzuziehen. Mittlerweile auf viele Hundert angewachsen, kehrten sie – nunmehr ohne Ziel und ohne Aufgabe – nach Europa zurück und verkrochen sich mutlos in ihren Festungen und Klöstern, abgeschnitten von der Außenwelt, prassend im unermesslichen Reichtum des Ordens.«

Christopher hob sein Glas und prostete schweigend zur Decke, als wollte er dem unsichtbaren Geist der Templer Achtung zollen. Aura bemerkte, dass er ziemlich betrunken war. Auch ihr selbst fiel es immer schwerer, sich an die Einzelheiten des Templerdramas zu erinnern. Sie hatte vor zwei oder drei Jahren einiges darüber gelesen und ihre Erinnerung heute Nachmittag noch einmal grob in der Bibliothek aufgefrischt.

»Mit ihrer Dekadenz nahm auch der Untergang der Templer seinen Anfang. Als sie Philipp dem Schönen, dem König von Frankreich, den Beitritt als Ehrenmitglied verwehrten, sann er auf Rache. Eilig entwickelte der König Pläne, mit deren Hilfe er Gewalt über die Besitztümer des Ordens erlangen wollte. Er und seine Getreuen beschuldigten die Templer öffentlich der Ketzerei, des Götzendienstes und der Teufelsanbetung. 1307 ist es Philipp dann gelungen, Papst Clemens zu einem Verfahren gegen den Orden zu bewegen. Nur wenige Monate später ließ er, ohne Clemens' Wissen, zahllose Tempelritter verhaften und foltern. Weit über hundert legten Geständnisse ab, die die Anschuldigungen bestätigten. Jeder aber, der die gotteslästerlichen Taten nicht bereute, wurde zu lebenslanger Kerkerhaft verurteilt.«

Mit leisem Klirren hob Christopher den gläsernen Verschluss von der Karaffe und wollte sich nachschenken, doch nur noch wenige Tropfen perlten über den Rand ins Glas. »Leer«, murmelte er und fluchte leise.

»Am 18. März 1314 hat König Philipp durch die Fenster des Louvre beobachtet, wie die drei letzten Ordensbrüder, der Großmeister Jacques de Molay, sein Vertrauter Geoffroy de Charney und ein unbekannter Dritter, auf einem Scheiterhaufen vor dem Schloss verbrannt wurden. Zwei Jahrhunderte nach seiner Gründung im Tempel Salomos endete der Orden der Tempelritter im Feuer. Trotzdem halten sich seither beständig die Gerüchte, dass er im Geheimen weiter existiert.«

Christopher ließ beide Arme schlaff über die Lehnen seines Sessels baumeln. Er hatte Mühe, die Augen offen zu halten. Jedes Mal wenn er bemerkte, dass er einschlief, gab er sich einen Ruck und setzte sich auf, nur um Sekunden später erneut in sich zusammenzusinken. »Glaubst du das auch?«, fragte er mit schwerer Stimme. »Ich meine, dass der Orden der Templer noch existiert?«

»Wenn das, was die Kinder sagen, die Wahrheit ist – dann ja.«

»Gibt es Beweise?«

»Nur zahllose Legenden. Manche behaupten, jedes Unglück, das seit der Hinrichtung des Großmeisters über Frankreichs Thron oder die Kirche gekommen ist, sei ein Racheakt der Templer gewesen. Vieles davon ist Unsinn. Aber einige Dinge – wer weiß ...«

Als sie sah, dass Christophers Augen endgültig zufielen, läutete sie nach dem Diener und bat ihn, ihrem Bruder ins Bett zu helfen.

Nachdem die Männer verschwunden waren, entrollte sie auf dem Teppich vor dem Kamin eine große Karte, die sie aus der Familienbibliothek heraufgebracht hatte. Sie zeigte einen großen Ausschnitt Europas und Vorderasiens.

Am Nachmittag hatte sie einige Mühe gehabt, den Ort, von dem die Kinder gesprochen hatten, zu finden. Die alten Karten besaßen keinen Index wie die modernen Atlanten, die sie im Internat gesehen hatte. Aura hatte angenommen, dass es sich bei Swanetien um ein kleines, aber eigenständiges Land handeln müsste, und sie hatte nur zwei Anhaltspunkte gehabt: zum Ersten die Aussage Gians, dass die Templer auf dem Weg dorthin über ein Meer gesegelt waren, zum zweiten einen Hinweis, den sie in der Literatur über den Orden entdeckt hatte. Demnach lautete eines der zahllosen Gerüchte über den Fortbestand der Templer, dass sie sich in ein Versteck im Kaukasus zurückgezogen hätten.

Schließlich war Aura fündig geworden. Swanetien entpuppte sich nicht als selbstbestimmtes Land, sondern vielmehr als eine

Region im Nordwesten Georgiens, östlich des Schwarzen Meeres. Es lag an den Südhängen des Kaukasus, eingebettet in einen hohen Gebirgswall. Die Berge schützten es nach allen Seiten vor Eindringlingen und machten den Landstrich zu einer uneinnehmbaren Festung.

Nachdem Aura in der Familienbibliothek im Erdgeschoss keinerlei Literatur über den Kaukasus und seine Völker gefunden hatte, hatte sie ihre Suche in Nestors Bücherhort unter dem Dach fortgesetzt. Und obgleich dort eigentlich nur Werke standen, die in irgendeiner, und sei es noch so entfernten Weise mit den Forschungen ihres Vaters zu tun hatten, war sie fündig geworden.

Zu ihrem Erstaunen war das zweibändige Werk, das sie entdeckt hatte, nicht nur vom Thema her untypisch für Nestors Bibliothek – es war zudem auch ungewöhnlich neu. Aura hatte die beiden schweren ledergebundenen Bände mit ins Herrenzimmer geschleppt, eigentlich um sie Christopher zu zeigen. Ihr Autor war ein gewisser Gottfried Merzbacher, ein deutscher Kaukasusforscher, der Swanetien und die umliegenden Gebirgsregionen in den Jahren 1891 und 1892 bereist hatte. Merzbacher hatte seine Erlebnisse in Form eines Tagebuches auf über zweitausend Seiten niedergeschrieben. *Aus den Hochregionen des Kaukasus* stand als geprägter Titel auf beiden Bänden. Die Tatsache, dass Nestor Interesse daran gezeigt hatte, verriet Aura, dass sie auf der richtigen Spur war.

Und während sie jetzt auf die Karte starrte, Entfernungen grob per Augenmaß bestimmte, Reiserouten entwickelte und wieder verwarf, begriff sie, dass sie noch einmal die Hilfe der Kinder brauchte. Nur noch ein einziges Mal.

Es war kurz nach elf, als sie in Gians Zimmer trat. Beide Kinder lagen reglos in ihren Betten. Das Licht, das vom Flur hereinfiel, ergoss sich über Gians Bett und weckte ihn.

»Mama?«, fragte er unsicher und blinzelte.

Aura schlich an sein Bett und legte sanft einen Finger an die Lippen. »Pst!«

Die Schnelligkeit, mit der er ihr Vorhaben erfasste, verblüffte sie. »Du willst es nochmal versuchen.«

»Wir wollen doch Tess' Mutter wiederfinden, oder?«

»Das würde sie bestimmt glücklich machen.«

»Siehst du.« Sie trat an das Bett des Mädchens, und Gian folgte ihr. Aura drehte sich zu ihm um. »Bleib nur liegen. Tess kann mir allein weiterhelfen.«

Er schüttelte stumm den Kopf und setzte sich auf die Bettkante. Tess wälzte sich im Schlaf auf die andere Seite. Sie hatte ihren rechten Daumen in den Mund gesteckt. Eine Woge von Zuneigung überrollte Aura, als sie die Kleine so vor sich sah. Zärtlich legte sie eine Hand auf die Schulter des Mädchens. Tess schlug die Augen auf, als hätte sie nur auf diese Berührung gewartet. Sogar in der Dunkelheit konnte Aura das Leuchten in ihren Augen sehen.

Wortlos streckte Tess ihre Hand nach Gian aus, doch Aura schüttelte den Kopf. »Das ist nicht nötig«, sagte sie sanft. »Was ich wissen möchte, weißt du ganz allein.« Auch sie ließ sich auf der Bettkante nieder. Tess legte ihre Hand in Auras Schoß, und Aura drückte sie aufmunternd.

»Der alte Mann in Wien war nicht dein Vater, oder?«

»Nein«, sagte die Kleine. Es schien, als hätte eine Art Bann über ihr gelegen, der erst hier im Schloss – und nach dem Kontakt mit Gian – von ihr abgefallen war.

»Wer war er dann?«, fragte Aura.

Gian gab die Antwort darauf. »Morgantus«, flüsterte er, als hätte er Angst, der Alte könnte ihn selbst über eine Entfernung von tausend Kilometern hören.

»Woher weißt du das?« Zum ersten Mal wurde ihr die sonderbare Übereinstimmung der beiden Kinder unheimlich.

Tess kam Gian zuvor. »Wir wissen vieles voneinander.« Und als sie das sagte, klang sie nicht mehr wie ein Kind – schon gar nicht wie eine Fünfjährige –, sondern fast wie eine Erwachsene.

»Ist Morgantus wirklich tot?«, fragte Aura.

»Das weiß ich nicht.«

»Dein Vater ist mit deiner Mutter verreist, richtig?«

»Sie sind fortgegangen. Aber ich weiß nicht, wohin.«

»Haben sie nichts gesagt?«

»Nur, dass du mich bald besuchen und mit zu dir nach Hause nehmen würdest.«

Aura musste sich beherrschen, um nicht aufzuspringen und erregt im Zimmer auf und ab zu laufen. Lysander hatte es gewusst. Er hatte gewusst, dass sie zu ihm kommen würde. Sie war wie ein dummes Kind auf seine Tricks hereingefallen.

Sie nahm sich zusammen, um so gelassen wie möglich zu wirken. »Wann sind deine Eltern abgereist? Lange bevor ich gekommen bin?«

Tess' blonde Locken raschelten auf dem Kissen, als sie den Kopf schüttelte. »Am selben Tag.«

Zorn und Enttäuschung schnürten Aura fast die Luft ab. Sie hatte Lysander nur um wenige Stunden verpasst. Sylvette war so nahe gewesen, so greifbar. Wenn sie nur einen Tag früher ... aber, nein, jetzt betrog sie sich selbst. Lysander hatte jeden ihrer Schritte vorausgesehen, und sicher hätte er auch erfahren, wenn sie ihre Pläne geändert hätte. Es hatte nicht einen Augenblick gegeben, in dem er ihr nicht haushoch überlegen gewesen wäre. Die Frage war nur, warum er sie nicht einfach getötet hatte. Warum diese Schmierenkomödie mit Morgantus, der Lysanders Stelle einnahm? Auch fragte sie sich, was wohl geschehen wäre, wenn sie ernsthaft versucht hätte, den Alten zu töten.

»Tess«, sagte sie mit fester Stimme, »ich möchte, dass du noch einmal versuchst, dich ganz genau zu erinnern. Hat dein Vater wirklich nie erwähnt, wohin er deine Mutter bringen würde?«

»Nein, nie.«

Aura warf Gian einen Blick zu, doch auch er schüttelte stumm den Kopf.

Lysander hatte Tess loswerden wollen. Dass er sie nicht getötet, sondern Auras Obhut überlassen hatte, war fraglos Sylvette zu verdanken. Das wiederum bedeutete, dass Auras Schwester über einen gewissen Einfluss auf Lysander verfügte. Wahrscheinlich war sie es auch gewesen, die dafür gesorgt hatte, dass Aura und Christopher am Leben geblieben waren. Die Tatsache, dass sich Lysander darauf eingelassen hatte, verriet, dass er nichts von Tess' wahren Fähigkeiten wusste. Selbst er hatte nicht vorhersehen können, welche Wirkung die Begegnung mit Gian, einem anderen Kind der Alchimie, auf das Mädchen haben würde.

Es gab nur eine Möglichkeit, wie sie versuchen konnten, diesen Vorteil für sich zu nutzen. Es war ein Glücksspiel, aber auch ihre einzige Chance.

Aura deckte die Kinder zu und küsste beide auf die Stirn. Dann verließ sie das Zimmer und läutete die Dienerschaft aus den Betten.

Das Wetter war dem Abschied angemessen. Kalter Nieselregen trieb vom Meer heran, und der Himmel war düster und drückend. Nicht die Seeadler, sondern schwarze Krähen kreisten über der Insel und ließen sich krächzend auf den Giebeln des Schlosses nieder.

Die Diener hatten die letzten Gepäckstücke im Boot verstaut und tauchten nun wieder aus dem Dunkel des Zypressenhains auf. Wortlos gesellten sie sich zu der kleinen Gruppe am Eingang des Schlosses.

Gian und Tess standen nebeneinander auf der untersten Treppenstufe. Sie hielten sich nicht an den Händen, vielleicht weil sie sich schämten, obgleich Aura ihnen ansah, dass sie es gern getan hätten. Beide waren bedrückt, und Aura konnte ihre Gefühle nur zu gut nachvollziehen. Es lag noch nicht lange zurück, dass sie Gian allein gelassen hatte. Eben erst heimgekehrt, nahm sie nun erneut von ihm Abschied.

Tess' Traurigkeit hatte fraglos einen ähnlichen Grund wie die Niedergeschlagenheit Gians, und doch schien das Glück, fortan im Schloss leben zu dürfen, ihre Stimmung ein wenig zu heben.

Es wunderte niemanden, dass Charlotte sich nicht zum Abschied ihrer Tochter und ihres Adoptivsohnes blicken ließ. Aura sah am Rand des Zypressenhains vorbei zu den Fenstern ihrer Mutter im Ostflügel hinüber. Durch das bunte Bleiglas war nicht zu erkennen, ob jemand dahinter stand.

Ihr war nicht wohl bei dem Gedanken, Charlotte so lange ohne Aufsicht zu lassen, und so bat sie den ältesten der Diener, Jakob, noch einige Schritte mit ihr zu gehen.

»Jawohl, Madame?«, fragte er, als sie im Schatten der Zypressen haltmachten. Jakob war nach Konrads Tod in dessen Stellung aufgerückt.

»Ich möchte«, begann sie zögernd, »dass Sie meine Mutter in ihrem Zimmer einschließen. Zu ihrem eigenen Besten, und zum Besten der beiden Kinder.«

Jakobs linke Augenbraue zuckte hoch, als missbilligte er diese Anweisung. Dann aber lächelte er beflissen. »Machen Sie sich keine Sorgen um die Kinder, Madame. Die Küchenmädchen sind hingerissen von den beiden, und auch wir anderen werden nach bestem Wissen für sie sorgen. Und was Ihre Frau Mutter angeht, so seien Sie auch ihretwegen ganz beruhigt. Ich bin seit so vielen Jahren hier im Schloss, dass ich Ihre Mutter noch als Dame des Hauses erlebt habe. Ich und viele der anderen haben ihr einiges zu verdanken. Wenn es zu ihrem Besten ist, dass sie in ihrem Zimmer bleibt, werde ich persönlich dafür Sorge tragen.«

»Meine Mutter ist eine sehr kranke Frau. Sie hat eigenwillige Anwandlungen, das wissen Sie, Jakob. Ich möchte nicht, dass sie Gian und Tess verängstigt.«

»Das wird nicht geschehen, Madame.«

Ihr drängten sich weitere Ermahnungen auf, aber sie wusste, dass sie den alten Diener damit verletzen würde. Er hatte sich nie etwas zuschulden kommen lassen, das ihren Argwohn gerechtfertigt hätte. Als Konrads Nachfolger mangelte es ihm nicht an Sorgfalt und Pflichtbewusstsein.

Sie streckte ihm ihre Hand entgegen. Er erwiderte ihren Händedruck, als würde damit ein Abkommen zwischen ihnen besiegelt.

»Geben Sie auf sich Acht, Madame«, bat er. »Wir alle wünschen uns, dass Sie bald zurückkehren. Am allermeisten Gian und Tess.«

»Ja, das wünsche ich mir auch.«

Christopher wirkte ungeduldig, als sie zu den anderen zurückkehrte. Sein Rausch vom Vorabend hatte keine Spuren hinterlassen. Als Aura ihm von ihren Plänen erzählt hatte, war er sogleich Feuer und Flamme gewesen. Christopher hätte alles für Sylvettes Rettung gegeben.

Als sie zu ihm trat, hatte er sich bereits von den Kindern verabschiedet. Nun war die Reihe an ihr.

»Komm bald zurück, Mama«, wisperte Gian ihr ins Ohr, als sie ihn umarmte. Sie spürte, dass er weinen würde, wenn sie die

Abfahrt noch länger hinauszögerte; sie wusste, dass *sie* weinen würde.

Tess schenkte ihr ein aufmunterndes Lächeln. Noch etwas, das nicht zu ihrem kindlichen Äußeren passen wollte. Tess wie auch Gian hatten sich verändert. Ein Außenstehender hätte sie vielleicht für altklug gehalten, aber Aura ahnte, dass es viel mehr war als das. Die Kinder entwickelten eine für ihr Alter erstaunliche Vernunft und Besonnenheit, die Aura ebenso erfreute wie verunsicherte.

Schließlich legte das Boot ab, und Jakob und die Kinder blieben am Ufer der Bucht zurück. Aura sah, wie Tess nach Gians Hand tastete – oder war es umgekehrt? Gemeinsam winkten sie dem davongleitenden Boot hinterher.

»Hier sind sie sicher«, sagte Christopher leise, der neben Aura an der Reling stand und zurückblickte. »Gott wird ein Auge auf sie haben.«

Das Boot entfernte sich zügig von der Insel. Aura sah zu, wie die Kinder mit dem schwarzen Wall der Zypressen verschmolzen.

KAPITEL 4

Die Reise führte sie abermals über Wien, doch diesmal sahen sie nichts von der Stadt, außer der nächtlichen Leere eines Bahnhofs. Aura und Christopher waren froh darüber. Zu viele Erinnerungen schlummerten unter den Dächern der Häuser und Paläste, zu viel Leid und Zorn und Resignation. Es war tiefschwarze Nacht, als sie die Stadt an der Donau erreichten, und als sie drei Stunden später den nächsten Zug nach Budapest bestiegen, schlummerte die Sonne noch immer hinter dem Horizont.

Auch Budapest erwies sich als nebelverhangene Ansammlung von Turmspitzen und Giebeln. Hier bezogen sie für eine Nacht ein Hotel unweit des Bahnhofs, mussten aber auf das Frühstück verzichten, um ihren Anschluss nach Bukarest nicht zu verpassen.

Die Grenze von Österreich-Ungarn zu Rumänien verlief entlang der Karpaten, jenseits des wilden Siebenbürgen. Die Bewohner nannten diese Gegend Transsilvanien; der Name allein beschwor märchenhafte und romantische Fantasien in Aura herauf. Als sie die Landschaft am Fenster ihres Zugabteils vorübergleiten sah, musste sie feststellen, dass die Wirklichkeit ihren Vorstellungen in nichts nachstand.

Transsilvanien – das Land hinter den Wäldern. Hochplateaus und schroffe Bergketten wechselten sich ab mit tiefen Schluchten, in die tosende Wasserfälle stürzten. Über den Tälern thronten Burgen wie aus den Illustrationen eines Kinderbuchs, einsam und stolz schauten sie auf versteckte Dörfer hinab. Mittelalterliche Städte reckten ihre Kirchtürme weithin sichtbar über grüne Hügel. Immer wieder zeigten sich nahe den Bahnschienen Luchse, Rehe, sogar Bären, und am Himmel kreisten Steinadler und einmal gar ein Geier.

Zum ersten Mal vergaß Aura für kurze Zeit den Grund ihrer Reise und die Schrecken, die sie an ihrem Ziel erwarten mochten. Fasziniert entdeckte sie uralte Bauernhöfe wie aus Dürer-Stichen, beobachtete Ochsengespanne und Pferdekarren, gewaltige Schafherden mit ihren kauzigen, in Fellmäntel gehüllten Hirten. Auf den Dorfstraßen lief das Kleinvieh frei umher, die Wege waren ungepflastert, und das Wasser wurde wie eh und je aus Brunnen und Bächen geschöpft.

Anhand der Menschen, die an den winzigen Bahnhöfen ein- und ausstiegen, konnte sie erkennen, wie weit sie sich bereits von ihrer Heimat entfernt hatte. Nicht wenige der Männer und Frauen, selbst die Ärmsten unter ihnen, trugen Trachten, die wertvoll und exotisch wirkten. Weiß und Schwarz schienen die beliebtesten Farben zu sein, doch jedes dieser Kleidungsstücke war kunterbunt bestickt. Vom jungen Mädchen bis zur Greisin trugen die Frauen Kopftücher, die weit über ihre Schultern reichten. Aura, die ihr Haar nur lässig hochgesteckt hatte, erntete geringschätzige Blicke; sogar die Männer betrachteten ihre offenkundige Schönheit mit Missfallen. Schließlich riet Christopher ihr besorgt, ebenfalls ein Tuch zu tragen, was sie zögernd und lustlos tat.

Die Kontrolleure an der Grenze nach Rumänien, schweigsame, schnauzbärtige Männer mit schwarzem Haar und finsteren Blicken, betrachteten vor allem Christophers Papiere mit offenem Argwohn. Er hatte sich daheim im winzigen Rathaus des Dorfes einen neuen Ausweis ausstellen lassen; die Nachricht, er wäre in Wien angeblich verstorben, war noch nicht bis dorthin vorgedrungen. Jetzt jedoch hatte er beinahe die Befürchtung, die rumänischen Grenzbeamten würden ihn durchschauen, so viel Misstrauen sprach aus ihren Mienen. Endlich aber gaben sie ihm die Papiere zurück und gingen weiter zum nächsten Abteil.

Jenseits der Grenzstadt Sinaja führten die Schienen aus den Höhen der Karpaten hinab ins rumänische Tiefland. Einen halben Tag später erreichten sie Bukarest. Von hier aus gab es nur eine einzige Bahnverbindung nach Osten, nach Konstanza, einer Hafenstadt am Westufer des Schwarzen Meeres. Der Zug dorthin fuhr nur alle zwei Tage, und so mussten sie erneut eine zusätzliche Übernachtung in Kauf nehmen. Aura hatte ein wenig Geld in die rumänische Landeswährung umgetauscht, doch der Betrag erwies sich als zu gering. Der Besitzer des kleinen Hotels fragte sie mit reptilienhaftem Lächeln, ob sie denn Geld aus ihrer Heimat bei sich führe. Als Aura bejahte, wurde er sogleich freundlicher und erklärte ihr, rund um das Schwarze Meer sei deutsche, britische oder amerikanische Währung viel lieber gesehen als die landeseigene. Daraufhin fürchteten Aura und Christopher, dass man wohl versuchen würde, sie in der Nacht in ihrem Hotelzimmer auszurauben. Doch ihre Sorge erwies sich als unbegründet, und als sie sich am Morgen vom Hotelier und seiner Frau verabschiedeten, plagte Aura ein schlechtes Gewissen.

Der Zug zum Meer hielt alle paar Minuten an irgendeinem Dorfbahnhof, was dazu führte, dass sie für die zweihundert Kilometer bis zur Küste einen ganzen Tag benötigten. Der Hotelier war der letzte Mensch gewesen, der ihre Sprache verstanden hatte; weiter östlich redete niemand ein Wort Deutsch, was zur Folge hatte, dass sie jedes Flüstern und jedes Kichern der übrigen Reisenden auf sich bezogen. Ständig fühlten sie sich Blicken ausgesetzt, sahen sich als Ziel von Spott und Beleidigungen. Es dauerte bis zum Abend, ehe ihnen klar wurde, dass sie viel weniger Aufsehen erregten, als sie vermutet hatten, denn Konstanzas Hafen war der wichtigste weit und breit, und Ausländer gehörten hier zum Stadtbild.

Eine heruntergekommene Droschke brachte sie zum Hafen, wo schlanke Masten und die Schlote der Dampfschiffe einen undurchdringlichen Wald aus Holz und Eisen bildeten. Bereits von Bukarest aus hatte Aura telegrafisch zwei Plätze für die Überfahrt gebucht. Freilich hatte sie nicht ernsthaft damit gerechnet, dass ihre Einschiffung reibungslos verlaufen würde. Umso erstaunter war sie nun, als der Kapitän sie mit Handschlag begrüßte und in makellosem Deutsch seine Hoffnung auf gutes Wetter zum Ausdruck brachte.

Der Name des Schiffes war *Wojwodina*, die Kabine, die man ihnen zuwies, winzig, aber reinlich. Wie sich herausstellte, hatte der Kapitän die beiden bereits erwartet und die Abfahrt um einige Stunden hinausgezögert. Noch am selben Abend legte die *Wojwodina* ab.

Die sechste Nacht seit ihrer Abreise vom Schloss brach an, aber es war die erste, in der Aura sich gestattete, bis zum Morgen durchzuschlafen.

Die Dämmerung hätte ebenso gut ausbleiben können, niemand hätte es bemerkt. Schloss Institoris lag gefangen im Herzen eines nachtdunklen Sturms. Die Dienerschaft schwärmte seit den frühen Morgenstunden durch Flure und Zimmer, schloss Fensterläden, wo welche vorhanden waren, verstopfte zugige Ritzen und zurrte Schnüre um die Klinken von Türen, deren rostige Schlösser längst nicht mehr zuschnappen wollten.

Dennoch brachten die Hausmädchen und Kammerdiener das Heulen des Sturms nicht zum Erliegen. Aus allen Teilen des Schlosses ertönte das leise Schlagen von Türen im Durchzug, von verzogenen Fensterrahmen und Kaminklappen. Es schien unmöglich, jede Stelle abzudichten, an der das Unwetter sich einen Weg ins Innere suchte. Gegen Mittag gaben sich die Bediensteten geschlagen und konzentrierten sich wieder auf ihre üblichen Aufgaben.

Gian empfand die Laute des Sturms als angenehm unheimlich, und er machte sich einen Spaß daraus, Tess in jene Teile des Gemäuers zu führen, von denen er wusste, dass sie der Kraft des Unwetters unterliegen mussten. Immer wieder wartete er darauf, dass hinter ihnen eine Tür schlug, ein Fenster vibrierte, ein Vorhang wehte. Tess reagierte anfangs wie erwartet, sie zuckte und kreischte bei jedem unverhofften Laut, bei jeder geisterhaften Bewegung. Anschließend aber lachten sie gemeinsam darüber. Sie wussten beide, es war nur ein Spiel, und es gab nichts, vor dem sie sich hätten fürchten müssen.

Hätten sie gewagt, noch einmal zum Dachgarten hinaufzusteigen, so hätten sie bemerkt, dass Aura die Tür wohlweislich verriegelt hatte. Aber keines der Kinder verspürte das Verlangen, sich abermals den Erinnerungen seiner Ahnen auszusetzen. Die Visionen überkamen sie zwar hin und wieder, doch solange sie dem Dachgarten und der geheimnisvollen Atmosphäre, mit der er aufgeladen war, fernblieben, hielten sich die Bilder im Rahmen. Meist waren sie wie Erinnerungen an einen bösen Traum, irgendwann am Tag danach.

Gian und Tess waren unzertrennlich, und das nahm selbst dem Sturm seine Schrecken. Sie hockten auf dem roten Brokatsofa eines Gästezimmers im zweiten Stock, das sie zum Hauptquartier ihres Spiels erkoren hatten. Es lag weit genug abseits der üblichen Wege und war seit Jahrzehnten unbenutzt. Die Möbel waren mit Laken verhängt, auf denen pelzige Staubschichten lagen. Gian fand, dass sie aussahen wie Gespenster, doch als er Tess mit teuflischem Grinsen darauf hinwies, rümpfte sie nur die Nase und sagte, er solle nicht kindisch sein.

Über dem Kamin des Zimmers hing ein alter, halbblinder Spiegel. Von seinem kunstvollen Rahmen blätterte die Goldfarbe, und ein langer Riss zog sich durch die gesamte Fläche. Die beiden Nägel, mit denen der Spiegel an der Wand befestigt war, hatten sich mit den Jahren gelockert, und so kam es, dass er sich leicht nach vorn neigte. Das Sofa der Kinder stand ihm gegenüber, und so konnten sie ihre Spiegelbilder in dem verschleierten Glas betrachten. Es sah aus, als säßen sie inmitten dichten Nebels.

»Ich wette, du wagst es nicht, bis vor Großmutters Tür zu schleichen«, sagte Gian, während der Sturm um das Schloss toste und gelegentlich ein Blitz die bunten Fenster erhellte.

Tess wurde aus der Betrachtung einer Spinne gerissen, die sich vom Kronleuchter zum Boden abseilte. »Klar trau ich mich!«

»Wetten nicht?«

»Wetten doch!«

Sie beschlossen, hinunter ins Erdgeschoss des Ostflügels zu laufen und sich gegenseitig einer Mutprobe zu unterziehen. Gian, der einsah, dass er als Mann mit gutem Beispiel vorangehen musste, erbot sich, das Wagnis als Erster einzugehen. Erst wenn er wieder in Sicherheit wäre, würde Tess an der Reihe sein. Dabei galt es, einmal die Hand auf die Klinke der unheilvollen Tür zu legen.

»Eigentlich ist das eine blöde Mutprobe«, meinte Tess, als sie den verlassenen Korridor erreichten, an dem Charlottes Gemächer lagen. »Die Tür ist schließlich abgeschlossen.«

»Glaubst du wirklich?«, fragte Gian gedehnt.

»Na, sicher.«

»Und was wäre, wenn ich gesehen hätte, wie einer der Diener die Tür gestern Abend aufgeschlossen hat?«

Tess bekam große Augen. »Ist das wahr?«

»Wenn ich's doch sage.« Tatsächlich war es ein ziemlich frecher Schwindel, aber Gian fand, dadurch würde die ganze Sache ein wenig spannender.

»Und er hat wirklich aufgesperrt?«, fragte Tess noch einmal, und diesmal klang ihr Stimmchen ein wenig unsicher.

»Und ob!«

»Warum ist deine Großmutter dann nicht rausgekommen?«

»Vielleicht ist sie's ja«, erwiderte er. »Vielleicht steht sie gerade hinter dir!«

Tess fiel auf den faden Trick nicht herein und schnitt ihm eine Grimasse.

Hinter einer Ecke, ungefähr fünfzehn Meter von Charlottes Zimmertür entfernt, bezogen sie Stellung. Weit und breit war kein Mensch zu sehen. Das Unwetter ließ im Stockwerk über ihnen eine Tür auf und zu schlagen.

»Also«, wies Gian das Mädchen an, »du wartest hier und guckst um die Ecke. Ich schleiche den Gang hinunter bis zur Tür, fasse die Klinke an und komme wieder zurück. Danach bist du dran.«

Tess nickte, und Gian lief los. Die ersten sieben, acht Schritte legte er im Laufschritt zurück. Auf halber Strecke bremste er schlagartig und bemühte sich, von nun an keinen Laut mehr zu verursachen. Der Flur war mit schwarzem Schiefer gefliest, nur alle paar Meter lag ein Läufer. Zwischen den einzelnen Teppichen setzte Gian seine Schritte besonders behutsam. Dennoch gelang es ihm nicht, alle Geräusche zu unterdrücken. Sein eigener Atem kam ihm ohrenbetäubend laut vor, aber er wusste sehr wohl, dass nur er selbst das so empfand.

Der Korridor besaß keine Fenster und maß über zwanzig Meter. Den Kindern erschien das nahezu unendlich. Nur vier Lampen waren auf die gesamte Länge verteilt.

Gian passierte zwei Türen; die eine führte zum Grünen Salon, die andere ins ehemalige Jagdzimmer. Der Abstand zur dritten

Tür war merklich größer. Hinter ihr lag Charlottes Vorraum, daneben – ohne Tür zum Flur – das Schlafzimmer.

Angespannt horchte er auf Geräusche aus den Gemächern seiner Großmutter. Einmal glaubte er, ein Flüstern zu hören. Dann aber sagte er sich, dass es nur der Wind war, den das Unwetter durch Spalten und Löcher presste.

Sie ist eingeschlossen, sagte er sich immer wieder. Sie kann nicht raus. Nichts kann passieren, überhaupt nichts.

Der unheimliche Auftritt seiner Großmutter im Speisezimmer stieg aus seiner Erinnerung empor. Er gab sich Mühe, das Bild zu verdrängen. Schon bereute er, überhaupt auf diese dumme Idee verfallen zu sein. Aber jetzt noch zu kneifen, vor Tess' Augen, das kam auch nicht in Frage.

Noch fünf Schritte, dann würde er vor der Tür stehen. Eine der Lampen hing schräg gegenüber auf der anderen Seite des Korridors. Ihr Licht brach sich im Messing der Türklinke, blitzte ihm entgegen wie ein goldenes Auge.

Plötzlich polterte etwas. Schritte auf der anderen Seite der Wand. Gian blieb wie angewurzelt stehen. Im Stockwerk über ihm schlug noch immer die Tür. Auf und zu. Auf, zu.

Die Schritte verharrten auf der Höhe der Tür. Vielleicht stand seine Großmutter jetzt reglos da, ein Ohr ans Holz gepresst. Vielleicht hatte sie ihn gehört und lauschte. Lauerte, bis er nahe genug heran wäre.

Jetzt entfernten sich die Schritte wieder.

Gian eilte vorwärts, streckte noch im Laufen die Hand aus, berührte mit den Fingerspitzen die eiskalte Klinke. Dann schlug er einen Haken und rannte so schnell er konnte zurück zu Tess.

Das Mädchen war mächtig beeindruckt. Doch nicht einmal ihr bewundernder Blick konnte die Furcht vertreiben, die in Gians Magen rumorte.

»Hör zu«, flüsterte er, während er versuchte, wieder zu Atem zu kommen, »du brauchst das nicht zu tun. Vielleicht ist es doch gefährlich.« Ein besseres Wort fiel ihm nicht ein, und irgendwie schien es ja auch angemessen.

»Ich gehe trotzdem. Das war abgemacht.«

»Und wenn sie mich gehört hat? Vielleicht wartet sie jetzt schon auf dich.«

Tess schüttelte den Kopf so heftig, dass die blonden Locken wirbelten. »Du hast es getan, also tue ich es auch.«

Sie war ganz schön mutig, das musste er ihr lassen.

Tess setzte sich in Bewegung. Das Weiß ihres Kleidchens hob sich deutlich vom Zwielicht des Korridors ab.

»He, Tess!«, zischte Gian hinter ihr her. »Noch was …«

Sie drehte sich um »Hm?«

»Das, was ich gesagt habe, dass der Diener die Tür aufgeschlossen hat –«

»– war gelogen.« Sie lächelte wie eine Erwachsene.

Er sah sie verdutzt an. »Woher weißt du das?«

»Manchmal weiß ich, was du denkst«, sagte sie, drehte sich um und setzte ihren Weg fort.

Gian war sprachlos. Es gab Momente, da wusste er seinerseits, was Tess als Nächstes sagen oder tun würde, fast als wäre sie ein Teil von ihm. Im Gegensatz zu ihr hatte er sich jedoch noch keine Gedanken darüber gemacht. Seine Achtung vor dem Mädchen stieg beträchtlich.

Mit klopfendem Herzen und angehaltenem Atem beobachtete er, wie sich Tess der Tür seiner Großmutter näherte. Sie verhielt sich dabei viel leiser als er.

Auf dem Kamin im Grünen Salon stand eine weiße Porzellanfigur, eine schlanke Frau, die sich seltsam verrenkte. »Eine Balletttänzerin«, hatte ihm seine Mutter erklärt. Tess erinnerte ihn jetzt an diese Tänzerin aus Porzellan, so weiß und leichtfüßig, wie sie den Flur entlangschwebte.

Aber ihm fiel auch noch etwas anderes ein: das Märchen von Hänsel und Gretel. Brüderchen und Schwesterchen, die sich im dunklen Wald verirrten. Und er dachte: Wenn ich Hänsel bin, dann ist Tess Gretel. Und die Hexe lauert hungrig hinter der Tür ihres Knusperhäuschens.

Diese Tür lag jetzt nur noch vier Schritte von Tess entfernt. Gian musste den Drang niederkämpfen, einfach vorzustürmen und Tess an der Hand zurückzuziehen. Was sie hier taten, *war* gefährlich, daran hatte er jetzt keinen Zweifel mehr. Er wünschte sich aus tiefstem Herzen, seine Mutter wäre daheim. Aber das war sie nicht. Sie waren allein. Gian, Tess und die Hexe.

Er sah wie das Mädchen die Hand nach der Klinke ausstreckte. Immer näher und näher an die Tür herantrat. Tief durchatmete – laut genug, dass er es bis zu seinem Versteck hinter der Ecke hören konnte.

Ob Tess die Klinke schon berührte, konnte er von hier aus nicht sehen. Ihr Rücken und ihre hellblonden Locken verdeckten die Sicht.

Da ertönte ein Knirschen. Ein pechschwarzer Arm zuckte hinaus auf den Flur. Leichenblasse Finger krallten sich in goldenes Haar. Ein schriller Aufschrei, dann das Schlagen der Tür.

Tess war verschwunden.

Alles war so schnell gegangen, so rasend schnell, dass Gian die Erkenntnis erst ein, zwei Herzschläge später überkam. Die Hexe hatte Tess durch die Tür gezogen. Hatte sie *an den Haaren* in ihr Zimmer gezerrt.

Einen Moment lang drehten sich der Flur und die Lichter wie ein Strudel vor Gians Augen. Seine Angst war so groß, dass er sich kaum auf den Beinen halten konnte. Die Tür war nicht verschlossen gewesen. Jemand hatte sie geöffnet, gegen die ausdrückliche Anweisung seiner Mutter. Die Hexe war frei – und hatte Tess in ihrer Gewalt.

Sekundenlang dachte er daran, Hilfe zu holen. An wen aber hätte er sich wenden sollen? Jemand von der Dienerschaft musste die Tür aufgeschlossen haben, und Gian wusste nicht, wer. Außerdem würde es keiner wagen, sich offen gegen seine Großmutter zu stellen. Genaugenommen war sie während der Abwesenheit seiner Mutter die Herrin im Haus, ganz egal, wie verrückt sie war.

Gian kauerte sich am Boden zusammen und weinte. Aber die Tränen versiegten schnell. Er nahm all seinen Mut zusammen und beschloss, sich wie ein Erwachsener zu verhalten – auch wenn er sich keineswegs so fühlte.

Erst zögernd, dann immer entschlossener, ging er den Gang hinunter auf die Tür des unheimlichen Zimmers zu. Draußen donnerte es wieder, und die Lampen an den Wänden begannen zu flackern. Wenn jetzt das Licht erlosch, würde er auf der Stelle tot umfallen.

Vor der Tür blieb er stehen. Irgendwo dahinter, hoffentlich weit entfernt, erklang leises Wispern. Eben hatte er es noch für den Wind gehalten, aber jetzt wurde ihm schlagartig klar, dass es tatsächlich die Stimme seiner Großmutter war. Die Hexe redete flüsternd auf ihr Opfer ein. Aber warum gab Tess keine Antwort?

Er hob die Faust und klopfte an die Tür. Erst ein Mal, dann, nach einer kurzen Pause, mehrmals hintereinander. Nicht laut, aber doch so, dass die Hexe es hören würde.

»Komm rein!«, ertönte eine Stimme aus dem Inneren. Er erkannte sie sofort wieder. Ihm war, als läge die Szene im Speisezimmer nur Minuten zurück. Alles war wieder da: seine Furcht, sein Zittern, das Versteck unter dem Tisch.

Er zog die kalte Klinke herunter und drückte die Tür vorsichtig nach innen. Muffige, abgestandene Luft schlug ihm entgegen. Es roch nach Bettwäsche, die viel zu lange nicht gewechselt worden war.

»Mach schon«, keifte die Hexe, »komm endlich rein!«

Gian atmete noch einmal tief durch, dann betrat er das Zimmer. Er war noch nie zuvor hier drinnen gewesen.

Seine Großmutter stand in der Mitte des Raumes, ein Alptraum aus schwarzem Stoff und weißgrauer Haut. Sie hatte sich Tess' langes Haar um die rechte Hand gewickelt, die Linke presste sie über den Mund des Mädchens. Ihre Finger sahen aus wie die Krallen des ausgestopften Seeadlers im Jagdzimmer. Ihr Gesicht, lang und hager unter dem schwarzen Hut, den sie nie abzunehmen schien, wirkte verkniffen und furchteinflößend. Gian hatte jetzt keine Zweifel mehr: Sie *war* die böse Hexe, die mit dem Sturm das Schloss heimsuchte.

»Mach die Tür zu.«

Gian gehorchte, ohne den Blick von Tess zu nehmen. Ihre Augen flehten über die knochigen Klauen ihrer Peinigerin hinweg, aufgerissen und verängstigt. Ihr Gesicht war tränenüberströmt. Sie versuchte nicht, sich zu befreien, sondern hielt vollkommen still.

»Bitte«, sagte Gian mit belegter Stimme, »lass sie los.«

»Ich sollte sie im Meer ersäufen.«

»Warum … warum sagst du so was?«

»Sie ist ein Bastardkind«, sagte die Hexe so leise, dass es Gian schwerfiel, die Worte zu verstehen. Dadurch klangen sie noch bedrohlicher.

»Tu ihr bitte nicht weh, Großmutter.« Die Anrede kostete ihn Überwindung, aber er hoffte, sie würde ihr gefallen.

»Siehst du die Schnur dort vorne?«, fragte die Hexe und deutete auf eine schimmernde Zierkordel, die neben dem Fenster von der Decke baumelte. Die Dienstbotenglocke. »Geh hin und zieh daran!«

Gian lief hinüber und tat, was die Hexe ihm aufgetragen hatte. Irgendwo in der Tiefe des Schlosses erklang jetzt ein Läuten.

Noch einmal bat er flehentlich: »Lass Tess bitte los, Großmutter, sie hat dir doch nichts getan.«

»Sie ist Lysanders Tochter. Sein Bastardkind.« Ihr Blick verklärte sich einen Moment lang, als sie sich an längst Vergangenes erinnerte. Dann kehrte das Funkeln des Wahnsinns zurück.

Tess versuchte, Widerstand gegen die Umklammerung zu leisten, doch die Hexe riss nur noch kräftiger an den Haaren des Mädchens. Wieder schossen Tränen aus Tess' blauen Augen, und sie erstarrte erneut in Reglosigkeit.

Ein Klopfen drang von der Tür herüber, und herein kam Jakob, der älteste Diener. Als er erkannte, was vorgefallen war, schien er schlagartig um Jahre zu altern. Sein Blick verriet Entsetzen, aber er wagte nicht, einzuschreiten.

»Diese Kinder verdienen Strafe«, sagte die Hexe eisig.

Jakob konnte seinen Blick nur mühsam von Tess' Augen lösen. »Madame, glauben Sie nicht, dass –«

»Nein!«, unterbrach ihn die Hexe scharf. »Wir sperren sie in den Kaminkeller.«

Jakob schluckte. »Beide?«

Die Hexe starrte ihn böse an, dann nickte sie. Sie setzte sich in Bewegung und zerrte das Mädchen mit sich zur Tür. In ihren schwarzen Gewändern schien es, als schwebte sie, ohne den Boden zu berühren.

Gian sah fassungslos zu, wie die beiden Richtung Korridor verschwanden. Auch Jakob wandte nur mit Mühe den Blick ab und sah schließlich Gian an. »Sie haben es gehört, junger Herr.« Er deutete totenblass zur Tür. »Wenn Sie bitte mitkommen würden …«

Gian setzte sich in Bewegung wie ein Schlafwandler. Er wusste, dass dies seine letzte Chance war, zu entkommen, aber ihm fehlte die Kraft, sich gegen die Anweisung der beiden Erwachsenen zu stellen. Er ließ zu, dass Jakob ihn bei der Hand nahm. Die Finger des Dieners bebten. Niemand begegnete ihnen, während sie der Hexe und Tess den Gang hinab folgten.

Erst in der Eingangshalle wurde eines der Hausmädchen auf sie aufmerksam. Es kam gerade die Freitreppe herunter und ließ vor Schreck einen Stapel Bettwäsche fallen. Gian warf der jungen Frau einen flehenden Blick zu, doch als Jakob ihr mit einem Kopfschütteln bedeutete, sich nicht einzumischen, sammelte sie hastig die Wäsche auf und eilte davon.

Vor dem riesigen Kamin an der Stirnseite der Eingangshalle blieben sie stehen. Die kalte Feuerstelle klaffte wie ein schreiendes Maul vor ihnen auf.

»Öffnen!«, befahl die Hexe.

Jakob ließ Gians Hand los, ergriff einen Schürhaken und stocherte damit im Abzugsschacht des Kamins. Nach einer Weile stieß die Eisenstange auf Widerstand und verhakte sich. Ein verborgener Mechanismus setzte sich mit einem schleifenden Laut in Bewegung. Die Rückseite des Kamins begann sich zu heben. Ein rechteckiges, stockdunkles Loch wurde sichtbar.

Die Hexe schrie auf – Tess hatte ihr mit aller Kraft in die Finger gebissen. Ihre Klauenhand zuckte zurück, und das Mädchen begann zu kreischen. Einen Augenblick lang sah es so aus, als könnte es sich tatsächlich aus dem Griff seiner Peinigerin befreien. Dann aber festigte sich die Umklammerung der Hexe wieder, und ihre unverletzte Hand riss erneut an Tess' blondem Lockenkopf.

Jakob trat mit schleppenden Schritten vom Kamin zurück und wollte nach der Hand des Jungen greifen.

Im selben Augenblick aber löste sich Gians Erstarrung. Er wirbelte herum, trat dem Diener mit aller Kraft vors Schienbein und stürzte sich auf die Hexe. Seine Hände gruben sich in den weiten Stoff ihres Kleides, zerrten und zogen, bis die Frau fast das Gleichgewicht verlor. Daraufhin begann Tess, nur noch lauter zu brüllen, denn die Bemühungen der Hexe, sich auf den Beinen zu halten und zugleich das Mädchen nicht loszulassen, verstärkten das Reißen an ihrem Haar. Gian musste einsehen, dass er keine Chance hatte – außerdem näherte sich ihm jetzt Jakob von hinten.

Zwei weitere Hausmädchen und eine Küchenhilfe waren von dem Lärm angelockt worden. Wie versteinert standen sie an einer der Türen. Keine wagte es, einzuschreiten.

Gian konnte nicht verstehen, warum die Erwachsenen tatenlos mitansahen, wie er und Tess misshandelt wurden. Mit tränenden Augen tauchte er unter Jakobs zuschnappenden Händen hinweg und stürmte auf die Freitreppe zu. Er sah noch, wie die Hexe mit Tess im schwarzen Rachen des Kamins verschwand, dann rannte er gehetzt die Stufen hinauf.

Jakob setzte halbherzig zur Verfolgung an, doch als er bemerkte, dass seine Herrin nicht länger zusah, ließ er den Jungen entkommen. In Panik erklomm Gian die letzten Stufen zum ersten Stock, ging hinter dem Geländer in Deckung und blickte zurück in die Tiefe der Halle. Tess und die Hexe waren fort, die Schreie des Mädchens verklangen. Lediglich Jakob stand noch unschlüssig vor dem Kamin, ehe ihn ein Befehl aus dem Abgrund aufforderte, in den Schlosskeller hinabzusteigen. So verschwand auch er aus dem Blickfeld des Jungen.

Gian befürchtete, dass Tess nun die Strafe für seine Flucht erdulden musste. Er wagte nicht sich vorzustellen, was die Hexe ihr antun mochte. Hexen waren nicht zimperlich, das wusste er, und seine Großmutter war offenbar ein besonders bösartiges Exemplar. Er wischte sich die Tränen aus den Augen, rappelte sich hoch und rannte weiter, ins Zimmer seiner Mutter, wo er den Ersatzschlüsselbund unter der Matratze hervorzog. Er wusste seit langem, dass er dort lag.

Mit dem klirrenden Bund in der Hand lief er weiter, immer höher hinauf ins Schloss, bis er die Tür mit dem Vogelrelief erreichte. Er brauchte lange, um den richtigen Schlüssel zu finden.

Endlich aber betrat er den Dachgarten und sperrte die Tür hinter sich zu.

Das tropische Dickicht, das den größten Teil des Dachbodens einnahm, machte ihm Angst. Zögernd näherte er sich der Blätterfront, wagte aber nicht, das verwobene Unterholz zu betreten. Stattdessen lief er hinüber zu einem der Sessel unter der Glasschräge, kauerte sich hinein, zog die Knie an und versuchte einzuschlafen. Vielleicht würde so ja alles gut werden.

Aber natürlich schlief er nicht ein. Und nichts wurde gut.

Das Dschungeldickicht brach plötzlich auseinander, und eine sanfte Stimme sagte: »Sei nicht traurig.«

Gian fuhr erschrocken auf. »Wer bist du?«, fragte er furchtsam, als eine Gestalt aus dem Unterholz trat.

»Ich will dir helfen.«

»Warum?« Gian drückte sich noch tiefer in den Sessel.

Der Mann hob beide Hände, um zu zeigen, dass er nichts Böses im Schilde führte. Dabei lächelte er freundlich. »Dafür sind Väter doch da, nicht wahr?«

Nur wenige hundert Meter nördlich der *Wojwodina* zogen die Kalkgebirge der Krim vorüber. Die Halbinsel erstreckte sich zweihundert Kilometer weit von den Ufern der Ukraine ins Schwarze Meer. Der Kapitän hatte Aura erklärt, wenn die Umrisse der Krim hinter ihnen zurückblieben, hätten sie ungefähr die Hälfte der Überfahrt hinter sich gebracht. Noch aber waren die weißen Felsen deutlich zu sehen. Aura betrachtete sie mit einem Fernglas, das sie von zu Hause mitgebracht hatte. An der Küste wuchsen wilde Kapernsträucher. Weinreben rankten sich um die Bäume und Hecken. Der schmale grüne Uferstreifen wirkte wie ein verwilderter Garten, und der Kontrast zu den schroffen Felstürmen darüber hätte nicht schärfer sein können. Hin und wieder kamen Hütten in Sicht, halb in die Berge gehauen und mit Lehmziegeln gedeckt, inmitten von Ziegenherden und kleinen Schafen.

Von Osten her trieb der Wind weiße Schaumkronen über die See. Mit jedem Tag, den sich das Schiff dem Ziel der Reise näherte, wurde es kühler. Aura fragte sich beunruhigt, ob die Winterkleidung in ihrem Gepäck warm genug sein würde. Zur Not würden sie sich im Hafen von Suchumi neu einkleiden müssen.

Jemand schob das Fernglas vor ihren Augen fort. Als sie aufschaute, kreuzte sie Christophers düsteren Blick. »Warum nur machst du dir ständig Sorgen?«, fragte sie.

Er stützte beide Ellbogen auf die Reling und blickte nach Norden zu den Ufern der Krim. Seit er wieder in Freiheit war, hatte er sich den Kopf nicht mehr rasiert. Borstiges Haar bedeckte seinen Schädel, noch nicht lang genug, um vom Wind zerzaust zu werden. Auras schwarze Strähnen hingegen flatterten um ihr Gesicht. Ihr Hut war schon am ersten Tag über Bord geweht worden.

»Mir ist etwas Seltsames aufgefallen«, sagte er, ohne sie dabei anzusehen. »Die beiden alten Leute in der Kabine neben unserer – die hast du doch bemerkt, oder?«

»Sicher.« Sie ahnte schon, worauf er hinauswollte.

»Mir wird schlecht, wenn ich sie sehe.«

Sie versuchte mühsam, ein Lachen über ihre Lippen zu bringen. »Ein feines altes Ehepaar. Italiener, glaube ich. Was ist so schlimm an ihnen?«

»Das ist es ja. Nichts ist schlimm. Sie sind sauber, gepflegt, ordentlich. Nette, reiche alte Leute. Und dennoch dreht sich mir der Magen um, wenn ich in ihre Nähe komme.«

»Du bist seekrank.«

»Nein, und ich glaube, das weißt du genau.« Er wandte sich zu ihr um. »Es ist mir schon früher aufgefallen. Erst am Bett des alten Mannes in Wien. Dann ein paarmal im Zug auf der Rückreise zum Schloss. Sobald jemand in meine Nähe kommt, der älter ist als – sagen wir – siebzig, habe ich das Gefühl, ich müsste mich übergeben.« Er machte eine kurze Pause und kniff die Augen zusammen, als eine besonders scharfe Brise über die Reling fegte. »Ich hab dich beobachtet, Aura. Und ich glaube, dir geht es genauso.«

Es hatte keinen Sinn, ihn zu belügen. »Du hast Recht«, gestand sie resigniert. »Es ist, als ob man« – sie suchte einen Moment lang nach Worten – »als ob jemand einem in den Magen schlägt, nur ohne Schmerzen.«

Er ergriff Auras Hand und zog sie zu sich herum. »Ich möchte, dass du mir die Wahrheit sagst. Was für ein Zeug war das, das wir beide da geraucht haben?«

»Das weißt du doch längst, oder?«

Er ließ ihre Hand wieder los und blickte nachdenklich zum Festland. »Also doch.«

»Als ich es ausprobiert habe, war ich genau wie du fast zwei Tage lang ohne Bewusstsein. Hätte ich nicht Anweisung gegeben, mich niemals im Laboratorium zu stören, wäre ich wahrscheinlich in der Gruft aufgewacht. Ich habe es später noch einmal an ein paar Ratten getestet. Es hat alle ihre Lebensfunktionen gestoppt. Als hätte man die Tiere auf Eis gelegt.«

»Aber das ist nur eine Nebenwirkung«, meinte er leise, als fürchtete er, der Wind könnte ihre Worte übers Meer bis zu Lysander tragen.

»Wenn ich das wüsste ...«

»In den Erinnerungen der Kinder trugen Morgantus und alle anderen Templer Rüstungen. Hätte dieser Ausritt vor fünfzig oder sechzig Jahren stattgefunden, wären Rüstungen ein wenig aus der Mode gewesen, meinst du nicht auch?«

»Ich denke seit Tagen an nichts anderes«, gab sie zu.

»Die letzten Rüstungen wurden zurzeit der Renaissance benutzt, ein paar vielleicht noch im Dreißigjährigen Krieg. Aber selbst der ist fast dreihundert Jahre her.«

»Das weiß ich!«, fuhr sie ihn an, aber ihr Zorn war nicht wirklich gegen Christopher gerichtet. Vielmehr war sie wütend über ihre eigene Unfähigkeit, die Wahrheit zu akzeptieren.

Er blieb äußerlich gelassen, doch das Schwanken in seiner Stimme verriet, wie verunsichert er war. »Gehen wir einmal davon aus, Nestor und Lysander hätten dem Templerorden schon angehört, als Rüstungen *noch nicht* aus der Mode waren – zu einer Zeit, als der Orden noch nicht verboten und seine Mitglieder nicht geächtet waren.«

Aura stieß einen bitteren Laut aus. »Du willst ernsthaft behaupten, sie wären beinahe siebenhundert Jahre alt?«

Er lachte freudlos auf. »Wer weiß, Aura, vielleicht werden wir uns irgendwann einmal an diese Reise erinnern und sagen: ›Liebe Güte ist das schon siebenhundert Jahre her?‹«

»Das ist nicht besonders witzig.«

»*Du* hast das Kraut vom Grab deines Vaters freiwillig geraucht – ich nicht.«

»Erzähl mir jetzt nicht, dass es dir leid tut.« Ihre Augen funkelten vor Wut. »Hör zu, Christopher, ich glaube, ich will darüber nicht sprechen. Ich will nicht mal daran denken.«

»Du wirst eine Menge Zeit haben, den Gedanken daran vor dir herzuschieben. Vielleicht fünfhundert Jahre, vielleicht tausend oder –«

»Hör auf, bitte!« Mit einem Mal war sie nur noch erschöpft und müde. »Ich brauche Zeit. Ich will nicht versuchen, mich mit etwas so« – sie zögerte – »Absurdem wie Unsterblichkeit abzufinden, ohne dass ich weiß, ob es *real* ist.«

»Reden wir über deinen Vater und Lysander. Wenn das Kraut wirklich das ist, was wir vermuten, warum wächst es dann auf Nestors Grab?«

»Sag du es mir.«

»Weil er unsterblich war.«

Sie schenkte ihm einen Blick, als spräche sie mit einem kleinen Kind. »Oh ja, natürlich.«

»Hast du eine bessere Erklärung?« Er beugte sich über die Reling und spie in die Gischt, die um den Rumpf des Schiffes toste. »Ich weiß, wie verrückt das klingt. Wenn du einen Apfel eingräbst, wächst vielleicht an derselben Stelle ein Apfelbaum. Und wenn du –«

»– einen Unsterblichen eingräbst, soll daraus Unsterblichkeit entstehen?« Sie schüttelte den Kopf und spürte, dass sie nahe daran war, in hysterisches Gelächter auszubrechen. »Das *klingt* nicht nur verrückt, Christopher!«

Er aber ließ sich nicht aus seinem Gedankenfluss reißen. »Das Gilgameschkraut beschützt uns vor dem Alter. Es schützt uns vor Krankheiten. Und es lässt uns sogar Unbehagen empfinden, wenn wir nur in die Nähe alter Menschen kommen. Trotzdem vermag es nicht, einen Menschen vor einem gewaltsamen Tod zu bewahren.

Dein Vater wurde von Gillian ermordet. Ein Unsterblicher, der gestorben ist. Aus seiner verlorenen Unsterblichkeit erwächst eine neue – das ist das Geheimnis des Gilgameschkrauts. Deshalb hat niemand es je gesehen.«

»Vielleicht hat es keiner gesehen, weil es nicht existiert. Schon mal daran gedacht?«

»Ich bin auch von der Existenz Gottes überzeugt, obwohl ich ihn nie gesehen habe.«

»Religion ist kein vernünftiges Argument.«

»Nicht Religion, sondern Glaube. Das ist ein Unterschied.«

»Du meinst, wenn wir nur fest genug an die Existenz des Gilgameschkrauts glauben, wird es dadurch real?«

»Ich glaube daran, weil es existiert. So wie ich an Gott nur deshalb glauben kann, weil ich *weiß*, dass es ihn gibt.«

Aura war klar, dass sie auf diese Weise noch Stunden aneinander vorbeireden konnten, ohne zu einem Ergebnis zu kommen. Zum größten Teil war das ihre eigene Schuld. Sie sträubte sich gegen eine Überzeugung, die sie in Wahrheit längst akzeptiert hatte. Und sie sah Christopher an, dass er das sehr genau wusste.

»Wenn Lysander und mein Vater die Unsterblichkeit schon vor sechshundert Jahren für sich gewonnen haben«, sagte sie, »warum hatten sie dann überhaupt Streit? Warum ein Krieg um etwas, das beide längst besessen haben?«

»Irgendwas ist geschehen«, sagte Christopher. »Nestor und Lysander müssen ihre Unsterblichkeit aus irgendeinem Grund verloren haben. Während der vergangenen Jahrzehnte hat jeder versucht, sie auf seine Weise zurückzugewinnen. Und zumindest Lysander scheint es gelungen zu sein.«

»Das neue Rad des Sämanns.«

Er nickte. »Dein Vater ist gescheitert und wurde getötet.«

Der Wind wirbelte Auras Haar auf. Ungehalten stopfte sie es mit beiden Händen zurück in den Nacken. »Dennoch bleibt zu vieles offen.«

»Zum Beispiel, warum Lysander mit Sylvette ein Kind gezeugt hat?«

»Auch das. Aber da ist noch was anderes.« Sie blickte an ihm vorbei zum Bug. Grau und aufgewühlt erstreckte sich dort das Meer bis zum Horizont. Irgendwo dahinter, unsichtbar in der dunstigen Ferne, lag Swanetien.

»Die Frage ist doch«, sagte sie gedankenverloren, »warum ist Sylvette noch immer bei ihm? Weil Lysander sie zwingt – oder weil sie es so will?«

KAPITEL 5

Das Unwetter tobte bis in die frühen Abendstunden. Schwarze Wolkenburgen waren wie Belagerungstürme rund um das Schloss heraufgezogen, Blitz und Donner rannten Sturm gegen die alten Mauern. Schließlich aber, nachdem erst der Regen und dann der peitschende Wind nachgelassen hatte, wurde es ruhiger. Die Blitze blieben aus, der Donner verstummte. Allein die Dunkelheit wollte nicht weichen, denn nach dem Orkan kam die Nacht über das Küstenland.

Am frühen Morgen, im Schutz des Unwetters, war Gillian mit einem Boot zur Insel gerudert. Unzählige Male hatte er auf der kurzen Strecke befürchtet, der Sturm würde ihn aufs Meer hinaus treiben, doch immer wieder war er diesem Schicksal um Haaresbreite entronnen. Fast zwei Stunden hatte er gebraucht, bis er die Insel erreichte, durchnässt, erschöpft und erbärmlich erkältet. Der Aufstieg zum Dach gab ihm beinahe den Rest, denn eine Sturmbö warf ihn aus zwei Metern Höhe zurück auf die Felsen. Dennoch gab er sich nicht geschlagen, versuchte es noch einmal und erreichte allen Widrigkeiten zum Trotz die schmale Balustrade. Im Gegensatz zu damals, vor sieben Jahren, als er das Schloss schon einmal auf diesem Weg betreten hatte, war die Glastür von innen verriegelt. Gillian schlug sie kurzerhand ein und stieg durch die Scherben ins Innere. Das Klirren war im Heulen des Unwetters untergegangen.

Jetzt, Stunden später, erkannte er, dass alles, was er auf dem Weg hierher durchgemacht hatte, keinem Vergleich standhielt mit der größten Herausforderung von allen. Er musste einen kleinen Jungen davon überzeugen, dass er, Gillian, sein Vater war.

»Schau zurück in deine Erinnerungen – *meine* Erinnerungen –, und du wirst sehen, dass ich die Wahrheit sage.« Gillian hatte in den vergangenen sieben Jahren vieles erfahren, vor allem über sich selbst, und er wusste, über welche Fähigkeiten ein Kind der Alchimie verfügte. Wusste es, weil er selbst eines war.

»Ich kann nicht«, sagte der Junge trotzig. »Es geht nur, wenn Tess bei mir ist.«

»Das ist nicht wahr.« Gillian ließ sich mit betonter Ruhe auf dem Sofa nieder. »Du kannst es auch ohne sie. Du musst es nur versuchen.«

Gian sträubte sich weiter, und Gillian musste einsehen, dass sein Sohn nicht nur Auras schwarzes Haar, sondern auch ihren Dickkopf geerbt hatte.

»Bitte«, sagte er noch einmal, »probier es wenigstens.« Doch noch während er sprach, begann er zu begreifen: Der Junge beharrte auf Tess' Anwesenheit, weil er erreichen wollte, dass Gillian sie aus Charlottes Gewalt befreite.

Vorsichtig sagte er: »Wenn es dir nur um deine Freundin geht, kann ich dich beruhigen – spätestens in ein, zwei Stunden ist sie wieder bei dir. Sobald die letzten Diener schlafen gegangen sind, hole ich sie da raus.«

Er stand auf, trat auf den Jungen zu und reichte ihm seine Hand. »Du Schlauberger hast mich doch längst erkannt, nicht wahr?«

Gians Gesicht hellte sich unmerklich auf, als müsste er ein Lächeln unterdrücken. Dann nickte er bedächtig.

»Willst du mich nicht wenigstens begrüßen?«

Gians gespielter Widerwille schwand, doch ganz gab er seine Zurückhaltung nicht auf. Zögernd streckte er seinem Vater die kleine Hand entgegen. Gillian ergriff sie und überlegte, ob er ihn umarmen sollte, entschied sich dann aber dagegen. Vater hin oder her – für den Jungen blieb er zwangsläufig ein Fremder. Das Beste war, wenn er einfach tat, was zu tun war, und dann wieder aus dem Leben des Kindes verschwand. So, wie er damals aus Auras Leben verschwunden war.

Gillian ließ sich neben dem Jungen auf der Armlehne des Sessels nieder. »Erzähl mir mal genau, was heute geschehen ist.«

Das meiste wusste er bereits. Er war den ganzen Tag über unbemerkt durchs Schloss geschlichen – die Speichertür hatte er mit einem Dietrich geöffnet und wieder verschlossen –, hatte die Dienerschaft belauscht und erfahren, dass Charlotte das Mädchen verschleppt hatte. Dennoch wollte er den Ablauf noch einmal aus Gians Mund hören. Der Junge schilderte die Ereignisse bemerkenswert ruhig und erstaunte Gillian durch seine Wortwahl, einem Siebenjährigen ganz und gar unangemessen.

Nachdem Gillian alles erfahren hatte, erklärte er dem Jungen, dass er ihn eine Weile alleinlassen müsse, um Tess zu befreien. Gian nickte eifrig, ließ seinen Vater mit dem Schlüssel hinaus und schloss rasch wieder hinter ihm ab.

So leise er konnte, eilte Gillian hinab ins Erdgeschoss. Jene Diener, die im Schloss übernachteten, hatten sich längst in ihre Zimmer zurückgezogen. Unbemerkt erreichte er die Eingangshalle. Nichts ließ dort auf etwas Ungewöhnliches schließen. Die Geheimtür im Kamin war geschlossen, kein Laut ertönte aus der Tiefe des Kellers. Gillians Sorge um das Mädchen wuchs.

Zunächst aber durchquerte er den Ostflügel und schlich zur Tür von Charlottes Gemächern. Im Inneren herrschte Stille. Keine Minute später stand er wieder in der dunklen Halle. Tastend fand er mit dem Schürhaken den Mechanismus der Geheimtür. Mit einem gedämpften Schleifen schob sich die Rückwand des Kamins nach oben. Gillian entzündete eine Kerze und trat über die Feuerstelle hinweg in den schmalen Treppenschacht. In ihrem flackernden Schein erkannte er, dass die Stufen nach einigen Metern um eine Ecke führten. Gillian folgte ihrem Verlauf und gelangte in ein feuchtes Gewölbe. Der Boden war salzverkrustet, so als fände die See hin und wieder einen Weg dorthin. Der Keller lag unterhalb des Meeresspiegels.

Tess hockte am Fuß einer Mauer, die dicht mit schillernden Pilzen bedeckt war. Die Knie hatte sie fest an den Oberkörper gezogen. Ihr Atem war selbst aus einiger Entfernung deutlich zu hören. Mit großen Augen starrte sie Gillian entgegen, sagte aber kein Wort. Sie zuckte auch nicht zurück, als er neben ihr in die Hocke ging. Er begann, beruhigend auf sie einzureden und wollte ihr auf die Füße helfen, doch die Kleine schüttelte nur den Kopf und erhob sich aus eigener Kraft.

»Ich will dir helfen«, sagte Gillian. »Ich bin –«

»Gians Vater«, unterbrach sie ihn mit gedämpfter Stimme.

Er nickte verwundert, dann nahm er sie bei der Hand und führte sie zur Treppe.

»Da unten war ein Tunnel«, flüsterte Tess. »Er führt zu einem Turm. Von da aus konnte ich das Schloss sehen.«

»Du bist ohne Licht durch einen Tunnel gelaufen?«, fragte er ungläubig.

»Ich mag Tunnel gern.«

Da erinnerte er sich, dass sie in den Katakomben der Hofburg aufgewachsen war. Unterirdische Gänge, Schächte und Hallen waren ihr Zuhause gewesen. Trotzdem war die Leichtigkeit, mit der sie die Gefangenschaft hier unten verkraftet hatte, mehr als erstaunlich. Es schien fast, als hätte sie seelenruhig auf ihren Befreier gewartet. War die geistige Verbindung zwischen ihr und Gian so stark, dass sie Gillians Plan gekannt hatte, noch ehe er aufgetaucht war?

Sie erreichten den oberen Treppenabsatz. Gillian blies die Kerze aus und spähte in die Eingangshalle. Weder Charlotte noch jemand von der Dienerschaft war in der Dunkelheit auszumachen. Hand in Hand verließen sie den Kamin, ohne den Durchgang hinter sich zu schließen.

Wenig später öffnete Gian ihnen die Relieftür zum Dachboden. Er strahlte erleichtert, als er Tess an Gillians Seite sah, doch beide sprachen kein Wort miteinander. Es schien, als seien Worte für ihre Verständigung überflüssig geworden. Stattdessen schauten sie abwartend zu Gillian auf, so, als wüssten sie längst, was er vorhatte.

Zum ersten Mal war er verunsichert. »Wir werden zusammen eine Reise machen«, sagte er zögernd.

Gian runzelte altklug die Stirn. »Wenn meine Mutter nach Hause kommt, wird sie sich fragen, wo wir sind.«

»Wir lassen ihr einen Brief zurück, damit sie sich keine Sorgen macht.« Natürlich war Gillian klar, dass Aura sich sehr wohl Sorgen machen würde. Aber darauf konnte er keine Rücksicht nehmen. Sie würde ihnen folgen können, wenn sie wollte.

»Und wohin reisen wir?«

Gillian lächelte, in der Hoffnung, die Kinder zu beruhigen. »Mögt ihr die Berge?«

»Ich hab noch nie welche gesehen«, sagte Gian.

»Aber ich«, platzte Tess heraus. »Mit dem Zug sind wir an Bergen vorbeigefahren.«

»Wir werden wieder welche sehen«, versprach ihr Gillian.

Während Gian weiterhin düster dreinschaute, war Tess von der Idee sichtlich angetan. Gillian ließ die Kinder eine Weile allein und setzte sich an einen Tisch, um den Brief an Aura zu schreiben. Er beschränkte sich auf wenige sachliche Sätze und schloss mit dem Hinweis, wo und wie sie mit ihm und den Kindern in Kontakt treten könnte. Wie er sie einschätzte, würde sie sogleich dorthin aufbrechen, und er musste sich eingestehen, dass dies sein größter Wunsch war.

Während der vergangenen sieben Jahre war er drei Mal hier im Schloss gewesen. Er hatte beobachtet, zugehört und sein schlechtes Gewissen besänftigt. Nie jedoch hatte er sich zu erkennen gegeben. Die Wachmänner, die Aura eine Zeit lang angestellt hatte, waren kein Problem gewesen. Einmal hatte er sich ganze zwei Tage im Schloss aufgehalten, ohne dass ihn irgendjemand bemerkt hätte. Es hatte wehgetan, Aura bei ihrem täglichen Leben zuzuschauen, ohne daran teilhaben zu können. Doch das verbot ihm der Eid, den er geschworen hatte.

Erst jetzt, nach sieben Jahren, war seine Lehrzeit beendet. Wenn sie sich wiedersahen, durfte er mit ihr sprechen, sie sogar umarmen – vorausgesetzt, sie würde es zulassen. Für sie war er ein Toter, nicht mehr als eine vage Erinnerung an ein paar gemeinsame Tage, an ein paar Stunden in einem fernen Hotelzimmer.

Eine Viertelstunde später, nachdem er rasch im Zimmer der Kinder warme Kleidungsstücke zusammengesucht hatte, schob Gillian die Jolle zwischen den Felsen hervor ins Wasser. Während er ruderte, saßen die Kinder schweigend im Bug. Gian schaute zurück zum Schloss, Tess voraus zum Festland.

Nach fünf Tagen auf See erhob sich am Morgen des sechsten mit dem beginnenden Tageslicht die Küste Georgiens aus dem Dunkel der Nacht. Gegen elf Uhr vormittags lief die *Wojwodina* in den Hafen von Suchumi ein. Der Legende nach, so erfuhren die Passagiere vom Kapitän, waren hier einst Jason und seine Argonauten gelandet, um König Aietes das Goldene Vlies und seine Tochter Medea streitig zu machen.

Suchumi lag am Ufer einer weiten Bucht. Trotz des kühlen Windes, der seit zwei Tagen aus allen Richtungen zugleich zu kommen schien, herrschte ein subtropisches Klima. Zum Ufer hin wurde die Stadt von einer kilometerlangen Kette aus Palmen begrenzt. Schnurgerade Hauptstraßen schnitten vom Hafen aus quer durch ein Labyrinth aus Gassen, kleinen Plätzen und verschachtelten Häuserblocks. Darüber erhob sich im Osten Suchumis ein einzelner Hügel, der Suchumskaja Gora, umgeben von einem Meer rotbrauner Dächer. Jenseits der Stadt stiegen dicht bewaldete Hänge empor, und dahinter, in vielen Kilometern Entfernung, lagen schroff und schneebedeckt die Gipfel des Kaukasusgebirges.

Unbändiges Geschrei schlug ihnen entgegen, als Aura und Christopher das Schiff über den schmalen Landungssteg verließen. Mehr als zwei Dutzend Einheimische bestürmten sie mit dem Anerbieten, ihr Gepäck zu tragen. Tuch- und Gewürzhändler kamen von allen Seiten herbeigelaufen, gestikulierten wild und deuteten auf ihre Bauchläden. Andere priesen Schnitzwerk und Silberbecher an. Mehrere Männer bedrängten sie mit Angeboten für eine Führung durch die Stadt, einer sogar auf Deutsch.

Der Kapitän hatte ihnen ein Hotel am Hafen empfohlen, das sich bei näherer Betrachtung als winziger Gasthof erwies, dessen Wirt zwei Zimmer im ersten Stock vermietete. »Nur an Ausländer«, wie er betonte, und verschwieg dabei, dass seine Preise für jeden Einheimischen ohnehin unerschwinglich waren.

Zumindest war das Zimmer sauber, das Essen kräftig und der Wirt ausgesprochen gefällig. Gegen ein großzügiges Trinkgeld erfuhren sie von ihm, dass vor einigen Wochen eine kleine Gruppe deutschsprachiger Reisender Träger und Lasttiere angeheuert hatte, um mit ihnen ins Gebirge hinaufzusteigen. Aura und Christopher hatten kaum Zweifel, dass es sich dabei um Lysander und seinen Tross handelte. Als sich Aura jedoch erkundigte, ob eine blonde Frau dabei gewesen sei, verneinte der Wirt. »Frauen mit Goldhaar«, sagte er grinsend, »erregen bei uns großes Aufsehen.« Kurze

Zeit später erfuhr Aura von Christopher, dass er Sylvette einst ein Mittel geschenkt hatte, mit dem sie ihr Haar schwarz gefärbt hatte; gut möglich, dass sie es heute noch genauso machte.

Als sie dem Wirt erzählten, dass auch sie eine Reise ins Innere des Landes planten, hatte er sogleich die passende Führerin parat. »Ihr Name ist Marie Kaldani«, erklärte er, »und sie spricht Ihre Sprache. Sie stammt aus Uschguli, dem höchsten Ort Swanetiens. Marie kennt dort oben jeden Stein, jeden Felsspalt und« – er lachte krächzend – »jede Bergziege im Angesicht Allahs und Jehovas. Wenn sie nicht unterwegs ist, kehrt sie jeden Abend bei mir ein. Sie können sie heute treffen, wenn Sie es wünschen.« Was Aura von dem Angebot überzeugte, war die Aufrichtigkeit, mit der der Wirt hinzufügte: »Aber geben Sie Acht, Marie nimmt oft sehr viel Geld. Handeln Sie mit ihr, es wird sich lohnen.«

Bis zum Abend ruhten sie sich in ihrem Zimmer aus, ergingen sich in weiteren Theorien über Lysander, Morgantus und das Gilgameschkraut, ehe Aura einschlief und erst wieder erwachte, als Christopher sanft an ihrer Schulter rüttelte.

Daraufhin begaben sie sich in den Schankraum, wo der Wirt sie an einen Tisch unweit der Tür verwies. Dort saß, über eine Schale mit Maisbrei gebeugt, eine Frau. Sie war jung, Anfang zwanzig, und schon überkamen Aura Zweifel, ob sie wirklich die Richtige war. Christopher aber wollte unbedingt zu ihr hinübergehen, und Aura fragte sich im Stillen, ob das Funkeln in seinen Augen wirklich nur von der Reiselust herrührte.

Marie Kaldani war fraglos eine attraktive junge Frau. Sie war einen guten Kopf kleiner als Aura und nicht ganz so zierlich, aber ihr Gesicht war fein geschnitten und von natürlicher Schönheit. Ein entschlossener Zug lag um ihre braunen Augen. Ihre kastanienfarbenen Locken wehrten sich wild gegen ein Band am Hinterkopf. Sie hatte etwas Zigeunerhaftes, fand Aura. In Maries Blick paarte sich Gerissenheit mit Wagemut, Skepsis mit Leidenschaft.

Obwohl die Swanin sie längst bemerkt haben musste, wollte der Wirt die beiden persönlich zum Tisch führen – zweifellos, um ein weiteres Trinkgeld zu kassieren. Aura aber schlug ihn mit einem finsteren Blick in die Flucht.

Marie bat sie, Platz zu nehmen. Nachdem Aura ihr erklärt hatte, dass sie beabsichtigten, eine Reise ins Gebirge zu unternehmen, löffelte die Swanin in aller Ruhe ihren Maisbrei zu Ende und nahm einen tiefen Zug aus ihrem Weinbecher. Dann erst erwiderte sie Auras ungeduldigen Blick.

»Wohin genau möchten Sie?«, fragte sie in erstaunlich flüssigem Deutsch.

Aura wollte etwas erwidern, aber Christopher kam ihr mit leuchtenden Augen zuvor. »Woher sprechen Sie unsere Sprache so gut?«

»Viele Deutsche kommen hierher«, erwiderte Marie und lächelte, wobei sie offenließ, ob sie mit »hier« Suchumi oder ihre Heimat meinte. »Mein Großvater stammte aus einem Ort namens Hamburg.« Ihr Akzent ließ sie das H verschlucken. »Er war Seefahrer.«

»Kommt es hier denn oft vor, dass einheimische Frauen und ausländische Männer zueinanderfinden?«, fragte Christopher.

»Nur selten.« Abermals zuckte ein verschmitztes Lächeln um Maries Mundwinkel. Es nahm ihr ein wenig von der Härte, die in ihren Zügen lag. »Meine Großmutter hat immer von einem blonden Kind geträumt. Sie ließ sich für eine Nacht mit meinem Großvater ein, dann jagte sie ihn davon.« Jetzt lachte sie ganz offen. »Trotzdem hatte ihr Sohn, mein Vater, rabenschwarzes Haar.«

»Aber wenn Ihr Großvater so bald wieder verschwand«, bemerkte Aura nicht ohne Argwohn, »dann verstehe ich nicht, weshalb Sie unsere Sprache so fließend sprechen.«

Christopher schenkte ihr einen Blick, als wollte er sagen: Nun lass sie doch in Ruhe. Das aber machte Aura nur noch ärgerlicher.

»Ganz einfach«, erwiderte Marie mit hochgezogenen Augenbrauen. »Meine Großmutter schickte ihn zwar fort, doch er hatte sich so sehr in sie verliebt, dass er wenige Monate später zurückkehrte, seine Stellung an Bord des Schiffes aufgab und meiner Großmutter einen Heiratsantrag machte. Sie nahm ihm den Schwur ab, mit ihr zurück in die Berge zu gehen und dort Ziegen zu züchten.«

»Das hat er tatsächlich getan?«, fragte Christopher.

Marie nickte. »Nach zwei Jahren besaß er mehr Ziegen als jeder andere Mann in Uschguli.«

»Verzeihen Sie«, unterbrach Aura sie, »aber wir sind nicht hier, um uns über Familiengeschichten zu unterhalten. Falls wir uns einig werden, sollte dafür später noch genügend Zeit sein.«

»Sie haben Recht«, bestätigte Marie. »Aber Sie haben mir meine Frage noch nicht beantwortet: Wohin in Swanetien wollen Sie?«

Einen Augenblick lang zögerte Aura. Verriet sie zu viel, wenn sie bereits so früh eine Antwort auf diese Frage gab? Aber Lysander konnte nicht überall seine Leute haben.

»Wir sind auf der Suche nach einer alten Festung oder einem Kloster.«

»Davon gibt es Dutzende oben im Gebirge. Können Sie den Ort beschreiben?«

»Alles, was wir wissen, ist, dass die Mauern die Form eines Achtecks haben.«

»Achteckig, sagen Sie?« Das Gesicht der Swanin hellte sich auf. »Möglich, dass ich diese Festung kenne.« Sie grinste. »Möglich, dass ich sie sogar sehr gut kenne.«

»Und das bedeutet?«

»Dass ich Sie dorthin führen kann.«

Aura legte die Stirn in Falten. »Ein Privileg, das uns sicherlich eine Kleinigkeit kosten wird.«

»In welcher Währung wollen Sie bezahlen?«

»Mark, Pfund, was immer Sie wünschen.«

Marie lehnte sich zurück und verschränkte die Hände am Hinterkopf. »Hundert Mark am Tag. Dreihundert zusätzlich, wenn wir unser Ziel erreichen. Und noch einmal dreihundert, wenn wir heil zurück nach Suchumi kommen.«

»Das ist Wucher«, sagte Christopher, aber er klang nicht wirklich empört.

»Zehn pro Tag«, sagte Aura. »Und fünfzig am Ziel.«

Die Swanin seufzte schwer, beugte sich vor und stützte beide Ellbogen auf die Tischkante. »Neunzig. Für die zehn am Tag, die ich Ihnen erlasse, müssen Sie sich eine Geschichte anhören.«

»Ich glaube nicht, dass –«

Marie fuhr Aura über den Mund: »Sie wollen nach Swanetien, also sollten Sie die Geduld aufbringen, etwas über mein Volk zu erfahren. Eine Legende, vielleicht, oder ein Stück der Wahrheit, ganz wie man's nimmt.« Sie winkte nach dem Wirt und bedeutete ihm mit Fingerzeichen, dass er ihnen drei Becher Wein bringen möge.

»Zu einer Zeit, als die Swanen gegen die russischen Eroberer kämpften, lebten hoch oben im Gebirge zwei Ziegenhirten. Der eine hieß Babanykja, der andere Babasykja. Die beiden waren der Ansicht, ihrem Land sei nur zu helfen, wenn es ihnen gelänge, den Zaren zu töten. Beide aber wussten, dass sie niemals lebend in den Palast des Herrschers gelangen konnten, und so kam es, dass sie einen tollkühnen Plan schmiedeten.

Erst schnitt sich Babanykja ein Ohr ab, dann stach sich Babasykja mit demselben Messer ein Auge aus. Anschließend schlichen sie gemeinsam über die Grenze nach Russland und trennten sich dort. Bald darauf begegnete Babanykja einem Geier, der fragte: ›Wer hat dir das angetan, Babanykja?‹ Der Mann antwortete: ›Ich selbst habe mir das Ohr abgeschnitten, und Babasykja stach sich ein Auge aus.‹

Der Geier war verwirrt und begann, vor Aufregung all seine Federn auszurupfen. Wenig später traf er in der Luft einen Schwarm wilder Raben, und auch diese erkundigten sich, was geschehen sei. Der Geier sagte: ›Babanykja schnitt sich ein Ohr vom Kopf, Babasykja bohrte sich ein Messer ins Auge, und ich habe mein Gefieder zerrupft.‹

Daraufhin stritten die Raben über den Sinn dieser Vorgänge, sie hackten und schlugen einander, bis nur noch einer am Leben war. Jener setzte sich auf eine Eiche. Und auch die Eiche fragte, was passiert sei. Der Rabe erwiderte traurig: ›Babanykja hat sich ein Ohr abgeschnitten, Babasykja hat sich ein Auge ausgestochen, der Geier hat sich die Federn gerupft, und wir Raben töteten einander.‹

Die Eiche streckte vor Aufregung ihre Äste so hoch empor, dass sie mitten in ein Gewitter stießen. Sogleich wurde der Baum vom Blitz getroffen, und mit ihm brannte bald der ganze Wald. Ein Fuchs, der fliehen musste, fragte verstört, was der Grund für dieses Unglück sei, und die brennende Eiche sagte: ›Babanykja schnitt sich ein Ohr ab, Babasykja blendete sich, der Geier rupfte sein Gefieder, die Raben brachten einander um, und unser Wald fing Feuer.‹

Da riss sich der Fuchs vor Kummer den Schwanz aus. Bald darauf begegnete er in einem großen Garten der Zarentochter. Das Mädchen fragte, was dem Fuchs widerfahren sei, und er entgegnete: »Babanykja hat sich ein Ohr abgeschnitten, Babasykja nahm sich das Augenlicht, der Geier hat all seine Federn verloren, die Raben massakrierten einander, der Wald steht in Flammen, und ich riss mir den Schwanz ab.‹

Die Königstochter ließ vor Schreck ihre goldenen Krüge fallen, die am Boden in tausend Stücke brachen. Weinend lief sie zu ihrer Mutter. Der Zarin wurde ganz schrecklich zumute, als sie ihre Tochter so jämmerlich sah, und sie fragte zitternd, was ihr geschehen sei. Da erzählte die Prinzessin: ›Babanykja schnitt sich das Ohr ab, Babasykja hat sich geblendet, der Geier raubte sich selbst das Gefieder, die Raben vernichteten ihr ganzes Volk, der Wald brannte nieder, der Fuchs hat sich verstümmelt, und ich zerschlug meine goldenen Krüge.‹

Da überkam die Zarin solche Trauer , dass sie sich schreiend aus dem Fenster stürzte und ihr Töchterchen mit sich riss. Als der Zar das hörte, zog er vor Leid seinen mächtigen Säbel und schnitt sich selbst die Kehle durch – genauso, wie Babanykja und Babasykja es beim Ziegenhüten geplant hatten.«

Die Swanin verstummte und leerte den Becher in einem Zug. Dann sagte sie: »Wir Swanen waren immer ein eigenwilliges Volk. Kein anderer Stamm des ganzen Gebirges hat den russischen Eroberern so lange und so erbittert Widerstand geleistet.«

»Wenn Ihr Volk so listig ist«, sagte Aura, »sollten wir uns wohl vor Ihnen in Acht nehmen, Marie – und vielleicht nicht so vorschnell auf Ihre Forderungen eingehen.« Sie lächelte kühl. »Fünfzehn am Tag.« Damit streckte sie der Swanin die Hand entgegen.

Marie lachte und schlug ein. »Sie haben gerade die beste Führerin im ganzen Kaukasus angeworben.«

»Das haben Ihre Kollegen am Hafen auch von sich behauptet.«

»Die haben gelogen. Ich lüge niemals.«

Aura nahm zaghaft einen Schluck aus ihrem Becher. Der Wein war vorzüglich, trocken und ungemein stark. Über den Becherrand beobachtete sie, wie Christopher der Swanin einen langen Blick zuwarf. Marie erwiderte ihn, aber ihre Augenlider flatterten nervös. Vielleicht war sie nicht ganz so stoisch und hart, wie sie tat.

Laut und vernehmlich sagte Aura: »Wir möchten gleich morgen früh aufbrechen. Können Sie uns bis Tagesanbruch drei Pferde besorgen?«

»Selbstverständlich.« Und dann nannte Marie einen Preis, für den sie zu Hause drei Kutschen hätten kaufen können. Widerstrebend willigte Aura ein, dann erhob sie sich. »Eines noch, Marie. Es ist möglich, dass wir an unserem Ziel ein wenig … nun, Hilfe brauchen. Tatkräftige Hilfe.«

»Sie brauchen Männer? Bewaffnete Männer?«

»Möglicherweise.«

»Kein Problem«, entgegnete die Swanin eilfertig. »Wir werden meinem Dorf einen Besuch abstatten. Es liegt fast auf dem Weg. Ich kann Ihnen dort Männer besorgen.«

Die Beiläufigkeit, mit der Marie auf ihr Ersuchen einging, verwirrte Aura. Auch Christopher schaute verblüfft drein. Vielleicht würde sich dieses Land noch als sehr viel fremder erweisen, als sie beide für möglich gehalten hatten. »Werden wir uns auf Ihre Leute verlassen können?«, fragte Aura.

»Hier bei uns ist das eine Frage des Preises.« Marie klang ein wenig beleidigt. »Für gutes Geld bekommen Sie gute Männer. Wie viele werden Sie brauchen?«

»Ich hoffe, nicht mehr als zwanzig.«

»Die werden Sie haben. Jeder Einzelne so listig wie Babanykja und Babasykja.«

Aura blickte die Swanin noch einen Moment lang prüfend an, dann gab sie nach. Sie war müde, und der Schankraum begann vor ihren Augen zu verschwimmen. Der Duft der Wasserpfeifen, die an manchen Tischen geraucht wurden, erschien ihr mit einem Mal intensiver als zuvor, die Gesprächsfetzen lauter. Der Wein, sagte sie sich, nur der Wein. »Ich geh ins Bett«, verkündete sie mit einem Seitenblick auf Christopher.

Der aber ließ seine Augen nicht von Marie und sagte: »Geh schon vor. Und, Aura –«, er prostete in ihre Richtung, »– schlaf gut!«

Gillian brachte die Pferde zum Stehen, als der Waldweg vor ihnen durch einen steinernen Bogen führte. Die Torflügel waren aus den Angeln gebrochen und lagen am Boden. Unter ihren Rändern zwängte sich buschiges Gras hervor. Der Weg jenseits des Tores war mit Holzstämmen ausgelegt. Auch sie waren von Unkraut und Dornenranken überwuchert.

»Wir müssen den Wagen hier stehen lassen«, sagte er zu den Kindern und sprang vom Kutschbock. Gian flüsterte Tess etwas zu. Sie kicherte leise.

Gillian hatte sich während der vergangenen zwei Tage damit abgefunden, dass die beiden hinter seinem Rücken scherzten und allerlei Streiche planten. Es war ein Zeichen dafür, dass sie ihm trauten. Selbst Gian hatte seinen anfänglichen Argwohn abgelegt. Wohl vermied er es immer noch, Gillian direkt anzusprechen; offenbar hatte er sich noch nicht entschieden, ob er ihn »Vater« oder lieber beim Vornamen nennen wollte. Gillian war es gleichgültig. Er selbst hatte Mühe, Gian von einem Tag auf den anderen als seinen Sohn zu betrachten – wie schwer musste es da umgekehrt erst für einen Siebenjährigen sein, ihn als Vater zu akzeptieren.

Sie hatten das Pferdegespann am frühen Morgen gemietet, nachdem sie die vergangene Nacht in einer Pension am Stadtrand von Zürich verbracht hatten. Wäre Gillian allein gewesen, hätte er auf Schlaf verzichtet und wäre noch am Abend zur Fahrt in die Berge aufgebrochen. Die Kinder aber hatten nach der langen Zugfahrt Ruhe und ein warmes Bett bitter nötig gehabt. Gillian war sich seiner Verantwortung für die beiden sehr wohl bewusst. Er wollte sie auf keinen Fall zu sehr belasten, zumal ihnen die größte Anstrengung noch bevorstand.

Er nahm rechts und links je eines der beiden Kinder bei der Hand, und so schritten sie gemeinsam durch das Tor. Der Steinbogen war mit wildem Efeu umrankt. Seit drei Jahren hatte hier niemand mehr für Ordnung gesorgt. Die einstige Parkanlage war einer ausufernden Wildnis gewichen. Beete und Hecken, schon damals nur nachlässig in Form gehalten, waren zu wucherndem Dickicht verkommen. Das Gras stand nach dem warmen Sommer kniehoch.

Hier und da ragten Gesteinsbrocken zwischen den Halmen hervor, willkürlich verstreut; es wurden mehr, je weiter sie gingen.

Schließlich teilten sich Bäume und Dickicht, und vor ihnen wuchs eine zerfallene Ruine empor. Der frühere Eingang hatte die Explosionen wie durch ein Wunder heil überstanden, als hätten die Sprengungen zwar das Gebäude, nicht aber sein oberstes Gesetz zerstören können: *Non nobis, Domine, non nobis sed nomine tuo da gloriam* stand noch immer in Stein gemeißelt über der Tür.

»Nicht uns, Herr, nicht uns gib den Ruhm, sondern deinem Namen«, flüsterte Tess mit heller Stimme.

Gillian starrte sie an. »Du kannst das übersetzen?«

»Nein«, sagte sie, »aber ich erinnere mich, was es bedeutet.«

Auch Gian nickte langsam. »Es sieht anders aus als früher. Damals war es noch nicht kaputt.«

Es funktioniert, dachte Gillian freudig. Jetzt, da sie hier waren, erinnerten sich die Kinder an die Details. Seine Hoffnungen waren berechtigt gewesen, ganz gleich, welche Einwände die anderen erhoben hatten. Die anderen – das waren jene Männer, die das Sankt-Jakobus-Stift vor drei Jahren mit Gillians Hilfe dem Erdboden gleichgemacht hatten.

Damals war alles ganz schnell gegangen: Erst hatten sie die Lehrerinnen in ihre Gewalt gebracht, dann die Schülerinnen aus ihren Zimmern gescheucht. Nachdem sichergestellt war, dass sich niemand mehr in dem Gebäude aufhielt, hatten Dutzende Dynamitstangen den Rest erledigt. Das einstige Templerkloster und Internat war in einer Reihe von gewaltigen Feuerbällen und einem Regen von Gesteinssplittern zusammengestürzt. Die Mädchen waren zu ihren Eltern zurückgekehrt, die Lehrerinnen hatten sich in alle Winde zerstreut.

Allein die Direktorin war nicht aufzufinden gewesen. Einige von Gillians Gefährten hatten vermutet, dass sie in den Trümmern ums Leben gekommen war. Er selbst aber war davon keineswegs überzeugt.

»Was ist hier passiert?«, fragte Gian, als er in seinen ererbten Erinnerungen keine Erklärung fand.

»Das Gebäude wurde abgerissen«, erwiderte Gillian vage. Obwohl es erst drei Jahre her war, kam ihm vor, als wäre seither ein Vielfaches an Zeit verstrichen. Sein Leben hatte sich verändert, seine Sicht der Welt, er selbst. Er war nach wie vor überzeugt, dass es der einzige Weg gewesen war, die Morde an den Mädchen für immer zu beenden – ausgenommen die Möglichkeit, Morgantus selbst zu erledigen. Aber der Alte war klug, *zu* klug für sie, wie sich gezeigt hatte. Möglich, dass er seine Morde anderswo fortsetzte. Zumindest den Schutz des Internats aber hatte er verloren.

Gillian führte die Kinder zu den Stufen am Eingang. Sie hatten Risse bekommen, eine war weggebrochen. Ein zerfallener Mauerkranz, nirgends höher als fünf Meter, zeigte noch den achteckigen Grundriss des Gebäudes. Sein Inneres war mit Bergen aus Schutt angefüllt, deren Ausläufer an manchen Stellen weit über die Mauer hinaus in die einstige Parkanlage reichten.

Hier und da verrieten noch verrottete Seile und Wimpel, wo die Schweizer Behörden das Gelände während ihrer Untersuchungen abgesperrt hatten. Niemand war Gillian und den anderen je auf die Spur gekommen. Nach drei ergebnislosen Jahren hatte die Polizei den Überfall längst zu den Akten gelegt. Zu verwirrend waren die Aussagen der Zeuginnen gewesen, zu diffus das Motiv für den Anschlag. Warum hatte man die Zimmer vor den Explosionen nicht geplündert? Weshalb war keinem der Mädchen ein Haar gekrümmt worden? All das ergab für die Ermittler keinen Sinn.

Die beiden Kinder blieben an der oberen Stufe stehen und blickten durch den offenen Eingang auf die Trümmerberge im Inneren der Ruine.

»Es war hier«, flüsterte Gian heiser.

»Genau hier«, pflichtete Tess ihm bei.

Gillian blieb einen Schritt zurück und hielt seine Ungeduld im Zaum. Er war unsicher, wie er sich verhalten sollte. Musste er Fragen stellen, damit die beiden erzählten, was sie wussten? Oder würden sie von sich aus schildern, was einst hier geschehen war, vor Hunderten von Jahren?

»Der alte Mann war hier«, meinte Gian. »Morgantus.«

»Und mein Vater«, sagte Tess.

»Zusammen mit meinem Großvater. Hier haben sie von Morgantus gelernt.«

»Erzählt es mir«, bat Gillian. »Erzählt mir, was eure Vorfahren hier erlebt haben. Ihr könnt es spüren, nicht wahr? Es ist in euch.«

Beide Kinder nickten, ohne ihn anzusehen. Ihre Blicke hingen wie gebannt an den Trümmern jenseits des Tores.

»Es ist, als hätten wir es selbst erlebt«, sagte Gian, und Tess piepste mit ihrem Kinderstimmchen: »Als wären wir dabei gewesen.«

»Wobei?«, fragte Gillian. »Was genau ist hier geschehen?«

Da drehten sich die Kinder mit einem Ruck zu ihm um.

KAPITEL 6

Eine von Nestors frühesten Erinnerungen.

Er kriecht auf allen vieren einen Berg hinauf, eine Rampe aus klumpiger Erde und niedergedrücktem Gras. Regen hat den Boden rutschig gemacht. Er hebt den Kopf, das Gesicht eines Kindes. Wasser plätschert ihm entgegen. Hinter ihm sind Stimmen. Andere folgen ihm, aber sie liegen noch viele Schritte zurück. Er ist der erste. Er ist der Schnellste.

Ein Knirschen ertönt. Oben an der Mauer kreischen Scharniere. Holz schwingt auf, und eine Öffnung entsteht am Fuß der hohen grauen Wand. Jemand schreit etwas, dann prasseln Dinge aus der Öffnung den schlammigen Hang hinunter. Der Berg ist an dieser Stelle sehr steil. Als die Lawine aus der Maueröffnung Nestor erreicht, hat sie bereits die Kraft eines wütenden Ochsen. Faule Kohlköpfe, abgenagte Knochen, stinkende Fleischbatzen, sogar ein paar Fischgräten – am Ende der Woche sind *immer* Fischgräten dabei – purzeln Nestor entgegen, reißen ihn nach hinten, überrollen ihn. Die Mönche im Kloster haben drei Fässer mit Essensresten ausgeleert, sie den Armen zum Fraß vorgeworfen. Nestor ist der Erste, der Schnellste. Aber auch einer der Jüngsten und Schwächsten.

Die Abfalllawine schlittert über ihn hinweg, zieht ihn mit sich in die Tiefe, den übrigen Jungen und Mädchen entgegen. Sie haben unten gewartet, dort, wo das Gelände flacher wird, wo es den Fall der Essensreste abbremst. Sie nehmen sich nicht mal die Zeit, über Nestor zu lachen. Alle stürzen sich auf das Essen, jeder rafft an sich, was er fassen, was er tragen kann. Manche schlagen, andere schreien. Blut fließt, Haare werden ausgerissen. Jemand zieht den Kamm einer Fischgräte mitten durch Nestors Gesicht. Die Spitzen reißen seine Haut auf. Noch immer hat er nicht ein einziges Teil aus dem Abfall ergattern können. Sein Vater wird ihn mit dem Stock schlagen, wenn er nicht wenigstens ein paar Kohlköpfe mit nach Hause bringt. Nur ein paar Kohlköpfe.

Aber die anderen sind stärker. Bald hat jeder die Arme voll mit Fleisch und Knochen und verfaultem Gemüse. Die ersten rennen schon zurück ins Dorf, um ihre Schätze in Sicherheit zu bringen. Ihre Eltern sind auf dem Feld. Es ist die Aufgabe der Kinder, die Gaben der Mönche zu sammeln. Die Mönche sind gute Menschen. Sie haben immer etwas für die Armen übrig.

Nestor liegt noch im Schlamm, versucht zwischen zugreifenden Händen, balgenden Kinderleibern, zwischen Tritten und Schlägen auf die Beine zu kommen. Die besten Stücke sind schon fort. Jemand hat das Bein eines Ochsen ergattert, mit genug Fleisch daran, um die Familie zwei Tage davon zu ernähren. Zwei andere nehmen die Verfolgung auf, wollen ihm seine Beute streitig machen. Alle drei rutschen im Morast aus, rollen kreischend übereinander. Nestor sieht es und denkt: Die Mönche haben es leichter. Sie müssen um ihre Nahrung beten, nicht kämpfen. Der Himmel gibt ihnen, was sie brauchen. Der Himmel – und die Bauern auf den Feldern.

Er bekommt etwas zu fassen, das wie alles andere fingerdick mit Schlamm überzogen ist. Es könnte ein halb gegessener Fisch sein. Er ist glatt und glitschig und riecht entsetzlich. Nestor ist stolz darauf und drückt ihn an seine Brust. Jemand zieht an seinen Haaren, aber Nestor hämmert ihm die Faust ins Gesicht. Dann sieht er, dass es ein Mädchen ist – Mara. Sie lebt mit ihren Eltern zwei Hütten von seiner eigenen entfernt. Der Schlag wirft sie nach hinten, sie landet im Dreck. Ein Junge stolpert über sie, tritt ihr dabei – vielleicht nur versehentlich – in den Unterleib. Mara schreit. Nestor lässt den Fisch fallen, eilt zu ihr, will ihr aufhelfen. Sie schlägt ihn beiseite. Er stürzt. Mara robbt auf den Fisch zu, packt ihn, stemmt sich hoch und läuft los.

Nestor liegt im Morast, der ihn wie ein Sumpf in die Erde saugen will. Er kann nicht an das Essen denken, nicht an die Drohungen seines Vaters. Nur an eines: Er hat Mara geschlagen!

Alle kehren ins Dorf zurück. Jeder mit dem, was er zu fassen bekommen hat. Die drei, die sich um das Ochsenbein geschlagen haben, kriechen auf Knien und Händen im Dreck, tasten umher.

Der Knochen und das Fleisch sind im Schlamm versunken, unauffindbar. Zwei der Jungen heulen, aus Angst vor den Schlägen, die sie zu Hause erwarten.

Auch Nestor weint. Er liegt allein am Fuß des Berges, über sich die Klostermauern. Neben seinem Gesicht ein paar Kohlblätter. Das ist alles. Sonst ist nichts übrig geblieben. Er war der Erste. Der Schnellste.

Er hat Mara geschlagen.

Nestor betet.

Er liegt auf dem Bauch. Seine Arme und Beine sind gespreizt. Seine Lippen küssen den kühlen Stein des Kirchenbodens. Er ist sechzehn Jahre alt, das haben die Nachforschungen eines Mönchs ergeben. Die letzten drei Jahre hat er im Kloster verbracht. Er liebt Gott, und Gott liebt ihn. Das ist gut so, und Nestor ist glücklich. Er muss keinen Hunger leiden, nur in der Fastenzeit. Dann hungert er gerne für Gott.

Er betet, damit es allen Menschen so gut gehe wie ihm. Er hat die Jahre unten im Dorf nicht vergessen. Sein Vater ist lange tot, er wurde im Dunkeln von einem Fremden erstochen. Niemand war dabei. Niemand hat es gesehen. Von dem Mörder fehlte jede Spur.

Manchmal geht Nestor hinab ins Dorf und betet zusammen mit seiner Mutter. Dann umringen ihn die Kinder, und er segnet sie. Sagt ihnen, Gottes Liebe sei wichtiger als Essen. Wichtiger und unermesslich. Jeder kann so viel davon haben, wie er möchte. So viel, wie er verdient.

Nestor arbeitet in der Schreibstube des Klosters. Er kann wunderschöne Buchstaben malen. Anfangs wusste er nicht, was sie bedeuten, aber dann hat ihm einer der Mönche das Lesen beigebracht. Nestor spricht jetzt Latein. Manchmal verhaspelt er sich, und dann treffen ihn die scharfen Blicke der anderen. Aber er ist noch jung, und seine Strafen für Versprecher fallen milde aus. Er muss einen Nachmittag lang auf dem Boden der Kirche liegen und beten. Allein mit Gott. Nestor genießt diese Zeit, er spricht gerne mit dem Herrn. Er fragt ihn, ob das ewige Leben so sei, wie die Mönche es sich vorstellen. Voller Gesänge und Licht und der Gnade des

Himmels. Nestor würde gern ewig leben, aber er weiß, dass er dafür ein sehr guter Mensch sein muss. Ein besserer noch als die übrigen Mönche, denn Sünde hat sein Leben gezeichnet. Gott allein weiß, wer seinen Vater erstochen hat.

Eine der ersten Aufgaben, die man ihm im Kloster gab, war es, Sorge für die Pflege des Kräutergartens zu tragen. Er hat eine gesegnete Hand für die Aufzucht von Pflanzen. Seit er sich darum kümmert, so hat ihm ein alter Mönch bestätigt, gedeihen die Kräuter viel prächtiger.

Nestor mag die Pflanzen. Weil sie nicht reden können, behalten sie Geheimnisse für sich. Wenn er Kummer hat, den er Gott nicht anvertrauen will (meist tut er es doch, aber erst später), beugt er sich beim Gießen und Harken und Jäten zu den Pflänzchen hinab und erzählt ihnen davon. Er empfindet das als große Gnade und ist den Pflanzen dankbar dafür. Er hat sich geschworen, immer gut zu den Pflanzen zu sein.

Während Nestor auf dem Kirchenboden liegt und betet, kommt draußen auf dem Klosterhof Lärm auf. Jemand stürmt herein und ruft Nestors Namen. Man brauche seine Hilfe, stammelt ein Mönch ganz außer sich. Frauen hätten ein Mädchen aus dem Dorf heraufgebracht. Es sei schwer verletzt, und möglicherweise werde der Herr es bald zu sich rufen. Der Kräuterkundige sei unten bei den Bauern auf dem Feld, deshalb müsse Nestor in den Garten laufen und die nötigen Heilmittel besorgen.

Nestor nimmt Abschied vom Gebet und eilt hinaus. Tumult begrüßt ihn auf dem Hof. Weinende und klagende Frauen werden gerade von ein paar Mönchen aus dem Tor gedrängt. Das verletzte Mädchen liegt umringt von weiteren Mönchen am Boden. Es blutet stark. Nestor erkennt auf den ersten Blick, dass es Mara ist.

Schnell gibt er Anweisung, sie in die Kammer des Kräuterkundigen zu bringen. Dort wird Mara auf eine Liege gebettet. Sie kann nicht sprechen, vielleicht ist ihr Geist schon bei Gott. Nestor pflückt frische Kräuter, aber die meisten, die er benötigt, bewahrt der Kräuterkundige getrocknet in Töpfen und Tiegeln auf. Nestor findet auf Anhieb die richtigen. Mara hat schreckliche Wunden, sie stammen von einer Klinge. Es sieht aus, als habe sie jemand mit einem Messer oder Schwert angegriffen. Früher hat Nestor geglaubt, Mara würde einmal seine Frau werden. Das war, bevor er sich Gottes Gnade anvertraut hat. Aber jetzt entdeckt er, dass er das Mädchen noch immer liebt. Sie leiden zu sehen, zerreißt ihm schier das Herz.

Er zerstampft die Blätter des Beinwells mit Eiweiß und trägt sie auf die großen Wunden am Körper auf; er weiß, dass das die Hitze aus den Verletzungen zieht. Dann kocht er den Saft des Wintergrüns mit Schweineschmalz und streicht es auf die Schnitte in Maras Gesicht; Wintergrün steht unter dem Einfluss des Saturn und gilt als besonders gutes Wundenkraut. Er stellt auch frische Salben aus Königskerze und Mutterkraut, aus Ysop und Gartenraute her. Am Ende hat er all sein Wissen angewandt und weiß: Jetzt kann er nur noch hoffen und beten.

Als der Kräuterkundige am Abend zurückkehrt, lobt er Nestor für sein Geschick. Allerdings, so sagt er, sei das Mädchen trotz aller Mühen nicht mehr zu retten. Nestor bittet ihn, es dennoch versuchen zu dürfen. Er allein wolle die Verantwortung tragen, er allein werde Tag und Nacht an Maras Seite ausharren. Sein Flehen und Weinen trägt Früchte, der Kräuterkundige gibt die Erlaubnis. Er vertraut Nestor. Er ist sicher, dass es die christliche Nächstenliebe ist, die Nestors Drängen gebiert, nicht etwa die Lust auf ein Weib.

Fünf Tage und Nächte sitzt Nestor an Maras Seite. Er schläft nur, wenn Gottes Wille ihm die Augen schließt. Aber der Herr ist gnädig. Die meiste Zeit über bleibt Nestor wach, erneuert Salben und Verbände, flüstert der bewusstlosen Mara hoffnungsvolle Worte zu, betet für sie. Einmal küsst er sie sogar. Irgendwann wird er den Pflanzen davon erzählen.

Einer der Mönche stellt Ermittlungen an, fragt im Dorf, was genau dem Mädchen zugestoßen sei. Keiner weiß darauf eine Antwort. Einige Tage zuvor sei Mara verschwunden, von zu Hause fortgelaufen, heißt es. Ihre Eltern hätten sie einem Jungen aus dem Dorf zur Frau geben wollen, und Mara habe sich geweigert. Ihre wahre Liebe, so habe sie gesagt, liege unerreichbar fern in Gottes Schoß. Man habe deshalb angenommen, dass sie um Aufnahme in ein Nonnenkloster bitten wollte, als sie verschwand; keiner habe versucht, sie zu verfolgen. Dann aber, bald darauf, hätten ein paar Frauen sie beim Beerenpflücken im Wald entdeckt, in jenem schrecklichen Zustand. Mara habe kein Wort hervorgebracht, doch einige Spuren hätten darauf hingewiesen, dass sie vor jemandem auf der Flucht gewesen sei, als sie zusammenbrach. Eine tiefe Schneise im Dickicht habe tiefer in die Wälder hinein geführt, so tief, dass man es schließlich aufgegeben habe, ihr weiter zu folgen.

Am selben Abend erliegt Mara ihren Verletzungen, ohne noch einmal zur Besinnung zu kommen.

Zwei Tage nach Maras Tod kündigt sich hoher Besuch an. Alle Mönche sind sehr aufgeregt. Ein Tempelritter nähert sich von Osten.

Nestor ist im Kräutergarten, als der Fremde eintrifft. Er hat den Pflanzen in den beiden vergangenen Tagen vieles anvertraut. Er hat ihnen erzählt, was er für Mara empfindet, auch nach ihrem Tod. Und er hat ihnen flüsternd gestanden, dass er Gott für ihren Tod verantwortlich macht.

Der Ritter ist ein großer Mann mit grauem Haar. Er ist viel älter, als alle erwartet haben. Er heißt Morgantus, ein Name, den keiner zuvor je gehört hat, abgesehen vom Abt. Morgantus hat im Heiligen Land gekämpft, und beim Abendessen unterhält er die Mönche mit den Schilderungen seiner Heldentaten. Er ist flink mit der Zunge, verfügt über frommen (und nicht ganz so frommen) Witz und ist geschwind mit Komplimenten zur Hand. Bereits an diesem ersten Abend schafft er sich im Kloster viele Freunde.

Auch Nestor gerät in Morgantus' Bann. Die Tatkraft des Ritters imponiert ihm. Er beginnt, von Reisen in die Ferne zu träumen, von Schlachten im Namen des Herrn. Der Ritter ist ein heiliger Mann, ohne Frage, er trägt alle Insignien des Herrn, aber er ist auch ein Kämpfer. Einer, der für Gerechtigkeit sorgt.

Gemeinsam mit Morgantus ist ein junger Mann ins Kloster gekommen, der Knappe des Ritters. Er ist, wie manche Mönche sogleich bemerken, ausgesprochen hübsch, spricht nicht viel, sorgt penibel für das Pferd seines Herrn, wirkt schüchtern und zurückhaltend. Manchmal sieht man ihn an den folgenden Tagen im Sonnenlicht auf dem Hofe sitzen und die Rüstung des Ritters polieren.

Bisweilen bemüht er sich am Waschzuber, Flecken aus dem weißen Templergewand seines Herrn zu waschen. Einige der Mönche munkeln, es sei das Blut von Heiden und Ketzern. Die Achtung vor dem Krieger im Auftrage Gottes wächst mit jedem Sonnenaufgang.

Nach einer Woche bietet sich Nestor die Gelegenheit, einige Worte mit dem schweigsamen Knappen zu wechseln. Der Junge ist in Nestors Alter, vielleicht ein wenig jünger. Er kommt in den Kräutergarten und bittet um ein Mittel, mit dem er den hartnäckigen Flecken im Gewand des Ritters zu Leibe rücken könne. Nestor gibt ihm ein paar Halme Weidenpflug und erfährt im Austausch dafür den Namen des Jungen. Lysander ist ein schöner Name, findet er, schöner als sein eigener.

Morgantus und Lysander wollen noch zwei weitere Wochen im Kloster bleiben und erst dann ihre Reise fortsetzen.

Nestor weiß, dass das Heidentum die Schuld an Gottes Schwächen trägt. Je mehr Ungläubige das Antlitz der Welt beschmutzen, desto schlimmer die Ungerechtigkeit unter den Menschen. Solange Gott durch seine Widersacher abgelenkt wird, ist seine Sicht getrübt. Schreckliche Dinge geschehen, während er gezwungen ist, seinen Blick auf die Barbarei der Heidenvölker zu wenden. Dinge wie Maras Tod.

Nestor beschließt, dass Beten allein nicht der richtige Weg sein kann. In ihm reift die Überzeugung heran, dass man dem Elend mit Feuer und Schwert entgegentreten muss, so wie der Herr es manchen Auserwählten aufträgt. Am dreizehnten Tag nach der Ankunft des Ritters trifft Nestor eine Entscheidung: Er will Morgantus bitten, ihm dienen zu dürfen, um dereinst ein Tempelritter zu werden wie er.

Mit Hilfe des Knappen Lysander gelingt es ihm, Morgantus in seiner Kammer zu besuchen. Der Ritter hat dort allerlei Flaschen, Tiegel, Beutel und Bücher aus seinem Bündel ausgepackt. Über kleiner Flamme kochen bunte Flüssigkeiten. Seltsame Gerüche liegen in der Luft, und fast sieht es aus wie in der Küche des Kräuterkundigen. Nestor fühlt sich in der Nähe des gelehrten Ritters auf Anhieb wohl.

Sie reden lange miteinander, und Morgantus zeigt sich überaus angetan von Nestors Kräuterkünsten. Schließlich lässt sich Nestor hinreißen, ihm von Mara zu erzählen. Der Ritter horcht auf und wirft Lysander, der schweigend in einer Ecke steht, einen langen Blick zu. Für einen Moment glaubt Nestor, er habe einen Fehler begangen, doch dann besänftigt ihn Morgantus mit weisen, freundlichen Worten.

Ja, denkt Nestor begeistert, ich will werden wie er.

Fast zwei Monate reitet er an der Seite des Ritters und seines Knappen durchs Land, ehe er Morgantus' Geheimnis erfährt.

Der Tempelherr hat das Rätsel des ewigen Lebens gelöst. Wichtigste Zutat ist das Blut junger Mädchen, denn es trägt die Essenz aller Lebenskraft in sich. Eindeutiger Beweis dafür ist, dass nur Frauen Leben schenken können, aus ihrem Schoß werden Kinder geboren. Doch bis es dazu kommt, bleibt die Lebenskraft der Ungeborenen ungenutzt in ihrem Blut. Morgantus muss es wissen, denn er badet regelmäßig darin, um sein Leben zu erhalten. Gelegentlich lässt er Lysander an diesen Bädern teilhaben. Und er hat beschlossen, auch Nestor in seine Geheimnisse einzuweihen.

Die Mädchen bringt er mit der Hilfe des Knappen in seine Gewalt. Es geschieht immer auf die gleiche Weise: Lysander betört in einem Dorf mit seiner Schönheit ein junges Mädchen und lockt es in den Wald. Dort aber verweigert er ihm die Liebe, denn, so behauptet er, er hätte sich allein Gott dem Herrn versprochen. Dann verschwindet er. Viele der verliebten Mädchen verzweifeln, reißen von zu Hause aus und folgen dem schönen Jungen in die Ferne. Dabei laufen sie Morgantus direkt in die Arme.

Nestor begreift, dass Mara mit ihren Worten über »wahre Liebe, die unerreichbar in Gottes Schoß ruht« keineswegs ihn, Nestor, gemeint hat. Tatsächlich war auch sie dem schönen Lysander verfallen. Ihr aber musste es gelungen sein, den beiden Männern im letzten Augenblick zu entkommen – wenn auch nur, um im Kloster den Wunden zu erliegen, die ihr der Ritter zugefügt hat.

Nestors Verehrung für Morgantus verwandelt sich in Furcht. Er wagt nicht, ihm zu widersprechen, und nimmt sein erstes Bad im

Blut. Gegen seinen Willen empfindet er dabei ein wunderbares, belebendes Gefühl. Er beginnt, den Worten des Ritters Glauben zu schenken. Auch Nestor will nun ewig leben, und er weiß, dass ihm das nur an der Seite Morgantus' gelingen kann.

Maras Tod kann er dennoch nicht vergessen. Aber er gibt nicht dem Ritter die Schuld daran. Schließlich war es Lysander, der sie ausgesucht und ihre Liebe missbraucht hat. Morgantus ist ein Ritter des Herrn, ein Auserwählter auf einer Mission in die Ewigkeit. Sein Knappe aber muss der Teufel selbst sein.

Nestor weiß, dass er Lysander eines Tages töten wird.

Nach drei Jahren beschließt Morgantus, seine Reise zu beenden und sich in die Obhut seines Ordens zu begeben.

Er hofft, im Schutz eines Templerklosters seine Forschungen zügiger vorantreiben zu können. Plötzlich ist er nicht mehr sicher, dass sein Weg, die Unsterblichkeit zu erlangen, tatsächlich der beste ist. Es muss andere geben, erklärt er seinen Schützlingen. Freilich, schränkt er ein, sie alle mögen Blut erfordern. Doch was ihm fehle, sei die völlige Gewissheit, ja, der endgültige Beweis für die erhoffte Wirkung.

Hoch in den Bergen finden sie Aufnahme in einem abgelegenen Kloster des Ordens. Der Grundriss der Anlage ist achteckig, etwas, das Nestor noch bei keiner anderen Festung gesehen hat – und eine *Festung* ist das Templerkloster ohne jeden Zweifel. Man erkennt sogleich, dass seine Erbauer Krieger waren, keine schlichten Mönche wie jene, denen Nestor einst angehört hat.

Nestors Hass auf Lysander ist ungebrochen. Er kümmert sich nun vor allem um die Kräuter und Essenzen, die Morgantus für seine Versuche benötigt. Immer öfter bringt der Ritter die Sprache auf eine Pflanze, die er das Gilgameschkraut nennt. Jene sei, so glaubt er, das einzige Mittel, mit dem sich die Unsterblichkeit auf ewig gewährleisten lasse. So erfährt Nestor, dass die jahrelangen Reisen des Ritters vor allem der Suche nach dieser Pflanze galten. Wiewohl ohne Erfolg.

Und erstmals beginnt Nestor, an der gottgewollten Allmacht seines Meisters zu zweifeln.

KAPITEL 7

Eine von Lysanders frühesten Erinnerungen.

Seine Mutter stirbt auf dem Scheiterhaufen. Zwei junge Mädchen aus der Nachbarschaft wollen beobachtet haben, wie die Frau beim Beerenpflücken im Wald lachend zwei Äste an ihren Kopf gehalten und wie ein Ziegenbock ausgesehen hat. Die Mädchen haben es ihren Eltern erzählt, und die sind zum Dorfvorsteher gegangen. Der Vorsteher hat sich mit dem Priester beraten. Der Priester hat die Heilige Inquisition bestellt.

Niemand kennt Lysanders Vater. Seine Mutter hat ihm erzählt, er sei ein umherziehender Händler gewesen, der sie verließ, als sie ihm gestand, dass er sie mit einem Kind gesegnet habe. Keiner hat je daran gezweifelt. Viele haben es missbilligt, aber niemand hat die Geschichte infrage gestellt. Doch jetzt, da bewiesen ist, dass Lysanders Mutter mit dem Gehörnten im Bunde ist, beginnen einige, die Herkunft des Jungen anzuzweifeln. Noch während seine Mutter sich schreiend am Pfahl windet und die Flammen immer näher kommen, zeigen die ersten mit dem Finger auf den kleinen Jungen am Fuß des Scheiterhaufens.

Lysander weint so heftig, dass er die Anschuldigungen gar nicht bemerkt. Zwei Männer müssen ihn festhalten, damit er nicht zu seiner Mutter ins Feuer springt. Er ist noch ein Kind, aber die Männer werden später schwören, er hätte sich mit der Kraft eines Erwachsenen gewehrt. Niemand denkt daran, dass das an seiner Verzweiflung liegen könnte. Alle flüstern nur: Der Teufel, sein Vater, gibt ihm solche Kraft!

Lysanders Mutter verbrennt vor seinen Augen. Er sieht, wie die Flammen sie erreichen, an ihren nackten Beinen emporklettern wie ein Schwarm leuchtendroter Waldameisen. Ihr Mund formt Worte, obgleich doch ihr Unterkörper bereits wie eine Fackel lodert. Selbst über das Fauchen des Feuers hinweg hören alle, wie sie betet. Nicht zu Satan, sondern zu Gott dem Allmächtigen. Sie betet, dass er sich ihres Sohnes annehme und ihn beschütze. Das Feuer muss ihre Seele gereinigt haben, meinen alle und sind froh, dass sie die arme Frau geläutert haben.

Später steht Lysander einsam vor der Asche des Scheiterhaufens. Es ist Nacht. Alle sind in ihren Häusern und Hütten verschwunden. Lysander weint noch immer. Er weiß, wenn er jetzt in seine Hütte zurückkehrt, wird sie leer sein. Niemand ist da, der ihn empfängt, ihn in die Arme nimmt, mit ihm betet, ihm ein Lied zum Einschlafen singt.

Lysander ist jetzt ganz allein auf der Welt.

Er ist sechs Jahre alt.

Acht Jahre später ist Lysander zum ersten Mal verliebt. Das Mädchen heißt Nive. Sie ist die Tochter des Dorfvorstehers.

Lysander lebt seit dem Tod seiner Mutter allein in der Hütte. Die übrigen Dorfbewohner meiden ihn. Mittlerweile weiß er, dass sie ihn für einen Sohn des Teufels halten. Sie glauben, das Böse, das in seiner Mutter war, sei im Augenblick ihres Todes auf ihn übergegangen. Anfangs hat er das nicht verstehen können. Er hat die Nachbarn gefragt, was er ihnen denn getan habe, aber keiner hat ihm eine Antwort gegeben. Manchmal haben sie ihm etwas zu essen geschenkt, damit er sie in Ruhe lässt. Lysander hat es nicht angerührt, aus Angst, es könnte vergiftet sein.

Nach acht Jahren Einsamkeit hat er längst gelernt, mit der Ablehnung der anderen umzugehen. Hin und wieder macht er sich sogar einen Spaß daraus. Er zieht Grimassen und ruft ihnen schlimme Worte zu. Doch wenn er wieder allein ist, weint er oft. Noch immer begreift er nicht, warum alle so schlecht von ihm denken. Er ist ebenso unschuldig wie seine Mutter, aber niemand will etwas davon hören.

Nive ist die Erste, die ein freundliches Wort mit ihm wechselt. Er hat sie im Wald getroffen, als er Bucheckern gesammelt und Hasen gejagt hat. Lysander ist ein guter Jäger, obwohl er erst vierzehn ist. Nive ist nicht so schön wie ein paar von den anderen Mädchen im Dorf, doch ihre wahre Schönheit liegt in ihrer Seele. Sie empfindet

Mitgefühl für den ausgestoßenen Jungen, der so allein in seiner Hütte am Dorfrand lebt. Und natürlich ist ihr nicht entgangen, wie hübsch er ist. Keiner der Jungen im Dorf kann es darin mit ihm aufnehmen. Die Nachbarn munkeln, Satan selbst habe ihm solche Schönheit geschenkt, damit er seine Mitmenschen verführen und knechten könne.

Nive sagt, sie glaube nicht an die Beschuldigungen der anderen. Sie ist sehr gottesfürchtig, aber das war Lysanders Mutter auch. Die beiden treffen sich regelmäßig heimlich im Wald, sitzen am Bach und lassen die Füße ins kalte Wasser baumeln, streifen durch duftende Frühlingswiesen, und einmal versucht Lysander gar, ihr das Jagen beizubringen. Davon aber will sie nichts wissen; sie sagt, ihr täten die armen Tiere leid. Lysander hat dafür Verständnis und jagt nie wieder, wenn sie bei ihm ist.

Nach einigen Wochen bittet er sie, mit ihm davonzulaufen. Er will für immer mit ihr zusammenbleiben, aber er weiß, dass das im Dorf unmöglich ist. Die Leute würden Nive ebenso ächten wie ihn selbst, obwohl ihr Vater der Vorsteher ist. Lysander hat längst begriffen, dass nichts solche Macht über Menschen hat wie ihr Glaube. Das Schlimme daran ist, dass jeder sich aussuchen kann, woran er glauben will. Jeder folgt Gesetzen, die er sich selbst auferlegt. Lysander beschließt, dass er niemals an etwas glauben will, für das es keine Beweise gibt.

An eines aber glaubt er ganz fest: an Nives Liebe. Als sie sein Angebot, mit ihm davonzulaufen, ausschlägt, ist er tagelang verzweifelt. Nive schwört, dass sie ihn sehr gern habe, aber sie liebe auch ihre Eltern. Lysander erwidert, dass es immerhin ihr Vater gewesen sei, der veranlasst habe, dass seine Mutter verbrannt worden sei. Darüber entfacht sich ihr erster Streit. Er endet damit, dass Lysander ein böses Wort zu ihr sagt und Nive davonläuft.

Bis zum Abend streift er verstört durch die Wälder. Er ärgert sich, dass Nive so sehr an ihren Eltern hängt, aber dann begreift er, dass er vielleicht ebenso an den seinen hängen würde – vorausgesetzt, sie wären noch bei ihm. Da beschließt er, Nive um Verzeihung zu bitten.

Als er ins Dorf zurückkehrt, ist es bereits dunkel. Auf dem Platz zwischen den Häusern brennen viele Fackeln. Männer sind dabei, einen großen Haufen aus Holz und Reisig aufzuschichten. Erinnerungen steigen bei diesem Anblick in Lysander auf, plötzlich ist er wie versteinert. So bemerkt er nicht, wie mehrere Männer auf ihn zustürzen. Erst, als sie ihn an Armen und Beinen packen, erwacht er aus seiner Betäubung. Die Männer schleppen ihn vor ein Tribunal aus Vorsteher, Priester und Dorfältestem. Alle sind sich darüber einig, dass die böse Saat seiner Mutter endgültig in ihm herangereift sei. Der beste Beweis dafür sei, dass er versucht habe, ein reines, tugendhaftes Mädchen ins Verderben zu reißen.

Da begreift Lysander, dass Nive ihren Eltern erzählt haben muss, was vorgefallen ist. Doch als er sich umschaut, ist sie nirgends zu sehen. Er versucht, sie vor sich selbst zu verteidigen, redet sich ein, ihr Vater habe sie gezwungen, Schlechtes über Lysander zu sagen. Und obwohl er weiß, dass das wahrscheinlich sogar die Wahrheit ist (schließlich hat Nive geschworen, dass sie ihn gern hat), verachtet er sie für ihre Tat. Er erkennt die Lügnerin in ihr, eine Lügnerin wie die beiden Mädchen, die vor acht Jahren seine Mutter der Hexerei bezichtigt haben.

Noch einmal setzt er sich zur Wehr. Vergeblich. Die Männer fesseln ihn an Armen und Beinen und werfen ihn zwischen die Reisigbündel auf dem Dorfplatz. Man hat sich nicht einmal die Mühe gemacht, einen Pfahl inmitten des Scheiterhaufens zu errichten. Alle wollen, dass das Satanskind so schnell wie möglich zu Asche verbrennt.

Während Lysander daliegt, entdeckt er über den Dächern eine Feuerlohe. Seine Hütte brennt, die Hütte, die seine Mutter mit eigenen Händen gebaut hat, damals, als keiner der anderen ihr helfen wollte. Die Hütte, auf die sie so stolz war. Da wird Lysander wieder zum Kind, und Tränen fließen über seine Wangen. Er kann nur noch an seine Mutter denken, an die Liebe, die sie ihm geschenkt hat, an ihre Wärme und Barmherzigkeit. Ganz kurz kehrt mit diesen Empfindungen der Glaube zurück, dem er auf immer abgeschworen hatte. Er denkt: Gott wird meine Unschuld erkennen, ebenso wie er Mutters Unschuld erkannt haben muss; Seite an Seite werden wir ewig leben. Das gibt ihm Kraft und Hoffnung.

Die Männer mit den Fackeln treten vor. Das Reisig beginnt, an den Rändern zu brennen. Dicker weißer Rauch steigt auf, hüllt Lysander ein, nimmt ihm den Atem. Es ist, als sei er bereits auf dem Weg in die Wolken, in den Himmel. Auf dem Weg zur Unsterblichkeit.

Seine nächste Erinnerung ist, dass er auf einem Pferd wieder zu sich kommt. Er liegt auf dem Bauch, ein Sattelknauf sticht schmerzhaft in seine Brust. Jemand hält ihn fest, jemand, der im Sattel sitzt. Lysander erkennt ein großes rotes Kreuz auf einem blütenweißen Gewand. Ein Engel, der ihn vor die himmlischen Richter trägt.

Morgantus erzählt Lysander, dass es Gott selbst gewesen sei, der ihn den Weg durch das Dorf habe nehmen lassen. Der Herr habe gewollt, dass Lysander unter den Lebenden bleibe, um Morgantus bei seinem großen Werk zu Ehren Gottes beizustehen. Lysander zweifelt erst daran, doch dann beeindruckt ihn die weihevolle Rede des Ritters, und mehr noch begeistert ihn der Ritter selbst.

Morgantus ist ein großer, nicht mehr ganz junger Mann, der über Bärenkräfte verfügt. Sein Gesicht und, wie Lysander später entdeckt, auch sein Körper sind bedeckt mit Narben, die ihm die Ungläubigen im Heiligen Land geschlagen haben. Lysander ist verwundert, dass ein so starker, erfahrener Mann Vergebung im Namen Gottes sucht, dass er es überhaupt nötig hat, an irgendetwas außer an sich selbst zu glauben. Morgantus bemerkt die Zurückhaltung seines Schützlings und lässt durchblicken, dass auch er zuweilen mit den Gesetzen des Herrn im Hader liege. So gewinnt er allmählich das Vertrauen des Jungen.

Nach einigen Wochen verlangt Morgantus zum ersten Mal, Lysander möge ihm ein Mädchen zuführen. Lysander erkennt entsetzt, dass der Ritter den verleumderischen Worten der Dorfbewohner Glauben geschenkt hat; er denkt tatsächlich, Lysander sei einer, der junge Mädchen verführt und von zu Hause fortlockt. Erst ist er empört, doch dann denkt er an all das Gute, das ihm durch die Hand des Ritters widerfahren ist. Er steht fraglos in der Schuld dieses Mannes. Und als er schließlich ein Mädchen in die Wälder lockt, mit engelsgleichem Lächeln und falschen Liebesschwüren, da tut er das in der Annahme, Morgantus stehe der Sinn nach einem Schäferstündchen.

Wenig später weiß er, dass er sich geirrt hat.

Das Leben an der Seite des Tempelritters ist schrecklich und wunderbar zugleich. Schrecklich in den Augenblicken, da Lysander einen klaren Kopf hat; wunderbar während all der übrigen Zeit, denn Morgantus gibt ihm seltsame Früchte zu essen, lässt ihn am Lagerfeuer orientalische Dämpfe einatmen und sorgt dafür, dass Lysander die Welt um sich herum wahrnimmt wie die Darbietung einer Gauklertruppe. Alles ist künstlich, gespielt, erfunden. Das wahre Schöne trägt die Maske der Hässlichkeit, im Herzen des Grauens winkt die Vollendung. Lysander weiß jetzt, dass Morgantus ein guter Mann ist, ein Heiliger fast, immer auf der Suche nach seinem Gral, nach dem ewigen Leben, nach der höchsten Form des Seins.

Im zweiten Jahr ihrer gemeinsamen Reise, nach einer Zeit, in der Lysander viele Freundinnen gewonnen und wieder verloren hat, beginnt Morgantus, ihm weniger Früchte zu geben als bisher. Auch die exotischen Kräuter, mit denen er die Dämpfe erzeugt, behält er in seiner Satteltasche. Er fragt den Jungen: »Willst du aus freiem Willen bei mir bleiben?«

Die Rauschmittel, die Morgantus aus dem Orient mitgebracht hat, haben den Blick auf die Gegenwart verschleiert, aber sie vermögen nicht die Vergangenheit zu beschönigen. Lysander begreift allmählich, was er getan hat. Und wieder findet er aus der Not heraus zurück zum Glauben. Zum ersten Mal seit vielen Monaten erinnert er sich wieder an seine Mutter. Er weiß, er wird ihr nie unter die Augen treten können, auch nicht im Leben danach, wo alles rein und schön und herrlich ist. Er beginnt zu fürchten, Gott könnte ihm seine Sünden vergeben und ihn mit seiner Mutter vereinen – das aber darf niemals geschehen. Nicht nach der Schande, die er auf sich geladen hat. Ihm wird klar, dass er weitere Sünden begehen muss, um sich seinen Platz im Inferno zu sichern, weit, weit entfernt von seiner Mutter. Am besten wäre gar, sein irdisches Leben würde ewig währen.

Nach all diesen Überlegungen findet Lysander auf Morgantus' Frage, ob er bei ihm bleiben wolle, die einzig mögliche Antwort.

»Ja«, sagt er. Und mehr noch – er bittet Morgantus, auch ihm selbst das ewige Leben zu schenken. Der Ritter willigt ein.

Nun sind sie wahre Gefährten. Ein Ziel, kein Gewissen.

Sie sind eins.

Ein merkwürdiger Junge tritt in Erscheinung. Sein Name ist Nestor. Er ist ein Diener Gottes und lebt in einem Kloster, das Morgantus und Lysander auf ihrem Weg passieren. Das Mädchen, das Nestor liebte, war eines von Morgantus' Opfern. Zudem zeigt er ein verdächtiges Interesse an den beiden Fremden. Grund genug, findet Lysander, den Jungen zu beseitigen.

Aber Morgantus ist anderer Ansicht. Als Nestor bittet, an der Seite des Ritters reisen zu dürfen, willigt Morgantus ein. Lysander erklärt seinen Meister insgeheim für verrückt. Zum ersten Mal rührt sich in ihm ein Verdacht: Vielleicht ist Morgantus nicht richtig im Kopf, vielleicht hat er längst den Verstand verloren.

Sein nächster Gedanke ist Eifersucht. Soll Nestor etwa ihn, Lysander, ersetzen? Plant Morgantus, seinen treuen Gefolgsmann zweier Jahre davonzujagen oder, schlimmer noch, zu töten? Lysander beschließt, fortan sehr wachsam zu sein.

Nestor versteht sich hervorragend auf das Finden, Erkennen und Mischen von Kräutern. Das muss sogar Lysander eingestehen. Allmählich glaubt er nicht mehr, dass ihm von Nestor eine Gefahr droht. Sicher, der einstige Mönch macht kein Geheimnis daraus, dass er Lysander ablehnt, doch Morgantus gibt keinem von beiden den Vorzug. Kommt es zum Streit, sind die Entscheidungen des Ritters immer weise und gerecht. Lysander beginnt, sich mit der neuen Lage und dem neuen Gefährten abzufinden.

Die Reise geht weiter. Ein irrwitziger Taumel aus Mädchen und Blut.

Seit einem Jahr leben die drei in einem Templerkloster in den Bergen. Morgantus hat seine Reise abgebrochen, als er erkannte, dass er das Gilgameschkraut nicht finden würde.

Obwohl seine beiden Schüler sich in den Gängen und Kammern des Klosters aus dem Weg gehen und sich manchmal viele Tage lang nicht begegnen, bleibt Lysanders Vorbehalt gegen Nestor bestehen. Er fürchtet ihn nicht mehr als Verräter, wie zu Beginn ihrer Gemeinschaft, aber er spürt immer deutlicher, dass Nestor anders ist als er selbst. Lysander gilt im Kloster als verschlossen und mürrisch, aber hinter diesem Schutzwall verbirgt sich nur seine Scheu vor anderen (die er freilich nie offen eingestehen würde). Nestor dagegen ist redegewandt und bei den übrigen Templern beliebt. Und doch hegt Lysander den Verdacht, dass das Herz im Inneren dieser lebhaften Schale längst abgestorben ist. Wann aber ist das geschehen? Als er zum ersten Mal mit Morgantus' Forschungen konfrontiert wurde? Oder noch eher, als das Mädchen starb, das er liebte?

Mit der Zeit kommt Lysander zu der Überzeugung, dass in Nestor ein tiefer, tödlicher Hass wurzelt, der nur darauf wartet, Früchte zu tragen. Hass auf Lysander, aber auch auf seinen Meister Morgantus.

Der große Tag. Nach fünf Jahren im Templerkloster werden Lysander und Nestor endlich in den Orden aufgenommen. Einige Tage zuvor hat man beide zu Rittern geschlagen. Die endgültige Zeremonie des Beitritts nimmt der Provinzmeister in Anwesenheit vieler Ordensbrüder vor. Morgantus ist nicht dabei; er arbeitet wie jeden Tag in seiner Hexenküche.

Nach zahlreichen Fragen und Antworten, die die Anwärter auf Leib und Seele prüfen, macht man sie offiziell mit den strengen Gesetzen des Ordens vertraut. Von den Geheimnissen der Templer wird nicht gesprochen. Christen werden zu Mitgliedern eines christlichen Ordens.

Keine Maskerade, denkt Lysander beeindruckt, ist perfekter als die des einen, wahren Glaubens.

Non nobis, Domine, non nobis sed nomine tuo da gloriam.

Was für eine Posse.

Ein unerhörter Vorfall! Eine Entweihung des Klosters!

Am Tor sind zwei Frauen aufgetaucht, Mutter und Tochter. Nach tagelangem Marsch durch die Berge sind sie schmutzig und erschöpft. Sie verlangen, mit Morgantus zu sprechen. Mehr als ein Dutzend Ordensbrüder stehen an den Fenstern und schauen zu, wie Morgantus zu den beiden ins Freie tritt. Er führt sie zum nahen Waldrand. Die ältere Frau redet heftig auf den Tempelritter ein, kennt keine Demut vor einem Krieger Gottes. Die Tochter steht schweigend dabei. Sie muss sechzehn oder siebzehn Jahre alt sein.

Nach einer Weile, die Sonne sinkt bereits den schneebedeckten Gipfeln entgegen, kehrt Morgantus mit den beiden zurück zum Tor. Er gebietet den Wächtern, sie einzulassen. Ein Streit entspinnt sich, denn Frauen ist der Zutritt zu einem Kloster des Templerordens strengstens verboten. Doch Morgantus ist mächtig, die Brüder respektieren ihn, und schließlich setzt er seinen Willen durch.

Von seinem Platz am Fenster aus beobachtet Lysander fassungslos, wie Morgantus mit den Frauen im Gebäude verschwindet. Als er zum Tor eilt, Nestor dicht auf seinen Fersen, erfährt er von den Wächtern, dass Morgantus die beiden mit in seine Gemächer genommen hat. Lysander und Nestor laufen ihnen nach und bitten um Einlass und Erklärung, doch ihr Meister gibt keine Antwort. Im Inneren der Kammer herrscht Stille.

Die ältere der beiden Frauen ist tot. Ihre Tochter erwartet ein Kind.

Morgantus wird zur Rechenschaft gezogen, doch keiner zweifelt an seiner Verteidigung: Die tote Frau sei das Weib seines Bruders gewesen; als jener starb, habe sie, die gleichfalls an einer tödlichen Krankheit litt, Morgantus um Hilfe für ihre schwangere Tochter ersucht. Er habe die beiden aufgenommen, weil ihm die Nächstenliebe wichtiger sei als die Gesetze des Ordens. Morgantus erhält dafür eine Verwarnung und muss viele Stunden in der Kapelle beten. Das schwangere Mädchen darf in einem Anbau des Klosters leben, bis sie ihr Kind zur Welt gebracht hat.

Ist Lysander wirklich der Einzige, der an den Ausführungen seines Meisters zweifelt?

Verfluchter Nestor! Er hat Schande über den ganzen Orden gebracht.

Bis zum Auftauchen der beiden Frauen hat er regelmäßig an Morgantus' Forschungen teilhaben dürfen. Er hat für ihn Kräuter gemischt (worauf er sich zuletzt weit besser verstand als der Meister selbst) und ist ihm bei allem, was anfiel, zur Hand gegangen. Anfangs hat Lysander die Vertrautheit der beiden voller Neid beobachtet, doch im Lauf der Jahre ist sie ihm gleichgültig geworden.

Seit sie im Kloster leben, hat Morgantus keine Mädchen mehr verlangt. Lysander verbringt die meiste Zeit im Skriptorium und in der Bibliothek. Er hat die alten Schriften entdeckt, aus denen Morgantus einen Großteil seines Wissens bezogen hat. Allmählich ist ihm klargeworden, was Morgantus tut und was er will – und was es mit dem schwangeren Mädchen im Anbau auf sich hat.

Nestor muss es gleichfalls durchschaut haben. Das ist die einzige Erklärung für seine Tat. Lysander hat immer gewusst, dass sein Rivale von größerem Ehrgeiz erfüllt ist als er selbst. Doch dass er so weit gehen würde … nun, es ist geschehen.

Lysander erfährt von der Katastrophe am frühen Morgen. Ein junger Ordensanwärter weckt ihn in seiner Kammer. Er solle sofort zu den Gemächern des Meisters kommen. Etwas Schreckliches sei geschehen.

Eine Versammlung von Ordensbrüdern drängt sich auf dem Gang vor Morgantus' Tür. Als sie Lysander entdecken, machen sie bereitwillig Platz. Das Raunen und Flüstern der erregten Ritter verstummt, als Lysander durch ihre Reihen eilt. Eine tiefe Unruhe erfüllt die steinernen Flure des Klosters.

Die Alchimistenküche des Meisters ist verwüstet. Man hat Morgantus in seinem Bett gefunden. Ein Dolch steckt in seiner Brust. Noch hat niemand gewagt, ihn herauszuziehen; man fürchtet, der Ritter könnte verbluten. Lysander drängt den Heilkundigen beiseite, der gerade dabei ist, Morgantus das Nachtgewand vom Leib zu schneiden.

»Wer?«, flüstert Lysander und beugt sein Ohr an des Meisters Mund.

Ein einziger Name dringt über Morgantus' Lippen. Deutlich genug, um Lysanders Befürchtungen zu bestätigen. Er will sich vom Lager des Leidenden entfernen, um Nestors Verfolgung persönlich anzuführen, doch da schnellt die Hand des Alten vor und umklammert seinen Unterarm.

»Er weiß es!«, kommt es röchelnd aus der Kehle des Meisters. *»Er weiß es!«*

Lysander eilt davon und durchkämmt mit zwei Dutzend Ordensbrüdern die Wälder. Sie finden Spuren, sonst nichts.

Nestor bleibt verschwunden.

Morgantus lebt. Der Dolchstoß hat sein Herz verfehlt. Schon zwei Monate später ist er wieder auf den Beinen.

Noch immer kein Zeichen von dem Verräter Nestor. Der Provinzmeister exkommuniziert ihn in Abwesenheit. Lysander erfragt die Erlaubnis, ihn jagen zu dürfen, doch Morgantus bittet ihn, im Kloster zu bleiben. Lysander gehorcht.

Seit dem Attentat behandelt Morgantus Lysander wie einen Sohn. Er weiht ihn in all seine Geheimnisse ein. Gemeinsam wollen sie Wunder wirken. Die Liebe, die Lysander dem Ritter einst entgegengebracht hat, erwacht von neuem.

Manchmal muss Schlimmes geschehen, denkt Lysander, damit sich alles zum Guten wendet.

Gleich darauf findet er den Gedanken albern.

Die Niederkunft des Mädchens im Anbau sorgt für Aufregung. Morgantus hat sich ausbedungen, die Geburt persönlich zu überwachen. Er flößt dem Mädchen Tinkturen ein, redet ihm gut zu, macht ihm Hoffnung. Dennoch: Die junge Mutter ist zu schwach. Ihr Leben erlischt, als sie das Kind zur Welt bringt. Sie erhält außerhalb des Klostergeländes ein christliches Begräbnis. Niemand bringt ihren Tod mit Morgantus' Tinkturen in Verbindung.

Lysanders Vermutung wird bestätigt: Der Meister gesteht ihm im Geheimen, dass er selbst der Vater des toten Mädchens war – und auch der Vater des Neugeborenen. Morgantus hat mit der eigenen Tochter ein Kind gezeugt. Lysander weiß, was das bedeutet.

Doch ihre Hoffnungen werden enttäuscht: Das Kind ist ein Junge. Morgantus verstößt ihn im Zorn. Ordensbrüder haben Mitleid und bringen ihn in ein Nonnenhaus im Tal. Lysander ist jetzt sicher, dass sein Feind all das vorausgesehen hat. Nestor hat befürchtet, die Sünden des Meisters könnten ans Licht kommen und für seinen Ausschluss aus dem Orden sorgen. Bevor das jedoch geschehen konnte, hat Nestor sich alle Versuchsergebnisse des Alten gesichert. Diese Schlange!

Kind und Kindeskind bleiben fortan ein Geheimnis zwischen Morgantus und Lysander. Geheimnisse verbinden. Dieses mehr als alle anderen.

In Paris wird der Großmeister Jacques de Molay auf dem Scheiterhaufen verbrannt. Lysander, Morgantus und die übrigen Ordensbrüder ergreifen die Flucht.

Endlich! Es ist vollbracht!

KAPITEL 8

Der Mond legte einen Schleier aus Eislicht über die Ruinen des Templerklosters. Ein breiter Strahl fiel von innen durch das Hauptportal und verwandelte die drei schweigenden Gestalten auf den Stufen in geisterhafte Schemen. Gillian saß zwischen den beiden Kindern und hatte die Arme um ihre Schultern gelegt. Bitterkalte Windböen jagten die Gebirgshänge herab und wisperten in den Tannen und Fichten. Gian und Tess zitterten. Gillian wusste nicht, ob die Kälte die Schuld daran trug, oder die Schrecken der fremden Erinnerungen, die sie gerade durchlebt hatten.

Die Kinder hatten unzusammenhängend, in Bruchstücken, gelegentlich auch unverständlich gesprochen. Manchmal waren es nur einzelne Begriffe gewesen, dann wieder minutenlange Schilderungen voller Details, so ausgefeilt, als gäbe ein anderer den Kindern die Worte ein.

Schließlich war Tess vor Erschöpfung in Gillians Arm zusammengesunken, und auch Gians Stimme war schwächer geworden. Gillian entschied, dass es genug war. Er gönnte den beiden noch einen Augenblick der Ruhe und ging dann mit den benommenen Kindern zurück zum Pferdewagen. Er stand unverändert am zerstörten Tor der Anlage, dort, wo sie ihn vor Stunden zurückgelassen hatten.

Nachdem er den Kindern aus seinem Mantel ein notdürftiges Lager auf dem Boden des Wagens bereitet hatte, stieg Gillian auf den Kutschbock und lenkte das Gefährt den holprigen Weg ins Tal hinab. Er selbst fror jetzt ebenfalls, aber die Kinder hatten seinen Mantel nötiger als er. Endlich hatte das Bild der Vergangenheit an Klarheit gewonnen, die Ereignisse ergaben allmählich einen Sinn.

Gegen zehn Uhr vormittags erreichten sie Zürich. Zu diesem Zeitpunkt hatte Gillian längst das Gefühl, es wäre nicht mehr er selbst, der die Pferde lenkte. Müdigkeit und Ermattung drohten ihn zu überwältigen.

Bis zum Abend blieben sie in ihrem Hotelzimmer. Als Gillian kurz nach acht erwachte, stand er vor der Entscheidung, ihre Reise sogleich fortzusetzen, oder bis zum nächsten Morgen damit zu warten. Um den Zeitrhythmus der Kinder nicht vollends auf den Kopf zu stellen, beschloss er, die Bahnfahrt erst am kommenden Tag, einem Mittwoch, anzutreten.

Die Nacht über lag er wach, wälzte sich unruhig hin und her und ließ sich den Bericht der Kinder ein ums andere Mal durch den Kopf gehen. Als über den Dächern Zürichs der Morgen graute und die ersten Sonnenstrahlen durchs Fenster fielen, glaubte er, aus den Fragmenten ein mehr oder minder komplettes Bild der Ereignisse zusammengesetzt zu haben. Einiges hatte er bereits zuvor von seinen Freunden erfahren, manches in den alten Schriften entdeckt, die sich in ihrem Besitz befanden; das meiste aber war auch für ihn neu gewesen. Er zweifelte nicht mehr, dass die Entscheidung, Tess und Gian zu den Ruinen des Stifts zu bringen, richtig gewesen war.

Während er die schlafenden Kinder betrachtete, überkam ihn schmerzlich die Erinnerung an Aura. Er wusste nicht, wo sie war, wusste nicht, ob es ihr gutging. Lediglich über ihren Aufbruch nach Swanetien hatte er Nachricht erhalten; was danach aus ihr und Christopher geworden war, blieb ungewiss.

Nachdem er Gian und Tess geweckt und ein eiliges Frühstück mit ihnen eingenommen hatte, fuhren sie zum Bahnhof. Die Verbindung hatte er sich gleich nach ihrer Ankunft heraussuchen lassen, auch die Fahrscheine steckten schon in seiner Tasche.

Der Zug stand bereit, und nur wenige Minuten nachdem sie ein leeres Abteil entdeckt hatten, setzte er sich in Bewegung. Die Stadt blieb hinter ihnen zurück, die Eisenbahn dampfte am Ufer des Zürichsees entlang in östliche Richtung.

Durch fruchtbare, waldbedeckte Täler zwischen schroffen Felsengipfeln führte sie die Reise nach Österreich. Am frühen Nachmittag erreichten sie Innsbruck und wechselten dort in einen Zug, der über Bozen und Trient nach Verona fuhr. Dort hatten sie abermals die Wahl, die Stunden bis zum Morgen in einem Hotel zu verbringen oder einen Nachtzug zu nehmen, der sie weiter nach Osten bringen würde. Da die Kinder während der Fahrt geschlafen hatten, fiel die Entscheidung leicht. Eine Stunde nach Mitternacht ließen sie sich müde in einem nahezu leeren Großraumwagen nieder, in der Gewissheit, dass sie für die ausstehenden hundert Kilometer über vier Stunden brauchen würden. Tatsächlich hielt der Zug in jeder noch so winzigen Ortschaft, und schließlich sorgte ein über die Ufer getretener Strom hinter Padua für eine weitere Verzögerung von nahezu zwei Stunden. Die Kinder bekamen von alldem nichts mit, aber Gillian fluchte im Stillen vor sich hin. Mürrisch beobachtete er die nächtlichen Räumungsarbeiten. Nachdem der Uferschlamm von den Schienen gespült war, ging die Fahrt endlich weiter. Gian erwachte und blickte aus den Fenstern. Am flachen Horizont hatte sich der Nachthimmel grau gefärbt. In der anbrechenden Dämmerung schnaufte der Zug durch eine sumpfige, von Kanälen durchzogene Landschaft.

»Ist es noch weit?«, fragte der Junge.

Gillian schüttelte den Kopf. Während der vergangenen Jahre hatte er diese Gegend liebgewonnen, hatte sie als sein neues Zuhause akzeptiert. Nun aber stimmte ihn die Rückkehr traurig. Er hätte viel dafür gegeben, an Auras Seite zu sein. Dort, wo sie hinging, hatte sie Hilfe bitter nötig, und seine vielleicht mehr als jede andere.

Der Zug hielt an. Vom Bahnhof aus waren es nur wenige Schritte bis zur Anlegestelle. Der Morgenhimmel war trüb, Möwen segelten kreischend durch den Dunst über den Lagunen. Mehrere Männer und Frauen warteten auf das Boot zur Überfahrt. Es roch nach fauligem Meerwasser und nassem Holz, nach Fischen und dem Obst eines Händlers, der mit ihnen übersetzte.

An Bord kauerten sie sich auf einer Holzbank aneinander. Während Gillians Gedanken immer wieder in die Ferne schweiften, verfolgten die Kinder das Geschehen um sie herum mit neugierigen Augen.

Venedig schob sich als graues, steinernes Ungetüm aus dem Morgendunst. Höher und höher ragten die vorderen Türme, mit jedem Meter schienen sich weitere Spitzen hinzuzugesellen. Kuppeln von Kirchen schimmerten im Dämmerlicht, Häuser lösten sich aus dem klobigen Umriss, rückten auseinander, wurden größer, gewannen an Form. Boote kreuzten ihren Weg, schließlich auch schlanke schwarze Gondeln. Rufe schallten über die Reling. Nach all den Jahren hatte Gillian immer noch Mühe, sie zu verstehen. Das Italienische bereitete ihm keine Mühe mehr, doch der weiche, eigentümlich singende Dialekt der Venezianer war beinahe eine Sprache für sich.

Weiter glitt das Boot durch eine Schlucht zwischen hohen Palästen. Alte Säulen, bröckelnder Putz, blinde Scheiben – und davor, als Gegensatz, das erwachende Leben der Stadt. Manchmal legte das Boot am Ende hölzerner Stege an oder längsseits der Gehwege hoch über dem Wasser, setzte einzelne Fahrgäste ab, nahm andere auf: Männer und Frauen mit Körben, die es zum Markt auf der Piazza San Marco zog. Doch auch die plappernden Menschen, ihr morgendlicher Singsang und das hektische Treiben an manchen Uferstrecken kamen gegen die Melancholie der Lagune nicht an.

Das Zwielicht entblößte schmutziges Mauerwerk. Das Boot glitt unter trüben Fenstern dahin, hinter einigen brannten Lampen. Ihr Schein tanzte über die dunklen Gewässer wie Irrlichter, die den Fremden tiefer und tiefer in das Labyrinth dieser wunderlichen Stadt locken wollten. Die Kinder rückten näher an Gillian heran, auch sie verspürten die bedrückende Atmosphäre. Schattenhaft passierten sie festgezurrte Gondeln. Einmal durchschnitt der Schrei des Fährmanns die Stille, und sogleich duckten sich alle unter einer niedrigen Brücke. An manchen Ufern standen Fackeln, von den Bewohnern der Paläste und Häuser entzündet, die den Bootsleuten den Weg durch das Halblicht wiesen.

Die meisten Passagiere waren bereits an früheren Haltestellen an Land gegangen, lange ehe Gillian den Bootsmann bat, unweit eines alten, düsteren Bauwerks anzulegen. Der Palast stand am Ende eines schmalen Seitenkanals, in den der Bootsmann nur mit Widerwillen eingebogen war – zu weit abseits seiner üblichen Route lag dieser Ort.

Palazzo Lascari erhob sich jenseits einer Mauer. Hinter einem offenen Tor führte ein erhöhter Weg zum Portal des Gemäuers. Rechts und links davon waren die alten Vorgärten in den Tiefen der

Lagune versunken, Wellen schlugen plätschernd gegen algenbedeckten Stein. Das Boot setzte Gillian und die Kinder ab und entfernte sich wieder. Während sie durch den Torbogen auf den schmalen Steinsteg traten, blickten ihnen die restlichen vier Passagiere stumm nach, bis das Boot hinter einer Ecke verschwand.

»Es sieht unheimlicher aus, als es ist«, versicherte Gillian den beiden, aber das schien sie kaum zu beruhigen. Ihre Hände umklammerten eisig die seinen, als hätte sich selbst das Blut in einen fernen Winkel ihrer Leiber verkrochen.

Zügig schritten sie den Weg entlang, mitten durch die ertrunkenen Gärten. Der Eingang kam näher, dunkelbraune Doppelflügel, geschmückt mit verschlungenen Reliefs. Das obere Viertel des Portals wurde von einem farbigen Bleiglasfenster eingenommen. In seiner Mitte prangte spiegelverkehrt ein anagrammatisches Quadrat, das nur von der Innenseite auf Anhieb lesbar war.

Gillian streckte die Hand aus, um den drachenförmigen Türklopfer zu betätigen. Im selben Augenblick schwang der rechte Flügel nach innen. Eine Gestalt tauchte aus dem Dunkel auf, wie etwas, das vom Grunde des Ozeans emporsteigt, groß und bleich und voller Rätsel. Doch als das Dämmerlicht sich über hagere Züge legte, da war es nur ein hochgewachsener, schlanker Mann mit silbergrauem Haar und spitzem Kinnbart. Seine Augenbrauen waren schwarz und zerzaust wie das Gefieder eines toten Vogels.

»Giorno, Gillian«, sagte der Mann mit tiefer Stimme, »come stai?«

»Non c'è male, grazie«, gab Gillian zurück. »Aber ich glaube, vor den Kindern sollten wir Deutsch sprechen.«

»Natürlich«, sagte der Mann und lächelte herzlich, als er auf die beiden hinabblickte. »Wir wollen doch, dass ihr euch bei uns wohl fühlt, nicht wahr?«

Den Kindern war deutlich anzusehen, dass von Wohlfühlen noch lange keine Rede sein konnte.

»Gian und Tess, mein Sohn und Lysanders Tochter«, stellte Gillian die beiden vor und deutete auf den Mann. »Graf Lascari. Er ist ein guter Freund, ihr braucht keine Angst zu haben.«

»Angst?«, rief Lascari aus und lachte. »Vor mir?« Der Gedanke, jemand könnte ihn fürchten, schien ihn zu amüsieren.

Lascari trat zur Seite und ließ die drei eintreten. Vor ihnen öffnete sich eine enge, aber ungemein hohe Eingangshalle, wie das Innere eines Turms. Im ersten und zweiten Stock führten Balustraden an den Wänden entlang. Eine breite, in sich gedrehte Treppe nahm einen Großteil des Raumes ein. Sie entsprang nicht am Fuß der Halle, sondern führte weiter hinab in die Tiefe. Von unten drangen leises Rauschen und Plätschern herauf. Es roch nach verfaulten Algen, aus dem Abgrund wehte Kälte empor. Die Eingangshalle war karg eingerichtet. Es gab keine Teppiche und keine Gemälde, wie man sie in einem Haus dieser Größe erwartet hätte. Nur blanken Verputz und rissigen Marmorboden.

Der kleine Gian wandte sich um und schaute auf zu dem Buchstabenquadrat über der Tür. Gegen das fahle Morgenlicht ließen sich die altertümlichen Lettern mühelos entziffern:

S A T A N
A D A M A
T A B A T
A M A D A
N A T A S

»Das gleiche gibt es auch bei uns im Schloss«, flüsterte er, unschlüssig, ob er sich darüber freuen sollte.

»In der Bibliothek deines Großvaters«, bestätigte Gillian. »Es ist eines der Symbole der Tempelritter.«

Gians Verwunderung währte nur einige Herzschläge lang, dann riss er in plötzlichem Begreifen die Augen auf.

»Ja«, sagte Gillian, als er das vorwurfsvolle Starren seines Sohnes nicht länger ertragen konnte. »Wir sind hier im Hauptquartier der Templer, Gian. Und Graf Lascari ist ihr Großmeister.«

Sie hatten in einem Zimmer im ersten Stock Platz genommen, das weit wohnlicher wirkte als die kahle Halle im Erdgeschoss. Im offenen Kamin brannte ein Feuer. Die Wände waren hinter Bücherregalen verborgen, deren Holz mit Schnitzereien reich verziert war. Ohne ersichtliche Ordnung standen Ausgaben neueren

Datums neben uralten, vergilbten Folianten. Über der Tür hingen zwei gekreuzte Schwerter, die Fenster waren mit rotem Brokat verhängt.

Bevor sie den Raum betreten hatten, hatte Lascari Gillian beiseite genommen. »Müssten sie das Quadrat nicht von sich aus erkennen, wenn sie wirklich die Erinnerungen ihrer Vorfahren besitzen?«

Gillian hatte den Kopf geschüttelt. »Ihre Erinnerungen werden nur konkret, wenn sie an Orte kommen, an denen die Präsenz des Vergangenen besonders stark ist – Orte, an denen Nestor und Lysander oder einer von beiden gelebt oder gearbeitet hat.« Mit einem Schulterzucken hatte er hinzugefügt: »Zumindest nehme ich an, dass es so ist. Bisher spricht alles dafür.«

Der Großmeister hatte die Brauen hochgezogen und geschwiegen.

Jetzt aber, ein paar Minuten später, beugte er sich in seinem Ohrensessel vor und schaute ernst in Gians Richtung. »Du bist ein schlauer Junge, richtig?« Aus den Tassen, die ein Diener für Gian und Tess herbeigebracht hatte, stieg der Dampf von heißer Schokolade auf; er hing wie süßlicher Nebel zwischen dem Großmeister und den Kindern. An Tess gewandt fügte Lascari hinzu: »Und du bist natürlich ein kluges Mädchen, Tess. Wenn ihr mögt, werde ich euch das Quadrat an der Tür erklären.«

Tess blickte eher gleichgültig drein, aber Gian nickte zustimmend. Er gibt sich solche Mühe, erwachsen zu wirken, dachte Gillian nicht ohne Stolz.

Der Graf stand auf und nahm von der Kaminablage einen Bleistift und ein Stück Papier. »Seht her …« Er kritzelte etwas auf das Blatt und zeigte es den Kindern. »Wenn man aus dem Quadrat alle Buchstaben streicht, die kein A und kein B sind, und die übrigen As mit ein paar Strichen verbindet, erhält man dieses Muster.«

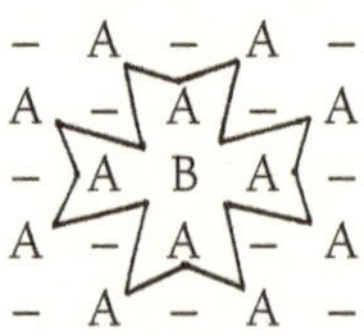

»Das Templerkreuz«, bemerkte Gian, der das Zeichen aus Nestors Zeit im Kloster kannte. »Das haben die Ritter früher auf ihren Hemden getragen.«

»Ganz genau«, bestätigte Lascari erfreut und warf Gillian einen Seitenblick zu. Dann aber stellten sich seine schwarzen Augenbrauen schräg, und er zeichnete abermals etwas auf das Papier, direkt unter das erste Quadrat. »Jetzt machen wir es umgekehrt«, verkündete er. »Alle Buchstaben außer A und B bleiben stehen.«

S – T – N
– D – M –
T – – – T
– M – D –
N – T – S

»Nun«, fragte der Großmeister dann, »welche Buchstaben sind übrig?«

»S – T – N – D – M – T«, las Gian pflichtschuldig ab.

»Weißt du, was diese Buchstaben bedeuten?«

Gian schüttelte den Kopf.

»Sie stehen für *Salomonis Templum Novum Dominorum Militiae Templorum* – das ist die lateinische Bezeichnung unseres Ordens. Das Quadrat über dem Eingang und in der Bibliothek deines Großvaters ist also nichts weiter als eine Zusammensetzung aus dem Templerkreuz und unserem Namen.«

»Aha«, machte Gian, wirkte aber nicht sonderlich beeindruckt. Gillian verkniff sich ein Grinsen.

Lascari zerknüllte seelenruhig das Papier und warf es ins Kaminfeuer. In einer Stichflamme zerfiel es zu Asche. Das Gesicht des Grafen nahm einen schulmeisterlichen Ausdruck an. »Ich möchte euch noch etwas erklären. Nestor und Lysander, eure Vorfahren, waren keine freundlichen Männer – das wisst ihr ja bereits.«

Beide Kinder nickten stumm.

»Was sie getan haben – sie und einige ihrer Ordensbrüder –, hat nichts mit mir, mit diesem Haus oder den anderen Brüdern zu tun, die hier leben. Wir sind Templer, aber wir sind Männer

Gottes. Und wir verabscheuen, was Nestor und Lysander verbrochen haben.«

»Hier wohnen noch andere?«, fragte Gian neugierig. »Auch Kinder?« Das schien ihm weit interessanter als Lascaris bedeutsame Ausführungen.

»Leider nicht«, entgegnete der Graf und warf dem schmunzelnden Gillian einen hilflosen Blick zu. »Mit Ausnahme von Bruder Gillian, deinem Vater, hat keiner von uns Ordensbrüdern eigene Kinder.«

»*Bruder* Gillian?«, entfuhr es Gian.

Gillian seufzte leise. Er hätte es seinem Sohn gerne selbst erklärt, aber wie er Lascari kannte, würde ihm dieser nun zuvorkommen.

»Dein Vater hat noch nicht mit dir darüber gesprochen?« Lascari blickte dabei nicht den Jungen, sondern Gillian an. Leiser Vorwurf schwang in seiner Stimme.

»Ich hielt es für wichtig, dass Gian und Tess erst etwas über die heutigen Templer hören, ehe sie erfahren, dass ich einer von ihnen bin.«

Auch das vermochte Lascaris Zweifel nicht zu mildern. Er schätzte Gillian, aber er wusste auch, dass dessen Beitritt zum Orden eher aus einer Not heraus, denn aus Überzeugung stattgefunden hatte. Selbst nach sieben Jahren der Prüfung und Ausbildung war Lascaris Argwohn nicht gänzlich geschwunden. Und Gillian musste sich insgeheim eingestehen, dass der Großmeister Recht hatte: Zwar waren die Lehren, Ziele und Wege des Ordens die seinen geworden, doch der christliche Glaube, der allem zugrunde lag, erfüllte ihn auch heute noch mit Widerwillen. Er hatte mit den anderen gebetet und die Sakramente empfangen, und er schätzte beides als Symbol und als Möglichkeit der Meditation. Aber ein wahrer Katholik war nicht aus ihm geworden.

Lascari wusste all das sehr genau. Aber er war sich im Klaren gewesen, worauf er sich einließ, als er Gillian in den Orden aufnahm – abgesehen davon, dass nur Männern der Beitritt erlaubt war, heute wie vor siebenhundert Jahren, Gillian aber beides war, Mann und Frau in einem Körper. Noch ein Punkt, der gegen die Statuten des Ordens verstieß.

Gillian erinnerte sich gut an das erste Gespräch mit dem Großmeister. Nachdem er von der Verletzung, die ihm der Fettfischer im Keller der Hofburg beigebracht hatte, genesen war, war er ohne Verzug nach Venedig aufgebrochen. Er hatte bereits seit langem gewusst, dass es hier einen Zweig des Templerordens gab, der den Zielen Lysanders entgegenarbeitete – Lysander selbst hatte Gillian während seiner Jahre als bezahlter Mörder auf einen der Ordensbrüder angesetzt. Bis heute war ihm nicht klar, ob Lascari wusste, dass Gillian einen seiner Männer getötet hatte. Das war auch der Grund gewesen, weshalb Gillian sich nicht bereits früher an die venezianischen Templer gewandt hatte. Erst nach der Niederlage im Keller der Hofburg hatte er keinen anderen Ausweg gesehen.

Der Großmeister hatte ihn damals im selben Zimmer empfangen, und er hatte ihr Gespräch mit ähnlichen Worten begonnen:

»Der Ruf der Templer ist schlecht, und das ist nur einer der Gründe, die uns dazu verdammen, die Existenz des Ordens geheim zu halten. Dennoch haben wir, meine Brüder und ich, nichts mit den Verleumdungen zu tun, die man im Allgemeinen mit den Templern in Verbindung bringt.« Lascari hatte damals wie heute vor dem lodernden Kaminfeuer gesessen und Gillian nicht aus den Augen gelassen. Sogar als er seine Pfeife stopfte, blieb sein Blick auf den Gast gerichtet. »Ist es nicht grotesk? Heutzutage verurteilt jeder die Hexenverfolgungen des Spätmittelalters als unmenschlich, wir Templer aber müssen auch nach Hunderten von Jahren noch immer als Feindbild herhalten. Wo bleibt da die Gerechtigkeit? Bis heute folgt unser Orden den Gesetzen Gottes. Wir sind eine christliche Gemeinschaft, daran hat sich nie etwas geändert.«

»Lysander sieht das anders.«

»Lysander und sein Meister Morgantus« – es war das erste Mal, dass Gillian diesen Namen gehört hatte – »haben ein finsteres Erbe angetreten. Damals, im Mittelalter, hat sich unser Orden gespalten. Jene Männer, die Christus und dem Papst treu ergeben waren, wurden gefoltert, getötet oder mussten dem Orden abschwören. Die übrigen aber, jene, die den Zorn der Kirche fraglos verdient hatten, ergriffen die Flucht. Sie verließen Europa und entkamen nach Osten.«

»Wohin gingen sie?«

»In den Kaukasus. Sie errichteten dort ein Kloster, eine Festung, die sie zu ihrem neuen Hauptquartier machten. Auch ich kenne seine genaue Lage erst seit wenigen Jahren. Die abtrünnigen Templer gaben sich dort ihren Ausschweifungen und Blasphemien hin, übten sich in Alchimie und, schlimmer noch, in den Künsten der Schwarzen Magie. Sie beteten zu Baal und Baphomet, frönten ihren Lüsten und dunklen Perversionen. Lysander und Morgantus entstammen diesem Pfuhl, und die Macht, die sie heute innehaben, gründet auf dem Reichtum und dem Einfluss der kaukasischen Templer.« Er machte eine kurze Pause und verzog das Gesicht, als bereitete ihm diese Feststellung körperlichen Schmerz. »Hier in Europa dauerte es länger, ehe aus den Resten des einstigen Ordens etwas Neues erwuchs. Über zweihundert Jahre lang trafen sich die verbliebenen Templer im Geheimen und planten die Auferstehung des Ordens. Schließlich gelang es ihnen, doch im achtzehnten Jahrhundert geriet der Templum Novum abermals in Vergessenheit. Was du hier siehst, Gillian, dieser Palast, ich selbst, meine Brüder, die hier leben – das alles sind die kläglichen Reste dessen, was der Templum Novum einst war. Wir sind nur blasse Schatten unserer Vergangenheit, und Lysander und Morgantus tun alles, damit es so bleibt.«

Gillian hatte Lascari gebeten, ihm mehr über Morgantus zu erzählen. Im Gegenzug hatte er sich bereiterklärt, sein vollständiges Wissen über Lysanders Wiener Unterweltimperium zu offenbaren. Da erst war dem Großmeister klargeworden, welche Bedeutung dem Hermaphroditen im Kampf gegen Lysander zukam, und er hatte sich fortan unablässig bemüht, ihn für die Ziele des Templum Novum zu gewinnen.

Gillian hatte akzeptiert. Er hatte den katholischen Glauben angenommen und war dem Orden beigetreten. Gemeinsam mit seinen neuen Brüdern hatte er Lysander und Morgantus eine empfindliche Niederlage beigebracht, als sie das Sankt-Jakobus-Stift, die Quelle für Morgantus' Bedarf an Mädchenblut, dem Erdboden gleichgemacht hatten.

Und nun, sieben Jahre nach seinem ersten Besuch im Palazzo

Lascari, saß er wieder in diesem Zimmer und hörte zu, wie sich der Großmeister redliche Mühe gab, zwei kleinen Kindern die Ziele des Templum Novum nahezubringen. Aber mochten Gian und Tess auch noch so früh entwickelt und geistig rege sein, die Worte über uralte Orden, Rituale und Regeln mussten zwangsläufig auf Desinteresse stoßen. Einmal mehr wurde deutlich, dass sich Lascari zwar trefflich auf vergilbte Schriften und vergessenes Wissen verstand, den Belangen der Welt außerhalb des Palazzo jedoch hilflos gegenüberstand. Der Umgang mit Kindern jedenfalls war zweifellos keines seiner Talente.

Irgendwann machte Gillian dem Vortrag des Grafen ein höfliches Ende und brachte die Kinder zu Bett. Ein Gästezimmer war für sie hergerichtet worden, unweit von Gillians eigener Kammer.

Er selbst aber kehrte zu Lascari zurück, und gemeinsam berieten sie ihr weiteres Vorgehen.

Venedig war eine Stadt ohne Keller. Die wenigen, die es irgendwann einmal gegeben hatte, waren seit vielen Jahren überflutet und unzugänglich.

Umso erstaunlicher, dass es Lascaris Vorfahren gelungen war, unterhalb des Palazzo ein trockenes Gewölbe anzulegen. Wände, Boden und Decke waren mit Teer abgedichtet, so vollkommen, so nahtlos, dass in den vergangenen zweihundert Jahren keine Spur von Feuchtigkeit eingedrungen war. Die Erbauer hatten es nicht für nötig gehalten, die Teerflächen zu verkleiden, und so bot sich das Gewölbe den wenigen, die davon wussten, als pechschwarze Blase im Herzen der Lagune dar.

Die Tarnung war perfekt. Oberhalb der Gewölbedecke befand sich eine zwei Meter hohe Wasserschicht, deren Oberfläche bis ins Treppenhaus des Palazzo reichte; davon hatte das Plätschern hergerührt, das Gillian und die Kinder in der Eingangshalle vernommen hatten. Niemand, der nicht in die Geheimnisse des Ordens eingeweiht war, konnte ahnen, dass sich unterhalb des Wassers ein begehbarer Saal befand.

Hier unten versammelten sich die letzten Mitglieder des Templum Novum zu ihren Beratungen, übten sich in der altüberlieferten

Waffenkunst, beteten, stritten – und zweifelten immer wieder an ihrem Tun, am grundlegenden Sinn ihrer Existenz.

Neben Gillian und Lascari bestand der Templum Novum aus sieben weiteren Ordensbrüdern. Keiner jünger als Mitte Fünfzig, die meisten waren sogar weit über sechzig Jahre alt. Schon lange war abzusehen, dass die verbliebenen neun die Sargträger des Ordens sein würden. Eines, vielleicht zwei Jahrzehnte trennten den Templum Novum von seinem endgültigen Untergang, ob mit oder ohne Lysanders Zutun. Eine bedrückende Gewissheit, die sich durch jedes Gespräch, jedes Gebet, jede Handlung der alten Ordensbrüder zog.

Am Morgen nach ihrer Ankunft im Palazzo Lascari saß Gillian gemeinsam mit sechs weiteren Brüdern um eine kreisrunde Tafel im Zentrum des Teergewölbes. Nur ein einziger fehlte.

Gian und Tess spielten derweil auf den alten Trockenspeichern des Palastes Verstecken, wühlten in uralten Kisten und zerrten die Vergangenheit des Lascari-Clans ins staubige Zwielicht des Dachbodens. Niemand nahm Anstoß daran, am allerwenigsten der Großmeister selbst. Nach seiner erfolglosen Rede am Vorabend war er sichtlich erleichtert, dass sich die beiden nun mit sich selbst beschäftigten.

Gillian hatte kaum seinen Bericht über die Erinnerungen der Kinder beendet, als aus einer Öffnung an der Wand des Gewölbes eine hohle Stimme ertönte. Das Sprachrohr führte hinauf ins Erdgeschoss. Ein Diener meldete das Eintreffen eines dringlichen Telegramms. Einer der Brüder eilte nach oben, um es in Empfang zu nehmen.

Als er zurückkehrte, klang er gehetzt und außer Atem.

Auch den anderen verschlug die Botschaft die Sprache. Sie hatten mit vielem gerechnet, nur nicht *damit.*

Das Telegramm stammte von Bruder Bernardo. Lascari hatte ihn auf Drängen Gillians vor einigen Wochen nach Deutschland geschickt. Getarnt als alternder Vogelkundler, wohnte er im Dorf unweit von Schloss Institoris und beobachtete, was dort vor sich ging. Bernardo war maßgeblich an der Befreiung der Kinder beteiligt gewesen. Er war es auch gewesen, der die Nachricht von Auras Abreise nach Venedig gesandt und damit den Ausschlag gegeben hatte, die Kinder in die Schweiz zu bringen.

Seine heutige Botschaft aber war alarmierender als alle bisherigen.

Morgantus im Schloss, hieß es da. *Zehn Männer bei ihm. Dienerschaft entlassen. Damit keine weitere Möglichkeit, Näheres zu erfahren. Erwarte Instruktionen.*

KAPITEL 9

Der alte Mann kam näher, und Aura spürte schlagartig, wie ihr schlecht wurde. Ihr Magen zog sich zusammen, ihre Knie wurden weich und drohten einzuknicken. Sie fürchtete, falls er ihr die Hand schüttelte, würde sie sich übergeben müssen.

Aber der Alte blieb zwei Schritte vor ihr stehen und betrachtete sie argwöhnisch. Dann sagte er etwas in der Sprache der Swanen. Marie, die neben Aura und Christopher stand, übersetzte: »Er will wissen, ob Sie wegen des Goldes hier sind.«

»Welches Gold?«, fragte Christopher.

»Diese Berge sind bekannt für ihre Goldvorkommen«, erklärte die junge Swanin. »Die Legende vom Goldenen Vlies, das die Argonauten hier gefunden haben sollen, ist nur eine der Folgen davon. Eine andere ist, dass es seit Jahrhunderten Goldsucher, Abenteurer und Verbrecher hierher zieht, um Jagd auf die Schätze Swanetiens zu machen.«

Aura hatte vor dem Aufbruch in Suchumi ihr schwarzes Kleid gegen enge braune Reiterhosen, ein weites Hemd aus grobem Stoff und eine Weste eingetauscht. Wie die beiden anderen hatte sie eine lange Felljacke übergezogen, die bis auf ihre Oberschenkel reichte. Handschuhe trugen sie nur nachts; tagsüber bewahrte sie die Sonne vor allzu großer Kälte.

Sie hatten sich dem Dorf von Süden her genähert. In den vergangenen drei Tagen, seit ihrer Abreise aus Suchumi, war dies die erste menschliche Ansiedlung, die sie betraten. Um alle anderen Ortschaften, die sie aus der Ferne in den grünen Tälern Oberswanetiens gesehen hatten, hatten sie auf Anraten Maries einen weiten Bogen geschlagen. Es sei selbst für sie als Swanin unsicher, sich in einige dieser Dörfer zu wagen; für Ausländer aber sei es lebensgefährlich.

Uschguli lag in einer Vertiefung, die die Natur in einen öden, von dürrem Gras bewachsenen Berghang gegraben hatten. Die Bewohner nannten ihr Dorf die »Krone des Kaukasus«, was Aura mit gehörigem Unverständnis erfüllte; die Ansammlung grober Steinhäuser und fensterloser Türme erschien ihr alles andere als königlich. Marie aber erklärte, der Titel rühre von Uschgulis Lage am Ende des Inguri-Tals her. Als höchster Ort des Landes genieße es das Privileg, sich als Krone zu bezeichnen. Nicht einmal die feindlichen Swanensippen in den Tälern hätten dies je angezweifelt, und Aura tue gut daran, sich mit ihrem Sarkasmus zurückzuhalten. Auras verbitterten Hinweis, dass sie hier sowieso kein Mensch verstehen könnte, ließ die Swanin unkommentiert.

Maries Heimatdorf glich einem steinernen Wald. Uralte Wohn- und Wehrtürme bestimmten das Bild. Ähnliche Bauten hatte Aura auf Bildern aus Italien gesehen – die Türme von Florenz kamen ihr unwillkürlich in den Sinn –, doch hier, am Ende der Welt, erschien ihr eine solche Architektur befremdlich und geheimnisvoll. Rund vierzig dieser Türme zählte sie, meist in Verbindung mit einem niedrigen Haus mit graubraunem Ziegeldach. Dreißig, vierzig Meter hoch ragten sie wie Schlote in den blauen Gebirgshimmel. Die Sonne stand bereits tief über den Gipfeln, und jeder Turm warf einen dunklen, langgestreckten Schatten.

Marie ermunterte sie, ihr ins Dorf zu folgen. »Keine Sorge«, sagte sie lachend. »Solange ich bei Ihnen bin, wird Ihnen niemand ein Haar krümmen.«

Den alten Mann, der sie angesprochen hatte, ließen sie am Wegrand stehen. Aura entdeckte im Vorbeigehen, dass in seinem Gürtel ein Revolver steckte, ein klobiges, altertümliches Modell. Der Griff war blank und abgenutzt. Der Blick des Alten folgte ihnen voller Misstrauen.

»Wovon leben die Menschen hier?«, fragte Christopher.

»Von Ziegen und von Gold.«

»Ich hab gar keine Minen gesehen.«

»Es gibt keine. Die Männer legen ein Widderfell mit der Wollseite nach oben in einen Bergbach. Wenn sie Glück haben und das richtige Gebiet erwischen, verfangen sich mit der Strömung kleine Goldkörnchen in dem Fell, und dadurch –«

»Entsteht ein Goldenes Vlies.« Christophers Blick verriet Faszination, aber, wie Aura mit Missfallen bemerkte, nicht allein für die Legende und das Gold der Swanen. Vielmehr machte er aus seiner Zuneigung für Marie längst kein Geheimnis mehr, und manchmal schien es Aura, als würde die hübsche Swanin seine Bemühungen erwidern. Nun, dachte sie resigniert, vielleicht erhöhte das die Chancen, heil zurück zur Küste zu gelangen.

»Was haben all die Türme zu bedeuten?«, fragte sie, um sich abzulenken.

»In Swanetien herrscht das Gesetz der Blutrache«, entgegnete Marie, ohne sich zu ihr umzusehen. »Wenn nicht gerade ausländische Invasoren über die Berge kommen, liegen die Sippen miteinander im Streit. Die Türme dienen zur Verteidigung, aber sie sind auch Symbol des Reichtums einer Familie und der Kraft ihrer Söhne.«

Sie traten jetzt in die vorderen Schatten der schlanken Bauwerke. Aus der Nähe wirkten die meisten verrottet und baufällig. Aura bezweifelte, dass sie sich mit solch einem Turm neben ihrem Haus würde sicher fühlen können; die meiste Zeit über hätte sie wohl befürchtet, das Ding könnte ihr auf den Kopf fallen. Selbst jetzt widerstrebte es ihr, am Fuß der windschiefen Mauern vorbeizugehen. Auch Christopher war auffällig still geworden. Nur Marie lächelte wortlos in sich hinein und empfand sichtliche Freude an der Unsicherheit ihrer Begleiter.

Rechts und links des Weges tauchten Kinder auf, die neugierig und plappernd die Ankunft der beiden Fremden beobachteten. Ein paar Erwachsene gesellten sich dazu, meist Frauen, denn die Männer waren mit ihren Ziegen im Gebirge unterwegs. Der Geruch nach gebratenem Fleisch, aber auch nach Fäkaliengruben, hing durchdringend zwischen den Häusern.

Die drei führten ihre Pferde an den Zügeln. Die Hufe der Tiere klapperten hart über loses Geröll. Befestigte Wege gab es nicht. Vor einem der höchsten Türme kam ihnen eine alte Frau entgegen. »Meine Mutter«, erklärte Marie und lief der Alten entgegen. Die beiden Frauen umarmten sich und wechselten lachend einige Sätze auf Swanisch. Dann deutete Marie auf Aura und Christopher, die unentschlossen abseits standen. Sogleich verfinsterte sich der Blick der Alten. Schließlich aber nickte sie stumm.

»Kommen Sie ins Haus«, bat Marie und verschwand gleich darauf mit ihrer Mutter im Inneren einer Hütte, die schräg an der Seite des Turmes lehnte.

Christopher warf Aura einen fragenden Blick zu, doch sie zuckte nur mit den Achseln. »Sieht aus, als kämen wir nicht drum herum.« Sie band ihr Pferd an einen Pfahl, warf einen prüfenden Blick durch die niedrige Tür, dann trat sie ein. Christopher folgte ihr zögernd.

Von innen wirkte das Haus viel größer als von außen. Es bestand aus einem weitläufigen Raum, etwa achtmal acht Meter groß. An den blanken Mauern hingen die Hörner mächtiger Steinböcke. Hinter einer halbhohen hölzernen Trennwand lag schmutziges Stroh; hierher wurden die Ziegen getrieben, wenn sie am Abend von den Hochalmen zurückkehrten. Der Gestank war überwältigend. Es roch nach Unrat, Vieh und Essensresten. Am schlimmsten aber empfand Aura den Odem des Alters, der das Haus erfüllte. Marie schien von alldem nichts wahrzunehmen, während Christophers Lippen leicht offenstanden; wie Aura bemühte er sich, durch den Mund zu atmen.

In der Mitte des Wohnraumes befand sich eine Feuerstelle, über der ein gewaltiger Kupferkessel hing. Marie bat sie, im Kreis um das Feuer Platz zu nehmen.

»Wir nennen unsere Häuser Matschuben«, erklärte sie, als alle auf Fellen am Boden saßen. »Das hier« – sie deutete auf das Feuer – »ist die Kera. Sie ist Mesir, dem Gott der Feuerstelle, geweiht. Es ist Sitte, stets ein Gedeck für ihn bereitzuhalten.« Während sie sprach und weitere Einzelheiten der swanetischen Lebensweise erläuterte, schöpfte ihre Mutter eine fette Brühe aus dem Kessel in hölzerne Schalen. Obwohl Aura die Nähe der alten Frau Übelkeit bereitete – ein Gefühl, an das sie sich allmählich zu gewöhnen begann –, roch die Suppe vorzüglich. Sie nahm einen Schluck und nickte Maries Mutter anerkennend zu. Die Frau schien sich darüber zu freuen, denn zum ersten Mal schenkte sie Aura ein freundliches Lächeln.

»Ich dachte, die Swanen seien orthodoxe Christen«, bemerkte Christopher.

Marie lächelte nachsichtig. »Im Grunde genommen schon. Aber jeder hier hat ein anderes Bild vom Christentum. Je weiter man sich von der Küste entfernt, und je höher man in die Berge steigt, desto mehr alte Götter haben im Glauben der Menschen ihren Platz. Du würdest dich wundern, wenn du ein paar der alten Rituale miterleben könntest.«

Aura entging keineswegs, dass Marie Christopher neuerdings duzte. Das lag nicht etwa an mangelndem Sprachgefühl; sie kannte sehr wohl den feinen Unterschied zwischen den Anredeformen. Was Aura anging, beharrte die Swanin strikt auf dem förmlichen »Sie«. Sie machte keinen Hehl daraus, wem ihre Sympathien galten.

Aura gab es nach einer Weile auf, Maries Ausführungen zu folgen. Es drängte sie, den Weg zum Templerkloster fortzusetzen, Lysander gegenüberzutreten und Sylvette endlich wiederzusehen. Es war an der Zeit, diese Sache endlich zu einem Ende zu bringen.

Das Gespräch zwischen Christopher und Marie wurde immer vertrauter, und sie begann, sich ihrem Stiefbruder gegenüber wie eine Fremde zu fühlen. Vielleicht war es Heimweh, vielleicht auch Verzweiflung. Auf jeden Fall war ihr zum Heulen zumute.

»Es tut mir leid«, sagte sie schließlich barsch, »wenn ich eure Zweisamkeit störe, aber könnten wir wohl zum eigentlichen Grund unseres Hierseins kommen? Wie weit ist es noch bis zu dieser Festung?«

»Mit den Pferden etwa drei Stunden«, erwiderte Marie. »Sie liegt hinter den beiden nächsten Bergen.«

Maries Mutter bekreuzigte sich bei diesen Worten. Obwohl die Alte selbst kein Wort sprach, schien sie doch alles zu verstehen.

»Sie haben gesagt, wir könnten hier Männer anwerben.«

»Noch heute Abend, wenn Sie wollen.«

»Je früher, desto lieber.«

Marie nickte. »Ich kümmere mich darum.«

»Wirst du mitkommen?«, fragte Christopher und schenkte der Swanin einen sorgenvollen Blick. »Ich meine, in die Festung?«

»Wenn es sich ergibt.«

»Was, bitte, soll *das* heißen?«, erkundigte sich Aura scharf.

Marie beugte sich vor und schaute sie eindringlich an. »Ich möchte, dass Sie sich dieses Kloster aus der Ferne ansehen, bevor Sie konkrete Pläne schmieden. Mag sein, dass Sie Ihr Vorhaben dann noch einmal überdenken.«

Christopher schüttelte vehement den Kopf. »Wir haben keine andere Wahl. Unsere Schwester wird dort gefangen gehalten, das weißt du.« Offenbar hatte er Marie die ganze Geschichte erzählt, ohne dass Aura es bemerkt hatte. Sie fragte sich, was ihr noch alles entgangen sein mochte.

Maries Mutter schlug zum zweiten Mal ein Kreuzzeichen, dann stand sie auf und trat unter eines der Widdergehörne an der Wand. Dort hielt sie stumme Zwiesprache mit ihren Göttern.

»Wie ihr wollt.« Marie trank ihre Brühe in einem Zug aus und erhob sich. »Wartet hier. Es kann eine Weile dauern, aber dann habe ich die Männer, die ihr braucht.« In Auras Richtung fragte sie: »Zwanzig, sagten Sie?«

»Ich hoffe, das reicht.«

»Wenn Sie mit einer ganzen Armee vor dem Kloster aufmarschieren, werden Ihre Gegner kaum überrascht sein. Irgendwer könnte sie warnen.« Sie wollte sich umdrehen und durch die Tür verschwinden, aber Aura rief sie zurück. Dabei gab sie sich Mühe, ihrer Stimme einen versöhnlichen Klang zu verleihen.

»Marie, warten Sie.« Sie stand auf und blieb vor der Swanin stehen. »Christopher und ich haben sieben Jahre auf diesen Tag gewartet. Mag sein, dass wir die Dinge jetzt überstürzen. Wenn Sie einen besseren Vorschlag haben, als mit Waffengewalt ins Kloster einzudringen, würde ich ihn gerne hören.« Allein das Wort Waffengewalt aus ihrem eigenen Mund erschien ihr grotesk. Sie war die Tochter eines Alchimisten, nicht die Jungfrau von Orleans.

»Ich fürchte, es gibt keine andere Möglichkeit«, entgegnete Marie. »Die Festung steht dort oben seit Hunderten von Jahren. Mehr als ein Mal ist versucht worden, sie einzunehmen, immer erfolglos. Aber beim letzten Versuch gab es noch keine Schußwaffen – und die Männer in diesem Dorf verstehen sich gut auf den Umgang damit. Sie beide werden lernen müssen, ihnen zu vertrauen.«

»Es geht nicht um Vertrauen, sondern darum, dass weder Christopher noch ich Erfahrung mit diesen Dingen haben.«

Maries harter Gesichtsausdruck entspannte sich. »Machen Sie sich keine Sorgen. Wir verstehen uns wirklich darauf. Uschguli ist einer der abgelegensten Orte des Landes, aber gerade das wird Ihnen jetzt zugutekommen. Seit Generationen sind die Rebellen, Verbrecher und Geächteten des ganzen Gebirges hierher geflohen. Hier gibt es kaum einen, der nicht schon einmal mit einer Waffe auf einen anderen angelegt hat.«

»Sie auch?«

Marie antwortete mit einem flüchtigen Lächeln, dann huschte sie lautlos ins Freie. Draußen war es dunkel geworden, und schon nach zwei Schritten war die junge Frau nicht mehr zu erkennen. Ein kalter Wind pfiff durch die offene Tür herein und zerzauste Auras Haare.

»Ich hoffe, sie weiß, was sie tut«, murmelte sie.

»Das weiß sie«, sagte hinter ihr eine raue Stimme. Zum ersten Mal hatte Maries Mutter das Wort an die beiden Fremden gerichtet. »Das hat sie von ihrem Vater geerbt. Marie weiß immer genau, was sie tut.«

Aura drehte sich zu der alten Frau um, doch die wandte ihr nach wie vor den Rücken zu. Andächtig starrte sie zu den Hörnern an der Wand empor. Der Feuerschein warf die Schatten der beiden Spitzen riesenhaft über die Decke.

»Marie ist ein gutes Mädchen«, flüsterte die Alte.

»Die letzte Bergkuppe«, sagte Marie mit gedämpfter Stimme und wies mit ausgestrecktem Arm nach Osten. »Dahinter liegt das Kloster.«

Sie waren noch in der Nacht aufgebrochen, nach nur wenigen Stunden Schlaf, und waren schneller vorangekommen, als Marie befürchtet hatte. Manchmal, so hatte sie erklärt, falle hier um diese Jahreszeit bereits Schnee, und die Wetterfühligen im Dorf hätten einen frühen Winter vorausgesagt.

Doch zu ihrer aller Erleichterung zeigte sich weder Schnee noch Regen. Der Himmel über den weißen Gipfeln war von azurnem

Blau, Raubvögel schwebten vor einsamen Federwolken. Die Almwiesen an den Berghängen leuchteten in frischem Grün. Ihr Anblick erinnerte Aura schmerzlich an ihre Monate in der Schweiz, mit dem Unterschied, dass hier alles noch höher, steiler, gewaltiger war.

Marie hatte insgesamt achtzehn Männer angeworben, zwei weniger, als sie angekündigt hatte. Einige hätten sich überraschend geweigert, ihre Herden zu vernachlässigen, aber das sei nur eine Ausrede gewesen. Tatsächlich fürchteten sie wohl die uralte Macht des Klosters. In gewisser Weise war es beruhigend, dass auch Marie sich irren konnte; dadurch fühlte Aura sich ihr nicht mehr ganz so ausgeliefert wie bisher.

Sie trieben ihre Pferde schneller voran, bis sie den Bergkamm fast erreicht hatten. Marie hob die Hand und ließ alle Übrigen anhalten. Die achtzehn Swanen in ihrem Gefolge waren raue, schweigsame Männer, gekleidet in Felle und dicke Wollgewänder. Alle hatten schwarzes Haar, die meisten mächtige Schnurrbärte. Einige trugen Patronengürtel und goldene Ohrringe. An jedem Sattel steckte ein Gewehr, meist alte Büchsen, sicher nicht zielgenau, aber von durchschlagender Gewalt. Viele besaßen Revolver. Sogar einige Krummsäbel hatte Aura entdeckt. Sie hatte den Männern den Lohn bereits ausgezahlt, und sie hatten die Münzen ohne ein Wort in ihren Taschen verschwinden lassen.

Marie deutete plötzlich auf einen Felsen, links von ihnen. Darauf stand ein mächtiger Widder. Aura hatte nie zuvor einen gesehen, aber dieser hier übertraf ihre Vorstellung an Größe um mindestens das Doppelte. Seine Hörner waren lang und breit und herrlich geschwungen. Er starrte die Reiter aus dunklen Augen an, still und erhaben auf seinem Felsen, und erst als ein unruhiges Raunen durch die Männer ging, drehte er sich langsam um und sprang graziös aus ihrem Blickfeld.

Marie war bleich geworden, und als Aura sie fragte, was los sei, erwiderte sie zögernd: »Die Männer glauben, dass dies ein böses Omen ist.« Sie sagte zwar »die Männer«, aber ihr Tonfall machte deutlich, dass sie dasselbe dachte.

Christopher rückte sich unruhig im Sattel zurecht. »Wir werden uns doch jetzt nicht mit irgendwelchem Aberglauben herumschlagen müssen, oder?«

»Nein«, gab Marie tonlos zurück, »natürlich nicht.« Sie rief den Männern etwas zu, und sogleich verstummte das Flüstern.

Sie hat diese Kerle gut im Griff, dachte Aura beeindruckt. Ihr kamen Zweifel, ob das wirklich nur an der guten Bezahlung lag, und nicht zum ersten Mal fragte sie sich, wer ihr eigentlich garantierte, dass ihr die Männer nicht auch den Rest ihres Geldes rauben würden.

»Das letzte Stück sollten wir ohne Pferde zurücklegen«, schlug Marie vor. »Zu Fuß können wir es schaffen, ungesehen durch die Felsen bis nah ans Kloster heranzukommen. Dort wachsen auch Büsche und Sträucher, die allerdings nur eine mäßige Tarnung abgeben. Als ich noch ein Kind war, galt es als Mutprobe, sich möglichst weit an die Mauern heranzuwagen. In den letzten hundert Jahren haben die Herren des Klosters ihre Verteidigung ziemlich vernachlässig. Selbst hier in Swanetien ist das Mittelalter vorbei.«

Aura fielen einige Argumente ein, die dagegen sprachen, aber sie behielt sie für sich. Stattdessen stieg sie wie alle anderen vom Pferd und folgte Marie gebückt bis zur Kuppe des Berges. Dort ließ sich die ganze Gruppe ins Gras sinken und sah auf den Bäuchen liegend in das Tal, das sich vor ihnen öffnete.

Die Sträucher und Büsche, von denen Marie gesprochen hatte, entpuppten sich als karges Kraut, das ihnen gerade einmal bis zur Hüfte reichte. Eindrucksvoller war das Gewirr aus Felsspalten, das sich an der Rückseite des Berges bis hinab zur Talsohle erstreckte. Von dort, wo es endete, bis zur Klostermauer waren es noch knapp fünfzig Meter durch offenes Gelände.

Das Kloster selbst war weit größer, als Aura erwartet hatte. Sein Haupttrakt war achteckig und mochte gut und gerne einen Durchmesser von hundertfünfzig Metern haben; damit war es um ein Vielfaches weitläufiger als das Sankt-Jakobus-Stift in der Schweiz. Es gab einige Anbauten, aber sie wirkten verschwindend winzig in Anbetracht dieser steinernen Monstrosität. So gewaltig die Fläche der Anlage auch war, so niedrig waren ihre Zinnen. Alles in allem mochte das Gebäude drei oder vier hohe Stockwerke besitzen, was sich nur aufgrund der Lage vereinzelter Schießscharten abschätzen ließ. Fenster gab es keine. Hinter den Zinnen verlief ein breiter Wehrgang. In der Mitte des Klosters klaffte ein achteckiger Hof, den im oberen Teil zwei Steinbrücken mit roten Ziegeldächern durchschnitten. Sie kreuzten sich in der Mitte und liefen zu den Enden hin breit auseinander, so dass beide Brücken gemeinsam die Form des Templerkreuzes ergaben.

Jenseits des Klosters verlor sich die Landschaft in Leere. Die kahlen Hügel eines Hochplateaus wellten sich dem Horizont entgegen, ohne eine Spur von Leben. Erst weit im Osten erhoben sich neue Felsmassive aus dem Dunst, bleiche Schemen, so unwirklich wie ein Traum.

Der trutzige Anblick des Klosters zerstörte den Rest von Optimismus, den Aura bis zuletzt gehegt hatte, und die öde Weite im Hintergrund führte ihr die eigene Bedeutungslosigkeit vor Augen. Sie hatte keinerlei Vorstellung, über wie viele Männer Lysander verfügte, aber wenn es nur halb so viele waren, wie sie befürchtete, dann wurden sie mit der Macht dieser Festung im Rücken zu unüberwindlichen Gegnern – selbst für so furchtlose Kämpfer wie die achtzehn Swanen. Einen offenen Sturm auf das Kloster hatte Marie ohnehin von Anfang an ausgeschlossen. Lysanders Leute sollten nicht bemerken, dass es die Bewohner Uschgulis waren, die sich gegen das Kloster wandten. Einen Konflikt, der sich über Generationen hinziehen mochte, wollte niemand riskieren.

Aura fragte sich in einem Anflug von Verzweiflung, was wohl Gillian an ihrer Stelle getan hätte. Wahrscheinlich hätte er, der von derlei Dingen etwas verstand, gleich zu Beginn einen anderen Weg gewählt. Ihr selbst schien die Vorstellung, mit ein paar tollkühnen Männern in die Festung einzudringen, mit einem Mal leichtfertig, geradezu kindisch. Was hatte sie sich nur dabei gedacht?

Da, plötzlich, sagte Christopher: »Ich glaube, wir können es schaffen.«

»Mit einem Gebet vielleicht?« Ihr Spott tat Aura gleich darauf leid. Es war dumm, ihre Wut auf sich selbst gegen Christopher zu richten.

Er aber lächelte nur. »Das könnte nicht schaden, aber das meinte ich nicht. Fällt dir gar nichts auf, wenn du das Kloster anschaust?«

Sie versuchte zu erkennen, worauf er hinauswollte, aber auch bei näherem Hinsehen wirkte die Festung uneinnehmbar.

»Sag's mir«, verlangte sie.

Es war Marie, nicht Christopher, die eine Antwort gab – was Aura nur noch zorniger machte. »Es gibt keine Wachen. Die Zinnen sind unbesetzt.«

Er schenkte Marie ein zustimmendes Lächeln. »Dort unten ist weit und breit keine Menschenseele.«

Aura schnaubte. »Sie haben es selbst gesagt, Marie. Wir sind nicht mehr im Mittelalter. Heutzutage ist es nicht nötig, alle paar Meter einen Wächter mit Lanze und Helm zu postieren. Lysander wird andere Mittel haben, die Gegend zu überwachen.«

Marie wies zum Himmel. »Ich glaube kaum, dass ihm die Vögel Bericht erstatten«, gab sie trocken zurück.

Einen Moment lang funkelten Aura und sie sich an wie zwei Katzen, die auf den nächsten Krallenhieb ihrer Gegnerin warteten.

Dann aber sagte die Swanin ruhig: »Wenn wir davon ausgehen, dass es auf den Zinnen tatsächlich keine Wächter gibt, sondern allerhöchstens ein paar hinter den Schießscharten, dann sollten wir versuchen, mit so wenigen Leuten wie möglich dorthinunter zu gehen. Für drei oder vier von uns stehen die Chancen viel besser, ungesehen bis zur Mauer zu gelangen.«

Aura stimmte zu. Zwar hätte sie sich gern gegen andere Eventualitäten abgesichert – etwa einen Hinterhalt –, aber ihr war klar, dass ihnen dazu Zeit und Mittel fehlten.

»Lysander scheint nicht mit uns zu rechnen«, sagte Christopher nachdenklich.

»Man kann's ihm kaum verübeln«, bemerkte Aura.

Marie wandte sich an ihre Leute und gab ihnen auf Swanisch ein paar Anweisungen. Die Männer stellten Fragen, die sie knapp beantwortete, dann nickte sie Aura zu. »Zwei kommen mit uns, die anderen bleiben hier. Sie werden uns beobachten und eingreifen, falls es nötig sein sollte. Ist Ihnen das Recht?«

»Sicher.«

Einige Minuten später eilten sie durch das Gewirr der Felsspalten. Die hellgrauen, kantigen Risse waren nicht tiefer als zwei Meter, aber das reichte aus, um ungesehen hindurchzugelangen. Von oben hatte es denkbar einfach ausgesehen, sich in diesem Labyrinth zurechtzufinden, doch nachdem sie es einmal betreten hatten, drohte Aura alsbald die Orientierung zu verlieren. Marie aber schien zu keinem Zeitpunkt unsicher oder gar besorgt.

Aura und Christopher hatten im Dorf zwei Revolver und je eine Tasche voll Munition erworben, obwohl keiner von ihnen wirklich wusste, wie damit umzugehen war. Das Gewicht der Waffen weckte düstere Erinnerungen an den Kampf unter der Hofburg.

Die beiden Swanen, die Marie als Begleiter ausgewählt hatte, waren ebenso verschlossen wie die übrigen Männer, die jenseits der Bergkuppe auf der Lauer lagen. Sie waren ungemein groß und kräftig, und vom ersten Blick an hatte Aura keinen Zweifel, dass sie sehr genau wussten, was sie taten. Beide trugen Narben im Gesicht, voller Stolz, wie es schien, und beide wirkten derart gelassen, dass ein wenig ihrer Ruhe auch auf Aura und Christopher abfärbte. Vielleicht war dies der Hauptgrund, weshalb Marie gerade diese beiden mitgenommen hatte.

Sie benötigten etwa eine halbe Stunde, bis sie das Ende der Felsspalten erreichten. Vor ihnen öffnete sich das freie Gelände bis zum Fuß der Klostermauern. Hier wuchsen die dürren Sträucher, von denen Marie gesprochen hatte, und aus der Nähe war noch offenkundiger, dass sie kaum Schutz vor Blicken aus der Festung boten.

Das riesenhafte Portal des Klosters hatte die Form eines Spitzbogens. Von weitem hatte Aura angenommen, es wäre durch schwarze Torflügel versperrt, doch nun erkannte sie, dass die Schwärze nichts anderes war als eine gähnende Leere. Der Eingang stand offen.

»Warum ist das Tor nicht verschlossen?«, flüsterte sie Marie zu, die neben ihr hinter einem Felsblock kauerte.

»Viel lieber wüsste ich, weshalb es offen ist *und* keine Wachen zu sehen sind«, gab die Swanin zurück. Daraufhin wechselte sie ein paar Worte mit den beiden Männern, doch auch die zuckten nur die Achseln.

Marie wandte sich wieder an Aura. »Und Sie sind sicher, dass Ihre Freunde nichts von Ihrer Reise hierher wissen?«

»Sicher?« Aura lachte gezwungen. »Ich bin mir über gar nichts mehr sicher. Lysander und Morgantus sind mächtige Männer. Mag sein, dass sie ihre Augen überall haben. Ich weiß nicht, was sie aushecken.«

Christopher starrte Marie eindringlich an. »Du glaubst, sie stellen uns eine Falle?«

»Sieht ganz so aus.«

»Was schlagen Sie vor?«, fragte Aura.

»Folgen Sie der Einladung, oder kehren Sie um. Das ist allein Ihre Entscheidung.«

»Heißt das, Sie kommen nicht mit?«

Statt einer Antwort beriet sich Marie abermals mit den beiden Swanen. Die Blicke der Männer waren finster, huschten abwechselnd von Aura über Christopher zum Kloster.

Aura verlor die Geduld. »Hätten Sie die Güte, uns zu verraten, worüber Sie reden?«

»Die beiden glauben ebenfalls, dass wir erwartet werden.«

»Und?«

»Sie meinen, dass dies der richtige Augenblick sei, Sie auszuliefern.«

Es dauerte eine oder zwei Sekunden, ehe die Bedeutung dieser Worte ihre volle Wirkung entfaltete. Aura wollte ihren Revolver hochreißen, aber die beiden Swanen kamen ihr zuvor. Ein Gewehrlauf wies blitzartig auf ihr Gesicht, ein zweiter deutete in Christophers Richtung.

»Marie!«, rief er aus. Ihm war anzusehen, dass er nicht glauben konnte, was er doch mit eigenen Augen sah. »Du kannst nicht –«

Aura schnitt ihm den Satz ab. »Natürlich kann sie«, sagte sie mit einem humorlosen Lächeln, »das siehst du doch.«

Marie sah keineswegs aus wie eine Siegerin. Ganz im Gegenteil: Ihr schien mehr als unwohl in ihrer Rolle zu sein. »Ich weiß, was Sie jetzt denken.«

»Oh, dessen bin ich vollkommen sicher«, gab Aura zurück. »Es gibt ja auch nicht allzu viele Alternativen.«

Die beiden Swanen winkten mit ihren Gewehren. Aura und Christopher ließen ihre Waffen fallen.

»Wann haben Sie den Plan dazu gefasst?«, fragte sie kalt. »Schon in Suchumi, oder erst später?«

Zum ersten Mal gelang es Marie nicht, Auras Blicken standzuhalten. Verunsichert sah sie an ihr vorbei zum offenen Tor der Templerfestung. »Es gab keinen Plan, es hat nie einen gegeben. Die Herren dieses Klosters waren immer gut zu den Menschen Uschgulis. Sich gegen sie zu wenden, wäre in einer Gegend wie dieser ein Todesurteil. Ich hatte gehofft, dass es zu einem Kampf kommen würde. Die Männer und ich hätten die Flucht ergriffen, und Sie beide wären gefangen genommen worden. Das wäre eine saubere Lösung gewesen.«

Christophers Oberkörper war gebeugt, er blickte zu Boden. Aura hoffte, dass er sich nicht zu einer Dummheit hinreißen ließ. Dummheiten hatten sie wahrlich schon genug begangen.

»Ich hätte mir denken sollen, dass Sie blind in eine Falle laufen«, sagte Marie. »Es war mein Fehler, mich auf Ihr Vorhaben einzulassen. Die Herren des Klosters erwarten Sie, und fraglos wissen sie längst, dass Männer aus Uschguli mit Ihnen hierhergekommen sind.« Jetzt klang sie fast verzweifelt. »Verstehen Sie denn nicht?« Nur mühsam festigte sich ihre Stimme. »Wenn ich jetzt nicht zeige, dass wir die ganze Zeit über geplant hatten, Sie auszuliefern, werden Uschguli und die Menschen dort jahrelang für meine Tat büßen müssen. Die Templer sind keine nachsichtigen Lehnsherren.«

»Sie wollen sagen«, fragte Aura gepresst, »Sie hätten nicht geplant, uns zu hintergehen, und doch wollen Sie jetzt so tun als ob? Das ist lächerlich.«

»Es ist der einzige Weg, Uschguli zu schützen.«

»Warum haben Sie dann nicht gleich abgelehnt, uns hierherzuführen?«

»Mein Dorf muss nehmen, was ihm geboten wird. Sie haben es selbst gesehen, die Menschen dort leben in bitterer Armut.«

Aura verzog das Gesicht. »Hier, das Geld, Sie können es haben. Immerhin beweist das, dass ich Recht hatte. Sie sind Räuber, sonst nichts.«

Maries Wangen zuckten, doch sie behielt sich unter Kontrolle. »Die Templer werden Sie nicht töten – wäre es das, was sie wollten, hätten sie viel früher die Möglichkeit dazu gehabt.« Leiser fügte sie hinzu: »Es tut mir leid.«

Im selben Moment setzte sich Christopher in Bewegung. Die lange Reise hatte seinen ausgezehrten Körper geschwächt, aber noch immer entwickelte er eine enorme Schnelligkeit. Ehe der Swane, der ihn bewachte, abdrücken konnte, stieß Christopher den Gewehrlauf beiseite, sprang vor und stürzte sich auf Marie. Die junge Frau keuchte auf, als beide in einem Knäuel aus Gliedern zu Boden gingen.

Aura war wie versteinert. Sie teilte Christophers Zorn, aber seine Enttäuschung musste die ihre um ein Vielfaches übersteigen. Hatte der Geliebte ihrer Mutter bei einem ähnlichen Anfall von Jähzorn sterben müssen?

Marie lag auf dem Rücken und versuchte, ihren Gegner von sich zu stoßen. Doch Christopher hockte auf ihr und schlug ihr die Faust ins Gesicht. Ihre Unterlippe platzte auf, Blut besudelte Christophers Hand und Ärmel. Ein zweiter Hieb traf ihren weißen, schlanken Hals. Die Swanin schrie schmerzerfüllt auf, und im selben Augenblick waren die beiden Männer schon heran. Einer rammte Christopher den Gewehrkolben ins Kreuz, der andere packte ihn von hinten an den Haaren, riss ihn zurück. In ohnmächtiger Wut brüllte Christopher auf. Die Swanen zerrten ihn von Marie herunter und schleuderten ihn gegen eine Felswand. Aura stürzte vor, klammerte sich an einen der beiden Männer und wollte ihn von Christopher fortreißen, doch der andere holte aus und schlug ihr über die Schulter seines Gefährten hinweg vor die Stirn. Als sie zurückprallte, traf sie ein zweiter Hieb brutal zwischen die Brüste. Ihre Fäuste öffneten sich, sie sackte zu Boden.

Marie war von Christophers Schlägen kaum weniger benommen. Mit glasigem Blick versuchte sie, sich aufzusetzen, aber ihre Ellbogen knickten immer wieder ein. Sie murmelte etwas in ihrer Heimatsprache, wandte den Kopf und sah erschrocken, wie die Männer mit ihren Gewehrkolben auf den reglosen Christopher einhieben. Schlag um Schlag krachte in sein Gesicht, in seinen Magen, auf seine Brust. Noch einmal versuchte sie, zu sprechen, eine Hand nach den Männern auszustrecken, aber beides wollte ihr nicht gelingen.

Derweil schaffte es Aura, sich unter Aufbietung aller Kraft auf die Füße zu stellen. Wie durch einen Schleier sah sie, dass die Männer Christopher töten würden. Längst schon regte er sich nicht mehr, sein Gesicht war blutüberströmt, die weiche Haut unter den Augen aufgeplatzt.

»Hören Sie auf!«, stammelte Aura, aber niemand beachtete sie. Noch einmal taumelte sie auf die beiden Swanen zu, um sie zurückzuhalten, aber auf halbem Weg stolperte sie erneut. Sie öffnete den Mund, doch kein Ton drang heraus. Hilflos musste sie mitansehen, wie immer neue Schläge auf den wehrlosen Christopher einprasselten.

Finster und trutzig starrten die Schießscharten des Klosters auf das Drama zwischen den Felsen herab. Noch immer rührte sich nichts. Kein Mensch zeigte sich.

Da ertönte ein unverständliches Wort, so leise, dass die Männer es in ihrem Blutrausch zunächst nicht bemerkten. Die Swanin versuchte noch einmal, sich aufzurichten, und diesmal gelang es ihr. Einer der Männer hielt inne und schaute zu ihr hinüber, während sie weitere Befehle ausstieß. Er legte seinem Gefährten eine Hand auf den Unterarm.

Aura verstand nicht, was die junge Frau zu ihnen sagte, aber ihr Tonfall und ihre Gesten machten klar, dass sie versuchte, Christophers Leben zu retten. Unvermittelt drehten sich die beiden Männer um und verschwanden im Labyrinth der Felsspalten. Marie kroch auf allen vieren auf Christopher zu, hockte sich neben ihn und bettete seinen zerschmetterten Schädel in ihren Schoß. Sie flüsterte ihm etwas zu, immer wieder denselben Satz, und es dauerte eine ganze Weile, ehe Aura die Bedeutung der Worte verstand: »Das wollte ich nicht. Das habe ich nicht gewollt.«

»Sie haben ihn getötet«, brachte Aura hervor. Das Blut rauschte in ihren Ohren. Sie hatte das Gefühl, als stünde ihr ganzer Brustkorb in Flammen.

Marie hob das Gesicht und blickte sie an. Tränen zogen weiße Bahnen durch die Maske aus Blut und Schmutz auf ihren Zügen. »Er hätte mich nicht angreifen dürfen!« Sie schluchzte auf wie ein Kind. »Verdammt noch mal, er hätte es nicht tun dürfen!«

Eine groteske Gewissheit überkam Aura, und das machte es fast noch schmerzlicher: Marie trauerte um Christopher. Sie hatte ihn gemocht, vielleicht sogar mehr als das. Was geschehen war, war nicht allein ihre Schuld.

Aber sie hat uns verraten!, durchfuhr es Aura. Ohne ihren Verrat wäre all das nicht geschehen.

Sie kroch näher an die beiden heran. Christophers Brust hob und senkte sich unmerklich. Er atmete noch. In seinem Stoppelhaar gerann das Blut. Seine Augen waren hinter aufgequollenen Fleischwülsten verschwunden, sein Mund sah aus wie eine riesige Brandblase. Roter Speichel perlte in Maries Schoß, aber sie kümmerte sich nicht darum. Ihr Gesicht hatte einen Ausdruck verzweifelter Hilflosigkeit angenommen.

»Ich habe die beiden zurück zu den anderen geschickt«, brachte sie mühsam hervor, »um eine Trage zu holen.«

Auras Verachtung wurde von Trauer um Christopher und – das irritierte sie und erfüllte sie mit Wut auf sich selbst – von Mitgefühl für Marie durchdrungen. Ihr Elend war nicht gekünstelt. Aura hatte selten einen Menschen so verzweifelt, so voller Scham und Bedauern gesehen.

Sie kauerte sich vor Christopher und Marie auf die Knie und ergriff die Hand ihres Bruders. Es war, als vertriebe die Kälte seiner Finger den Schmerz aus ihrem eigenen Körper.

Sein Atem verebbte allmählich. Mit einem kaum hörbaren Zischen strömte die Luft zum letzten Mal über seine geschwollenen Lippen. Das Beben seiner Brust brach ab.

Marie schloss die Augen und zog sein zerschundenes Gesicht an ihre Brust. Aura saß da wie betäubt. Was sie vor sich sah, war der Abschied zweier Liebender.

Schweigend drückte sie ein letztes Mal Christophers kalte Hand, dann stemmte sie sich hoch.

Marie hob ihren Blick. »Was haben Sie vor?«

Aura gab keine Antwort. Stumm, mit versteinerten Zügen, verließ sie den Schutz der Felsen, überquerte das offene Gelände mit seinen skelettierten Sträuchern, trat unter den haushohen Spitzbogen. Jenseits des Portals tauchte sie in tintige Finsternis und war im nächsten Augenblick schon eins mit den Schatten.

KAPITEL 10

Von allen Feldzügen des Templerordens seit seiner Gründung im Jahre 1118 war dies ohne Zweifel der sonderbarste: Sieben höfliche alte Herren – und ein achter, der jünger war –, adrett gekleidet, fuhren in zwei Eisenbahnabteilen dem Schlachtfeld entgegen. Keine schnaubenden Rösser im Morgentau, kein ohrenbetäubendes Kampfgeschrei. Nur ein paar gepflegte Gentlemen, Gelehrte vielleicht, oder pensionierte Beamte; ein Sonntagsausflug in den Augen aller, die sie beobachteten, mit Kaffee und Kuchen am Ziel, einem Spaziergang und dem Aufwärmen alter Erinnerungen.

Niemand sah ihnen an, dass sie weit über tausend Kilometer zurückgelegt hatten. Niemand schöpfte Verdacht, als sie ihr Gepäck aus dem Zug luden und ein metallisches Klirren aus den Koffern ertönte. Keiner ahnte, dass die Männer hier waren, um den jahrhundertealten Feind ihres Ordens zu schlagen – oder selbst unterzugehen.

Gillian hatte Gian und Tess in der Obhut von Lascaris Dienerschaft in Venedig zurückgelassen. Für den Fall, dass er nicht zurückkehren sollte, hatten die Angestellten Order, in einigen Wochen mit Aura in Verbindung zu treten. Die Diener hüteten seit Jahrzehnten gewissenhaft die Geheimnisse des Templum Novum, und Gillian war überzeugt, sie würden sich auch in dieser Angelegenheit als verlässlich erweisen.

Bruder Bernardo kam zu spät zum Bahnhof. Er hatte das Telegramm, das sie in Berlin aufgegeben hatten, eben erst erhalten. Von dem Bauern, auf dessen Hof er ein Zimmer bewohnte, hatte er in aller Eile einen Karren gemietet. Gillian war höflich genug, niemandem seine Hilfe beim Aufsteigen aufzudrängen, doch wie sich zeigte, nahmen fast alle sie in Anspruch. Allein Lascari erklomm die Ladefläche aus eigener Kraft.

Gillian fragte sich zum hundertsten Mal seit ihrem Aufbruch in

Venedig, wie er wohl mit einem Haufen Greise einen Krieg gewinnen sollte. Nicht, dass er seine Ordensbrüder aufgrund ihres Alters weniger ehrte oder ihnen nicht den nötigen Respekt zollte; aber dass nur die wenigsten von ihnen noch mit einer Waffe umgehen konnten, musste auch dem Großmeister klar sein. Als der Pferdekarren losschaukelte, wechselten Gillian und Lascari einen zweifelnden Blick, schauten aber gleich wieder in unterschiedliche Richtungen. Beide schämten sich für ihre Gedanken.

Der Hermaphrodit kletterte zu Bernardo auf den Kutschbock. Vor Gillians Eintritt in den Orden war Bernardo der jüngste unter den Brüdern gewesen, deshalb hatte Lascari gerade ihn nach Deutschland entsandt. Bernardo war vierundfünfzig, gedrungen, aber mit breiten, kraftvollen Schultern. Er war Italiener, wie die meisten seiner Ordensbrüder. Seine Tarnung als Vogelkundler rührte von seinem Steckenpferd, der Ornithologie her. Gillian fand, dass Bernardo selbst wie ein Vogel aussah: Seine Nase war lang und gebogen, die Augen schmal, und sein Haar wirkte stets ein wenig wie gesträubtes Gefieder. Bernardo war der Einzige unter den Ordensbrüdern, den Gillian ohne Zögern als seinen Freund bezeichnet hätte. Er war der Erste gewesen, der Gillian trotz seiner Zweigeschlechtlichkeit akzeptiert und ihm Mut gemacht hatte, wenn er glaubte, an den jahrelangen Aufnahmeprüfungen scheitern zu müssen.

Gillian beugte sich an Bernardos Ohr, um den Lärm der Räder zu übertönen. »Wie schlimm ist es?« Ein Hase huschte vor ihnen aus dem Gras, starrte das Gefährt einen Moment lang an und verschwand wieder.

»Ich weiß es nicht«, gestand Bernardo betrübt. »Seit Morgantus hier aufgetaucht ist, erfährt niemand mehr, was im Schloss vor sich geht. Die Dienstboten wurden alle fortgeschickt.«

»Hat denn niemand die Polizei verständigt?«

Der Karren rumpelte durch ein Schlagloch, und einer der Ordensbrüder stöhnte.

»Nein«, sagte Bernardo kopfschüttelnd. »Morgantus ist zunächst allein zur Insel gefahren und hat um ein Gespräch mit der Schlossherrin gebeten. Sie selbst war es, die bald darauf alle Angestellten nach Hause geschickt hat. Morgantus' Männer sind erst in der nächsten Nacht hinübergerudert.«

»Bist du sicher, dass es nicht mehr als zehn sind?«

»Soweit ich sie in der Dunkelheit zählen konnte, ja.«

Von hinten rückte Lascari heran. Sein Gesichtsausdruck verriet, wie unwohl er sich fühlte. Er war ein venezianischer Graf, der Großmeister des Templum Novum, und er war es nicht gewohnt, auf der schmutzigen Ladefläche eines Bauernkarrens zu reisen. Dennoch kam kein Wort der Klage über seine Lippen.

»Was schlägst du vor, Bruder?«, fragte der Graf. »Wie sollen wir vorgehen?«

Bernardo deutete nach Norden, wo jenseits der Wiesen der helle Dünenstreifen leuchtete. Vom Meer trieben vereinzelte Wolken heran, graue, faserige Flecken, wie Farbspritzer auf einem Hemdsärmel. »Solange es hell ist, können wir ohnehin nichts tun. Weiter östlich liegen zwei Ruderboote zwischen den Dünen. Damit müssen wir es versuchen.«

»Die wichtigste Frage ist doch«, wandte Gillian ein, »was Morgantus überhaupt im Schloss zu suchen hat. Warum ist er nicht zu Lysander in den Kaukasus zurückgekehrt?«

»Er muss von Wien aus hergekommen sein«, sagte Lascari. »Aber weshalb hat er das nicht schon vor Wochen getan? Was will er hier?«

Darauf fand keiner eine Antwort, und so verschoben sie weitere Erörterungen auf einen späteren Zeitpunkt. Es war früh am Vormittag, und bis zum Einbruch der Dunkelheit mochten noch sieben oder acht Stunden vergehen, Zeit genug für Diskussionen.

Rund einen Kilometer vor dem Dorf bogen sie nach rechts in einen Weg, der entlang der Dünen nach Osten führte. So weit im Norden war es merklich kälter als in Venedig, und die scharfen Seewinde bissen schmerzhaft durch Mäntel und Schals. Möwen schrien in der Ferne. Erlen und Ginsterbüsche neigten sich schräg nach Süden, als wollten sie mit ihren Zweigen nach Wärme und Sonnenlicht greifen. Das sumpfige Wiesenland erstreckte sich flach wie ein grüner Teppich in die Unendlichkeit; auf der anderen Seite, jenseits der Dünen, lag die See aufgewühlt unter dem grauen Himmel.

Die Tristesse schlug ihnen allen aufs Gemüt, den Älteren mehr noch als Gillian, der dieses Land bereits kannte und sich den Herausforderungen, die ihnen bevorstanden, weit besser gewachsen fühlte als der Rest der Ordensbrüder. Im Stillen fragte er sich, wie lange es dauern mochte, bis der Erste über eine Erkältung klagte und notgedrungen an Land bleiben musste. Je länger er darüber nachdachte, desto hoffnungsloser erschien ihm ihr ganzes Unterfangen.

Bernardo lenkte den Wagen abseits vom Weg durch die Dünen. Immer wieder drohte das schwere Gefährt im Sand steckenzubleiben, und einmal mussten gar alle absteigen und den Karren aus einer besonders weichen Senke schieben. Endlich aber erreichten sie eine kleine Bucht, in der die beiden versprochenen Boote lagen. Jedes bot im Normalfall Platz für sechs Mann. Damit waren sie gerade groß genug für die neun Ordensbrüder und ihre schwere Ausrüstung. Die Schlossinsel lag einen halben Kilometer weiter westlich. Hohe Dünenwälle schirmten das Templerlager gegen Morgantus' Späher ab.

Bernardo hatte vorgesorgt; als Schutz vor dem Wind hatte er eine Plane gespannt, hinter der sie sich niederließen. Hier konnten sie auf den Abend warten, Pläne schmieden, sogar ein kleines Feuer entzünden.

In den kommenden Stunden widmeten sich die meisten der Brüder ihren Gebeten. Doch ein Seitenblick auf Bernardo versicherte Gillian, dass er selbst nicht der Einzige war, der die Befürchtung hegte, dass ihr Schicksal nicht in den Händen Gottes, sondern allein in ihren eigenen lag. Gillian wusste nicht, wie es um die Hände des Herrn bestellt war, aber die meisten, die er hier um sich sah, zeigten Spuren von Gicht. Und das war noch die geringste seiner Sorgen.

Zwanzig Schritte weit blieb die Finsternis vollkommen, sogar der Schein vom Eingang endete abrupt nach wenigen Metern. Dann durchbrach ein senkrechter Strahl von oben das Dunkel, eine flitternde Säule aus Licht, in der ein Firmament tanzender Staubkörner kreiste.

Aura schaute nach oben und sah in der Decke eine winzige Öffnung, die sich durch alle Stockwerke bis zum Dach ziehen musste.

Als sie wieder nach vorne blickte, tiefer ins schwarze Herz des Templerklosters, entdeckte sie in Abständen von fünf bis zehn Metern weitere dieser Lichtsäulen.

Nachdem sich ihre Augen an das fahle Zwielicht gewöhnt hatten, gelang es ihr, die Wände rechts und links des Korridors auszumachen. Sie waren mit Malereien bedeckt, halb verblasst und nicht besonders kunstvoll. Die Darstellungen erinnerten sie an die Bleiglasfenster daheim im Schloss. Die gleichen Motive, der gleiche alchimistische Hintersinn. Nur die Ausführung war schwächer.

Sie ertappte sich dabei, dass sie wieder an ihren Fingernägeln kaute. Aura Institoris, die Alchimistin – doch vom Nägelkauen würde sie wohl nie lassen können, schon gar nicht in einer Lage wie dieser.

Noch immer war nicht zu erkennen, wohin der Korridor führte, und ebenso wenig, wie lang er war. Die dünnen Lichtsäulen in seiner Mitte verblassten irgendwo in der Ferne, alles andere wurde vom Dunkel geschluckt. Aura hörte das Echo ihrer eigenen Schritte laut von den Mauern widerhallen, aber noch immer zeigte sich niemand. Kein Wächter. Kein Attentäter im Schatten. Alles wie ausgestorben.

Vor sich bemerkte sie eine Unregelmäßigkeit im Wechsel aus Finsternis und Lichtfäden. Zehn Schritte voraus stand jemand. Eine Gestalt, unter einer der Öffnungen, gebadet in den schwachen, flirrenden Schimmer von oben. Hochgewachsen und reglos, gekleidet in ein weißes, wallendes Hemd über einer dunklen Hose. Auf der Brust prangte das Kreuz des Templerordens.

Der Revolver in Auras Hand fühlte sich eisig an. Christopher war gestorben, damit sie hier sein konnte. Sie war es ihm schuldig, dass sie den eingeschlagenen Weg bis zum Ende ging.

Noch immer rührte sich die Gestalt nicht. Einen Moment lang dachte Aura, es handele sich um eine Statue. Der bleiche Lichtstrahl entzog der Erscheinung alle Farben. Sie hätte ebenso aus Granit wie aus Fleisch und Blut sein können.

Aura war bis auf fünf Meter herangekommen, als der Mann sie mit einem vagen Kopfnicken begrüßte. Das lange, hagere Gesicht kam ihr bekannt vor. Ihre Vernunft sagte ihr, dass sie die Züge mit jemandem verband, der hier nichts zu suchen hatte, ein Schatten aus ihrer Vergangenheit.

»Aura Institoris«, kam es leise über spröde Lippen. »Wir hätten uns denken müssen, dass du nicht aufgeben würdest.« Im Dunkel blitzte ein Schneidezahn aus Silber.

»De Dion!«, entfuhr es ihr.

Madame de Dion, einstmals Direktorin des Sankt-Jakobus-Stifts, war endgültig zum Mann geworden. Zugleich aber begriff Aura, dass wenig Wundersames an dieser Verwandlung war. De Dion hatte die Rolle der Frau mit aller möglichen Perfektion gespielt, und doch war es eben nur ein Spiel gewesen, eine Schmierenkomödie. Madame de Dion, der Monseigneur, wie ihn die Schülerinnen genannt hatten, war niemals etwas anderes gewesen als ein Mann, ein Tempelritter, ein Getreuer Lysanders.

Und plötzlich war die alte Furcht wieder da. Bilder durchzuckten Auras Gedächtnis. Die erste Begegnung; der Schmerz, als die Direktorin sie an den Haaren zu Boden riss; die furchtbare Nacht, als sie Morgantus eines der Mädchen opferte. Das alles drohte Aura zu überwältigen. Sie hatte geglaubt, diese Ängste längst abgelegt zu haben, doch nun wurde sie eines Besseren belehrt: Sie war immer noch genauso anfällig dafür wie damals, vor über sieben Jahren.

»Gib mir die Waffe!«, verlangte de Dion mit schnarrender Stimme. Auch er war älter geworden, sein Gesicht noch eingefallener. Unter dem weißen Templerhemd hoben sich seine Schulterknochen ab wie verbogenes Drahtgestänge.

Aura hob den Revolver, allerdings nicht, um seinem Befehl zu gehorchen. Stattdessen richtete sie die Mündung auf das Templerkreuz auf seiner Brust. Ihre Hand zitterte. Aura betete, er möge es nicht bemerken.

»Du zitterst«, sagte der Templer. »Du drückst nicht ab.«

De Dion stand weiterhin wie erstarrt in seiner Insel aus Licht, während um Aura nichts war als Finsternis. Jeden Augenblick erwartete sie, dass sich Hände aus dem Dunkel nach ihr ausstreckten, sie packten, zu Boden warfen.

Aber nichts rührte sich. War es möglich, dass de Dion ihr allein gegenübertrat?

Noch immer hatte sie Mühe, auch nur ein einziges Wort herauszupressen, geschweige denn ganze Sätze zu bilden. »Ich werde Sie töten«, sagte sie mit brüchiger Stimme. »Sie wissen, dass ich das kann.«

»Und?« Sein Gleichmut klang ungekünstelt. »Was hättest du davon?«

»Rache. Vielleicht Genugtuung.«

»Daran liegt dir nichts, Aura. Ich kenne dich besser, als du für möglich hältst.«

Je länger er sprach, desto ruhiger wurde sie. Seine Stimme zu hören, nahm ihm ein wenig den Anschein des Übernatürlichen. Das Zittern in Auras Hand ebbte ab. »Wo ist meine Schwester?«

De Dion mochte bemerkt haben, dass es ein Fehler war, sich auf ein Gespräch mit ihr einzulassen. Zu gut inszeniert war sein Auftritt, um ihn jetzt durch Gerede zunichte zu machen. »Die Waffe«, sagte er und streckte die Hand aus.

Aura schüttelte den Kopf.

Ein fahles Lächeln huschte über die Züge des Templers. Dann drehte er sich um und trat aus dem Licht zurück in die Schwärze. »Folge mir.«

Sekundenlang zögerte sie. De Dion führte sie in eine Falle, daran gab es gar keinen Zweifel. Andererseits: Wenn Lysander und Morgantus sie töten wollten, hätten sie es längst tun können. Und dem Templer nachzugehen, war die einzige Möglichkeit, Sylvette wiederzusehen.

Sie schlug instinktiv einen Bogen um die Lichtsäule, in der de Dion gestanden hatte. Das war vielleicht albern, aber es kam ihr vor, als könnte seine Boshaftigkeit sie infizieren.

Sie sah ihn nur als schwarzen Scherenschnitt, der vor ihr durch die Dunkelheit eilte und sich finster von den Lichtfäden abhob. Schließlich näherten sie sich einem weiteren Streifen aus Helligkeit. Erst als sie kurz davor stehen blieben, erkannte Aura, dass es kein Strahl von oben war, sondern ein Spalt zwischen zwei hohen Torflügeln. Dahinter flackerte gelbliches Licht.

De Dion brauchte nicht anzuklopfen, man hatte ihn und Aura längst erwartet. Der linke Torflügel wurde nach innen gezogen. Zwei bewaffnete Männer in weißer Templerkluft erschienen im

Schein einiger Wandfackeln. Die beiden warfen Aura finstere Blicke zu, sagten aber kein Wort. An ihren Gürteln hingen Schwerter, doch in den Händen hielten sie Gewehre.

De Dion schüttelte stumm den Kopf und gab ihnen mit einer Geste zu verstehen, die Waffen zu senken. Immer noch wortlos führte er Aura durch eine Halle, deren Wände wie der Korridor mit kruden Malereien geschmückt waren. Auf der einen Seite standen zwei zerwühlte Liegen, offenbar die Nachtlager der Wächter. Außerdem gab es neben einem weiteren Tor in der Stirnseite des Saales einen schlichten Holztisch und drei Stühle. Eine offene Feuerstelle in der Mitte verbreitete Wärme, obwohl die Flammen heruntergebrannt waren und nur noch Glutpunkte in der Asche leuchteten.

De Dion öffnete das zweite Tor. Dahinter lag ein enormes Treppenhaus. Sandfarbene Stufen, drei, vier Meter breit, schraubten sich spiralförmig in die Höhe. Kein Mensch war zu sehen.

»Wo führt die Treppe hin?«, Aura unterdrückte ein Beben in ihrer Stimme.

»Das ahnst du doch längst«, sagte de Dion. Ein feines Lächeln teilte sein Totenkopfgesicht.

Allmählich dämmerte ihr, dass das, was sie an ihrem Ziel erwartete, nichts mit ihren Erwartungen gemein haben würde.

»Geh allein hinauf«, sagte der Templer. »Du kannst die Waffe mitnehmen, wenn du darauf bestehst.«

»Sie werden hinter mir abschließen?«

»Natürlich. Deshalb bin ich hier.«

Sie verstand nicht wirklich, was er damit meinte, aber im Augenblick war das auch gleichgültig. Sie packte den Revolver fester und begann mit dem Aufstieg.

Zum ersten Mal seit Jahren spürte sie wieder ein scharfes Ziehen an den Innenseiten ihrer Schenkel. Sie hatte die restlichen Ringe nie entfernt.

Hinter ihr fiel das Tor mit einem ohrenbetäubenden Donnern ins Schloss. Der Riegel knirschte, schnappte ein. Doch die Schritte des Templers entfernten sich nicht. Im Geiste sah Aura ihn vor sich, schweigend, lauschend jenseits der Tür, wie ein Automat, dessen Funktionen allmählich erstarben.

Die Friedhofsinsel war das östlichste der fünf kleinen Eilande, die Schloss Institoris umlagerten. Gegen fünf Uhr am frühen Morgen legten die beiden Ruderboote an den felsigen Gestaden der Insel an, im Schutz der Dunkelheit und schwarzer Regenwolken, die Mond und Sterne verbargen. Der Seegang war noch stürmischer geworden, Gischt hatte die Kleidung der neun Männer durchnässt, und alle froren erbärmlich. Dass sie es überhaupt bis zur Insel geschafft hatten, war Gillian und Bernardo zu verdanken, die sich je einer Bootsmannschaft angenommen und sie mit Aufmunterung, aber auch mit Schärfe vorangetrieben hatten.

Großmeister Lascari blickte ebenso unglücklich drein wie seine älteren Ordensbrüder. Auch er hatte nicht geglaubt, sich in seinem Leben noch einmal solchen Strapazen aussetzen zu müssen. Der stete Regen peitschte in ihre Gesichter, nahm ihnen die Sicht und den letzten Rest von Heldentum, zu dem sich die alten Ritter müde und widerwillig angespornt hatten.

Gillian wusste genau, wie es um seine Begleiter stand. Bernardo ausgenommen, war der einstige Tatendrang dieser Männer von Alter und Bequemlichkeit zunichtegemacht worden. Das grauenvolle Wetter und die beschwerlichen Umstände ihres Vorhabens waren nur die Endpunkte einer Kette von Trübsal und desillusionierenden Befürchtungen.

Auf der schlossabgewandten Seite der Friedhofsinsel zogen sie die beiden Boote zwischen die Felsen. Sie vertäuten sie, so gut es nur ging, und Lascari sprach ein Gebet, damit keine Schäden durch die harte Brandung entstanden.

Gebückt huschten die neun Männer über den Felsenkranz, der das Innere der Insel wie ein Kraterrand umgab. Regen und Dunkelheit verwehrten die Sicht auf das Gräberfeld und das Familienmausoleum in seinem Zentrum. Ein paar Einheimische hatten Bernardo von dem unterirdischen Gang zum Schloss erzählt. Die Ritter wussten nicht, ob auch Morgantus den Tunnel kannte, doch im Zweifelsfall zogen sie es vor, mit dem Schlimmsten zu rechnen. Entsprechend vorsichtig näherten sie sich dem Gebäude.

Alle neun, auch Gillian, trugen ihre weißen Templerhemden. Gegen den Regen und als Tarnung im Dunkeln hatten sie ihre schwarzen Umhänge fest um die Oberkörper gezogen. Die Lederpanzer unter den Hemden waren drahtdurchwirkt. An jedem Gürtel hing ein leichtes Schwert, und mit Ausnahme Lascaris, der moderne Waffen strikt ablehnte, besaß jeder von ihnen einen Revolver.

Gillian und Lascari führten den Zug an, hinter ihnen ging Bernardo. Schweigend passierten sie die verwitterten Grabsteine und erreichten das Mausoleum. Die Tür war irgendwann eingetreten worden; man hatte sie nur halbherzig mit einigen Brettern ausgebessert. Bernardo drängte sich zwischen Gillian und dem Großmeister hindurch und warf sich mit seiner breiten Schulter kraftvoll gegen das Holz. Beim zweiten Versuch gaben die Bretter nach.

Die neun Männer traten in den kreisrunden Innenraum. Aufatmend schlugen sie ihre Kapuzen zurück, wischten sich Regenwasser und Schweiß aus den Augen. Gillian entzündete eine Fackel, ersparte sich aber einen Blick in die missmutigen Gesichter der anderen. Stattdessen sah er zu, wie Bernardo voller Tatendrang daranging, die Falltür in der Mitte des Mausoleums aufzuhebeln. Von unten war offenbar ein Vorhängeschloss angebracht worden, doch es hielt dem kräftigen Templer nur zwei, drei Minuten lang stand. Bald darauf stiegen sie der Reihe nach in die Tiefe.

Manche murrten, als sie die vermoderten Leichen entdeckten, die aus der Decke des Tunnels ragten. Gillian ließ sich davon nicht beeindrucken und suchte sich zielstrebig einen Weg zwischen den Gerippen hindurch. Wieder waren Lascari und Bernardo die Ersten, die ihm folgten, dann erst setzte sich der Rest in Bewegung.

Einer der Ritter trug unter seinem Umhang eine altmodische Armbrust. Gillian rief den Mann an die Spitze des Zuges und bat ihn, einen Bolzen voraus in die Finsternis zu schießen. Sie hörten in der Ferne den scheppernden Aufprall, nichts sonst. Der Tunnel war leer.

Einige Minuten darauf fiel der flackernde Schein von Gillians Pechfackel auf grob gemeißelte Stufen. Sie führten in eine kleine Kapelle. Gillian ließ seinen Revolver im Gürtel stecken – er hatte Schusswaffen nie geschätzt, wenn er auch keine Stilfrage daraus machte wie Lascari – und zog ein langes Stilett hervor. Als er noch

Mörder im Auftrag Lysanders gewesen war, hatte er Waffen abgelehnt und meist nur seine bloßen Hände benutzt. Hier aber, angesichts einer Übermacht, war eine Bewaffnung unverzichtbar.

Einige der Templer schlugen im Angesicht des Altars hastige Kreuzzeichen. Gillian streckte die flache Hand aus und legte sie vorsichtig an das Holz des Kapelleneingangs. Er gab den anderen mit einem scharfen Zischen zu verstehen, sich nicht zu rühren. Er spürte keine Vibration, keine Regung draußen auf dem Gang.

Leise öffnete er die Tür und spähte durch den Spalt hinaus in den Korridor. Eine einsame Gaslampe spendete trübes Licht. Keine Menschenseele weit und breit. Gillian löschte die Fackel in einem Weihwasserbecken, was ihm empörte Blicke der anderen einbrachte. Ungerührt bedeutete er ihnen, ihm zu folgen.

Draußen teilten sie sich in drei Gruppen. Gillian, Bernardo und ein dritter Templer, Bruder Giacomo, nahmen den Weg hinauf zum Dachboden; dort hofften sie am ehesten auf Morgantus zu treffen. Die zweite Gruppe, zu der Lascari gehörte, sollte herausfinden, ob Morgantus' Männer die Außenseite des Schlosses bewachten. Korridore und Treppen würden derweil von der dritten Gruppe gesichert werden.

Gillian kannte die Anlage von seinen geheimen Besuchen während der vergangenen Jahre recht genau, und er hatte sich alles ein weiteres Mal eingeprägt, als er Tess und Gian fortgeholt hatte. So fand er den Weg nach oben ohne jede Mühe.

Doch seine Leichtfertigkeit wurde ihm fast zum Verhängnis. Die beiden Männer, die den Aufgang zum Speicher bewachten, entdeckte er erst, als es beinahe zu spät war. Sie lehnten flüsternd an den Wänden des Flurs, unweit der schmalen Treppe zur Tür mit dem Pelikanrelief. Ein einzelnes Gaslicht beschien die Männer von hinten, zwei Umrisse in der Düsternis des Korridors.

Gillian hatte den Gang als Erster betreten. Er wollte zurückspringen, als er die Männer entdeckte, doch da prallte von hinten bereits Bernardo gegen seinen Rücken und ließ ihn polternd nach vorn taumeln. Die Köpfe der Wächter ruckten schlagartig herum, einer stieß einen Fluch aus. Nur Herzschläge später peitschten zwei Schüsse, die Gillian und Bernardo um Haaresbreite verfehlten.

Bruder Giacomo ging hinter der Ecke in Deckung. Noch ein Schuss ertönte. Bernardo keuchte auf. Gillian blieb keine Zeit, sich Gewissheit über den Zustand des Freundes zu verschaffen. Stattdessen rollte er sich am Boden ab, sprang in die Hocke und schleuderte sein Stilett auf einen der Männer. Im Gegenlicht konnte Gillian nicht erkennen, wo es ihn traf. Der Wächter sackte zusammen und blieb reglos am Boden liegen.

Gillian wollte nach seinem Revolver greifen, doch der andere Wächter war schneller. Zwei Mal flackerte Mündungsfeuer über die Wände des Korridors. Gillian entging beiden Kugeln nur, weil Bernardo sich von hinten gegen ihn warf und ihn unter der Masse seines Körpers begrub. Bernardo stieß einen dumpfen Schrei aus, als er getroffen wurde. Da aber sprang Giacomo hinter der Ecke hervor, legte mit seinem Revolver an und streckte den Schützen am anderen Ende des Flurs mit einem Treffer nieder.

Bernardo stöhnte vor Schmerz. Die erste Kugel hatte ihn nur an der Hüfte gestreift, die zweite aber war ihm zwischen die Rippen gefahren. Gillian rollte sich sachte unter ihm hervor und beugte sich voller Sorge über den Freund. Bernardos Blick war klar, aber seine Lippen bebten in dem vergeblichen Versuch, Worte zu formen. Gillian hielt seine Hand, drückte sie hilflos und aufmunternd zugleich, während er seinen Blick auf den Einschuss richtete.

Er betrachtete die Wunde noch sorgenvoll, als Giacomo mit belegter Stimme sagte: »Er ist tot.«

»Unsinn!«, widersprach Gillian gereizt, doch als er in Bernardos Augen schaute, war der Blick des Templers gebrochen.

Der Korridor schien träge um ihn zu pulsieren, als er mit Giacomos Hilfe den toten Freund in eines der Zimmer zog. Sie falteten Bernardos Hände über seiner Brust und schlugen Kreuzzeichen über dem Leichnam. Giacomo sprach ein leises Gebet. Die Schüsse mussten Morgantus' Männer im ganzen Schloss alarmiert haben, doch die Zeit für den Segen musste sein. Bernardo hatte Gillians Leben gerettet. Er schuldete ihm weit mehr als nur ein hastiges Gebet.

Aus den Tiefen des Gebäudes erklangen Rufe und das Getrappel zahlloser Schritte. Gillian und Giacomo verabschiedeten sich von

Bernardo und eilten zu den Stufen, die die beiden Männer bewacht hatten.

Sie hatten den engen Durchgang kaum erreicht, als vier schwarze Schemen den Flur hinab auf sie zuhuschten. Wie die beiden Toten trugen auch sie schwarze Hosenanzüge, waren mit uralten Templerschwertern, vor allem aber mit kurzläufigen Gewehren bewaffnet. Zwei von ihnen eröffneten das Feuer, während die beiden hinteren Männer ihre Klingen blankzogen.

Die Tür zur Treppe war aus den Angeln gebrochen. Jemand hatte sich bereits früher gewaltsam Zugang verschafft. Gillian und Giacomo sprangen hindurch. Dahinter herrschte Finsternis. Gillian gab seinem Ordensbruder einen Wink. »Lauf nach oben«, zischte er leise, »und mach dabei so viel Lärm wie möglich!«

Giacomo blickte ihn einen Augenblick lang irritiert an, dann begriff er. Mit weiten Sätzen hechtete er die Treppe hinauf, trat polternd von einer Holzstufe auf die nächste.

Derweil presste sich Gillian mit dem gezogenen Schwert in der einen, dem gespannten Revolver in der anderen Hand neben den Türrahmen. Nur wenige Sekunden später erschien der erste von Morgantus' Wächtern im Durchgang. Im Treppenhaus brannte kein Licht, und so legte der Mann blind auf die oberen Stufen an, von wo ihm Giacomos Schritte entgegenschallten. Bevor er abdrücken konnte, rammte Gillian ihm das Schwert in die Seite. Schreiend brach der Mann zusammen. Die Nachfolgenden waren jetzt gewarnt. Trotzdem gelang es Gillian, einen weiteren Gegner mit einem Schuss in die Brust niederzustrecken. Die beiden übrigen blieben zurück, außerhalb seines Sichtfelds.

Ein Krachen ertönte, als Giacomo sich oben gegen die Speichertür warf. »Sie ist abgeschlossen!«

»Versuch, sie aufzubrechen!« Wenn die Tür nicht nachgab, saßen sie in der Falle. Gillian konnte nichts weiter tun, als stehen zu bleiben, abzuwarten und den Durchgang von innen zu verteidigen.

Eilig riss er das Schwert aus dem Leib des Sterbenden, der sekundenlang eine zitternde Hand nach ihm ausstreckte, bevor sie leblos zur Seite fiel.

Allmählich fand Gillian zu seinen alten Instinkten zurück. »Ich komme hoch!«, rief er Giacomo zu, der sich im Dunkeln wieder und wieder gegen die verschlossene Speichertür warf.

Die beiden Männer auf dem Gang schienen Gillians Worten zu glauben. Er hörte, wie ihre Kleidung raschelte, als sie näher an den Durchgang schlichen. Lautlos ging er in die Hocke, drehte dem Gang den Rücken zu. Dann stieß er sich ab, federte rückwärts über den Boden des Korridors. Auf dem Rücken liegend feuerte er, ohne zu zielen, in die Richtung, in der er seine Gegner vermutete. Die erste Kugel traf den einen Mann ins Bein, er stolperte mit einem Aufschrei gegen seinen Gefährten und verschaffte Gillian so die Zeit, den Hahn der Waffe ein weiteres Mal zu spannen. Der zweite Treffer war gezielter – und tödlich.

Gillian ließ den Revolver fallen und sprang auf. Dabei wäre er beinahe in die kreisende Klinge seines Gegners geraten. Gerade noch gelang es ihm, darunter wegzutauchen und sein eigenes Schwert nach oben zu reißen. Die feindliche Klinge prallte eine Handbreit über seinem Kopf gegen die Wand. Während Gillian einen weiteren geschickten Angriff mehr schlecht als recht parierte, bemerkte er Blut an der Waffe seines Feindes. Morgantus' Männer mussten bereits auf eine der beiden anderen Gruppen des Templum Novum gestoßen sein. Das Blut verriet, wie der Kampf geendet hatte.

Aber Gillian blieb keine Zeit, um seine Brüder zu betrauern. Der Mann erwies sich als ungemein versiert im Umgang mit dem Schwert. Eine Reihe von tückischen Schlägen ließ dem Hermaphroditen keine Zeit zu einem eigenen Angriff. Zudem mochten jeden Augenblick die übrigen vier Gefolgsmänner Morgantus' auftauchen, bis dahin musste das Gefecht entschieden sein.

Gillian wurde von der Gewalt eines neuerlichen Angriffs nach hinten geworfen. Sein Kopf krachte gegen die Wand. Aufblitzende Farbpunkte tanzten durch seinen Schädel, grelle Schlieren nahmen ihm die Sicht.

Aber der tödliche Schlag blieb aus. Er sah, wie etwas an ihm vorüberwirbelte, dann zu Boden prallte. Eine Hand packte ihn und zog ihn mit sich. Als sich sein Blick klärte, erkannte er, dass es Giacomo war. In einer Hand hielt er den Revolver. Gillians Gegner lag am Boden, eine Kugel hatte seinen Hinterkopf zertrümmert.

»Los, komm!«, rief Giacomo. Dabei zerrte er ihn hinüber zur Treppe.

Gillian erhob sich benommen. »Hast du's geschafft?«

»Sicher.« Das faltige Gesicht des Älteren verzog sich zu einem Lächeln. Mit einer Hand rieb er sich die schmerzende Schulter. »Die Tür zum Dachboden ist offen.«

Aura ließ sich Zeit, während sie die steinerne Wendeltreppe hinaufstieg. Die gespannte Waffe in ihrer Hand hätte sie beruhigen müssen, doch stattdessen war genau das Gegenteil der Fall: Der Revolver erinnerte sie nur noch schmerzlicher an ihre Lage, an die Gefahr, das Risiko.

Die breiten Stufen führten stetig nach oben. Es gab keine Zwischenetagen, keine offenen Stockwerke. Die Wände waren fensterlos und aus dem gleichen sandfarbenen Stein wie die Stufen. Die einzelnen Blöcke waren grob behauen, als wäre das ganze Gebäude in großer Eile entstanden – damals, vor siebenhundert Jahren.

Aura wusste, dass der Zahl Sieben seit jeher magische und alchimistische Kräfte nachgesagt wurden, und zum ersten Mal fragte sie sich, ob es Zufall war, dass diese Ziffer auch immer wieder Einfluss auf ihr Leben nahm: Siebenhundert Jahre waren seit dem ersten Untergang des Templerordens vergangen, sieben Jahre seit Auras Kampf gegen Lysander – dieselben sieben Jahre, die das Gilgameschkraut benötigt hatte, um seine Reife zu entfalten.

Irgendwo über ihr, jenseits der Treppenbiegung, ertönte ein Geräusch. Das Rascheln weiter Stoffe. Aura blieb stehen. Ihr Atem stockte. Sie nahm all ihren Mut zusammen, drückte sich mit dem Rücken gegen die äußere Wand und zielte mit dem Revolver zur Biegung empor.

Der Schein der Fackel, die am Fuß der Treppe in einer Wandhalterung brannte, war weiter unten zurückgeblieben; nur ein schwaches Schimmern drang noch herauf. Jetzt aber wurde das Dämmerlicht von einem Glimmen erhellt, das sich von oben her näherte. Das fahle Flackern projizierte einen Schatten auf die Wand, erst nur ein formloser Schemen, der sich aber im Näherkommen mehr und mehr zu den Umrissen einer Gestalt verdichtete. Leichtfüßige Schritte ertönten.

Dann fragte eine zaghafte weibliche Stimme: »De Dion? Sind Sie das?«

Eine Hand, die eine Kerze hielt, erschien hinter der Treppenbiegung, gefolgt von einem schlanken Arm. Ein weißes Kleid. Langes, lockiges Haar, hellblond an den Wurzeln, schwarz an den Spitzen, die Färbung zur Hälfte herausgewachsen. Ein schmales, verletzliches Gesicht. Dunkle Ringe unter hellblauen Augen.

»Sylvette?«, fragte Aura vorsichtig und dann noch einmal: *»Sylvette!«*

Sie ließ die Waffe sinken, sprang die letzten Stufen hinauf und schloss ihre Schwester in die Arme. Sylvette war für einen Augenblick starr und teilnahmslos vor Schreck, dann aber ließ sie die Kerze fallen und erwiderte die Umarmung voller Freude, lachend und weinend zugleich. Auch Aura schossen die Tränen in die Augen. Keinen Gedanken verschwendete sie an diesen Ort, an de Dion, an das, was vorher geschehen war. Sie spürte Sylvette in ihren Armen, hörte ihr helles Gelächter, so erleichtert, so begeistert, und das war alles, was zählte.

Irgendwann lösten sie sich so weit voneinander, dass sie sich ansehen konnten. Die Ringe unter Sylvettes Augen und ihre eingefallenen Wangen versetzten Aura einen Stich, genau wie die Furchtsamkeit in ihrem Blick, die Hilflosigkeit, die Suche nach einem Rat, den niemand ihr geben konnte. Und doch: Es war Sylvette, mit jeder Faser, jeder Regung, jedem Laut. Sogar ihr kindliches Lachen war dasselbe geblieben.

»Was machst …« – Sylvette verschluckte sich beim Sprechen – »ich meine, was tust du hier?«

Ein Wirrwarr von Worten, möglichen Erklärungen, Beteuerungen, sogar Entschuldigungen, toste durch Auras Kopf. Doch als sie schließlich die Sprache wiederfand, sagte sie nur: »Ich bring dich nach Hause.«

»Nach … Hause?«

Mit bebender Stimme sagte Aura: »Ins Schloss. Zu Tess. Und zu Mutter.«

Ein trauriges Lächeln spielte um Sylvettes kleinen Mund. Zum ersten Mal bemerkte Aura, dass er aussah wie eine knospende Rosenblüte – oder eine, die bereits welkte. »Mutter«, wiederholte Sylvette wehmütig. »Wie geht es ihr?«

Es fiel Aura schwer, darauf eine Antwort zu finden. »Ich glaube, sie vermisst dich.«

»Und Nestor?« Sie nannte ihn nicht Vater.

Dann weiß sie es also, dachte Aura.

»Er ist gestorben. Schon vor Jahren.«

Sylvette blickte plötzlich an Aura vorbei. »Wo ist de Dion?«, fragte sie, und ihre Stimme klang hohl und verängstigt. »Hast du ihn gesehen?«

»Er ist unten.«

Sylvette schien in Auras Augen inständig nach etwas zu forschen, das sie nicht finden konnte, einem Hoffnungsschimmer vielleicht.

Endlich sprach sie wieder, aber ihre Stimme klang hölzern: »Dann bist auch du seine Gefangene.«

Aura überspielte ihre Verzweiflung. »Wir werden schon einen Weg finden, hier rauszukommen.« Und mit einem schmalen Lächeln setzte sie hinzu: »Wir sind jetzt zu zweit, vergiss das nicht.«

»Zu dritt«, sagte Sylvette.

»Umso besser.«

Sylvette drehte sich um und hob die Kerze vom Boden auf; sie brannte noch. »Lass uns nach oben gehen. Wir haben getrocknete Früchte, falls du Hunger hast.«

Den hatte Aura tatsächlich, aber es erschien ihr falsch, jetzt ans Essen zu denken. Sie mussten Pläne schmieden, Gedanken sortieren, Ideen sammeln – alles, um diesem Gemäuer zu entfliehen.

Dreißig, vierzig Stufen später erreichten sie das obere Ende der Treppe. Vor ihnen öffnete sich ein Gang, fünf Meter breit, erhellt von zahllosen Kerzen, die in sonderbaren Mustern am Boden und auf Absätzen in den Wänden standen. Es mussten Dutzende sein, und ihr Flackern setzte sich weit bis zum anderen Ende des Korridors fort. Etwa fünfzehn Meter vor ihnen befanden sich im Boden und in der Decke zwei runde brunnengroße Öffnungen, durch die graues Tageslicht hereinfiel. Die Wände rückten auf dem Weg dorthin enger zusammen.

Noch einmal glitt Auras Blick über die Kerzenreihen rechts und links des Ganges. Einen Moment lang schien es ihr, als seien sie in der Form von Schriftzeichen aufgestellt. Dann aber waren es doch nur verschlungene Muster.

»Das ist … sehr schön«, sagte sie stockend. Sie fürchtete, dass es wenig überzeugend klang.

Sylvette aber freute sich über das Lob, ihr Gesicht hellte sich auf. »Es gibt so wenig anderes, womit man sich hier oben die Zeit vertreiben kann.« Es klang fast ein wenig beschämt, was Aura zum Anlass nahm, das Lob noch einmal zu unterstreichen.

»Ja, wirklich«, sagte sie, »das sieht wunderschön aus. Woher nimmst du all die Kerzen?«

»Kerzen sind das Einzige, wovon wir immer genug haben. De Dion bringt sie uns kistenweise. Das Gebäude war mal ein Kloster. Irgendwann hat man wahrscheinlich ganze Schiffsladungen von Kerzen hier eingelagert.« Sie lächelte, fast ein wenig wie früher. »Vermutlich reichen sie noch für ein paar Hundert Jahre.«

Sie setzte sich wieder in Bewegung und führte Aura den Gang hinunter, auf die Öffnungen in Boden und Decke zu. Die Kerzen verbreiteten angenehme Wärme, doch je näher sie den beiden Löchern kamen, desto kühler wurde es. Aura entdeckte, dass die Öffnungen eine Kreuzung markierten; rechts und links zweigten Gänge ab.

Aura beugte sich zögernd über den Rand der Bodenöffnung, blickte hinab in die Tiefe. Es gab kein Geländer, nichts zum Festhalten, und unvermittelt überkam sie die Sorge, ihr Körper könnte sich verselbstständigen und gegen ihren Willen in den Abgrund springen. Fast panisch trat sie einen Schritt zurück.

Längst hatte sie erkannt, wo sie sich befanden. Schon vom Berg aus hatte sie die kreuzförmige Brücke über dem Hof des Klosters gesehen, doch jetzt in ihrem Inneren zu stehen, in der Mitte der beiden Gänge, die sich über dem Abgrund kreuzten, war ein beängstigendes Gefühl. Der Boden des Hofes ertrank in Düsternis.

»Wo ist der andere Gefangene, von dem du gesprochen hast?«, fragte sie. »Und wo steckt Lysander?«

Sylvette trug immer noch die halb heruntergebrannte Kerze, obwohl es hier oben doch hell genug war. Sie legte den Kopf leicht schräg, während sie Aura ansah und zu einer Antwort ansetzte.

Doch ein anderer kam ihr zuvor. »Hier – und hier«, sagte eine Stimme aus dem Dunkel der rechten Abzweigung. Dort brannten keine Kerzen, und das Tageslicht reichte nur wenige Schritt weit. Ein Umriss formte sich aus den Schatten. Jemand trat aus der Finsternis an den Rand des Lichtkreises.

Aura wirbelte herum und machte einen Satz nach links, bis sich die Öffnung im Boden zwischen ihr und dem Mann befand. Sie riss den Revolver hoch, zielte in die Schwärze.

Sylvette starrte sie aus großen Augen an. »Was tust du denn?« rief sie und deutete mit der Kerze auf die Waffe.

Der Mann kam näher, blieb erst zwei Schritte vor der Öffnung stehen. Der Lichtschimmer traf ihn von unten, schuf harte Schatten auf seinen Zügen. Von links und rechts umspielte ihn der gelbe Kerzenschein.

Und alles war ganz anders, als Aura es sich ausgemalt hatte.

Lysander war krank, das sah sie trotz der schlechten Lichtverhältnisse. Kein strahlender Jüngling, dem die Alchimie über Jahrhunderte Kraft und Anmut erhalten hatte. Sein Körper war schwach und leicht vornübergebeugt von den Gebrechen hohen Alters. Müde stützte er sich auf einen Stock. Sein Gesicht aber, wenn auch eingefallen und grau, wirkte nicht älter als das eines Vierzigjährigen. Die Wangen waren wie ausgehöhlt, doch das mochte an den Schatten liegen. Seine Haut glänzte, schimmerte fast transparent. Dadurch entstand der Anschein, dies wäre nicht Lysander selbst, sondern vielmehr sein Abbild aus Wachs. Sein Haar war braun mit einem Stich ins Graue. Offenbar war es seit Jahren nicht geschnitten worden; es hing ihm bis auf die Schultern herab, war aber säuberlich gebürstet. Seine Augen waren zu groß, um anziehend zu sein, fast als hätte sich die Haut rundherum um einige Millimeter zurückgezogen. Er wirkte weder überlegen noch bösartig. Nicht einmal verschlagen. Aber das mochte täuschen.

»Du hast mich gesucht, Aura Institoris«, sagte er, »und hier bin ich. Eine Enttäuschung, nehme ich an.«

Sein Anblick mochte zwar nicht dem entsprechen, was sie erwartet hatte, doch ihr Hass, ihr Zorn und ihre Abscheu waren ungebrochen. Sie spürte den kühlen Abzug des Revolvers am Zeigefinger, ein Gefühl, das sie genoss. Sie war hergekommen, um ihn zu vernichten – dieser Antrieb war mindestens so groß wie jener, Sylvette zu befreien. Und sie dachte gar nicht daran, ihn allein aufgrund seines Aussehens zu verschonen.

Dann aber sah sie wieder die Angst in Sylvettes Augen und verstand die Welt nicht mehr. Es war Angst vor ihr, Aura, nicht vor Lysander.

Hastig huschte Auras Blick wieder hinüber zu dem Alchimisten, der nur noch vier Schritt von ihr entfernt stand, jenseits des Abgrunds. »Was haben Sie meiner Schwester angetan?«, fragte sie bitter. Jedes Wort fiel ihr schwerer als das vorherige. Alles in ihr blieb darauf ausgerichtet, ihn zu töten.

Das uralte Wesen erwiderte ihren Blick mit großer Ernsthaftigkeit. »Warum fragst du mich? Frag deine Schwester, wenn du eine Antwort darauf suchst.«

Sylvette machte einen Schritt auf Aura zu. Bittend streckte sie die freie Hand nach ihr aus. Einen Moment lang fürchtete Aura, Sylvette wolle versuchen, ihr die Waffe zu entreißen, doch sie tat nichts dergleichen. Stattdessen erschienen wieder Tränen in ihren Augen. »Warum bist du gekommen, Aura? Nur, um meinem Vater wehzutun?«

Alles, was ihr darauf einfiel, war die Wahrheit. »Er hat den Tod verdient. So viele Menschen mussten sterben, damit er leben konnte, so viele –«

»Das ist wahr«, wurde sie von Lysander unterbrochen. »Ich *habe* den Tod verdient, und wenn er kommt, werde ich ihm freudig die Hand reichen und ihn begrüßen wie einen alten Feind, mit dem man endlich Frieden schließt.«

Sylvette blickte abwechselnd vom einen zum anderen. Unverständnis flackerte in ihrem Blick. Heißes Wachs rann von der Kerze über ihre Finger, aber sie schien es nicht zu bemerken. »Warum redet ihr beide vom Sterben?« Sie klang jetzt wieder wie ein Kind. »Und warum zielt Aura mit einer Waffe auf dich, Vater?«

»Sylvette, mein Schatz«, sagte er, »deine Schwester glaubt, dass sie einen guten Grund hat, mich zu töten.«

Aura lachte auf, freudlos und voller Schmerz. »Ich habe mehr Gründe, als ich aufzählen kann. Sie tragen die Schuld daran, dass mein Bruder Daniel starb. Gillian, der Vater meines Sohnes, ist tot, weil Sie es so wollten – und ich wäre es ebenfalls, hätte sich Gillian nicht gegen Ihren Befehl gewandt. Tot wie mein Vater und der alte Puppenaugenmacher in Paris.« Sie zögerte kurz, dann fügte sie leiser hinzu: »Tot wie Christopher.« Aber die Trauer um ihn war noch zu frisch, um sie als Trumpf auszuspielen. Gefasster fragte sie: »Sind das genügend Gründe für Sie, Lysander?«

Sylvette kam ihm zuvor. »Christopher ist tot?«

»Er liegt draußen vor dem Kloster. Er wäre jetzt bei uns, hätte dein Vater es nicht anders gewollt.« Das war nicht ganz richtig, aber sie war viel zu aufgebracht, um das jetzt noch auseinanderzuhalten.

Die Nachricht schien Sylvette tief zu treffen. Sekundenlang sagte niemand ein Wort, nicht einmal Lysander versuchte, sich zu verteidigen.

Schließlich war es wieder Sylvettes zarte Stimme, die das Schweigen brach. »Es war Morgantus«, sagte sie und blickte Aura fest in die Augen. »Immer nur Morgantus.«

»Was soll das heißen?«

»Dass ich meinen Teil der Schuld auf mich geladen habe«, erklärte Lysander, »große Schuld sogar – und dass doch nichts von dem, was du mir vorwirfst, auf meine Veranlassung hin geschehen ist. Die Stimme, die du damals in Wien gehört hast, der Mann, der Gillian seinen Auftrag gab und das Schreiben an ihn in meinem Namen aufsetzte – das war Morgantus. Und er war es auch, auf dessen Befehl hin all diese Menschen ermordet wurden.«

»Das soll ich glauben?« Der Abzug zog Auras Finger an wie ein Magnet. Dass Lysander versuchte, seine Schuld auf einen anderen abzuwälzen, vertiefte nur ihre Verachtung für ihn.

»Du musst ihm vertrauen«, flehte Sylvette. »Was er sagt, ist die Wahrheit!«

»Er hat dich belogen«, sagte Aura. »Ich weiß nicht, was er mit dir gemacht hat, aber du kannst die Dinge offenbar nicht mehr so sehen, wie sie sind.« Dann dämmerte es ihr. »Ist es wegen Tess? Bist du deshalb auf seiner Seite?«

»Geht es ihr gut?«, fragte Sylvette besorgt.

»Besser jedenfalls als dir und mir.«

Lysander kam einen Schritt näher. Die Spitze seines Stocks verursachte ein helles Klacken auf dem Steinboden. Abermals verschoben sich die Schatten auf seinem Gesicht, wurden länger und dunkler.

»Tess ist tatsächlich meine Tochter«, sagte er. »Und ich liebe sie ebenso wie Sylvette. Was geschehen ist, geschah nicht nach meinem Willen. Es war –«

»Morgantus, natürlich«, sagte Aura verächtlich.

»Ich verstehe deinen Zorn, Aura«, entgegnete der alte Mann, »aber glaub mir, er trifft den Falschen.«

»Eine Lüge wird nicht dadurch glaubwürdiger, dass man sie so oft wie möglich wiederholt.«

Der Ausdruck auf Sylvettes Gesicht hätte Aura warnen müssen. Zu spät. Plötzlich holte ihre Schwester aus und schleuderte ihr mit aller Kraft die Kerze ins Gesicht. Sie traf Aura unter dem linken Auge, mit dem heißen Wachs zuerst. Sie schrie auf, stolperte zurück – und drückte ab.

Ein hohles Schnappen.

Kein Mündungsblitz. Keine Kugel.

Alle drei starrten auf die Waffe. Niemand sagte ein Wort. Aura presste ihre Hand auf das geprellte Auge, aber in Wahrheit spürte sie den Schmerz kaum. Sie schoss noch einmal, zielte dabei auf die Öffnung im Boden. Nichts – nur das metallische Schnappen des Hahns.

Die Swanen hatten ihr leere Patronen verkauft. Alles war geplant gewesen, von Anfang an. De Dion musste das gewusst haben. Nur deshalb hatte er gestattet, dass sie die Waffe behielt.

Mit einem Fluch schleuderte Aura den Revolver in die Tiefe. Ohne einen Laut verschwand er im dunstigen Abgrund. Dann schaute sie Sylvette an, traurig, enttäuscht, aber ohne ein Wort des Vorwurfs.

Sylvette gab sich Mühe, dem Blick ihrer Schwester standzuhalten. Es gelang ihr nicht besonders gut. »Er ist mein Vater«, sagte sie. »Und er hat es verdient, dass du ihm zuhörst.«

Aura schloss sekundenlang die Augen und sah nichts als wirres Farbenzucken. Dann blickte sie wieder Lysander an. Sie standen jetzt alle drei rund um die Öffnung, keiner mehr als einen Schritt von der lockenden Tiefe entfernt.

»Gut«, sagte Aura leise, »fangen Sie an.«

Ob der Dachboden wirklich verlassen war, ließ sich nicht mit Bestimmtheit sagen. Zumindest erweckte er diesen Anschein.

»Hier ist keiner«, sagte Giacomo, doch sein Flüsterton verriet, dass er seinen eigenen Worten misstraute. Gillian schätzte den Ordensbruder auf Anfang sechzig, aber im Augenblick sah er zehn Jahre älter aus.

Gillian ließ seinen Blick vom Eingang aus über das tropische Dickicht schweifen. Möglich, dass sich jemand darin verbarg. Im Laboratorium zumindest, das er von hier aus gut einsehen konnte, war niemand. Der Durchgang zu Nestors Bibliothek stand offen; auch dort gab es zahlreiche Verstecke. Was ihn aber stutzig machte, war die Tatsache, dass er Morgantus nach allem, was er über ihn gehört hatte, nicht für jemanden hielt, der sich vor seinen Gegnern in dunkle Ecken verkroch. Wo also steckte der Alchimist, und was, zum Teufel, heckte er aus?

»Sollen wir uns trennen, oder –«, begann Giacomo, aber Gillian schnitt ihm mit einem Kopfschütteln das Wort ab.

»Wir bleiben zusammen.«

Da die Bibliothek keinen zweiten Ausgang besaß, beschlossen sie, zuerst das Dickicht zu durchforsten. Ein Vorhaben, das sich als mühsamer erwies, als erwartet. Sogar das Kräuterbeet im Zentrum des Gartens war hüfthoch mit Unkraut überwuchert und musste Stück für Stück abgeschritten werden. Was hier einmal angepflanzt oder gesät worden war, ließ sich zwischen wildem Gras, Brennnesseln und Löwenzahn nicht mehr erkennen.

Als gewiss war, dass Morgantus sich nirgendwo im Unterholz verbarg, machten sie sich daran, die Bibliothek zu sichern. Doch auch zwischen den alten, staubigen Regalen entdeckten sie keine Menschenseele. Einige Bücher waren achtlos hervorgezogen und zu Boden geworfen worden; sie lagen dort wie tote Vögel mit gespreizten Flügeln.

Schließlich kehrten sie in den vorderen Teil des Dachbodens zurück. Über dem Glasdach war der Tag angebrochen. Gillian wusste nicht, wie lange er und Giacomo sich jetzt schon hier oben aufhielten. Es mochten zwanzig Minuten oder auch zwei Stunden sein. Die Tatsache, dass keine weiteren Getreuen des Alchimisten aufgetaucht waren, machte ihm Hoffnung. Vielleicht war zumindest Lascaris Gruppe an der Außenseite des Schlosses erfolgreich gewesen. Möglicherweise hatte der Großmeister Morgantus auch längst entdeckt, und sie vertaten hier oben nur ihre Zeit.

»Gehen wir«, sagte er und wandte sich zur Tür. Giacomo war sichtlich froh darüber. Trotz seines Alters und seiner Müdigkeit schien ihm nicht wohl dabei zu sein, die anderen Templer sich selbst zu überlassen.

Für den Fall, dass doch noch einige von Morgantus' Männern am Leben waren, wählten sie nicht den Weg, den sie gekommen waren, sondern stiegen durch das westliche Treppenhaus zum Erdgeschoss hinab. Auf halber Höhe entdeckten sie drei ihrer Ordensbrüder, von den Schwertern der Feinde erschlagen, mit verdrehten Gliedern und verzerrten Gesichtern. Einer hing über dem Geländer; der zweite lag schräg auf den Stufen, den Kopf fast von den Schultern getrennt; der dritte war die Treppe hinabgerutscht und erst einige Meter tiefer von der Biegung der Wand aufgehalten worden.

Giacomo bestand darauf, die Leichen würdevoll auf ebenem Boden aufzubahren und ihnen den letzten Segen zu geben. Gillian wollte ihm beistehen, doch ihm gefiel die gespenstische Stille nicht, die das Schloss erfüllte. Nirgends regte sich etwas, hinter keiner Tür, auf keinem der langen, düsteren Flure.

Giacomo bemerkte Gillians Sorge und ermunterte ihn, die Suche nach Lascaris Gruppe allein fortzusetzen; er selbst wollte nachkommen, sobald er den Seelenfrieden der toten Brüder gewährleistet hatte. Etwas in Gillian sträubte sich dagegen, doch schließlich gab er nach und ließ Giacomo zurück.

Wenig später entdeckte er die drei anderen Brüder im Freien, jenseits des Zypressenhains. Lascari lag mit einer blutenden Beinwunde am Rand des kleinen Hafenbeckens. Er schien starke Schmerzen zu haben, war aber bei Sinnen. Ein zweiter Bruder kauerte neben ihm und bemühte sich, Lascaris Bein oberhalb der Verletzung abzubinden. Das dritte Mitglied der Gruppe war tot; sein Schädel trieb im Wasser, gleich neben dem Leichnam eines von Morgantus' Männern. Drei weitere Gefolgsleute des Alchimisten lagen leblos zwischen der Bucht und den vorderen Zypressen.

Lascari sah Gillian aus dem Schatten der Bäume treten. »Wir haben sie besiegt«, verkündete der Tempelherr stockend. »Es war ein ehrenvoller Kampf.«

»Daran zweifle ich nicht.« Gillian ging neben ihm in die Hocke und beugte sich über die Wunde. Von nahem sah sie noch schlimmer aus.

»Er hat viel Blut verloren«, sagte der Mann an der Seite des Großmeisters. »Aber ich glaube, er kommt durch, wenn sich innerhalb der nächsten ein, zwei Stunden ein Arzt um ihn kümmert.«

Gillian nickte düster. »Nimm eines der Boote, und bring ihn an Land. Im Dorf findet ihr Hilfe.«

»Nein«, presste Lascari zwischen blutleeren Lippen hervor. »Morgantus ist immer noch auf der Insel.«

»Lass das meine Sorge sein, Bruder«, sagte Gillian sanft.

»Nein«, widersprach Lascari erneut, schon unverständlicher. »Ich muss –«

»Du musst überleben, Bruder, nichts sonst.« Gillian stand auf und wandte sich an den anderen Templer. »Bring ihn an Land, schnell. Sonst stirbt der Orden zusammen mit seinem Großmeister.«

Im selben Moment ertönten hinter ihnen Schritte. Gillian fuhr herum, bereit, sein Leben für Lascari zu geben.

Doch die Gestalt, die zwischen den Zypressen hervortrat, war Giacomo. Mit einem Blick erfasste er, was geschehen war.

»Fahr mit ihnen«, bat Gillian. »Der Meister muss zu einem Arzt.«

Giacomo nickte stumm, und diesmal widersprach auch Lascari nicht mehr – er hatte das Bewusstsein verloren.

Wenig später stachen die drei Männer mit einem Ruderboot in See. Lascari lehnte mit dem Rücken im Bug und hatte die Augen geschlossen, während sich die beiden anderen in die Riemen legten. Gillian wartete ab, bis die Jolle die steinernen Löwenpfosten an der Einfahrt zum Hafenbecken passiert hatte, dann drehte er sich um und eilte zurück zum Schloss.

Als Erstes suchte er Charlottes Gemächer auf. Sie waren leer, und das bestätigte seine Vermutung.

Er wusste jetzt, wo er Morgantus finden würde.

Lysanders Stimme klang von Minute zu Minute schwächer. Das Sprechen strengte ihn an, doch es war die Erinnerung selbst, die ihm den Rest seiner Kräfte nahm. Ausgiebig schilderte er die Umstände seiner ersten Begegnung mit Morgantus, ohne dabei zu verschweigen, welche Verbrechen er im Auftrag des Tempelherrn begangen hatte.

Auras Ekel wuchs, als sie von all den Mädchen hörte, die Lysander seinem Meister zugeführt hatte. Zugleich aber verwischten die Jahrhunderte den Schrecken dieser Taten.

»Morgantus hat mich angelogen«, behauptete Lysander erschöpft. »Er hat bereits damals, bald nach unserem ersten Treffen, behauptet, er hätte das Lebenselixier gefunden, und es wäre lediglich nötig, die Wirkung aufzufrischen. Die Wahrheit aber war, Morgantus war ebenso sterblich wie ich und Nestor und jeder andere. Erst Jahre nachdem er mich als seinen Gehilfen angenommen hatte, erkannte er das wahre Arkanum. Auch andere haben es versucht, immer und immer wieder, und doch waren ihre Mühen vergeblich. Ich weiß nicht, wie Morgantus hinter das Geheimnis gekommen ist, nicht mal, wann genau das geschah – und doch, er hat es vollbracht.«

Lysander schüttelte gedankenverloren den Kopf und klopfte sachte mit dem Stock auf den Rand der Bodenöffnung. »Die Lösung des Rätsels lag nicht in der Konsistenz des Blutes, wie Morgantus lange Zeit angenommen hatte, auch nicht allein im Geschlecht der Opfer. Tatsächlich war es ihre Herkunft. Blut war die wichtigste aller Zutaten, aber es musste besonderes Blut sein.« Er blickte auf und sah Aura in die Augen. »Die Gesetze der Alchimie sind schwer zu durchschauen. Es waren jahrelange Experimente, die Morgantus irgendwann auf die richtige Spur gebracht haben. All die Mädchen, die sterben mussten, waren nur kleine Schritte auf dem Weg zur Lösung.«

»Welcher Lösung?«, fragte Aura, obgleich sie es ahnte.

»Es musste das Blut der eigenen Tochter sein. Immer wieder der eigenen Tochter. Eine Kette von Vergehen am eigenen Fleisch und Blut, die sich durch die Jahrhunderte zieht. Morgantus hat es getan, und ich ebenso. Und auch dein Vater, Aura. Nestor hat es schon lange vor mir erfahren, als er die Aufzeichnungen über Morgantus' Forschungen stahl und verschwand. Der Alchimist zeugt ein Kind mit seiner eigenen Tochter. Bis dahin muss sie jungfräulich bleiben, und das Kind, das sie gebiert, muss wiederum ein Mädchen sein, um die Kette fortzusetzen. Irgendwann wird auch diese Tochter ein Mädchen zur Welt bringen, und jenes wiederum ein Mädchen, und das nächste ebenso. Und immer ist der Alchimist der Vater.«

»Und die Mütter werden nach der Geburt getötet.« Aura war atemlos vor Abscheu und Grauen.

»Ja«, bestätigte Lysander. »Ihr Blut ist die wichtigste Zutat, der Quell des Arkanums, die Basis des Elixiers. In ihrem Blut liegt das Geheimnis des ewigen Lebens.«

Aura spürte, wie der Schock sie einlullte. Sie wurde ganz gelassen, ganz entspannt. Hörte zu und versuchte zu begreifen, nachzuvollziehen.

Lysander stützte sich mit beiden Händen auf den Stock. Aus dem Abgrund fegte ein Luftzug empor und trieb sein langes Haar auseinander. »Wir alle haben generationenlang Töchter gezeugt, und mit ihnen abermals Töchter. Waren die Kinder männlich, mussten sie sterben, und das Experiment begann von neuem. Manchmal war es ein Glücksspiel. Ich wurde wie Morgantus, nachdem ich die Möglichkeiten einmal erkannt hatte. Ich zeugte, ich tötete. Dutzende Male, in jeder Generation von neuem. Und ich wurde unsterblich. So wie Morgantus. So wie Nestor.«

»Bis Sie die Kette durchbrochen haben …«

»Mit Charlotte, ja. Sylvette war die erste meiner Töchter, die nicht im Inzest entstand, deren Mutter nicht zugleich meine Tochter war. Ich will ehrlich sein, Aura, und deiner Schwester habe ich es ohnehin längst gestanden: Ich verführte Charlotte, um Nestor zu demütigen. Jahrhundertelang haben Morgantus und ich nach ihm gesucht, und als wir ihn endlich fanden, da war er das Oberhaupt einer Familie, der Herr eines Schlosses – früher hätte man gesagt: ein Edelmann. Wir waren krank vor Neid. Wir selbst waren Mönche gewesen, Tempelritter, wenn auch vom Glauben abgefallen. Wir hatten angenommen, Taten, wie wir sie begingen, wären nur unter dem Mantel des Ordens möglich, vollbracht in einsamen Klöstern und Abteien, fern vom Pulsschlag der Welt in völliger Geheimhaltung, Armut und Gelehrsamkeit. Wir hatten unsere Töchter, aber nie Familien, nie Geborgenheit, nie Harmonie. Und dann sahen wir Nestor wieder, nach all der Zeit, und sein Lebensstil sprach allem Hohn, woran wir geglaubt hatten. Er hatte die Zeit, die ihm das Elixier geschenkt hatte, vortrefflich genutzt: Er besaß größeren Reichtum, als er je hätte ausgeben können, er war weltmännisch, gerngesehener Gast der besseren Gesellschaft, ein Charmeur. Einer, den jeder liebte, egal, ob Frau oder Mann.« Lysander lachte auf, verbittert und voller Hohn. »Nestor hatte Jahrhunderte gelebt, während derer er sich diese Eigenschaften aneignete – und er hatte gelernt, wie es möglich war, in jeder Generation eine neue Identität anzunehmen, ohne seinen Besitz zu verlieren. Kein armseliger Einsiedler wie Morgantus und ich. Ein Lebemann, eine Persönlichkeit. Und ein Genie.«

Lysander machte eine Pause und warf Sylvette einen Blick zu. Mit einem zaghaften Lächeln bestärkte sie ihn darin, fortzufahren.

»Ja, Aura«, sagte er, »bei allem Pomp, den er um seine Person veranstaltete, war dein Vater ein wahres Genie, das Morgantus in den Belangen der Alchimie haushoch übertroffen hat. Ich selbst habe, um ehrlich zu sein, nie viel von diesen Dingen verstanden, wenigstens nicht die spirituelle, die philosophische Seite. Morgantus besaß zwar den nötigen Verstand, aber nicht die geistige Beweglichkeit. Als wir Nestor wiedertrafen, war Morgantus' Wissen immer noch auf demselben Stand wie sechs Jahrhunderte zuvor. Er hat sich nie fortentwickelt, hat nie, nachdem er einmal die Lösung kannte, nach besseren Wegen geforscht. Nestor aber war anders. Nachdem er die eine Kunst gemeistert hatte, machte er sich daran, sie mit der nächsten noch zu übertreffen.«

»Die Suche nach dem Gilgameschkraut«, flüsterte Aura über den Abgrund hinweg.

»Unsterblichkeit, ohne den Tod anderer dafür in Kauf nehmen zu müssen, ohne Inzest oder Morde, ohne sich selbst Tag für Tag noch tiefer zu verachten. Das war es, was Nestor wollte. Das war sein Ziel. Und, glaube mir, Aura, es würde mir nicht gelingen, den Neid zu beschreiben, der in Morgantus und mir entflammte. Wir wollten besitzen, was er besaß, mehr noch, was er in Zukunft besitzen würde! Damals nahmen wir Abschied vom Klosterleben und gingen nach Wien. Vor allem Morgantus begann, gewisse Elemente der dortigen Unterwelt auf seine Seite zu ziehen, und zum ersten Mal entwickelte er eine Gerissenheit, die über den Intellekt des Alchimisten hinausging. Mit jedem Schritt aber, mit dem er seine Macht vermehrte, zog er sich selbst in den Hintergrund zurück. Ich wurde seine Strohpuppe, seine Marionette. Immer, wenn ein Name genannt wurde, war es meiner; immer, wenn ein Auftritt vonnöten war, war ich es, der ins Rampenlicht treten musste. Alles war wieder wie damals, als ich noch ein Kind war: Morgantus war der Meister, ich nur der Gehilfe. Er gestattete mir keine eigenen Entscheidungen, keine Wünsche, keine Hoffnungen, und ich fügte mich, um seine Gunst nicht zu verlieren. Oh, ich versuchte manches, um mich von diesem Elend abzulenken, etwa die Malerei, die Poesie, auch das Glücksspiel. Ich war gut darin, mir vorzugaukeln, dass ich es wäre, der die Fäden in der Hand hielte, denn schließlich war es mein Name, den man angsterfüllt flüsterte, mein Name, der sogar den Kaiser mit Ehrfurcht erfüllte. Doch darüber begann ich zu vergessen, dass die eigentliche Macht hinter diesem Namen einem anderen gehörte.«

Aura betrachtete ihn eingehend, das graue Haar, den gebeugten, altersschwachen Rücken, die seltsamen, wie von Angst geweiteten Augen. »Aber etwas ist geschehen, nicht wahr? Etwas, das alles verändert hat.«

Lysander stieß ein asthmatisches Husten aus. »Sylvettes Geburt.

Was immer die Beweggründe für meine Nacht mit Charlotte waren – plötzlich war ich Vater einer Tochter, einer *echten* Tochter. Kein Vieh auf der Schlachtbank meiner Unsterblichkeit, kein Opfer, das irgendwann für mich ausbluten würde. Ich war Vater geworden, und ich entdeckte plötzlich Gefühle in mir, die mir selbst nach all den Jahrhunderten neu waren.«

Sylvette machte einen Schritt auf ihn zu und streckte ihm die Hand entgegen. Lysander ergriff sie dankbar, hielt sie fest mit seinen dürren Fingern umschlossen. Der Anblick war so absurd nach allem, was sie gerade gehört hatte, dass Aura den Blick hastig abwandte und in die graue Tiefe des Hofes hinabstarrte. Zum ersten Mal fragte sie sich, wie tief dieser Schlund tatsächlich war – auf alle Fälle tiefer als die drei Stockwerke, die das Kloster an der Außenseite maß. Wie lange würde ein Mensch wohl fallen, bis er am Boden aufschlug? Wie lange würde *sie* fallen? Sie zuckte zurück und wandte sich wieder ihrer Schwester und Lysander zu.

»Sie haben Sylvette damals noch nicht gekannt«, sagte sie. »Wie konnten Sie da Gefühle für sie entwickeln, ganz gleich, welcher Art?«

»Ich habe sie beobachtet, manchmal, im Geheimen, ohne dass jemand mich bemerkt hat. Aber ich wusste auch, dass sie es bei Nestor besser hatte als bei mir im Wiener Untergrund – so schmerzlich diese Erkenntnis damals auch für mich war. Ich beschloss, abzuwarten, bis der Tag kommen würde, um mich von Morgantus zu lösen, bis ich Wien verlassen und ein eigenes Leben führen konnte, wie der verhasste Nestor es mir vorgemacht hatte. Mit einem Unterschied allerdings: Ich fasste den Entschluss, von der Unsterblichkeit Abschied zu nehmen. Ich verzichtete auf weitere Töchter, auf weiteres Blut. Ich beschloss, zu altern.«

»Was hielt Morgantus von dieser Entscheidung?«

»Er tobte. Er verfluchte mich. Und es hat eine Weile gedauert, bis ich begriff, worum es ihm dabei tatsächlich ging: Es war die Einsamkeit, die er fürchtete. Er wusste, dass er nicht wie Nestor war, dass es ihm niemals gelingen würde, eine Familie um sich zu scharen, sein Leben von Grund auf zu ändern. Damals, im dreizehnten Jahrhundert, als er die Unsterblichkeit erlangte, war er im

Vergleich zu Nestor und mir bereits ein alter Mann. Und ein alter Mann ist er immer geblieben. Er war auf mich angewiesen. Deshalb war ihm meine Entscheidung so verhasst. Und dennoch gab er nach seiner anfänglichen Aufregung vor, sich damit abzufinden. Er ließ mir meinen Willen, und ich Dummkopf habe ihm geglaubt. Wie hätte ich auch ahnen können, was er tatsächlich geplant hat?«

»Er beschloss, zu warten.« Aura verstand jetzt, wohin diese Geschichte führte. »Morgantus entschied sich, Sie altern zu lassen. So lange, bis Sylvette alt genug sein würde, um ein Kind auszutragen. Ihr Kind.«

»Tess«, bestätigte Lysander mit bebender Stimme. »Morgantus ließ Sylvette entführen und nach Wien bringen. Er hat mich erpresst. Er drohte, Sylvette zu foltern, würde ich nicht …«

»Ein Kind mit mir zeugen.« Sylvettes Stimme klang so sachlich, als tauschten sie und ihre Schwester Kochrezepte aus.

»Er hat uns gezwungen«, sagte Lysander. »Sylvette war noch ein Kind, und ich … ich habe Angst um sie gehabt. Nicht um mich. Ich wäre mit Vergnügen für sie gestorben, und Morgantus wusste das. Er hat kein einziges Mal mich selbst bedroht, immer nur sie. Er wusste, dass dies der einzige Weg war, Druck auf mich auszuüben.«

Aura erinnerte sich wieder an den Greis im Gebirge, den widerwärtigen alten Mann in der Berghütte. Sie hatte mitangesehen, wie er ein Mädchen ermordete – und doch war das nur ein Vorgeschmack auf die Schrecken gewesen, die sie jetzt über ihn erfuhr.

Unvermittelt erkannte sie noch etwas: Morgantus war nicht hier. Nicht in diesem Gemäuer, vielleicht nicht einmal in Swanetien. Und ihr kam ein entsetzlicher Gedanke.

»Wo«, fragte sie langsam, »ist Morgantus jetzt?«

KAPITEL 11

Der Kamin hatte keine Rückwand mehr. In der Eingangshalle brannte kein Licht, und so war die schwarze Öffnung jenseits des erloschenen Feuers niemandem aufgefallen. Jetzt aber, als Gillian gezielt darauf zuging, bemerkte er den eiskalten Luftzug, der ihm entgegenschlug. Der Wind aus der Tiefe hatte die Asche in einem sternförmigen Muster über den Boden verteilt.

Gillian stieg über die Reste der Feuerstelle hinweg. Noch vor gar nicht langer Zeit war er die geheimen Stufen hinabgestiegen, um Tess zu befreien. Jetzt aber kamen sie ihm vor wie ein völlig fremder Ort. Die Gewissheit, dass er Morgantus bald gegenüberstehen würde, veränderte seine Empfindungen.

Vorsichtig begann er den Abstieg. Bis zu der Stelle, an der die Treppe eine Biegung nach rechts machte, schälte das Dämmerlicht von oben vage die Kanten der Stufen aus der Finsternis. Jenseits der Kehre aber versanken Treppe und Kellerraum in Schwärze. Gillian hatte keine Lampe, nicht einmal eine Kerze, und so tastete er sich mit dem Schwert vorwärts. Einen Augenblick lang erwog er, nach oben zurückzukehren, um einen der silbernen Kandelaber zu holen. Dann aber sagte er sich, dass das Licht seinen Gegner warnen würde. Falls Morgantus sich tatsächlich im Leuchtturm aufhielt, war es durchaus möglich, dass er noch gar nicht bemerkt hatte, was im Schloss vorgefallen war.

Gillian erreichte ebenen Boden, jene Kammer, in der Charlotte das Mädchen eingesperrt hatte. Dahinter lag der Tunnel zur Leuchtturminsel, eine Tür gab es nicht. Gillian ging weiter geradeaus, tastete fächerförmig mit der Schwertklinge umher und stellte irgendwann fest, dass die Wände rechts und links nun enger beieinander standen. In den Schächten und Tunneln der Wiener Unterwelt hatte er einen guten Orientierungssinn entwickelt, der ihn auch hier nicht im Stich ließ.

Allerdings verlor er allmählich sein Zeitgefühl, und so vermochte er nicht abzuschätzen, wie lange es dauerte, bis er endlich einen Lichtschein am Ende des feuchtkalten Korridors entdeckte. Es war kein Tageslicht, eher ein fahles Schimmern, wahrscheinlich aus dem Inneren des Leuchtturms.

Gillian blieb einen Moment lang stehen und horchte. Abgesehen vom Rauschen der See, das durch die Tunneldecke drang, war nichts zu hören. Hin und wieder vernahm er das Geräusch tropfenden Wassers, Laute, die er im ersten Moment für Schritte hielt. Er verfluchte seine überreizten Sinne und setzte seinen Weg fort. Bald kam er schneller voran. Der Lichtschein wies ihm den Weg und ersparte ihm das Tasten mit dem Schwert.

Schließlich erreichte er eine kurze Treppe, die zu einer offenen Luke in der Tunneldecke führte. Darüber wölbte sich ein düstergrauer Raum, ein zylinderförmiger, fünfzehn Meter hoher Schacht, um den ringsum eine Treppe aus Eisensprossen führte. Das Innere des Leuchtturms.

Langsam und lautlos schob Gillian seinen Kopf durch die Luke. Niemand war zu sehen. Trotzdem glaubte er noch immer, dass er mit seiner Vermutung richtig lag. Charlotte hatte sich ohne jeden Zweifel hierher zurückgezogen; dies war ihr Versteck, ihr Unterschlupf, in dem sie schon damals den verstoßenen Daniel untergebracht hatte. Die Tatsache, dass Morgantus mittlerweile den dritten Tag im Schloss weilte, ließ darauf schließen, dass er das, worauf er aus war, noch nicht gefunden hatte. Folgerichtig würde er versuchen, von Charlotte zu erfahren, wo er danach suchen musste.

Es gab nur zwei Möglichkeiten, wo sich die beiden aufhalten konnten: entweder im Freien, auf den schroffen Felsen am Fuß des Turms – oder aber auf seiner Spitze, dort, wo einst das Leuchtfeuer brannte.

Gillian huschte die Metallstufen nach oben. Jede Sprosse war einzeln in der Turmwand verankert und besaß eine Breite von anderthalb Metern. Ein Geländer gab es nicht.

Endlich gelangte er zur Decke des Turmes. Die metallene Falltür, die hinaus auf die Spitze führte, war geschlossen. Gillian zögerte einen Moment, bevor er die Hand ausstreckte, um die Luke nach oben zu drücken; er wusste, dies war der Augenblick, in dem seine Anwesenheit bemerkt werden würde.

Er gab der Falltür einen kräftigen Stoß. Krachend klappte das Schott nach außen, schlug auf den steinernen Rundgang der Turmspitze. Gillian sprang mit zwei großen Schritten ins Freie und riss das Schwert vor den Körper, um mögliche Schläge abzuwehren.

Um ihn blieb die Zeit stehen.

Die Turmkrone war rund, mit einem Durchmesser von fünf Metern. Ein brusthohes Gittergeländer umschloss die Plattform, deren größter Teil von einem Glaskäfig eingenommen wurde, sechseckig, drei Meter breit, darüber ein eisernes Dach. Früher hatte man darin mit Holz, Kohle und Reisig das Leuchtfeuer geschürt.

Vogelkot bedeckte die Scheiben von innen und außen. Das Glas selbst war unversehrt, die Vögel gelangten durch einen Belüftungsspalt zwischen Scheiben und Dach ins Innere.

Heute aber befanden sich keine Tiere in der Kuppel. Vielmehr erkannte Gillian durch das kotverschmierte Glas einen dunklen Schemen, einen menschlichen Umriss, der am Boden kauerte, inmitten einer kniehohen Masse aus Vogeldreck, Federn, Tiergerippen und den Resten alter Nester. Bei jeder Bewegung stoben Wolken aus giftigem Staub empor, umhüllten die Gefangene, drangen in ihre Augen, ihre Nase, ihren Mund.

Wie lange mochte Charlotte schon dort drinnen gefangen gehalten werden? Seit einem Tag, seit zweien? Gillian bezweifelte, dass sie noch zu retten war, selbst wenn es ihm gelingen sollte, sie zu befreien. Der ätzende Staub musste längst in ihre Lungen gedrungen sein, zersetzte sie von innen nach außen.

Morgantus stand vor der Glasluke der Leuchtkuppel, ein dürrer alter Mann in einem weiten Kapuzenmantel, abgesetzt mit schwarzem Pelz. Der scharfe Seewind, der den Leuchtturm umtobte, presste ihm die Seiten der Kapuze enger an die Wangen. Seine Augen waren im Schatten der zerzausten Pelzbesätze nur zu erahnen.

Die Hand des Alten zuckte unter die wehenden Mantelbahnen, dürre Finger rissen einen Revolver hervor.

Mit einem Satz schnellte Gillian auf ihn zu. Seine Schwertklinge klirrte gegen Morgantus' Waffe, schlug sie aus der knöchernen Hand.

Einen Herzschlag lang sah es aus, als würde der Revolver am Rand der Plattform liegen bleiben, dann aber kippte er über, verschwand im Abgrund. Tief unten schlug die Waffe auf graue Felsen, wurde von der tosenden Brandung ins Meer gespült.

Gillian packte Morgantus am Kragen, presste ihn mit aller Gewalt nach hinten, bog den Rücken des Alten über das Geländer. Seine Hand mit dem Schwert fuhr nach oben, um den Schädel des Alchimisten mit einem Schlag von den Schultern zu trennen. Tausend Bilder rasten durch sein Gehirn, Erinnerungen flackerten auf, erloschen wieder. All die Morde, die er im Auftrag Lysanders und seines Meisters begangen hatte, all die Opfer. Er sah sie vor sich, mit großen, flehenden Augen, angsterfüllt, fast alle in Panik.

Morgantus aber hatte keine Angst. Seine Augen waren klein und verkniffen. Der Wind zauste weiter im Pelz der Kapuze, schleuderte sie zurück, entblößte ein schmales, zerfurchtes Gesicht.

Bevor Gillian zuschlagen konnte, öffneten sich die Lippen des Alten, ein verdorrter Schlitz in Zügen wie aus gelb-grauem Leder. Brandung und Wind waren ohrenbetäubend, doch die Worte des Alten drangen durch das Getöse.

Ein Satz nur. Schlichte, beinahe spröde Worte. Keine Drohung, keine Warnung, kein Zauberspruch.

Und doch veränderten sie alles.

Lysander blieb stumm, aber sein Schweigen schuf größere Unruhe als alles, was er bislang gesagt hatte. Er blickte von Aura zu Sylvette, dann wieder hinab in den Abgrund unter der Kreuzbrücke.

»Wo ist Morgantus?«, fragte Aura noch einmal, schärfer. »Sie wissen es doch.«

»Nein«, sagte er. »Aber ich ahne es.«

»Dann sag es«, verlangte nun auch Sylvette. Sie hielt noch immer Lysanders Hand, aber es war, als wäre der Berührung ein Großteil ihrer Wärme und Zuneigung entzogen worden.

»Ich fürchte«, gestand Lysander, »er stattet eurem Schloss einen Besuch ab.«

Sylvette ließ die Hand ihres Vaters los. »Morgantus ist bei Tess?«, fragte sie fassungslos. »Aber du hast doch gesagt, sie sei –«

»In Sicherheit, wenn wir sie in Wien zurücklassen, ja«, beendete er ihren Satz. »Sicherer zumindest als hier bei uns.«

»Was sucht er im Schloss?«, wollte Aura wissen. »Die Kinder?«

»Nein.« Lysander schüttelte den Kopf. »Die Kinder sind ihm im Augenblick gleichgültig. Sonst hätte er nie zugelassen, dass du Tess aus Wien fortbringst.«

»Was sucht er dann?«

»Das Kraut, Aura. Das Kraut auf Nestors Grab.«

»Dann ist es wahr? Das Gilgameschkraut wächst nur auf den Gräbern der –«

»Auf den Gräbern der Unsterblichen. So ist es.«

»*Das* war das neue Rad?« Auras Stimme klang heiser. »Die Botschaft bedeutete gar nicht, dass Sie den Stein der Weisen bereits besaßen – sondern nur, dass Sie endlich den *Weg* kannten, um in seinen Besitz zu gelangen.«

»Morgantus hat es herausgefunden«, bestätigte Lysander. »Er fand den Hinweis in einer Schrift aus dem alten Judäa, vor etwa acht Jahren. Unsterblichkeit gedeiht nur aus Unsterblichkeit – das war der Schlüssel, nach dem wir alle so lange gesucht hatten. Nur aus den Überresten eines Unsterblichen erwächst neue Unsterblichkeit.«

»Deshalb musste mein Vater sterben! Er war neben Ihnen und Morgantus der einzige andere bekannte Unsterbliche. Sie ließen ihn von Gillian ermorden, um das Kraut von seinem Grab zu ernten.«

»Nach sieben Jahren, ja.«

»Aber warum erst jetzt? Die sieben Jahre sind schon lange abgelaufen. Warum ist Morgantus nicht früher gekommen?«

»Er war – nun, man könnte wohl sagen, dass er krank war. Sehr krank. Seit Jahrzehnten leidet er unter Schwächeanfällen. Anfangs dachte ich, das sei der Beweis dafür, dass das Elixier nicht perfekt sei. Dass es das Leben eine Weile lang verlängere, nur um uns schließlich doch sterben zu lassen. Ich habe oft Angst gehabt, damals – bis mir schließlich gleichgültig wurde, ob ich lebte oder starb. Aber Morgantus starb nicht. Meist verfiel er nur in eine Art Scheintod, um ein, zwei Tage darauf wieder zu erwachen, lebendiger und kraftvoller als zuvor. Ich nehme an, es handelt sich um eine Art Regeneration, wie ein Winterschlaf, den die Wirkung des Elixiers verursacht. Es muss mit seinem Alter zu tun haben. Irgendwann hätten Nestor und ich vielleicht dasselbe durchgemacht, wenn wir uns nicht entschieden hätten, das Elixier abzusetzen. Morgantus war immer wieder für Tage, Wochen, manchmal sogar Monate ans Bett gefesselt.«

»So wie in Wien?«

»Ja. Er wusste, dass es ihm bald besser gehen würde, aber er ahnte auch, dass du annehmen musstest, dass es mit ihm zu Ende ginge. Vielleicht kennt er dich besser, als du denkst, Aura. Er war sicher, dass du einen sterbenden alten Mann nicht ermorden würdest.«

»Mein Fehler.«

»Er hat geglaubt, er könnte dich endlich loswerden – dich und deine Nachfahren –, indem er einmal mehr meine Identität annahm, um als Lysander zu sterben. Während er mich und Sylvette hier im Kloster einkerkern ließ, kurierte er in Wien in aller Ruhe seine Schwäche aus.«

»Ich muss zurück nach Hause«, sagte Aura. »Sofort.«

Ein fahles Lächeln huschte über Lysanders Züge. »De Dion wird dich nicht fortlassen. Du bist jetzt eine Gefangene wie wir.« Wieder klopfte er mit dem Stock auf den Boden, fast als könnte das sein Denken beschleunigen. »Aber ich glaube nicht, dass Morgantus den Kindern ein Leid antut. Ihm geht es nur um das Gilgameschkraut.«

Sylvettes Stimme war voller Sorge, als sie einwarf: »Morgantus ist wahnsinnig. Er ist unberechenbar.«

»Wahnsinnig ist er gewiss«, sagte ihr Vater, »aber nicht dumm. Und er glaubt, zumindest für Tess noch Verwendung zu haben. Für ihn ist sie der Garant meiner Unsterblichkeit.«

»Warum sucht er sich nicht einfach einen anderen Gehilfen?« Aura musste sich mühsam zur Ruhe zwingen. »Warum diese Fixierung auf Sie, wo Sie ihn doch derart enttäuscht haben?«

»Tötet ein Vater seinen Sohn, nur weil er die Schulaufgaben nicht macht?«

»Aber er ist nicht Ihr Vater!«

»Siebenhundert Jahre Gemeinsamkeit bedeuten mehr als ein paar Erbanlagen.«

»Warum hat er zusätzlich die Mädchen im Internat umgebracht?«

Lysander seufzte. »Morgantus hat Angst. Er hat ein Leben lang nur Angst gehabt. Selbst nach all den Jahrhunderten hat er der Wirkung des Elixiers immer misstraut. Die Aussicht, sieben weitere Jahre auf das Kraut warten zu müssen – ohne zu wissen, ob der nächste Schwächeanfall der letzte sein wird, und ohne jede Gewissheit, ob das Kraut tatsächlich die erhoffte Wirkung besitzt –, all das hat ihn um den Verstand gebracht. Er hat wieder mit seinen alten Experimenten begonnen, dort, wo er im dreizehnten Jahrhundert aufgehört hat. Neue Mädchen, neue Morde.« Lysander stieß verächtlich die Luft aus, was abermals zu einem lautstarken Hustenanfall führte. »Morgantus leidet am Altersschwachsinn eines Unsterblichen, ohne die Aussicht, dass ihn eines Tages der Tod erlöst. Ist das nicht eine wunderbare Ironie?«

»Ja, wunderbar«, meinte Aura finster. Dann fiel ihr noch etwas ein. »Warum zeugt Morgantus nicht einfach ein weiteres Kind?« Mit Widerwillen fügte sie hinzu: »Oder sind ihm die Töchter ausgegangen?«

»In der Tat.«

»Sie meinen –«

»– dass Morgantus zu stark gealtert ist, um eigene Kinder zu zeugen. Selbst die Versuche mit fremden Mädchen hat er mittlerweile aufgegeben. Er ist auf das Gilgameschkraut angewiesen.«

»Warum hat er es so weit kommen lassen? Weshalb hat er nicht vor zwanzig oder dreißig Jahren eine Tochter –«

Wieder ließ Lysander sie nicht aussprechen. »Er hat es versucht. Das Mädchen brachte ein Kind zur Welt. Doch es war nicht das, was Morgantus erwartet hatte.«

»Ein Junge?«

»Beides. Mädchen und Junge in einem Körper. Das Symbol der Alchimie. Morgantus hielt es für ein Omen. ›Die Natur gibt uns ein Zeichen‹, hat er damals gesagt. ›Sie warnt uns, dass wir am Ende des alten Weges angelangt sind. Nun gilt es, eine neue Richtung einzuschlagen.‹« Lysander verzog das Gesicht. »Umso schmerzlicher, dass der gute Nestor bereits viel früher zur selben Erkenntnis gekommen war.«

Aura war leichenblass geworden.

Sylvette trat besorgt auf sie zu. »Was ist?«, fragte sie. »Was hast du?«

Tosende Brandung – und der Wind, der um die Spitze des Leuchtturms heulte.

»Du bist mein Sohn!«, zischte Morgantus.

Gillians erhobene Schwerthand verharrte. Tief blickte er in die verkniffenen uralten Augen, gelbstichig wie geronnene Milch. Er dachte plötzlich an Piobb, den Puppenaugenmacher; an seinen Leichnam inmitten kalter Emailleaugen.

Er kannte diese Stimme. Bisher hatte er geglaubt, sie gehörte Lysander.

Ein Stoß nur, ein Schlag – und alles wäre vorbei.

Warum zögerte er jetzt?

Hinter ihm krachte etwas von innen gegen das Glas der Leuchtkuppel. Charlotte, beide Fäuste erhoben, hing an der Scheibe wie eine schwarze Spinne. Benommen rutschte sie am Glas hinab. Ihre Hände, ihr Gesicht hinterließen verschmierte Spuren im Vogelkot. Ihre Knie gaben nach. Neue Giftwolken stoben auf.

Gillian ruckte wieder herum, zurück zu Morgantus. Das faltige Gesicht, der verkniffene Blick.

Du bist mein Sohn!

Der Wind zerrte an seinem Arm, die erhobene Schwertklinge zitterte. Morgantus beachtete sie nicht. Er erwiderte nur starr Gillians Blick.

»Du hast deinen Vater nie gekannt«, kam es schneidend über seine Lippen. »Du hast deine Mutter nie gekannt. Du weißt nichts über deine Herkunft.«

Gillian sah Bilder, Fetzen von Erinnerungen, die vielleicht seine eigenen waren. Die Kindheit im Waisenhaus, die Jugend auf der Straße. Dann der Abstieg in Wiens Kanalisation. Die erste Begegnung mit Lysander. Der erste Auftrag, der erste Mord.

»Was wirst du jetzt tun?«, fragte Morgantus.

Ein Blick zurück zu Charlotte. Ein dunkler Schemen hinter dem Glas, umgeben von weiß-grauen Wirbeln. Eine Figur in einer Schneekugel.

»Ich habe dir damals das Leben geschenkt«, wisperte Morgantus, als Gillian keine Antwort gab. »Ich hätte dich töten können wie all die anderen. Aber du warst anders als sie.« Er lehnte den Kopf noch weiter über den tosenden Abgrund, bot Gillian den dürren Hals dar. »Der Hermaphrodit. Das Symbol der Unsterblichkeit. Die lebende Essenz des Arkanums.«

Gillians Griff um den Kragen des Alten begann nachzulassen. Der eisige Wind schnitt durch seine Kleidung. Er fror entsetzlich.

Noch einmal öffneten sich Morgantus' Lippen. »Ich war es, der dir deinen Namen gegeben hat.«

Gillian blinzelte. Hinter ihm schlug Charlotte gegen das Glas. Diesmal drehte er sich nicht zu ihr um. »Was erwartest du von mir?«, fragte er leise, nicht sicher, ob Morgantus ihn überhaupt verstand. »Dass ich dir verzeihe?«

Morgantus lächelte milde. Sein Haar wehte um den ledrigen Schädel wie ein Strahlenkranz. Er wollte etwas sagen, doch Gillian kam ihm zuvor:

»Es wird Zeit«, flüsterte er tonlos, »und du weißt es.«

Er senkte das Schwert in einem harten, kurzen Schlag. Ein sauberer Schnitt. Scharf und glatt und endgültig.

Der Schädel des Alchimisten verschwand in der Tiefe. Im Fallen bewegten sich seine Lippen. Eine Täuschung vielleicht.

Dann: die Gischt, die Brandung.

Die offene See.

»Das ist noch nicht alles, oder?« Auras Tonfall klang flatternd, viel zu hoch und spitz. Nicht einmal ihre Stimme hatte sie unter Kontrolle, geschweige denn ihre Gedanken. »Nur darum ging es die ganze Zeit. Um Familien und um Kinder. Um das kleine Stück Unsterblichkeit, das jeder von uns an seine Nachkommen weitergibt.«

»Die Unsterblichkeit, die die Natur einem jeden gewährt«, sagte Lysander und nickte. »Das war es, was ich lange vor Morgantus und vielleicht auch vor Nestor begriffen habe. Jeder lebt in seinen

Kindern weiter, sie sind der Nährboden aller Unsterblichkeit. Vielleicht war es das, was Morgantus in ihrem Blut entdeckt hat, vielleicht ist das die wahre Essenz des Elixiers. Ich weiß es nicht.«

»Sie haben gesagt, mein Vater hätte die Kette ebenfalls durchbrochen.«

»Deshalb begann er zu altern. Er hat die letzte Generation ausgelassen, genau wie ich. Er hat Charlotte geheiratet und Kinder mit ihr gezeugt. Er muss sehr sicher gewesen sein, das Gilgameschkraut zu finden.«

»Nein«, widersprach Aura. Allmählich ergaben die Details ein umfassendes Bild. »Sie irren sich. Nestor war nicht wie Sie, Lysander. Er hat sich abgesichert. Das war der Grund, weshalb er Daniels Unfall inszeniert und mich ins Internat geschickt hat – er wollte weitermachen wie damals. Er musste mitansehen, wie er alterte, und das machte ihm Angst. In Wahrheit hat er nie auf das Elixier verzichten wollen. Ich wäre sein nächstes Opfer geworden. Er hätte eine Tochter mit mir gezeugt, und er hätte mein Blut –« Sie verstummte, unfähig, den Satz zu Ende zu bringen.

Lysander sah sie an und blickte gleichzeitig durch sie hindurch. »Dann ist Charlotte –«

»Natürlich!«, rief sie aus, und plötzlich war alles klar, alles verständlich. »Meine Mutter ist Nestors Tochter. Sie hat ihre Eltern nie gekannt, es hieß, sie wären bei einem Schiffsunglück ums Leben gekommen. Alles Lüge! Nestor hat diese Geschichte verbreitet, so, wie er es wahrscheinlich seit Generationen tat. Er verschwand aus dem Leben der kleinen Charlotte und tauchte erst wieder auf, als sie alt genug war, um ihn zum Mann zu nehmen. So wahrte er den Schein, ohne die Kette zu durchbrechen.«

»Trotzdem hat er eine Generation übersprungen – sonst wäre Charlotte jetzt tot und Nestor nicht gealtert.«

Aura nickte benommen. »Ich wäre die Nächste gewesen. Vermutlich hat er sich selbst ein Ultimatum gesetzt. Während meiner drei Jahre im Internat wollte er die Suche nach dem Gilgameschkraut fortsetzen. Wäre es ihm in dieser Zeit nicht gelungen, das Kraut zu finden, wäre er zur bewährten Methode zurückgekehrt. Ich war die Alternative.«

»Seine Absicherung.« Lysanders Stimme klang gepresst, von ehrlicher Traurigkeit gefärbt.

Allmählich fand Aura zurück zu ihrer alten Entschlossenheit. »Wir sollten endlich zusehen, dass wir hier rauskommen. Wo führen eigentlich die drei übrigen Gänge hin?«

»Das sind Sackgassen. Sie sind alle zugemauert. Im Mittelalter wurden hier Ungläubige eingesperrt – man glaubte, im Inneren des Kreuzes sei die Aussicht größer, dass Gott sie bekehrt. Das war, bevor sich der Orden völlig vom Christentum losgesagt hat.«

Aura überlegte einen Augenblick lang, dann legte sie sich am Rand der Bodenöffnung auf den Bauch. Vorsichtig schob sie ihren Kopf über die Kante. Aus der Tiefe blies ihr schaler, übelriechender Wind ins Gesicht.

»Das haben schon andere versucht.« Lysander schüttelte resigniert den Kopf. »Sie liegen alle irgendwo dort unten.«

Aura hätte ihm gerne die Schuld an ihrem Dilemma gegeben. Er hatte Dutzende junger Mädchen getötet, um sein eigenes elendes Leben zu verlängern. Und dennoch war alles, was sie an Empfindung für ihn aufbringen konnte, abgrundtiefe Verachtung. Ekel, natürlich, aber kein Hass. Er hatte Recht gehabt mit dem, was er zu Anfang gesagt hatte: Es *machte* einen Unterschied, dass sie keines seiner Opfer gekannt hatte. Und er war trotz allem der Vater ihrer Schwester; Sylvette liebte ihn.

»Irgendwelche besseren Vorschläge?«, fragte Aura gereizt.

Als weder Lysander noch Sylvette eine Antwort gab, blickte sie hinauf zum Loch in der Decke. Es war zu hoch, um von hier unten heranzukommen.

»Wie viele Männer gibt es im Kloster?« fragte sie.

»De Dion und zwei Wächter.«

»Sonst keinen? Nur diese drei?« Das klang zu unglaublich, um wahr zu sein.

Lysander sagte mit einem Schulterzucken: »Alle anderen sind mit Morgantus fortgegangen. Es waren ohnehin nicht mehr viele, zehn oder elf.«

»Sylvette«, sagte Aura, »du hast mir erzählt, de Dion bringe euch die Kerzen gleich kistenweise herauf.«

»Das stimmt.«

»Hast du das wörtlich gemeint? Bringt er euch tatsächlich Kisten?«

»Einmal in der Woche, ja.«

»Und die Kisten lässt er hier?«

»Als Brennholz für den Winter, hat er gesagt. Wir haben jede Menge davon.« Sylvette deutete in den dunklen Gang hinter Lysanders Rücken, den einzigen, in dem keine Kerzen brannten, offenbar aus Sorge, das Holz könnte Feuer fangen.

Auras Aufregung wuchs, als sie an der Öffnung vorbei in die Mündung des finsteren Korridors trat. »Ihr habt sie doch nicht zerschlagen, oder?«

»Bestimmt nicht alle.«

Lysander legte Aura eine Hand auf die Schulter. »Ich weiß, was du vorhast. Aber es ist sinnlos. Die Kisten sind aus dünnem Holz, nicht stabil genug.«

Aura hörte kaum, was er sagte. Sie konnte nur auf seine Finger blicken, die sich um ihre Schulter krallten – wie fleckige Krabbenbeine. Abermals stieg Übelkeit in ihr auf. Sie hatte sich noch immer nicht völlig an die Nebenwirkung des Gilgameschkrauts gewöhnt, und jetzt überkam sie sie noch einmal mit aller Macht.

Ruckartig riss sie sich los und gab ihrer Schwester einen Wink.

Bald darauf hatten sie und Sylvette vier der Kisten an den Rand des Lochs getragen, die letzten, die noch nicht zu Brennholz verarbeitet waren. Lysander hatte Recht; das Holz war dünn, nicht hart genug, um einen Menschen länger als wenige Sekunden zu tragen. Trotzdem mussten sie es versuchen.

Sie stapelten die vier Kisten übereinander, mit den Öffnungen nach unten. Sie reichten Aura bis zur Schulter. Von der obersten waren es nur noch anderthalb Meter bis zum Loch in der Decke. Dennoch war die Hoffnung, dass sie es tatsächlich alle drei hinauf schaffen würden, denkbar gering. Nicht nur, dass es schwierig genug war, auf den wackligen Kistenturm zu steigen – seine Kante stand zudem nur einen Fingerbreit neben der Bodenöffnung. Hinzu kam, dass die beiden Löcher sich genau übereinander befanden, so dass derjenige, der auf den Kisten stand, sich weit über den Abgrund beugen musste, um den Rand der Deckenöffnung zu erreichen.

Lysander hatte weitere Einwände, doch diesmal war es Sylvette, die ihn anfuhr, er möge still sein.

Aura nahm ihre Schwester bei der Hand. »Du gehst als Erste. Ich halte dich fest, so gut ich kann.«

Die Angst in Sylvettes Augen war nicht zu übersehen, dennoch nickte sie entschlossen. Sie umarmten sich lange. Aura würde nicht noch einmal zulassen, dass ihrer Schwester etwas zustieße.

Sylvette wandte sich den Kisten zu, legte beide Hände auf die obere Kante und suchte mit dem linken Fuß nach Halt in den Zwischenräumen der Holzlatten. Die ganze Konstruktion knirschte und ächzte, als sie sich emporzog. Aura hielt sie von hinten an der Taille fest und bemerkte erschrocken, wie dünn und ausgemergelt sich Sylvettes Körper unter dem Kleid anfühlte. Trotzdem war es gerade ihr kläglicher Zustand, der ihr jetzt zugutekam; zwar schwankten die Kisten bei jeder Bewegung vor und zurück, doch Sylvettes Fliegengewicht schienen sie standzuhalten.

Innerhalb weniger Augenblicke hatte Sylvette die höchste Kiste erreicht. Um sich dort oben aufzurichten, musste Aura sie kurzzeitig loslassen. Das Knirschen der Kisten wurde durchdringender, der ganze Turm wackelte gefährlich. Wenn er jetzt nachgab, würde Sylvette unweigerlich in den Abgrund stürzen.

Schweiß rann Aura übers Gesicht. Sie wischte sich mit der Hand über die Augen. Lysanders Atem war zu einem röchelnden Schnaufen geworden, während sich Sylvette ganz langsam aufrichtete, sich sachte über den Abgrund beugte, Kopf und Schultern durch die Deckenöffnung streckte – und sich mit beiden Händen nach oben zog. Sekunden später kauerte sie auf dem Dach und schnappte nach Luft, während der Wind ihr langes Haar zerzauste. Ihr Gesicht war kreidebleich, als sie sich über den Rand lehnte und den beiden am Boden aufmunternd zunickte.

Ein erleichtertes Kribbeln raste durch Auras Körper. Prüfend rüttelte sie an den Kisten. Dann rückte sie vorsichtig die Kanten übereinander, die sich bei Sylvettes Aufstieg verschoben hatten, und blickte zu ihrer Schwester hinauf.

»Wie sieht es da oben aus? Kannst du irgendwelche Dachluken oder Fenster erkennen?«

Sylvette beschattete ihre Augen mit der Hand und hielt Ausschau. Schließlich nickte sie. »Es gibt ein paar Giebel mit Fenstern. Die Dächer sind nicht besonders steil. Es dürfte nicht allzu schwer sein, es bis dorthin zu schaffen.«

»Sie hat Recht«, sagte Lysander, noch immer atemlos von der Angst um seine Tochter. »Die Dächer der acht Seitentrakte haben Fenster. Durch sie könnt ihr nach innen klettern.«

»Wir?«

»Ich bleibe hier.«

Aura hatte kommen sehen, dass er das sagen würde. Sie selbst hätte wenig dagegen einzuwenden gehabt, aber Sylvette würde ohne ihren Vater nicht gehen.

»Nein, Sie klettern als nächster.«

»Ich bin zu alt«, widersprach er. »Ich würde kaum auf eine dieser Kisten hinaufkommen, geschweige denn auf vier.«

»Ich halte Sie fest. Wenn Sie oben sind, kann Sylvette Sie aufs Dach ziehen.«

Er schüttelte den Kopf. »Es geht nicht. Ich kann das nicht.«

»Machen Sie schon«, fauchte Aura ihn an. »Wenn Sie hierbleiben, wird sie es auch wollen.«

Er seufzte schwer und rieb sich die Augen. Dann plötzlich straffte er sich. Sein Blick strich über die Kisten, verharrte dann auf Aura. »Ich weiß, dass du dich um Sylvette kümmern wirst, wenn mir etwas geschieht«, sagte er leise, damit seine Tochter ihn nicht hören konnte. »Ich weiß auch, dass du mich verabscheust, Aura, aber sollte ich den heutigen Tag nicht überleben, dann bitte versuch nicht, Sylvette die Liebe zu ihrem Vater auszureden.« Sein Blick war flehend, die Pupillen groß und dunkel, trotz des Dämmerlichts.

»Einverstanden«, erwiderte Aura. »Und nun gehen Sie endlich.«

Dankbarkeit sprach aus seinen Augen. Er holte aus und warf seinen Stock zur Öffnung hinauf. Sylvette fing ihn auf und legte ihn neben sich aufs Dach. Dann begann Lysander seinen Aufstieg. Aura packte auch ihn oberhalb der Hüften und stützte ihn beim Klettern. Sein Zittern setzte sich durch ihre Finger bis zu den Ellbogen fort. Er gab sich Mühe, seine Anspannung unter Kontrolle zu halten, doch der Versuch misslang.

Der Gedanke, dass der abgemagerte Körper, den sie zwischen ihren Händen hielt, mehr als siebenhundert Jahre alt war, ließ sie frösteln. Es war, als müsste sie einen Leichnam berühren. Sie fragte sich, ob sie selbst einmal genauso enden würde. Die Vorstellung entsetzte sie derart, dass sie Lysander beinahe losgelassen hätte. Sie beherrschte sich in letzter Sekunde.

Irgendwie gelang es dem alten Mann tatsächlich, die Spitze zu erreichen. Aura atmete auf.

Die untere Kiste gab nach.

Mit einem Krachen sackte der ganze Turm eine Handbreit nach unten, rundum zersplitterten mehrere Latten. Lysander schwankte, keuchte, während Aura die Arme hochriss und ihn an den Waden packte. Taumelnd versuchte er, sein Gleichgewicht zu halten. Die Kisten wackelten noch immer, eine weitere Latte barst in Stücke, und der Turm neigte sich dem Abgrund entgegen.

Von oben schossen Sylvettes Hände herab, packten Lysander an den Armen.

»Springen Sie!«, schrie Aura und ließ seine Beine los.

»Die Kisten werden –«

»Verdammt, nun springen Sie schon!«

Mit letzter Kraft stieß er sich ab, während Sylvette ihn zugleich nach oben riss. Beide verschwanden polternd oberhalb der Kante.

Die Kisten fielen. In einer hilflosen Geste gelang es Aura noch, die oberste zu packen. Alle anderen sackten über den Rand der Öffnung hinweg und stürzten in die Tiefe.

Fluchend knallte Aura die letzte Kiste auf den Boden. Die Latten splitterten auseinander.

Ihr Blick raste zur Decke. Die Öffnung war leer. Wo waren die beiden? Vorhin hatte sie ein Poltern gehört. Das Dach war nicht allzu steil, hatte Sylvette gesagt. Steil genug, um abzurutschen?

Nein, da waren sie wieder. Über ihnen ballten sich Wolken zusammen. Lysanders Gesicht war so grau, dass es sich kaum davon abhob. Er keuchte und ächzte. Sylvette hatte eine Schürfwunde an der Wange, dennoch schien sie hellwach und voller Sorge um Aura. Tränen glänzten in ihren Augen.

»Ihr müsst gehen«, rief Aura ihr zu. »Südwestlich von hier gibt es ein Dorf. Versucht nicht, mit den Leuten dort zu reden – sie würden euch nur zurückbringen. Wartet bis zur Nacht, und stehlt ihnen zwei Pferde, wenn ihr könnt.« Sie ahnte, wie aussichtslos dieser Plan war. Aber eine Wahl hatten sie nicht.

»Ich geh nicht ohne dich!«, erwiderte Sylvette.

»Wenn du jetzt nicht von hier verschwindest, war alles umsonst. Denk an Christopher – er ist gestorben, um dir die Flucht zu ermöglichen.«

»Nein«, sagte Sylvette beharrlich. Sie wischte sich mit dem Ärmel über die feuchten Wangen.

»Bitte, Sylvette! Ich komm hier schon irgendwie raus.«

Ihre Schwester fasste einen Entschluss. »Ich kann versuchen, die Tür von außen zu öffnen.«

»Nein, verdammt!«, fluchte Aura. »Ihr seid nicht einmal bewaffnet. De Dion wird euch umbringen.«

Aber Sylvette hatte sich bereits von der Öffnung zurückgezogen. Aura hörte, wie sich die Schritte der beiden entfernten, ein Schaben und Kratzen auf dem Dach über der Brücke. Sie bewegten sich in Richtung Treppenhaus.

Zum ersten Mal geriet Aura vollends in Panik und lief den Gang hinunter, die Augen zum dunklen Dachfirst gerichtet. »Sylvette!«, schrie sie so laut sie konnte. »Tu das nicht, Sylvette! Sie töten euch!«

Aber die Schritte klapperten weiter. Die Dachbalken über dem Gang vibrierten im flackernden Kerzenschein. Aura rannte vorneweg, während ihr die Geräusche unaufhaltsam folgten. Sylvette und Lysander liefen in den sicheren Tod.

»Sylvette!«, rief Aura noch einmal. In hilflosem Zorn trat sie ein halbes Dutzend Kerzen um. Flüssiges Wachs spritzte gegen die Wände, befleckte ihre Stiefel.

»Sie bringen dich um!« Aura sank auf die Knie, vergrub das Gesicht in den Händen.

Die Schritte auf dem Dach entfernten sich, brachen schließlich ab. Sylvette und ihr Vater hatten das Ende der Brücke erreicht, betraten jetzt das Hauptdach.

Wie betäubt schleppte sich Aura zum Treppenhaus. Sie machte sich nicht die Mühe, eine der Kerzen aufzuheben, stolperte im Finsteren die Stufen hinunter. Es schienen mehr geworden zu sein, so als wollte sogar das Gemäuer verhindern, dass sie jemals unten ankam; als streckte und dehnte es seine steinernen Glieder ins Unendliche.

Irgendwann erreichte sie das Erdgeschoss. Durch den Spalt des Doppeltors schnitt ein hauchfeiner Lichtstrahl. Mit beiden Fäusten begann sie gegen das kalte Eichenholz zu hämmern.

»De Dion!«, brüllte sie in ihrer Verzweiflung. »De Dion, lass mich hier raus!«

Nichts rührte sich. Die Wächter ignorierten sie.

Sie versuchte es weiter, minutenlang. Ohne Erfolg. Ausgelaugt und ohne Hoffnung sank sie auf die unterste Stufe, zog die Knie an, starrte ins Dunkel. Sie versuchte zu überlegen, ein, zwei klare Gedanken zu fassen, aber die Angst um Sylvette fegte alles andere beiseite.

Lange saß sie so da, horchend, grübelnd, bis Aufregung und Erschöpfung ihren Preis forderten. Aura schlief ein.

Als sie wieder erwachte, hatte sie keine Ahnung, wie viel Zeit vergangen war. Nur Minuten, möglicherweise. Vielleicht auch Stunden.

Ein scharfes Krachen ertönte, hart und abrupt. Dann ein zweites Mal. Die Schüsse hallten durchs Treppenhaus, brachen sich an den hohen Steinwänden.

De Dion und seine Männer machten Sylvette und Lysander den Garaus. Seltsam, wie präzise Aura mit einem Mal die Lage erfasste. Merkwürdig auch, dass ihre Panik plötzlich wie weggefegt war.

Jenseits des Tores peitschten weitere Schüsse. Jemand schrie auf. Eine junge Frau.

Dann – Stille.

Aura kauerte auf der Treppe, die Fäuste vor dem Mund geballt. Sie hörte schnelle Schritte, die sich dem Tor näherten. Jemand rannte. Ein sperriger Schlüssel wurde ins Schloss gesteckt, herumgedreht.

Knirschend schwang der rechte Flügel nach innen. Eine grelle, blendende Lichtflut ergoss sich ins Treppenhaus. Und ein Umriss trat ihr entgegen. Zierlich, mit wildem Lockenhaar.

Marie Kaldani streckte ihr die Hand entgegen.

Um Charlotte zu befreien, musste Gillian den Torso des Alchimisten nach dem Schlüssel für die Leuchtturmkuppel durchsuchen. Er fand ihn in einer Innentasche des Kapuzenmantels.

Die Schlossherrin war nicht mehr in der Lage, die Kuppel aus eigener Kraft zu verlassen. Gillian hielt sich den Arm vor die Nase, betrat den Glaskäfig, stapfte durch Vogelkot und Knochen und packte Charlotte am Arm. Sie ließ sich willenlos nach draußen schleifen, in einer Wolke aus Federn, die der Wind wie Schneeflocken übers Geländer wirbelte.

Charlotte blieb zusammengerollt auf dem Rundweg der Turmspitze liegen, das Gesicht zur See gewandt. Ihr schwarzes Kleid war mit weißem Staub überzogen, ebenso ihr Gesicht, das wirre Haar. Gillian fiel neben ihr auf die Knie, schüttelte sie, gab ihr eine Ohrfeige. Sie begann zu schreien. Kreischte so schrill, so anhaltend, dass sie den Wind und die Brandung übertönte.

Als sie schließlich die Augen aufschlug, sah er, dass auch ihre Augäpfel von einer Staubschicht überzogen waren. Der ätzende Vogelkot fraß sich durch Hornhaut und Iris zu den Sehnerven vor, während blutige Rinnsale aus Nase und Mundwinkel liefen. Ihre Schleimhäute lösten sich auf. Sie brauchte Wasser, viel Wasser, so schnell wie möglich.

Morgantus' kopfloser Körper hing noch immer rücklings über dem Geländer, beide Arme nach hinten gestreckt. Die Windböen zerrten an ihnen; es sah aus, als winkte er unsichtbaren Schiffen am Horizont zu. Gillian trat neben ihn, starrte ihn sekundenlang ausdruckslos an. Dann bückte er sich, packte die Beine des Mannes, der vielleicht sein Vater gewesen war, und kippte ihn über die Brüstung. Als Gillian hinabblickte, war bereits keine Spur mehr von ihm zu sehen. Die See würde ihn irgendwo begraben, an einem fernen Strand oder in den Tiefen des Ozeans.

Eine Windhose fuhr heulend in die Glaskuppel und trieb Federn und Staub nach außen, eine geisterhafte Fahne, spiralförmig zum Himmel aufgeschleudert und dort in alle Richtungen verweht.

Gillian nahm Charlotte auf den Arm und trug sie die Stufen hinunter. Die geländerlose Treppe reichte wie ein endloses Schraubengewinde in die Tiefe. Im Erdgeschoss fielen ihm ein paar Decken und eine Kiste mit Verpflegung auf – Charlottes Exil. Dort entdeckte er auch ein Faß mit Trinkwasser. Er legte Charlotte auf den Boden, goß ihr einen Großteil des Wassers übers Gesicht und brachte sie dazu, ihren Mund auszuspülen. Ein wenig träufelte er sogar in ihre Nasenlöcher. Sie hustete Rotz und Wasser aus, aber auch eine Menge des tödlichen Staubs.

Sie röchelte leise in seinen Armen, als er mit ihr die Stufen zum Geheimgang hinabstieg und sich auf den Rückweg zum Schloss machte.

Im Westen versank die Sonne hinter aufstrebenden Schneegipfeln. Uschgulis Türme erhoben sich wie schlanke Grabmäler hinter einer Hügelkuppe, umnebelt vom Dunst der Abenddämmerung. Das letzte Stück des Weges war schlammig und aufgewühlt von einer Ziegenherde, die ihr Hirte entlang des Pfades ins Dorf getrieben hatte.

Die Reiter, die von Osten her nach Uschguli trabten, waren schweigsam und erschöpft. Marie führte die Gruppe an. Sie hatte während des Weges kaum ein Wort gesprochen, auch nicht mit Aura, die hinter ihr ritt. Sylvette und Lysander teilten sich ein Pferd, weil sich der alte Mann nach der Kletterpartie über die Dächer nicht mehr allein im Sattel halten konnte.

Fünf Swanen hatten bei dem Angriff auf das Kloster ihr Leben verloren. Die Leichen hingen bäuchlings über ihren Pferden. Die Kameraden der Toten führten die Tiere an den Zügeln.

De Dion und die beiden anderen Templer hatten sie im leeren Kloster zurückgelassen. Viel war nicht von ihnen übriggeblieben. Selbst als sie schon tot waren, hatten die Männer weiter mit Säbeln und Gewehrkolben auf sie eingeschlagen, als Vergeltung für den Tod ihrer fünf Gefährten.

Die beiden Männer, die Christopher erschlagen hatten, waren nicht unter den Angreifern gewesen. Marie hatte sie mit dem

Leichnam nach Uschguli zurückgeschickt, um dort sein Begräbnis vorzubereiten. Aura hatte keine andere Wahl, als dies als Bekenntnis ihrer Reue zu akzeptieren. Ihr fehlte die Kraft für Rachegefühle. Sie hatte über de Dions geschundener Leiche gestanden und nicht die Spur einer Emotion in sich entdeckt. Keinen Triumph, keine Freude, keinen Hohn. Nur eisige Gleichgültigkeit.

Die Frauen des Dorfes empfingen sie mit Tee, selbstgebranntem Schnaps und Kesseln voll kochender Brühe. Lysander wurde im Haus von Maries Mutter zur Ruhe gelegt, er hatte Fieber und fantasierte. Der Kräuterdoktor, dem Marie die Pflege des alten Mannes anvertraute, versprach, dass Lysander in einer Woche wieder wohlauf sein würde; allein die dreitägige Reise nach Suchumi könne man ihm nicht mehr zumuten, geschweige denn den Weg nach Deutschland.

Marie begleitete Aura und Sylvette zum Friedhof am Rand des Dorfes. Christopher war in einer Kapelle aufgebahrt worden, im Schein zahlreicher Kerzen. Vor der Tür standen mehrere Männer mit Fackeln. Marie blieb mit ihnen zurück, während die Schwestern Abschied von ihrem Stiefbruder nahmen.

Christopher wurde in einem frisch ausgehobenen Grab beerdigt. Aura hatte beim Steinmetz des Dorfes eine Granitplatte in Auftrag gegeben, die das gesamte Grab bedecken sollte. Maries Mutter hatte versprochen, die Ausführung zu überwachen.

Marie ging vor dem Grab in die Knie und betete lautlos; nur ihre Lippen bewegten sich. Aura sah im Fackellicht, dass Tränen über ihre Wangen liefen.

Später zogen sich die Dorfbewohner zurück, nur Aura und Sylvette blieben mit einer Fackel am Grab stehen. Der Wind rauschte von den Hängen herab und heulte in den Wehrtürmen des Dorfes. Der flackernde Schein der Fackel geisterte über ihre Gesichter und warf den Schatten des Grabkreuzes weit über die angrenzende Bergwiese.

»Was wirst du jetzt tun?«, fragte Aura, ohne den Blick von Christophers Grab zu nehmen.

»Einschlafen am liebsten, und einem anderen die Entscheidung überlassen.« Sylvette war müde, wie alle anderen, die vom Kloster zurückgekehrt waren. Und doch war etwas in ihrer Stimme, das hoffnungsvoll, beinahe energisch wirkte. »Was würdest denn du an meiner Stelle tun?«

Sie weiß es, dachte Aura. Sie weiß, dass sie zum ersten Mal die Möglichkeit hat, ihr Leben in die eigene Hand zu nehmen.

»Ich glaube, dass es keine Rolle spielt, was ich tun würde«, sagte Aura. »Außerdem kennst du die Antwort.« Sie erinnerte sich an das Versprechen, das sie Lysander gegeben hatte. »Hier im Dorf ist er sicher, Maries Mutter will auf ihn achtgeben. Ihr Angriff auf das Kloster hat bewiesen, dass sie es ehrlich meint. Lysander ist ein alter Mann, der irgendwann –«

»In Ruhe und Frieden sterben wird. Das meinst du doch, nicht wahr?«

»Ja.«

»Ich sollte dann bei ihm sein.«

»Glaubst du wirklich, dass er das will?«, fragte Aura zweifelnd. »Er hat alles getan, um dir als guter Mensch in Erinnerung zu bleiben, ohne all die Makel seiner Vergangenheit. Deinetwegen hat er sein Leben geändert. Aber wird er wollen, dass du siehst, wie er stirbt? Wie der Tod ihn einholt und zu einem ganz normalen Sterblichen macht? Das passt nicht zu ihm.«

Sylvette ging in die Hocke und ließ gedankenverloren Erde von Christophers Grab durch ihre Finger rieseln. »Vielleicht sollte ich ihn einfach fragen.«

»Geh nur«, sagte Aura, »ich warte hier auf dich.«

Und das tat sie. Eine Stunde lang, dann zwei. Allein mit Christopher an seinem Grab, allein mit dem Bruder, den sie anfangs gehasst und am Ende geachtet hatte. Jetzt endlich, einsam auf diesem Friedhof in den Bergen am Ende der Welt, weinte sie um ihn, um die Familie, die sie hätten sein können, um ihre Freundschaft. Sie sank vor dem Grab auf die Knie, so wie Marie es getan hatte, und ihre Rechte strich über den Erdhügel.

Irgendwann werden hier grüne Pflänzchen wachsen, dachte sie traurig, und mit Blättern wie kleine Schwertklingen versuchen, ins Freie vorzustoßen; dann aber wird es eine Platte aus Granit sein, die ihnen Einhalt gebietet. Eine Platte, auf der Christophers Name steht. Er wird es sein, der die Unsterblichkeit bezwingt. Er ganz allein.

Sylvette kam schließlich zurück und teilte ihr ihre Entscheidung mit.

Am Morgen sattelten sie gemeinsam ihre Pferde, und Marie geleitete die beiden Schwestern durch die grünen Täler Swanetiens zurück zum Schwarzen Meer.

EPILOG

Das Echo vergangener Gewitter hing in der Luft, jener eigenartige, für den Norden so typische Wechsel von atemloser Stille und unberechenbarer Tobsucht der Elemente. In einem Augenblick tanzten Windböen über die Gräser der Ebene, im nächsten versank die Landschaft in andachtsvoller Stille.

Zum ersten Mal erlebte Aura, dass ihr die Magie der Moorwiesen den Atem verschlug. Während die Kutsche dem weiß-gelben Wall der Dünen entgegenschaukelte, stob im Osten ein Vogelschwarm auf, eine düstere Woge, die sich am Himmel verlor, als entzöge die Natur dem Land einen Schatten, den eine vorbeieilende Wolke in der leeren Weite verloren hatte.

Der Horizont schien sich zu verschieben, weiter und weiter fortzurücken, wie eine Luftspiegelung. Aura wusste, dass es nur ihre Ungeduld war, die die Entfernung dehnte. Das Gefühl, wieder nach Hause zu kommen, war herrlich und verstörend zugleich; verstörend wegen der Ungewissheit, was sie dort erwartete.

Vom Kutscher hatten sie und Sylvette erfahren, dass es in den vergangenen Wochen zu allerlei Seltsamkeiten im Schloss gekommen war. Erst habe die Herrin die gesamte Dienerschaft entlassen; dann sei ein sonderbarer alter Mann aufgetaucht, der den Arzt zum Strand rief, wo ein anderer alter Mann verletzt an Bord eines Ruderbootes lag; bald darauf habe sich herumgesprochen, dass Charlotte Institoris von schwerer Krankheit gezeichnet sei, erblindet und ans Bett gefesselt; und zugleich seien mit Ausnahme Jakobs alle Diener wieder eingestellt worden, von einem Mann, der offenbar das Vertrauen der Schlossherrin besaß und in ihrem Namen handelte. Aura wollte sich den Mann beschreiben lassen, doch der Kutscher wusste wenig über sein Äußeres, hatte ihn selbst nie gesehen.

Ob er etwas über das Befinden der Kinder gehört habe, fragte sie besorgt, worauf der Kutscher zu ihrer Erleichterung erklärte, er habe in der Schänke reden hören, dass der Dorflehrer seine täglichen Überfahrten zum Schloss wieder angetreten habe; demnach müsse mit den Kindern wohl alles in Ordnung sein. Überhaupt seien die beiden ja für einige Zeit fort gewesen und erst vor neun oder zehn Tagen zurückgekehrt. Sein Schwager habe die Fuhre zum Schloss erledigt, erzählte der Kutscher redselig, und dabei hätten die Kleinen einen fröhlichen, sogar ausgelassenen Eindruck gemacht. Der Mann, der die Geschäfte auf der Insel übernommen habe, sei bei ihnen gewesen.

Aura und Sylvette warfen einander einen Blick zu. Wer immer der geheimnisvolle Fremde war, mit Gian und Tess schien er es gut zu meinen.

Und Morgantus?

Endlich rückte der Sandwall jenseits des Graslandes näher, und als sie ihn passierten, breitete sich vor ihnen das sanft gewellte Dünenmeer aus. Ein letzter Sandhügel versperrte ihnen die Sicht auf das Schloss.

»Liebe Güte!«, rief Sylvette plötzlich aus. »Kutscher, halten Sie an!«

»Was ist los?« Aura suchte im Gesicht ihrer Schwester nach einer Antwort, bis Sylvette den Arm ausstreckte und rief: »Sieh doch, da oben!« Und im selben Augenblick sprang sie bereits vom ausrollenden Wagen und landete stolpernd im Sand.

Hinter dem Dünenkamm waren zwei dunkle Punkte erschienen. Jetzt wuchsen sie empor, zwei kleine Körper kamen zum Vorschein, stürmten über die Kuppe und den Hang herab. Tess trug ein weißes Kleidchen, Gian seine durchgescheuerte Lieblingshose – er zog sie jeden Tag an, wenn niemand darauf achtgab.

Sylvette eilte Tess entgegen, kämpfte gegen weiche Sandverwerfungen an, rief jubelnd den Namen ihrer Tochter. Und Tess strahlte vor Glück, als Sylvette sie in die Arme nahm.

Auch Aura war vom Wagen gesprungen, stimmte in Gians Gelächter ein und drückte ihn an sich, so fest sie nur konnte, während der Kutscher dasaß, Kautabak kaute und das unverhoffte Wiedersehen mit gutmütigem Lächeln beobachtete.

Aura hob Gian in die Luft, drehte sich mit ihm um die eigene

Achse, presste sein Gesicht an ihre Schulter und fühlte seine warmen Tränen an ihrem Hals. Die Anstrengung der Reise fiel von ihr ab. Ganz gleich, was sie im Schloss erwarten mochte – in diesem Moment war sie überzeugt, es würde sich auf die eine oder andere Weise zum Guten wenden.

Gian löste sich schließlich von ihr, und da fiel ihr Blick zum ersten Mal auf eine Silhouette, die sich oberhalb der Düne vom Himmel abhob. Die Gestalt bemerkte, dass Aura sie entdeckt hatte, und setzte sich in Bewegung. Mit weiten Schritten stapfte der Mann den Hang herab.

Als er ein Drittel des Weges zurückgelegt hatte, erkannte sie ihn. Es war gut, dass Gian in diesem Augenblick ihre Hand hielt; es war gut, dass da etwas war, das ihr sagte: Dies ist die Wirklichkeit! Hier, du kannst meine Finger fühlen, meine Hand! Egal, was du auch denkst, es ist kein Traum!

Später machten sich Aura und Sylvette auf einen Weg, den sie allein gehen mussten. Ohne Gillian und ohne die Kinder. Nur sie beide, Schwestern, Töchter, allein auf einem langen Flur im Schein fahler Gaslampen.

Sylvette klopfte sachte an die Tür, doch niemand bat sie herein. Da legte Aura entschlossen die Hand auf die Klinke und öffnete. Ein strenger Geruch drang ihnen entgegen, der Odem von Alter und Schmerz. Aura kämpfte ihre Übelkeit nieder.

Eine weiße Binde bedeckte Charlottes Augen. Ihr einstmals schwarzes, volles Haar war grau und spärlich geworden. Sie lag in ihrem Bett, eine Erhebung unter der weißen Decke, ein zerklüfteter Hügel in einer unberührten Schneelandschaft.

»Mutter«, flüsterte Aura sanft, setzte sich auf die rechte Bettkante und ergriff zaghaft Charlottes Hand. Mit einem Mal wusste sie nicht mehr, was sie sagen sollte. Die spontane Nähe, auf die sie vertraut hatte, wollte sich nicht einstellen. »Ich bin zurück«, sagte sie nur, kurz und einfallslos, und rang mit ihren Schuldgefühlen.

Charlottes Lippen bebten. »Hast du Sylvette mitgebracht?« Ein halblautes Krächzen, wie das Knirschen von Sand in einem Zahnradgetriebe.

»Ja, Mutter, ich bin hier«, sagte Sylvette. »Ich bin bei dir.« Sie nahm auf der anderen Seite des Bettes Platz, streichelte vorsichtig über die dünnen Haarsträhnen und küsste eine trockene, eingefallene Wange.

Charlotte schwieg, nur ihre Mundwinkel zuckten. Da begriff Aura, dass ihre Mutter weinte. Sie konnten es nur nicht sehen, weil die Augenbinde ihre Tränen auffing.

Aura blieb still und überließ ihrer Schwester das Reden. Sylvette machte das sehr gut, erzählte nette, harmlose Dinge, sprach gütig und einfühlsam, und Aura beneidete sie einen Moment lang um diese Gabe; sie selbst war nicht fähig dazu, war es auch früher nie gewesen. Sylvette aber legte eine Liebe in ihre Stimme, die den Groll zwischen Aura und Charlotte aufwog. Aura fühlte, dass es unnötig war, noch länger zu bleiben. Was ihre Mutter jetzt brauchte, konnte allein Sylvette ihr geben.

Sie erhob sich, nickte ihrer Schwester aufmunternd zu und erkannte an ihrem Lächeln, dass sie verstand, was in Aura vorging. Sylvettes Blicke folgten ihr auf dem Weg zur Tür, während ihr Rosenblütenmund weiter auf Charlotte einsprach, zärtlich, freundlich, sanft.

Aura verließ das Zimmer ohne einen Laut, zog leise die Tür hinter sich zu. Sie nahm keinen Abschied von ihrer Mutter. Eine Tragödie, vielleicht, wenn auch nur schmerzlich in ihrer Banalität.

Sie fand Gillian auf dem Dachboden. Draußen war es dunkel geworden. Sterne flimmerten in der Finsternis, mal heller, mal dunkler. Er stand unter der Glasschräge, blickte über die Zypressen hinaus in die Nacht.

Die Relieftür war weit geöffnet. Aura hatte den Schlüssel ins Meer geworfen. Die Geschichte des Schlosses war jetzt eins mit seinen Bewohnern, die Bewohner Teil seiner Geschichte. Das Gemäuer, der Dachgarten, die Alchimie und Aura – alles eins. Glieder eines Ganzen, die sich bedingten, einander endlich akzeptierten.

So also, dachte sie, sterben Geheimnisse.

Sie nahm Gillian bei der Hand, begegnete seinen weisen, schönen Augen. Dann führte sie ihn ins Unterholz. Die Palmwedel und Zweige zitterten leise.

Auf Nestors Grab saß ein Pelikan. Er stakste würdevoll zur Seite, als Aura in die Knie ging und mit den Händen das Unkraut teilte. »Schau«, flüsterte sie Gillian zu, »ich will dir etwas zeigen.«

Und während er sich neben sie hockte und sah, was sie meinte, blickte Aura an ihm vorbei in den Nachthimmel. Ihr Gesicht spiegelte sich klein und verloren im Glas des Daches, schwebte hell inmitten der Unendlichkeit.

»All die Sterne«, sagte sie leise und dachte dabei:

Ich glaube, sie reden gerade über uns.

NACHWORT DES AUTORS

Die Vorstellung, das Blut von Jungfrauen beinhalte den Schlüssel zum ewigen Leben, ist vermutlich so alt wie die Menschheit selbst. Als Motiv begegnet sie uns in Märchen und Sagen, in alchimistischen Überlieferungen und »wissenschaftlichen« Untersuchungen des Mittelalters.

Der Erste, der Alchimie und den Stein der Weisen nachweislich mit Inzest in Verbindung brachte, war Michael Majer, der Leibarzt des deutschen Kaisers Rudolf II. Seine Abhandlungen, etwa die *Atalanta Fugiens,* wurden im 17. Jahrhundert in Buchform veröffentlicht. Es heißt, spätere Alchimisten-Generationen hätten seine (gewiss rein esoterisch zu verstehenden) Theorien lange Zeit für bare Münze genommen.

Die Beschreibung der Pflanze namens *Als-Greis-wird-der-Mensch-wieder-jung* findet sich in einem Abschnitt des Gilgamesch-Epos. Die bekannteste Überlieferung dieser Sage aus dem 3. Jahrtausend vor Christus wurde auf zwölf Schrifttafeln festgehalten, die zur Bibliothek des assyrischen Königs Assurbanipal gehörten.

Die Legenden, aber auch die Tatsachenberichte rund um den Orden der Tempelritter füllen zahllose Bücher. An dieser Stelle sei lediglich erwähnt, dass sich in der Tat eine Zeit lang die Vermutung hielt, die restlichen Mitglieder des Ordens hätten sich in ein geheimes Hauptquartier im Kaukasus zurückgezogen. Die Vorliebe der Templer für achteckige Architekturgrundrisse ist durch ihre Bauten in Europa und im Orient vielfach dokumentiert. Die meisten Vorwürfe aber, die den Ordensbrüdern im Mittelalter gemacht wurden, sind aus heutiger Sicht unhaltbar. Allzu schnell wurde die in Klöstern nicht unübliche Homosexualität mit satanischen Riten in Verbindung gebracht, allzu häufig Aussagen, die unter der Folter erzwungen waren, im Sinne der Hexenjäger interpretiert.

Das Théâtre du Grand Guignol befand sich tatsächlich von 1898 bis in die sechziger Jahre des 20. Jahrhunderts am Ende der Rue Chaptal in Paris. Seine extravagant-blutigen Aufführungen waren damals Tagesgespräch, gerieten aber schon bald nach Schließung des Theaters in Vergessenheit. Heutzutage erinnert man sich nur noch in Fachkreisen teils schmunzelnd, teils naserümpfend an die Exzesse des Max Maurey und seiner Truppe.

Swanetien ist bis heute eine nahezu unbekannte, in Teilen sogar unerforschte Landschaft geblieben. Seit der Antike liegt diese gebirgige Region Georgiens im Brennpunkt mannigfaltiger Kriegswirren. Gottfried Merzbacher (1843-1926) war der erste Forscher, der seine Erfahrungen im Kaukasus niederschrieb und dabei das kleine, scheinbar so unbedeutende Swanetien erwähnte. In den Neunzigerjahren des 20. Jahrhunderts machte sich ein deutsches Fernsehteam auf, Merzbachers Spuren zu folgen. Die Journalisten stießen auf eine Kultur, die sich seit Jahrhunderten kaum verändert hatte.

Während meiner Recherchen stützte ich mich vor allem auf Sekundärtexte der folgenden Autoren: Helmut Gebelein, Allison Coudert, Alexander Roob, Gérard de Sède, Alain Demurger, Berndt Anwander, Karin Kersten & Caroline Neubaur, René Berton, Bogislav von Archenholz und Tina Radke-Gerlach. Ihre Arbeiten – über die Alchimie im Allgemeinen, den Orden der Tempelritter, das unterirdische Wien, das Grand Guignol, die Geschichte der Ostsee und das vergessene Swanetien – waren unschätzbare Grundlagen für meine eigenen Nachforschungen.

Zuletzt der Pelikan: Er ist seit jeher ein Symbol für den Stein der Weisen. Lange Zeit glaubten die Menschen, Pelikane ernährten ihre Jungen mit dem eigenen Blut, was dem Bild der Alchimie von einem Elixier entspricht, das seine Kraft allein aus sich selbst entwickelt. Tatsächlich würgen Pelikane die Nahrung für ihre Nachkommen aus ihren Futtersäcken herauf, was zu der falschen Annahme führte, die Tiere pickten sich die eigene Brust auf. In vielerlei Hinsicht weist dies auf das grundsätzliche Problem aller Alchimisten hin: Das Profane mag magisch erscheinen, doch wer es seziert, zerstört als Erstes die Äußerlichkeiten und damit den Anschein aller Magie.

Kai Meyer, März 1997/
Januar 2011

DIE ENTSTEHUNG DES ROMANS

von Hanka Jobke

Woher nehmen Sie Ihre Ideen? Diese Frage wird Autoren immer wieder gestellt. Dabei ist die Antwort auf die Herkunft von Ideen knifflig. Manche entstehen aus dem Nichts, andere wachsen langsam – und immer wieder verändern sie sich vom ersten Gedanken bis zum fertigen Roman. Dieser komplexe Prozess lässt sich anhand von Kai Meyers Aufzeichnungen nachvollziehen, die während seiner Arbeit an *Die Alchimistin* entstanden. Vierzehn Jahre lang lag das Material in seinem Archiv und wurde jetzt erstmals gesichtet. Aus den Unterlagen ergeben sich drei Stufen der Romanentstehung; ein Vergleich dieser Arbeitsschritte von der ersten Notiz bis zum gedruckten Buch zeigt, wie Ideen entstehen, sich entwickeln und schließlich ihre endgültige Form erhalten.

Die erste schriftliche Quelle ist ein sechzehn Blatt umfassender Teil eines linierten A5-Heftes. Von Seite zu Seite dieser handschriftlichen Ideensammlung verdichtet sich die Handlung: von grundlegenden Gedanken über die Alchimie und deren historischen Vertretern über erste Handlungsstränge bis zu Inhalten wichtiger Dialoge. Dazwischen kurze Hinweise, die wie plötzliche Einfälle auf die Seiten gepurzelt sind: über das Grand Guignol, Swanetien mit der Verbindung zum Mythos um das Goldene Vlies, die Wiener Katakomben. Auf der allerersten Seite finden sich Notizen über Paracelsus und den Alchimisten Alexander Seton, die es nie in den Roman geschafft haben.

Als zweiter Schritt der Romanentwicklung dient das offizielle Exposé, das auf Februar 1996 datiert ist. Es beinhaltet den groben Handlungsablauf, Szene für Szene, und skizziert die Figuren und Themen. Es entstand, bevor es an das eigentliche Verfassen des Romans ging und diente beim Schreiben als Grundgerüst. Auf sechsundzwanzig eng beschriebenen A4-Seiten entfaltet sich ein Überblick über Auras Geschichte, wobei etliche Randbemerkungen und Umstellungen der Kapitel die stete Arbeit daran erkennen lassen.

Teil des Exposés ist zudem eine Skizze Meyers vom Inselanwesen der Institoris' und einige einzelne Blätter, auf denen wichtige Hintergründe zur verwickelten Handlung vermerkt und ein neu verfasstes Finale skizziert sind.

Der Roman *Die Alchimistin* besaß in der Planungsphase drei Akte. Der dritte Teil wurde zwar in das Exposé aufgenommen, aber niemals für den Roman ausformuliert. Stattdessen schließt das Buch mit dem zweiten Teil, der Auras Erlebnisse in den Jahren 1914/15 erzählt, und der entscheidenden Konfrontation in Swanetien ab. Die Stränge dieses Finales wurden im Exposé nicht ausformuliert, sondern auf einem einzelnen Blatt handschriftlich skizziert. Kai Meyer meint über den nie verwirklichten dritten Akt: »Die Geschichte war in der ersten Fassung des Exposés um einiges länger. Das Buch bestand aus drei Teilen statt aus zwei, es gab einen weiteren Zeitsprung nach Auras Rückkehr zum Schloss. Der war deutlich größer als der erste und reichte bis zum Nationalsozialismus. Mein Agent Michael Meller hat mir das damals ausgeredet, und das war auch gut so, das jetzige Ende des Buchs ist genau das richtige. Als ich mich nach drei oder vier Jahren an den zweiten Band gesetzt habe, habe ich das, was vom ersten Exposé übrig war, noch einmal durchgesehen und beschlossen, nichts davon zu benutzen. Nicht wegen des politischen Hintergrunds – ich bin nach wie vor der Meinung, dass man auch unpolitische Geschichten erzählen darf, die im Dritten Reich angesiedelt sind –, sondern weil der Sprung dorthin zu groß war und Aura in diesen dreißig, fünfunddreißig Jahren einfach zu viel erlebt hätte, um es in ein paar kurzen Rückblenden zu erzählen. Hinzu kam, dass damals alle paar Jahre in Europa eine neue dramatische Situation entstand, alles schien ständig im Wandel zu sein, und ich fand es spannend, die zweite große Episode in Auras Leben parallel zum Ausbruch des Ersten Weltkriegs stattfinden zu lassen.«

Von dem geplanten, aber nicht ausgeführten letzten Akt existiert nur noch eine fünfseitige Stichpunktsammlung in den Notizen. Darin findet sich zwischen den Aufzeichnungen zum Okkultismus im Nationalsozialismus und dem Einbinden der bisherigen Charaktere ein Hinweis auf Rudolf Steiners Anthroposophen – ein Thema, das Kai Meyer in seinem 2002 erschienenen Roman *Das Zweite Gesicht* aufgreift. Auch andere Notizen blieben für den Roman ungenutzt, darunter ein Charakter namens Leander Nadeltanz, der aus dem früheren Buch *Der Schattenesser* stammt; ein Auftritt in *Die Alchimistin* war angedacht, wurde dann aber verworfen. Und erst vierzehn Jahre später macht Rosa Alcantara, die Protagonistin der *Arkadien*-Reihe, Bekanntschaft mit folgendem Begriff:

> *»Tabula Smaragdina« des Hermes Trismegistos (Lehrsätze der Alchimie).*

Auf dem Deckblatt des Exposés heißt der Roman *Aura (Arbeitstitel)*, der Untertitel verspricht *Eine historische Familiensaga um Mord, Magie und Alchimie*. Dazwischen prangt in Rot der handschriftliche Vermerk: *Alternativ: DIE ALCHIMISTIN*. Der Roman hat hier den Fixpunkt in seiner Protagonistin gefunden. Aus den Notizen ist erkennbar, dass dies zu Beginn nicht der Fall war, denn zunächst sollte der Held ein anderer sein:

> *»Beginnt mit jungem Deutschen (evtl. Ich-Erzähler) aus dem Surrealisten-Zirkel um Breton. Macht sich auf Spurensuche nach den alchimistischen Wurzeln seiner Familie: Stößt auf unsterblichen Verwandten → Antagonist«*

Die Idee, einen Charakter im Surrealistenkreis um den französischen Theoretiker André Breton anzusiedeln, hat die ersten Seiten des Notizblockes nicht überlebt.

Nestor

Als erste greifbare Figur entsteht in den Notizen Nestor Nepomuk Institoris, als Antagonist und Unsterblicher, wobei die Verwicklungen der insgesamt drei Antagonisten untereinander bis zum endgültigen Roman immer ausgefeilter werden. So gibt es in den Notizen zunächst nur Nestor und Lysander als unsterbliche Gegenspieler. Erst im Exposé kommt Morgantus hinzu; als Lysanders Meister ist er mit ihm auf der Suche nach dem Gilgameschkraut, das hier noch ewige Jugend – und nicht nur, wie im Roman, ewiges Leben – schenkt.

Nestor wird zunächst in der Geschichte der Alchimie verankert, indem er als Schüler des berühmten historischen Alchimisten Nicolas Flamel (etwa 1330-1413/18) bezeichnet wird. Zudem verfügt er im Frühstadium der Geschichte über eine bemerkenswerte alchimistische Eigenschaft:

> *»Nestor »belebt« alles, wenn er spricht (z. B. »Seele« der Steine, »Geburt« des Goldes etc.) → üblich für Alchimisten«*

Durch das Erscheinen von Morgantus wird Flamel als Nestors Meister jedoch hinfällig.

Die Notizen geben der Entwicklung der Antagonisten zunächst mehr Raum als den Protagonisten, ein wichtiger Entwicklungsansatz ist hier bereits ausformuliert:

> *»Alle Antagonisten leiden, werden dadurch im Laufe der Handlung selbst zu Opfern u./o. sympathischen Figuren«*
>
> *»Antagonist in Gegenwart Bösewicht, in Vergangenheit aber Opfer«*

Besonders Nestors Entwicklung wird hier vorweggenommen, wie die späteren Rückblenden der Kinder in seine Entwicklung zeigen. Zunächst aber beginnt das Exposé damit, ihn als Feind seiner eigenen Familie einzuführen:

> *»Norddeutschland im Jahre 1897, im abgelegenen Landschloss der Familie Institoris: »Vater hasst dich! Vater hasst uns alle!«, ruft die kleine Sylvette Institoris (10) aus, als eine Kutsche den Waisenjungen Christopher (17) vor dem Schloss absetzt.«*

Nestor wandelt sich vom Despoten zum Opfer seiner Bemühungen und bringt im selben Moment den eigentlichen Feind zum Vorschein: Morgantus, der im Hintergrund die Fäden zieht. Im Exposé ist er mit Lysander verbündet und erscheint zeitweise wie dessen Handlanger, im Roman spielt er als Meister die anderen beiden gegeneinander aus. Die ursprüngliche Einzelfigur ist bis zum Roman in drei Charaktere zerfallen.

Die Schauplätze

Schloss Institoris befindet sich laut Exposé in Norddeutschland und wird mit einer Kutsche angefahren; erst im Roman ist der Standort in die Ostsee verlegt worden. In seiner Skizze verweist Kai Meyer auf das Gemälde *Die Toteninsel* von Arnold Böcklin als Vorlage. Im Roman begründet Lysander den Bezug:

> *»Ich ließ es vor beinahe siebzehn Jahren in Florenz anfertigen, von einem Schweizer namens Böcklin (…) Die Gräfin beschrieb Böcklin das Motiv entsprechend meinen Wünschen, und er fertigte daraufhin dieses wunderbare Gemälde an. Ein Meisterstück, ohne Zweifel. Ich ließ ihm meine Bitte ausrichten, es* Die Toteninsel *zu nennen. (…) Die Toteninsel – der Name sagt eigentlich alles, nicht wahr?« Lysander lachte leise und führte den Pinsel erneut in kühnem Schwung über die Leinwand. »Diese Insel, mein Lieber, ist mehr oder minder das Abbild eines tatsächlichen Ortes, hoch oben im Norden Preußens.«* (Kai Meyer, *Die Alchimistin*)

Zwei weitere Schauplätze haben ihre Örtlichkeiten während des Schreibprozesses geändert. So heißt es im Exposé:

> *»Gillian (30), ein Hermaphrodit, betritt das prunkvolle Palais des geheimnisvollen Lysander.«*

Erst handschriftliche Randbemerkungen in der Handlungsskizze verlegen Lysanders Aufenthaltsort in die Kellerlabyrinthe der Hofburg und greifen so einen Notizverweis auf die Wiener Katakomben auf. Auch die Fettfischer nehmen erst zwischen den Anmerkungen im Exposé und dem Roman Form an. Im Handlungsabriss sind es noch Lysanders Handlanger, die Gillian und die drei Stiefgeschwister aus dem Hotel entführen und in das Palais bringen.

Ein weiterer Ortswechsel betrifft Nestors Garten. In den ersten Notizen heißt es:

> *»Geheimnis nicht in Kellern etc. des Anwesens, sondern im Garten.«*

Die Abkehr vom Klischee der dunklen Keller, in denen sich Familiengeheimnisse stapeln, wird in Exposé und Roman verschärft, wenn der Garten auf dem Dach des Hauses platziert wird. So lebt die Familie nicht auf ihren Geheimnissen, sondern unter ihnen. Die symbolische Basis wird zum bedrohlichen Mantel über dem Schloss Institoris und dessen Bewohnern.

Christopher und Aura

Christophers Charakterisierung beginnt bereits früh in den Notizen:

> *»Junger Waise (♂) wird von reicher Frau ins Haus genommen. Man glaubt erst, er sei Held, er verfällt aber dem »Bösen«.*

Für die Charakterisierung Christophers griff Kai Meyer eine Idee auf, die er für seine frühe Geschichte *Das Haus des Kuckucks* entwickelt hatte. Dazu vermerkte er im Vorwort zu dieser Novelle:

> *»Leser meines neuen Romans DIE ALCHIMISTIN werden bemerken, dass ich den Aufhänger der Novelle – ein Waisenjunge wird in den Haushalt einer reichen Familie aufgenommen und verbreitet Unheil – darin noch einmal aufgegriffen habe. Sogar der Name dieser Figur, Christopher, ist derselbe geblieben.«* (Kai Meyer, *Einleitung*. In: *Giebelschatten*. Novellen. Kerpen 1998, S. 10.)

Während der ursprüngliche Christopher in *Das Haus des Kuckucks* das Übel in Form charakterlicher Schwäche mit ins Haus bringt, wird es in *Die Alchimistin* vor allem durch den Kontakt zu Nestor heraufbeschworen, wie Meyer in den Notizen vermerkte:

»Christophers erster Auftrag: Er darf Nestors alchimistisches Feuer nicht verlöschen lassen. Muss nicht mehr zum Schulunterricht, ist nur noch bei Nestor. (Konflikt im Haus mit anderen)«

Im Roman braucht es den Schulunterricht nicht, um eine angespannte Situation im Hause Institoris zu konstruieren. So ist auch eine andere Problematik im Roman nicht mehr vonnöten: Der Streit um Auras Zimmer. In den Notizen steht dazu:

»Konflikt: Darf Christopher Auras Zimmer beziehen? Anfangs undenkbar, später stimmt Charlotte zu (von Christopher manipuliert)«

Was hier noch Christophers Machtübernahme im Schloss illustrieren soll, wird im Exposé genutzt, um Nestors Absichten anzudeuten:

»Nestor macht alles nur noch schlimmer, indem er scheinbar gedankenlos erwähnt, Christopher könne doch Auras Zimmer beziehen, wenn sie ins Internat fahre. (...) (Was der Leser noch nicht weiß und erst viel später erfahren wird: Nestor ist keineswegs der harmlose Kauz, als der er sich ausgibt. Tatsächlich versucht er ganz bewusst, Christopher und Aura gegeneinander aufzuhetzen. (...)«

Christophers charakterlicher Verfall schwankt in den einzelnen Stufen der Romanentstehung. Zunächst wird er als Assistent Nestors und Spion Lysanders entworfen, dessen einziges Begehren die Unsterblichkeit ist:

»Christopher assistiert Nestor → zwecklos. Wird dann zum Spion für Lysander, im Austausch gegen Rezept.«

Im Exposé ist er zwar bereits als liebevoller Bruder Sylvettes erkennbar, jedoch bleibt er bei Nestors Ermordung passiv, da er seinen eigenen Vorteil wittert:

»Der Seemann hat ein neues Rad.«, versteht Christopher, während er aus einem Versteck tatenlos zusieht, wie der Fremde Nestor tötet. Christopher hat einen Grund, nicht einzugreifen: Er ahnt, woran Nestor forschte und hofft, selbst hinter das Geheimnis der Unsterblichkeit zu kommen. Die Gier danach vergiftet sein Denken, seinen Charakter.«

Im Roman ist Christophers Wandlung schleichender, er ist unbeabsichtigt tatenloser Zeuge des Mordes an Nestor, weil ihn der Schock und seine Allergie am Einschreiten hindern:

»Christopher stand wie erstarrt an der Tür. Der Geruch des Buchbinderleims lag schwer auf seiner Brust, er keuchte, dann überkam ihn ein entsetzlicher Hustenanfall. Er konnte nicht anders, er musste die Tür schließen. Musste … sie … schließen.« (Kai Meyer, *Die Alchimistin*)

Die Allergie ist eine Eigenart Christophers, die erstmalig in den handschriftlichen Randnotizen des Exposés zu finden ist, genauso wie Daniels verbundene Handgelenke, Charlottes Muschelmarotte und die Übelkeit erregende Wirkung des Gilgameschkrauts bei der Anwesenheit alter Menschen. Sie quetschen sich zwischen Hinweise auf Werke, aus denen Kai Meyer Stimmungen oder Bilder übernahm. So verweist er auf die unheimlichen Landschaften aus Edgar Allan Poes *Der Untergang des Hauses Usher* und E. T. A. Hoffmanns *Das Majorat* sowie auf Abbildungen in Alison Couderts Sekundärwerk *Der Stein der Weisen*, die als Vorlage für die Fenster im Schloss dienten. Ebenso sind Auras Ohrringe und ihre abgekauten Fingernägel als Randnotizen auszumachen. Letztere Eigenart übernahm Meyer auch für Rosa Alcantara in den *Arkadien*-Romanen als nervösen Spleen; Rosas charakterliche Verwandtschaft mit Aura hat er später in Interviews häufig erwähnt. So überrascht es kaum, dass Aura in *Arkadien brennt* einen kurzen Gastauftritt absolviert.

Eine weitere Eigenart taucht in den Notizen auf, noch bevor Aura ihren Namen erhält:

> *»Vater (o. ä.) erzählt Tochter von Piercing-Sitten der Afrikaner. Später, in Stress-Situation, beginnt sie, sich selbst zu piercen, immer mehr und mehr.«*

Im Roman sind Auras Piercings kein Ausdruck von Stress, sondern von Trotz:

> *»Goldene Ringe glitzerten längs der Innenseiten ihrer Schenkel, auf jeder Seite neunzehn. (...) Es tat nicht so weh, wie sie erwartet hatte, aber das scharfe Ziehen genügte, um sie an die achtunddreißig Monate zu erinnern, die ihr bevorstanden. Ihre Monate im Internat. Für jeden einzelnen ein Ring. Ausgerechnet Friedrich hatte sie auf die Idee gebracht, kurz vor seiner Abreise nach Afrika vor knapp einem Jahr. Damals hatte er im Kreis der Familie von Eingeborenen erzählt, die ihre Körper an den intimsten Stellen mit Schmuck behängten.«* (Kai Meyer, *Die Alchimistin)*

Stein und Bein

Während es bei den Hauptdarstellern des Romans meist nur kleine Dinge sind, die sich wandeln, haben die Nebendarsteller Stein und Bein einen beachtlichen Entwicklungsschritt durchgemacht, denn deren erste Idee hat nur marginal etwas mit ihrem späteren Erscheinungsbild gemein:

> *»(Stumme) Zwillingsmädchen wie bei Jean Rollin (oft leicht bekleidet, treten nur paarweise auf). Später getrennt (als Erwachsene).«*

Aus dieser Idee wird wenige Seiten später der Eintrag *Dienerpaar: Stein & Bein*. Im Exposé werden die beiden zwar erwähnt, aber nicht beschrieben. Im Roman ist erkennbar, wie sehr sie sich von den zuvor angedachten Mädchen unterscheiden:

> *»Die Flamme erhellte zwei vollkommen gleiche Gesichter, grau und eingefallen, mit nahezu schlohweißem Haar. Es war unmöglich, ihr Alter zu schätzen, sie sahen schon so aus, seit Gillian sie kannte. Stein und Bein, Lysanders Zwillingsdiener. Mochte der Teufel wissen, wo er die beiden gefunden hatte. Auch ob Lysander ihnen diese Namen gegeben hatte, war ungewiss. Sollten sie jemals andere gehabt haben, so waren sie längst vergessen.«* (Kai Meyer, *Die Alchimistin*)

Das Zusammentreffen Gillians mit Stein und Bein im Théâtre du Grand Guignol verläuft im Exposé um einiges dramatischer als im Roman:

> *»An diesem Abend soll Gillian auf der Bühne in einem Rausch von Theaterblut »hingerichtet« werden. Während der Aufführung bemerkt er plötzlich, dass der Darsteller des Henkers heute ein anderer ist. Stein, einer von Lysanders Dienern, hat sich durch eine List eingeschlichen. Gillian hat keinen Zweifel daran, dass die Hinrichtung an diesem Abend realer sein soll, als vorgesehen. Es gelingt ihm, Stein auf offener Bühne zu überwältigen und erneut zu fliehen.«*

Indem Gillian den Zwillingen auf der Bühne hilflos ausgesetzt ist, entspinnt sich im Roman eine subtile, verzögernde Spannung:

> *»Gillian entdeckte die Zwillinge in einer der vorderen Reihen. Stein – oder Bein – nickte ihm mit einem freundlichen Lächeln zu. Und da endlich drang die Erkenntnis zu Gillian durch, dass sein Versteckspiel beendet war. (...) Endlich, nach fünf oder sechs Minuten, durfte er sich zurückziehen. Er war kaum hinter die Kulissen getreten, als er sich schon das falsche Haarteil vom Kopf zog, an dem verstörten Maurey vorüberstürmte und den Hintereingang aufriss. Draußen, im Gegenlicht einer einsamen Gaslaterne, standen Stein und Bein, die Hände in den Taschen, auf den Lippen falsche Wiedersehensfreude.«* (Kai Meyer, *Die Alchimistin*)

Gillian

Wo Nestor und Christopher bereits in den ersten Notizen zügig an Profil gewinnen, bleibt Gillian lange Zeit unscharf: Zunächst geht es nur um die Hintergründe und Besonderheiten des Hermaphroditen, nicht um die Figur Gillian. Die Notizen zeigen seine Entstehung und Bedeutung, ohne ihm einen Namen zu geben oder ihn als Hauptfigur zu kennzeichnen:

»Antagonist lebt in Wien. Schickt Killer (Hermaphrodit) nach Norden, um Vater der anderen Familie zu ermorden

Hermaphrodit (von Hermaphroditos, Sohn von Hermes und Aphrodite) Hermaphrodit symbolisiert den Stein!

Inzest symbolisiert Tod und Wiedergeburt (Stein)«

Im Exposé ist Gillians Charakter zwar schon greifbar, doch noch ein anderer, denn er hat eine Tochter:

»Es stellt sich heraus, dass Lysander Gillians kleine Tochter Mai entführt hat und im Palais gefangenhält.«

Im Roman braucht Lysander kein Faustpfand, er bekommt auch ohne dieses Gillians Zusage, Nestor für ihn zu töten. Dies verdeutlicht Gillians vernünftigen, abwägenden Charakter, der Lysanders Einfluss und Gefährlichkeit richtig einzuschätzen weiß. Damit wird sein Treuebruch, als er den Mord an Aura verweigert, verschärft. Gillian entscheidet sich für sie und gegen seine Sicherheit.

Beim Szenenentwurf von Auras und Gillians erster Begegnung in den Notizen haben beide Figuren noch keine Namen:

»Killer glaubt, Anschlag gelingt.

Später: Tochter auf Bahnfahrt in die Schweiz. Junger Mann in ihrem Abteil. Entdeckt: zweigeschlechtlich. → Killer!«

Die Szene ist hier als Schockmoment für den Leser konstruiert, wohingegen die Romanszene sehr zarte Augenblicke hat, bevor sie in Bedrohung umschlägt:

> *»Sie war hübsch, mit ihrem langen schwarzen Haar, das der Wind aus den Spangen gezaust hatte. Hübsch in ihrem Kummer. Gegen seinen Willen berührte ihn ihr Anblick. (...) Aura hörte nur halbherzig zu. Lieber beobachtete sie, wie er sprach. Die Art und Weise, wie sich seine geschwungenen Lippen öffneten und schlossen, das flinke Blinzeln seiner Augen. Beides faszinierte sie. (...)*
>
> *Sie stand auf und machte sich an den Griffen zu schaffen. Dabei wandte sie ihm den Rücken zu. Hinter ihr glitt Gillian auf die Füße. Lautlos, als wäre er ihr Schatten, hob er beide Hände.«* (Kai Meyer, *Die Alchimistin*)

Auch wird hier Gillians Identität nicht verheimlicht; die Szene ist im Roman viel offener gestaltet als in den Notizen, weil sie eine andere Aussage bekommen hat. Sie zeigt, dass etwas Unvorhergesehenes geschieht: Der Killer verliebt sich. Es ist der Moment im Roman, in dem Gillian zum Menschen wird:

> *»Ob er richtig handelte, wusste er nicht. Was er tat, geschah aus einem unbestimmten Bedürfnis heraus, nicht aus Vernunft. Zum ersten Mal seit langem folgte er seinen eigenen Empfindungen, tat das, was allein er für nötig hielt.«* (Kai Meyer, *Die Alchimistin*)

Die handschriftlichen Notizen enden mit der ersten Erwähnung von Gillians Namen und seiner besonderen Bedeutung, während er zuvor nur als Hermaphrodit und Killer bezeichnet wurde:

> *»Schaffung eines lebenden Wesens (Gillian)*
>
> *Morgantus hat Gillian mit seiner Tochter gezeugt → schiefgegangen«*

Die Rätsel

Die Notiz *Morgantus zeugte als Letztes Gillian* findet sich auch auf einem separaten Zettel, auf dem alle wichtigen Erkenntnisse und Hintergründe zusammengefasst und – vermutlich nach der Einarbeitung in das Manuskript – durchgestrichen wurden. Hier sind alle Hintergründe der Antagonisten Lysander, Nestor und Morgantus aufgelistet, um die Übersicht über die Verwandtschaftsverhältnisse nicht zu verlieren. Auf diesen Seiten zeigt sich deutlich der Charakter des Romans als Familiensaga.

Ebenso ausführlich wie die Verbindungen der Figuren untereinander skizzierte Kai Meyer in den Notizen die Satorformel, bevor er sie modifizierte, um Gillians überbrachte Botschaft an Nestor zu verschlüsseln. Im Roman taucht sie in dieser Form auf:

S A T O R
A R E P O
T E N E T
O P E R A
R O T A S

»Ein anagrammatisches Quadrat«, erklärte Aura. »Egal, aus welcher Richtung man es liest, ob von oben oder unten, senkrecht oder waagrecht, immer ergeben sich dieselben Worte. (…) Der Sämann Arepo hält mit Mühen die Räder. (…) Es gibt einen Namen für diesen Satz: die Satorformel. (…) Aber das was die Kinder träumten, und was Gillian zu meinem Vater gesagt hat, war: Der Sämann hat ein neues Rad. So war es doch, oder?« Christopher nickte. »Wer oder was dieser Sämann auch ist – er hat irgendwas hinzugewonnen. Zu seinen früheren Rädern ist ein neues dazugekommen.«

»Gehen wir mal davon aus, Gillians Satz – und der der Kinder – sei als Rätsel zu verstehen, als eine Art Geheimcode. Dann ergäben sich daraus zwei Fragen. Erstens: Wer oder was ist der Sämann? Und zweitens: Was ist sein ›neues Rad‹?« (…)

»Dann glaubst du, dass Lysander der Sämann ist?«

»Möglicherweise. Womit hätte Lysander meinem Vater im Augenblick seines Todes übler zusetzen können, als mit der Botschaft, dass er etwas gefunden hatte, das Vater nie mehr erlangen würde?«

Christopher beugte sich mit einem Ruck vor. »Du meinst den Stein?«

»Das liegt nahe, oder?« (Kai Meyer, *Die Alchimistin*)

Meyers Notizen zu diesem Rätsel lösen es eindeutiger auf, als dies im Roman geschieht:

»5 x 5 Felder = magisches Quadrat des Mars (♂)

♂ = Zeichen für EISEN

GOLD wiederum besitzt das Zeichen O, genau wie die Sonne.

Der Sonne ist das magische Quadrat von 6, also 6 x 6, zugeordnet.

Rätsel muss demnach lauten: »Der Säman Arepo hat ein neues Rad« (Im Sinne von »zusätzliches Rad«, also 6. Rad) GOLD = Stein der Weisen gefunden.«

Dabei war es zunächst keine Todesbotschaft, die Nestor überbracht wird, sondern der Aufhänger eines Handlungsstranges, der im Roman nicht stattfindet, in den Notizen aber angerissen ist:

»Unbekannter begegnet Christopher im Wald. Christopher soll Nestor folgende Botschaft überbringen: »Der Sämann Arepo hat ein neues Rad.« Christopher darf nicht zu Nestor, doch niemand ist im Haus, deshalb geht er in den Dachgarten und überbringt die Botschaft persönlich.

1. Treffen Christopher/Nestor

Christopher versteht »Seemann«, statt »Sämann«. Nestor wird ermordet. Rätselt nach »Seemann Arepo«. Aura fährt zur Küste → umsonst. Christopher sieht Sator-Quadrat in einem der Fenster.

Aura reist nach Ostende, weil sie hofft, dort etwas über »Seemann Arepo« zu erfahren → von dort nach England«

Die Botschaft, die Christopher laut den Notizen mündlich überbringen sollte, ist im Exposé bereits auf Gillian übertragen worden, wobei Randnotizen hinzugefügt wurden:

> *»Lysander drängt zum Aufbruch und gibt Gillian ein Papier mit auf den Weg, auf dem alle nötigen Informationen zu finden seien. Botschaft!*
>
> *Bevor Gillian Nestor ermordet, richtet er ihm eine Botschaft von Lysander aus. In Aura-Brief?«*

Die handschriftlich hinzugefügte Frage zeigt das Problem mit dieser Art der Botschaftsübermittlung: Der Verständnisfehler von *Sämann – Seemann* funktioniert nur bei einer mündlichen Weitergabe, weswegen im Roman auf eine schriftliche Fixierung verzichtet wird.

Das Finale

In großen Teilen stimmt die Handlung des Exposés mit der des Romans überein. Änderungen gibt es vor allem in den Actionsequenzen, wohingegen das logische Gerüst erhalten bleibt und nur die eine oder andere Figur hinzukommt, verschwindet oder innerhalb der Romanhandlung anders agiert, als zuvor skizziert. So heißt es im letzten Kapitel des Exposés, dass Marie die Geschwister in Uschguli verraten habe, woraufhin sich Aura auf sie stürzt und sie dabei über eine Klippe stößt. Christopher wirft sich seinerseits zwischen Aura und die swanischen Männer und rettet ihr das Leben. Es verwundert nicht, dass diese Szene im Roman anders umgesetzt wurde, denn das Heldenhafte passt wenig in die angespannte Stiefgeschwisterbeziehung von Aura und Christopher. Der Roman lässt Marie den Verrat als notwendig, aber unmoralisch erscheinen und gibt ihr so die Möglichkeit, Aura aus dem Kastell zu befreien. Die Rettung ist im Exposé nicht nötig, denn im Kastell wird Aura von Lysander und Morgantus erwartet:

»Sie muss zu ihrem fassungslosen Schrecken feststellen, dass sich Sylvette freiwillig bei ihm aufhält – immerhin sei er ihr Vater, behauptet die mittlerweile 18-Jährige.

Lysander erklärt Aura, dass er keinen Groll mehr gegen sie hege und beabsichtige, sie laufenzulassen. Nun, da sie wisse, dass er Sylvette keineswegs gegen ihren Willen festhalte, habe Aura wohl keinen Grund mehr, weiterhin einen Gegner in ihm zu sehen. Lysander stellt ihr ein Pferd zur Verfügung und schickt sie fort. (...) Dann macht sie sich allein auf den beschwerlichen Rückweg nach Poti.«

Damit endet das Exposé. Die Streichung des ursprünglich angedachten dritten Teils machte ein neues Ende notwendig, das Sylvette und Aura die Heimreise ermöglicht. Zudem ist Lysander in der ursprünglichen Konstellation mächtiger als Morgantus – ein Umstand, den Kai Meyer korrigierte, indem er Lysander im Buch als Opfer und Vater stilisiert und Morgantus an einem anderen Ort seinem Geschöpf Gillian gegenübertreten lässt; so kann auch der Hermaphrodit seine Rache vollziehen und ein vorläufiges Ende seiner Suche erreichen.

***

Aus dem Vergleich der einzelnen Stadien ist erkennbar, wie viele unterschiedliche Ideen Kai Meyer entwickelt, zusammengeführt und immer wieder neu geordnet hat, um einen Roman zu schreiben, zu dem auch er selbst eine ganz besondere Beziehung hat: »Ich weiß nicht, warum gerade *Die Alchimistin* eines meiner erfolgreichsten Bücher ist. Ganz sicher ist es aber eines von denen, die ich selbst am meisten mag. Zum einen mag ich die Struktur als Familiensaga, beide Bücher sind dramaturgisch anders gebaut als viele meiner anderen Romane. Dazu kommt noch, dass ich mit beiden Händen aus dem Kulissenfundus der klassischen Gothic Novel geschöpft habe – die alten Schlösser und Friedhöfe, die Katakomben von Wien, die Klosterruine im Kaukasus. Gerade in den Neunzigerjahren, als der erste Band erschien, hat man diese Elemente in der aktuellen Literatur nicht mehr allzu häufig gefunden, vieles davon tauchte erst zehn Jahre später wieder in all den erfolgreichen Vampirromanen auf. Letztlich aber kann man noch so tolle Schauplätze entwerfen und die komplexesten Plots entwickeln – ohne überzeugende Figuren bleibt das alles nur hübsche Oberfläche. Es sind immer die Figuren, die eine Geschichte zum Leben erwecken und sich dem Leser einprägen. Aura selbst dürfte also die wichtigste Rolle beim Erfolg der Romane spielen. Bei ihr hatte ich immer das Gefühl, dass sie auch nach meiner Arbeit an den Büchern weiterlebt, dass sie – im übertragenen Sinne – noch immer irgendwo da draußen durch die Weltgeschichte geistert, so melancholisch wie eh und je und auf der Suche nach etwas, das so leicht nicht zu finden ist.«

ALCHIMIE IN DER LITERATUR

von Hanka Jobke

Die Alchimie war über Jahrhunderte eine ernst genommene Wissenschaft, die erst später von der ›seriöseren‹ Chemie ins Abseits des Aberglaubens gedrängt wurde. In literarischen Werken wird sie meist als mythisches Motiv verwendet.

Das Leitmotiv Alchimie zeigt sich im Roman *Die Alchimistin* in der steten Anwesenheit alchimistischer Bilder in Fenstern, als Wandmalereien und in der Architektur der Gebäude, die Schauplätze des Geschehens sind. Auch auf die zeitlichen Rahmen im Roman übt die Alchimie Einfluss aus:

> »*Aura wusste, dass der Zahl Sieben seit jeher magische und alchimistische Kräfte nachgesagt wurden, und zum ersten Mal fragte sie sich, ob es Zufall war, dass diese Ziffer auch immer wieder Einfluss auf ihr Leben nahm: Siebenhundert Jahre waren seit dem ersten Untergang des Templerordens vergangen, sieben Jahre seit Auras Kampf gegen Lysander – dieselben sieben Jahre, die das Gilgameschkraut benötigt hatte, um seine Reife zu entfalten.*« (Kai Meyer, *Die Alchimistin*)

Die Handlung spielt in den Jahren 1897, 1904 und 1914/1915. Die Vorgänge muten zuweilen aber recht mittelalterlich an und verweisen damit auf die Tradition der Romantiker, die Alchimie im Kontext des Mittelalters zu betrachten und zu verklären. Innerhalb des Romans wird der Bogen vom Mittelalter zum Handlungszeitpunkt in der Moderne auch durch das Alter der männlichen Alchimisten geschlagen: Nestor, Lysander und Morgantus sind etwa 700 Jahre alt, als sie den Tod finden. So werden die verschiedenen Zeiträume durch die Figuren überbrückt, und sowohl ihr Lebensstil als auch die Handlungsweisen der von ihnen beeinflussten Personen tragen mittelalterliche Züge:

>*»Jetzt aber (...) packten sie Zweifel. Dies war das zwanzigste Jahrhundert, und sie hatte allen Ernstes vor, einen gewaltsamen Überraschungsangriff auf den einstigen Verbrecherkönig Wiens zu starten – ein Vorhaben, das ihr eher ins Mittelalter, denn ins Zeitalter von Röntgenstrahlen und Wirkungsquantum zu gehören schien.*
>
>*Aber galt das nicht ebenso für die Alchimie? Einmal mehr wurde ihr klar, dass im Umfeld von Lysander und ihrem Vater die Zeit scheinbar stehengeblieben war. Für sie galten keine Regeln der Neuzeit, und wer es mit ihnen aufnehmen wollte, der musste sich darauf einstellen.«* (Kai Meyer, *Die Alchimistin*)

Kai Meyer erwähnt im Nachwort seines Romans mehrere Sekundärquellen, darunter die allgemeinen Betrachtungen zur Alchimie von Helmut Gebelein. Dieser behauptet, dass es keine Dichtung von hohem Rang gäbe, die einen Alchimisten als Hauptfigur habe. Zudem verraten literarische Darstellungen bis auf wenige Ausnahmen »kein echtes Verständnis für das Wesen der Alchemie.« (Alchimist. In: *Themen und Motive in der Literatur* (^{2}1995), S. 28)

Tatsächlich aber gibt es viele Autoren von Weltrang, welche die Alchimie in ihren Werken rezipieren, so etwa Johann Wolfgang Goethe oder E. T. A. Hoffmann.

Die Alchimie spielt in den meisten literarischen Bearbeitungen eine Nebenrolle, wiewohl Goethes Wagner im *Faust* der bekannteste Alchimist der Literatur sein dürfte: Er fertigte im Labor einen Homunculus, einen künstlich geschaffenen Menschen. Doch das Experiment gelingt nur zur Hälfte, denn dem Homunculus fehlt der Körper. Als Licht in einer Phiole besteht er nur aus Wissen und Sprache und zerschellt schlussendlich freiwillig, weil er sein halbes Dasein als unzureichend empfindet. Goethe zeigt hier, dass die praktische Alchimie keinen Bestand hat.

Im Gegensatz zu Aura Institoris hält Faust keine großen Stücke auf die Alchimie; er persifliert die Obskurität dieser Wissenschaft, indem er rätselhafte alchimistische Begriffe aneinanderreiht:

> *»Da ward ein roter Leu, ein kühner Freier,*
> *Im lauen Bad der Lilie vermählt,*
> *Und beide dann mit offnem Flammenfeuer*
> *Aus einem Brautgemach ins andere gequält.*
> *Erschien darauf mit bunten Farben*
> *Die junge Königin im Glas«*
> (Johann Wolfgang von Goethe, *Faust*, V. 1042-1047.)

Diese ›junge Königin‹ ist das Ergebnis der *Chymischen Hochzeit*, bei der ›männliches‹ Quecksilber (roter Leu) und ›weibliche‹ Salzsäure (weiße Lilie) miteinander ›vermählt‹ werden. Was hier die junge Königin ergibt, ist das zentrale Sinnbild der Alchimie, dessen ganzheitliche Natur oft durch das Bild eines Androgyns ausgedrückt wird, wie es bei Kai Meyer der Fall ist. In *Die Alchimistin* wird auch formuliert, was grundlegend für die Faustfigur Goethes ist:

> *»Tatsächlich geht es um den Weg zur Vollkommenheit, den Weg des Alchimisten zum perfekten Menschen. Perfekt in jeder Beziehung.«* (Kai Meyer, *Die Alchimistin*)

Während die laborierende Alchimie nicht zum gewünschten Ergebnis führt, wie am Scheitern des künstlich hergestellten Homunculus zu sehen ist, wird indes alchimistisches Gedankengut von Faust reflektiert. In seinem Bestreben »nach der Entschlüsselung des innersten Wesens und Wirkens des Universums« und in seinem »Drang, hinter der Welt der Erscheinung die Grundsubstanz der Elementarkraft zu ergründen« (Alchimie. In: *Themen und Motive in der Literatur* (^{2}1995), S. 27.), zeigen sich deutlich die Sehnsüchte der Alchimisten, so dass diese Suche als Grundmotiv und die Alchimie als Folie des Werkes erkennbar ist. Die Alchimie taugt als Philosophie, aber nicht als praktisches Rezept, und so obsiegt der rationale Grundgedanke ganz im Sinne der Aufklärung.

Wie Faust, ist auch Aura vorrangig an der geistigen Ebene der Alchimie interessiert. Dies zeigt sich daran, dass sie der Idee einer künstlichen Menscherschaffung skeptisch gegenübersteht:

> *»Aber wir reden doch von Symbolen, von philosophischer Theorie! Niemand erschafft einen anderen Menschen – nicht im Sinne der Alchimie!«* (Kai Meyer, *Die Alchimistin*)

Mit dieser Aussage behält Aura Recht. Die besonderen Menschen im Roman werden nicht erschaffen, sondern sind eine Folge des Inzestes, der seinerseits nichts mit laborierender Alchimie zu tun hat.

Die physischen Ziele der Alchimie werden in der Epoche der Aufklärung negiert; unabhängig von der Verarbeitung des alchimistischen Gedankengutes. Dies ändert sich unwesentlich in den Bearbeitungen des Motivs in der Romantik. Dort wird die Alchimie mit besonderer Bedeutung aufgeladen. In dem Bemühen, die Rätsel der Natur zu verstehen, versetzen alchimistische Motive den Wahrheitssuchenden in Märchenwelten, bilden den Aufruf zur Wanderung durch die Natur oder ermöglichen die Begegnung mit Naturgeistern, wie bei den deutschen Schriftstellern Novalis, Ludwig Tieck und E. T. A. Hoffmann. Ebenso werden verschiedene Faktoren der Alchimie im Verlauf des 19. Jahrhunderts in der Abenteuer- und Schauerliteratur wirksam. Hierzu gehört vor allem der Verwandlungs- und Entwicklungsaspekt.

Dabei wird der praktische Teil der Alchimie ausgespart – Romantiker waren keine Alchimisten. Das liegt auch daran, dass die erfolgreiche Chemie die Geschichten beflügelte: Wie die Harnstoffsynthese Goethe zum Homunculus inspirierte, findet sich in E. T. A. Hoffmanns *Der Sandmann* eine Figur namens Professor Spalanzani, welche auf einen Naturforscher des 18. Jahrhunderts, Lazzaro Spallanzani, verweist. Mary Shelleys Dr. Frankenstein arbeitet nach den damals neuesten Erkenntnissen der Chemie, und Edgar

Allan Poe verarbeitet zeitgenössische naturwissenschaftliche Entdeckungen auf den Gebieten Magnetismus und Elektrizität. Dabei verstärkt sich in alldem der gefährdende Aspekt dieser Errungenschaften und stimmt dem Parallelismus von Mensch und Natur, wie ihn die Alchimisten grundsätzlich annehmen, nicht mehr zu. Die Alchimie wird weniger als Wissenschaft und zunehmend als literarisches Motiv wahrgenommen.

Die Romantik versteht sich als Gegenströmung zur Aufklärung, indem sie der Rationalisierung die Phantasie gegenüberstellt. E. T. A. Hoffmann – den Kai Meyer in seinem Roman *Die Geisterseher* ebenso wie Goethe persönlich auftreten lässt – inspiriert mit seinen Werken die ihm folgenden Phantasten und wird deshalb oft als Anfangspunkt der deutschen Phantastik genannt. In seinen Werken trifft man die typischen phantastischen Motive wie Doppelgänger, Spiegel, Wahnvorstellungen, Wiedergänger, Träume, Automaten, Vampire oder andere Fabelwesen. In die Bearbeitung von Grenzphänomenen fällt auch die Alchimie, die in der Erzählung *Der Sandmann* von 1817 eine Rolle spielt.

Helmut Gebelein macht für seine seriöse Betrachtung der Alchimie umgehend klar, von welchen Vorstellungen er die alchimistische Wissenschaft distanzieren möchte:

> *»Alchemie – ein Wort, das Vorstellungen wachruft von Betrügern, aber auch von Weisen, von dunklen Laboratorien, angefüllt mit geheimnisvollen Gegenständen, erleuchtet durch ein Feuer, das im Ofen des Alchemisten, dem Athanor, ununterbrochen brennt. (…) Zahlreich sind die Bilder, die den Alchemisten in der so beschriebenen Weise zeigen. Richtig ist dieses Bild nicht.«* (Gebelein 1996, S. 12.)

Die Darstellung der Alchimie als geheimnisvolles Treiben in dunklen Laboratorien, mit dem Erreichen ominöser Ziele ist die beliebteste in der belletristischen Literatur, so auch in *Der Sandmann*, wo der Protagonist Nathanael eine altertümliche alchimistische Szene beobachtet. Der Leser erfährt nichts Genaues über die Vorgänge in des Vaters Stube; nur die von Grauen getränkte kindliche Wahrnehmung Nathanaels, der sich aus Neugier in das Laboratorium seines Vaters schleicht, gibt einen kleinen Einblick in das geheime Treiben:

> *»Der Vater zog still und finster seinen Schlafrock aus und beide kleideten sich in lange, schwarze Kittel. (...) Der Vater öffnete die Flügeltür eines Wandschranks; aber, ich sah, dass das, was ich so lange dafür gehalten, kein Wandschrank, sondern vielmehr eine schwarze Höhlung war, in der ein kleiner Herd stand. Coppelius trat hinzu und eine blaue Flamme knisterte auf dem Herde empor. Allerlei seltsames Geräte stand umher. (...) Dieser schwang die glutrote Zange und holte damit hell blinkende Massen aus dem dicken Qualm, die er dann emsig hämmerte. (...) So flüsterte Coppelius, und griff mit den Fäusten glutrote Körner aus der Flamme, die er mir in die Augen streuen wollte.«* (E. T. A. Hoffmann, *Der Sandmann.*)

Was in dem Zimmer wirklich vor sich ging, bleibt Nathanael und dem Leser verborgen. Es wird von ›Herd‹, ›blauer Flamme‹ und seltsamen Geräten in einer geheimnisvollen Atmosphäre gesprochen – der Leser kann die Vorgänge als alchimistische Versuche verstehen, doch das Geheimnisvolle der Vorgänge wird gewahrt.

Das Augenmerk wird auf die verhüllende Darstellung der Alchimie gelegt, welche beinahe klischeehaft immer wieder so dargestellt wird. Auch Kai Meyer verwendet diese stereotype Vorstellung, um seine Darstellung der Alchimie zu einem phantastischen Element des Textes zu machen. Zu dem kommt, dass einige der Experimente in den ›dunklen Laboratorien‹ tatsächlich zum unglaublichen Ziel führen: der Unsterblichkeit.

Das Geheimniskrämerische war der Alchimie auch fern der Literatur immer eigen, und noch heute fasziniert die schiere Undurchdringlichkeit des Themenkomplexes Außenstehende. Für Kai Meyers Alchimisten Nestor Nepomuk Institoris ist nicht die

Automatenfertigung – wie in *Der Sandmann* zu vermuten ist – Ziel seiner Versuche im Dachgarten des Schlosses, sondern das Erlangen der Unsterblichkeit mit Hilfe des Gilgameschkrautes. Doch wie bei Hoffmann hat auch Nestor Kinder, eine leibliche Tochter und einen Adoptivsohn, die er aus seinem Labor aussperrt, und die es umso mehr reizt, hinter das geheime Treiben zu kommen. Schließlich stirbt Nestor, wie auch Nathanaels Vater, in seinem Labor – auch wenn es sich hier nicht um einen Unfall, sondern um Mord handelt. Bei Meyer, wie auch bei Hoffmann, werden das Labor und der Alchimist mit einem Geheimnis umwoben, welches auf die Alchimie als Ganzes abstrahlt und das Bild erschafft, das Alchimieforscher wie Helmut Gebelein ablehnen.

In den Romanen Kai Meyers hat das Leitmotiv Alchimie direkten Einfluss auf die handelnden Figuren; vor allem für die Protagonistin Aura Institoris ist das Thema allpräsent. Dabei nimmt sie in beiden Teilen ihrer Geschichte verschiedene Standpunkte ein: In *Die Alchimistin* ist sie noch Uneingeweihte und wird durch die alchimistischen Versuche ihres Vaters Nestor Nepomuk Institoris in den Strudel der Ereignisse gezogen, die sie schließlich selbst in das Laboratorium und in die Bibliothek bringen und zu einer Gelehrten werden lassen. Während Aura eher an dem geistigen Gut der Alchimie interessiert ist, sind es die Ergebnisse der Laborexperimente ihres Vaters und dessen einstige Verbündete, welche die Handlung dominieren. In *Die Unsterbliche* muss Aura einsehen, dass ihre Überzeugungen und Forschungen sie zu einem einsamen Menschen gemacht haben, und so folgt sie bereitwillig den Spuren weiterer alchimistischer Geheimnisse, um sich abzulenken. Wieder wird sie in Abenteuer verwickelt, die sie selbst nicht forciert und welche maßgeblich durch das Vermächtnis ihres Vaters und dessen erfolgreiches alchimistisches Ergebnis geprägt sind: die Unsterblichkeit. Für Aura schließen sich stets Kreise der Erkenntnisse und verweben sich mit dem alchimistischen Untergrund zum Leitmotiv des Romans.

In *Die Alchimistin* sind zwei Wege zum Erlangen der Unsterblichkeit verwirklicht worden: die Verlängerung des Lebens durch das Baden im Blut der eigenen Tochter, was den steten Inzest mit sich bringt, und das Rauchen des Gilgameschkrautes.

Zu beiden Möglichkeiten sind im Nachwort Hinweise auf den Ursprung der Idee gegeben. Kai Meyer verweist auf die Abhandlungen von Michael Majer, dem Leibarzt des Kaisers Rudolf II., der nachweislich den Stein der Weisen mit dem Inzestgedanken in Verbindung bringe. Tatsächlich greift Majer in seinen Ausführungen auf den Ödipus-Mythos zurück und vergleicht den Inzest mit den Eltern metaphorisch mit einer Rückkehr zur Natur. Dabei steht der Inzest des Sohnes mit der Mutter im Vordergrund, denn sie symbolisiert die Mutter Erde und die Ursprünglichkeit, mit welcher der ewige Kreislauf von Geburt und Tod dargestellt werden kann. Hier waren die Ideen, die zumindest bei Majer rein symbolisch zu lesen sind, Inspiration zum phantastischen Motiv der Unsterblichkeit.

Kai Meyer hat sich mit dem Vater-Tochter-Inzest den weniger prominenten Teil der Ausführungen als Vorlage für seine Inzestverbindungen im Roman genommen. Dieses Motiv wird nicht für alchimistische Abhandlungen, sondern häufiger in antiken mythologischen Erzählungen, in Märchen und Zaubermärchen und im epischen Volkslied gebraucht. Im Gegensatz zum heutigen biologischen Argument, dass Inzestkinder eine große Veranlagung zu Behinderungen haben, bleibt Kai Meyer im Roman der literarischen Tradition treu, dass eine Inzestverbindung besonders starke oder talentierte Kinder hervorbringen kann. Drei seiner Protagonistinnen sind Inzestkinder: Charlotte verfällt zwar dem Wahnsinn, was aber eher ihrem Schicksal zuzuschreiben ist; Aura ist gesund und intelligent; Tess hat sogar übersinnliche Fähigkeiten.

Der Gedanke, dass dieser Inzest zur Verlängerung des eigenen Lebens beitrage, ist in den Mythen allerdings nicht zu finden. Auch das Baden im Blut ist in Schriften der Alchimisten so nicht beschrieben worden. Hier verschmelzen die alchimistischen Gedanken des Bades mit der Bedeutung des Blutes zu einem neuen Bild.

Der Glaube, dass ein Bad im Blut, welches als Sitz der Seele gilt, eine verjüngende Wirkung habe, verweist auf magische Praxen amerikanischer Ureinwohner. Ein aus dem Blut eines jungen Menschen hergestelltes *Elixir vitae* vermag so einen alternden Menschen zu verjüngen und seine Schönheit wiederherzustellen. Einen direkten Zusammenhang mit der alchimistischen Metapher des Inzestes gibt es nicht; hier hat Kai Meyer zwei verschiedene Komponenten zu einem alchimistischen Rezept zusammengefügt. Die Parallelen des lebensverlängernden Blutbades zum Lebenselixier des Steins der Weisen liegen nicht nur in der gemeinsamen Farbe Rot, sondern auch in der Bezeichnung: Lebenselixier, *Elixir vitae* und *Alkahest* sind die Namen der Flüssigkeit, die nicht nur als Allheilmittel fungieren, sondern auch eine lebensverlängernde Wirkung haben soll. Da bei den Blutbadern in *Die Alchimistin* jedoch keine Verjüngung, sondern eben diese Lebensverlängerung eintritt, handelt es sich beim Bad im Blut der eigenen Tochter um das *Alkahest* des *lapis*.

Der Gedanke verweist zudem auf die historische Persönlichkeit Erzsébet Báthory, eine ungarische Gräfin, die von 1560-1614 lebte. Sie wurde 1610/11 wegen vielfachen Mordes an ihren Dienerinnen verurteilt. Daraus entspann sich die Legende, dass sie im Blut junger Mädchen gebadet habe, um ihre Jugend und Schönheit zu bewahren, was ihr den Beinamen ›Blutgräfin‹ einbrachte. Diese Figur findet sich in einer frühen Novelle Kai Meyers wieder: In *Grand Guignol 1899* spielt die Protagonistin Valerie die Rolle der Blutgräfin auf der Bühne des auf Schauer spezialisierten Pariser Theaters. Meyer kannte also die Legende um die Gräfin und das verjüngende Bad im Blut junger Mädchen, bevor er sie für *Die Alchimistin* neu zusammensetze und um den alchimistischen Kontext erweiterte.

Sowohl die Handlung als auch der Hintergrund ist durchsetzt von Symbolen und Anspielungen, welche direkt auf die handelnden Personen einwirken. Allerdings ist das stärkste alchimistische Symbol im Roman selbst eine handelnde Figur: Gillian, der Hermaphrodit. Das zweigeschlechtliche Doppelwesen ist das alchimistische Symbol für die Vereinigung der Gegensätze ›männlich‹ und ›weiblich‹ bei der Erzeugung des Steins der Weisen:

»Der Hermaphrodit. Das Symbol der Unsterblichkeit. Die lebende Essenz des Arkanums.« (Kai Meyer, *Die Alchimistin*)

Seiner Bedeutung ist sich Gillian selbst nicht bewusst – doch für seinen Vater und Schöpfer hat Gillian einen starken symbolischen Wert. Im steten Inzest mit den eigenen Töchtern erhält Morgantus keine Tochter:

»Ein Junge?«

»Beides. Mädchen und Junge in einem Körper. Das Symbol der Alchimie. Morgantus hielt es für ein Omen. ›Die Natur gibt uns ein Zeichen‹, hat er damals gesagt. ›Sie warnt uns, dass wir am Ende des alten Weges angelangt sind. Nun gilt es, eine neue Richtung einzuschlagen.‹« (Kai Meyer, *Die Alchimistin*)

Der neue Weg besteht in der Suche nach einer Alternative, die Unsterblichkeit zu erlangen, ohne den ewigen Inzest mit anschließendem Mord begehen zu müssen. Die Lösung ist ein Motiv aus einem der Alchimie fremden Mythos: Aura erlangt die von ihrem Vater gesuchte Unsterblichkeit mit Hilfe des Gilgameschkrautes, welches auf seinem Grab wächst. »Unsterblichkeit gedeiht nur aus Unsterblichkeit« (*Die Alchimistin,* 2011) beschreibt den alchimistischen Ouroboros: Das Symbol der sich selbst in den Schwanz beißenden Schlange bildet einen geschlossenen Kreis, es symbolisiert Vollkommenheit sowie die Anschauung, dass alles aus sich selbst heraus entstehe und sich im ewigen Kreislauf befinde.

Neben der Figur des Gillian ist die Alchimistin Aura Kai Meyers große Neuerung am alchimistischen Motiv. An ihr beweist er ein tiefes Verständnis für »Die Wissenschaft der Verwandlung« (*Die Alchimistin,* 2011), indem der alchimistische Transmutationsbegriff auf die literarische Entwicklung der Figur selbst angewendet wird: Aura ist eine weiterentwickelte Variante des tradierten Alchimistenmotivs. Sie trägt Spuren ihrer Vorgänger in sich, doch gerade dadurch beweist sie die Möglichkeit eines Umdenkens in der Eindimensionalität des von ihr verkörperten Motivs. Mit dieser Frau bricht Kai Meyer mit der Tradition der Vorstellung vom typischen literarischen Alchimisten, wie ihn schon Petrarca beschrieb:

> *»Ausgemergelt, ausgetrocknet und rußbedeckt (…) seit ihn der Wahn ergriffen hat, meidet er die Unterhaltung anderer, steht immer benommen und kummervoll herum (…) Oft verwildert er gänzlich, wird krank, verliert erst das Licht des Verstandes, dann auch das des Auges. Fertig wird er nie mit seiner Arbeit (…) Am Ende steht stets die Armut, der Bettelstab«.*
> (Hartlaub 1959, S. 11.)

Und dann betrachtet man Aura:

> *»Häme blitzte in ihren Zügen.*
> *Aura Institoris (…) hatte das rabenschwarze Haar ihrer Mutter geerbt. Ihre Augen leuchteten blassblau wie die von Sylvette. Ihre Wimpern waren wie schwarze Strahlenkränze, lang und fein und wohlgeformt. Sie hatte dichte, dunkle Brauen, die sie stets ein wenig wütend aussehen ließen. Ihre Mundwinkel aber waren zum Hauch eines angeborenen Lächelns aufgeschwungen, was ihrem Antlitz eine reizende Gegensätzlichkeit verlieh. Ihre weiße Haut war glatt und auf dem Nasenrücken mit ein paar Sommersprossen gesprenkelt. Sie trug ein scharlachrotes Kleid, schwarzbraun abgesetzt, das ihre schlanke Gestalt betonte.«* (Kai Meyer, *Die Alchimistin*)

Kein Wahn, keine Schüchternheit, kein lethargischer Kummer, geschweige denn Armut: Aura ist körperlich und geistig ausnehmend gesund. Sie bleibt trotz vorübergehender Vereinsamung eine starke, schöne, sture, zynische Frau, welche die Unbeirrbarkeit in ihrem Charakter nicht auf das *Große Werk* verschwendet, sondern versucht, ihre Familie gegen die Schatten der Vergangenheit zusammenzuhalten. So sind die Romane eher eine Art Familienhistorie als alchimistische Erzählungen. Der gelungene Entwurf Auras beweist, dass die Umwandlung einer Figur nicht zwangsläufig innerhalb einer Geschichte vonstattengehen muss, sondern auch das

Motiv des Alchimisten an sich transformiert werden kann: von typisch männlich zu sehr weiblich, von verhärmt zu intensiv, von fragend zu handelnd, von verarmt zu wohlhabend.

> *»Seither ist auch die Figur des Alchimisten als Persönlichkeit, als Charakterrolle auf der kulturgeschichtlichen Weltbühne in die große Rumpelkammer historischer Kuriositäten verschwunden.«* (Hartlaub 1959, S. 9.)

Kai Meyer straft Aussagen wie diese Lügen und beweist, dass eine Neubesinnung möglich ist, um ein Motiv von dem eingefahrenen Staub seiner Rezeption zu befreien.

Literatur

Burckhardt, Titus: *Alchemie in Sinn und Weltbild*. Andechs 1992.

Daemmrich, Horst S. und Ingrid G: *Themen und Motive in der Literatur. Ein Handbuch*. 1995, S. 26-28./S. 28 f.(Stichwort: Alchimie/Alchimist).

Gebelein, Helmut: *Alchemie. Die Magie des Stofflichen*. München 1996.

Goethe, Johann Wolfgang von: »Faust/Faust II«. In: Albrecht Schöne (Hg.): *Johann Wolfgang Goethe: Faust. Texte*. Frankfurt am Main, Leipzig 2003.

Hartlaub, Gustav Friedrich: *Der Stein der Weisen. Wesen und Bildwelt der Alchemie*. München 1959.

Hild, Heike: »Hermaphrodit«. In: Claus Priesner (Hg.): *Alchemie. Lexikon einer hermetischen Wissenschaft*. 1998, S. 172 f.

Hoffmann, Ernst Theodor Amadeus: *Der Sandmann*. Stuttgart 2008.

Meyer, Kai: *Die Alchimistin*. München 2011.

Priesner, Claus: »Blut«. In: Ders.: *Alchemie. Lexikon einer hermetischen Wissenschaft*. 1998, S. 83.

Ranke, Kurt: »Blut«. In: *Enzyklopädie des Märchens* 2. 1979, S. 506-522.

Schmidt, Jochen: *Goethes Faust, erster und zweiter Teil. Grundlagen – Werk – Wirkung*. München 2001.

Schöne, Albrecht (Hg.): *Johann Wolfgang Goethe: Faust. Kommentare*. Frankfurt am Main/Leipzig 2003.

Schütt, Hans Werner: *Auf der Suche nach dem Stein der Weisen. Die Geschichte der Alchemie*. München 2000.

Taloş, Ion: »Inzest«. In: *Enzyklopädie des Märchens* 7. 1993, S. 229-241.

Zerbst, Marion/Kafka, Werner/Dierkesmann, Rainer (Hg.): *Das Große Lexikon der Symbole. Zeichen, Schriften, Marken, Signale*. 2003, S. 81 f.(Stichwort: Blut).

Zondergeld, Rein A./Wiedenstried, Holger E.: *Lexikon der phantastischen Literatur*. 1998, S. 400. (Stichwort: Lebenselixier).

DAS THÉÂTRE DU GRAND GUIGNOL

von Hanka Jobke

»*Die Alchimistin* ist eine Art Wunderkammer meiner frühen Einflüsse«, sagt Kai Meyer, »und Gillians Episode im Théâtre du Grand Guignol ist ein gutes Beispiel dafür. Zum ersten Mal habe ich 1987 davon gehört. Damals, als Siebzehnjähriger, habe ich meine ersten Texte verkauft, Artikel über den Phantastischen Film an diverse Zeitschriften. Ich war einer der Ersten in Deutschland, der in professionellen Magazinen über das Splatterkino geschrieben hat, vor allem das europäische, und allerlei Artefakte dieser Beschäftigung haben ihren Weg in meine ersten Romane gefunden. *Die Alchimistin* ist voller Anspielungen auf die Filme von Dario Argento, Lucio Fulci und Jean Rollin, die ihrerseits ihre Impulse aus der Tradition des Grand Guignol gezogen haben. Ich wollte das gern unterstreichen, wollte betonen, dass mein Buch dieselben Wurzeln hat. Deshalb fand ich es nur folgerichtig, das Theater selbst als Schauplatz zu verwenden, nicht augenzwinkernd, sondern im Sinne einer tiefen Verbeugung.«

Paris im ausgehenden 19. Jahrhundert: Am Boulevard du Temple, der den ansprechenden Beinamen *Boulevard du Crime* trägt, lässt sich die untere Schicht der Bevölkerung mit Schrecken und Erschrecken unterhalten, dargeboten in Zelten, Schaubuden und Holzhäuschen: Monstrositätenkabinette und Panoptiken zeigen plastisch, was der sensationshungrige Charakter sonst aus Groschenheften und Fortsetzungsromanen der Wochenzeitschriften kennt.

Mit dem Abriss des Boulevards 1862 endet das Bedürfnis an Angst einflößender Unterhaltung keineswegs – das Zentrum der erwachsenen Jahrmarktskultur verlagert sich in die Cafés, Kabaretts und Salontheater des Boulevards Montmartre. Wie der Standard der Behausungen, steigt das Niveau des Publikums, und die Grenzen zwischen Subkultur und Hoher Unterhaltung schwinden zusehends. Hier, am Ende der Rue Chaptal im Stadtteil Montmartre macht sich das kleinste und außergewöhnlichste Theater am Platz den Unterhaltungstrend zum Schaurigen zunutze: Willkommen im Grand Guignol.

> *»Die Wände des langgestreckten Saales waren mit finsterem Stoff bespannt, die hinteren Reihen im Dunkeln kaum auszumachen. Inmitten der strengen Deckentäfelung hingen zwei riesige Engel aus Holz, golden angemalt und mit einem seligen Lächeln auf den Lippen.«* (Kai Meyer, *Die Alchimistin*)

Die Engel über dem Orchester und die ehemaligen Beichtstühle im Inneren verweisen auf die Vergangenheit des bereits 1786 erbauten Gebäudes als Jansenitenkloster. Zusammen mit den neogotischen Schnitzereien im Eichengebälk schuf die Ausstattung eine unheimliche, bedrückende Atmosphäre, die sich über die zweihundertsiebzig geräumigen Sitzplätze legte und das Publikum in ihren schaurigen Bann schlug.

> *»Man mochte dem Théâtre du Grand Guignol vieles zugutehalten, seine schrägen Stücke und Inszenierungen verteidigen und die laienhaften Darsteller in Schutz nehmen. Doch an der Musik, die zur Untermalung des Treibens auf der Bühne gespielt wurde, gab es nicht den geringsten Zweifel – sie war so schaurig wie die Themen der Aufführungen.«* (Kai Meyer, *Die Alchimistin*)

Idee und Entstehung

Der Name *Grand Guignol*, den das Theater seit 1898 trug, leitet sich von einer beliebten Marionettenfigur des 18. Jahrhunderts ab: Die bösartigen Streiche der unmanierlichen französischen Variante des Kaspers namens *Guignol* wurden in populären Puppenstücken auf Jahrmärkten dargeboten. Für das erwachsene Publikum wurde daraus der *Große Guignol* abgeleitet und das kindliche Vergnügen an Grobheiten ins Groteske übersteigert. Wie die damalige Jahrmarktspuppe bald als geflügeltes Wort für derbe, übertriebene Gewalt fungierte, ist das Théâtre du Grand Guignol heute ein Synonym für bluttriefende, drastische Darstellungen geworden, dem ein maßgeblicher Einfluss auf das moderne Horrorfilm- und Splattergenre nachgesagt wird.

Dabei verdankte das Théâtre seine Entstehung den Einflüssen des Naturalismus – und einem Mann namens Oscar Méténier, der bei der Eröffnung des Grand Guignol im vormaligen Théâtre-Salon am 13. April 1897 bereits auf eine zehnjährige erfolgreiche Karriere im Theaterbetrieb zurückschauen konnte. Er wusste um den Erfolg sogenannter *rosse*-Stücke – das Lehnwort vom deutschen *Roß* meint Bühnenstücke, die sich durch beißende Gesellschaftssatire hervortun. Die voyeuristischen Milieuschilderungen der Pariser Unterwelt fungierten in brutal-realistischer Darstellung als gesellschaftliche Lehrstücke.

Die erzählten Stoffe stammten dabei aus dem direkten Umfeld der Slums, Vorstädte und Rotlichtbezirke; auch deren Umgangssprache *Argot* wurde verwendet. Méténier brachte Straßenkinder, Verbrecher und Prostituierte auf die Bühne – zuweilen leibhaftig, indem sie sich als Laiendarsteller selbst verkörperten. Eines der ersten Stücke, *Mademoiselle Fifi*, das auf einer Novelle Guy de Maupassants basierte, zeigte erstmals eine Prostituierte auf der Bühne. Das Stück sorgte für einen Eklat und das Verbot durch die Polizeipräfektur – der Beginn einer langen Reihe von Interventionen durch die Zensurbehörden.

Das Publikum zeigte sich von den Satiren auf die bürgerliche Moral und der Darstellung brutaler Morde entzückt. Der Erfolg des Theaters speiste sich aus der Bedrohlichkeit seiner Umgebung, was Kai Meyer in seiner frühen, im Jahr 1989 geschriebenen Novelle *Grand Guignol 1899* beschreibt:

> *»›Ein Mord?‹ Valerie war nicht allzu erschüttert. Rund um den Montmartre geschahen ständig Verbrechen – Mord war nur eines davon –, und jeder, der hier lebte und arbeitete, wußte um die Gefahren, die in den verwinkelten Gassen und schmalen Straßen von Paris' größtem Vergnügungsviertel lauerten.«* (Kai Meyer, *Grand Guignol 1899*, S. 93.)

Menschliche Katastrophen und Abgründe, seelische Zerrüttung, Laster und Verbrechen in allen Schattierungen bildeten die Grundlage der realistischen *rosse*-Literatur, die als Gegenbewegung zur Romantik der Jahrhundertwende wahrgenommen wurde. Menschliche Abgründe und soziale Missstände sollten mit dem Grundsatz des Naturalismus – Erfahrbarkeit, frei von verschleierndem Beiwerk – aufgezeigt werden.

Aus dieser philosophischen Grundlage und den gewählten Stoffen resultierte eine brutale Natürlichkeit, die bald als eine Art Schockästhetik wahrgenommen wurde und den eigentlichen Erfolg des Théâtre du Grand Guignol ausmachte: Tabubrüche, die Verletzung gesellschaftlicher Konventionen, der Überlebenskampf der Proletarier, Gewalt und Verbrechen – alles wurde anschaulich in Szene gesetzt und schockte die bourgeoise Mittelklasse.

Die Kunstproduktion im ausgehenden 19. Jahrhundert musste sich nach der Abkehr adeliger Mäzene unabhängig behaupten, und so wurden auch die Theater dem Kapitalismus unterworfen. Sie waren darauf angewiesen, durch Abwechslung und Provokation zahlendes Stadtpublikum anzulocken: Der Zerfall in Ernstgemeintes und Unterhaltendes (*U* und *E*), der auch heute in der Kritik phantastischer Stoffe kaum überwindbar scheint, begann.

Mythische, unheimliche und phantastische Stoffe bildeten den Boden für eine vordergründige Psychologisierung der Figuren. Inspiriert von den sensationsheischenden Schlagzeilen der Revolverblätter blieben Handlungsbögen und Spannungsaufbau nicht selten auf der Strecke. So sah der Zuschauer im Grand Guignol nicht ein durchgehend konzipiertes Stück, sondern eine Zusammenstellung von Episoden, die um den puren Effekt kreisten. Als *Theater des Lachens und des Entsetzens* ging es dabei nicht ausschließlich um das Gemetzel, für das es heute berühmt ist. Dennoch waren die Komödien wohl nie mehr als ein Intermezzo zwischen den Horrorstücken, auf die sich auch Kai Meyer in seiner Darstellung konzentriert. So lässt er seine Protagonistin Valerie in *Grand Guignol 1899* als Blutgräfin auf der Bühne nackt in rotem Sirup baden und Gillian, nachdem er seinen Auftritt absolviert hat – »in einer

Hand einen abgetrennten Arm aus Wachs, in der anderen ein hölzernes Schlachterbeil« –, hinter der Bühne zwei »ermordete Jungfrauen, blutüberströmt und kichernd« (Kai Meyer, *Die Alchimistin*) begegnen.

Zu Météniers Zeiten sollten mehrere Einakter pro Abend die Zuschauer in einen emotionalen Taumel versetzen: Einer Slapsticknummer folgte ein leichtes Melodram, danach ein eher ironisches *rosse*-Stück, das wiederum von einem kurzen Lustspiel abgelöst wurde. Erst dann wurde das Horrorstück gegeben, um im Anschluss mit einer Farce das Publikum nach Hause zu entlassen. Dieser abwechslungsreiche Ablauf war keine neue Idee Météniers, doch war er der Erste, der die bestehenden Theater- und Jahrmarktstraditionen miteinander verband und durch die drastische Darstellung verschärfte – der Name *Großer Guignol* war Programm:

> *»Da kam es zusammen, im Grand Guignol: das rücksichtslose Puppentheater, die Freak-Schaubuden mit ihren Entstellten, die Wachsfigurenkabinette, die bluttriefenden Moritatengesänge, die Akrobatenbühnen, die Wochenzeitschriften mit ihren unglaublichen, abscheulichen Ereignissen (...) und die faits divers, die vermischten Sensationen der Titelseiten.«* (Estein: Grand Guignol. In: Gaschler, Vollmar, *Dark Stars* 1992, S. 219.)

Die heutige Forschungslage zum Théâtre du Grand Guignol ist eher dürftig, sollte aber keineswegs als Messlatte für dessen Bedeutung angesetzt werden. Die zeitgenössischen Kritiker und Tageszeitungen berichteten ausführlich über das Geschehen auf der Bühne.

> *»Valerie senkte ihren Blick. ›Anfangs kam eine Menge sehr eigenartiger Zuschauer, Sie wissen schon, Menschen mit seltsamen Vorlieben. Aber seit ein paar Monaten nehmen auch die Kritiker fast aller großen Zeitungen an den Vorstellungen teil. Monsieur Clément vom Figaro versäumt keine Premiere.‹«* (Kai Meyer, *Grand Guignol 1899*, S. 96.)

Das Theater galt als extravaganter Luxus für die Bürgerlichkeit: hemmungslos übertrieben und dennoch erschwinglich. Méténier selbst verstand sein Theater in der Nachbarschaft zur neu entstandenen Kunstelite im Stadtkern von Paris durchaus als sozial relevante Einrichtung der politischen Avantgarde.

Die Ära Max Maureys

Der Anspruch Météniers ging weitgehend verloren, als der Betrieb überraschend im Juni 1897 eingestellt wurde und der Geschäftsmann Max Maurey das Theater im folgenden Jahr kaufte. Der vorherige Leitspruch, die Vielseitigkeit des Lebens darzustellen, wurde von der Gewinnorientierung Maureys abgelöst; er gilt heute als wesentlicher Entwickler des Horrortheaters. Er setzte Marketingstrategien um, förderte neue Dramatiker und formte so das Grand Guignol zu einem populären Unterhaltungstheater.

> *»›Er hat letztlich nichts anderes getan, als die Attraktionen der Schaubuden, die es überall in der Stadt gibt, unter einem Dach zu vereinen.‹*
>
> *›Mit Erfolg?‹*
>
> *›Ja,‹ sagte Valerie, ›die Vorstellungen sind fast immer gut besucht, vor allem die der wirklich grausamen Stücke. Je mehr Blut fließt, desto mehr Menschen kommen zu uns‹.«* (Kai Meyer, *Grand Guignol 1899*, S. 96.)

Bis zum Jahre 1914 dominierten detailgetreue Inszenierungen des Todes und Spezialeffekte das Bühnengeschehen, denn Maurey erhob Sensation und Nervenkitzel aus den Lehrstücken zum zentralen Thema. Er agierte hart gegenüber den Mitwirkenden und griff massiv in die Dramaturgie ein, um sie nach dem Prinzip der emotionalen Achterbahn zu standardisieren.

Das Programm eines Abends setzte sich nun aus zwei vorzugsweise erotischen Komödien oder Farcen in Vorbereitung auf zwei Horrorstücke zusammen. Daraus ergab sich ein Wechselbad von Sex und Gewalt, das Publikum wurde stärker miteinbezogen. Dies gelang auch durch die räumlichen Gegebenheiten des Theaters:

> *»Die Bühne des Théâtre du Grand Guignol war nicht groß, kaum zehn Schritte breit, und das halbe Dutzend Menschen, das sich auf das grausame Finale von André Nourys* Die Blutgräfin *vorbereitete, war eine ungewohnte Menge für diese Bretter.«* (Kai Meyer, *Grand Guignol 1899*, S. 84.)

Im vergleichsweise kleinen Zuschauerraum hatte jeder einen guten Blick auf die Darsteller und war Teil der intimen Atmosphäre, die zuweilen klaustrophobisch anmutete. Den Erfolg eines Stückes bemaß Maurey an der Menge der Zuschauer, die in Ohnmacht fielen und von dem eigens zu diesem Zweck eingestellten Hausarzt versorgt wurden – der Rekord eines Abends lag bei fünfzehn Zusammenbrüchen. In den Stücken seines Hauptautors André de Lorde, dem man den Beinamen *prince de la terreur* verlieh, wurde Geisteskrankheit zum beherrschenden Thema – zu einer Zeit, in der diese Erkrankungen erstmals ernsthaft erforscht wurden. De Lorde arbeitete mit anderen Dramatikern und Romanautoren, mit Ärzten und Psychologen zusammen und erschuf auf der Bühne einen Katalog des Grotesken, zu dem Kindstötungen und Nekrophilie gehörten.

Kai Meyer legt sowohl seine Novelle *Grand Guignol 1899* als auch Gillians Aufenthalt am Theater in jene Jahre, in denen Max Maurey die Geschäfte führte und das Programm auf den größtmöglichen Schrecken zuspitzte. Um den Bezug zu dieser neuen, drastischeren Ausrichtung herzustellen, hat Maurey als »Gründer, Leiter, vielfacher Autor und Spielleiter des Théâtre du Grand Guignol« (Kai Meyer, *Die Alchimistin*), als »Regisseur und Theaterleiter« (Kai Meyer, *Grand Guignol 1899*, S. 87.) in beiden Texten Meyers einen Auftritt. Auch das Theater an sich wird mit seinen Eigenheiten atmosphärisch im Sinne Maureys beschrieben:

»Piobb war es auch gewesen, der Gillian vom Grand Guignol erzählt hatte, dem Theater des Blutes, einer der größten Boulevardattraktionen der Stadt. Von überall her strömten die Menschen in das Haus am Ende der Rue Chaptal, ein vierstöckiges Gebäude mit weißer Fassade, dessen Eingang rechts und links von schlichten Säulen flankiert war. Daneben standen hölzerne Aufsteller mit Plakaten der jeweiligen Vorstellung, Stücke mit Titeln wie L' Expérience du Docteur Lorde oder Le Marquis de Sade. Es waren schlichte Geschichten, die hier erzählt wurden, mit Typen statt Charakteren und einem Übermaß an Massenmorden, Folterungen, Säurebädern und – die beliebteste Scheußlichkeit des Repertoires – chirurgischen Fehlschlägen«. (Kai Meyer, *Die Alchimistin*)

Die beiden hier erwähnten Stücke gab es tatsächlich im Grand Guignol zu bewundern. Das erste ist eine hämische Hommage an den Hauptautor des Theaters, André de Lorde, und erzählt von der erfolgreichen Verpflanzung der Seele eines Würgers in den gelehrten Schwiegersohn des Psychodoktors Lorde. Das zweite Stück, *Le Marquis de Sade*, wurde in der zeitgenössischen Presse besonders hervorgehoben, da es neben den bewährten grand-guignolesken Elementen einen gelungenen dramatischen Aufbau und eine starke Charakterpsychologie aufwies.

Erfolg des Théâtre du Grand Guignol

Das Grand Guignol erreichte in den Zwanzigerjahren des 20. Jahrhunderts den Höhepunkt seiner Popularität. Nach dem Eiffelturm war dies der Hauptanlaufpunkt für Touristen, man erschien zu den Premieren in Frack und Abendrobe. Erstaunlich war die Vermengung der Gesellschaftsschichten: Anstand, Geschmack und Standesbewusstsein wurden vor dem schweren Portal zurückgelassen. So wie der moderne Splatter- und Horrorfilm in seinem Kunstverständnis eine Katharsisfunktion vertritt, ermöglichte die naive Darstellung im Grand Guignol eine Schleusenfunktion beim Zuschauer: Die Abscheu vor der Perversion verschwand durch das Zelebrieren minderwertiger Triebe.

»Auf der Bühne vollführte ein wahnsinniger Wissenschaftler Experimente an Jungfrauen, was ausreichend Gelegenheit für die Zurschaustellung von Blut, nacktem Fleisch und zweifelhaftem Geschmack gab. Das Publikum applaudierte und schrie angesichts des makabren Spektakels. Manche, die das Augenzwinkern des Autors verstanden, amüsierten sich prächtig, andere, die nur das Entsetzen der leichtbekleideten Darstellerinnen sahen, jauchzten vor Empörung und Mitgefühl. Gillian hatte erkannt, dass eben dies das Geheimrezept des Grand Guignol war: Bringe die Zuschauer gegen die Schurken, aber auch gegeneinander auf, und die größte Mundpropaganda ist dir sicher. So vervielfachte sich der Erfolg des Theaters mit jedem neuen Stück, und es verging kaum ein Tag, an dem es nicht auf die eine oder andere Art in der Presse erwähnt wurde.« (Kai Meyer, *Die Alchimistin*)

Zu großen Teilen verdankte das Theater seinen Erfolg dem Marketing. Bereits Méténier hatte den Grundstein zum Mythos des Grauens gelegt. Als ehemaliger Mitarbeiter der Polizei war er mit der Begleitung der zum Tode Verurteilten betraut gewesen, was ihn als Theaterdirektor veranlasste, zur Begrüßung im Theater makabre Anekdoten von der letzten Hinrichtung zum Besten zu geben. Die Strategie des Skandalmarketings griff Maurey auf und baute sie aus. Der theatereigene Hausarzt für die Ohnmächtigen suggerierte, dass das Publikum bei den grauenerregenden Vorstellungen reihenweise kollabierte.

»Man ist in der Regennacht angekommen, einer dieser Frühlingsnächte des Jahres; man hat den Teppich des kleinen, erleuchteten Theaters betreten; man hat im Vestibül seine vertrauten Freunde begrüßt. Und dann beginnt, kaum daß man sich hingesetzt hat, die ersehnte Qual; und man hat vor allem Angst, Angst, zu bleiben, Angst zu gehen, Angst, den Anschein zu erwecken, daß man Angst hat, Angst, ihn nicht zu erwecken, was bedeuten würde, daß man Nerven hat, mit denen nicht viel los ist, und man hat Angst, nicht nach Hause zurückkehren zu können, Angst, dort allein zu sein.« (Kersten, Neubaur (Hg.), *Grand Guignol 1976*, S. 57.)

Maurey verließ das finanziell erfolgreiche Theater 1914, im Jahr des Kriegseintritts Frankreichs. Nach ihm übernahmen Camille Choisy und Charles Zibell die Leitung; sie perfektionierten Spezialeffekte, Licht, Ton und szenische Gestaltung in technischer Hinsicht. Choisy war wie Maurey ein alles kontrollierender Perfektionist, die realistischen Darstellungen verschärften die Grausamkeiten auf der Bühne. Durch die technologischen Neuerungen des Krieges ergänzten nun Granaten und Gasangriffe, Elektroschocks und Sprengstoffe die bisherigen Methoden des Abschlachtens per Pistole, Dolch und Gift. Spezialeffekte in Licht und Ton überlagerten die Texte. Der bereits von Maurey anvisierte internationale Charakter nahm unter Choisy zu. Zum einen wurde das Publikum nach Ende des Ersten Weltkrieges internationaler, zum anderen war Choisy bestrebt, das Grand Guignol auf weltweite Tourneen zu entsenden.

Von der ursprünglichen Intention der naturalistischen Milieuzeichnung blieb indes nicht viel übrig, und das Grand Guignol wurde zum entpolitisierten Effekttheater ohne soziale Relevanz, an dem sich auch die Zensur nicht mehr ernsthaft stieß. Den einzigen wirklichen Skandal provozierte ein Stück de Lordes 1921, als bei der Generalprobe von *Im Morgengrauen* eine Guillotinierung auf der Bühne gezeigt wurde, denn ein solches Hinrichtungsschauspiel galt als Privileg des Staates. Bevor es zu ernsthaften Konsequenzen kommen konnte, einigte man sich mit der Polizeiverwaltung darauf, etwas Derartiges nicht mehr zu zeigen – die Aufführungen agierten systemkonform. Dabei war ein gewisser Pragmatismus zu erkennen: Männer bekamen öfter Kopfwunden verpasst, da ihre Haare leichter zu reinigen waren; Frauen erhielten Wunden am Körper, um die schwindende Bekleidung zu rechtfertigen.

Die Schauspieler waren bekannt für ihre Vielseitigkeit: Die Darstellungen großer Gefühle und Grausamkeiten mussten sie gleichermaßen beherrschen wie einige Taschenspielertricks, um die immer ausgefeilteren Illusionen aufrechtzuerhalten. Der Sekretär Choisys, Camillo Antona-Traversi, schrieb über die ›am häufigsten ermordete Frau der Welt‹, die Schauspielerin Paula Maxa:

»Ihre größte Stärke war die Kunst, mit der sie sich ›darauf verstand‹ zu sterben. Innerhalb ihrer Laufbahn als ›Fürstin des Entsetzens‹ ist die verhängnisvolle Begebenheit ihr mehr als dreitausendmal und auf sechzig verschiedene Arten zugestoßen. Wasser, Feuer, Dolch, Strang, Erwürgen, Aufschlitzen, Zerstückeln, Pfählen, Ersticken – was es nur überhaupt an Wegen gibt, die vom Leben zum Tode führen, Mademoiselle Maxa ist sie gegangen (...) Ein distinguierter Statistiker teilt uns mit, daß Mademoiselle Maxa 983mal ›Zu Hilfe!‹, 123mal ›Man will mich umbringen!‹ und 1804 und ein halbes Mal ›Ich werde vergewaltigt!‹ geschrien hat.« (Kersten, Neubaur (Hg.), *Grand Guignol 1976*, S. 65.)

Als Camille Choisys finanzieller Partner Charles Zibell während der Weltwirtschaftskrise 1926 ausfiel, übernahm Jack Jouvin dessen Anteile am Theater. Jouvin war im Gegensatz zu seinem Vorgänger auch an einer künstlerischen Beteiligung interessiert, was zu Auseinandersetzungen mit Choisy führte. Beide stritten öffentlich und juristisch bis Choisy das Handtuch warf und Jouvin das Theater überließ.

Niedergang des Théâtre du Grand Guignol

»Die Geschichte vom Ende des Théâtre du Grand-Guignol ist die langweilige und traurige von der Fehlkalkulation und vom hilflosen Versuch, ›sich umzustellen‹, ›das Genre zu wechseln‹, das ›Höhere‹ und das ›ganz andere‹, Neue zugleich anzustreben.« (Kersten, Neubaur (Hg.), *Grand Guignol 1976*, S. 11.)

Bedauerlicherweise fehlte dem neuen Direktor Jack Jouvin das künstlerische Talent. Er betätigte sich wenig überzeugend als Produzent, Dramenschreiber und Regisseur, strich einen Großteil der Komödien und konzentrierte sich auf die Horrorstücke. Dabei gab er den psychologisch-dramatischen Aspekten Vorrang gegenüber der physischen Gewalt und veränderte somit den Kern des Genres. Neben den Inhalten modifizierte er auch den bewährten Programmablauf, etwa indem er Themenabende einführte. Er entließ sogar zeitweise die beliebte Paula Maxa, weil sie seiner Meinung nach zu sehr im Rampenlicht stand. Zugleich wurde die Filmindustrie zur ernsthaften Konkurrenz, James Whales *Frankenstein* führte 1931 das Horrorgenre im Kino zu frühen Erfolgen. Dabei hatte das Grand Guignol bereits Jahre zuvor eine Zusammenarbeit mit dem Kino angestrebt. André de Lordes Stück *Le système du Docteur Goudron et du Professeur Plume* wurde 1913 von Maurice Tourneur verfilmt; de Lorde wiederum schrieb 1925 für das Grand Guignol in Anlehnung an den gleichnamigen Film *Le Cabinet du docteur Caligari*.

Ende der Dreißigerjahre übernahm die britische Schauspielerin Eva Berkson das Theater und bewies ein feines Gespür für aktuelle Schauerthemen, die sie mit älteren Farcen und Komödien zu einem funktionierenden Konzept kombinierte. Sie versuchte, die ursprüngliche Intention Météniers in der neuen Epoche weiterzuentwickeln und brachte 1939 ein Stück über die Naziverbrechen in Polen auf die Bühne. Nach dem Einmarsch der Deutschen in Frankreich war sie allerdings im darauffolgenden Jahr gezwungen, vor den Nationalsozialisten nach England zu fliehen.

Während der Besatzungszeit übernahm Camille Choisy ein weiteres Mal die Leitung und arrangierte sich mit den Besatzern, die das Théâtre als ›entartete Kunst‹ wahrnahmen. Er brachte Programmhefte mit deutschen Erklärungen heraus, für die ausländischen Zuschauer inszenierte er die Klassiker des Repertoires. Nach der Befreiung 1944 wurde Choisy als Kollaborateur angeklagt, verstarb allerdings, bevor er vor Gericht gestellt werden konnte.

Eva Berkson kam zurück ans Grand Guignol, musste aber feststellen, dass die Stücke mit den realen Verbrechen des Naziregimes, die von Zeitungen, Büchern und Filmen aufgearbeitet wurden, nicht konkurrieren konnten; die Gräuel auf der Bühne wirkten nun vergleichsweise harmlos. Nach wenigen Jahren war Berkson gezwungen, das Théâtre aufzugeben.

Charles Nonon übernahm die administrativen Aufgaben, während sich in den folgenden Jahren Eigentümer und Konzepte stetig abwechselten. Dabei erlebte das Theater unter der Kriminalautorin und Journalistin Raymonde Machard von 1954-58 noch einmal einen Aufschwung. Machard setzte einen Großteil neuer Stücke von jungen Dramatikern neben die etablierten Komödien Max Maureys. Bedauerlicherweise wurde während der Inszenierungen bisweilen geschlampt, was für einige Schauspielerinnen verhängnisvoll wurde: Eine erhängte sich selbst in einer Ledervorrichtung, eine andere trug schlimme Verbrennungen davon, eine dritte erlitt auf der Bühne einen Nervenzusammenbruch.

Als schließlich Christiane Wiegand das Theater übernahm, hatte sich das Genre beinahe selbst überholt. Der Einsatz kitschiger Requisiten und der Überschwang schrecklicher Elemente bewirkten, dass sich das Theater unfreiwillig selbst parodierte. Das einstmals bunt gemischte Publikum bestand nunmehr größtenteils aus Studenten und Touristen; die Stammzuschauer waren durch die stetigen Konzeptionswechsel vertrieben worden. So war der Untergang des Théâtre nicht mehr aufzuhalten. Die inhaltliche und personelle Unstetigkeit der letzten drei Jahrzehnte des Theaters bewirkten die endgültige Schließung im Jahr 1962 unter der Intendanz Charles Nonons. Sein berühmtes Zitat versucht, den Untergang des Theaters als Problem des Genres zu klassifizieren: »Mit Buchenwald konnten wir nie gleichziehen. Vor dem Krieg wusste jeder, dass die Geschehnisse auf der Bühne unglaublich sind. Heute wissen wir, dass solche Dinge – und noch schlimmere – wahr sein können.«

Wahrscheinlicher ist jedoch, dass das Konzept an sich überaltert war:

> *»Das Bildungstheater stach das ›Grand-Guignol‹ aus, das Kino saugte es aus, und das Publikum ließ es verhungern.«* (Kersten, Neubaur (Hg.), *Grand Guignol 1976*, S. 11.)

Das Theater schaute im November 1962 auf eine 65-jährige Geschichte zurück. Der Versuch, es als *Théâtre 347* weiter zu betreiben, scheiterte, und im März 1963 wurde das historische Gebäude abgerissen. Dem Publikum blieb der Weg ins Kino, das die phantastischen und schockierenden Motive in den Sechzigerjahren zu neuen Exzessen führte.

»Die Geschichte des Grand Guignol hat für mich etwas sehr Melancholisches«, erklärt Kai Meyer seine Sympathie für Météniers Theater, »vergleichbar mit dem aktuellen Niedergang des Zirkusgewerbes. Während sich Künstler mit wechselndem Anspruch und Herzblut bemühten, das Sensationstreiben auf der Bühne durch ihre Kreativität am Leben zu erhalten, wurden sie von neuen Medien wie dem Film überrollt. Der Geist des Grand Guignol – und seiner literarischen Wurzeln in der Dekadenz – zeigt sich an vielen Stellen meiner Bücher und ich habe versucht, ihm ein kleines Denkmal zu setzen und zu sagen: ›Seht her, damit hat alles begonnen, und wenn euch gefällt, was ihr gerade lest, dann hättet auch ihr euch im plüschigen Zuschauersaal des Grand Guignol bestimmt sehr wohl gefühlt.‹«

Literatur

Estein, Axel »Maerz«: »Grand Guignol. Ein Essay über Frankreichs blutiges Theater«. In: Thomas Gaschler, Eckhard Vollmar: *Dark Stars. 10 Regisseure im Gespräch*. München 1992, S. 214-227.

Gordon, Mel: *The Grand Guignol. Théâtre of Fear and Terror.* New York 1997.

Hand, Richard J./Wilson, Michael: »The Grand Guignol: Aspects of Theory and Practice«. In: *Théâtre Research International* 25,3. 2000, S. 266-275.

Kersten, Karin/Neubaur, Caroline (Hg.): *Grand Guignol. Das Vergnügen, tausend Tode zu sterben. Frankreichs blutiges Theater*. Berlin 1976.

Lukitsch Bettina: *Théâtre du Grand Guignol*. Diplomarbeit der Universität Wien. Wien 2009.

Meyer, Kai: *Die Alchimistin*. München 2011.

Meyer, Kai: »Grand Guignol 1899«. In: *Giebelschatten. Novellen*. Kerpen 1998.